Englische und amerikanische Dichtung

Band IV

Amerikanische Dichtung

Von den Anfängen bis zur Gegenwart

Herausgegeben von
Eva Hesse und Heinz Ickstadt

Verlag C. H. Beck München

Gefördert von der Robert Bosch Stiftung

Die Deutsche Bibliothek – CIP-Einheitsaufnahme

Englische und amerikanische Dichtung,
– München : Beck
ISBN 3-406-46464-5

Bd. 4. Amerikanische Dichtung.
Von den Anfängen bis zur Gegenwart /
hrsg. von Eva Hesse und Heinz Ickstadt. – 2000
ISBN 3-406-46463-7

ISBN 3 406 46463 7 für diese Ausgabe
ISBN 3 406 46464 5 für die Gesamtausgabe

Satz: Fotosatz Otto Gutfreund GmbH, Darmstadt
Druck- und Bindearbeiten: Franz Spiegel Buch GmbH, Ulm-Jungingen
Gedruckt auf säurefreiem, alterungsbeständigem Papier
(hergestellt aus chlorfrei gebleichtem Zellstoff)
Printed in Germany

www.beck.de

Englische und amerikanische Dichtung

Zweisprachig

Erster Band
Von Chaucer bis Milton

Herausgegeben von
Friedhelm Kemp und Werner von Koppenfels

Zweiter Band
Von Dryden bis Tennyson

Herausgegeben von
Werner von Koppenfels und Manfred Pfister

Dritter Band
Von R. Browning bis Heaney

Herausgegeben von
Horst Meller und Klaus Reichert

Vierter Band
Amerikanische Dichtung von den Anfängen
bis zur Gegenwart

Herausgegeben von
Eva Hesse und Heinz Ickstadt

Inhalt

Herman Melville

Emily Dickinson

CARL SANDBURG

ROBERT FROST

ROBINSON JEFFERS

ARCHIBALD MAC LEISH

E. E. CUMMINGS

MURIEL RUKEYSER

JAMES WELDON JOHNSON

CLAUDE MCKAY

JEAN TOOMER

CHARLES HENRI FORD

WILLIAM WARING CUNEY

LANGSTON HUGHES

Charles Olson

Robert Creeley

Robert Duncan

Denise Levertov

John Berryman

Sylvia Plath

Anne Sexton

Adrienne Rich

John Ashbery

Susan Howe

Jimmy Santiago Baca

Gwendolyn Brooks

Don L. Lee

ALICE WALKER

RITA DOVE

ROBERT HAYDEN

MICHAEL S. HARPER

AUDRE LORDE

JOY HARJO

ANHANG

Amerikanische Dichtung

Von den Anfängen bis zur Gegenwart

Native American Song

Song of the Sky Loom

O our Mother the Earth, o our Father the Sky,
Your children are we, and with tired backs
We bring you the gifts that you love.
Then weave for us a garment of brightness;
May the warp be the white light of morning,
May the weft be the red light of evening,
May the fringes be the falling rain,
May the border be the standing rainbow.
Thus weave for us a garment of brightness
That we may walk fittingly where birds sing,
That we may walk fittingly where grass is green,
O our Mother the Earth, o our Father the Sky.

Lied der Tewa-Indianer

Lied vom Himmelswebstuhl

O, unsere Mutter, die Erde, o, unser Vater, der Himmel,
Eure Kinder sind wir, und mit müdem Rücken
Bringen wir euch die Gaben, die ihr mögt.
Dann webt für uns ein Gewand aus Helligkeit:
Der Kettfaden sei das weiße Licht des Morgens,
Der Schußfaden sei das rote Licht des Abends,
Die Fransen seien der fallende Regen,
Die Webkante sei der ständige Regenbogen.
So webt für uns ein Gewand aus Helligkeit,
Auf daß wir geziemend wandeln, wo Vögel singen,
Auf daß wir geziemend wandeln, wo Gras grünt,
O, unsere Mutter, die Erde, o, unser Vater, der Himmel.

Edward Taylor

From God's Determinations Touching His Elect

Infinity, when all things it beheld
In Nothing, and of Nothing all did build,
Upon what base was fixed the lathe, wherein
He turned this globe, and regaled it so trim?
Who blew the bellows of his furnace vast?
Or held the mould wherein the world was cast?
Who laid its corner stone? or whose command?
Where stand the pillars upon which it stands?
Who laced and filleted the earth so fine
With rivers like green ribbons smaragdine?
Who made the sea its selvage, and its locks
Like a quilt ball within a silver box?
Who spread its canopy? or curtains spun?
Who in this bowling-alley bowled the sun?
Who made it always when it rises set
To go at once both down, and up to get?
Who th' curtain rods made for this tapestry?
Who hung the twinkling lanterns in the sky?
Who? who did this? or who is he? Why, know:
It's only Might Almighty this did do.

From Preparatory Meditations

Am I thy Gold? Or purse, Lord, for thy wealth;
    Whether in mine or mint refined for thee?
I'm counted so, but count me over thyself,
    Lest gold-washed face and brass in heart I be.
    I fear my touchstone touches when I try
    Me and my counted gold too overly.

Am I new minted by thy stamp indeed?
    Mine eyes are dim; I cannot clearly see.

Edward Taylor

Aus Gottes Ratschluß, Seine Erwählten betreffend

Als das Unendliche im Nichts die Dinge alle
Erschaute und aus Nichts das All erschuf,
In welchen Grund war da die Töpferscheibe
Versenkt, die diesen Ball so fein gerundet?
Wer blies den Blasbalg dieser mächtigen Esse?
Wer hielt die Form, in die die Welt gegossen?
Und wer setzte den Eckstein? woher das Geheiß?
Wo ruht der Pfeiler, auf dem alles ruht?
Wer hat das Land durchzogen und durchflochten
Mit grünen Flüssen, Bändern von Smaragd?
Wer hat die Erde mit dem Meer gesäumt und barg sie
Wie einen buntbestickten Ball im Silberschrein?
Wer spannte ihr den Baldachin, wob ihren Vorhang?
Wer schob die Sonnenkugel auf die schräge Bahn
Und hat in jedem Aufgang sie gelehrt,
Ewig zu sinken und zugleich zu steigen?
Wer schuf die Halterung für die Tapisserie?
Wer hing die glitzernden Laternen in den Himmel?
Wer nur? wer ists, der dies getan? Vernimm:
Nur die Allmächtige Macht hat es vermocht.

Aus Vorbereitende Meditationen

Bin ich der Säckel, Herr, oder Dein Gold,
    In Bergwerk oder Münzstatt Dir gefeint?
Man schätzt mich so, doch schätz Du selbst mich, Gott,
    Daß ich nicht außen Gold und innen Messing sei.
    Versuch ichs selbst, so prüft mein Probstein, fürcht ich,
    Mich und mein fein geschätztes Gold zu flüchtig.

Hast Du mich neu gemünzt mit Deinem Stempel?
    Ich seh nicht klar; die Augen sind mir trüb.

Be thou my spectacles that I may read
Thine image and inscription stamped on me.
If thy bright image do upon me stand
I am a golden angel in thy hand.

Lord, make my soul thy plate: thine image bright
Within the circle of the same enfoil.
And on its brims in golden letters write
Thy superscription in an Holy style.
Then I shall be thy money, thou my hoard:
Let me thy Angel be, be thou my Lord.

A Fig for Thee, o Death!

Thou King of Terrors with thy ghastly eyes,
With butter teeth, bare bones, grim looks likewise,
And grizzly hide, and clawing talons fell,
Opening to sinners vile trap-door of Hell
That on in sin impenitently trip:
The downfall art of the infernal pit.
Thou struck'st thy tooth deep in my Lord's blest side,
Who dashed it out, and all its venom destroyed,
That now thy pontil shall only dash
My flesh and bones to bits, and cask shall clash.
Thou art not so frightful now to me – thy knocks
Do crack my shell: its heavenly kernel's box
Abides most safe. Thy blows do break its shell,
Thy teeth its nut; cracks are that on it fell.
Thence out its kernel fair and nut, by worms
Once vitiated out, new-formed forth turns
And on the wings of some bright angel flies
Out to bright glory of God's blissful joys.
Hence thou to me with all thy ghastly face
Art not so dreadful unto me through grace.
I am resolved to fight thee, and ne'er yield,
Blood up to the ears; and in the battlefield
Chasing thee hence – but not for this my flesh:

Sei Du mein Augenglas, daß ich erkenne,
Was Du mir aufgeprägt, Inschrift und Bild.
Ich wär, sollte Dein Bild auf mir erstrahlen,
In Deiner Hand ein goldner Engelstaler.

Herr, mach die Seele mein zum Münzenplättchen.
Den innern Kreis mit Deinem Bild verzier,
Und schreibe um den Rand in güldnen Lettern
Mir Deine Inschrift ein in heiligem Stil.
Ich bin Dein Taler dann und Du mein Hort,
Laß mich Dein Engel sein, sei Du mein Gott.

Ich pfeif auf dich, o Tod

Du Fürst der Schrecken mit den hohlen Augen,
Knochig, mit gelben Zähnen, Bild des Grauens,
Grauhäutig, und mit sündergeilen Krallen,
Falltür zur Hölle, in die alle fallen,
Die stets nur sündigen und nie bereuen,
Ihr Absturz bist du in das ewige Feuer;
Du grubst den Zahn tief in des Herren Seite,
Der schlug ihn aus, daß er sein Gift vereitle;
So wird dein Knüppel nur mein Fleisch und Bein
Zerschmettern. Nein, trotz aller Not und Pein,
Du schreckst mich nicht: Es birst, wenn du zuschlägst,
Die Schale nur. Der Himmelskern zunächst
Bleibt unversehrt. Dein Hieb zerbricht die Schale,
Dein Zahn die Nuß. Die springt und muß zerfallen.
Da tritt, nachdem die Würmer ihn zernagt,
Der schöne Kern in neuer Form zutag
Und schwebt auf lichten Engelsschwingen weit
Hinauf zu Gottes Glanz und Seligkeit.
Deshalb, trotz deines grausigen Gesichts,
Kraft Seiner Gnade fürcht ich von dir nichts.
Zum Kampf entschlossen gebe ich nicht nach,
Versink ich auch im Blut, jag in der Schlacht
Dich in die Flucht. Doch nicht zum Wohl des Fleischs;

My body, my vile harlot, it's thy mess,
Laboring to drown me into sin, disguise
By eating and by drinking such evil joys;
Though grace preserved me, that I never have
Surprisèd been nor tumbled in such grave.
Hence for my strumpet I'll ne'er draw my sword,
Nor thee restrain at all by iron curb,
Nor for her safety will I 'gainst thee strive,
But let thy frozen gripes take her captive,
And her imprison in thy dungeon cave,
And grind to powder in thy mill, the grave;
Which powder in thy van thou'st safely keep
Till she hath slept out quite her fatal sleep.
When the last cock shall crow the Last Day in,
And the Archangel's trumpet's sound shall ring,
Then the Eye Omniscient seek shall all there round
Each dust death's mill had very finely ground,
Which in death's smoky furnace well refined
And each to its fellow hath exactly joined,
Is raised up anew and made all bright
And crystalized, all top-full of delight;
And entertains its soul again in bliss,
And holy angels waiting all on this.
The soul and body now, as two true lovers,
Every night how do they hug and kiss each other!
And going hand in hand thus through the skies
Up to the Eternal Glory rise.
Is this the worst thy terrors then can, why
Then should this grimace me terrify?
Why comest thou then so slowly? mend thy pace!
Thy slowness me detains from Christ's bright face.
Although thy terrors rise to the highest degree,
I still am where I was: a Fig for thee!

Mein Leib, die ekle Hur, ist deine Speis;
Will mich doch in den Sündensumpf nur zerren,
Durch Fressen, Saufen weitere Laster lehren –
Doch Gnade ließ mich wachsam sein, so ward
Ich vor dem Sturz in solchen Pfuhl bewahrt.
Für dieses Luder zieh ich nicht das Schwert,
Noch ist es, eisern dich zu zügeln, wert.
Nein! Für ihr Wohl will ich mit dir nicht streiten.
Soll deine eisige Faust sie doch ergreifen;
Setz sie gefangen in der Kerkerhöhle,
Zermahl zu Mehl sie in der Grabesmühle.
Das Mehl bewahr in deinem Worfelsieb,
Bis sie den Todesschlaf zu Ende schlief.
Beim jüngsten Hahnenschrei am Jüngsten Tag,
Wenn laut des Erzengels Posaune schallt,
Sucht der Allsehende im Rund der Vielen
Den feingemahlenen Staub der Todesmühlen,
Der, in des Todes Schmelzofen gefeint
Und sorgsam Korn für Korn wieder vereint,
Neu aufersteht, in hellen Glanz gehüllt,
Als ein Kristall; dann, ganz von Glück erfüllt
Und selig mit der Seele eins aufs neu,
– Die heiligen Engel wohnen all dem bei –
Sind Leib und Seele wie ein Liebespaar,
Sie küssen sich und kosen jede Nacht
Und schreiten Hand in Hand durch Himmel weit,
Herrlich hinan zur ewigen Herrlichkeit.
Mehr Grauen kennst du nicht? Was Wunder dann,
Daß deine Fratze mich nicht schrecken kann.
Warum kommst du so langsam? Spute dich!
Du hältst mich fern von Christi Angesicht.
Sind deine Schrecken noch so fürchterlich,
Ich bleibe doch dabei: Ich pfeif auf dich.

Anne Bradstreet

From The Prologue

I am obnoxious to each carping tongue
Who says my hand a needle better fits,
A poet's pen all scorn I should thus wrong,
For such despite they cast on female wits;
If what I do prove well, it won't advance:
They'll say it's stolen, or else it was by chance.

A Letter to her Husband, Absent upon Public Employment

My head, my heart, mine eyes, my life, nay more,
My joy, my magazine of earthly store,
If two be one, as surely thou and I,
How stayest thou there, whilst I at *Ipswich* lie?
So many steps, head from the heart to sever;
If but a neck, soon should we be together.
I, like the earth this season, mourn in black,
My Sun is gone so far in's Zodiac,
Whom, whilst I 'joyed, nor storms nor frosts I felt,
His warmth such frigid colds did cause to melt.
My chilled limbs now numbed lie forlorn:
Return, return sweet *Sol* from *Capricorn*;
In this dead time, alas, what can I more
Than view those fruits which through thy heat I bore?
Which sweet contentment yield me for a space,
True living pictures of their father's face.
O strange effect! now thou art southward gone,
I weary grow, the tedious day so long;
But when thou northward to me shalt return,
I wish my sun may never set, but burn
Within the Cancer of my glowing breast,
The welcome house of him, my dearest guest.
Where ever, ever stay, and go not thence,

Anne Bradstreet

Aus Der Prolog

Ein Ärgernis bin ich den Kritikastern,
Des Dichters Feder, schmähn sie, sei entweiht,
In meine Hand würd nur die Nadel passen;
Solche Verachtung trifft die Frau von Geist.
Was hilfts, wenn, was ich schreibe, etwas taugt:
Sie sagen, Zufall seis oder geklaut.

Brief an den in öffentlichen Geschäften abwesenden Gatten

Mein Haupt, mein Herz, mein Auge, Leben, Mut,
Du meine Freude, Schatzhaus für mein irdisch Gut,
Wenn zwei so eins sind wie wir, du und ich,
Wie kommts, daß du dort, ich in *Ipswich* lieg?
Ein weiter Weg trennt jetzt das Haupt vom Herzen,
Wärs nah, wir lägen bald vereint und scherzten.
Ich traure in Schwarz, so wie die Wintererde,
Denn auch für mich steht *Sol* im Tierkreis ferne.
Nicht Sturm noch Frost fühlt' ich, als er mich wärmte,
Mein Eis in seiner Glut zu schmelzen lernte.
Frostig und taub sind die verlassenen Glieder:
Komm, süßer *Sol,* kehr mir vom *Steinbock* wieder!
In dieser toten Zeit bleibt nur die Freude
An Früchten, die mir deine Wärme zeugte.
Beglückung schenken sie mir einige Zeit,
Die ihren Vater leibhaft konterfeit.
Seltsam! Da du im Süden weilst, ertrage
Ich kaum die Öde dieser langen Tage;
Doch kehrst du in den Norden zu mir heim,
Soll meine Sonne nie mehr sinken. – Nein,
Im Haus des Krebses, meinem Herzen, magst
Du brennen als willkommener, liebster Gast.
Da bleibe immer! Bleibe, geh nicht fort,

Till nature's sad decree shall call thee hence;
Flesh of thy flesh, bone of thy bone,
I here, thou there, yet both but one.

QUATERNIONS

Ah me! Conceived in sin, and born in sorrow,
A nothing, here today but gone tomorrow,
Whose mean beginning blushing can't reveal,
But night and darkness must with shame conceal.

THE VEXING STONE, in bladder and in reins,
Torments me with intolerable pains;
The windy colic oft my bowels rend,
To break the darksome prison, where it's pent;
The knotty gout does sadly torture me,
And the restraining lame sciatica;
The quinsy and the fevers oft distaste me,
And the consumption to the bones doth waste me;
Subject to all diseases, that's the truth,
Though some are incident to age, or youth:
And to conclude, I may not tedious be,
Man at his best estate is vanity.

Bis die Natur dich ruft mit ernstem Wort.
Fleisch deines Fleischs, Bein deines Beins,
Ich hier, du dort, doch beide eins.

Quaternions

Weh mir! Gezeugt in Sünde, schmerzgeboren,
Bin ich ein Nichts, heut hier, doch fort schon morgen.
Scham wehrt, den niedern Anfang zu entdecken,
Die dunkle Nacht muß seine Schmach verstecken.

Der Schmerz von Blasengrieß und Nierenstein
Quält mich mit unerträglich großer Pein;
Oft zerreißt schier die Därme mir der Wind
Bis er aus seinem dunklen Kerker findt;
Mit bösen Knoten martert mich die Gicht,
Lähmender Ischias hemmt und hindert mich;
Halsschmerz und Fieber töten den Geschmack,
Schwindsucht zehrt mich bis auf die Knochen ab;
Jedwed Gebresten kann uns widerfahren,
Sei's schon in frühen, sei's in späten Jahren.
Drum dies, statt viel Gerede, zum Geleit:
Der Mensch ist, bestenfalls, nur Eitelkeit.

Philip Freneau

On Observing a Large Red-streak Apple

In spite of ice, in spite of snow,
In spite of all the winds that blow,
In spite of hail and biting frost,
Suspended here I see you tossed;
You still retain your wonted hold
Though days are short and nights are cold.

Amidst this system of decay
How could you have one wish to stay?
If fate or fancy kept you there
They meant you for a *Solitaire.*
Were it not better to descend,
Or in the cider mill to end
Than thus to shiver in the storm
And not a leaf to keep you warm –
A moment, then, had buried all,
Nor you have doomed so late a fall.

But should the stem to which you cling
Uphold you to another spring,
Another race would round you rise
And view the *stranger* with surprize,
And, peeping from the blossoms say:
Away, old dotard, get away!

Alas! small pleasure can there be
To dwell, a hermit, on the tree –
Your old companions, all, are gone,
Have dropt, and perished, every one;
You only stay to face the blast,
A sad memento of the past.

Philip Freneau

Bei Betrachtung eines großen Rotstreiflings

Du trotzt dem Eis, du trotzt dem Schnee,
Du trotzt den Winden, die da wehn,
Du trotzt dem Hagel und dem Frost,
Hängst schwankend dort im scharfen Ost;
Verharrst in der gewohnten Lage,
Trotz kalter Nächte, kurzer Tage.

In all dem herbstlichen Vergehn
Wie willst du da noch fortbestehn?
Wenn es des Schicksals Laune wär,
Bestimmt es dich zum *Solitaire*.
Komm lieber runter. Ists nicht besser
Du endest in der Ziderpresse,
Als so zu zittern hier im Kalten,
Ohne ein Blatt, dich warm zu halten –
Ein Nu hätt dann ein End gemacht
Und dir solch späten Fall erspart.

Sollte der Ast, an dem du hängst,
Dich halten bis zum nächsten Lenz,
Wüchs um dich eine neue Art,
Die staunend auf den Fremdling starrt,
Und aus den Blüten sprächs zu dir:
Fort, Tattergreis du, fort von hier!

Es kann doch kein Vergnügen sein,
Als Einsiedel am Baum, allein –
Die alten Freunde, alle fort,
Gefallen längst, ein jeder tot.
Nur du bleibst hier, gen Sturm gefeit,
Ein trauriges Denkmal alter Zeit.

Would fate or nature hear my prayer,
I would your bloom of youth repair;
I would the wrongs of time restrain
And bring your blossom-state again:
But fate and nature both say no;
And you, though late, must perish too.

What can we say, what can we hope?
Ere from the branch I see you drop,
All I can do, all in my power
Will be to watch your parting hour:
When from the branch I see you fall,
A grave we dig a-south the wall.
There you shall sleep till from your core
Of youngsters rises three or four;
These shall salute the coming spring
And red streaks to perfection bring
When years have brought them to their prime
And they shall have their summer's time:
This, this is all you can attain,
And thus, I bid you, live again!

Hörten Natur mich und Geschick,
Gäb ich dir Jugendglanz zurück;
Wunden der Zeit wollt ich behandeln,
Zur Blüte dich zurückverwandeln.
Doch sagt Natur samt Schicksal nein:
Es muß, zwar spät, gestorben sein.

Was kann man sagen, hoffen gar?
Eh ich vom Zweig dich fallen sah,
Steht nichts zu tun in meiner Macht,
Als daß ich auf dein Stündlein wart.
Fällst du dann endlich doch herab,
Grab an der Südwand ich dein Grab.
Dort schlafe, bis aus deinem Kern
Gleich drei, vier Sprößlinge erstehn,
Die dann das nächste Frühjahr grüßen
Und Rotstreiflinge tragen müssen,
Wenn sie, in ihren besten Jahren,
Des Lebens Sommerzeit erfahren.
Komm, du hast keine andere Wahl;
Drum sag ich: lebe noch einmal!

Joel Barlow

From The Hasty Pudding

Ye Alps audacious, through the heavens that rise,
To cramp the day and hide me from the skies;
Ye Gallic flags that, o'er their heights unfurled,
Bear death to kings, and freedom to the world,
I sing not you. A softer theme I choose,
A virgin theme, unconscious of the Muse,
But fruitful, rich, well suited to inspire
The purest frenzy of poetic fire.
Despise it not, ye bards to terror steeled,
Who hurl your thunders round the epic field;
Nor ye who strain your midnight throats to sing
Joys that the vineyard and the stillhouse bring;
Or on some distant fair your notes employ,
And speak of raptures that you ne'er enjoy.
I sing the sweets I know, the charms I feel,
My morning incense, and my evening meal,
The sweets of *Hasty Pudding*. Come, dear bowl,
Glide o'er my palate, and inspire my soul!
The milk beside thee, smoking from the kine,
Its substance mingled, married in with thine,
Shall cool and temper thy superior heat,
And save the pains of blowing while I eat.
Oh! could the smooth, the emblematic song
Flow like thy genial juices o'er my tongue,
Could those mild morsels in my numbers chime,
And, as they roll in substance roll in rhyme,
No more thy awkward unpoetic name
Should shun the muse, or prejudice thy fame;
But rising grateful to the accustomed ear,
All bards should catch, and all the realms revere!
Assist me first with pious toil to trace
Through wrecks of time thy lineage and thy race;
Declare what lovely squaw, in days of yore,

Joel Barlow

Aus Der Hasty Pudding

Ihr Alpen kühn, die ihr euch hoch aufreckt,
Den Tag schrumpft und vorm Himmel mich versteckt,
Ihr gallischen Banner, die in wilden Winden
Den Königen Tod, der Welt die Freiheit künden,
Euch sing ich nicht. Mein sei ein sanftrer Gegenstand,
Der jungfräulich, nichts von der Muse ahnt,
Doch, reich und fruchtbar, mir entzünden muß
Das Feuer des *furor poeticus.*
Verschmäht ihn nicht, ihr Barden schreckgewöhnt,
Die ihr auf epischem Felde donnernd dröhnt,
Noch ihr, die aus mittnächtiger Kehle singt
Die Lust, die Weinberg und Distille bringt,
Oder ein fernes Lieb in Verse gießt,
Und Wonnen feiert, die ihr nie genießt.
Ich sing erlebte Freuden meiner Küche,
Des Früh- und Abendmahles Wohlgerüche:
Die *Hasty-Pudding*-Lust. Komm, Speise teure,
Letz mir den Gaumen, und den Geist befeure.
Noch kuhwarm dampfend soll dabei die Milch
Mit deinem Stoff sich mischen inniglich,
Auf daß sie lindernd deine Hitze kühle
Und mir beim Essen spar des Blasens Mühe.
O ging mein sanfter Sang, gleichsam im Bild,
Über die Zunge mir, wie deine Säfte mild.
Daß doch im Vers die Bröcklein klingen wollten,
Und, wie im Munde, auch in Reimen rollten;
Dann wär dein unpoetischer Name nie
Mehr Musenschreck noch Grund zu Ironie;
Nein, er wär wohlklingend und oft gehört,
Von allen Barden und der Welt verehrt.
Zuerst sollst du mir treulich assistieren,
Im Schutt der Zeiten deiner Herkunft nachzuspüren.
Sag an, welch hübsche Squaw vor Jahr und Tag

(Ere great Columbus sought thy native shore)
First gave thee to the world; her works of fame
Have lived indeed, but lived without a name.
Some tawny Ceres, goddess of her days,
First learned with stones to crack the well-dried maize,
Through the rough sieve to shake the golden shower,
In boiling water stir the yellow flour;
The yellow flour, bestrewed and stirred with haste,
Swells in the flood and thickens to a paste,
Then puffs and wallops, rises to the brim,
Drinks the dry knobs that on the surface swim;
The knobs at last the busy ladle breaks,
And the whole mass its true consistence takes.
Could but her sacred name, unknown so long,
Rise, like her labors, to the son of song,
To her, to them, I'd consecrate my lays,
And blow her pudding with the breath of praise.

My song resounding in its grateful glee,
No merit claims, I praise myself in thee.
My father loved thee through his length of days;
For thee his fields were shaded o'er with maize;
From thee what health, what vigor he possessed,
Ten sturdy freemen from his loins attest;
Thy constellation ruled my natal morn,
And all my bones were made of Indian corn.
Delicious grain! whatever form it take,
To roast or boil, to smother or to bake,
In every dish 'tis welcome still to me,
But most, my Hasty Pudding, most in thee.
Let the green succotash with thee contend,
Let beans and corn their sweetest juices blend,
Let butter drench them in its yellow tide,
And a long slice of bacon grace their side;
Not all the plate, how famed soe'er it be,
Can please my palate like a bowl of thee.

(Eh noch Columbus vor den heimischen Küsten lag)
Der Welt dich gab. Wahrlich, ihr Werk war groß
Und lebt, doch überlebt es namenlos.
Eine rothäutige Ceres – ihr sei Preis –
Lernte mit Stein einst brechen trocknen Mais,
Den Goldregen durchs grobe Sieb zu führen,
Das Mehl in siedend Wasser einzurühren.
Das gelbe Mehl, gestreut und schnell gerührt dabei,
Quillt in der Flut auf und dickt ein zu Brei;
Der blubbert und schwappt bis zum Überlauf,
Und schluckt die trocknen Klümpchen obenauf;
Die bricht der rührige Löffel letztenends,
So kriegt der Teig die rechte Konsistenz.
Wär doch ihr heiliger Name, den noch keiner fand,
So wie ihr Werk, dem Musensohn bekannt,
Ich weihte Werk und Namen meine Strophen
Und blies den Pudding mit des Preises Odem.

Mein dankbar Lied, beflügelt von Plaisir,
Erheischt kein Lob; ich preise mich in dir.
Mein Vater liebte dich zeitlebens heiß,
Drum lag sein Land im Schatten stets von Mais.
Kraft und Gesundheit, die ihm dank dir eigen,
Können zehn stramme Freilinge bezeugen.
Auch ich ward unter deinem Stern geborn,
Mein Knochenbau ist aus indianisch Korn.
Köstlich Getreide! Auf welch immer Arten,
Gekocht, gedämpft, geröstet und gebraten,
In jeder Speise ists willkommen mir,
Zuvörderst, Hasty Pudding, doch in dir.
Es streit mit dir der grüne *Succotash,*
Und misch von Mais und Bohnen süßen Saft,
Es ströme gelbe Butter drüber weg,
Das Ganze schmück ein langer Streifen Speck –
Und wärs ein noch so ruhmreiches Gericht,
So wie du schmeichelts meinem Gaumen nicht.

Some talk of *hoe-cake*, fair Virginia's pride
Rich *Johnny-cake* this mouth has often tried;
Both please me well, their virtues much the same;
Alike their fabric, as allied their fame,
Except in dear New England, where the last
Receives a dash of pumpkin in the paste,
To give it sweetness and improve the taste.
But place them all before me, smoking hot,
The big round dumpling rolling from the pot;
The pudding of the bag, whose quivering breast,
With suet lined, leads on the Yankee feast,
The Charlotte brown, within whose crusty sides
A belly soft the pulpy apple hides;
The yellow bread, whose face like amber glows,
And all of Indian that the bakepan knows:
You tempt me not – my favorite greets my eyes,
To that loved bowl my spoon by instinct flies.

Man spricht von *Hoe-cake,* von Virginias Zier,
Von *Johnny-cake* auch, den ich oft goutier;
Mir schmecken beide: an Vorzügen reich
Sind sie an Ruhm und im Geschmack fast gleich;
Nur in Neu-England nicht, wo *Johnny-cake*
Ein Quentchen Kürbis abkriegt in den Teig,
Daß er noch mehr Geschmack und Süße zeig.
Setzt alle dampfend vor mich, wenn ihr wollt:
Den Knödel groß, der aus der Schüssel rollt,
Serviettenpudding, dessen talgbeglänzte Brust
Bibbernd erhöht der Yankee-Feste Lust,
Braune Charlott', die hinter Lenden kross
Den saftigen Apfel birgt im weichen Schoß,
Das gelbe Brot, des Antlitz wie der Bernstein glüht,
Jedweden Mais, so in der Pfanne briet –
Nein, ihr verlockt mich nicht, mir winkt mein Leibgericht,
Zu dem mein Löffel unwillkürlich fliegt.

William Cullen Bryant

Sonnet

To Thomas Cole, the Painter, Departing for Europe

Thine eyes shall see the light of distant skies –
    Yet, Cole! thy heart shall bear to Europe's strand
    A living image of our own bright land,
Such as on thy own glorious canvas lies:
Lone lakes – savannahs where the bison roves –
    Rocks rich with summer garlands – solemn streams –
    Skies, where the desert eagle wheels and screams –
Spring bloom and autumn blare of boundless groves.
Fair scenes shall greet thee where thou goest – fair,
    But different – everywhere the trace of men,
    Paths, homes, graves, ruins, from the lowest glen
To where life shrinks from the fierce Alpine air.
    Gaze on them, till the tears shall dim thy sight,
    But keep that earlier, wilder image bright.

William Cullen Bryant

Sonett

An den Maler Thomas Cole
bei seinem Aufbruch nach Europa

Dein Auge wird das Licht von fernen Himmeln sehn:
  Doch nimmt dein Herz, mein Cole, auch an Europas Strand
  Lebendige Bilder mit von unserem eigenen Land,
Wie sie auf deiner Leinwand herrlich vor uns stehn:
Einsame Seen – Savannen, wo der Büffel grast –
  Erhabene Ströme – Fels, an Sommerkränzen reich –
  Und Himmel, wo der Wüstenadler kreist und schreit –
Endlos des Frühlings Flor, des Herbstes Feuerglast.
Schön wird die Landschaft sein, wohin dein Auge reicht –
  Schön, aber anders – Menschenspuren überall,
  Pfade, Ruinen, Häuser, Gräber – tief vom Tal
Bis hin, wo Leben eisigen Alpenlüften weicht.
  Schau nur, bis sich dein Blick trübt und mit Tränen füllt,
  Doch strahlend hell bewahr das ältere, wildere Bild.

Henry Wadsworth Longfellow

The Landlord's Tale: Paul Revere's Ride

Listen, my children, and you shall hear
Of the midnight ride of Paul Revere,
On the eighteenth of April, in Seventy-five;
Hardly a man is now alive
Who remembers that famous day and year.

He said to his friend, «If the British march
By land or sea from the town to-night,
Hang a lantern aloft in the belfry arch
Of the North Church tower as a signal light, –
One, if by land, and two, if by sea;
And I on the opposite shore will be,
Ready to ride and spread the alarm
Through every Middlesex village and farm,
For the country-folk to be up and to arm.»

Then he said, «Good night!» and with muffled oar
Silently rowed to the Charlestown shore,
Just as the moon rose over the bay,
Where swinging wide at her moorings lay
The Somerset, British man-of-war;
A phantom ship, with each mast and spar
Across the moon like a prison bar,
And a huge black hulk, that was magnified
By its own reflection in the tide.

Meanwhile his friend, through alley and street,
Wanders and watches with eager ears,
Till in the silence around him he hears
The muster of men at the barrack door,
The sound of arms, and the tramp of feet,
And the measured tread of the grenadiers,
Marching down to their boats on the shore.

Henry Wadsworth Longfellow

Die Geschichte des Gastwirts: Paul Reveres Ritt

Aufgemerkt, Kinder, dann hört ihr von mir
Vom Mitternachtsritt des Paul Revere.
Der achtzehnte April fünfundsiebzig war's;
Kaum einer lebt noch, der sich hier
Erinnert des ruhmreichen Tags und des Jahrs.

Er sprach zum Freund: «Wenn heut nacht die Briten
Zu Land oder Wasser aus der Stadt ausrücken,
Dann häng im Turm der Nordkirche droben
Eine Warnlaterne in den Fensterbogen, –
Wenn zu Land, eine, wenn zu Wasser, zween;
Ich will am anderen Ufer stehn,
Bereit zu reiten, und ich trag den Alarm
In jedes Middlesex Dorf, jede Farm:
Das Landvolk muß auf und in Waffen gehn.»

Dann sagt er: «Gut Nacht!» Und mit umwickeltem Ruder
Paddelt er leise ans Charlestown-Ufer,
Grad wie der Mond über der Bucht aufgeht;
Dort draußen vertäut liegt am Ankerplatz
Ein britisches Kriegsschiff, die Somerset,
Ein Geisterschiff: jede Rah, jeder Mast
Wie ein Kerkergitter vor der Mondscheibe steht,
Und den riesigen Rumpf, die schwarze Masse,
Vergrößert sein Widerschein im Wasser.

Indes wandert der Freund durch alle Straßen,
Lauert und lauscht in allen Gassen;
Bis in der Stille sein waches Ohr
Den Appell vernimmt am Kasernentor,
Füßegetrappel und Waffenklirren,
Und dann den Gleichschritt von Grenadieren,
Die zum Strand zu den Booten hinuntermarschieren.

Then he climbed the tower of the Old North Church,
By the wooden stairs, with stealthy tread,
To the belfry-chamber overhead,
And startled the pigeons from their perch
On the sombre rafters, that round him made
Masses and moving shapes of shade, –
By the trembling ladder, steep and tall,
To the highest window in the wall,
Where he paused to listen and look down
A moment on the roofs of the town,
And the moonlight flowing over all.

Beneath, in the churchyard, lay the dead,
In their night-encampment on the hill,
Wrapped in silence so deep and still
That he could hear, like a sentinel's tread,
The watchful night-wind, as it went
Creeping along from tent to tent,
And seeming to whisper, «All is well!»
A moment only he feels the spell
Of the place and the hour, and the secret dread
Of the lonely belfry and the dead;
For suddenly all his thoughts are bent
On a shadowy something far away,
Where the river widens to meet the bay, –
A line of black that bends and floats
On the rising tide, like a bridge of boats.

Meanwhile, impatient to mount and ride,
Booted and spurred, with a heavy stride
On the opposite shore walked Paul Revere.
Now he patted his horse's side,
Now gazed at the landscape far and near,
Then, impetuous, stamped the earth,
And turned and tightened his saddle-girth;
But mostly he watched with eager search
The belfry-tower of the Old North Church,
As it rose above the graves on the hill,

Drauf steigt er im Turm der Nordkirche auf,
Über hölzerne Treppen, verstohlenen Schritts,
Bis hoch zur Glockenstube hinauf;
Und schreckt die Tauben von ihrem Sitz
Auf dem düstern Gebälk – ihn umschwebten viele
Schemen und schwirrende Schattenspiele.
Über wacklige, steile Sprossen fand
Er zum obersten Fenster hoch in der Wand;
Dort hielt er ein, er horchte und tat
Einen Blick hinab auf die Dächer der Stadt,
Die vom Mondlicht umflossen unter ihm lag.

Drunten im Kirchhof, da schliefen die Toten
Im Nachtlager auf dem Hügel beisammen,
In tiefer Ruh und von Schweigen umfangen,
So daß, wie den Schritt eines wachsamen Boten
Er den Nachtwind vernahm, der durchs Lager strich,
Leise von Zelt zu Zelt sich schlich
Und zu flüstern schien: ‹Es steht alles zum Guten!›
Nur einen Augenblick spürt er den Zauber
Von Ort und Stunde, den heimlichen Schauder
Des einsamen Glockenturms und der Toten.
Denn plötzlich nimmt alle seine Gedanken
Ein düsteres Etwas weit draußen gefangen,
Wo der Fluß breit in die Bucht einmündet –
Ein schwarzer Streif, der dort schwimmt und sich windet
Auf der steigenden Flut: eine Brücke von Booten.

Indes voll Ungeduld und bereit zum Ritt,
Gestiefelt, gespornt und mit schwerem Schritt,
Am anderen Ufer stapft Paul Revere.
Bald tätschelt er sein braves Tier,
Bald schaut er ins Land, bald aufs Meer hinaus,
Dann stampft er auf, kehrt um und zurrt
Fester noch einmal den Sattelgurt;
Zumeist jedoch blickt er forschend aus
Nach dem Turm beim alten Gotteshaus
Über den Gräbern auf dem Hügel drüben,

Lonely and spectral and sombre and still.
And lo! as he looks, on the belfry's height
A glimmer, and then a gleam of light!
He springs to the saddle, the bridle he turns,
But lingers and gazes, till full on his sight
A second lamp in the belfry burns!

A hurry of hoofs in a village street,
A shape in the moonlight, a bulk in the dark,
And beneath, from the pebbles, in passing, a spark
Struck out by a steed flying fearless and fleet:
That was all! And yet, through the gloom and the light,
The fate of a nation was riding that night;
And the spark struck out by that steed, in his flight,
Kindled the land into flame with its heat.

He has left the village and mounted the steep,
And beneath him, tranquil and broad and deep,
Is the Mystic, meeting the ocean tides;
And under the alders, that skirt its edge,
Now soft on the sand, now loud on the ledge,
Is heard the tramp of his steed as he rides.

It was twelve by the village clock
When he crossed the bridge into Medford town.
He heard the crowing of the cock,
And the barking of the farmer's dog,
And felt the damp of the river fog,
That rises after the sun goes down.

It was one by the village clock,
When he galloped into Lexington.
He saw the gilded weathercock
Swim in the moonlight as he passed,
And the meeting-house windows, blank and bare,
Gaze at him with a spectral glare,
As if they already stood aghast
At the bloody work they would look upon.

Einsam, gespenstisch, düster, verschwiegen.
Und da! wie er späht, aus dem Turm heraus
Ein Glimmen – dann ein schimmerndes Licht!
Er springt in den Sattel, reißt den Zügel herum,
Zögert, schaut nochmals, bis aus dem Turm
Der Schein einer zweiten Lampe bricht!

Hastige Hufe den Dorfweg hinauf,
Ein Schatten im Mondlicht, ein Schemen im Dunkeln,
Darunter, wie es vorbeisprengt, ein Funken,
Den ein Roß aus dem Kies schlägt im kühnen Lauf.
Das war alles! Und doch, durch das Dunkel und Licht
Ritt jene Nacht eines Volkes Geschick.
Und der Funke, den das Roß schlug, ward zum Brand
Und setzte in Flammen das ganze Land.

Er ist aus dem Dorf schon und den Abhang hinan;
Unter ihm, tief, breit und langsam,
Vereint sich der Mystic mit des Ozeans Fluten.
Und unter den Erlen am Uferrand,
Bald laut auf dem Fels, bald leise im Sand,
Erklingt der Hufschlag seiner Stute,

Die Dorfuhr zeigte zwölf Uhr an,
Als über die Brücke er Medford erreicht.
Er hörte krähen den Gockelhahn
Und bellen eines Farmers Hund.
Und er fühlte den feuchten Nebel im Grund,
Der vom Fluß aufsteigt, wenn die Sonne sank.

Die Dorfuhr zeigte ein Uhr an,
Als er durch Lexington galoppierte.
Er sah den goldenen Wetterhahn
Im Mondlicht schwimmen, als er passierte,
Und die Fenster im Bethaus, leer und nackt,
Wie sie gespenstisch auf ihn starrten,
Als hätte sie schon das Entsetzen gepackt,
Ob der blutigen Taten, die ihrer harrten.

It was two by the village clock,
When he came to the bridge in Concord town.
He heard the bleating of the flock,
And the twitter of birds among the trees,
And felt the breath of the morning breeze
Blowing over the meadows brown.
And one was safe and asleep in his bed
Who at the bridge would be first to fall,
Who that day would be lying dead,
Pierced by a British musket-ball.

You know the rest. In the books you have read,
How the British Regulars fired and fled, –
How the farmers gave them ball for ball,
From behind each fence and farm-yard wall,
Chasing the red-coats down the lane,
Then crossing the fields to emerge again
Under the trees at the turn of the road,
And only pausing to fire and load.

So through the night rode Paul Revere;
And so through the night went his cry of alarm
To every Middlesex village and farm, –
A cry of defiance and not of fear,
A voice in the darkness, a knock at the door,
And a word that shall echo for evermore!
For, borne on the night-wind of the Past,
Through all our history, to the last,
In the hour of darkness and peril and need,
The people will waken and listen to hear
The hurrying hoof-beats of that steed,
And the midnight message of Paul Revere.

Die Dorfuhr zeigte zwei Uhr an,
Als er zur Brücke von Concord kam.
Er hörte das Blöken auf der Wiese
Und das Zwitschern der Vögel im Gebüsch,
Und fühlte den Hauch der Morgenbrise,
Die über die braunen Felder strich.
Und einer schlief ruhig wie in Abrahams Schoß,
Den's an der Brücke als ersten traf,
Der sterben sollte am selbigen Tag,
Durchbohrt von eines Briten Geschoß.

Das Übrige wißt ihr; habts oft gelesen schon,
Wie die Briten erst feuerten und dann flohn, –
Wie hinter Hofmauern hervor und Zäunen
Die Farmer Kugel mit Kugel vergalten,
Und die Rotröcke den Dorfweg hinunterjagten,
Dann die Felder durchquerten, um unter den Bäumen,
Bei der Straßenbiegung, alsbald zu erscheinen,
Und nur zum Feuern und Laden zu halten.

So ritt durch die Nacht unser Paul Revere,
So schrie durch die Nacht er seinen Alarm
In jedes Middlesex-Dorf, jede Farm, –
Ein trotziger Schrei, ein Schlag an die Tür,
Eine furchtlose Stimme, die durchs Dunkel schallt
Und ein Wort, das immer noch widerhallt!
Denn der Nachtwind der Vergangenheit
Wehts durch die Geschichte für alle Zeit.
In dunkler Stund, wenn die Not zu groß,
Erwacht unser Volk, und dann hören wir
Den hastigen Hufschlag von jenem Roß
Und die Mitternachtsbotschaft des Paul Revere.

Edgar Allan Poe

To Helen

Helen, thy beauty is to me
   Like those Nicèan barks of yore,
That gently, o'er a perfumed sea,
   The weary, way-worn wanderer bore
   To his own native shore.

On desperate seas long wont to roam,
   Thy hyacinth hair, thy classic face,
Thy Naiad airs have brought me home
   To the glory that was Greece,
And the grandeur that was Rome.

Lo! in yon brilliant window-niche
   How statue-like I see thee stand,
   The agate lamp within thy hand!
Ah, Psyche, from the regions which
   Are Holy-Land!

The City in the Sea

Lo! Death has reared himself a throne
In a strange city lying alone
Far down within the dim West,
Where the good and the bad and the worst and the best
Have gone to their eternal rest.
There shrines and palaces and towers
(Time-eaten towers that tremble not!)
Resemble nothing that is ours.
Around, by lifting winds forgot,
Resignedly beneath the sky
The melancholy waters lie.

Edgar Allan Poe

An Helen

O Helen, deiner Schönheit Ruhm
Den Barken von Nikäa gleicht,
An deren Bord im Altertum
Der fahrtenmüde Wandrer leicht
Den Heimatstrand erreicht.

Du zogst vom wilden Meer mich licht
Mit deinem hyazinthnen Haar,
Mit deinem edlen Angesicht
Zur Herrlichkeit, die Hellas war
Und Rom im größten Jahr.

Mit der achatnen Lampe stehn
Auf deinem leuchtenden Altan
Darf ich dich wie ein Bildwerk sehn,
Darf, Seele, deinem Tempel nahn
In Kanaan.

Die Stadt im Meer

Sieh! einen Thron sich errichtet hat
Der Tod in einer gar seltsamen Stadt;
Im düsteren Westen man einsam sie findt,
Wo die Guten und Bösen, Mann, Weib und Kind,
Zur ewigen Ruhe gegangen sind.
Nicht ähnelt der Tempel und Türme Pracht
(Die nimmer wankt, ob schon Zeit sie zerfressen)
Nur irgend den Bauten, so Menschen vollbracht.
Rundum, von den jagenden Winden vergessen,
Ergeben unter dem Himmel, ruht
Der schwermutsvollen Wasser Flut.

No rays from the holy heaven come down
On the long night-time of that town;
But light from out the lurid sea
Streams up the turrets silently –
Gleams up the pinnacles far and free –
Up domes – up spires – up kingly halls –
Up fanes – up Babylon-like walls –
Up shadowy long-forgotten bowers
Of sculptured ivy and stone flowers –
Up many and many a marvellous shrine
Whose wreathèd friezes intertwine
The viol, the violet, and the vine.

Resignedly beneath the sky
The melancholy waters lie.
So blend the turrets and shadows there
That all seem pendulous in air,
While from a proud tower in the town
Death looks gigantically down.

There open fanes and gaping graves
Yawn level with the luminous waves;
But not the riches there that lie
In each idol's diamond eye –
Not the gaily-jewelled dead
Tempt the waters from their bed;
For no ripples curl, alas!
Along that wilderness of glass –
No swellings tell that winds may be
Upon some far-off happier sea –
No heavings hint that winds have been
On seas less hideously serene.

But lo, a stir is in the air!
The wave – there is a movement there!
As if the towers had thrust aside,
In slightly sinking, the dull tide –
As if their tops had feebly given

Kein Strahl aus heiligen Höhn fällt sacht
Auf jener Stätte so lange Nacht;
Doch tief aus der bleichen Seen Bann
Strömt Licht an den Türmen schweigend hinan –
Schimmert auf und bricht zu den Zinnen sich Bahn –
Zu Kuppeln – zu Spitzen – zu Kathedralen –
Zu Tempeln – zu babylonischen Hallen –
Zu schattiger langvergeßner Lauben
Gemeißeltem Efeu und steinernen Trauben –
Zu manch und manch einem herrlichen Schrein,
Des Friese verflechten zu inngem Verein
Violen mit Veilchen und wildem Wein.

Ergeben unter dem Himmel ruht
Der schwermutsvollen Wasser Flut.
Und so verschmolzen sind Schatten und Bau,
Daß alles wie schwebend erscheint im Grau
Der Luft, indessen aus Höhen, umloht,
Gigantisch niederblickt der Tod.

Die offenen Tempel, die klaffenden Grüfte,
Sie gähnen hinaus auf die Wasserklüfte;
Doch nicht die Demanten und reichen Juwelen,
Die in jeglichen Götzenbilds Augenhöhlen –
Die funkelnd und glitzernd die Toten zieren,
Verlocken die Wasser, sich wogend zu rühren;
Denn ach! kein Plätschern kräuselt blaß
Jene weite Öde aus schwärzlichem Glas –
Kein Schwellen kündet, daß Winde verkehren
Mit weit entfernten glücklichern Meeren –
Kein Heben erinnert, daß Wind einst war
Auf Seen, die weniger greulich klar.

Doch sieh! da regt es sich in der Luft!
Eine Welle – sie rinnt durch die finstere Schluft!
Als würfen die Türme auf einmal beiseit
In sachtem Sinken die stille Gezeit –
Als hätten die Spitzen ganz sanft geblaut

A void within the filmy Heaven.
The waves have now a redder glow –
The hours are breathing faint and low –
And when, amid no earthly moans,
Down, down that town shall settle hence.
Hell, rising from a thousand thrones,
Shall do it reverence.

Annabel Lee

It was many and many a year ago,
In a kingdom by the sea,
That a maiden there lived whom you may know
By the name of Annabel Lee; –
And this maiden she lived with no other thought
Than to love and be loved by me.

She was a child and *I* was a child,
In this kingdom by the sea,
But we loved with a love that was more than love –
I and my Annabel Lee –
With a love that the wingèd seraphs of Heaven
Coveted her and me.

And this was the reason that, long ago,
In this kingdom by the sea,
A wind blew out of a cloud by night
Chilling my Annabel Lee;
So that her highborn kinsmen came
And bore her away from me,
To shut her up in a sepulchre
In this kingdom by the sea.

The angels, not half so happy in Heaven,
Went envying her and me: –
Yes! that was the reason (as all men know,
In this kingdom by the sea)

Einen Riß in die düstere Himmelshaut.
Die Wellen durchströmt jetzt ein roteres Glühen –
Matt atmend die Stunden vorüberziehen –
Und wenn nun, unter unirdischem Stöhnen,
Die Stadt versinkt in gurgelnden Kreisen,
Dann erhebt sich die Hölle in mächtigem Dröhnen,
Ihr Reverenz zu erweisen.

Annabel Lee

Es war vor so manchem und manchem Jahr
  In dem Seereich, nicht weit von hie,
Daß ein Mädchen dort lebte, wunderbar,
  Mit Namen Annabel Lee; –
Und dies Mädchen, es lebte dem einzigen Sinn,
  Mich zu lieben, wie ich liebte sie.

Sie war ein Kind und *ich* war ein Kind
  In dem Seereich, nicht weit von hie,
Doch uns einte, was mehr noch als Liebe war, –
  Mich und lieb Annabel Lee –
Und so blickten am Ende die Seraphim selber
  Begehrlich auf mich und sie.

Und dies war der Grund, daß vor langer Zeit
  In einem Seereich, nicht weit von hie,
Ein Windschauer gellte aus Wolken bei Nacht
  Und traf meine Annabel Lee;
So daß die erlauchte Verwandtschaft kam
  Und trug hinweg mir sie,
Zu schließen sie tief in ein Grabgemach
  In dem Seereich, nicht weit von hie.

Die Engel, nicht halb so glücklich im Himmel,
  Warn neidisch auf mich und sie: –
Ja! das war der Grund (wie ein jeder weiß
  In dem Seereich, nicht weit von hie),

That the wind came out of the cloud, chilling
And killing my Annabel Lee.
But our love it was stronger by far than the love
Of those who were older than we –
Of many far wiser than we –
And neither the angels in Heaven above
Nor the demons down under the sea
Can ever dissever my soul from the soul
Of the beautiful Annabel Lee: –

For the moon never beams without bringing me dreams
Of the beautiful Annabel Lee;
And the stars never rise but I see the bright eyes
Of the beautiful Annabel Lee;
And so, all the night-tide, I lie down by the side
Of my darling, my darling, my life and my bride
In her sepulchre there by the sea –
In her tomb by the side of the sea.

Daß bei Nacht aus Wolken der Windschauer gellend
  Entseelt meine Annabel Lee.
Unsre Liebe aber war stärker noch
  Als die Liebe der Älteren, die
  Viel weiser immer denn ich und sie, –
Und nimmer solln Engel im Himmel hoch
  Noch Dämonen darunten hie
Abtrennen können mein Seel von der Seel
  Meiner lieblichen Annabel Lee: –

Denn der Mond mir nicht blinkt, ohn daß Träume er bringt
  Von der lieblichen Annabel Lee;
In den Sternen gewahr ich die Augen klar
  Meiner lieblichen Annabel Lee;
Und so lieg alle Nachtzeit ich wachend zur Seit
Meiner Lieb, der ich lebte, die einst ich gefreit,
  In dem Grabe, nicht weit von hie –
  In der Gruft, nicht weit von hie.

Ralph Waldo Emerson

The Snow-Storm

Announced by all the trumpets of the sky
Arrives the snow, and, driving o'er the fields,
Seems nowhere to alight: the whited air
Hides hills and woods, the river, and the heaven,
And veils the farm-house at the garden's end.
The sled and traveller stopped, the courier's feet
Delayed, all friends shut out, the housemates sit
Around the radiant fireplace, enclosed
In a tumultuous privacy of storm.

Come see the north wind's masonry.
Out of an unseen quarry evermore
Furnished with tile, the fierce artificer
Curves his white bastions with projected roof
Round every windward stake, or tree, or door.
Speeding, the myriad-handed, his wild work
So fanciful, so savage, nought cares he
For number or proportion. Mockingly,
On coop or kennel he hangs Parian wreaths;
A swan-like form invests the hidden thorn;
Fills up the farmer's lane from wall to wall,
Maugre the farmer's sighs; and, at the gate,
A tapering turret overtops the work.
And when his hours are numbered, and the world
Is all his own, retiring, as he were not,
Leaves, when the sun appears, astonished Art
To mimic in slow structures, stone by stone,
Built in an age, the mad wind's night-work,
The frolic architecture of the snow.

Ralph Waldo Emerson

Der Schneesturm

Von Himmelstrompeten laut verkündet,
Ankommt der Schnee; über weite Felder triftend,
Scheint er ohne Bleibe: die weißgefärbte Luft
Hüllt Berg und Wald, den Fluß und auch den Himmel,
Legt Schleier auf die Farm am Gartenrand.
Hält Reisende und Schlitten fest, des Boten Füße,
Sperrt alle Freunde aus; die Hausgefährten
Hocken am flackernden Kamin, gehüllt
In eine laute Abgeschiedenheit aus Sturm.

Komm und sieh des Nordwinds Mauerwerk.
Versorgt, aus einem Steinbruch unsichtbar,
Mit Ziegeln, legt der wilde Künstler
Seine weißen dachgezinnten Mauern
Um jeden windgewandten Pfahl, Baum oder Gatter.
Er saust, der Tausendhändige, sein kühnes Werk
So einfallsreich, so wild, nicht schert er sich
Um Zahl noch Ebenmaß. Voll Hohn hängt er
Um Stall und Hütte Marmorkränze;
Schwanengeformtes schmückt verborgnen Dorn;
Er füllt des Bauern Weg von Haus zu Haus –
Trotz des Bauern Seufzen, und dann am Tor
Krönt ein spitzer Turm das Werk.
Wenn er, da seine Stunde nahe und die Welt
Ganz sein, vergeht, als ob er nie gewesen,
Läßt er bei Sonnenaufgang eine Kunst zurück,
Die staunend nachahmt in Strukturen, Stein für Stein
Epochenlang gebaut, des Wahnwinds Nachtwerk,
Die übermütige Architektur des Schnees.

Days

Daughters of Time, the hypocritic Days,
Muffled and dumb like barefoot dervishes,
And marching single in an endless file,
Bring diadems and fagots in their hands.
To each they offer gifts after his will,
Bread, kingdoms, stars, and sky that holds them all.
I, in my pleached garden, watched the pomp,
Forgot my morning wishes, hastily
Took a few herbs and apples, and the Day
Turned and departed silent. I, too late,
Under her solemn fillet saw the scorn.

Nature

A subtle chain of countless rings
The next unto the farthest brings:
The eye reads omens where it goes,
And speaks all languages the rose;
And, striving to be man, the worm
Mounts through all the spires of form.

Power

Cast the bantling on the rocks,
Suckle him with the she-wolf's teat,
Wintered with the hawk and fox,
Power and speed be hands and feet.

Tage

Töchter der Zeiten, heuchlerische Tage,
Barfüßig, undurchsichtig, derwischgleich,
Einsam und endlos wandeln sie einher
Mit Kronen, Reisigbündeln in der Hand.
Sie bieten Gaben, wie sie jeder mag:
Brot, Ruhm und Sterne, Himmel voller Glück.
Da ich den Zug in meinem Garten sah,
Vergaß ich meinen morgendlichen Wunsch.
Nach Kraut und Apfel griff ich, und der Tag,
Der just erglänzte, schwand mir schnell dahin.
Das Abendrot verglühte wie ein Spott.

Natur

Eine feine Kette zahlloser Ringe
Verbindet die nächsten und fernsten Dinge;
Der Blick liest Omen, wohin er auch fällt,
Die Rose spricht alle Sprachen der Welt,
Und durch die Spirale der Formen auf Erden
Windet der Wurm sich, zum Menschen zu werden.

Kraft

Setz den Bankert auf die Felsen,
Säug ihn an der Wölfin Brust;
Winterfest mit Falk und Fuchs –
Hand und Fuß sei Kraft und Schnelle.

Henry David Thoreau

Smoke

Light-winged Smoke, Icarian bird,
Melting thy pinions in thy upward flight,
Lark without song, and messenger of dawn,
Circling above the hamlets as thy nest;
Or else, departing dream, and shadowy form
Of midnight vision, gathering up thy skirts;
By night star-veiling, and by day
Darkening the light and blotting out the sun;
Go thou my incense upward from this hearth,
And ask the gods to pardon this clear flame.

On fields o'er which the reaper's hand has passed
Lit by the harvest moon and autumn sun,
My thoughts like stubble floating in the wind
And such fineness as October airs,
There after harvest could I glean my life
A richer harvest reaping without toil,
And weaving gorgeous fancies at my will
In subtler webs than finest summer haze.

My life has been the poem I would have writ,
But I could not both live and utter it.

Henry David Thoreau

Rauch

Leicht beflügelter Rauch! Ikarischer Vogel,
Dem sich die Schwinge ablöst beim Aufwärtsfliehn;
Stimmlose Lerche, Vorbotin der Dämmerung,
Die über Weilern kreist als über dem Neste;
Oder wohl auch der scheidende Traum einer Mitternacht,
Wie er sich deutlich umrändert vor dem Erlöschen;
Der die Sterne verschleiert bei Nacht, und dem Tag
Die Helle trübt und der Sonne den Strahl:
Steig als mein Weihrauch von diesem Herde empor,
Ob ihm die Götter verzeihn seine jähe Flamme.

Auf Feldern, die des Schnitters Hand schon schnitt,
Hell von Erntemond und Herbstessonne,
Denk ich wie Stoppeln, die im Winde triften,
Und solche Feinheit wie Oktoberlüfte,
Da konnte nach der Ernte ich mein Leben lesen,
Ein reichres Ernteschneiden ohne Plage,
Und prächtges Eingebilde nach Belieb verweben
Zu leichterem Gespinst als feinster Sommerglast.

Mein Leben war das Gedicht, das ich zu schreiben wollte wagen,
Doch konnt ich nicht zugleich es leben und es sagen.

Walt Whitman

One's-Self I Sing

One's-Self I sing, a simple separate person,
Yet utter the word Democratic, the word En-Masse.

Of physiology from top to toe I sing,
Not physiognomy alone nor brain alone is worthy for the Muse,
   I say the Form complete is worthier far,
The Female equally with the Male I sing.

Of Life immense in passion, pulse, and power,
Cheerful, for freest action formed under the laws divine,
The Modern Man I sing.

Song of Myself

1

I celebrate myself, and sing myself,
And what I assume you shall assume,
For every atom belonging to me as good belongs to you.

I loafe and invite my soul,
I lean and loafe at my ease observing a spear of
   summer grass.

My tongue, every atom of my blood, formed from this soil,
   this air,
Born here of parents born here from parents the same, and their
   parents the same,
I, now thirty-seven years old in perfect health begin,
Hoping to cease not till death.

Creeds and schools in abeyance,
Retiring back a while sufficed at what they are,
   but never forgotten,

Walt Whitman

Ich singe das Selbst

Ich singe das Selbst, den Einzelmenschen,
Doch spreche das Wort »demokratisch« aus, das Wort »en masse«.

Ich singe Physiologie vom Scheitel bis zur Sohle,
Nicht Physiognomie noch Hirn allein ist würdig für die Muse,
 ich sage, viel würdiger noch ist die gesamte Gestalt.
Ich singe das Weibliche gleichen Rangs mit dem Männlichen.

Das Leben, unermeßlich in Leidenschaft, Puls und Kraft,
Freudig, zu freiester Tat geformt nach göttlichem Gesetz,
Ich singe den modernen Menschen.

Lied von meinem Selbst

1

Ich bejuble mich selbst und besinge mich selbst
Und was ich mir anmute, sollt ihr euch anmuten,
Denn jedes Atom, das mir eigen ist, ist ebenso euer eigen.

Ich lungere und lad meine Seele ein,
Ich lehn mich zurück, lungere nach meiner Lust und studiere den
 Sommergrashalm.

Meine Zunge, jedes Atom meines Blutes, gebaut aus dieser
 Erde und dieser Luft,
Gebürtig von hiesigen Eltern, die gebürtig von Eltern desselben
 Schlags und deren Eltern desgleichen,
Ich, kerngesund, in meinem siebenunddreißigsten Jahr, hebe an
Und hoffe nicht aufzuhören bis zum Tode.

Glaubenssätze und Denkerschulen in der Schwebe,
Zurückgestellt für eine Weile, brauchbar soweit sie gehen,
 doch nie zu vergessen

I harbor for good or bad, I permit to speak at every hazard,
Nature without check with original energy.

2

Houses and rooms are full of perfume, the shelves are crowded with perfumes,
I breathe the fragrance myself and know it and like it,
The distillation would intoxicate me also, but I shall not let it.

The atmosphere is not a perfume, it has no taste of the distillation, it is odorless,
It is for my mouth forever, I am in love with it,
I will go to the bank by the wood and become undisguised and naked,
I am mad for it to be in contact with me.

The smoke of my own breath,
Echoes, ripples, buzzed whispers, love-root, silk-thread, crotch and vine,
My respiration and inspiration, the beating of my heart, the passing of blood and air through my lungs,
The sniff of green leaves and dry leaves, and of the shore and dark-colored sea rocks, and of hay in the barn,
The sound of the belched words of my voice loosed to the eddies of the wind,
A few light kisses, a few embraces, a reaching around of arms,
The play of shine and shade on the trees as the supple boughs wag,
The delight alone or in the rush of the streets, or along the fields and hill-sides,
The feeling of health, the full-noon trill, the song of me rising from bed and meeting the sun.

Have you reckoned a thousand acres much? have you reckoned the earth much?

Wohnt in mir wohl oder übel, sie, der ich auf jede Gefahr hin das
Wort erteil,
Natur ohne Abstrich in ihrer primären Gewalt.

2

Wohnhäuser und Stuben sind voller Düfte, duftgeschwängert die Borde,
Ich selbst atme den Wohlgeruch, ich kenne und mag ihn,
Der ätherische Auszug würde auch mich benebeln, doch ich geb
ihm keinen Raum.

Die Lufthülle ist kein Duftstoff, hat kein Aroma,
sie ist geruchlos,
Meinem Mund bleibt sie süffig immerdar, ihr bin ich verfallen,
Zur Böschung am Waldrand will ich gehn, will unverhüllt und
nackt sein,
Ich bin verrückt nach Hautfühlung mit ihr.

Der Brodem meines eigenen Atems,
Widerhall, Riffeln, Sirren-und-Tuscheln, Liebwurz, Mariengarn,
Astgabel und Klimme,
Mein Aus- und Einatmen, das Pochen meines Herzens, das Blut-
und Luftschleusen durch meine Lungen,
Der Ruch von grunelndem Laub und grabelnden welken Blättern,
der Küste mit schwärzlichen Klippen, dem Heu im Schober,
Der Klang der gebretzten Worte meiner Stimme, zerstoben im
wirbelnden Windsog,
Ein paar flüchtige Küsse, ein Umhalsen manchmal, Arme, die sich
um mich legen,
Das Lichtschattenspiel in den forkelnden Ästen der Bäume,
Die Freude allein zu sein oder mitten im Trubel der Straßen oder
längs den Feldern und Anhöhen,
Sich springlebendig zu fühlen, das Trillen der Mittagsglast, das
Lied, in mir verleibt, wenn ich vom Bett aufsteh und der
hellichten Sonne begegne.

Haltet ihr tausend Morgen für viel Land? Oder das Erdenrund?

Have you practised so long to learn to read?
Have you felt so proud to get at the meaning of poems?

Stop this day and night with me and you shall possess the origin of all poems,
You shall possess the good of the earth and sun, (there are millions of suns left,)
You shall no longer take things at second or third hand, nor look through the eyes of the dead, nor feed on the spectres in books,
You shall not look through my eyes either, nor take things from me,
You shall listen to all sides and filter them from your self.

3

I have heard what the talkers were talking, the talk of the beginning and the end,
But I do not talk of the beginning or the end

There was never any more inception than there is now,
Nor any more youth or age than there is now,
And will never be any more perfection than there is now,
Nor any more heaven or hell than there is now.

Urge and urge and urge,
Always the procreant urge of the world.

Out of the dimness opposite equals advance, always substance and increase, always sex,
Always a knit of identity, always distinction, always a breed of life.

To elaborate is no avail, learned and unlearned feel that it is so.

Sure as the most certain sure, plumb in the uprights, well entretied, braced in the beams,

Habt ihr so lange gebüffelt bis ihr das Lesen erlerntet,
Habt ihr euch etwas zugute darauf getan, hinter den Sinn von Gedichten zu kommen?

Weilt diesen Tag, diese Nacht über bei mir und ihr werdet den Ursprung aller Gedichte erfassen,
Ihr werdet begreifen das Heile an Erde und Sonne (es gibt Abermillionen weitere Sonnen),
Ihr sollt euch die Dinge nicht länger aneignen aus zweiter und dritter Hand, noch schauen durch tote Augen, noch zehren von Hirnweben aus Büchern,
Auch durch meine Augen sollt ihr nicht sehen oder Dinge von mir übernehmen,
Sondern euch allseitig umtun und sie filtern durch euer Selbst.

3

Ich habe gehört, was die Redner daherreden, das Gered über Anfang und Ende,
Ich aber rede nicht über Anfang und Ende.

Es gab nie mehr Anbeginn als eben jetzt,
Nie mehr Jugend und Alter als eben jetzt,
Und es wird nie größere Vollendung geben als eben jetzt,
Nie mehr an Himmel und Hölle als eben jetzt.

Drängen um Drängen um Drängen,
Immer das fortzeugende Drängen der Welt.

Aus dem Dämmer hebt sich das gegenstrebige Gleiche, immer Materie und Mehrung, immer Geschlechtlichkeit,
Immer das Knüpfen der Identität, immer ein Anderssein, immer das heckende Leben.

Es zu erklären ist sinnlos, die Beschlagenen und Unbeschlagenen sehen das so.

Meiner sicher, todsicher, lotrecht, verfugt im Querverband, verzapft im Holm,

Stout as a horse, affectionate, haughty, electrical,
I and the mystery here we stand.

Clear and sweet is my soul, and clear and sweet is all that is
not my soul.

Lack one lacks both, and the unseen is proved by the seen,
Till that becomes unseen and receives proof in its turn.

Showing the best and dividing it from the worst,
age vexes age,
Knowing the perfect fitness and equanimity of things,
while they discuss I am silent, and go bathe and
admire myself.

Welcome is every organ and attribute of me, and of any man
hearty and clean,
Not an inch nor a particle of an inch is vile, and none shall be less
familiar than the rest.

I am satisfied – I see, dance, laugh, sing;
As the hugging and loving bed-fellow sleeps at my side
through the night, and withdraws at the peep of the day
with stealthy tread,
Leaving me baskets covered with white towels swelling the house
with their plenty,
Shall I postpone my acceptation and realization and
scream at my eyes,
That they turn from gazing after and down the road,
And forthwith cipher and show me to a cent,
Exactly the value of one and exactly the value of two, and which is
ahead?

4

Trippers and askers surround me, People I meet,
The effect upon me of my early life or the ward and
city I live in, or the nation,

Drall wie ein Pferd, zärtlich, überlegen, elektrisch,
Beziehen ich und das Unfaßbare hier unseren Stand.

Klar und taufrisch ist meine Seele, klar und taufrisch alles, was
nicht meine Seele ist.

Fehlt das eine, fehlt beides: das Unsichtbare wird im Sichtbaren offenbar,
Bis dies unsichtbar wird und seinerseits offenbar.

Indem es das Beste dem Schlechtesten vorhält, erbost ein Alter
das andere,
Im Vertraun auf den Gleichmut und den vollkommenen Ausgleich
der Dinge, hör ich schweigend den Wortstreit an, geh
schwimmen und bewundere Michselbst.

Willkommen sind mir alle Sinnesorgane und jede Eigenschaft an
mir oder an jedwedem Mann, der kernig und schlicht ist.
Kein Zollbreit, kein Bruchteil von einem Zoll Arges ist daran,
keiner soll mir weniger nah stehen als die anderen.

Ich komme auf meine Kosten – ich schaue, tanze, lache, singe;
Dieweil mich nächtens an meiner Seite der liebevolle Schlaf-
bursche umfängt und sich im Morgengrauen heimlich
davonmacht
Nachdem er mir Körbe beschert hat, mit weißen Handtüchern
zugedeckt, von deren Fülle das Haus überquillt.
Sollt ich etwa das Nehmen und Wahrnehmen aussetzen, meine
hinterlassenen Augen anschreien,
Damit sie ihn nicht die Straße hinuntergeleiten,
Nur um mir fortan auf Heller und Pfennig zu beziffern
Den genauen Wert von einsam und zweisam und was von beiden
mehr hergibt?

4

Fahrende und Fragende belagern mich, Zufallsbekanntschaft –
Wie meine Kindheitserfahrung sich ausgewirkt oder der
Bezirk und die Stadt, in der ich lebe, oder die Nation,

The latest dates, discoveries, inventions, societies, authors
old and new,
My dinner, dress, associates, looks, compliments, dues,
The real or fancied indifference of some man or woman
I love,
The sickness of one of my folks or of myself, or ill-doing
or loss or lack of money, or depressions or exaltations,
Battles, the horrors of fratricidal war, the fever of doubtful news,
the fitful events;
These come to me days and nights and go from me again,
But they are not the Me myself.

Apart from the pulling and hauling stands what I am,
Stands amused, complacent, compassionating,
idle, unitary,
Looks down, is erect, or bends an arm on an impalpable
certain rest,
Looking with side-curved head curious what will come next,
Both in and out of the game and watching and wondering at it.

Backward I see in my own days where I sweated through fog
with linguists and contenders,
I have no mockings or arguments, I witness and
wait.

5

I believe in you my soul, the other I am must not abase itself to
you,
And you must not be abased to the other.

Loafe with me on the grass, loose the stop from your throat,
Not words, not music or rhyme I want, not custom or lecture,
not even the best,
Only the lull I like, the hum of your valvèd voice.

Der neuste Stand, die letzten Entdeckungen, Erfindungen, Vereine,
Autoren alt und neu, mein Abendessen, mein Anzug,
Mein Umgang, mein Aussehn, Beifall und Fälligkeiten,
Die Fühllosigkeit, tatsächlich oder vermeintlich, eines Mannes
oder einer Frau, die ich liebe,
Die Erkrankung eines Angehörigen oder die eigene, das Fehl- oder
Verlustiggehen, Verarmen, mittellos Dastehen, Bedrückt sein oder
Verzückt sein,
Feldschlachten, die Greuel des Bruderkriegs mit ungesicherter
Nachricht, das Wechselbad des Geschehens. Dies alles drängt
Tag und Nacht auf mich ein und rückt wieder ab von mir,
Aber das bin nicht Ichselbst.

Abseits von all dem Zerren und Ziehen steht das, was Ich bin,
Belustigt, gelassen, mitleidig, müßig und eins mit sich,
Blickt von oben herab, standfest oder mit dem Ellenbogen auf
irgendeine Raste gestützt,
Blickt herab mit geneigtem Haupt, gespannt auf das, was als
nächstes anfällt,
Sowohl drinnen im Spiel wie draußen, wachsam, verwundert.

Im Rückblick auf den eigenen Lebtag, da ich Blut und Wasser
geschwitzt im blauen Dunst der Federfuchser und Widersacher,
Hab ich in petto weder Hechel- noch Widerrede, ich bezeuge und
warte ab.

5

Ich glaube an dich, meine Seele, das andere, das ich bin, darf sich
vor dir nicht erniedern,
Und du darfst nicht erniedrigt werden vom anderen.

Komm, lungere mit mir im Gras und löse den Spund in deiner Kehle,
Nicht Worte, noch Musik, noch Reime will ich, keine
Überlieferung oder Belehrung, und wär sie noch so eingängig,
Nur am Verhallen liegt mir, am Vibrieren deiner membran-
getragenen Stimme.

I mind how once we lay such a transparent
summer morning,
How you settled your head athwart my hips and gently
turned over upon me,
And parted the shirt from my bosom-bone, and plunged your
tongue to my bare-stript heart,
And reached till you felt my beard, and reached till you held my
feet.

Swiftly arose and spread around me the peace and knowledge
that pass all the argument of the earth,
And I know that the hand of God is the promise of my own,
And I know that the spirit of God is the brother of my own,
And that all the men ever born are also my brothers, and the
women my sisters and lovers,
And that a kelson of the creation is love,
And limitless are leaves stiff or drooping in the fields,
And brown ants in the little wells beneath them,
And mossy scabs of the worm fence, heaped stones, elder,
mullein and poke-weed

6

A child said *What is the grass?* fetching it to me with full hands;
How could I answer the child? I do not know what it is any
more than he.

I guess it must be the flag of my disposition, out of hopeful green
stuff woven.
Or I guess it is the handkerchief of the Lord,
A scented gift and remembrancer designedly dropt,
Bearing the owner's name someway in the corners, that we
may see and remark, and say *Whose?*

Or I guess the grass is itself a child, the produced babe of the
vegetation.

Mir fällt ein, wie wir damals selbander lagen an so einem glashellen
  Sommermorgen,
Wie du deinen Kopf an meine Hüfte gelehnt und dich sacht über
  mich geneigt hast,
Wie du mir das Hemd überm Brustbein auseinandergelegt und
  deine Zunge in mein nackendes Herz getaucht hast,
Wie du nach mir gelangt hast, raumgreifend bis hinauf zum Bart
  und hinab bis zu den Fußsohlen.

Hurtig in mir empor und ringsum ging auf der Frieden und das
  Wissen, das alle Beweiskraft der Welt übersteigt,
Und ich weiß, daß die Hand Gottes die Verheißung meiner eigenen ist,
Und ich weiß, daß der Geist Gottes der Bruder meines eigenen ist,
Und daß alle je geborenen Männer zumal meine Brüder sind und
  die Frauen meine Schwestern und Freundinnen,
Daß die Liebe der Binnenkiel aller Schöpfung ist,
Daß die Grashalme, steif oder schwank, auf den Fluren Legion sind,
Wie die braunen Ameisen in den kleinen Mulden darunter,
Und Mooszotten am Kreuzlattenzaun, Geröllhaufen, Holler,
  Wollkraut und Kermesbeere.

6

Ein Kind sagt: *Was ist Gras?* und schleppt es büschelweis an;
Was kann ich dem Kind antworten? Ich weiß es ja
  ebensowenig.

Ich meine, es wird das Signum meiner Wesensart sein, gewebt aus
  dem singrünen Zeug der Hoffnung.
Oder ich meine, es wird das Taschentuch des Herrn sein,
Ein Geschenk voller Duft zur Erinnerung, absichtlich fallen gelassen,
Mit seinem Namenszug auf irgendeinem Zipfel, daß wirs sehen
  und fragen *Wessen*?

Oder ich meine, das Gras ist selber ein Kind, jüngster Sproß der
  Vegetation.

Or I guess it is a uniform hieroglyphic,
And it means, Sprouting alike in broad zones and
narrow zones,
Growing among black folks as among white,
Kanuck, Tuckahoe, Congressman, Cuff, I give them the same,
I receive them the same.

And now it seems to me the beautiful uncut hair of graves.

Tenderly will I use you curling grass,
It may be you transpire from the breasts of young men,
It may be if I had known them I would have loved them,
It may be you are from old people, or from offspring taken soon
out of their mothers' laps,
And here you are the mothers' laps.

This grass is very dark to be from the white heads of old mothers,
Darker than the colorless beards of old men,
Dark to come from under the faint red roofs of mouths.

O I perceive after all so many uttering tongues,
And I perceive they do not come from the roofs of mouths for nothing.

I wish I could translate the hints about the dead young men and
women,
And the hints about old men and mothers, and the offspring taken
soon out of their laps.

What do you think has become of the young and old men?
And what do you think has become of the women and children?

They are alive and well somewhere,
The smallest sprout shows there is really no death,
And if ever there was it led forward life, and does not wait at the
end to arrest ist,
And ceased the moment life appeared.

Oder ich meine, es wird der hieroglyphische Nenner sein,
Der da steht für: Sprießen, überall, ob auf weiten Flächen oder schmalen Streifen,
Keimend bei schwarzen Mitmenschen so gut wie bei Weißen,
Kanadier, Tuckahoe, Kongreßabgeordnete, Kaffer, ich behandle sie gleich, werde von ihnen als Gleicher behandelt.

Und jetzt seh ich darin die ungestutzte Haarpracht der Gräber.

Liebevoll will ich umgehn mit dir, du krauses Gras,
Womöglich trittst du den Brustkörben junger Männer aus,
Die ich vielleicht geliebt hätt, wären sie mir begegnet,
Womöglich treibst du aus den Betagten oder aus kleinen Kindern, alsbald vom Mutterschoß heimgeholt,
Und bist nun selber ihr Mutterschoß.

Dies Gras ist von zu sattem Grün, um aufzugehn aus dem verblichenen Haar betagter Mütter,
Zu tiefgrün für die fahlen Bärte von Greisen, zu grün,
Um unter den blaßroten Gaumen der Münder zu entspringen.

O nun auf einmal mach ich so viele redende Zungen aus,
Und begreif, daß sie nicht umsonst unter Gaumendächern aufgehn.

Ich wünschte, ich könnt euch übersetzen, was sie euch beibringen wollen über die toten jungen Männer und Frauen,
Und über die betagten Männer und die Mütter mit ihren hinweggerafften Schoßkindern.

Was meint ihr, ist aus den jungen und alten Männern geworden?
Und was aus den Frauen und Kindern?

Sie sind irgendwo heil und am Leben,
Der kleinste Schößling besagt, daß es eigentlich keinen Tod gibt,
Und sofern es ihn gäbe, würde er voran ins Leben führen und stünde nicht als ein Schlußstrich am Ende.
Tod hört auf sobald Leben erscheint.

All goes onward and outward, nothing collapses,
And to die is different from what any one supposed,
and luckier.

21

I am the poet of the Body and I am the poet of the Soul,
The pleasures of heaven are with me and the pains of hell
are with me,
The first I graft and increase upon myself, the latter I translate
into a new tongue.

I am the poet of the woman the same as the man,
And I say it is as great to be a woman as to be a man,
And I say there is nothing greater than the mother of men.

I chant the chant of dilation or pride,
We have had ducking and deprecating about enough,
I show that size is only development.

Have you outstript the rest? are you the President?
It is a trifle, they will more than arrive there every one, and still
pass on.

I am he that walks with the tender and growing night,
I call to the earth and sea half-held by the night.

Press close bare-bosomed night – press close magnetic
nourishing night!
Night of south winds – night of the large few stars!
Still nodding night – mad naked summer night.

Smile O voluptuous cool-breathed earth!
Earth of the slumbering and liquid trees!
Earth of departed sunset – earth of the mountains misty-topt!
Earth of the vitreous pour of the full moon just tinged with blue!

Alles nimmt seinen Lauf voran und ausholend, nichts kollabiert,
Und Sterben ist anders als alles, das man je vorgestellt, und
vielversprechender.

21

Ich bin der Dichter des Leibes und ich bin der Dichter der Seele,
Die Himmelsfreuden sind mir zupaß und die Höllenschmerzen sind
mir zupaß.
Die einen belze und vermehre ich auf mir, die andern übersetz ich
in eine neue Zunge.

Ich bin der Dichter der Frau ebenso wie der des Mannes,
Und ich sage, es ist gleich herrlich eine Frau zu sein wie ein Mann,
Und ich sage, nichts ist herrlicher als Mutter von Menschen zu sein.

Ich stimme das Lied von Auftrieb und Hochmut an,
Wir hatten mehr als genug an Gemäkel und Miesmacherei,
Und ich zeige, daß Format nichts weiter ist als Entfaltung.

Hast du alle anderen überholt? Bist du der Präsident?
Eine Lappalie das, sie werden – ein jeder – mehr als aufholen und
dich am End noch abhängen.

Ich bin es, der übereingeht mit der anschwellenden innigen Nacht,
Ich rufe die Erde an und das nachtschlafende halbe Meer.

Schmiege dich an, barbrüstige Nacht – schmiege dich an,
magnetisch nährende Nacht!
Nacht der Südwinde – Nacht der wenigen großen Sterne!
Lautlose dösende Nacht – nackte unbändige Sommernacht.

Lächle o sinnliche kühlatmende Erde!
Erde der schlummernden tauigen Bäume!
Erde des erloschenen Abendrots – Erde der Bergkuppen, dunstbehaubt!
Erde unterm glashellen Strahl des Vollmonds, blaugetönt!

Earth of shine and dark mottling the tide of the river!
Earth of the limpid gray of clouds brighter and clearer
for my sake!
Far-swooping elbowed earth – rich apple-blossomed earth!
Smile, for your lover comes.

Prodigal, you have given me love – therefore I to you give love!
O unspeakable passionate love.

26

Now I will do nothing but listen,
To accrue what I hear into this song, to let sounds
contribute toward it.

I hear bravuras of birds, bustle of growing wheat, gossip of flames,
clack of sticks cooking my meals,
I hear the sound I love, the sound of the human voice,
I hear all sounds running together, combined, fused
or following,
Sounds of the city and sounds out of the city, sounds of the day
and night,
Talkative young ones to those that like them, the loud laugh of
work-people at their meals,
The angry base of disjointed friendship, the faint tones of the sick,
The judge with hands tight to the desk, his pallid lips
pronouncing a death-sentence,
The heave'e'yo of stevedores unlading ships by the wharves,
the refrain of the anchor-lifters,
The ring of alarm-bells, the cry of fire, the whirr of
swift-streaking engines and hose-carts with premonitory
tinkles and colored lights,
The steam-whistle, the solid roll of the train of approaching
cars,
The slow march played at the head of the association marching two
and two,
(They go to guard some corpse, the flag-tops are draped with black
muslin.)

Erde der hell-dunklen Maserung auf der Flutmündung!
Erde von licht-verhangenem Wolkengrau, das sich mir zuliebe hellt
und aufklart!
Weitausgreifender Ellbogenraum der Erde – reicher Apfelblust der Erde!
Lächle, denn dein Anbeter kommt.

Freigebige, weil du mir Liebe geschenkt, schenk ich dir Liebe!
O unsäglich inbrünstige Liebe.

26

Jetzt will ich nur noch lauschen,
Um anzureichern mein Lied mit dem, was ich höre, um die Laute
darin eingehen zu lassen.

Ich höre den Übermut der Vögel, das Wispern von wachsendem
Weizen, Quasseln von Flammen, Knacken von Reisig, auf dem
mein Essen kocht,
Ich höre den Laut, den ich liebe, den Laut der menschlichen Stimme,
Ich hör alle Laute übergehen ineinander, im Einklang,
ob vermengt oder aufgereiht,
Laute der Stadt und Laute vom Umland der Stadt, Taglaute, Nachtlaute,
Redselige Jugend, für die, die sie mögen, das grölende Lachen der
Arbeiter bei ihrer Brotzeit,
Den zornigen Baß zerstrittener Freundschaft, die brüchige Stimme
der Siechen,
Den Richter, die Hände um die Tischkante gekrampft, der mit
wächsernen Lippen ein Todesurteil ausspricht,
Das Hau-Ruck der Schauerleute beim Löschen der Ladung am
Kai, der ‹Hol-auf›-Rufe beim Ankereinholen,
Das Schrillen von Alarmglocken, die ‹Feurio›-Rufe, das Geklirr
von heranpreschenden Pumpen- und Schlauchwagen mit
Gebimmel und bunten Warnlichtern,
Die Dampfpfeife, das wuchtige Bullern von einfahrenden
Eisenbahnwaggons,
Den langsamen Marsch, gespielt an der Spitze des Zugs, der Verein
in Zweierreihen und im Gleichschritt,
(Sie geben einem Leichnam Geleit, die Knöpfe an den Fahnen-
stangen sind schwarz umflort.)

I hear the violoncello, ('tis the young man's heart's complaint,)
I hear the keyed cornet, it glides quickly in through my ears,
It shakes mad-sweet pangs through my belly and breast.

I hear the chorus, it is a grand opera,
Ah this indeed is music – this suits me.

A tenor large and fresh as the creation fills me,
The orbic flex of his mouth is pouring and filling me full.

I hear the trained soprano (what work with hers is this?)
The orchestra whirls me wider than Uranus flies,
It wrenches such ardors from me I did not know
I possessed them,
It sails me, I dab with bare feet, they are licked by the indolent
waves,
I am cut by bitter and angry hail, I lose my breath,
Steep'd amid honeyed morphine, my windpipe throttled
in fakes of death,
At length let up again to feel the puzzle of puzzles,
And that we call Being.

52

The spotted hawk swoops by and accuses me, he complains
of my gab and my loitering.

I too am not a bit tamed, I too am untranslatable,
I sound my barbaric yawp over the roofs of the world.

The last scud of day holds back for me,
It flings my likeness after the rest and true as any on the
shadowed wilds,
It coaxes me to the vapor and the dusk.

I depart as air, I shake my white locks at the
runaway sun,
I effuse my flesh in eddies, and drift it in lacy jags.

Ich lausche dem Violoncello (der herztiefen Klage des jungen Mannes,)
Ich hör das Ventilhorn, es gleitet mir zügig in den Gehörgang,
Es jagt mir sinnen-berauschte Taumel durch Bauch und Brust.

Ich höre den Chor, es ist große Oper,
Ah, das ist Musik schlechthin – die ist mir paßgerecht.

Ein Tenor, groß und frisch wie die Schöpfung, erfüllt mich,
Das Rund seines Mundes verströmt sich in mir und füllt mich bis obenan.

Ich hör den geschulten Sopran (wie webt er sich da hinein?)
Das Orchester wirbelt mich weit hinaus über Uranos' Bahn,
Es ringt mir solche Gluten ab, wußte gar nicht, daß ich sie in mir
  hatte, es geht unter Segel mit mir,
Ich plansche barfüßig, von Wellenrippeln beleckt,
Ich werd geschürft von bittren und bösen Hagelschlossen, komm
  außer Atem,
In süßen Morphinseim getaucht, meine Gurgel in Todesschlaufen
  gedrosselt,
Losgelassen am End, um das Rätsel der Rätsel zu fühlen,
Und das heißen wir Da-Sein.

52

Der gefleckte Falke stiebt vorbei und rüffelt mich, er lastet mir an
  mein Gelaber und meine Bummelei.

Auch ich bin beileibe nicht zahm, auch ich bin unübersetzbar,
Ich schicke meinen barbarischen Schrei über die Dächer der Welt.

Die letzte Tagesschliere säumt noch für mich,
Sie tilgt mein Erscheinungsbild nach allen anderen und getreu wie
  nur irgendeins auf dem schattierten Ödland,
Sie nimmt mich ein für den Dunst und die Düsternis.

Ich entweiche wie Luft, ich schüttle meine weiße Mähne zur
  abtrünnigen Sonne,
Ich verströme mein Fleisch in Wirbeln, ich flut es
  in schaumüberlitzten Schlacken.

I bequeath myself to the dirt to grow from the grass
I love,
If you want me again look for me under your boot-soles.

You will hardly know who I am or what I mean,
But I shall be good health to you nevertheless,
And filter and fibre your blood.

Failing to fetch me at first keep encouraged,
Missing me one place search another,
I stop somewhere waiting for you.

As I Ebb'd with the Ocean of Life

I

As I ebbėd with the ocean of life,
As I wended the shores I know,
As I walked where the ripples continually wash you Paumanok,
Where they rustle up hoarse and sibilant,
Where the fierce old mother endlessly cries for her castaways,
I musing late in the autumn day, gazing off southward,
Held by this electric self out of the pride of which I
utter poems,
Was seized by the spirit that trails in the lines underfoot,
The rim, the sediment that stands for all the water and all the land
of the globe.

Fascinated, my eyes reverting from the south, dropt, to follow
those slender windrows,
Chaff, straw, splinters of wood, weeds, and the sea-gluten,
Scum, scales from shining rocks, leaves of salt-lettuce, left
by the tide,
Miles walking, the sound of breaking waves the other side of me,
Paumanok there and then as I thought the old thought of
likenesses,
These you presented to me you fish-shaped island,

Ich vermach mich selber dem Erdreich, um aus dem Gras, das ich
liebe, zu wachsen,
Wollt ihr mich wieder haben, sucht mich unter euren Schuhsohlen.

Ihr werdet kaum wissen, wer ich bin oder wofür ich stehe,
Und dennoch bringe ich euch Gesundheit,
Ich filtere und fasere euer Blut.

Holt ihr mich nicht gleich heran, faßt euch ein Herz,
Habt ihr mich verpaßt an dem einen Ort, sucht mich woanders,
Irgendwo weil ich und warte auf euch.

Da ich verebbt war mit dem Ozean des Lebens

1

Da ich verebbt war mit dem Ozean des Lebens,
Da ich wandelte an mir vertrauten Ufern, da ich wanderte,
Wo die Kabbeln dich, Paumanok, rastlos umspülen,
Wo sie anrauschen, quarrend und gischend,
Wo die harsche alte Mutter unentwegt ruft nach ihren Gestrandeten,
Ich, sinnend am späten Herbsttag, den Blick landaus nach Süden,
Aufgeladen von dem elektrischen Selbst, aus dessen Berufung ich
Gedichte singe und sage,
Fiel in den Bann des Geistes, der in den Zeilen am Boden mitschreibt,
Dem Saum, der Ablagerung, die für alle Gewässer und alles Festland
auf unserem Erdball steht.

Gefesselt senkt sich der Blick vom Süden ab und folgt dem schmalen
Windschwad zu Füßen,
Brack, Häcksel, Holzspäne, Kelp und Gallerte,
Schaumränder, Flasern von windschliffigem Fels, Meerlattichblätter,
Anschlick des Gezeitenhubs,
Meilenweit wandernd, längsseits beschallt von den Brechern,
Paumanok, damals und dort, indes ich nachsann über die alte
Einsicht der Entsprechung,
Zeigtest du, fischförmige Insel, mir diese,

As I wended the shores I know,
As I walked with that electric self seeking types.

2

As I wend to the shores I know not,
As I list to the dirge, the voices of men and women wrecked,
As I inhale the impalpable breezes that set in upon me,
As the ocean so mysterious rolls toward me closer and closer,
I too but signify at the utmost a little washed-up drift,
A few sands and dead leaves to gather,
Gather, and merge myself as part of the sands and drift.

O baffled, balked, bent to the very earth,
Oppressed with myself that I have dared to open
my mouth,
Aware now that amid all that blab whose echoes recoil upon me
I have not once had the least idea who or what I am,
But that before all my arrogant poems the real Me stands yet
untouched, untold, altogether unreached,
Withdrawn far, mocking me with mock-congratulatory signs and
bows,
With peals of distant ironical laughter at every word I have
written,
Pointing in silence to these songs, and then to the sand beneath.

I perceive I have not really understood any thing, not a single object
and that no man ever can,
Nature here in sight of the sea taking advantage of me to dart upon
me and sting me,
Because I have dared to open my mouth to sing at all.

Da ich wandelte an mir vertrauten Ufern,
Wanderte mit dem elektrischen Selbst, auf der Suche nach Urbildern.

2

Da ich mich wende zu mir nicht vertrauten Ufern,
Da ich lausche dem Klagechor der Stimmen von schiffbrüchigen
Männern und Frauen,
Da ich atme die flüchtigen Brisen, die mich anlangen,
Da der Ozean so unergründlich auf mich zurollt, näher und näher,
Zähle auch ich allenfalls soviel wie ein wenig angespültes Treibgut,
Sandwehn und tote Blätter, angesammelt,
Sammle mich und gehe auf in der Gesamtheit von Sandwehn und
Treibgut.

O verfahren, verfranzt, durchgefallen schier bis auf den Grund,
Niedergeschmettert von mir, daß ichs wagte, den Mund aufzutun,
Jetzt erst gewahr, daß ich bei all dem Gewäsch, dessen Nachhall
mich einholt, kein einzigesmal auch nur einen leisen Begriff
davon gehabt, wer oder was ich bin,
Daß gegenüber all meinen hochgestochenen Gedichten immer noch
das wahre Ich steht, unberührt, unaufzählbar, gänzlich unerreicht,
Entzogen und von weitab, verhöhnt es mich mit beifälligen Gesten
und Bücklingen zum Schein,
Mit ironischen Lachsalven aus der Ferne bei jedem Wort, das ich je
geschrieben, stumm zeigt es
Erst auf diese Lieder, dann auf die Sandwehn darunter.

Ich erkenn, daß ich recht eigentlich nichts, kein einziges Ding
begriffen hab, daß es kein Mensch je vermag,
Natur, im Angesicht des Meeres, übertrumpft mich, rückt mir zu
Leib, nadelspitz,
Weil ichs gewagt hab, den Mund aufzutun und zu singen.

3

You oceans both, I close with you,
We murmur alike reproachfully rolling sands and drift,
knowing not why,
These little shreds indeed standing for you and me and all.

You friable shore with trails of debris,
You fish-shaped island, I take what is underfoot,
What is yours is mine my father.

I too Paumanok,
I too have bubbled up, floated the measureless float, and been
washed on your shores,
I too am but a trail of drift and debris,
I too leave little wrecks upon you, you fish-shaped island.
I throw myself upon your breast my father,
I cling to you so that you cannot unloose me,
I hold you so firm till you answer me something.

Kiss me my father,
Touch me with your lips as I touch those I love,
Breathe to me while I hold you close the secret of the
murmuring I envy.

4

Ebb, ocean of life, (the flow will return,)
Cease not your moaning you fierce old mother,
Endlessly cry for your castaways, but fear not,
deny not me,
Rustle not up so hoarse and angry against my feet as I touch
you or gather from you.

I mean tenderly by you and all,
I gather for myself and for this phantom looking down
where we lead, and following me and mine.

3

Ihr Ozeane beide, ich vergleiche mich mit euch,
Alle raunen wir vorwurfsvoll, wälzen Sand und Treibgut, ohne zu wissen warum,
Dieweil diese kleinen Rückstände für euch stehn, für mich und für alle.

Du, schrundige Küste mit den Spuren von Wracks,
Du, fischförmige Insel, ich nehme mit, was am Boden liegt,
Was dein ist, mein Vater, ist meines.

Auch ich, Paumanok,
Auch ich brodelte hoch, geflutet vom unabsehbaren Flott, und wurde angewaschen auf deinen Ufern,
Auch ich bin nur eine Zeile aus Treibgut und Wrack,
Auch ich lasse kleine Schutthaufen auf dir zurück, du fischförmige Insel. Ich werfe mich dir an die Brust, mein Vater,
Ich umklammere dich, meine Arme kannst du nicht lösen,
Ich halte dich fest umschlungen bis du mir eine Antwort gibst.

Küß mich, mein Vater,
Berühr mich mit deinen Lippen, wie ich die berühre, die ich liebe,
Dieweil ich dich eng umschlinge, hauch mir das Geheimnis des Raunens ein, das ich dir neide.

4

Verebbe, Ozean des Lebens (die Flut kommt zurück,)
Hör nicht auf zu stöhnen, du harsche alte Mutter,
Unentwegt rufe nach deinen Gestrandeten, doch hab keine Angst und verleugne mich nicht,
Rausch nicht heran so rauh und erbost über meine Füße, wenn ich dich berühre oder etwas aufsammle von dir.

Ich bin dir und allen gewogen,
Ich sammle für mich und das Phantom, das herabschaut, wohin wir führen, das mir und den meinen auf unseren Wegen folgt.

Me and mine, loose windrows, little corpses,
Froth, snowy white, and bubbles,
(See, from my dead lips the ooze exuding at last,
See, the prismatic colors glistening and rolling,)
Tufts of straw, sands, fragments,
Buoyed hither from many moods, one contradicting another,
From the storm, the long calm, the darkness, the swell,
Musing, pondering, a breath, a briny tear, a dab of liquid or soil,
Up just as much out of fathomless workings fermented and thrown,
A limp blossom or two, torn, just as much over waves floating, drifted at random,
Just as much for us that sobbing dirge of Nature,
Just as much whence we come that blare of the cloud-trumpets,
We, capricious, brought hither we know not whence, spread out before you,
You up there walking or sitting,
Whoever you are, we too lie in drifts at your feet.

To a Locomotive in Winter

Thee for my recitative,
Thee in the driving storm even as now, the snow, the winter-day declining,
Thee in thy panoply, thy measured dual throbbing and thy beat convulsive,
Thy black cylindric body, golden brass and silvery steel,
Thy ponderous side-bars, parallel and connecting rods, gyrating, shuttling at thy sides,
Thy metrical, now swelling pant and roar, now tapering in the distance,
Thy great protruding head-light fixed in front,
Thy long, pale, floating vapor-pennants, tinged with delicate purple,
The dense and murky clouds out-belching from the smoke-stack,

Ich und die meinen, loser Windschwad, kleine Kadaver,
Schaum, schneeweiß, und Blasen,
(Seht auf meinen toten Lippen den Schlick endlich aussuppen,
Seht die prismatischen Farben, schillernd und spielend,)
Strohbansen, Sandwehn, Fragmente,
Hierher geschwait im Spiel mancher widersprüchlichen Launen,
Getragen vom Sturm, von langer Flaute, von Wolkengeschwel,
Von der Dünung, sinnend, wägend, ein Hauch,
Eine salzige Träne, eine Andeutung, feucht oder fest,
Ebenso aus unauslotbarem Wirken vergoren und angeschwemmt,
Ein, zwei welke Blüten, zerschlissen, ebenso vom Gewoge
getragen, chaotisch getrudelt,
Ebenso gilt uns selber der schluchzende Klagechor der Natur,
Ebenso dort, woher wir kommen, das Schmettern der Wolken-
trompeten,
Wir, willkürlich hierher gestellt aus dem Weißnichtwo,
ausgespreitet am Boden,
Ihr, die ihr droben wandelt oder thront, wer ihr auch sein mögt,
Auch wir liegen in Sandwehn zu euren Füßen.

An eine Lokomotive im Winter

Du als mein Sprechgesang
Du im Treiben des Sturms, so wie der Schnee jetzt, da sich der
Wintertag neigt,
Du in prächtiger Wehr, taktfest dein zwiefaches Pochen, dein
spasmodischer Puls,
Dein schwarzer, zylindrischer Rumpf, goldenes Messing und
silbriger Stahl,
Dein wuchtiges Seitengestänge, Kuppel- und Kolbenstangen,
rotierend, vor und zurück schießend zu deinen Seiten,
Dein rhythmisches Fauchen und Keuchen, bald schwellend, bald
fern sich verlierend,
Dein großer, vorspringender Frontscheinwerfer,
Die fliegenden Dampfwimpel, lang und fahl, zart purpurn getönt,
Die dicken, düsteren Wolken, hervorbrechend aus deinem
Schornstein.

Thy knitted frame, thy springs and valves, the tremulous twinkle
of thy wheels,
Thy train of cars behind, obedient, merrily following,
Through gale or calm, now swift, now slack, yet steadily careering;
Type of the modern – emblem of motion and power – pulse of
the continent,
For once come serve the Muse and merge in verse, even as here
I see thee,
With storm and buffeting gusts of wind and falling snow,
By day thy warning ringing bell to sound its notes,
By night thy silent signal lamps to swing.

Fierce-throated beauty!
Roll through my chant with all thy lawless music, thy swinging
lamps at night,
Thy madly-whistled laughter, echoing, rumbling like an
earthquake, rousing all,
Law of thyself complete, thine own track firmly holding,
(No sweetness debonair of tearful harp or glib
piano thine,)
Thy trills of shrieks by rocks and hills returned,
Launched o'er the prairies wide, across the lakes,
To the free skies unpent and glad and strong.

Dein gefügter Bau, die Ventile und Federn, das zitternde Blitzen
der Räder,
Der Troß deiner Wagen, gehorsam muntres Gefolge,
Durch Stille und Sturm, bald zügig, bald zottelnd, doch stetig voran.
Inbild des Modernen – Sinnbild von Kraft und Bewegung –
Pulsschlag des Kontinents.
Dies eine Mal komm, diene der Muse, geh auf im Gedicht, so wie
ich hier dich sehe,
Mit Sturm und rüttelnden Windböen und fallendem Schnee,
Bei Tag deine schrille Warnglocke läutend,
Bei Nacht deine stummen Signallampen schwenkend.

Wildkehlige Schöne!
Rolle durch meinen Sang mit deiner regellosen Musik, deinen
schwankenden Lampen bei Nacht,
Deinem irrwitzigen Pfeifgelächter, dem Widerhall, wie ein
Erdbeben grollend, alles aufrüttelnd,
Regel dir selbst genug, die eigene Spur unbeirrt haltend,
(Dir eignet nicht die gefällige Süße der larmoyanten Harfe noch
des Klimperklaviers)
Dein Trillerschrei, von Fels und Berg erwidert,
Über das weite Grasland hingeschleudert, über die Seen,
Empor zu freien Himmeln, hemmungslos und froh und stark.

Herman Melville

The House-top
A Night Piece
(July, 1863)

No sleep. The sultriness pervades the air
And binds the brain – a dense oppression, such
As tawny tigers feel in matted shades,
Vexing their blood and making apt for ravage.
Beneath the stars the roofy desert spreads
Vacant as Libya. All is hushed near by.
Yet fitfully from far breaks a mixed surf
Of muffled sound, the Atheist roar of riot.
Yonder, where parching Sirius set in drought,
Balefully glares red Arson – there – and there.
The Town is taken by its rats – ship-rats
And rats of the wharves. All civil charms
And priestly spells which late held hearts in awe –
Fear-bound, subjected to a better sway
Than sway of self – these like a dream dissolve,
And man rebounds whole æons back in nature.
Hail to the low dull rumble, dull and dead,
And ponderous drag that shakes the wall.
Wise Draco comes, deep in the midnight roll
Of black artillery; he comes, though late;
In code corroborating Calvin's creed
And cynic tyrannies of honest kings;
He comes, nor parlies; and the Town, redeemed,
Gives thanks devout; nor, being thankful, heeds
The grimy slur on the Republic's faith implied,
Which holds that Man is naturally good,
And – more – is Nature's Roman, never to be scourged.

Herman Melville

Das Dach
Ein Nachtstück
(Juli 1863)

Kein Schlaf. Schwüle verklebt die Luft
Und lähmt das Hirn – ein dumpfer Druck,
Wie gelbe Tiger ihn in dichten Schatten spüren,
Ihr Blut erregt, sie drängt zum Beute reißen.
Unter den Sternen weithin Dächerwüste,
Leer wie Libyen. Ringsum ist alles still.
Doch fernab bricht sich dumpfer Lärm wie Brandung:
Das gottlose Geheul des Aufruhrs.
Dort drüben, wo der heiße Sirius Dürre zeugt,
Flammt zornig-hell der rote Hahn – dort – und dort.
Die Stadt von ihren Ratten überrannt – Schiffsratten
Und Dockratten. Die bürgerlichen Sprüche
Und der Pfaffenzauber, die sie in Furcht und Ehrfurcht hielten
Und ihnen bessere Zügel auferlegten
Als die des Selbst – zergangen wie ein Traum.
Der Mensch fällt Äonen zurück in der Natur.
Heil dem dumpfen Grollen, dumpf und tot –
Heil dem Abrißseil, das an der Mauer zerrt.
Der weise Drakon kommt, tief im Mitternachtsdonner
Schwarzer Artillerie, kommt, wenn auch erst spät;
In seinem Kodex bekräftigt er das Credo Calvins,
Samt der zynischen Tyrannei aufrechter Könige;
Er kommt, verhandelt nicht. Die Stadt, erlöst,
Dankt ihm ergebenst, ohne wahrzunehmen,
Daß sie den Glaubenssatz der Republik mit Füßen tritt,
Der da besagt, der Mensch sei von Natur aus gut,
Mehr: sei der Natur Römer, der nie gegeißelt werden darf.

The Maldive Shark

About the Shark, phlegmatical one,
Pale sot of the Maldive sea,
The sleek little pilot-fish, azure and slim,
How alert in attendance be.
From his saw-pit of mouth, from his charnel of maw
They have nothing of harm to dread,
But liquidly glide on his ghastly flank
Or before his Gorgonian head;
Or lurk in the port of serrated teeth
In white triple tiers of glittering gates,
And there find a haven when peril's abroad,
An asylum in jaws of the Fates!
They are friends; and friendly they guide him to prey,
Yet never partake of the treat –
Eyes and brains to the dotard lethargic and dull,
Pale ravener of horrible meat.

The Berg
(A Dream)

I saw a Ship of martial build
(Her standards set, her brave apparel on)
Directed as by madness mere
Against a stolid Iceberg steer,
Nor budge it, though the infatuate Ship went down.
The impact made huge ice-cubes fall
Sullen, in tons that crashed the deck;
But that one avalanche was all –
No other movement save the foundering wreck.

Along the spurs of ridges pale
Not any slenderest shaft and frail,
A prism over glass-green gorges lone,
Toppled; nor lace of traceries fine,

Der Maldivische Hai

Um den Hai, den phlegmatischen,
Den bleichen Schmarotzer der Maldivischen See,
Wuseln die flinken kleinen Lotsenfische
Und machen ihm, blau und schlank, den Hof.
Von seinem klaffenden Sägemaul, seinem Metzelschlund
Haben sie nichts zu befürchten,
Sondern sie gleiten behend an seiner grausigen Flanke
Oder vorbei an seinem Gorgonen-Kopf;
Oder sie lauern im Hafen seines Sägegezähns
In weißen dreifach gereihten glitzernden Gattern,
Und finden dort Schutz, wenn draußen Gefahr,
Ein Asyl in den Fängen des Fatums!
Sie sind Freunde; und freundlich geleiten sie ihn zur Beute,
Doch kosten nie von seinem Mahl –
Sind Auge und Hirn dem Flachkopf, der lethargisch und dumm,
Dem bleichen Verschlinger von gräßlichem Fraß.

Der Berg
(Ein Traum)

Ich sah, wie ein Schiff von martialischem Bau
(Seine Flaggen gehißt, alle Segel gebläht)
Wie vom Wahnsinn getrieben, stur,
Auf einen unbeirrbaren Eisberg fuhr;
Der rührte sich nicht, doch das betörte Schiff sank.
Der Aufprall ließ riesige Eisbrocken stürzen,
So tonnenschwer, daß das Deck zerbrach,
Doch dieser Schlagfall war alles –
Nichts rührte sich sonst, nur das sinkende Wrack.

Vom hohen Zackwerk des bleichen Riffs
Fiel nicht einmal der zerbrechlichste Schaft,
Kein Prisma über glasgrünem Schacht;
Noch wurden die Spitzen im Eisfiligran,

Nor pendant drops in grot or mine
Were jarred, when the stunned Ship went down.

Nor sole the gulls in cloud that wheeled
Circling one snow-flanked peak afar,
But nearer fowl the floes that skimmed
And crystal beaches, felt no jar.
No thrill transmitted stirred the lock
Of jack-straw needle-ice at base;
Towers undermined by waves – the block
Atilt impending – kept their place.
Seals, dozing sleek on sliddery ledges
Slipt never, when by loftier edges,
Through very inertia overthrown,
The impetuous Ship in bafflement went down.

Hard Berg (methought) so cold, so vast,
With mortal damps self-overcast;
Exhaling still thy dankish breath –
Adrift dissolving, bound for death;
Though lumpish thou, a lumbering one –
A lumbering lubbard loitering slow,
Impingers rue thee and go down,
Sounding thy precipice below,
Nor stir the slimy slug that sprawls
Along thy dense stolidity of walls.

Noch hängende Zapfen in Spalt oder Klamm
Erschüttert, als das Schiff wie betäubt sank.

Nicht die Wolke kreisender Möwen,
Die fern den verschneiten Gipfel umkost,
Auch nicht die Vögel, die nah über Eisschollen strichen,
Und kristallene Strände spürten den Stoß.
Kein Beben verschob das Mikado-Gekeil
Aus genadeltem Eis am Rand;
Türme, von Wellen gehöhlt – der Block
Kurz vor der Kippe – selbst sie hielten stand.
Robben, die schlank auf schlüpfrigen Klippen dösten,
Entschlüpften nicht, als die oberen Zinnen sich lösten,
Und schiere Trägheit bezwang
Das rasende Schiff, das verwundert versank.

Du harter Berg (dacht ich) so kalt, so weit gestreckt,
Vom Ausdunst deiner eigenen Sterblichkeit bedeckt;
Der du noch immer deinen feuchten Atem hauchst –
Treibend löst du dich auf, bestimmt zum Tod;
Obwohl du träge bist und dröge –
Ein Ungelenk, ein träger Meeresflegel,
Wer dich berennt, bereuts und fährt zu Grund,
Erforscht tief unter dir den Schlund;
Nicht störts das schleimige Getier, das unverwandt
Sich ausspreizt an der dicken Ungerührtheit deiner Wand.

Emily Dickinson

The Brain – is wider than the Sky –
For – put them side by side –
The one the other will contain
With ease – and You – beside –

The Brain is deeper than the sea –
For – hold them – Blue to Blue –
The one the other will absorb –
As Sponges – Buckets – do –

The Brain is just the weight of God –
For – Heft them – Pound for Pound –
And they will differ – if they do –
As Syllable from Sound –

There's a certain Slant of light
Winter Afternoons –
That oppresses, like the Heft
Of Cathedral Tunes –

Heavenly Hurt, it gives us –
We can find no scar,
But internal difference,
Where the Meanings, are –

None may teach it – Any –
'Tis the Seal Despair –
An imperial affliction
Sent us of the Air –

When it comes, the Landscape listens –
Shadows – hold their breath –
When it goes, 'tis like the Distance
On the look of Death –

Emily Dickinson

Das Hirn – ist weiter als das All –
Stellst du sie Seit an Seit –
Faßt eins das andere in sich –
Und dich – mit Leichtigkeit

Das Hirn ist tiefer als das Meer –
Hältst du sie – Blau an Blau –
Saugt eins das andere in sich auf –
Wie Schwämme – Eimer – ziehn

Das Hirn ist völlig paar mit Gott –
Wiegst du sie – Pfund um Pfund –
Weicht eins vom anderen nur ab
Wie Silb und Laut im Mund –

Ein gewisser Lichteinfall
Am Winternachmittag –
Drückt zu Boden wie die Wucht
Von Kathedralen-Hall –

Himmlische Wunden schlägt es –
Narben sind nicht zu sehn,
Nur innerlich Entzweien,
Dort wo Sinn aufgeht –

Niemand – irgend – der es lehrt
Eichmaß der Verzweiflung –
Herrische Heimsuchung
Uns aus der Luft beschert –

Kommt es, lauscht die Landschaft –
Schatten – atmen nicht –
Geht es, gleichts der Ferne,
Die ums Sterben klafft

TELL ALL THE TRUTH but tell it slant –
Success in Circuit lies
Too bright for our infirm Delight
The Truth's superb surprise

As Lightening to the Children eased
With explanation kind
The Truth must dazzle gradually
Or every man be blind –

PRESENTIMENT – is that long Shadow – on the Lawn –
Indicative that Suns go down –

The Notice to the startled Grass
That Darkness – is about to pass –

AFTER GREAT PAIN, a formal feeling comes –
The Nerves sit ceremonious, like Tombs –
The stiff Heart questions was it He, that bore,
And Yesterday, or Centuries before?

The Feet, mechanical, go round –
Of Ground, or Air, or Ought –
A Wooden way
Regardless grown,
A Quartz contentment, like a stone –

This is the Hour of Lead –
Remembered, if outlived,
As Freezing persons, recollect the Snow –
First – Chill – then Stupor – then the letting go –

Sag Wahrheit ganz, doch sag sie schief –
Der Umweg bringt Gewinn
Zu hell reißt unsere schwache Lust
Ihr prächtiger Ausbruch hin

Wie man den Blitzschlag Kindern
Besänftigend erklärt
Schön sacht muß Wahrheit blenden
Blind wird sonst alle Welt –

Vorahnung: – langer Schatten – auf den Wiesen –
Kunde – daß Sonnen sinken müssen –

Die dem bestürzten Gras verrät
Das Dunkel – macht sich auf den Weg –

Nach Qual – befällt ein förmliches Gefühl –
Die Nerven sitzen grabgleich, steif und still –
Das Herz fragt starr: war Ichs, der dies erfuhr,
Wars Gestern, ist es Hundert Jahre her?

Die Füße gehn, mechanisch, ihre Runde –
Auf Grund, auf Luft, auf Irgendwas –
Hölzernes Gehn
Achtlos im Sein,
Ein Quartz-Genügen, gleich dem Stein –

Dies ist die Stunde Blei –
Erinnert, wenn durchlebt,
So wie Erfrierende – den Schnee erfassen –
Erst – Frösteln – Lähmung dann – dann Gehenlassen –

I DREADED that first Robin, so,
But He is mastered, now,
I'm some accustomed to Him grown,
He hurts a little, though –

I thought if I could live
Till that first Shout got by –
Not all Pianos in the Woods
Had power to mangle me –

I dared not meet the Daffodils –
For fear their Yellow Gown
Would pierce me with a fashion
So foreign to my own –

I wished the Grass would hurry –
So – when 'twas time to see –
He'd be too tall, the tallest one
Could stretch – to look at me –

I could not bear the Bees should come,
I wished they'd stay away
In those dim countries where they go,
What word had they, for me?

They're here, though; not a creature failed –
No Blossom stayed away
In gentle deference to me –
The Queen of Calvary –

Each one salutes me, as he goes,
And I, my childish Plumes,
Lift, in bereaved acknowledgement
Of their unthinking Drums –

VOR DER ERSTEN DROSSEL war mir – bang,
Sie ist bezwungen, jetzt,
Hab mich soweit an Sie gewöhnt,
Daß Sie nur wenig schmerzt –

Wenn ich bloß durchhielt, dacht ich mir,
Bis der erste Schrei verhallte –
Alle Klaviere nicht im Wald
Hätten Macht mich zu zerspalten –

Hielt mich von den Narzissen fern –
Daß nicht ihr Gelbes Kleid
Mit einer Mode mich durchdrang
Sehr fremd und fern der meinen –

Ich trieb das Gras zur Eile an –
Damit – zur Zeit des Sehens –
Es ragte, daß die höchste nicht
Mich hochgereckt – erspähte –

Der Bienen Ankunft quälte mich,
Wärn sie nur fortgeblieben
In ihrem trüben Winterland,
Was sollte mir – ihr Reden?

Doch sie sind da; nicht ein Geschöpf
Blieb aus – Kein Blütenkind
Aus zarter Achtung gegen mich –
Kalvarienkönigin –

Jedes grüßt her zu mir, im Gehn,
Kindliche Federkrone
Heb ich trauernd, in Erkenntlichkeit
Für ihr unbedachtes Trommeln –

I HEARD A FLY BUZZ – when I died –
The Stillness in the Room
Was like the Stillness in the Air
Between the Heaves of Storm –

The Eyes around – had wrung them dry –
And Breaths were gathering firm
For that last Onset – when the King
Be witnessed – in the Room –

I willed my Keepsakes – Signed away
What portion of me be
Assignable – and then it was
There interposed a Fly –

With Blue – uncertain stumbling Buzz –
Between the light – and me –
And then the Windows failed – and then
I could not see to see –

I FELT A FUNERAL, in my Brain
And Mourners to and fro
Kept treading – treading – till it seemed
That Sense was breaking through –

And when they all were seated,
A Service, like a Drum –
Kept beating –beating – till I thought
My Mind was going numb –

And then I heard them lift a Box
And creak across my Soul
With those same Boots of Lead, again,
Then Space – began to toll,

Eine Fliege summte – als ich starb –
Im Raum die Stille schwoll
So wie die Stille in der Luft –
Wenn ein Sturm Atem holt –

Die Augen rings – schon ausgepreßt –
Der Puls harrte gefaßt
Des letzten Akts – da Er im Raum
Sich Fürstlich – offenbart

Andenken hatte ich – vermacht
Und von mir überschrieben
Was übertragbar war – da schob
Die Fliege sich dazwischen –

Mit Blauem – taumelndem Gebrumm –
Zwischen das Licht – und mich –
Die Fenster schwanden mir – und dann
Verlor mein Sehn die Sicht –

Begräbnis spürte ich, im Hirn,
Trauernde auf und ab
Stampften – und stampften – bis es schien
Daß mir der Sinn einbrach –

Und als sie alle saßen, klang
Die Andacht Trommellaut –
Und dröhnte – dröhnte – bis mir war
Als ob mein Geist ertaubt –

Dann, hört ich, hob man einen Sarg,
Knarrt über meine Seele
Mit Bleibesohltem Tritt, und dann
Begann das All – zu gellen,

As all the Heavens were a Bell,
And Being, but an Ear,
And I, and Silence, some strange Race
Wrecked, solitary, here –

And then a Plank in Reason, broke,
And I dropped down, and down –
And hit a World, at every plunge,
And Finished knowing – then –

HE FUMBLES at your Soul
As Players at the Keys
Before they drop full Music on –
He stuns you by degrees –
Prepares your brittle Nature
For the Ethereal Blow
By fainter Hammers – further heard –
Then nearer – Then so slow
Your Breath has time to straighten –
Your Brain – to bubble Cool –
Deals – One – imperial – Thunderbolt –
That scalps your naked Soul –

When Winds take Forests in their Paws –
The Universe – is still –

I FELT A CLEAVING in my Mind –
As if my Brain had split –
I tried to match it – Seam by Seam –
But could not make them fit.

The thought behind, I strove to join
Unto the thought before –
But Sequence ravelled out of Sound
Like Balls – upon a Floor.

Als ob der Himmel Glocke wär,
Und Dasein, nichts als Ohr,
Und ich, und Stille, fremdes Volk
Einsam, gestrandet, hier –

Da brachen Planken, im Verstand,
Ich stürzte ab, und ab –
Stieß fallend lauter Welten an,
Und wußte Endlich – nichts –

Er tappt an deiner Seele
Wie Spieler Tasten greifen
Eh die Musik voll schwellen darf –
Betäubt dich stufenweise –
Rüstet dein brüchiges Naturell
Für den Ätherischen Streich
Durch feineres Hämmern – fern zu hörn –
Dann näher – Dann so weich
Daß sich dein Atem fassen kann –
Im Kopf perlt es dir – Kühler –
Setzt – Einen – mächtigen – Donnerschlag –
Skalpiert die nackte Seele –

Wenn Sturmpranke die Wälder schlägt –
Dann hält der Kosmos – still –

Ein Klaffen fühlte ich im Geist –
Als wär mein Hirn gespalten –
Ich hielt die Teile – Saum an Saum –
Doch sie wollten nicht passen.

Nachher Gedachtes suchte ich
Mit dem Vorher zu verbinden –
Doch die Sequenz glitt aus dem Klang
Wie Bälle – auf den Boden.

MUCH MADNESS is divinest Sense –
To a discerning Eye –
Much Sense – the starkest Madness –
'Tis the Majority
In this, as All, prevail –
Assent – and you are sane –
Demur – you're straightway dangerous –
And handled with a Chain –

OF COURSE – I prayed –
And did God Care?
He cared as much as on the Air
A Bird – had stamped her foot –
And cried «Give Me» –
My Reason – Life –
I had not had – but for Yourself –
'Twere better Charity
To leave me in the Atom's Tomb –
Merry, and Nought, and gay, and numb –
Than this smart Misery.

A BIRD CAME down the Walk –
He did not know I saw –
He bit an Angleworm in halves
And ate the fellow, raw,

And then he drank a Dew
From a convenient Grass –
And then hopped sidewise to the Wall
To let a Beetle pass –

He glanced with rapid eyes
That hurried all around –
They looked like frightened Beads, I thought –
He stirred his Velvet Head

MANCHER WAHNSINN ist göttlichster Sinn –
Für den geschärften Blick –
Mancher Sinn – der nackte Wahnsinn –
Es ist Majorität
Die hier, wie Überall, bestimmt –
Stimm zu – und du bist kerngesund –
Ficht an – gleich fühlt man sich bedroht –
Und hängt dir Ketten um –

OB ICH GEBETET HAB? – Weiß Gott –
Und hat es Ihn geschert?
Es schert Ihn grad als ob in Luft
– Ein Vogel – aufstampft ihren Fuß –
Und heischt: «Gib her!»
Anlaß – mein Leben –
Verdanke ich nur Dir –
Mildere Gab wärs allemal
Mich zu belassen in der Atome Gruft –
Lustig, und null, und toll, und taub –
Als diese scharfe Qual.

EIN VOGEL KAM den Pfad herab –
Wußte nicht daß ichs sah –
Biß einen Angelwurm entzwei
Und aß den Burschen, roh,

Und trank dann einen Tau
Bequem vom nahen Halm –
Hüpfte zur Mauer hin und bot
Dem Käfer freie Bahn –

Aus flinken Augen schaute er
Die huschten rings herum –
Schreckhafte Perlen, dacht ich mir –
Er rührt den Kopf von Samt

Like one in danger, Cautious,
I offered him a Crumb
And he unrolled his feathers
And rowed him softer home –

Than Oars divide the Ocean,
Too silver for a seam –
Or Butterflies, off Banks of Noon
Leap, plashless as they swim.

WILD NIGHTS – Wild Nights!
Were I with thee
Wild Nights should be
Our luxury!

Futile – the Winds –
To a Heart in port –
Done with the Compass –
Done with the Chart!

Rowing in Eden –
Ah, the Sea!
Might I but moor – Tonight –
In Thee!

TITLE DIVINE – is mine!
The Wife – without the Sign!
Acute Degree – conferred on me –
Empress of Calvary!
Royal – all but the Crown!
Betrothed – without the swoon
God sends us Women –
When you – hold – Garnet to Garnet –
Gold – to Gold –
Born – Bridalled – Shrouded –

Wie ein Bedrohter, Vorsichtig,
Bot ich ihm Krume an
Und er entrollt die Federn
Und schwingt sich sachter heim –

Als Ruder Meere teilen,
Vor Silber ohne Saum –
Der Schmetterling vom Mittagsstrand
Abspringt, gischtlos, und schwimmt.

WILDE NÄCHTE – Wilde Nächte!
Wär ich bei dir
Wilde Nächte würden
Uns Elixier!

Was will – der Wind noch –
Das Herz liegt im Hafen –
Fort mit dem Kompaß –
Fort mit den Karten!

Landen in Eden –
Ach, das Meer!
Dürft ich doch ankern –Heute Nacht –
In Dir!

HIMMLISCHES HEIL – wird mir zuteil!
Weib zu heißen – ohne das Zeichen!
Schmerzhafter Rang – mir angetan –
Herrscherin von Golgatha!
Zur Königin – ohne Krone gemacht!
Verlobt – ohne die Ohnmacht
Die Gott uns Frauen schickt –
Wenn man Granat – hält – an Granat –
Gold – an Gold –
Geburt – Brautschleier – Totenhemd –

In a Day –
Tri Victory –
«My Husband» – women say –
Stroking the Melody –
Is *this* – the way?

SANG FROM the Heart, Sire,
Dipped my Beak in it,
If the Tune drip too much
Have a tint too Red

Pardon the Cochineal –
Suffer the Vermillion –
Death is the Wealth
Of the Poorest Bird.

Bear with the Ballad –
Awkward – faltering –
Death twists the strings –
'Twas'nt my blame –

Pause in your Liturgies –
Wait your Chorals –
While I repeat your
Hallowed name –

I LIKE TO SEE IT lap the Miles –
And lick the Valleys up –
And stop to feed itself at Tanks –
And then – prodigious step

Around a Pile of Mountains –
And supercilious peer
In Shanties – by the sides of Roads –
And then a Quarry pare

An einem Tag –
Dreifacher Sieg –
Frauen sagen – «Mein Mann» –
Und streicheln den Klang –
Geht der Weg – *dahin?*

Sang aus dem Herzen, Sire.
Tauchte den Schnabel hinein,
Trieft die Weise zuviel,
Wirkt einen Stich zu rot,

Verzeih der Koschenille –
Vergönn das Vermeil –
Tod ist der Überschwang
Des ärmsten Schwans.

Dulde den Abgesang –
Holperig – stockend –
Tod zieht die Saiten auf –
Konnt nichts dafür –

Stell ein deine Liturgien –
Setz aus den Choral,
Dieweil ich Andacht zoll
Deinem heiligen Namen –

Ich seh gern wie er Meilen schluckt –
Ein ganzes Tal aufleckt –
Und steht und säuft sich satt an Tanks –
Und dann – mit mächtigem Satz

Um ein Getürm von Bergen springt –
Hochnäsig von der Höh
Auf Hütten schaut – am Straßenrand –
Und einen Steinbruch höhlt

To fit its Ribs
And crawl between
Complaining all the while
In horrid – hooting stanza –
Then chase itself down Hill –

And neigh like Boanerges –
Then – punctual as a Star
Stop – docile and omnipotent
At its own stable door –

ESSENTIAL OILS – are wrung –
The Attar from the Rose
Be not expressed by Suns – alone –
It is the gift of Screws –

The General Rose – decay –
But this – in Lady's Drawer
Make Summer – When the Lady lie
In Ceaseless Rosemary –

PUBLICATION – is the Auction
Of the Mind of Man –
Poverty – be justifying
For so foul a thing

Possibly – but We – would rather
From Our Garret go
White – Unto the White Creator –
Than invest – Our Snow –

Thought belong to Him who gave it –
Then – to Him Who bear
Its Corporeal illustration – Sell
The Royal Air –

Bis er ihm um die Rippen paßt
Und sich dazwischen zwängt
Dabei laut heulend klagt
In greulich – grellem Sang
Dann – sich zu Tale jagt –

Wie Boanerges wiehert –
Und – pünktlich wie ein Stern –
Gefügig und allmächtig
Vor seiner Stalltür – steht –

ÄTHERISCHE ÖLE – sind gepreßt –
Ist doch Essenz der Rosen
Ausdruck von Sonnen – nicht allein –
Auch ein Geschenk von Schrauben –

Die Allgemeine Rose – welkt –
Doch sie – im Boudoir
Macht Sommer – Wenn die Dame längst
Auf Rosmarin gebahrt –

PUBLIKATION – ist die Auktion
Von Menschengeist –
Rechtfertigt – Armut
Solche Scheußlichkeit?

Mag sein – doch Wir – wollen eher
Weiß – aus der Mansarde
Vor Unseren Weißen Schöpfer gehn –
Als mit Unserem Schnee – zu Markte –

Gedanken sind des Gebers Gut –
Und darum – Verkauft
Ihr Materielles Abbild – nur
Für Königliche Luft –

In the Parcel – Be the Merchant
Of the Heavenly Grace –
But reduce no Human Spirit
To Disgrace of Price –

THERE CAME A WIND like a Bugle –
It quivered through the Grass
And a Green Chill upon the Heat
So ominous did pass
We barred the Windows and the Doors
As from an Emerald Ghost –
The Doom's electric Moccasin
That very instant passed –
On a strange Mob of panting Trees
And Fences fled away
And Rivers where the Houses ran
Those looked that lived – that Day –
The Bell within the steeple wild
The flying tidings told –
How much can come
And much can go,
And yet abide the World!

MY LIFE had stood – a Loaded Gun –
In Corners – till a Day
The Owner passed – identified –
And carried Me away –

And now We roam in Sovereign Woods –
And now We hunt the Doe –
And every time I speak for Him –
The Mountains straight reply –

And do I smile, such cordial light
Upon the Valley glow –

Mit vergütet – sei der Makler
Dieser Himmelsgnade –
Doch niemals dürft ihr Menschengeist
An Schnöden Preis verraten –

Ein Wind lief wie ein Hornsignal –
Erschauernd durch das Gras
Ein ominöses Frösteln fiel
So Grün die Hitze an
Wir machten Fenster dicht und Tür
Vor dem Smaragdenen Geist –
Die stromgeladenen Mokassins
Des Unheils traten da
Auf Baumgesindel, keuchend, fremd
Und Gatter rannten weg
Und Flüsse wo die Häuser flohn
Was lebte, staunte – jenen Tag –
Vom Turm gellte die Glocke
Im Flug die Kunde wild –
Wieviel kommen kann
Und wieviel gehn,
Und dennoch bleibt die Welt!

Mein Leben lehnte – Schußbereit –
Im Eck – bis eines Tages
Der Eigner kam – erkannte Mich –
Und hat Mich fortgetragen –

Jetzt ziehn Wir durch den Hohen Wald –
Jetzt jagen Wir das Reh –
Wenn Ich für Ihn die Stimme heb –
Antworten Berge schnell –

Wenn Ich lächle, fließt so warmes Licht
Über die Täler hin –

It is as a Vesuvian face
Had let its pleasure through –

And when at Night – our good Day done –
I guard My Master's Head –
'Tis better than the Eider-Duck's
Deep Pillow – to have shared –

To foe of His – I'm deadly foe –
None stir the second time –
On whom I lay a Yellow Eye –
Or an emphatic Thumb –

Though I than He – may longer live
He longer must – than I –
For I have but the power to kill,
Without – the power to die –

MY LIFE CLOSED TWICE before its close,
It yet remains to see
If Immortality unveil
A third event to me,

So huge, so hopeless to conceive,
As these that twice befell.
Parting is all we know of heaven,
And all we need of hell.

Als ließe ein Vesuvgesicht
Seine Freude durch von innen –

Wenn Ich – nach gutem Tagwerk – Nachts
Meines Herren Haupt behüte –
Ists besser als wenn Wir zu zweit
Ein Daunenkissen – drückten –

Seinen Feinden – bin Ich tödlich feind –
Keiner rührt sich von neuem –
Dem Ich ein Gelbes Auge gab –
Und den Nachdruck eines Daumens –

Wenn Ich Ihn auch – überleben könnt
Überleben muß – Er Mich –
Denn Ich hab nur zu töten Macht,
Die Macht zu sterben – nicht –

MEIN LEBEN, ZWEIMAL FIELS ins Schloß,
  eh's zufällt; nun, ich will
jetzt sehn, ob die Unsterblichkeit
  ein Drittes mir enthüllt,

so ohne Hoffnung und so groß.
  Abschied, das ist, was uns,
du Himmel, an dir wißbar ist, –
  und Hölle ists genug.

Edwin Markham

The Man with the Hoe
Written after seeing Millet's World-Famous Painting

God made man in His own image,
in the image of God made He him. – Genesis.

Bowed by the weight of centuries he leans
Upon his hoe and gazes on the ground,
The emptiness of ages in his face,
And on his back the burden of the world.
Who made him dead to rapture and despair,
A thing that grieves not and that never hopes,
Stolid and stunned, a brother to the ox?
Who loosened and let down this brutal jaw?
Whose was the hand that slanted back this brow?
Whose breath blew out the light within this brain?

Is this the Thing the Lord God made and gave
To have dominion over sea and land;
To trace the stars and search the heavens for power;
To feel the passion of Eternity?
Is this the Dream He dreamed who shaped the suns
And pillared the blue firmament with light?
Down all the stretch of Hell to its last gulf
There is no shape more terrible than this –
More tongued with censure of the world's blind greed –
More filled with signs and portents for the soul –
More fraught with menace to the universe.

What gulfs between him and the seraphim!
Slave of the wheel of labor, what to him
Are Plato and the swing of Pleiades?
What the long reaches of the peaks of song,
The rift of dawn, the reddening of the rose?

Edwin Markham

Der Mann mit der Hacke
Geschrieben nach Betrachtung von Millets berühmtem Gemälde

Gott schuf den Menschen ihm zum Bilde,
zum Bilde Gottes schuf er ihn. – I. Buch Mose.

Gebeugt von der jahrhundertlangen Last
Lehnt auf der Hacke er, den Blick am Boden,
Im Angesicht die Leere aller Zeiten,
Die Bürde einer Welt auf seinem Rücken.
Wer hat ihn abgetötet für Entzücken
Und für Verzweiflung, daß er nichts mehr hofft
Noch fürchtet, dumpf und stumpf, des Ochsen Bruder –
Wer löste den brutalen Unterkiefer
Und ließ ihn fallen, und durch wessen Hand
Ward diese niedre Stirn rückwärts gepreßt?
Wer blies das Licht in diesem Hirn hier aus?

Ist dies hier das Geschöpf von Gott gemacht,
Dem Herrschaft über Land und Meer gegeben,
Das alle Himmel sollt nach Macht erforschen
Und alle Glut der Ewigkeit empfinden?
Ist dies der Traum des, der die Sonne schuf,
Der ihre Wege durch das All bezeichnet?
In keinem Höllenwinkel noch so tief
Kanns ein entsetzlicheres Wesen geben –
Keins, das die blinde Gier der ganzen Menschheit
So an den Pranger stellt, das so erfüllt
Von schlimmer Vorbedeutung für die Seele,
So voll Gefahren wär für alle Welt.

Welch Abgrund zwischen ihm und dem Seraph!
Was ist ihm, diesem Arbeitssklaven, Plato,
Was der Plejaden Lauf, und was die Höhn
Und Tiefen unsrer größten, schönsten Dichtung;
Was ist die Rose ihm, die Morgendämmrung?

Through this dread shape the suffering
ages look;
Time's tragedy is in that aching stoop;
Through this dread shape humanity
betrayed,
Plundered, profaned and disinherited,
Cries protest to the Judges of the World,
A protest that is also prophecy.

O masters, lords and rulers in all lands,
Is this the handiwork you give to God,
This monstrous thing distorted and
soul-quenched?
How will you ever straighten up this shape;
Touch it again with immortality;
Give back the upward looking and the light;
Rebuild in it the music and the dream;
Make right the immemorial infamies,
Perfidious wrongs, immedicable woes?

O masters, lords and rulers in all lands,
How will the Future reckon with this Man?
How answer his brute question in that hour
When whirlwinds of rebellion shake the world?
How will it be with kingdoms and
with kings –
With those who shaped him to the thing he is –
When this dumb Terror shall reply
to God,
After the silence of the centuries?

Aus diesem fürchterlichen Wesen schauen
Die Leiden ungezählter Menschenalter,
In dieser schmerzhaften Gebücktheit liegt
Das Trauerspiel der Zeit, durch dies Geschöpf
Schreit die betrogne, tief erniedrigte,
Die ausgeraubte, die enterbte Menschheit
Den Richtern dieser Welt die Klage zu,
Und ihr Protest ist finstre Prophezeiung.

Ihr Herrn und Meister, ihr Regenten alle,
Ist dies das Werk, das eurem Gott ihr darbringt,
Dies Schreckensbild, entstellt an Leib und Seele?
Wie wollt ihr diese Form je grade richten,
Die Seele wieder mit Unsterblichkeit
Berühren, ihren Blick nach oben wenden,
Traum und Musik in ihr von neuem schaffen?
Wie denkt ihr die unheilbar tiefen Schmerzen,
Die unvergeßliche, uralte Schande,
Wie all das bittre Unrecht gutzumachen?

O, ihr Regenten, Herrn in allen Ländern,
Wie wird die Zukunft mit dem Mann hier rechnen?
Was wollt ihr ihm auf seine rohe Frage
Antworten, wenn des Aufruhrs Stunde kommt
Und alle Küsten beben macht im Sturm?
Wie wird's mit Königen und Reichen werden –
Mit denen, die dies Wesen hier geschaffen,
Wenn dieser stumme Schrecken sich einst regt
Und nach dem Schweigen der Jahrhunderte
Gewaltsam aufsteht, diese Welt zu richten?

Edwin Arlington Robinson

Richard Cory

Whenever Richard Cory went down town,
We people on the pavement looked at him:
He was a gentleman from sole to crown,
Clean favored, and imperially slim.

And he was always quietly arrayed,
And he was always human when he talked;
But still he fluttered pulses when he said,
«Good-morning,» and he glittered when he walked.

And he was rich, – yes, richer than a king, –
And admirably schooled in every grace:
In fine, we thought that he was everything
To make us wish that we were in his place.

So on we worked, and waited for the light,
And went without the meat, and cursed the bread;
And Richard Cory, one calm summer night,
Went home and put a bullet through his head.

Edwin Arlington Robinson

Richard Cory

Wenn Richard Cory nur zur Stadt ging, dann
Verfolgten wir vom Gehstein seinen Gang.
Von Kopf bis Fuß war er ein feiner Mann.
Er sah gut aus, war fürstlich groß und schlank.

Und immer war er einfach aufgemacht,
Und immer war er menschlich, wenn er sprach;
Und doch, wenn er sein «Guten Morgen» sagt,
Schlug uns das Herz – er strahlte wie der Tag.

Und er war reich – ja mehr als königlich;
Bewundernswerte Bildung ließ er sehn.
Kurzum, er war so, daß wohl jeder sich
Gewünscht, er könnt an seiner Stelle stehn.

So mühten wir uns, wartend auf das Licht;
Uns fehlte Fleisch, wir fluchten unserm Brot
Und eines Sommers, so im Dämmerlicht,
Ging Richard Cory heim und schoß sich tot.

Edgar Lee Masters

Anne Rutledge

Out of me unworthy and unknown
The vibrations of deathless music:
«With malice toward none, with charity for all.»
Out of me the forgiveness of millions toward millions,
And the beneficent face of a nation
Shining with justice and truth.
I am Anne Rutledge who sleep beneath these weeds,
Beloved in life of Abraham Lincoln,
Wedded to him, not through union,
But through separation.
Bloom forever, O Republic,
From the dust of my bosom!

Harold Arnett

I leaned against the mantel, sick, sick,
Thinking of my failure, looking into the abyss,
Weak from the noon-day heat.
A church bell sounded mournfully far away.
I heard the cry of a baby,
And the coughing of John Yarnell,
Bed-ridden, feverish, feverish, dying,
Then the violent voice of my wife:
«Watch out, the potatoes are burning!»
I smelled them ... then there was irresistible disgust.
I pulled the trigger ... blackness ... light ...
Unspeakable regret ... fumbling for the world again.
Too late! Thus I came here,
With lungs for breathing ... one cannot breathe here with lungs,
Though one must breathe. ... Of what use is it
To rid one's self of the world,
When no soul may ever escape the eternal destiny of life?

Edgar Lee Masters

Anne Rutledge

Aus mir, unwürdig, unbekannt,
Kam Vibration unsterblicher Musik:
«Güte für alle, keinem Leid.»
Aus mir Vergebung der Millionen für Millionen,
Und das von Recht und Wahrheit
Strahlende Antlitz einer Nation.
Ich bin Anne Rutledge,
Die unter diesem Unkraut schläft,
Im Leben geliebt von Abraham Lincoln,
Durch Trennung ihm vermählt, nicht durch Vereinigung.
Blüh ewig, Republik,
Aus dem Staub meines Busens!

Harold Arnett

Gelehnt gegen die Brüstung, krank, krank,
Beim Gedanken an mein Versagen, sah hinein in den Abgrund,
Geschwächt von zuviel Mittagssonne.
Eine Kirchenglocke klagte aus der Weite herüber.
Ich hörte eines Kindes Schrei,
Ich hörte John Yarnell husten
Aus dem fiebrischen Bett, hinsterbend.
Dann die heftige Stimme meines Weibes:
«Wach auf, die Kartoffeln brennen an!»
Ich roch sie ... dann kam unüberwindlicher Ekel.
Ich drückte ab ... Blackout ... Licht ... Unsagbare
Reue ... Suchte tastend einen Weg zurück in die Welt.
Zu spät! so kam ich her mit Lungen zu atmen,
Man kann hier nicht mit Lungen atmen,
Doch man muß atmen ... Was nützt es
Sich selbst von der Welt zu befrein,
Da keine Seele je des Lebens Gesetzen entflieht?

Stephen Crane

The Black Riders

1

Black riders came from the sea.
There was clang and clang of spear and shield,
And clash and clash of hoof and heel,
Wild shouts and the wave of hair
In the rush upon the wind:
Thus the ride of sin.

3

In the desert
I saw a creature, naked, bestial,
Who, squatting upon the ground,
Held his heart in his hands,
And ate of it.
I said, «Is it good, friend?»
«It is bitter – bitter,» he answered;
«But I like it
Because it is bitter,
And because it is my heart.»

67

God lay dead in Heaven;
Angels sang the hymn of the end;
Purple winds went moaning,
Their wings drip-dripping
With blood
That fell upon the earth.
It, a groaning thing,
Turned black and sank.
Then from the far caverns
Of dead sins
Came monsters, livid with desire.
They fought,

Stephen Crane

Schwarze Reiter

1

Schwarze Reiter vom Meer.
Da gabs Hall auf Hall von Schild und Speer
Und Prall auf Prall von Hufen und Sporen,
Wildes Brüllen und fliegendes Haar
Im Ansturm gegen die Winde:
Soweit der Ritt der Sünde.

3

In der Wüste
Erblickt ich ein Wesen, nackt und entmenscht,
Das hockte auf dem Sand,
Hielt sein Herz in beiden Händen
Und fraß es in sich hinein.
Ich sagte: «Schmeckts gut, Freund?»
«Es ist bitter, bitter,» antwortete er,
«Aber ich mags
Weil es bitter
Und weil es mein Herz ist.»

67

Gott lag tot im Himmel;
Engel stimmten die Endhymne an;
Purpurwinde wehklagten,
Ihre Schwingen tropflastig
Von Blut,
Das auf die Erde hinab rann.
Sie – ein stöhnendes Etwas –
Schwärzte sich ein und versank.
Dann hoben sich aus den entlegenen Höhlen
Abgelebter Sünden
Unholde, blindwütig vor Gier.
Sie rauften,

Wrangled over the world,
A morsel.
But of all sadness this was sad, –
A woman's arms tried to shield
The head of a sleeping man
From the jaws of the final beast.

A MAN SAID to the universe:
«Sir, I exist!»
«However,» replied the universe,
«The fact has not created in me a sense of obligation.»

THE WAYFARER
Perceiving the pathway to truth
Was struck with astonishment.
It was thickly grown with weeds.
«Ha,» he said,
«I see that none has passed here
In a long time.»
Later he saw that each weed
Was a singular knife.
«Well,» he mumbled at last,
«Doubtless there are other roads.»

Rangen um die Welt,
Einen Happen.
Doch bei aller Wehmut tat eines weh:
Die Arme einer Frau, gelegt zum Schutz
Über den Kopf eines Mannes
Vor dem Rachen des Endetiers.

Sprach ein Mann zum Universum:
«Mein Herr, ich existiere!»
«Sei's drum,» versetzte das Universum,
«Der Umstand bewirkt bei mir
«Kein Gefühl der Verbindlichkeit.»

Der Wandersmann
Stieß auf den Fußpfad zur Wahrheit
Und wunderte sich sehr.
Er war dicht zugewachsen mit Unkraut.
«Ha,» sagte er,
«Man merkt, daß seit Ewigkeiten
Keiner hier lang ging.»
Später merkte er, daß jeder Halm
Ein stehendes Messer war.
«Na,» brummte er schließlich,
«Es wird andere Wege geben.»

Carl Sandburg

Chicago

Hog Butcher for the World,
Tool Maker, Stacker of Wheat,
Player with Railroads and the Nation's Freight Handler;
Stormy, husky, brawling,
City of the Big Shoulders:

They tell me you are wicked and I believe them,
for I have seen your painted women under the gas lamps
luring the farm boys.
And they tell me you are crooked and I answer:
Yes, it is true I have seen the gunmen kill and go free
to kill again.
And they tell me you are brutal and my reply is:
On the faces of women and children I have seen the marks
of wanton hunger.
And having answered so I turn once more to those who sneer
at this my city, and I give them back the sneer
and say to them:
Come and show me another city with lifted head singing
so proud to be alive and coarse and strong and cunning.
Flinging magnetic curses amid the toil of piling job on job,
here is a tall bold slugger set vivid
against the little soft cities;
Fierce as a dog with tongue lapping for action,
cunning as a savage pitted against the wilderness,
Bareheaded,
Shoveling,
Wrecking,
Planning,
Building, breaking, rebuilding,

Carl Sandburg

Chicago

Schweineschlachter der Welt,
Werkzeugmacher, Weizenstapler,
Rangierer von Eisenbahnen, Frachtverlader der Nation;
Hitzig, vierschrötig, rauflustig,
Breitschultrige Stadt:

Sie sagen mir, du bist verkommen und ich glaube, es stimmt: da
ich erlebt hab, wie deine geschminkten Weiber unter
Gaslaternen Bauernbengel anmachten.
Und sie sagen mir, du bist kriminell und ich antworte: ja, ich
gebe es zu, ich habe erlebt, wie Gangster killen und freikommen,
um es wieder zu tun.
Und sie sagen mir, du bist brutal und meine Antwort darauf ist: ich
sah die Gesichter von Frauen und Kindern, gezeichnet von
zehrendem Hunger.
Und nachdem ich all das eingeräumt hab, wend ich ich mich nochmal
an alle, die meine Stadt miesmachen und ich kehre den Spieß um
und sag ihnen:
Zeigt mir doch eine andere Stadt mit hocherhobenem Haupt, die singt,
so stolz am Leben zu sein, so grobschlächtig, so stark, so gewitzt.
Mit magnetischen Flüchen wirft er um sich, mitten in der Plackerei
der Akkordarbeit, hier ist ein hochgewachsner beherzter Malocher
von ganz anderem Zuschnitt als die kleineren, weicheren Städte;
Auf Draht wie ein Hund, der mit hängender Zunge hechelt nach Taten,
gewitzt wie ein Eingeborener, der seine Kräfte mißt mit der Wildnis,
Barhäuptig,
Baggernd,
Abreißend,
Planend,
Bauend, abreißend, wiederaufbauend.

Under the smoke, dust all over his mouth, laughing with white teeth,
Under the terrible burden of destiny laughing as a young man laughs,
Laughing even as an ignorant fighter laughs who has never lost a battle,
Bragging and laughing that under his wrist is the pulse
  and under his ribs is the heart of the people,
      Laughing!
Laughing the stormy, husky, brawling laughter of Youth, half-naked,
  sweating, proud to be Hog Butcher, Tool Maker, Stacker of Wheat,
    Player with Railroads and Freight Handler to the Nation.

Fish Crier

I know a Jew fish crier down on Maxwell Street with a voice like a
  north wind blowing over corn stubble in January.
He dangles herring before prospective customers evincing a joy
  identical with that of Pavlowa dancing.
His face is that of a man terribly glad to be selling fish, terribly glad
  that God made fish, and customers to whom he may call his wares
  from a pushcart.

Fog

The fog comes
on little cat feet.

It sits looking
over harbor and city
on silent haunches
and then moves on.

Unter Qualm, Staub über den ganzen Mund, lacht er mit weißen Zähnen,
Unter der furchtbaren Last des Geschicks, lacht er wie ein junger Mann,
Lacht wie ein unerfahrener Streiter, der noch nie einen Kampf verlor,
Prahlt und lacht, daß in seinem Handgelenk der Puls
und unter seinen Rippen das Herz des ganzen Volks schlägt,
Lacht!
Lacht das hitzige, vierschrötige, rauflustige Lachen der Jugend,
halbnackt, schweißüberströmt, stolz darauf, Schweineschlachter
zu sein, Werkzeugmacher, Weizenstapler, Rangierer
von Eisenbahnen und Frachtverlader der Nation.

Fisch-Ausrufer

Ich kenne einen jüdischen Fisch-Ausrufer stadteinwärts auf der Maxwell Street mit einer Stimme wie der bullernde Nordwind über Stoppelfeldern im Januar.
Er schlenkert möglichen Kunden Heringe vor der Nase, legt sich ins Zeug mit einem Eifer wie die Pavlowa beim Tanzen.
Sein Gesicht ist voll Frohsinn darüber, daß er Fische verkauft, voll Frohsinn, daß Gott Fische schuf und Kunden, denen er die Ware auf seinem Schiebekarren feilbieten kann.

Nebel

Der Nebel kommt
auf Katzenpfötchen.

Er setzt sich und blickt
über Hafen und Stadt
auf leisen Läufen,
pirscht dann davon.

Prayers of Steel

Lay me on an anvil, O God.
Beat me and hammer me into a crowbar.
Let me pry loose old walls.
Let me lift and loosen old foundations.

Lay me on an anvil, O God.
Beat me and hammer me into a steel spike.
Drive me into the girders that hold a skyscraper together.
Take red-hot rivets and fasten me into the central girders.
Let me be the great nail holding a skyscraper through blue nights
into white stars.

Hells and Heavens

Each man pictures his hell or heaven different.
Some have snug home-like heavens, suburban,
well-kept.
Some have a wild, storm-swept heaven; their happiness has
been in storms, heaven must have storms mixed with
fair weather.
And hell for some is a jail, for others a factory, for others
a kitchen, for others a place of many polite liars full
of blah, all gah gah

Stahlgebet

Leg mich auf einen Amboß, Gott.
Dengele und hämmere mich zu einer Brechstange.
Laß mich alte brüchige Mauern aufstemmen,
Laß mich alte Grundsteine lockern und heben.

Leg mich auf einen Amboß, Gott.
Dengele und hämmere mich zum stählernen Dorn.
Ramm mich in die Träger, die den Wolkenkratzer zusammenhalten.
Nimm rotglühende Nietbolzen und treibe mich in den Mittelträger.
Laß mich den großen Nagel sein, der den Wolkenkratzer durch blaue
Nächte an weiße Sterne nietet.

Höllen und Himmel

Jeder Mensch malt sich seine Hölle und seinen Himmel anders aus.
Manche haben einen kuschligen anheimelnden Himmel,
hausbacken, gepflegt.
Manche haben einen wilden sturmgepeitschten Himmel; sie finden
ihr Glück in Stürmen, ihr Himmel muß wetterwendisch sein,
teils stürmisch, teils heiter.
Die Hölle ist für manche ein Zuchthaus, für manche eine
Fabrikhalle, für andere eine Küche und wieder für andere eine
Stätte der gelackten Lügner voller Edelschmus, alles blah blah

Robert Frost

Mending Wall

Something there is that doesn't love a wall,
That sends the frozen-ground-swell under it,
And spills the upper boulders in the sun;
And makes gaps even two can pass abreast.
The work of hunters is another thing:
I have come after them and made repair
Where they have left not one stone on a stone,
But they would have the rabbit out of hiding,
To please the yelping dogs. The gaps I mean,
No one has seen them made or heard them made,
But at spring mending-time we find them there.
I let my neighbour know beyond the hill;
And on a day we meet to walk the line
And set the wall between us once again.
We keep the wall between us as we go.
To each the boulders that have fallen to each.
And some are loaves and some so nearly balls
We have to use a spell to make them balance:
«Stay where you are until our backs are turned!»
We wear our fingers rough with handling them.
Oh, just another kind of out-door game,
One on a side. It comes to little more:
There where it is we do not need the wall:
He is all pine and I am apple orchard.
My apple trees will never get across
And eat the cones under his pines, I tell him.
He only says, «Good fences make good neighbors.»
Spring is the mischief in me, and I wonder
If I could put a notion in his head:
«*Why* do they make good neighbors? Isn't it
Where there are cows? But here there are no cows.
Before I built a wall I'd ask to know
What I was walling in or walling out,

Robert Frost

Beim Mauerflicken

Es gibt etwas, das mag die Mauern nicht,
Das schickt den Frost darunter, daß der Boden schwillt,
Und streut die Steine oben weit umher;
Und es reißt Lücken, breit genug für zwei.
Ein Ding für sich ist, was die Jäger treiben:
Ich kam nach ihnen, und ich reparierte,
Wo keinen Stein sie auf dem andern ließen;
Sie wollten unbedingt, zur Freude ihrer Meute,
Dem Hasen ans Versteck. Die Lücken mein ich,
Deren Entstehen niemand sah noch hörte –
Im Frühjahr aber findet man sie da.
Dem Nachbarn hinterm Hügel geb ich Nachricht;
Wir treffen uns, die Grenze abzuschreiten,
Und richten zwischen uns die Mauer wieder auf.
Im Gehen bleibt die Mauer zwischen uns.
Ein jeder nimmt, was ihm an Steinen zufiel.
Die einen sind wie Brote, andre fast wie Bälle,
Wir müssen sie beschwören, daß sie stehn:
«Bleib, wo du bist, bis wir den Rücken kehren!»
Sie anzupacken macht die Hände wund.
Das ist so eine Art Geländespiel,
Beidseits. Auf wenig mehr läuft es hinaus;
Denn wo sie steht, ist keine Mauer nötig:
Er hat nur Fichten und ich Apfelbäume.
Mein Obst würde schon nicht hinüberlaufen,
Sag ich, und ihm die Fichtenzapfen fressen.
Er sagt nur: «Gute Zäune – gute Nachbarn.»
Der Frühling macht mich boshaft – ob ich ihm
Nicht einmal was begreiflich machen könnte?
«Wieso denn ‹Gute Zäune – gute Nachbarn›?
Gilt das nicht nur, wo Kühe sind? Doch hier?
Bevor ich eine Mauer baue, will ich wissen,
Was sie umschließen oder schützen soll,

And to whom I was like to give offence.
Something there is that doesn't love a wall,
That wants it down.» I could say «Elves» to him,
But it's not elves exactly, and I'd rather
He said it for himself. I see him there
Bringing a stone grasped firmly by the top
In each hand, like an old-stone savage armed.
He moves in darkness as it seems to me,
Not of woods only and the shade of trees.
He will not go behind his father's saying,
And he likes having thought of it so well
He says again, «Good fences make good neighbors.»

The Cow in Apple Time

Something inspires the only cow of late
To make no more of a wall than an open gate,
And think no more of wall-builders than fools.
Her face is flecked with pomace and she drools
A cider syrup. Having tasted fruit,
She scorns a pasture withering to the root.
She runs from tree to tree where lie and sweeten
The windfalls spiked with stubble and worm-eaten.
She leaves them bitten when she has to fly.
She bellows on a knoll against the sky.
Her udder shrivels and the milk goes dry.

The Road Not Taken

Two roads diverged in a yellow wood,
And sorry I could not travel both
And be one traveler, long I stood
And looked down one as far as I could
To where it bent in the undergrowth;

Und wer wohl Anstoß nähme, wenn sie fehlte.
Es gibt etwas, das mag die Mauern nicht,
Das reißt sie ein.» Ich könnte «Elfen» sagen,
Doch sind es eigentlich nicht Elfen, und ich wollte,
Er käme selber drauf. Ich seh ihn schleppen,
Mit jeder Hand packt er sich einen Stein:
Bewaffnet wie ein Wilder aus der Steinzeit.
Es kommt mir vor, als tappe er im Dunkel,
Nicht nur in dem der Wälder und der Bäume.
Er wünscht am Spruch des Vaters nicht zu rütteln,
Und daß er ihn so gut behielt, das freut ihn;
Noch einmal sagt er: «Gute Zäune – gute Nachbarn.»

Veräppelt

Was meine Kuh nur ankommt neuerdings?
Da ist kein Gatter, keine Mauer rings,
Die sie nicht nimmt. Meint wohl ich wäre blind!
Voll Apfelspritzern ihr Gesicht, ein Most-Schleim rinnt
Aus ihrem Maul. Nun da sie Obst geschmaust
Gilt ihr für Viecherei die Stoppelkost.
Von Baum zu Baum hin trabt sie und verzehrt
Das Fallobst, das rundum am Boden gärt.
Viel läßt sie angebissen liegen, wo es liegt,
Und brüllt vom Hang, daß sich der Himmel biegt.
Ihr Euter schrumpft und ihre Milch versiegt.

Der unbegangene Weg

In einem gelben Wald, da lief die Straße auseinander,
Und ich, betrübt, daß ich, *ein* Wandrer bleibend, nicht
Die beiden Wege gehen konnte, stand
Und sah dem einen nach so weit es ging:
Bis dorthin, wo er sich im Unterholz verlor.

Then took the other, as just as fair,
And having perhaps the better claim,
Because it was grassy and wanted wear;
Though as for that the passing there
Had worn them really about the same,

And both that morning equally lay
In leaves no step had trodden black.
Oh, I kept the first for another day!
Yet knowing how way leads on to way,
I doubted if I should ever come back.

I shall be telling this with a sigh
Somewhere ages and ages hence:
Two roads diverged in a wood, and I –
I took the one less traveled by,
And that has made all the difference.

Fire and Ice

Some say the world will end in fire,
Some say in ice.
From what I've tasted of desire
I hold with those who favor fire.
But if it had to perish twice,
I think I know enough of hate
To say that for destruction ice
Is also great
And would suffice.

Desert Places

Snow falling and night falling fast, oh, fast
In a field I looked into going past,
And the ground almost covered smooth in snow,
But a few weeds and stubble showing last.

Und schlug den andern ein, nicht minder schön als jener,
Und schritt damit auf dem vielleicht, der höher galt,
Denn er war grasig und er wollt begangen sein,
Obgleich, was dies betraf, die dort zu gehen pflegten,
Sie beide, den und jenen, gleich begangen hatten.

Und beide lagen sie an jenem Morgen gleicherweise
Voll Laubes, das kein Schritt noch schwarzgetreten hatte.
Oh für ein andermal hob ich mir jenen ersten auf!
Doch wissend, wie's mit Wegen ist, wie Weg zu Weg führt,
Erschien mir zweifelhaft, daß ich je wiederkommen würde.

Dies alles sage ich mit einem Ach darin dereinst
Und irgendwo nach Jahr und Jahr und Jahr:
Im Wald, da war ein Weg, der Weg lief auseinander,
Und ich – ich schlug den einen ein, den weniger begangnen,
Und dieses war der ganze Unterschied.

Feuer und Eis

Manch einer meint, die Welt würd untergehn durch Feuer,
Manch einer setzt auf Eis.
Nach allem, was ich vom Verlangen weiß,
Glaub ich, daß sie mit Feuer richtig liegen.
Doch gäb es zweifach den Garaus,
Mein ich genug zu wissen über Haß,
Zu sagen: auf eine Heimsuchung durch Eis
Wär auch Verlaß
Und würd genügen.

Wüste Stätten

Rasch fällt die Nacht im raschen Flockenwehn,
Die Blicke gleiten beim Vorübergehn
Auf öde Felder, dicht bedeckt mit Schnee,
Paar Gräser nur und Stoppeln sind zu sehn.

The woods around it have it – it is theirs.
All animals are smothered in their lairs.
I am too absent-spirited to count;
The loneliness includes me unawares.

And lonely as it is that loneliness
Will be more lonely ere it will be less –
A blanker whiteness of benighted snow
With no expression, nothing to express.

They cannot scare me with their empty spaces
Between stars – on stars where no human race is.
I have it in me so much nearer home
To scare myself with my own desert places.

Neither Out Far Nor In Deep

The people along the sand
All turn and look one way.
They turn their back on the land.
They look at the sea all day.

As long as it takes to pass
A ship keeps raising its hull;
The wetter ground like glass
Reflects a standing gull.

The land may vary more;
But wherever the truth may be –
The water comes ashore,
And the people look at the sea.

They cannot look out far.
They cannot look in deep.
But when was that ever a bar
To any watch they keep?

Den Wald beherrscht der Schnee, – der Schnee allein,
Das Wild verbirgt sich in den Wüstenein,
Birgt sich wie ich. Unruhig schweift mein Geist.
Die Einsamkeit kreist alle Fährten ein.

Wie tief das Einsamsein, die Einsamkeit
Dringt immer mächtiger in Raum und Zeit.
Noch weißer schweigt, noch mächtiger der Schnee,
Die ausdruckslose Maske weit und breit.

Mich schreckt des Weltenraumes Leere nicht,
Umstarrt von toten Sternen ohne Licht,
Mich schreckt die Wüste in der eignen Brust,
Die mich durchfriert mit eisigem Gesicht.

Weder weit noch tief

Die Sommergäste im Sand
Haben alle den gleichen Dreh.
Sie drehn den Rücken zum Land
Und blicken hinaus auf die See.

Wie es vorüberweht!
Ein Schiff hebt Bug und Gatt.
Und eine Möwe steht
Gespiegelt im spiegelnden Watt.

Mag sein, es geht an Land
Abwechslungsreicher her –
Das Wasser rinnt zum Strand,
Und die Leute schaun aufs Meer.

Sie sehen nicht sehr weit,
Und auch sehr tief sehn sie nicht,
Aber das stört sie, du liebe Zeit,
Niemals in ihrer Sicht.

A Considerable Speck

A speck that would have been beneath my sight
On any but a paper sheet so white
Set off across what I had written there.
And I had idly poised my pen in air
To stop it with a period of ink
When something strange about it made me think.
This was no dust speck by my breathing blown,
But unmistakably a living mite
With inclinations it could call its own.
It paused as with suspicion of my pen,
And then came racing wildly on again
To where my manuscript was not yet dry;
Then paused again and either drank or smelt –
With loathing, for again it turned to fly.
Plainly with an intelligence I dealt.
It seemed too tiny to have room for feet,
Yet must have had a set of them complete
To express how much it didn't want to die.
It ran with terror and with cunning crept.
It faltered; I could see it hesitate;
Then in the middle of the open sheet
Cower down in desperation to accept
Whatever I accorded it of fate.

I have none of the tenderer-than-thou
Collectivistic regimenting love
With which the modern world is being swept.
But this poor microscopic item now!
Since it was nothing I knew evil of
I let it lie there till I hope it slept.

I have a mind myself and recognize
Mind when I meet with it in any guise.
No one can know how glad I am to find
On any sheet the least display of mind.

Ein bemerkenswerter Fleck

Ein Fleck, der nirgends wäre sichtbar mir,
Außer auf einem weißen Blatt Papier,
Trat mitten dort aus meiner Schrift hervor.
Nachlässig hob die Feder ich empor,
Zu tilgen ihn mit einem Tintenstrich,
Jedoch auf halbem Wege stutzte ich.
Dies war kein Staubfleck, den mein Hauch bewegte,
Nein, eine Milbe wies dem Blick sich hier,
In welcher sich ein Eigenleben regte,
Gehemmt, als ob sie die Gefahr erkannt,
Und kam dann wieder wild daher gerannt
Dorthin, wo noch mein Manuskript nicht trocken.
Ich sah sie trinkend oder witternd stocken
Und angeekelt fliehn, die offenbar
Mit Denkvermögen ausgestattet war.
Kaum schien an ihr für Füße Platz zu sein,
Doch mußte sie besitzen ganze Reihn,
Ihr Bangen vor dem Tode auszudrücken.
Hellwach mit Schrecken lief sie um ihr Leben.
Noch einmal hielt sie unentschlossen ein,
Um dann zum Mittelblatte vorzurücken
Und dem Geschick sich hilflos zu ergeben,
Das ich ihr zugedacht.

Nun bin ich nicht ein unvernünftiger Kollektivist,
Von einem flauen Mitgefühl durchdrungen,
Womit die Welt von heut noch mehr betrogen,
Doch dieser überwinzig arme Wicht,
Den keine Spur des Bösen angeflogen,
Ich ließ ihn liegen, bis ihn Schlaf bezwungen.

Es mahnt mich in mir selber eine Seele,
Daß ich sie nicht in andrer Form verfehle.
Wer ahnt, wie froh ich bin, erscheint sie mir
Noch so gering auf einem Blatt Papier.

Robinson Jeffers

The Excesses of God

Is it not by his high superfluousness we know
Our God? For to equal a need
Is natural, animal, mineral: but to fling
Rainbows over the rain
And beauty above the moon, and secret rainbows
On the domes of deep sea-shells,
And make the necessary embrace of breeding
Beautiful also as fire,
Not even the weeds to multiply without blossom
Nor the birds without music:
There is the great humaneness at the heart of things.
The extravagant kindness, the fountain
Humanity can understand, and would flow likewise
If power and desire were perch-mates.

For fifty thousand years man has been dreaming of powers
Unnatural to him: to fly like the eagles – this groundling! – to breathe under the seas, to voyage to the moon,
To launch like the sky-god intolerable thunderbolts: now he has got them.
How little he looks, how desperately scared and excited, like a poisonous insect, and no God pities him.

To the Stone-Cutters

Stone-cutters fighting time with marble, you foredefeated
Challengers of oblivion
Eat cynical earnings, knowing rock splits, records fall down,

Robinson Jeffers

Gottes Exzesse

Ist es nicht an dem Übermaß, woran wir
Unsern Gott erkennen? Denn etwas tun, das Not ist,
Liegt rein in der Natur, ist animalisch, mineralisch: aber
Perlmuttbrücken über den Regen schlagen
Und Märchenglanz über den Mond, heimliche Regenbögen
In den Schulp der Tiefseemuschel legen
Und den notwendigen Beischlaf der Fortpflanzung
Zu Feuerschönheit anfachen,
Daß selbst das Unkraut sich nicht ohne Blüte mehrt,
Daß Vögel sich nie ohne Lieder reihen:
Es liegt die große Menschlichkeit im Mark der Dinge,
Das Übermaß der Güte, das zum Menschen spricht
Und das auch ihm zukäme –
Wenn Macht und Wünschen sich vermählen ließen.

Seit fünfzigtausend Jahren träumt der Mensch
Von Fertigkeiten, die ihm die Natur versagt hat:
Zu fliegen wie der Adler – dieser Erdling! –
  zu atmen untermeer und auf den Mond zu fahren,
Ruchlose Donnerkeile auszulösen wie der Gott des Luftraums.
  Nun, da er sie hat:
Wie klein er sich ausnimmt, wie fassungslos und aufgestört,
  ein giftiges Insekt, dem kein Gott gnadet.

An die Steinmetze

Steinmetze, trotzend der Zeit mit Marmor, ihr schon voraus besiegte
Streiter gegen Vergessen,
Zehrt grimmigen Schandlohn, wissend, Fels birst, Urkunden splittern,

The square-limbed Roman letters
Scale in the thaws, wear in the rain. The poet as well
Builds his monument mockingly;
For man will be blotted out, the blithe earth die, the brave sun
Die blind and blacken to the heart:
Yet stones have stood for a thousand years, and pained thoughts found
The honey of peace in old poems.

Shine, Perishing Republic

While this America settles in the mould of its vulgarity, heavily thickening to empire,
And protest, only a bubble in the molten mass, pops and sighs out, and the mass hardens,

I sadly smiling remember that the flower fades to make fruit, the fruit rots to make earth.
Out of the mother; and through the spring exultances, ripeness and decadence; and home to the mother.

You making haste haste on decay: not blameworthy; life is good, be it stubbornly long or suddenly
A mortal splendor: meteors are not needed less than mountains: shine, perishing republic.

But for my children, I would have them keep their distance from the thickening center; corruption
Never has been compulsory, when the cities lie at the monster's feet there are left the mountains.

And boys, be in nothing so moderate as in love of man, a clever servant, insufferable master.
There is the trap that catches noblest spirits, that caught – they say – God, when he walked on earth.

Die kantigen römischen Lettern
Bröckeln im Tau, schwinden im Regen. So auch der Dichter,
Errichtet spottend sein Denkmal;
Denn der Mensch wird vertilgt einst, frohe Erde wird sterben,
  tapfere Sonne
Blind sterben mit schwarzem Herzen:
Doch Steine standen ein Jahrtausend, und Denkens Qual fand
Den Honig des Friedens in alten Gedichten.

Strahle, krepierende Republik

Indes unser Amerika sich in der Schablone seiner Gewöhnlichkeit
  setzt und langsam zum Weltreich gerinnt,
Indes der Protest, bloß eine Blase in der zähflüssigen Masse, hoch-
  kommt und seufzend zerplatzt, indes der Brei erstarrt –

Entsinn ich mich mit ironischer Freude, wie die Blume welkt, um
  zur Frucht zu werden, die Frucht zu Erde verfault.
Aus der Mutter und über das festliche Frühjahr zu Reife und Moder,
  dann heim zur Mutter.

Ihr, die ihr hastet, beschleunigt nur den Verfall – nicht sträflich,
  denn das Leben ist gut, ob von eigensinniger Dauer oder jäh
Von tödlicher Überhelle; Meteore gehören ebenso dazu wie
  Bergmassive: strahle, krepierende Republik.

Doch was meine Kinder angeht, so möcht ich, daß sie Abstand
  halten von der eindickenden Mitte; Zersetzung
Ist nie und nimmer ein Muß, wenn die Großstädte dem Moloch zu
  Füßen liegen, bleibt uns das Gebirge.

Und Jungens, bewahrt nirgends so kaltes Blut wie in der Liebe zur
  Menschheit, ein fixer Diener, unleidlicher Machthaber,
Denn das ist der Fallstrick, in dem sich die Selbstlosen verfingen,
  der einst Gott, wie sie sagen, fing, als er auf Erden weilte.

New Year's Eve

Staggering homeward between the stream and the trees the
unhappy drunkard
Babbles a woeful song and babbles
The end of the world, the moon's like fired Troy in a flying cloud,
the storm
Rises again, the stream's in flood.
The moon's like the sack of Carthage, the Bastille's broken, pedlars
and empires
Still deal in luxury, men sleep in prison.
Old Saturn thinks it was better in his grandsire's time
but that's from the brittle
Arteries, it neither betters nor worsens.
(Nobody knows my love the falcon.)
It has always bristled with phantoms, always factitious, mildly absurd;
The organism, with no precipitous
Degeneration, slight imperceptible discounts of sense and faculty,
Adapts itself to the culture-medium.
(Nobody crawls to the test-tube-rim,
Nobody knows my love the falcon.)
The star's on the mountain, the stream snoring in flood; the
brain-lit drunkard
Crosses midnight and stammers to bed.
The inhuman nobility of things, the ecstatic beauty, the
inveterate steadfastness
Uphold the four posts of the bed.
(Nobody knows my love the falcon.)

EAGLE AND HAWK with their great claws and hooked heads
Tear life to pieces; vulture and raven wait for death
to soften it.
The poet cannot feed on this time of the world
Until he has torn it to pieces, and himself also.

Silvesternacht

Wankend heim. Lavieren zwischen Bachbett und Bäumen,
elender Zecher.
Scheheluchzt ein Lied und lallt
Etwas vom Ende der Welt. Mond ausgebrannt wie Troja überm
Wolkenflug. Der Sturm
Steht wieder auf, der Bach steigt. Mond, wie das eingeäscherte
Karthago, wie die geschleifte Bastille.
Geldleute und Weltmächte machen noch immer in Luxus,
Menschen schlafen in Kerkerzellen.
Saturn, der Greis, meint, es war besser zu seines Urahnen Lebtag,
doch *der* Schluß
Kommt aus verkalkten Schlagadern. Es wird weder besser noch ärger.
(Mein Lieb, den Falken, kennt niemand.)
Phantomfickerig, leicht überspannt, etwas absurd war es von jeher,
das Lebewesen;
Ohne rasche Entartungserscheinung, kaum wahrnehmbare
Abstriche nur an Auffassungs- und Tatkraft –
So paßt es sich seinem Kultursubstrat an.
(Niemand erklimmt den Reagenzglas-Rand,
Mein Lieb, den Falken, kennt niemand.)
Der Stern steht auf seinem Berg, der Bach quarzt im Überschwall,
der hirnbrütige Säufer kreuzt die Mitternacht und brabbelt ins Bett.
Die unmenschliche Würde, die ekstatische Schönheit, die
unbeirrbare Standfestigkeit der Dinge
Hält seine vier Bettpfosten aufrecht.
(Mein Lieb, den Falken, kennt niemand.)

Adler und habicht mit ihren großen Krallen
und Hakenspitzschnäbeln reißen das Leben in Fetzen;
Geier und Raben warten bis es der Tod veraast.
Den Dichter ernährt diese Weltzeit erst
Wenn er sie zerfetzt hat – und sich selber dazu.

From Cawdor
The Old Man's Dream After He Died

Gently with delicate mindless fingers
Decomposition began to pick and caress the unstable chemistry
Of the cells of the brain; Oh very gently, as the first weak breath of wind in a wood: the storm is still far,
The leaves are stirred faintly to a gentle whispering: the nerve-cells, by what would soon destroy them, were stirred
To a gentle whispering. Or one might say the brain began to glow, with its own light, in the starless
Darkness under the dead bone sky; like bits of rotting wood on the floor of the night forest
Warm rains have soaked, you see them beside the path shine like vague eyes. So gently the dead man's brain
Glowing by itself made and enjoyed its dream.

The nights of many years before this time
He had been dreaming the sweetness of death, as a starved man dreams bread, but now decomposition
Reversed the chemistry; who had adored in sleep under so many disguises the dark redeemer
In death across a thousand metaphors of form and action celebrated life. Whatever he had wanted
To do or become was now accomplished, each bud that had been nipped and fallen grew out to a branch,
Sparks of desire forty years quenched flamed up fulfilment.
Out of time, undistracted by the nudging pulse-beat, perfectly real to itself being insulated
From all touch of reality the dream triumphed, building from past experience present paradise
More intense as the decay quickened, but ever more primitive as it proceeded, until the ecstasy
Soared through a flighty carnival of wines and women to the simple delight of eating flesh, and tended

Aus Cawdor
Traum nach dem Tod

Leise, mit sachten unsinnigen Fingern begann Zersetzung zu zasern
 und zupfen an dem unsteten Haushalt der Hirnzellen,
Wie vor dem Sturm das erste gelinde Ausatmen des Windes
 im Wald
Durchs Blattwerk geistert und raunt, so sachte durchfuhr die
 Ganglienzellen ein Raunen und Regen von dem,
Was sie in Kürze zugrund richten sollte. Oder, könnte man sagen,
 das Hirn fing an, aus sich selber zu glühn im sternlosen Dunkel
Unterm toten Beinhimmel, so wie faulige Holzteile vom Wegrand
 her glimmen, wenn warme Schauer
Den Boden des Nachtwalds durchfeuchten, als wärn sie
 verschwommene Augen. So sachte schuf und erfuhr
Des toten Mannes Gehirn, selbstleuchtend, seinen Traum.

Jahre zuvor hatte ihm Nacht für Nacht
Von der Süße des Todes geträumt, wie ein hungriger Mensch von
 Brot träumt. Nun aber fuhr Zersetzung den chemischen
 Aufbau zurück; er, der im Schlaf
Unter so mancher Vermummung dem dunklen Erlöser gehuldigt,
Beging im Tode das Lebensfest über tausend Metaphern von Farben
 und Formen. Was er sich je gewünscht, zu tun oder werden,
Nun nahm es Gestalt an; jedweder Keim, der gekappt und
 verkümmert gewesen, schlug üppig aus;
Funken der Gier, vor vierzig Jahren erglüht und erstickt,
 flammten in Befriedigung auf. Jenseits der Zeit, unbeirrt
Vom schubsenden Pulsschlag, nur wirklich sich selber, abgeschottet
 von jeder Berührung des Wirklichen, triumphierte der Traum
Und führte aus verflossener Erfahrung ein gegenwärtiges
 Paradies auf, das sich mit dem beschleunigten
Abbau auflud, doch zunehmend absank, bis die Verzückung durch
Eine fahrige Fastnacht von Weib und Wein zusammengeschnurrt
 war zur bloßen Lust, Fleisch zu schlingen;
Und sich dann steigerte zu einer Wonne ohne Bedingung.

Even higher, to an unconditional delight. But then the
interconnections between the groups of the brain
Failing, the dreamer and the dream split into multitude. Soon the
altered cells became unfit to express
Any human or at all describable form of consciousness.

Pain and pleasure are not to be thought
Important enough to require balancing: these flashes of postmortal
felicity by mindless decay
Played on the breaking harp by no means countervalued the excess
of previous pain. Such discords
In the passionate terms of human experience are not resolved, nor
worth it.

The Day is a Poem
(September 19, 1939)

This morning Hitler spoke in Danzig, we heard his voice.
A man of genius: that is, of amazing
Ability, courage, devotion, cored on a sick child's soul,
Heard clearly through the dog-wrath, a sick child
Wailing in Danzig; invoking destruction and wailing at it.
Here, the day was extremely hot; about noon
A south wind like a blast from hell's mouth spilled a slight rain
On the parched land, and at five a light earthquake
Danced the house, no harm done. Tonight I have been amusing
myself
Watching the blood-red moon droop slowly
Into black sea through bursts of dry lightning and distant thunder.
Well: the day is a poem: but too much
Like one of Jeffers's, crusted with blood and barbaric omens,
Painful to excess, inhuman as a hawk's cry.

Doch schon setzten die Querverbindungen zwischen den
Nervennestern des Hirns aus, so daß Träumer und Traum in
ein Getümmel aufbarsten und die entfremdeten Zellen untauglich
Wurden zu irgendeiner menschlichen oder sonstigen
Form des Bewußtseins.

Schmerz und Lust sind schwerlich von so viel Gewicht,
Daß sie eines Ausgleichs bedürften: dies Aufblinken einer
nachgeborenen Seligkeit, die der Verfall
Aberwitzig auf zerspringenden Saiten spielt, wiegt bei weitem nicht
auf das Unmaß der Schmerzen zuvor. Derartige Dissonanzen
Auf der Skala der menschlichen Inbrunst werden nicht aufgelöst,
es steht nicht dafür.

Der Tag ist ein Gedicht
(19. September 1939)

Heut morgen hielt Hitler in Danzig eine Rede, wir hörten seine Stimme.
Er hat Genie, will sagen, staunenswertes Können,
Mut und Hingabe, darunter die Seele eines kranken Kindes.
Wir hörtens laut und deutlich durch das Wutgejaule.
Ein krankes Kind in Danzig, das plärrt, nach Rache flennt und heult.
Hier war der Tag glutheiß, am Mittag
Stäubte ein Südwind wie ein Hauch vom Höllenschlund etwas Regen
Auf das verdorrte Land. Dann gegen fünf ertanzte das Haus
Von einem leichten Beben. Ohne Schaden. Heut nacht vertrieb ich
mir die Zeit,
Indem ich zusah, wie der rote Mond hinabglitt
In die schwarze See unterm Geflacker trockner Blitze und bei
fernem Donnergrollen.
Wohl, dieser Tag war ein Gedicht, doch zu sehr wie eins von Jeffers,
greulich von zuviel Blut und böser Vorahnung, durch
Mark und Bein dringend, unmenschlich wie ein Habichtschrei.

From The Double Axe

II

Time will come, no doubt,
When the sun too shall die; the planets will freeze, and the air
on them; frozen gases, white flakes of air
Will be the dust: which no wind ever will stir: this very dust
in dim starlight glistening
Is dead wind, the white corpse of wind.
Also the galaxy will die; the glitter of the Milky Way,
our universe, all the stars that have names are
dead.
Vast is the night. How you have grown, dear night, walking
your empty halls, how tall!

The Great Explosion

The universe expands and contracts like a great heart.
It is expanding, the farthest nebulae
Rush with the speed of light into empty space.
It will contract, the immense navies of stars and galaxies,
dust-clouds and nebulae
Are recalled home, they crush against each other in one harbor,
they stick in one lump
And then explode it, nothing can hold them down; there is no
way to repress that explosion; all that exists
Roars into flame, the tortured fragments rush away from
each other into all the sky, new universes
Jewel the black breast of night; and far off the outer nebulae like
charging spearmen again
Invade emptiness.

No wonder we are so fascinated with fire-works
And our huge bombs: it is a kind of homesickness perhaps for the
howling fire-blast that we were born from.

Aus Die Doppelaxt

II

Kein Zweifel, es kommt eine Zeit,
Da auch die Sonne stirbt und die Planeten erfrieren; die Lufthülle
wird erstarren; gefrorene Gase, weiße Flocken aus Luft,
Werden der Staub sein, den kein Wind je bewegt: der selbe Staub,
der im Sternenlicht flirrt,
Ist erstorbener Wind, weißer Leichnam des Windes.
Auch die Galaxis wird sterben; die glitzernde Milchstraße,
unser Weltall, all die Sterne, die wir bei Namen kennen,
werden tot sein.
Steil ist die Nacht. Wie du gewachsen bist, Nacht, auf deinem
Gang durch die leeren Welträume, erhaben!

Der große Ausbruch

Das All verengt und weitet sich im Rhythmus eines großen Herzens.
Es dehnt sich aus, die fernsten Nebelflecke
Jagen zuletzt mit Lichtgeschwindigkeit in die Sternleeren.
Es wird sich einziehn, die unermeßlichen Geschwader der Sterne
und Milchstraßen, Dunkelwolken und Sternhaufen
Werden heimberufen. Sie mahlen aneinander in dem einen Hafen,
sie backen ein zur Luppe.
Die explodiert. Nichts kann sie eindämmen. Auf keine Weise läßt
der Sprengschlag sich in Worte fassen, alles Bestehende
Faucht hoch in Flammen, die zerschundnen Teilchen fahren in alle
Himmelsräume auseinander, neue Welteninseln
Befunkeln die schwarze Brust der Nacht; fernab berennen Nebel-
haufen aufs neu den leeren Raum
Mit eingelegten Lichtlanzen.

Kein Wunder, daß uns Feuerwerke fesseln und Megatonnenbomben.
Es mag wohl eine Art von Heimweh sein nach unserem
Ursprung, dem heulenden Hochofen unsres Anfangs.

The Bloody Sire

It is not bad. Let them play.
Let the guns bark and the bombing-plane
Speak his prodigious blasphemies.
It is not bad, it is high time,
Stark violence is still the sire of all the world's values.

What but the wolf's tooth whittled so fine
The fleet limbs of the antelope?
What but fear winged the birds, and hunger
Jeweled with such eyes the great goshawk's head?
Violence has been the sire of all the world's values.

Who would remember Helen's face
Lacking the terrible halo of spears?
Who formed Christ but Herod and Caesar,
The cruel and bloody victories of Caesar?
Violence, the bloody sire of all the world's values.

Never weep, let them play,
Old violence is not too old to beget new values.

Der blutrünstige Ahnherr

Es ist nicht schlecht. Laßt sie nur spielen,
Laßt die Kanonen röhren und die Bomber
Ihre beckmessernden Blasphemien aufsagen.
Es ist nicht schlecht. Die Zeit ist fällig.
Gewalt ist aller Werte Vater immer noch.

Wer als der Wolfsfang formt die Flanken
Der leichtfüßigen Antilope?
Wer als die Furcht flügelt die Vögel? Wer als der Hunger
Bestückt das Haupt des Hühnerhabichts mit Juwelenaugen?
Gewalt war aller Werte Vater eh und je.

Wer dächte noch der Züge Helenas
Ohne die starre Strahlenkrone all der Speere?
Wer machte Christus? Nur Herodes
Und die mörderischen Siegeszüge Cäsars.
Gewalt ist aller Werte blutbefleckter Vater.

So weint nicht, laßt sie immer spielen,
Gewalt, der greise Vater, mag noch neue Werte zeugen.

The polar ice-caps are melting, the mountain glaciers
Drip into rivers; all feed the ocean;
Tides ebb and flow, but every year a little bit higher.
They will drown New York, they will drown London.
And this place, where I have planted trees and built a stone house,
Will be under sea. The poor trees will perish,
And little fish will flicker in and out the windows. I built it well,
Thick walls and Portland cement and gray granite,
The tower at least will hold against the sea's buffeting, it will
become
Geological, fossil and permanent.
What a pleasure it is to mix one's mind with geological
Time, or with astronomical relax it.
There is nothing like astronomy to pull the stuff out of man,
His stupid dreams and red-rooster importance: let him count the
star-swirls.

Cassandra

The mad girl with the staring eyes and long white
fingers
Hooked in the stones of the wall,
The storm-wrack hair and the screeching mouth: does it
matter, Cassandra,
Whether the people believe
Your bitter fountain? Truly men hate the truth; they'd
liefer
Meet a tiger on the road.
Therefore the poets honey their truth with lying; but
religion-
Venders and political men
Pour from the barrel, new lies on the old, and are praised
for kindly
Wisdom. Poor bitch, be wise.
No: you'll still mumble in a corner a crust of truth, to men
And gods disgusting. – You and I, Cassandra.

Die Eismassen der Polarzonen schmelzen ab, die Gletscherstirnen
Kalben in die Ströme und alle speisen sie das Meer;
Gezeiten schwellen an und ab, doch Jahr für Jahr ein wenig höher.
New York wird absaufen, London ertrinken. Und diese Stelle hier,
Wo ich die Bäume pflanzte und ein Haus aus Stein aufführte,
Wird unter Wasser stehn. Die armen Bäume werden dann erliegen
Und Fischlein werden flossenflickrig zu den Fenstern ein- und
ausstromern. Ich hab es fest gebaut, die Mauern stark,
Portlandzement, grauer Granitbruchstein,
Der Turm zumindest wird dem Mahlen von Drift und Dünung
standhalten, wird erdgeschichtlich werden, fossil und zeitfest.
Wie wohl es tut, sein Denken mit geologischen Zeiträumen
zu versetzen oder mit astronomischen zu entspannen.
Nichts ist so angetan wie die Astronomie, den Menschen auf sein
Maß zurückzuschrauben, seine dummen Träume, sein
gockelrotes Selbstgefühl: laßt ihn Sternschnellen zählen.

Kassandra

Das wahnwitzige Mädchen mit stieren Augen
und langen beinigen Fingern,
In die Steine der Mauer gekrallt,
Das Haar sturmverfilzt und gellend der Mund:
was macht es schon aus, Kassandra,
Ob die Menschen
Deinem bitteren Springquell glauben? Freilich,
die Menschen hassen die Wahrheit,
Lieber würden sie einem Tiger auf der Straße begegnen.
Darum versüßen die Dichter ihre Wahrheit
mit Lügenhonig, auch Religions-
Hausierer und Politiker
Schütten aus ihrem Faß neue Lügen auf alte
und werden gepriesen für ihre freundliche Weisheit.
Armes Luder, sei klug!
Nein: du willst weiter in deiner Ecke eine Kruste
Wahrheit mümmeln,
Menschen und Göttern zum Ekel. – Du und ich, Kassandra.

Gertrude Stein

From The Mother of Us All

The Chorus. The vote we vote we note the vote.
(They all bow and smile to the statue. Suddenly
Susan B.'s voice is heard)
Susan B.'s Voice. We cannot retrace our steps,
going forward may be the same as
going backwards. We cannot retrace
our steps retrace our steps. All my long life,
all my life, we do not retrace our steps,
all my long life, but.
(A silence a long silence)
But – we do not retrace our steps, all my long life,
and here, here we are here, in marble and gold,
did I say gold, yes I said gold,
in marble and gold and where –
(A silence)
Where is where. In my long life of effort and strife,
dear life, life is strife, in my long life,
it will not come and go, I tell you
it will stay it will pay but
(A long silence)

But do I want what we have got, has it not gone,
what made it live, has it not gone because
now it is had, in my long life in my long life.
(Silence)

Life is strife, I was a martyr all my life
not to what I won but to what was done.
(Silence)
Do you know because I tell you so, or do you know,
do you know.
(Silence)
My long life, my long life.

Gertrude Stein

Aus Unser aller Mutter

Der Chor. Wir wählen das Wählen wir zählen das Wählen.
(Alle verneigen sich und lächeln zum Standbild. Auf einmal ertönt die Stimme von Susan B.)
Stimme von Susan B. Wir können nicht zurück auf unseren Spuren, vorangehn dürfte dasselbe sein wie zurück. Wir können nicht zurück auf unseren Spuren zurück auf unseren Spuren. All mein langes Leben lang, mein Lebtag lang gehn wir nicht zurück auf unseren Spuren, mein langes Leben lang, doch.
(Ein Schweigen ein langes Schweigen)
Doch – wir gehn nicht zurück auf unseren Spuren, all meinen langen Lebtag lang und da, da wärn wir, in Marmor und Gold sagte ich Gold, ja, ich sagte Gold, in Marmor und Gold und wo –
(Ein Schweigen)
Wo ist wo. In meinem langen Leben von Einsatz und Streben, das liebe Leben, Leben ist Streben, in meinem langen Leben wird nichts kommen und gehn, ich sag euch es wird bestehn es wird dafürstehn, doch
(Ein langes Schweigen)

Doch will ich das was wir bekamen, ist es nicht verfehlt, was es einmal beseelt, ist es nicht verfehlt nun da wirs bekamen in meinem langen Leben all meinem langen Leben.
(Schweigen)
Leben ist Streben, ich wurde gemartert lebenslang nicht von dem was ich gewann, doch von dem was man getan.
(Schweigen)
Wißt ihrs weil ich euch eingeweiht, oder wußtet ihr eh schon Bescheid, eh schon Bescheid.
(Schweigen)
Mein langes Leben, mein langes Leben.

Ezra Pound

Histrion

No man hath dared to write this thing as yet,
And yet I know, how that the souls of all men great
At times pass through us,
And we are melted into them, and are not
Save reflexions of their souls.
Thus am I Dante for a space and am
One François Villon, ballad-lord and thief
Or am such holy ones I may not write,
Lest blasphemy be writ against my name;
This for an instant and the flame is gone.

'Tis as in midmost us there glows a sphere
Translucent, molten gold, that is the «I»
And into this some form projects itself:
Christus, or John, or eke the Florentine;
And as the clear space is not if a form's
Imposed thereon,
So cease we from all being for the time,
And these, the Masters of the Soul, live on.

Piere Vidal Old

It is a Piere Vidal, the fool par excellence *of all Provence, of whom the tale tells how he ran mad, as a wolf, because of his love for Loba of Penautier, and how men hunted him with dogs through the mountains of Cabaret and brought him for dead to the dwelling of this Loba (she-wolf) of Penautier, and how she and her Lord had him healed and made welcome, and he stayed some time at that court. He speaks:*

When I but think upon the great dead days
And turn my mind upon that splendid madness,
Lo! I do curse my strength

Ezra Pound

Histrion

Noch keiner hat gewagt dies auszusprechen:
Doch weiß ich wie die Seelen aller Großen
Zuweilen durch uns ziehn,
Und wir in ihnen aufgehn und nicht sind,
Nichts sind als ihrer Seelen Widerschein.
So bin ich Dante eine Zeitlang, bin
Einer namens Villon, Balladen-Prinz und Dieb,
Bin solche Heiligen, daß ich ihre Namen
Nicht nennen mag aus Angst vor Blasphemie –
Dies einen Augenblick und dann erlischt die Flamme.

Es ist, als glühte tief in uns das «Ich»
Als eine klare Sphäre, als gegossnes Gold,
Das irgendeine Form anfliegt:
Christus, Johannes, auch der Florentiner:
Und wie der leere Raum nicht ist, wenn eine Form
Ihn in sich faßt,
So hörn wir alle auf zu sein, für eine Weile,
Und sie, die Seelenfürsten, leben dann.

Piere Vidal im Alter

Von Piere Vidal, dem Narren par excellence *in provenzalischen Landen, berichtet die Sage, wie er wahnwitzig und zum Wolf wurde durch seine Liebe zu Loba von Penautier, wie man ihn mit Hunden hetzte durchs Bergland von Cabaret und ihn halbtot zum Hause der besagten Loba (Wölfin) von Penautier brachte, wie sie und ihr Gemahl seiner warteten und er eine Weile an jenem Hof blieb. Er spricht:*

Gedenk ich nur der großen toten Tage
Und wendet sich mein Sinn zu jener Tollheit,
O dann verfluch ich meine Kraft

And blame the sun his gladness;
For that the one is dead
And the red sun mocks my sadness.

Behold me, Vidal, that was fool of fools!
Swift as the king wolf was I and as strong
When tall stags fled me through the alder brakes,
And every jongleur knew me in his song,
And the hounds fled and the deer fled
And none fled over-long.

Even the grey pack knew me and knew fear.
God! how the swiftest hind's blood spurted hot
Over the sharpened teeth and purpling lips!
Hot was that hind's blood yet it scorched me not
As did first scorn, then lips of the Penautier!
Aye ye are fools, if ye think time can blot

From Piere Vidal's remembrance that blue night.
God! but the purple of the sky was deep!
Clear, deep, translucent, so the stars me seemed
Set deep in crystal; and because my sleep
– Rare visitor – came not, – the Saints I guerdon
For that restlessness – Piere set to keep

One more fool's vigil with the hollyhocks.
Swift came the Loba, as a branch that's caught,
Torn, green and silent in the swollen Rhone,
Green was her mantle, close, and wrought
Of some thin silk stuff that's scarce stuff at all,
But like a mist wherethrough her white form fought,

And conquered! Ah God! conquered!
Silent my mate came as the night was still.
Speech? Words? Faugh! Who talks of words and love?!
Hot is such love and silent,
Silent as fate is, and as strong until
It faints in taking and in giving all.

Und heg der Sonne Groll um ihre Hellheit;
Nun, da die Eine tot,
Lacht meinem Leid der Sonne Grellheit.

Seht her, Vidal, Tor aller Toren einst!
Hurtig wie Königswolf auf Beutefang
Wenn Hirsche vor mir her flohn durch den Tann,
Und jeder Joglar nannt mich im Gesang.
Die Hunde flohn, die Rehe flohn,
Doch keiner allzulang.

Da selbst das graue Rudel vor mir bangte.
Gott, wie brüh-heiß das Blut der Hindin gischt
Über die spitzen Fänge und den roten Mund!
So heiß das Blut, hat es mich doch erfrischt –
Gleichwie erst Hohn, dann Lust der Penautier!
Töricht seid ihr, denkt ihr die Zeit verwischt

Aus Piere Vidals Gedächtnis jene blaue Nacht.
Gott war der Purpur jenes Himmels tief!
Klar, tief, durchsichtig; Sterne schienen mir
Wie in Kristall gefaßt; weil ich nicht schlief
In jener Nacht – den Heiligen sei Preis
Für jene Unrast, die durch meine Adern lief

Noch eine Narrenwacht am Malvenstrauch.
Rasch kam die Loba wie im Rhone-Schwall
Ein loser Ast dahinrast, grün und still.
Grün war ihr Mantel, schmiegsam war sein Fall,
Aus leichtem Seidenstoff, dünn wie ein Dunst
Durch den ihr holder Wuchs sich stahl

Und Bahn brach, ah Gott, Bahn brach!
Leis kam mein Weibchen, schweigend wie die Nacht.
Gerede? Worte? Pah! Wer da auf Worte sinnt!
Stumm solche Liebe sich entfacht,
Wie das Verhängnis leise und so stark
Bis ihr die Sinne schwinden in der Lust;

Stark, keen, triumphant, till it plays at death.
God! she was white then, splendid as some tomb
High wrought of marble, and the panting breath
Ceased utterly. Well, then I waited, drew,
Half-sheathed, then naked from its saffron sheath
Drew full this dagger that doth tremble here.

Just then she woke and mocked the less keen blade.
Ah! God, the Loba! and my only mate!
Was there such flesh made ever and unmade!
God curse the years that turn such women grey!
Behold here Vidal, that was hunted, flayed,
Shamed and yet bowed not and that won at last.

And yet I curse the sun for his red gladness,
I that have known strath, garth, brake, dale,
And every run-away of the wood through that great madness,
Behold me shrivelled as an old oak's trunk
And made men's mock'ry in my rotten sadness!

No man hath heard the glory of my days:
No man hath dared and won his dare as I:
One night, one body and one welding flame!
What do ye own, ye niggards! that can buy
Such glory of the earth! Or who will win
Such battle-guerdon with his «prowesse high»!

O Age gone lax! O stunted followers,
That mask at passions and desire desires,
Behold me shrivelled, and your mock of mocks;
And yet I mock you by the mighty fires
That burnt me to this ash.

. . . .

Ah! Cabaret! Ah Cabaret, thy hills again!

. . . .

Take your hands off me!. . . . *[Sniffing the air]*
Ha! this scent is hot!

Nackt, heiß, siegreich, treibt mit dem Tod sie Spiel.
Gott, war sie weiß, herrlich wie ein Grabmal
In Marmor ausgeführt. Ihr Atem fiel
Fast gänzlich aus. Ich wartete und zog
Halb-blank, dann nackt an seinem Stiel
Das Messer aus der Scheide, das hier bebt.

Da wacht sie auf und höhnt das minder scharfe Ort.
Ah Gott, die Loba! Sie nur war mein Weib!
Ward solch ein Leib erzeugt je und zerstört!
Fluch sei der Zeit, die solche Frauen reißt.
Seht her, Vidal, gejagt und aufgespürt,
Verhöhnt, geschunden, und hab doch gesiegt.

Und doch fluch ich der Sonne roter Klarheit
Ich, der gekannt hat Talgrund, Busch und Farn,
Und jeden Fluchtweg durch den Wald in jener Narrheit,
Seht mich: so knorrig wie ein Eichenstamm,
Dien nun zum Hohn ob meines Leides Starrheit.

Keiner hat hier von meinem Ruhm gehört:
Keiner gleich mir gewagt so hohes Spiel:
Eins war die Nacht, der Schmelzfluß und der Leib!
Was mögt ihr Krämer schon mit eurem Gelde viel
Der Welt abkaufen solche Herrlichkeit?
Und wer setzt seiner Kühnheit solch ein Ziel?

O laue Zeit! O Kümmerlinge, ihr,
Die Liebe mimt und nach Begierde giert,
Seht mich an, der dem Hohn zum Ziele dient,
Ich spotte eurer bei der Glut, die mich verzehrt
Zu dieser Asche hier.

. . . .

Ah! Cabaret! Cabaret! Dein Bergland wieder!

. . . .

Weg eure Hände! . . . *(Schnuppert die Luft)*
Ha! Heiß ist diese Spur!

A Girl

The tree has entered my hands,
The sap has ascended my arms,
The tree has grown in my breast –
Downward,
The branches grow out of me, like arms.

Tree you are,
Moss you are,
You are violets with wind above them.
A child – *so* high – you are,
And all this is folly to the world.

The River-Merchant's Wife: A Letter

While my hair was still cut straight across my forehead
I played about the front gate, pulling flowers.
You came by on bamboo stilts, playing horse,
You walked about my seat, playing with blue plums.
And we went on living in the village of Chokan:
Two small people, without dislike or suspicion.

At fourteen I married My Lord you.
I never laughed, being bashful.
Lowering my head, I looked at the wall.
Called to, a thousand times, I never looked back.

At fifteen I stopped scowling,
I desired my dust to be mingled with yours
Forever and forever and forever.
Why should I climb the look-out?

At sixteen you departed,
You went into far Ku-to-yen, by the river of swirling eddies,
And you have been gone five months.
The monkeys make sorrowful noise overhead.

Mädchen

Baum trat in meine Hände ein,
Der Saft stieg mir in die Glieder.
In meiner Brust wuchs der Baum,
Wurzelwärts
Zweige aus mir heraus, wie Arme.

Baum bist du,
Moos bist du,
Du bist Veilchen mit Wind über ihnen,
Kind du – *so* klein noch,
So unbegriffen von dieser Welt.

Die Frau des Flußhändlers: Ein Brief

Als das Haar mir noch quer über die Stirne fiel,
Spielte ich am Gatter rum und rupfte Blumen.
Du kamst vorbei auf Bambusstelzen und spieltest Pferd,
Gingst um das Haus herum, spieltest mit blauen Pflaumen.
So lebten wir dahin im Dorf von Ch'ang-kan:
Zwei Menschenkinder ohne Tadel oder Argwohn.

Mit vierzehn heiratete ich meinen Herrn: Dich.
Ich lachte nie, denn ich war schüchtern.
Ich senkte meinen Kopf und sah die Wand an.
Auch hundertmal gerufen, sah ich nie zurück.

Mit fünfzehn hörte ich zu bocken auf,
Und wollte meinen Staub mit deinem mischen
Für immer und für immer und für immer.
Was soll ich auf die Warte steigen?

Mit sechzehn fuhrst du fort.
Du fuhrst zum fernen Ch'ü-t'ang, zum Fluß der quirlenden Wirbel.
Schon fünf Monate bist du fort.
Die Affen machen kläglichen Lärm in den Baumkronen.

You dragged your feet when you went out.
By the gate now, the moss is grown, the different mosses,
Too deep to clear them away!
The leaves fall early this autumn, in wind.
The paired butterflies are already yellow with August
Over the grass in the West garden;
They hurt me. I grow older.
If you are coming down through the narrows of the river Kiang,
Please let me know beforehand,
And I will come out to meet you
As far as Cho-fu-sa.

Rihaku

Commission

Go, my songs, to the lonely and the unsatisfied,
Go also to the nerve-wracked, go to the
enslaved-by-convention,
Bear to them my contempt for their oppressors.
Go as a great wave of cool water,
Bear my contempt of oppressors.

Speak against unconscious oppression,
Speak against the tyranny of the unimaginative,
Speak against bonds.
Go to the bourgeoise who is dying of her ennuis,
Go to the women in suburbs.
Go to the hideously wedded,
Go to them whose failure is concealed,
Go to the unluckily mated,
Go to the bought wife,
Go to the woman entailed.

Go to those who have delicate lust,
Go to those whose delicate desires are thwarted,
Go like a blight upon the dullness of the world;
Go with your edge against this,

Du schlepptest deine Füße, als du fortgingst.
Am Gatter ist das Moos gewachsen, viele Moose,
Zu dicht, um sie zu jäten!
Das Laub fällt zeitig diesen Herbst im Wind.
Die Schmetterlinge, zu zweit überm Rasen
Des westlichen Gartens, sind schon gelb vor August.
Sie tun mir weh. Ich werde älter.
Kommst du herab durch die drei Flußengen,
Bitte, schick mir beizeiten Nachricht,
Dann komm ich dir entgegen
Bis nach Ch'ang-feng-sha.

Li T'ai Po

Auftrag

Geht, meine Lieder, zu den Einsamen, den Unbefriedigten,
Und zu den Überreizten, geht zu denen, die von Konvention unterjocht sind,
Entbietet ihnen meine Verachtung der Unterdrücker.
Geht wie eine Welle kühlen Wassers,
Entbietet meine Verachtung den Unterdrückern.

Sprecht gegen unbewußte Unterdrückung,
Gegen die Tyrannei der Phantasielosen,
Sprecht gegen Bande.
Geht zu der Gnädigen, die an Langeweile eingeht,
Zu den Frauen der Vorstadt.
Geht zu den lieblos Vermählten,
Geht zu denen, deren Scheitern versteckt ist,
Zu den unselig Gepaarten;
Geht zur erworbenen Gattin
Und zu der Frau, die verbrieft ist.

Geht zu denen mit heiklen Gelüsten,
Deren Verlangen durchkreuzt wird,
Geht und versehrt wie ein Mehltau die Stumpfheit der Welt,
Geht mit der Klinge dagegen,

Strengthen the subtle cords,
Bring confidence upon the algæ and the tentacles of the soul.

Go in a friendly manner,
Go with an open speech.
Be eager to find new evils and new good,
Be against all forms of oppression.
Go to those who are thickened with middle age,
To those who have lost their interest.

Go to the adolescent who are smothered in family –
Oh how hideous it is
To see three generations of one house gathered together!
It is like an old tree with shoots,
And with some branches rotted and falling.

Go out and defy opinion,
Go against this vegetable bondage of the blood.
Be against all sorts of mortmain.

Ortus

How have I laboured?
How have I not laboured
To bring her soul to birth,
To give these elements a name and a centre!
She is beautiful as the sunlight, and as fluid.
She has no name, and no place.
How have I laboured to bring her soul into separation;
To give her a name and her being!

Surely you are bound and entwined,
You are mingled with the elements unborn;
I have loved a stream and a shadow.

I beseech you enter your life.
I beseech you learn to say «I»,

Stärkt die geschmeidigen Sehnen,
Bringt Vertrauen den Algen und Fühlern der Seele.

Gehet auf freundliche Art,
Mit freimütiger Rede.
Fahndet mit Eifer nach neuem Übel, nach neuem Guten,
Hadert mit allen Arten der Unterdrückung;
Geht zu denen, die mit den Jahren dumpf wurden,
Die ihr Interesse verloren.

Geht zu den Halbwüchsigen, die in Familie erstickt sind –
Ach, wie widerlich ist der Anblick
Dreier Generationen eines Geschlechtes alle beisammen,
Wie ein alter Baum mit Geilwuchs
Und manchem morschen Ast, der abfault.

Zieht aus und trotzt der Meinung,
Geht gegen die vegetabilen Bande des Blutes
Und gegen alle toten Hände.

Ortus

Wie lag ich in den Wehen?
Wie lag ich nicht in den Wehen,
Daß sie ihrer Seele genese,
Den Elementen hier Namen und Nabe gäb!
Sie ist schön wie das Sonnenlicht und ebenso flutend.
Sie hat weder Namen noch Standort.
Wie hab ich getrachtet, ihre Seele zur Entbindung zu bringen,
Ihr Namen und Wesen zu geben!

Du bist verstrickt und befangen,
Vermengt mit ungeborenen Elementen bist du;
Einen Strom, einen Schatten, hab ich geliebt.

Ich bitte dich, trete dein Leben an.
Ich bitte dich, lerne «ich» sagen

When I question you;
For you are no part, but a whole,
No portion, but a being.

The Return

See, they return; ah, see the tentative
Movements, and the slow feet,
The trouble in the pace and the uncertain
Wavering!

See, they return, one, and by one,
With fear, as half-awakened;
As if the snow should hesitate
And murmur in the wind,
and half turn back,
These were the «Wing'd-with-Awe,»
Inviolable

Gods of the wingèd shoe!
With them the silver hounds,
sniffing the trace of air!

Haie! Haie!
These were the swift to harry;
These were the keen-scented;
These were the souls of blood.

Slow on the leash,
pallid the leash-men!

In a Station of the Metro

The apparition of these faces in the crowd :
Petals on a wet, black bough .

Wenn ich dir Fragen stelle;
Denn du bist kein Glied, sondern ein Ganzes,
Kein Bestandteil, sondern ein Wesen.

Heimkehr

Seht, sie kehren zurück; ah, seht den tappenden
Schritt, die schleppenden Füsse,
Das Wanken im Gang und das unsichere
Taumeln!

Seht, sie kehren zurück: nacheinander,
Voll Angst, wie halbwach;
Als zaudre der Schnee
Und raune im Winde,
        beinah umkehrend,
Das waren die «Schrecken-Beschwingten»
        Die Gefeiten.

Götter des Flügelschuhs!
Mit ihnen die silberne Meute
        schnuppert die Fährte der Luft!

Haie! Haie!
Sie hatten es eilig zur Hatz;
Sie hatten scharfe Witterung,
Sie lechzten nach Blut.

Träg an der Koppel
        und bleich die Jäger!

In einer Station der Métro

Das Erscheinen   dieser Gesichter   in der Menge :
Blütenblätter   auf einem nassen, schwarzen   Ast .

L'Art, 1910

Green arsenic smeared on an egg-white cloth,
Crushed strawberries! Come, let us feast our eyes.

Sage Homme

These are the poems of Eliot
By the Uranian Muse begot;
A Man their Mother was,
A Muse their Sire.

How did the printed Infancies result
From Nuptials thus doubly difficult?

If you must needs enquire
Know diligent Reader
That on each Occasion
Ezra performed the Caesarean Operation.

A Pact

I make a pact with you, Walt Whitman –
I have detested you long enough.
I come to you as a grown child
Who has had a pig-headed father;
I am old enough now to make friends.
It was you that broke the new wood,
Now is a time for carving.
We have one sap and one root –
Let there be commerce between us.

L'Art, 1910

Grünes Arsen, auf ein ei-weißes Tuch geschmiert,
Zerquetschte Erdbeeren! Kommt, laßt die Augen schlemmen.

Wehvater

Die Verse hier hat Eliot gedichtet,
Von Miss Urania notgezüchtet;
Ein Mann als Mutter sie entband,
Die Muse hat ihn übermannt.

So überzwerch gebubet und gehurt,
Wie kam zustand die Schwergeburt?

Wenn dich das zwackt,
Geneigter Leser, wisse:
Daß in der Umständ Anbetracht
Ezra den Kaiserschnitt gemacht.

Ein Pakt

Ich mache einen Pakt mit dir, Walt Whitman –
Ich hab dich lang genug verabscheut.
Ich komme zu dir wie ein erwachsenes Kind,
Das einen sturen Vater gehabt hat;
Ich bin alt genug jetzt für eine Freundschaft.
Du warst es, der das grüne Holz schlug,
Jetzt ist die Zeit des Schnitzens.
Wir haben ja ein Mark und eine Wurzel –
Laß uns miteinander verkehren.

The Seeing Eye

The small dogs look at the big dogs;
They observe unwieldy dimensions
And curious imperfections of odor.
Here is a formal male group:
The young men look at their seniors,
They consider the elderly mind
And observe its inexplicable correlations.

Said Tsin-Tsu:
It is only in small dogs and the young
That we find minute observation.

HUGH SELWYN MAUBERLEY
(Contacts and Life)

«Vocat aestus in umbram»
Nemesianus, Ecl. IV

4

These fought in any case,
and some believing,
pro domo, in any case . . .

Some quick to arm,
some for adventure,
some from fear of weakness,
some from fear of censure,
some for love of slaughter, in imagination,
learning later . . .
some in fear, learning love of slaughter;

Died some, pro patria,
non «dulce» non «et decor» . . .
walked eye-deep in hell
believing in old men's lies, then unbelieving

Das wache Auge

Die kleinen Hunde schaun die Großen an;
Sie stellen klobige Ausmaße fest
Und seltsame geruchliche Mängel.
Hier ein Herrenabend:
Die jungen Männer schaun die Alten an,
Sie bedenken die ältliche Sinnesart
Und stellen merkwürdige Bezogenheiten fest.

Sprach Ts'ên Ts'an:
Nur bei kleinen Hunden und bei den Jungen
Findet sich feinste Beobachtung.

HUGH SELWYN MAUBERLEY
(Kontakte und Leben)

«Vocat aestus in umbram»
Nemesianus, Ekl. IV

4

Jene kämpften auf jeden Fall,
und manche gläubig,
«pro domo» auf jeden Fall ...

Manche rasch zum Raufen,
manche für Abenteuer,
manche aus Angst vor Schwäche,
manche aus Angst vor Tadel,
manche voll Blutrunst – in der Phantasie –
sich später wandelnd ...
manche, erst voll Angst, lernen Lust am Gemetzel;

Manche starben, «pro patria»,
nicht «dulce», nicht «et decor» ...
schritten bis an die Augen hinan in der Hölle,
glaubten die Lügen der Greise, kehrten dann heim

came home, home to a lie,
home to many deceits,
home to old lies and new infamy;
usury age-old and age-thick
and liars in public places;

Daring as never before, wastage as never before.
Young blood and high blood,
fair cheeks, and fine bodies;

fortitude as never before

frankness as never before,
disillusions as never told in the old days,
hysterias, trench confessions,
laughter out of dead bellies.

5

There died a myriad,
And of the best, among them,
For an old bitch gone in the teeth,
For a botched civilization,

Charm, smiling at the good mouth,
Quick eyes gone under earth's lid,

For two gross of broken statues,
For a few thousand battered books.

From Canto CXV

The scientists are in terror
            and the European mind stops
Wyndham Lewis chose blindness
            rather than have his mind stop.
Night under wind mid garofani,
            the petals are almost still

ohne Glauben, heim zu der Lüge,
heim zu vielfachem Trug,
zu alten Lügen, neuer Niedertracht;
Wucher steinalt und versteint
und Lügner von Amts wegen.

Wagemut wie nie zuvor, Leerlauf wie nie zuvor.
Junges Blut, heißes Blut,
Helle Wangen, gerader Wuchs;

Standhaftigkeit wie nie zuvor,

Freimut wie nie zuvor,
Ernüchterung wie nie in alten Zeiten
Hysterien, Laufgraben-Beichten
Gelächter aus toten Bäuchen.

5

Es starben Millionen,
Darunter die Besten,
Für eine alte Sau mit Zahnfäule
Eine verfahrene Zivilisation.

Liebreiz, im heilen Munde ein Lächeln,
Lebende Augen unters Erden-Lid,

Für zwei Gros zerbrochene Standbilder,
Für einige tausend zerfledderte Bücher.

Aus Canto CXV

Die Wissenschaftler packt das Grauen
                und das europäische Denken steht still
Wyndham Lewis wählte Blindheit
                auf daß sein Verstand nicht still stünde.
Nacht unterm Wind in den Nelken,
                die Nelkenrüschen fast reglos

Mozart, Linnaeus, Sulmona,
When one's friends hate each other
            how can there be peace in the world?
Their asperities diverted me in my green time.
A blown husk that is finished
            but the light sings eternal
A pale flare over marshes
              where the salt hay whispers to tide's change
Time, space,
          neither life nor death is the answer.
And of man seeking good,
           doing evil.
In meine Heimat
               where the dead walked
                      and the living were made of cardboard.

Canto CXX

I have tried to write Paradise

Do not move
  Let the wind speak
       that is paradise.

Let the Gods forgive what I
  have made
Let those I love try to forgive
  what I have made.

Mozart, Linnaeus, Sulmona,
Wenn unsre Freunde aneinander geraten
wie soll da Frieden sein auf der Welt?
Ihre Ausfälligkeiten erheiterten mich in meiner grünen Zeit.
Eine Spelze, die's umtreibt, nicht mehr
doch das Licht singt allewege
Ein Wetterleuchten über den Marschen,
wo der Strandhafer zur Flutwende zischelt
Zeit, Raum,
weder Leben noch Tod ist die Lösung.
Und der Mensch, aufs Gute bedacht,
der das Böse bewirkt.
«In meine Heimat»
wo die Toten gewandelt sind
und die Lebenden aus Pappmaché waren.

Canto CXX

Ich versuchte, ein Paradiso zu schreiben

Rühre dich nicht
Laß den Wind reden
so ist es das Paradies.

Laß die Götter mir nachsehn, was ich
hervorgebracht,
Laß die, die ich liebe, mir nachsehn,
was ich hervorgebracht.

T. S. Eliot

The Love Song of J. Alfred Prufrock

S' i' credessi che mia risposta fosse
a persona che mai tornasse al mondo,
questa fiamma starìa sanza più scosse;
ma però che già mai di questo fondo
non tornò vivo alcun, s'i' odo il vero,
sanza tema d'infamia ti rispondo.

Let us go then, you and I,
When the evening is spread out against the sky
Like a patient etherised upon a table;
Let us go, through certain half-deserted streets,
The muttering retreats
Of restless nights in one-night cheap hotels
And sawdust restaurants with oyster-shells:
Streets that follow like a tedious argument
Of insidious intent
To lead you to an overwhelming question . . .
Oh, do not ask, «What is it?»
Let us go and make our visit.

In the room the women come and go
Talking of Michelangelo.

The yellow fog that rubs its back upon the window-panes,
The yellow smoke that rubs its muzzle on the window-panes,
Licked its tongue into the corners of the evening,
Lingered upon the pools that stand in drains,
Let fall upon its back the soot that falls from chimneys,
Slipped by the terrace, made a sudden leap,
And seeing that it was a soft October night,
Curled once about the house, and fell asleep.

T. S. Eliot

J. Alfred Prufrocks Liebesgesang

Dächt ich, es hörte mein Erwidern wer,
Der jemals kehren mag zum Erdenrunde,
Kein Zucken gäbs in dieser Flamme mehr;
Doch weil noch keine Seele diesem Schlunde,
Hört ich die Wahrheit, lebend je entrann,
Drum, sonder Scheu vor Schande, geb ich Kunde.

Komm, wir gehen, du und ich,
Wenn der Abend ausgestreckt ist am Himmelsstrich
Wie ein Kranker äthertaub auf einem Tisch;
Komm, wir gehn durch halbentleerte Straßen fort,
Den dumpfen Zufluchtsort
Ruhlos-verworfner Nächte in Kaschemmen
Und Sägemehl-Restaurants zum Austern-Schlemmen:
Straßen, die dich wie ein langatmiges Argument,
Das jede Tücke kennt,
Zu einer überwältigenden Frage führen . . .
Oh, frage nicht «Wie bitte?»
Komm, wir gehen zur Visite.

Frauen kommen und gehn und schwätzen so
Daher von Michelangelo.

Der gelbe Nebel, der den Rücken an den Scheiben reibt,
Der gelbe Rauch, der seine Schnauze an den Scheiben reibt,
Leckt und steckt die Zunge in des Abends Ecken,
Zögert über Pfützen, die der Abfluß treibt,
Läßt Ruß aus Schornsteinen auf seinen Rücken fallen,
Gleitet vorbei an der Terrasse, hüpft impulsiv
Und da er sah, es war eine sanfte Oktobernacht,
Ringelte er nochmals sich ums Haus, wo er entschlief.

And indeed there will be time
For the yellow smoke that slides along the street
Rubbing its back upon the window-panes;
There will be time, there will be time
To prepare a face to meet the faces that you meet;
There will be time to murder and create,
And time for all the works and days of hands
That lift and drop a question on your plate;
Time for you and time for me,
And time yet for a hundred indecisions,
And for a hundred visions and revisions,
Before the taking of a toast and tea.

In the room the women come and go
Talking of Michelangelo.

And indeed there will be time
To wonder, «Do I dare?» and, «Do I dare?»
Time to turn back and descend the stair,
With a bald spot in the middle of my hair –
(They will say: «How his hair is growing thin!»)
My morning coat, my collar mounting firmly to the chin,
My necktie rich and modest, but asserted by a simple pin –
(They will say: «But how his arms and legs are thin!»)
Do I dare
Disturb the universe?
In a minute there is time
For decisions and revisions which a minute will reverse.

For I have known them all already, known them all –
Have known the evenings, mornings, afternoons,
I have measured out my life with coffee spoons;
I know the voices dying with a dying fall
Beneath the music from a farther room.
So how should I presume?

In der Tat ist noch viel Zeit
Für den gelben Rauch, der längs der Straße schleift
Und seinen Rücken an den Scheiben reibt;
Es ist noch Zeit, es ist noch Zeit
Dich zu wappnen gegen jedes Antlitz, das dich streift;
Es ist noch Zeit für Zeugung, Mord, und Zeit
Für Werke und Tage der Hand, die sich erhebt
Und eine Frage auf den Teller schneit;
Zeit ist dir und mir bestimmt,
Zeit für hundert Unentschlossenheiten
Und für Visionen und Verdrossenheiten,
Bevor man Toast und Tee dann zu sich nimmt.

Frauen kommen und gehn und schwätzen so
Daher von Michelangelo.

In der Tat ist noch viel Zeit
Zu fragen «Hat es Zweck?» und «Hat es Zweck?»,
Zeit zur Umkehr über Treppen weg,
Mittendrin in meinem Haar den kahlen Fleck –
(Man wird sagen: «Wie wird doch sein Haar so dünn!»)
Mein Cutaway, mein Kragen steif aufstrebend bis zum Kinn,
Mein Schlips vom Feinsten, doch diskret, mit einer schlichten Nadel
drin –
(Man wird sagen: «Wie sind ihm Arme und Beine dünn!»)
Hat es Zweck,
Das Weltall aufzustören?
In Minutenfrist ist Zeit
Für Entscheiden und Vermeiden, wie's Minutenfrist kann kehren.

Denn alle hab ich schon gekannt, sie all gekannt –
Der Nächte, Morgen, Nachmittage Kreis,
Ich vertat mein Leben kaffeelöffelweis;
Ich kenn die Stimmen, sie starben so dahin
In der Musik, die im ferneren Zimmer klagt.
Wie hätt ichs wohl gewagt?

And I have known the eyes already, known them all –
The eyes that fix you in a formulated phrase,
And when I am formulated, sprawling on a pin,
When I am pinned and wriggling on the wall,
Then how should I begin
To spit out all the butt-ends of my days and ways?
And how should I presume?

And I have known the arms already, known them all –
Arms that are braceleted and white and bare
(But in the lamplight, downed with light brown hair!)
Is it perfume from a dress
That makes me so digress?
Arms that lie along a table, or wrap about a shawl.
And should I then presume?
And how should I begin?

. . . . .

Shall I say, I have gone at dusk through narrow streets
And watched the smoke that rises from the pipes
Of lonely men in shirt-sleeves, leaning out of windows? . . .

I should have been a pair of ragged claws
Scuttling across the floors of silent seas.

. . . . .

And the afternoon, the evening, sleeps so peacefully!
Smoothed by long fingers,
Asleep . . . tired . . . or it malingers,
Stretched on the floor, here beside you and me.
Should I, after tea and cakes and ices,
Have the strength to force the moment to its crisis?
But though I have wept and fasted, wept and prayed,
Though I have seen my head (grown slightly bald)
brought in upon a platter,

Und Augen hab ich schon gekannt, kam nicht umhin –
Augen, die im Gespräch dich abschätzig begucken,
Und wenn ich abgeschätzt und festgenagelt bin,
Wenn aufgespießt ich zapple an der Wand,
Wie fänd ich den Beginn,
Den Stummel meiner Tage und Taten auszuspucken?
Wie hätt ich das gewagt?

Und Arme hab ich schon gekannt, sie all gekannt –
Arme vom Reif geschmückt und nackt und weiß
(Jedoch mit blondem Haar beflaumt im Lampenkreis!)
Ist es Parfüm, dem Kleid entirrt,
Was mich so sehr verwirrt?
Arme auf dem Tischrand liegend, von einem Schal umspannt.
Wie hätt ichs da gewagt?
Wie fänd ich den Beginn?

. . . . .

Sag ich nun, ich ging zur Dämmerung durch die Gassen
Und sah den Rauch aufsteigen aus den Pfeifen
Einsamer Männer, hemdsärmlig aus den Fenstern lehnend? . . .

Besser stünden mir ein Paar gezackter Klauen,
Hinhuschend auf dem Grunde stiller Meere.

. . . . .

Und der Nachmittag, der Abend schlummert friedlich hier!
Von langen Fingern karessiert,
Schläft . . . müde . . . oder er simuliert,
Am Boden räkelnd neben dir und mir.
Hab ich, nach Tee, Gebäck und Eisgetränken,
Kraft, den Augenblick zur Krise hinzulenken?
Hab ich mich weinend, fastend, betend auch gereckt,
Und sah ich auch mein Haupt (ein bißchen kahl)
auf einer Schüssel hergetragen,

I am no prophet – and here's no great matter;
I have seen the moment of my greatness flicker,
And I have seen the eternal Footman hold my coat, and snicker,
And in short, I was afraid.

And would it have been worth it, after all,
After the cups, the marmalade, the tea,
Among the porcelain, among some talk of you and me,
Would it have been worth while,
To have bitten off the matter with a smile,
To have squeezed the universe into a ball
To roll it towards some overwhelming question,
To say: «I am Lazarus, come from the dead,
Come back to tell you all, I shall tell you all» –
If one, settling a pillow by her head,
Should say: «That is not what I meant at all.
That is not it, at all.»

And would it have been worth it, after all,
Would it have been worth while,
After the sunsets and the dooryards and the sprinkled streets,
After the novels, after the teacups, after the skirts that trail
along the floor –
And this, and so much more? –
It is impossible to say just what I mean!
But as if a magic lantern threw the nerves in patterns on a screen:
Would it have been worth while
If one, settling a pillow or throwing off a shawl,
And turning toward the window, should say:
«That is not it at all,
That is not what I meant, at all.»

. . . . .

No! I am not Prince Hamlet, nor was meant to be;
Am an attendant lord, one that will do
To swell a progress, start a scene or two,
Advise the prince; no doubt, an easy tool,

Bin kein Prophet – doch das hat nichts zu sagen;
Ich sah die Stunde meiner Größe verrotten
Und sah den Ewigen Diener mantelhaltend meiner spotten,
Kurzum, ich war verschreckt.

Und wärs von Wert gewesen, nach alldem,
Nach Marmelade, Tee und Näscherein,
Zwischen dem Porzellan und dem Gespräche von uns zwein,
Wär es die Sache wert,
Wenn man höflich alles auf einmal hätt begehrt,
Wenn man das Weltall, fest in einen Ball gepreßt,
Hinrollt zur überwältigenden Frage,
Und sagt: «Ich bin Lazarus, ich künde Wissen
Vom Totenreich, das keiner sonst verläßt» –
Wenn eine, untern Kopf geschmiegt ihr Kissen,
Dann spräch: «Dies hab ich wahrlich nicht gemeint.
Dies ist es nicht, dies nicht.»

Und wärs von Wert gewesen, nach alldem,
Wär es die Sache wert,
Nach Sonnenuntergängen, Vorhöfen und gesprengten Straßen,
Nach den Romanen, nach den Teetassen, nach der Gewänder
Spur am Boden her –
Diesem und anderm mehr? –
Ich finde nicht die richtigen Worte, klar und scharf!
Wie das Nervenraster, das die Laterne auf die Leinwand warf:
Wär es die Sache wert,
Daß eine, ein Kissen rückend oder zum Fenster gekehrt,
Den Schal zu Boden werfend, spräche:
«Dies ist es wahrlich nicht,
Dies hab ich nicht gemeint, dies nicht.»

. . . . .

Nein! Ich bin kein Prinz Hamlet, nicht dazu bestimmt;
Spiel eine Nebencharge, treib die Handlung an,
Beginne ein, zwei Szenen, rate dann
Dem Prinzen; ein willfähriges Werkzeug, starr

Deferential, glad to be of use,
Politic, cautious, and meticulous;
Full of high sentence, but a bit obtuse;
At times, indeed, almost ridiculous –
Almost, at times, the Fool.

I grow old . . . I grow old . . .
I shall wear the bottoms of my trousers rolled.

Shall I part my hair behind? Do I dare to eat a peach?
I shall wear white flannel trousers, and walk upon
the beach.
I have heard the mermaids singing, each to each.

I do not think that they will sing to me.

I have seen them riding seaward on the waves
Combing the white hair of the waves blown back
When the wind blows the water white and black.

We have lingered in the chambers of the sea
By sea-girls wreathed with seaweed red and brown
Till human voices wake us, and we drown.

The Death of Saint Narcissus

Come under the shadow of this gray rock –
Come in under the shadow of this gray rock,
And I will show you something different from either
Your shadow sprawling over the sand at daybreak, or
Your shadow leaping behind the fire against the red rock:
I will show you his bloody cloth and limbs
And the gray shadow on his lips.

He walked once between the sea and the high cliffs
When the wind made him aware of his limbs smoothly
passing each other

Vor Ehrfurcht, hocherfreut, wenn oft benutzt,
Weltklug, vorsichtig und schächerlich;
Voll großer Worte, doch auch dumm-verdutzt;
Zuzeiten, in der Tat, fast lächerlich –
Zuzeiten fast der Narr.

Ich werde alt . . . Ich werde alt . . .
Hosen mit Umschlag trag ich bald.

Ob ich mir die Haare hinten scheiteln soll? Ob ich Pfirsiche verzehr?
Ich will weiße Flanellhosen tragen und wandern am blauen Meer.
Ich hörte die Meermädchen singen, hin und her.

Ich glaube nicht, daß ihr Gesang mir gilt.

Ich sah sie meerwärts auf den Wellen reiten
Und kämmen weißes Wellenhaar im Flug,
Als Wind das Wasser weiß und schwarz zerschlug.

In Meergewölben ward uns Aufenthalt
Bei Meermädchen in rotbraunen Seetangs Winken,
Bis Menschenlaut uns weckt, und wir ertrinken.

Der Tod des Sankt Narzissus

Tritt näher unter den Schatten dieses grauen Felsen –
Komm in den Schatten dieses grauen Felsen
Und ich will dir einen anderen Schatten aufzeigen als
Deinen Schatten, der sich auf dem Sand spreizt in der Früh oder
Deinen Schatten, der an der roten Felswand wabert hinterm Feuer:
Ich zeige dir den blutgetränkten Rock, den Leib
Und den Grauschatten auf seinen Lippen.

Einmal ging er zwischen dem Ozean und dem steilen Kliff
Wo ihm der Wind kund tat, wie seine Beine glatt selbander strichen

And of his arms crossed over his breast.
When he walked over the meadows
He was stifled and soothed by his own rhythm.
By the river
His eyes were aware of the pointed corners of his eyes
And his hands aware of the pointed tips of his fingers.

Struck down by such knowledge
He could not live men's ways, but became a dancer
  before God
If he walked in city streets
He seemed to tread on faces, convulsive thighs and knees.
So he came out under the rock.

  First he was sure that he had been a tree,
Twisting its branches among each other
And tangling its roots among each other.

  Then he knew that he had been a fish
With slippery white belly held tight in his own fingers,
Writhing in his own clutch, his ancient beauty
Caught fast in the pink tips of his new beauty.

  Then he had been a young girl
Caught in the woods by a drunken old man
Knowing at the end the taste of his own whiteness
The horror of his own smoothness,
And he felt drunken and old.

  So he became a dancer to God.
Because his flesh was in love with the burning arrows
He danced on the hot sand
Until the arrows came.
As he embraced them his white skin surrendered itself
  to the redness of blood, and satisfied him
Now he is green, dry and stained
With the shadow in his mouth.

Und seine Arme auf der Brust verschränkt waren.
Als er über die Wiesen ging
War er erstickt und eingelullt vom eignen Schrittmaß.
Am Flußufer
Gaben seine Augen ihm die Lotosschräge seiner Augen kund
Und seine Hände kündeten von Fingerkuppen.

Niedergeschmettert von solcherlei Erkennen
Ward ihm das Menschliche fremd und er wurde ein Tänzer Gottes.
Wenn er durch die Straßen der Stadt schritt
War es, als ob er die Füße auf Gesichter setzte, zuckende Schenkel
und Kniee.
So kam er heraus, unter dem Felsen.

Erst glaubte er, daß er ein Baum gewesen,
Der seine Äste ineinander schlang
Und seine Wurzeln ineinander flocht.

Dann wußte er, daß er ein Fisch gewesen mit schlickem
Weißen Bauch, festgehalten von seinen eignen Fingern,
Zappelnd im eignen Griff, seine uralte Schönheit
Gefangen in den rosigen Kuppen seiner neuen Schönheit.

Dann war er ein junges Ding gewesen,
Im Wald gestellt von einem alten Schnapsbruder,
Das gegen Ende das Gefühl der eignen Weiße kannte,
Das Grauen der eigenen Geschmeidigkeit,
Und er fühlte sich berauscht und alt.

So wurde er Gott zum Tänzer.
Er tanzte auf dem heißen Sand
Weil sein Leib verliebt war in die Feuerpfeile,
Bis die Pfeile kamen.
Und da er sie empfing, gab seine weiße Haut sich dem Rot
des Blutes hin und er fand Befriedigung.
Nun ist er grün und ausgedörrt, befleckt
Vom Schattengrau in seinem Mund.

Hysteria

As she laughed I was aware of becoming involved in her laughter and being part of it, until her teeth were only accidental stars with a talent for squad-drill. I was drawn in by short gasps, inhaled at each momentary recovery, lost finally in the dark caverns of her throat, bruised by the ripple of unseen muscles. An elderly waiter with trembling hands was hurriedly spreading a pink and white checked cloth over the rusty green iron table, saying: «If the lady and gentleman wish to take their tea in the garden, if the lady and gentleman wish to take their tea in the garden ...» I decided that if the shaking of her breasts could be stopped, some of the fragments of the afternoon might be collected, and I concentrated my attention with careful subtlety to this end.

Gerontion

Thou hast nor youth nor age
But as it were, an after dinner sleep
Dreaming of both.

Here I am, an old man in a dry month,
Being read to by a boy, waiting for rain.
I was neither at the hot gates
Nor fought in the warm rain
Nor knee deep in the salt marsh, heaving a cutlass,
Bitten by flies, fought.
My house is a decayed house,
And the Jew squats on the window sill, the owner,
Spawned in some estaminet of Antwerp,
Blistered in Brussels, patched and peeled in London.
The goat coughs at night in the field overhead;
Rocks, moss, stonecrop, iron, merds.
The woman keeps the kitchen, makes tea,
Sneezes at evening, poking the peevish gutter.
I an old man,
A dull head among windy spaces.

Hysterie

Sobald sie lachte, wußte ich mich in ihr Lachen mitverstrickt und Teil davon, bis ihre Zähne nur noch Zufallssterne waren mit einer Gabe zum Rekrutendrill. Ich wurde von kurzen Japsern eingesaugt, eingehechelt bei jeder flüchtigen Erholung, schließlich verschlagen in die dunklen Höhlen ihrer Gurgel, aufgeschürft vom Laufkrampf unsichtbarer Muskeln. Ein älterer Kellner schlug hastig mit zittrigen Händen ein weißrosa gewürfeltes Tuch über dem angerosteten grünen Eisentisch auf und sagte dabei: «Wenn die Herrschaften den Tee im Garten nehmen möchten, wenn die Herrschaften den Tee im Garten nehmen möchten ...» Ich kam zu dem Ergebnis, daß, ließe sich das Schütteln ihrer Brüste nur beruhigen, einige Scherben des Nachmittags noch einzusammeln wären, und wandte mein Augenmerk mit Umsicht und Scharfsinn diesem Zwecke zu.

Gerontion

Du hast zueigen Jugend nicht noch Alter,
Nein, gleichsam nur den Schlaf am Nachmittag,
Der beide träumt.

Hier bin ich, ein alter Mann in einem dürren Monat,
Warte auf Regen. Ein Junge liest mir vor.
War nicht dabei am heißen Tor,
Noch schlug ich mich im lauen Regen,
Nicht holte ich zum Streich aus, knietief in der Salzmarsch,
Fliegenumschwärmt, gestellt.
Mein Haus ist ein verfallnes Haus,
Und der Jude hockt auf dem Fenstersims, der Eigentümer,
Gelaicht in Antwerpen, in irgendeiner Schwemme,
Lädiert in Brüssel, genesen und geleimt in London.
Die Ziege hustet nachts vom Hang herab;
Moos, Wacker, Mauerpfeffer, Glimmer, Kot.
Die Frau gehört der Küche, brüht den Tee,
Niest abends, schürt das verstockte Feuer.
Ich, ein alter Mann,
Ein taubes Haupt in Windesweiten.

Signs are taken for wonders. «We would see a sign!»
The word within a word, unable to speak a word,
Swaddled with darkness. In the juvescence of the year
Came Christ the tiger

In depraved May, dogwood and chestnut, flowering judas,
To be eaten, to be divided, to be drunk
Among whispers; by Mr. Silvero
With caressing hands, at Limoges
Who walked all night in the next room;
By Hakagawa, bowing among the Titians;
By Madame de Tornquist, in the dark room
Shifting the candles; Fräulein von Kulp
Who turned in the hall, one hand on the door. Vacant shuttles
Weave the wind. I have no ghosts,
An old man in a draughty house
Under a windy knob.

After such knowledge, what forgiveness? Think now
History has many cunning passages, contrived corridors
And issues, deceives with whispering ambitions,
Guides us by vanities. Think now
She gives when our attention is distracted
And what she gives, gives with such supple confusions
That the giving famishes the craving. Gives too late
What's not believed in, or if still believed
In memory only, reconsidered passion. Gives too soon
Into weak hands, what's thought can be dispensed with
Till the refusal propagates a fear: Think
Neither fear nor courage saves us. Unnatural vices
Are fathered by our heroism. Virtues
Are forced upon us by our impudent crimes.
These tears are shaken from the wrath-bearing tree.

The tiger springs in the new year. Us he devours. Think at last
We have not reached conclusion, when I
Stiffen in a rented house. Think at last
I have not made this show purposelessly

Zeichen gelten für Wunder. «Gib uns ein Zeichen!»
Das Wort im Wortinnern, keines Wortes mächtig,
In Dunkel gewickelt. Da wieder im Saft stand das Jahr,
Kam Christus der Tiger

Im heillosen Mai, Hartriegel, Keste, Judasbaum im Blust,
Gebrochen zu werden, gegessen, getrunken
Unter Geraun; von Mr. Silvero
Mit Tätschelhand, zu Limoges,
Der die nachtlang auf und ab ging nebenan;
Von Hakagawa, dienernd unter den Tizians;
Von Madame de Tornquist, die im Stockdunklen
Die Kerzen umstellt; Fräulein von Kulp,
Die sich umkehrt im Flur, mit der Hand auf der Tür. Leere Spulen
Weben den Wind. Bei mir geht niemand um,
Ein alter Mann in einem Haus voll Zugluft
Unter dem Böschungswind.

Gibt es Erlaß für diese Art Erkennen? Denk heute
Die Geschichte hat manchen schlauen Gang, verschlagnen Trakt,
Manche Ausmündung; sie trügt mit raunenden Anliegen,
Lenkt uns mit Eitelkeiten. Denk dann
Sie gibt, wenn unser Augenmerk woanders ist,
Gibt, was sie gibt, mit so anstelliger Befangenheit,
Daß die Begierde hungers stirbt am Geben. Gibt zu spät,
Woran nicht mehr geglaubt wird, oder nur geglaubt
Im Nachhinein, Leidenschaft, nochmal überlegt. Gibt zu früh,
In schwache Hände; was man sich denkt, davon kann man absehn,
Bis die Enthaltung eine Angst erzeugt. Denk
Weder Angst noch Mut rettet uns hier. Unser Heldentum
Wird Vater von abartigen Lastern. Tugend
Wird uns aufgenötigt von unsern Schandtaten.
Vom Baum des Grimms gerüttelt diese Tränen.

Der Tiger springt zu im jungen Jahr. Uns reißt er. Denk endlich
Wir sind nicht zum Schluß gekommen, wenn ich
Steif werd in einem Haus, das ich gepachtet. Denk endlich
Ich habe dies nicht ohne Absicht rausgekehrt

And it is not by any concitation
Of the backward devils.
I would meet you upon this honestly.
I that was near your heart was removed therefrom
To lose beauty in terror, terror in inquisition.

I have lost my passion: why should I need to keep it
Since what is kept must be adulterated?
I have lost my sight, smell, hearing, taste and touch:
How should I use them for your closer contact?

These with a thousand small deliberations
Protract the profit of their chilled delirium,
Excite the membrane, when the sense has cooled,
With pungent sauces, multiply variety
In a wilderness of mirrors. What will the spider do,
Suspend its operations, will the weevil
Delay? De Bailhache, Fresca, Mrs. Cammel, whirled
Beyond the circuit of the shuddering Bear
In fractured atoms. Gull against the wind, in the windy straits
Of Belle Isle, or running on the Horn.
White feathers in the snow, the Gulf claims,
And an old man driven by the Trades
To a sleepy corner.

Tenants of the house,
Thoughts of a dry brain in a dry season.

Und nicht etwa auf irgendeine Anstiftung
Der primitiven Teufel.
Ich möchte dir ehrlich entgegenkommen hierin.
Ich, der deinem Herzen nahstand, ward daraus gelöscht,
Das Schöne zu verliern im Grauen, das Grauen in peinlicher
Befragung.
Ich habe meine Leidenschaft verloren: was sollte ich sie halten,
Da Ausgehaltnes eh zu Bruch gehn muß?
Mir sind Gesicht, Geruch, Gehör, Geschmack, Gefühl verloren:
Wie taugten sie so eine Bindung einzugehn?

Das alles, in einem tausendfachen Hin und Her,
Verlängert den Zuwachs dieses kalten Kollers,
Kitzelt, da das Gefühl erstarb, das Membran
Mit scharfen Würzen, ver-x-facht die Vielfalt
In einem wilden Wald von Spiegeln. Wird die Spinne ihr Werk
In der Schwebe lassen? Wird der Wiebel
Zuwarten? De Bailhache, Fresca, Mrs. Cammel, gewirbelt
Hinaus über des zuckenden Bären Bahn,
Zerspellt in Atomteilchen. Möwe gegen den Wind, in der
Böigen Enge von Belle-Isle, oder vor dem Hoorn,
Federn, weiß auf dem Schnee, Golf-Sog,
Und ein alter Mann, den der Passat geweht
In einen müden Winkel.

Hausbewohner:
Gedanken eines dürren Hirns zur dürren Jahreszeit.

Hart Crane

Chaplinesque

We make our meek adjustments,
Contented with such random consolations
As the wind deposits
In slithered and too ample pockets.

For we can still love the world, who find
A famished kitten on the step, and know
Recesses for it from the fury of the street,
Or warm torn elbow coverts.

We will sidestep, and to the final smirk
Dally the doom of that inevitable thumb
That slowly chafes its puckered index toward us,
Facing the dull squint with what innocence
And what surprise!

And yet these fine collapses are not lies
More than the pirouettes of any pliant cane;
Our obsequies are, in a way, no enterprise.
We can evade you, and all else but the heart:
What blame to us if the heart live on.

The game enforces smirks; but we have seen
The moon in lonely alleys make
A grail of laughter of an empty ash can,
And through all sound of gaiety and quest
Have heard a kitten in the wilderness.

Hart Crane

Chaplinesk

Wir finden kleinlaut uns zurecht,
Begnügen uns mit so beiläufigem Trost
Wie ihn der Wind verwahrt
In ausgebeulten, laschen Hosentaschen.

Wir mögen immer noch die Welt bejahen, wenn wir
Ein Kätzchen ausgehungert auf der Schwelle finden
Und ihm ein Schlupfloch bieten können vor der Wut der Straße
Oder die Wärme von abgelegten Ärmelschonern.

Wir weichen aus, ja bis zur letzten Schadenfreude
Flachsen wir mit dem Verhängnis, des unabdingbarer Daumen
Uns gemächlich mit gerilbter Fingerkuppe piesackt,
Begegnen seinem scheelen Blick mit soviel Unschuld,
Mit so blauen Augen!

Und doch sind die behenden Ungeschicke nicht verlogen,
So wenig wie die Pirouetten eines wippenden Spazierstocks;
Unsere servilen Abgänge sind irgendwo kein Ansatz.
Wir können Abstand nehmen von euch und von allem,
  doch nicht von unserem Herzen:
Was können wir dafür, wenn unser Herz fortlebt?

Das Spiel löst Schadenfreude aus, wir aber haben gesehn,
Wie sich der Mond in menschenleeren Gassen
Aus der Mülltonne einen Gral des Lachens schuf.
Durch all den Lärm der Juchzer und der Suche
Vernahmen wir ein Kätzchen in der Wildnis.

Black Tambourine

The interests of a black man in a cellar
Mark tardy judgment on the world's closed door.
Gnats toss in the shadow of a bottle,
And a roach spans a crevice in the floor.

Æsop, driven to pondering, found
Heaven with the tortoise and the hare;
Fox brush and sow ear top his grave
And mingling incantations on the air.

The black man, forlorn in the cellar,
Wanders in some mid-kingdom, dark, that lies,
Between his tambourine, stuck on the wall,
And, in Africa, a carcass quick with flies.

At Melville's Tomb

Often beneath the wave, wide from this ledge
The dice of drowned men's bones he saw bequeath
An embassy. Their numbers as he watched,
Beat on the dusty shore and were obscured.

And wrecks passed without sound of bells,
The calyx of death's bounty giving back
A scattered chapter, livid hieroglyph,
The portent wound in corridors of shells.

Then in the circuit calm of one vast coil,
Its lashings charmed and malice reconciled,
Frosted eyes there were that lifted altars;
And silent answers crept across the stars.

Compass, quadrant and sextant contrive
No farther tides . . . High in the azure steeps
Monody shall not wake the mariner.
This fabulous shadow only the sea keeps.

Schwarzes Tamburin

Die Wünsche eines schwarzen Manns in einem Keller
Verkünden spätes Urteil an der Welt verschlossnem Tor.
Schnaken tanzen dort im Schatten einer Flasche,
Und eine Schabe grätscht über einen Spalt im Flur.

Æsop, ins Grübeln gebracht, fand
Himmel bei Schildkröt und bei Has;
Fuchsschwanz und Sauohr deckt sein Grab
Und flimmernder Luftgesang das Gras.

Der schwarze Mann, verloren in dem Keller,
Wandert durch Mittelwelten, dunkle, die da liegen
Zwischen seinem Tamburin, fest an der Wand,
Und, in Afrika, einer Leiche quick mit Fliegen.

An Melvilles Grab

Oft, unterhalb der Welle, weit vom Felsrand
Sah er die Knochenwürfel von Ertrunknen
Botschaft bilden. Die Zahlen, als er stand,
Schlugen auf staubigen Strand und wurden ausgelöscht.

Und Wracks passierten ohne Glockenklang,
Des Todes Füllhorn gab aus seinem Kelch
Verstreuten Paragraph und fahle Hieroglyphe,
Ihr Sinn hineingedreht in Muschelgang.

Sodann im ruhigen Kreisen eines großen Strudels,
Sein Peitschen zahm und seine Bosheit ausgesöhnt,
Erstarrte Augen gab es, die Altäre hoben,
Und Antwort still in die Sterne gewoben.

Kompaß, Quadrant und Sextant erschließen
Keine weitren Fluten . . . In blauer Höh wird kein
Gesang den Seemann jemals wecken.
Sein Fabelschatten hält das Meer allein.

From Voyages

– And yet this great wink of eternity,
Of rimless floods, unfettered leewardings,
Samite sheeted and processioned where
Her undinal vast belly moonward bends,
Laughing the wrapt inflections of our love;

Take this Sea, whose diapason knells
On scrolls of silver snowy sentences,
The sceptred terror of whose sessions rends
As her demeanors motion well or ill,
All but the pieties of lovers' hands.

And onward, as bells off San Salvador
Salute the crocus lustres of the stars,
In these poinsettia meadows of her tides, –
Adagios of islands, O my Prodigal,
Complete the dark confessions her veins spell.

Mark how her turning shoulders wind the hours,
And hasten while her penniless rich palms
Pass superscription of bent foam and wave, –
Hasten, while they are true, – sleep, death, desire,
Close round one instant in one floating flower.

Bind us in time, O Seasons clear, and awe.
O minstrel galleons of Carib fire,
Bequeath us to no earthly shore until
Is answered in the vortex of our grave
The seal's wide spindrift gaze toward paradise.

Aus Reisen

– Und doch, der große Wimpernschlag der Ewigkeit,
Randloser Flut, entgrenzter Woge leewärts,
Brokatbedeckt in langer Prozession, wo
Ihr undinischer Riesenbauch zum Mond sich streckt,
Und die Bewegung unsrer Liebe lacht;

Nimm diese See, ihr Dröhnen läutet
Auf Silberrollen schneeigen Urteilsspruch,
Der Zepter-Schrecken ihres Richttags trifft,
Je nach der Geste ihres Armes, alles –
Nur nicht die frommen Hände Liebender.

Und dort, wenn Glocken vor San Salvador
Der Sterne Krokuslüster salutieren,
In Poinsettiawiesen ihrer Fluten,
Insel-Adagios, O mein Verschwenderlieb,
Erfüll die dunkle Beichte ihrer Adern.

Sieh, wie ihrer Schultern Drehn die Stunden spult
Und eil, da sie mit pfennigarmer reicher Hand
Der Liebe Spruch in Schaum und Welle schreibt,
Eil, da er noch wahr – Schlaf, Tod, Begehren
Bewahren einen Augenblick in einer Blume Drift.

Eint uns in Zeit und Scheu, o Jahrgestirne.
O Sängergalleonen aus karibisch Feuer,
Vermacht uns keiner Erdenküste bis
Der Strudel unseres Grabes Antwort gibt
Des Seehunds gischttrunkenem Blick zum Paradies.

To Brooklyn Bridge

How many dawns, chill from his rippling rest
The seagull's wings shall dip and pivot him,
Shedding white rings of tumult, building high
Over the chained bay waters Liberty –

Then, with inviolate curve, forsake our eyes
As apparitional as sails that cross
Some page of figures to be filed away;
– Till elevators drop us from our day . . .

I think of cinemas, panoramic sleights
With multitudes bent toward some flashing scene
Never disclosed, but hastened to again,
Foretold to other eyes on the same screen;

And Thee, across the harbor, silver-paced
As though the sun took step of thee, yet left
Some motion ever unspent in thy stride, –
Implicitly thy freedom staying thee!

Out of some subway scuttle, cell or loft
A bedlamite speeds to thy parapets,
Tilting there momently, shrill shirt ballooning,
A jest falls from the speechless caravan.

Down Wall, from girder into street noon leaks,
A rip-tooth of the sky's acetylene;
All afternoon the cloud-flown derricks turn . . .
Thy cables breathe the North Atlantic still.

And obscure as that heaven of the Jews,
Thy guerdon . . . Accolade thou dost bestow
Of anonymity time cannot raise:
Vibrant reprieve and pardon thou dost show.

An die Brooklyn Brücke

Wie viele Morgen, kühl von gekräuster Ruh,
Wird noch der Möwe Flügelpaar sie drehn und,
Weiße Ringe Lärm verstreuend, hoch über
Eingepferchte Hafenwasser Freiheit baun –

Dann mit unversehrter Kurve unser Aug verlassen –
So schemenhaft, wie Segel eine Seite
Zahlen überqueren, die bald abgelegt und zugepreßt;
– Bis dann der Fahrstuhl aus dem Tag uns fallen läßt . . .

Ich denk an Bilder, Projektionen,
Mit Massen, die eine Flimmerszene bannt –
Nie erschlossen, doch stets neu gesucht,
Für andre Augen offen – auf derselben Kinowand;

Und Dich, die du den Hafen silbern überspannst,
Als ob die Sonn an dir hinaufgeschritten
Und deinem Gang Bewegung unverbraucht erhalten hätte,
– Dir wesentlich, die Freiheit, die dich trägt!

Aus U-Bahn-Schacht, aus Zelle oder Dachgeschoß
Rast ein Verrückter hoch auf dein Geländer,
Schwankt einen Augenblick, schrill das Hemd gebläht,
Ein Witz fällt aus der stummen Karawane.

Von deinen Trägern tropft Mittag in die Wall Street,
Ein Sägezahn aus Himmelsazetylen,
Drehn sich Turmkräne in den Wolken . . .
Noch immer atmen deine Kabel den Atlantik.

Und dunkel wie der Juden Himmel auch
Dein Lohn . . . Ritterschlag der Anonymität
Verleihst du, den die Zeit nicht nehmen kann;
Gewährst bebende Gnade und Vergebung.

O harp and altar, of the fury fused,
(How could mere toil align thy choiring strings!)
Terrific threshold of the prophet's pledge,
Prayer of pariah, and the lover's cry, –

Again the traffic lights that skim thy swift
Unfractioned idiom, immaculate sigh of stars,
Beading thy path – condense eternity:
And we have seen night lifted in thine arms.

Under thy shadow by the piers I waited;
Only in darkness is thy shadow clear.
The City's fiery parcels all undone,
Already snow submerges an iron year . . .

O Sleepless as the river under thee,
Vaulting the sea, the prairies' dreaming sod,
Unto us lowliest sometime sweep, descend
And of the curveship lend a myth to God.

The Broken Tower

The bell-rope that gathers God at dawn
Dispatches me as though I dropped down the knell
Of a spent day – to wander the cathedral lawn
From pit to crucifix, feet chill on steps from hell.

Have you not heard, have you not seen that corps
Of shadows in the tower, whose shoulders sway
Antiphonal carillons launched before
The stars are caught and hived in the sun's ray?

The bells, I say, the bells break down their tower;
And swing I know not where. Their tongues engrave
Membrane through marrow, my long-scattered score
Of broken intervals . . . And I, their sexton slave!

O Harfe und Altar, von Schöpferglut geschweißt,
(Wie könnte Fron allein die Saiten dir zum Chore fügen!)
Du ungeheure Schwelle des Prophetenspruchs,
Gebet des Verstoßenen und des Liebenden Schrei, –

Wieder die Lichter des Verkehrs, die über deine schnelle,
Ungebrochene Sprache gleiten wie unbeflecktes Sternenseufzen,
Die deine Bahn auf Perlen reihn und Ewigkeit verdichten –
Wir sahn die Nacht in deinen Armen aufgehoben.

Im Schatten deiner Pfeiler steh ich wartend;
Denn nur im Dunkeln ist dein Schatten klar.
Der Großstadt feurige Pakete ausgelöscht,
Bedeckt schon Schnee ein eisernes Jahr.

Oh schlaflos – wie der Fluß, der unter dir –
Umspannst das Meer du, der Prairien Saat;
Zu uns Geringsten beuge einmal dich herab,
Und aus der Biegung leih einen Mythos Gott.

Der zerbrochene Turm

Das Glockenseil, das Gott am Morgen holt,
Entläßt mich wie metallenes Gebrüll
Des schon vergangenen Tags zur Kirche Hof,
von Gruft zu Kreuz, fußkalt auf Stufen aus der Höll.

Hörtest du nicht, sahst du denn nicht das Korps
Der Schatten hoch im Turm, des Schultern Tanz
Ihr Wechselläuten schleudert, noch bevor
Die Sterne schwinden in der Sonne Glanz?

Die Glocken, sag ich, brechen ihren Turm;
Und schwingen, weiß nicht wo. Ihre Zungen graben
Membran ins Mark – die lang zerstreute Partitur
Zerborstner Intervalle . . . Und ich, ihr Küstersklave!

Oval encyclicals in canyons heaping
The impasse high with choir. Banked voices slain!
Pagodas, campaniles with reveilles outleaping –
O terraced echoes prostrate on the plain! ...

And so it was I entered the broken world
To trace the visionary company of love, its voice
An instant in the wind (I know not whither hurled)
But not for long to hold each desperate choice.

My word I poured. But was it cognate, scored
Of that tribunal monarch of the air
Whose thigh embronzes earth, strikes crystal Word
In wounds pledged once to hope – cleft to despair?

The steep encroachments of my blood left me
No answer (could blood hold such a lofty tower
As flings the question true?) – or is it she
Whose sweet mortality stirs latent power? –

And through whose pulse I hear, counting the strokes
My veins recall and add, revived and sure
The angelus of wars my chest evokes:
What I hold healed, original now, and pure ...

And builds, within, a tower that is not stone
(Not stone can jacket heaven) – but slip
Of pebbles, – visible wings of silence sown
In azure circles, widening as they dip

The matrix of the heart, lift down the eye
That shrines the quiet lake and swells a tower ...
The commodious, tall decorum of that sky
Unseals her earth, and lifts love in its shower.

Ovale Enzykliken türmen in Schluchten
Den Engpaß hoch im Chor. Gefangene Stimmen hingestreckt!
Pagode, Campanile mit Weckglocken, die nach draußen schrillen,
O weites Echo, das die Ebene bedeckt! . . .

Und so betrat ich die zerbrochene Welt,
Des Sehers Bund der Liebe suchend; sein Sang –
Ein Augenblick im Wind (weiß nicht, wohin verhallt!)
Doch konnte keine Wahl ihn halten lang.

Mein Wort verströmte ich. Doch wurde es erhört
Von jenem Richterfürst der Luft gewährt,
Des Schenkel Erde bronzt, kristallenes Wort
In Wunde schlägt, die Hoffnung hielt – jetzt Elend nährt?

Das hochgespannte Wollen meines Blutes gab nie
Antwort (wie gab je Blut solch hohem Turm Gestalt
Wie wahr die Frage ihn auch wirft) – oder ist sie
Es, deren süße Sterblichkeit verborgne Kraft entfaltet?

Durch deren Puls ich höre – und die Schläge spür,
Die meine Adern noch erinnern – neu und klar
Den Angelus von Kriegen, die die Brust beschwört:
Was ich nun heil und rein und ursprunghaft bewahr . . .

Und das im Innern einen Turm errichtet, nicht aus Stein
(Nicht Stein kann Himmel decken) – sondern dünne Schicht
Aus Kieseln – sichtbare Flügel des Schweigens, ausgesät
In blauen Kreisen, die, sich breitend, einsinken in

Des Herzens Matrix, hinab das Auge heben,
Das still den See umschließt und einen Turm aufschwellt . . .
Und dieses Himmels weite Pracht entsiegelt ihre Erde
Und richtet Liebe auf in seinen Schauern.

Wallace Stevens

Fabliau of Florida

Barque of phosphor
On the palmy beach,

Move outward into heaven,
Into the alabasters
And night blues.

Foam and cloud are one.
Sultry moon-monsters
Are dissolving.

Fill your black hull
With white moonlight.

There will never be an end
To this droning of the surf.

Peter Quince at the Clavier

I

Just as my fingers on these keys
Make music, so the self-same sounds
On my spirit make a music, too.

Music is feeling, then, not sound;
And thus it is that what I feel,
Here in this room, desiring you,

Thinking of your blue-shadowed silk,
Is music. It is like the strain
Waked in the elders by Susanna;

Wallace Stevens

Fabliau aus Florida

Barke aus Phosphor
Am Palmenstrand,

Fahr aus in den Himmel,
In Alabaster
Und Nachtblau.

Gischt und Wolke sind eins.
Dumpfe Mondungeheuer
Lösen sich auf.

Füll deinen schwarzen Rumpf
Mit weißem Mondlicht.

Nie gibt es ein Ende für
Der Brandung Dröhnen.

Peter Quince auf der Klaviatur

I

Wie auf den Tasten meine Finger
Musik machen, spielen diese Töne
Auf meiner Seele auch Musik.

Dann ist Musik Gefühl, nicht Ton,
Und das, was ich in diesem Raum
Hier fühle, wenn mich nach dir verlangt,

Eingedenk deiner blauchangierten Seide,
Ist dann Musik und gleicht der Weise,
Die Susanna bei den Ältesten geweckt.

Of a green evening, clear and warm,
She bathed in her still garden, while
The red-eyed elders watching, felt

The basses of their beings throb
In witching chords, and their thin blood
Pulse pizzicati of Hosanna.

2

In the green water, clear and warm,
Susanna lay.
She searched
The touch of springs,
And found
Concealed imaginings.
She sighed,
For so much melody.

Upon the bank, she stood
In the cool
Of spent emotions.
She felt, among the leaves,
The dew
Of old devotions.

She walked upon the grass,
Still quavering.
The winds were like her maids,
On timid feet,
Fetching her woven scarves,
Yet wavering.

A breath upon her hand
Muted the night.
She turned –
A cymbal crashed,
And roaring horns.

Am grünen Abend, klar und warm,
Nahm sie ein Bad im stillen Garten,
Dieweil die rotäugigen Alten nach ihr lurten,

Sie fühlten die Bässe ihres Wesens pochen
In kiebigen Akkorden, ihr dünnes Blut
Hosianna pizzicato zirpen.

2

Im grünen Wasser, klar und warm,
Lag Susanna.
Sie grundelte
Nach dem Gespür von Quellen,
Und fand
Geheimes Vorstellen.
Sie seufzte
Um soviel Melodie.

Am Ufer stand sie
In der Kühle
Abgeschlaffter Gefühle.
Sie spürte unterm Laub
Den Tau
Einstiger Liebesspiele.

Im Gras ging sie,
Noch bebend.
Die Winde waren ihr wie Zofen,
Auf zagen Füßen
Holten sie gewebte Stolen,
Halb widerstrebend.

Ein Hauch auf ihrer Hand
Dämpfte die Nacht.
Sie kehrt sich um –
Das Becken kracht,
Hornbläser heulen auf.

3

Soon, with a noise like tambourines,
Came her attendant Byzantines.

They wondered why Susanna cried
Against the elders by her side;

And as they whispered, the refrain
Was like a willow swept by rain.

Anon, their lamps' uplifted flame
Revealed Susanna and her shame.

And then, the simpering Byzantines
Fled, with a noise like tambourines.

4

Beauty is momentary in the mind –
The fitful tracing of a portal;
But in the flesh it is immortal.

The body dies; the body's beauty lives.
So evenings die, in their green going,
A wave, interminably flowing.
So gardens die, their meek breath scenting
The cowl of winter, done repenting.
So maidens die, to the auroral
Celebration of a maiden's choral.

Susanna's music touched the bawdy strings
Of those white elders; but, escaping,
Left only Death's ironic scraping.
Now, in its immortality, it plays
On the clear viol of her memory,
And makes a constant sacrament of praise.

3

Bald zum Gedröhn von Tamburinen
Kam das Gesind der Kammerbienen.

Perplex hörn sie Susanna schmähn
Die Ältesten, die nahbei stehn.

Ihr Pispern war wie der Refrain
Von Weiden, die im Regen wehen.

Bis bei gehißter Lampe Licht
Susannas Schmach dann kam in Sicht.

Und die servilen Kammerbienen
Flohn zum Gedröhn von Tamburinen.

4

Schönheit lebt momentan im Geist –
Das Pausbild eines Portals, überschwenglich;
Ins Fleisch geschrieben bleibt sie unvergänglich.

Der Leib stirbt ab, des Leibes Schönheit lebt.
So sterben Abende, in ihrem grünen Gehen
Dünt sich der Wellenkamm endloser Reihung.
So sterben Gärten, deren scheuer Atem webt
Im härenen Habit des Winters, mit Bereuung.
So sterben Jungfraun beim Begängnis
Des morgendlichen Chorals zur Empfängnis.

Susannas Weisen rührten an die geilen Saiten
Der grauen Ältesten, doch entbunden vom Hormon,
Blieb nur zurück des Tods ironischer Mißton.
Unsterblich nun, spielt es in ihrem Geist
Die klare Bratsche der Erinnerung –
Ein Sakrament, das sie auf immer preist.

Tattoo

The light is like a spider.
It crawls over the water.
It crawls over the edges of the snow.
It crawls under your eyelids
And spreads its webs there –
Its two webs.

The webs of your eyes
Are fastened
To the flesh and bones of you
As to rafters or grass.

There are filaments of your eyes
On the surface of the water
And in the edges of the snow.

The Emperor of Ice-Cream

Call the roller of big cigars,
The muscular one, and bid him whip
In kitchen cups concupiscent curds.
Let the wenches dawdle in such dress
As they are used to wear, and let the boys
Bring flowers in last month's newspapers.
Let be be finale of seem.
The only emperor is the emperor of ice-cream.

Take from the dresser of deal,
Lacking the three glass knobs, that sheet
On which she embroidered fantails once
And spread it so as to cover her face.
If her horny feet protrude, they come
To show how cold she is, and dumb.
Let the lamp affix its beam.
The only emperor is the emperor of ice-cream.

Tatauierung

Das Licht gleicht einer Spinne.
Es läuft übers Wasser.
Es läuft über die Grate des Schnees.
Es läuft unter deine Lider
Und spinnt dort seine Netze –
Zweierlei Netze.

Die Netze deiner Augen
Sind geknüpft
An Haut und Bein
Wie an Balken und Gräser.

Es sind Augenfasern von dir
Auf dem Wasserspiegel
Und in den Schneegraten.

Der Eiskrem-Kaiser

Ruf den, der dicke Zigarren dreht,
Den mit den Muskeln, und laß ihn schlagen
In Küchenbechern schleckrige Klumpen.
Laß die Mädels tändeln in den Kleidern,
Die sie sonst immer tragen, und laß die Jungs
Blumen bringen in Zeitungen vom Vormonat.
Laß Sein das Finale setzen von Schein.
Der Eiskrem-Kaiser ist Kaiser allein.

Nimm aus der Bretterkommode,
Der die drei Glasknäufe fehlen, das Tuch,
Auf das sie einst Pfauenräder stickte
Und breite es aus, daß es ihr Gesicht bedeckt.
Schauen ihre schwieligen Füße hervor, dann um zu
Zeigen, wie kalt sie ist und starr.
Laß die Lampe lenken ihren Schein.
Der Eiskrem-Kaiser ist Kaiser allein.

The Idea of Order at Key West

She sang beyond the genius of the sea.
The water never formed to mind or voice,
Like a body wholly body, fluttering
Its empty sleeves; and yet its mimic motion
Made constant cry, caused constantly a cry,
That was not ours although we understood,
Inhuman, of the veritable ocean.

The sea was not a mask. No more was she.
The song and water were not medleyed sound
Even if what she sang was what she heard,
Since what she sang was uttered word by word.
It may be that in all her phrases stirred
The grinding water and the gasping wind;
But it was she and not the sea we heard.

For she was the maker of the song she sang.
The ever-hooded, tragic-gestured sea
Was merely a place by which she walked to sing.
Whose spirit is this? we said, because we knew
It was the spirit that we sought and knew
That we should ask this often as she sang.

If it was only the dark voice of the sea
That rose, or even colored by many waves;
If it was only the outer voice of sky
And cloud, of the sunken coral water-walled,
However clear, it would have been deep air,
The heaving speech of air, a summer sound
Repeated in a summer without end
And sound alone. But it was more than that,
More even than her voice, and ours, among
The meaningless plungings of water and the wind,
Theatrical distances, bronze shadows heaped
On high horizons, mountainous atmospheres
Of sky and sea.

Die Vorstellung von Ordnung bei Key West

Sie sang stärker als das Genie des Meers
Nie fügte das Wasser sich Geist oder Stimme,
Wie ein Körper ausschließlich Körper, der mit leeren
Ärmeln flattert; und doch ergab seine stumme Bewegung
Steten Schrei, verursachte ständig einen Schrei,
Der nicht der unsre war, obwohl wir verstanden,
Unmenschlich, wahrhaft des Ozeans.

Das Meer war keine Maske. Sie auch nicht.
Gesang und Wasser waren kein verbundner Klang,
Selbst wenn ihr Gesang war, was sie hörte,
Weil, was sie sang, Wort für Wort ertönte.
Kann sein, in all ihren Phrasen rührten sich
Das mahlende Wasser und der keuchende Wind;
Doch sie hörten wir und nicht das Meer.

Denn sie war die Schöpferin des Lieds, das sie sang.
Das ewig verhüllte, tragisch sich gebärdende Meer
War bloß ein Ort, an dem sie sich erging und sang.
Wes Geist ist dies? sagten wir, denn wir wußten,
Es war der Geist, den wir suchten, und wußten,
Wir sollten dies fragen, so oft sie sang.

Wäre es nur die dunkle Stimme des Meers,
Die sich erhob, oder auch die von vielen Wellen getönte;
Wäre es nur die äußere Stimme von Himmel
Und Wolke, des versunkenen Riffs, wasserummauert,
Ganz gleich wie klar, es wäre bloße Luft,
Das schwer atmende Sprechen der Luft, ein Sommerklang,
Wiederholt in einem Sommer ohne Ende
Und nur Klang. Doch es war mehr als das,
Mehr selbst als ihre Stimme und unsre, im
Sinnleeren Sich Heben und Senken von Wasser und Wind.
Theatralische Fernen, bronzene Schatten gehäuft
Auf hohen Horizonten, sphärische Gebirge
Aus Himmel und Meer.

It was her voice that made
The sky acutest at its vanishing.
She measured to the hour its solitude.
She was the single artificer of the world
In which she sang. And when she sang, the sea,
Whatever self it had, became the self
That was her song, for she was the maker. Then we,
As we beheld her striding there alone,
Knew that there never was a world for her
Except the one she sang and, singing, made.

Ramon Fernandez, tell me, if you know,
Why, when the singing ended and we turned
Toward the town, tell why the glassy lights,
The lights in the fishing boats at anchor there,
As the night descended, tilting in the air,
Mastered the night and portioned out the sea,
Fixing emblazoned zones and fiery poles,
Arranging, deepening, enchanting night.

Oh! Blessed rage for order, pale Ramon,
The maker's rage to order words of the sea,
Words of the fragrant portals, dimly-starred,
And of ourselves and of our origins,
In ghostlier demarcations, keener sounds.

THE MAN WITH THE BLUE GUITAR

I

The man bent over his guitar,
A shearsman of sorts. The day was green.

They said, «You have a blue guitar,
You do not play things as they are.»

The man replied, «Things as they are
Are changed upon the blue guitar».

Am schärfsten hob ihre Stimme
Den Himmel hervor, wenn er entschwand.
Sie maß seine Einsamkeit der Stunde an.
Sie war die einzige Gestalterin der Welt,
In der sie sang. Und wenn sie sang, wurde das Meer,
Ganz gleich welches Wesen es hatte, zum Wesen
Ihres Gesangs, denn sie war die Schöpferin. Dann,
Während wir sie dort allein gehen sahen,
Wußten wir, daß es nie eine Welt für sie gab
Außer der, die sie besang und singend schuf.

Ramon Fernandez, sag mir, wenn du es weißt,
Warum, als der Gesang endete und wir uns
Zur Stadt wandten, sag, warum die gläsernen Lichter,
Die Lichter in den Fischerbooten vor Anker dort,
In der Luft schwebten bei Einbruch der Nacht,
Die Nacht beherrschten und das Meer unterteilten,
Vorgehobene Flächen und feurige Pfähle festhielten,
Die Nacht ordneten, vertieften, verzauberten.

Oh! Gesegneter Drang nach Ordnung, bleicher Ramon,
Drang des Schöpfers, Worte des Meers zu ordnen,
Worte der duftenden Portale, fahl bestirnt,
Und unserer selbst und unserer Ursprünge,
In gespenstischeren Zonen, kühneren Klängen.

Der Mann mit der blauen Gitarre

I

Der Mann war über seine Gitarre gebeugt,
So wie ein Schneider. Grün war der Tag.

Man sagte ihm: «Deine Gitarre ist blau.
Das was da ist, spielst du ungenau.»

«Das was da ist», gab der Mann zurück,
«Auf der blauen Gitarre verwandelt sich's.»

And they said then, «But play, you must,
A tune beyond us, yet ourselves,

A tune upon the blue guitar
Of things exactly as they are.»

6

A tune beyond us as we are,
Yet nothing changed by the blue guitar;

Ourselves in the tune as if in space,
Yet nothing changed, except the place

Of things as they are and only the place
As you play them, on the blue guitar,

Place, so, beyond the compass of change,
Perceived in a final atmosphere;

For a moment final, in the way
The thinking of art seems final when

The thinking of god is smoky dew.
The tune is space. The blue guitar

Becomes the place of things as they are,
A composing of senses of the guitar.

22

Poetry is the subject of the poem,
From this the poem issues and

To this returns. Between the two,
Between issue and return, there is

An absence in reality,
Things as they are. Or so we say.

Da sagte man ihm: «Spiel unbedingt
Ein Lied, jenseits von uns, das doch wir sind,

Auf der blauen Gitarre spiel uns ein Lied
Von allem, genau so wie es geschieht.»

6

Ein Lied reicht über uns hinaus,
Doch die blaue Gitarre richtet nichts aus;

Wir selbst sind im Lied, als wär es der Raum,
Doch außer dem Ort verwandelt sich kaum

Was ist, was es ist, sondern nur der Ort,
Wenn du es auf der blauen Gitarre fort

Weit jenseits der Verwandlung spielst
Und nimmst es wahr, als wär es zu End,

Endgültig nur in dem Moment,
Wo Kunst sich selbst endgültig denkt,

Gott denkt und ist nur dunstiger Tau.
Das Lied ist Raum. Die Gitarre, blau,

Wird zum Ort von dem, was scheint
Und alle Sinne in der Gitarre vereint.

22

Dichtung ist das Thema des Gedichts.
Aus ihr wächst das Gedicht und kehrt

Zu ihr zurück. Und zwischen beidem,
Ausgang und Wiederkehr, Abwesenheit:

Das was da ist,
Ist nicht mehr da. So heißt es.

But are these separate? Is it
An absence for the poem, which acquires

Its true appearances there, sun's green,
Cloud's red, earth feeling, sky that thinks?

From these it takes. Perhaps it gives,
In the universal intercourse.

Not Ideas About the Thing but the Thing Itself

At the earliest ending of winter,
In March, a scrawny cry from outside
Seemed like a sound in his mind.

He knew that he heard it,
A bird's cry, at daylight or before,
In the early March wind.

The sun was rising at six,
No longer a battered panache above snow . . .
It would have been outside.

It was not from the vast ventriloquism
Of sleep's faded papier-mâché . . .
The sun was coming from outside.

That scrawny cry – it was
A chorister whose c preceded the choir.
It was part of the colossal sun,

Surrounded by its choral rings,
Still far away. It was like
A new knowledge of reality.

Doch gibt es diese Trennung? Ab-
Wesenheit für das Gedicht, das sich

Den wahren Schein dort holt, wo grün
Die Sonne, rot die Wolke ist,

Die Erde fühlt, der Himmel denkt? Es nimmt davon,
Und davon teilt es aus, im Tausch der Welt.

Nicht Vorstellung von der Sache sondern die Sache selbst

Zum frühesten Ende des Winters,
Im März, schien ein dünner Schrei draußen
Ihm wie ein Ton im Kopf.

Er wußte, er hatte ihn gehört,
Einen Vogelschrei, bei Tagesanbruch oder vorher,
Im frühen Märzwind.

Um sechs ging die Sonne auf,
Kein ramponierter Helmbusch mehr über Schnee . . .
Es mußte draußen gewesen sein.

Es kam nicht aus der bombastischen Bauchrednerkunst
Des ausgebleichten Papiermâchés von Schlaf . . .
Die Sonne kam von draußen.

Dieser dünne Schrei – das
War ein Chorsänger, dessen C dem Chor vorauseilte.
Er war Teil der kolossalen Sonne,

Umgeben vom Kreis des Chors,
Immer noch weit weg. Es war wie
Ein neues Wissen um Wirklichkeit.

William Carlos Williams

Queen Anne's Lace

Her body is not so white as
anemone petals nor so smooth – nor
so remote a thing. It is a field
of the wild carrot taking
the field by force; the grass
does not raise above it.
Here is no question of whiteness,
white as can be, with a purple mole
at the center of each flower.
Each flower is a hand's span
of her whiteness. Wherever
his hand has lain there is
a tiny purple blemish. Each part
is a blossom under his touch
to which the fibres of her being
stem one by one, each to its end,
until the whole field is a
white desire, empty, a single stem,
a cluster, flower by flower,
a pious wish to whiteness gone over –
or nothing.

Young Sycamore

I must tell you
this young tree
whose round and firm trunk
between the wet

pavement and the gutter
(where water
is trickling) rises
bodily

William Carlos Williams

Wilde Möhre

Nicht weiß wie Anemonenblüten
ist ihr Leib, weder so glatt, noch so ein
Rührmichnichtan. Er ist ein Feld
von wildem Rübenkraut, das ungestüm
Raum greift; Gras
wächst nicht drüber.
Hier geht es nicht ums Weiß-Sein,
weißer denn weiß, mit einem Purpurmal
in jedem Blütenstand.
Und jede Blüte ist eine Handbreit
ihrer Weiße. Wo immer
seine Hand gelegen, da bleibt
ein winzig Purpurmal. Jede Spanne
reckt sich zur Blüte unter seinen Fingern,
und alle Fasern ihres Seins
richten sich nacheinander auf,
bis das ganze Feld, weiß vor
Begier und leer, der eine Stengel ist,
die Doldenrispe, Blüte über Blüte,
ein frommer Wunsch in Weiße aufgegangen –
sonst Nichts.

Junger Maulbeerbaum

Ich muß dir sagen
der junge Baum da
dessen runder fester Stamm
zwischen dem nassen

Pflaster und dem Gulli
(wo Wasser
tröpfelt) leiblich
auffährt

into the air with
one undulant
thrust half its height –
and then

dividing and waning
sending out
young branches on
all sides –

hung with cocoons –
it thins
till nothing is left of it
but two

eccentric knotted
twigs
bending forward
hornlike at the top

The Red Wheelbarrow

so much depends
upon

a red wheel
barrow

glazed with rain
water

beside the white
chickens

in die Luft – *ein*
welliger
Stoß halbhoch –
und dann

wie er sich teilt und schwindet
junge Zweige
austreibt an
allen Seiten –

behängt mit Kokons
sich verdünnt
bis nichts mehr von ihm da ist
als zwei

exzentrische knotige
Äste
nach vorn gebogen
wie Hörner oben

Die rote Schubkarre

so viel hängt ab
von

einer roten Schub-
karre

glänzend von Regen-
wasser

bei den weißen
Hühnern

Paterson

Before the grass is out the people are out
and bare twigs still whip the wind –
when there is nothing, in the pause between
snow and grass in the parks and at the street ends
– Say it, no ideas but in things –
nothing but the blank faces of the houses
and cylindrical trees
bent, forked by preconception and accident
split, furrowed, creased, mottled, stained
secret – into the body of the light –

These are the ideas, savage and tender
somewhat of the music, et cetera
of Paterson, that great philosopher –

From above, higher than the spires, higher
even than the office towers, from oozy fields
abandoned to grey beds of dead grass
black sumac, withered weed stalks
mud and thickets cluttered with dead leaves –
the river comes pouring in above the city
and crashes from the edge of the gorge
in a recoil of spray and rainbow mists –
– Say it, no ideas but in things –
and factories crystallized from its force,
like ice from spray upon the chimney rocks

. . . . . .

Say it! No ideas but in things. Mr.
Paterson has gone away
to rest and write. Inside the bus one sees
his thoughts sitting and standing. His thoughts
alight and scatter –

Paterson

Bevor das Gras da ist, sind die Menschen da
und kahle Zweige peitschen noch den Wind –
wenn da nichts ist in jener Pause zwischen
Schnee und Gras in Parks und an den Straßenenden
– Sag es, keine Ideen außer in Dingen –
nichts als die leeren Gesichter der Häuser
und zylindrische Bäume
krumm, gegabelt durch Vorbestimmung und Zufall
splittrig, gefurcht, faltig, geädert, befleckt
geheim – in den Körper des Lichts –

Dies sind die Ideen wild und zärtlich
etwas wie die Musik etcetera
von Paterson, dem großen Philosophen –

Von oben, höher als Kirchturmspitzen, höher
als die Bürohochhäuser, von nassen Feldern
den grauen Beeten toten Grases überlassen
dem schwarzen Sumach, welken Unkrautstengeln,
Schlamm und Dickicht, von totem Blattwerk übersät –
so kommt der Fluß geströmt über der Stadt
und kracht von der Kante der Schlucht
im Anprall von Regenbogenschleiern und Gischt –
– Sag es, keine Ideen außer in Dingen –
Fabriken kristallisiert von seiner Kraft
wie Eis aus Gischt auf Felsensäulen

. . . . . .

Sag es! Keine Ideen außer in Dingen. Mr.
Paterson ist gegangen um
zu ruhen und zu schreiben. Innen im Bus sieht man
seine Gedanken sitzen und stehn. Sie steigen aus und
zerstreuen sich –

Who are these people (how complex
this mathematic) among whom I see myself
in the regularly ordered plateglass of
his thoughts, glimmering before shoes and bicycles –?
They walk incommunicado, the
equation is beyond solution, yet
its sense is clear – that they may live
his thought is listed in the Telephone
Directory –

and there's young Alex Shorn
whose dad the boot-black bought a house
and painted it inside
with seascapes of a pale green monochrome –
the infant Dionysus springing from
Apollo's arm – the floors oakgrained in
Balkan fashion – Hermes' nose, the body
of a gourmand, the lips of Cupid, the eyes
the black eyes of Venus' sister –

But who! who are these people? It is
his flesh making the traffic, cranking the car
buying the meat –
Defeated in achieving the solution they
fall back among cheap pictures, furniture
filled silk, cardboard shoes, bad dentistry
windows that will not open, poisonous gin
scurvy, toothache –

. . . . . .

But never, in despair and anxiety
forget to drive wit in, in till it
discover that his thoughts are decorous and simple
and never forget that though his thoughts are decorous
and simple, the despair and anxiety

the grace and detail of
a dynamo –

Wer sind diese Leute (wie schwierig
diese Mathematik) unter denen ich mich selber sehe
in dem regelmäßig geordneten Tafelglas
seiner Gedanken, glitzernd vor Schuhen und Fahrrädern –?
Sie gehen incommunicado, die
Gleichung ist unauflöslich, doch
ihr Sinn ist klar – damit sie leben
ist sein Denken aufgeführt
im Telefonbuch –

und da ist der junge Alex Shorn
dessen Schuhputzer-Vater ein Haus kaufte
und es ausmalte
mit Seestücken von fahlgrüner Eintönigkeit –
das Kind Dionysos, springend von
Apollos Arm – die Fußböden Eichenholz imitierend
wie im Balkan – Hermes' Nase, der Körper
eines Gourmands, die Lippen Cupidos, die Augen
die schwarzen Augen der Schwester der Venus –

Wer aber! wer sind diese Leute? Es ist
sein Fleisch, das den Handel in Gang hält, Autos anwirft,
Speisen anschafft –
Besiegt vom Versuch einer Lösung fallen sie
zurück unter billigste Bilder, Möbel
Kunstseide, Pappschuhe, miese Dentisten
Fenster die sich nicht öffnen, giftigen Gin
Skorbut und Zahnweh –

. . . . . .

Doch niemals vergiß in Angst und Verzweiflung
deinen Witz einzubringen bis er
entdeckt, daß seine Gedanken sittsam und simpel sind
und vergiß niemals, daß, obwohl seine Gedanken
sittsam und simpel sind, die Angst und Verzweiflung

die Grazie der Einzelheiten
eines Dynamos –

Divine thoughts! Jacob fell backwards off the press
and broke his spine. What pathos, what mercy
of nurses (who keep birthday books)
and doctors who can't speak proper English –
is here correctly on a spotless bed
painless to the Nth power – the two legs
perfect without movement or sensation

Twice a month Paterson receives letters
from the Pope, his works are translated
into French, the clerks in the post office
ungum the rare stamps from his packages
and steal them for their children's albums

So in his high decorum he is wise

. . . . . .

What wind and sun of children stamping the snow
stamping the snow and screaming drunkenly
The actual, florid detail of cheap carpet
amazingly upon the floor and paid for
as no portrait ever was – Canary singing
and geraniums in tin cans spreading their leaves
reflecting red upon the frost –
They are the divisions and imbalances
of his whole concept, made small by pity
and desire, they are – no ideas beside the facts –

Between Walls

the back wings
of the

hospital where
nothing

Göttliche Gedanken! Jakob fiel rücklings von der Presse
und brach sich das Rückgrat. Welches Pathos, welches Erbarmen
der Schwestern (die den Geburtstagskalender führen)
und der Ärzte, die nicht richtig Englisch können –
liegt hier korrekt auf dem makellosen Bett
schmerzlos bis zur n-ten Potenz – die beiden Beine
vollkommen ohne Bewegung oder Gefühl

Zweimal im Monat bekommt Paterson Briefe
vom Papst, seine Werke sind übersetzt
ins Französische, die Angestellten im Postamt
lösen die seltenen Briefmarken von seinen Paketen
und stehlen sie für die Alben ihrer Kinder

So ist er weise in seiner edlen Schicklichkeit

. . . . . .

Wind und Sonne der Kinder die den Schnee zerstampfen
die den Schnee zerstampfen und trunken schrein
Das wirkliche, üppige Muster des billigen Teppichs
erstaunlich auf dem Fußboden und hoch bezahlt
wie kein Porträt zuvor – Kanarihahn singend und
Geranien in Blechbüchsen ihre Blätter ausbreitend
rot spiegelnd über dem Frost –
Sie sind die Teile und Ungleichheiten
seines ganzen Entwurfs, klein durch Mitleid
und Gier, sie sind – keine Ideen jenseits der Fakten –

Zwischen Mauern

die Hinterhöfe
des Kranken-

hauses wo
gar nichts

will grow lie
cinders

in which shine
the broken

pieces of a green
bottle

Perfection

   O lovely apple!
beautifully and completely
   rotten,
hardly a contour marred –

   perhaps a little
shrivelled at the top but that
   aside perfect
in every detail! O lovely

   apple! what a
deep and suffusing brown
   mantles that
unspoiled surface! No one

   has moved you
since I placed you on the porch
   rail a month ago
to ripen.

   No one. No one!

wächst dort liegt
Asche

aus der die Scherben
einer grünen

Flasche
glitzern.

Vollkommenheit

O lieblicher Apfel!
herrlich und völlig
verfault,
kaum versehrte Gestalt –

höchstens am Stiel
ein wenig geschrumpft, doch sonst
bis ins Kleinste
vollkommen! O lieblicher

Apfel! wie satt
und feucht der Mantel aus Braun
auf jenem un-
angetasteten Fleisch! Niemand

hat dich geholt
seit ich dich auf das Geländer setzte
vor einem Monat, damit
du reif werdest.

Niemand. Niemand!

Philomena Andronico

With the boys busy
at ball
in the worn lot
nearby

She stands in
the short street
reflectively bouncing
the red ball

Slowly
practiced
a little awkwardly
throwing one leg over

(Not as she had done
formerly
screaming and
missing

But slowly
surely) then
pausing throws
the ball

With a full slow
very slow
and easy motion
following through

With a slow
half turn –
as the ball flies
and rolls gently

Philomena Andronico

Dieweil die Buben
eifrig beim Ballspiel sind
auf dem wüsten Grundstück
nebenan

Steht sie
auf der Fahrbahn
und federt bedächtig
den roten Ball

Langsam,
gekonnt,
ein wenig linkisch, hebt sie
ein Bein darüber hinweg

(Nicht mehr wie
früher
quiekend
und daneben

Nun langsam
und sicher) dann
innehaltend, wirft sie
den Ball

Sehr langsam
mit weit ausholendem
lockeren Schwung
voll durchgezogen

In einer langsamen
halben Drehung –
der Ball fliegt
und rollt sachte

At the child's feet
waiting –
and yet he misses
it and turns

And runs while she
slowly
regains her former
pose

Then shoves her fingers
up through
her loose short hair
quickly

Draws one stocking
tight and
waiting
tilts

Her hips and
in the warm still
air lets
her arms

Fall loosely
(waiting)
at her sides

Vor die Füße
des Jungen, der ihn abpaßt
aber verfehlt,
dann umkehrt

Und hinterher rennt
indes sie langsam
zurückkehrt
in den Stand

Einmal schnell
mit den Fingern durchs
lose Kurzhaar fährt
rasch

Einen Strumpf
hochzieht und
abwartend
die Hüfte

Herausstellt.
In der lauen
reglosen Luft
läßt sie

Die Arme
(abwartend)
baumeln
an ihren Seiten.

Mina Loy

From The Effectual Marriage
or
The Insipid Narrative of Gina and Miovanni

So here we might dispense with her
Gina being a female
But she was more than that
Being an incipience   a correlative
an instigation to the reaction of man
From the palpable to the transcendent
Mollescent irritant of his fantasy
Gina had her use   Being useful
contentedly conscious
She flowered in the Empyrean
From which no well-mated woman ever returns

Sundays   a warm light in the parlor
From the gritty road   on the white wall
anybody could see it
Shimmered a composite effigy
Madonna   crinolined   a man
hidden beneath her hoop.

Patience said Gina   is an attribute
And she learned   at any hour to offer
The dish   appropriately delectable

What had Miovanni made of his ego
In his library
What had Gina wondered   among the pots and pans
One never asked the other
So they   the wise ones   eat their suppers in peace

Mina Loy

Aus Die funktionelle Ehe oder Die banale Geschichte von Gina und Miovanni

Von hier an können wir auch ohne sie auskommen
Gina als Frau
Aber sie war mehr als das
Soweit sie ein Anfang war   eine Ergänzung
ein Anreiz für die Reaktionen eines Mannes
Vom Greifbaren zum Transzendenten
Besänftigendes Irritans seiner Fantasie
Gina hatte ihren Nutzen   Da sie nützlich war
zufrieden im Wissen davon
Blühte sie auf in jenem Empyreum
von dem keine gutbegattete Frau jemals zurückkehrt

Sonntags   im Wohnzimmer ein warmes Licht
Vom Kiesweg draußen   auf der weißen Mauer
daß es jeder sehen konnte
Schimmerte ein kunstvoll komponiertes Abbild
Madonna   in Krinoline   ein Mann
unter ihrem Reifrock versteckt

Geduld sagte Gina   ist eine Charaktereigenschaft
Und sie lernte   jederzeit
eine Mahlzeit aufzutischen   die hinreichend köstlich war

Was hatte Miovanni aus seinem Ego gemacht
In seiner Bibliothek
Was ließ sich Gina durch den Kopf gehn   zwischen Pfannen
   und Töpfen
Keiner fragte jemals den andern
So aßen sie   die Gescheiten   in aller Ruhe ihr Abendmahl

Lunar Baedeker

A silver Lucifer
serves
cocaine in cornucopia

To some somnambulists
of adolescent thighs
draped
in satirical draperies

Peris in livery
prepare
Lethe
for posthumous parvenues

Delirious Avenues
lit
with the chandelier souls
of infusoria
from Pharaoh's tombstones

lead
to mercurial doomsdays
Odious oasis
in furrowed phosphorous – – –

the eye-white sky-light
white-light district
of lunar lusts

– – – Stellectric signs

«Wing shows on Starway»
«Zodiac carrousel»

Lunarer Baedeker

Ein silberner Luzifer
serviert
Kokain aus der Kornukopia

Für einige Somnambulisten
mit jugendlichen Schenkeln
drapiert
in satirische Draperien

Peris in Livree
präpariert
Lethe
für postume Parvenüs

Delirierende Avenuen
erleuchtet
von den Kandelaber-Seelen
der Infusorien
von Pharaohs Grabsteinen

führen
zu quecksilbrigen Weltgerichten
Odiose Oasen
im gefurchten Phosphor – – –

dem augen-weißen Oberlicht
Weißlichtbezirk
lunarer Lüste

– – – Stellektrische Schriftzeichen

«Tingeltangel auf der Stern-Straße»
«Zodiak-Karussell»

Cyclones
of ecstatic dust
and ashes whirl
crusaders
from hallucinatory citadels
of shattered glass
into evacuate craters

A flock of dreams
browse on Necropolis

From the shores
of oval oceans
in the oxidized Orient

Onyx-eyed Odalisques
and ornithologists
observe
the flight
of Eros obsolete

And «Immortality»
mildews
in the museums of the moon

«Nocturnal cyclops»
«Crystal concubine»

Pocked with personification
the fossil virgin of the skies
waxes and wanes – – –

Zyklone
voll ekstatischem Staub
und Asche wirbeln
Kreuzfahrer
von halluzinatorischen Zitadellen
aus zersplittertem Glas
in evakuierte Krater

Eine Schar von Träumen
grast auf der Nekropolis

Von den Ufern
ovaler Ozeane
in den oxidierten Orient

Onyx-äugige Odalisken
und Ornithologen
observieren
den Flug
des obsoleten Eros

Und «Unsterblichkeit»
modert
in den Museen des Mondes

«Nokturnaler Kyklop»
«Kristallene Konkubine»

Pockennarbig von Personifizierung
nimmt die fossile Jungfrau des Himmels
zu und ab – – –

H. D.

Oread

Whirl up sea –
Whirl your pointed pines
Splash your great pines
On our rocks,
Hurl your green over us,
Cover us with your pools of fir.

Sea Rose

Rose, harsh rose,
marred and with stint of petals,
meagre flower, thin,
sparse of leaf,

more precious
than a wet rose,
single on a stem –
you are caught in the drift.

Stunted, with small leaf,
you are flung on the sand,
you are lifted
in the crisp sand
that drives in the wind.

Can the spice-rose
drip such acrid fragrance
hardened in a leaf?

H. D.

Oreade

Quirl auf, Meer –
Quirl deine Kienzapfen,
Gisch deinen hohen Pinienwald
An unser Felsriff,
Überbäum uns mit deinem Grün,
Überdach uns mit Tümpeln aus Tann.

Strandrose

Rose, harsche Rose,
entstellt, mit kargem Flor,
magere Blume, schmächtig,
schütter im Laub,

edler als
die tauige Rose
freistehend auf langem Stiel –
erfaßt bist du von der Drift.

Zwergwüchsig, mit kleinem Blatt,
geduckt in den Sand,
dann hochgerafft
in dem schrohen Sand,
den der Wind stiebt.

Verströmt die Zimtrose denn
so herben Duft,
ausgehärtet im Blatt?

Lethe

Nor skin nor hide nor fleece
  Shall cover you,
Nor curtain of crimson nor fine
Shelter of cedar-wood be over you,
  Nor the fir-tree
  Nor the pine.

Nor sight of whin nor gorse
  Nor river-yew,
Nor fragrance of flowering bush,
Nor wailing of reed-bird to waken you,
  Nor of linnet,
  Nor of thrush.

Nor word nor touch nor sight
  Of lover, you
Shall long through the night but for this:
The roll of the full tide to cover you
  Without question,
  Without kiss.

Heat

O wind, rend open the heat,
cut apart the heat,
rend it to tatters.

Fruit cannot drop
through this thick air –
fruit cannot fall into heat
that presses up and blunts
the points of pears
and rounds the grapes.

Lethe

Nicht Haut noch Balg noch Vlies
wird dich bedecken,
kein karminroter Leilach, noch stolz
Zederndach dich verstecken,
weder Schirmkiefer
noch Fichtengehölz.

Nicht Heiddorn noch Ginster siehst du
noch Eibenstrauch,
kein Hauch vom blühenden Hag,
kein Rohrdommelruf, dich zu wecken
nicht Hänfling
noch Drosselschlag.

Nicht Wort noch Hand noch Erblicken
des Liebsten, dich
verlangt durch die Nacht ohne Maß
nur die raume See, dich zu decken:
ohne Frage
ohne Kuß.

Hitze

O Wind spalte die Glut
schneid entzwei die Glut,
reiß sie in Fetzen.

Obst fällt nicht ab
durch diese bleierne Luft –
Obst kann nicht fallen in Glut,
die auftreibt und abstumpft
sich verjüngende Birnen
und Trauben wölbt.

Cut the heat –
plough through it,
turning it on either side
of your path

From GOOD FREND

6

Time has an end, they say,
sea-walls are worn away
by wind and the sea-spray,
not the herb,
Rosemary.

Queens have died, I am told,
faded the cloth-of-gold,
no Caesar half so bold,
as the herb,
Rosemary.

Rooted within the grave,
spreading to heaven, save
us by the grace He gave
to the herb,
Rosemary.

7

What rose of memory,
Ros maris,
from what sea of bliss!

Feg auf die Glut –
Pflüge sie, brich sie um
zu beiden Seiten
deiner Eilung.

Aus Geselle

6

Zeit geht zuend, sagt man,
Deiche verfallen dem Ruin,
zermalmt von Seesprind und Wind
nicht das Kraut
Rosmarin

Königinnen kamen zuschad,
verblichen der Goldbrokat,
kein Cäsar halb so kühn
wie das Kraut
Rosmarin

Wurzelwerk tief im Grab,
Blattspreite himmelan, entsühn
uns durch die Kraft, die er gab
dem Kraut
Rosmarin

7

Rose, der Erinnerung zugesellt,
Ros maris,
von welchem Meer des Glücks geschwellt!

Marianne Moore

Poetry

I, too, dislike it: there are things that are important beyond
all this fiddle.
Reading it, however, with a perfect contempt for it,
one discovers in it after all, a place for the genuine.
Hands that can grasp, eyes
that can dilate, hair that can rise
if it must, these things are important not because a

high-sounding interpretation can be put upon them but because
they are useful. When they become so derivative as to become
unintelligible,
the same thing may be said for all of us, that we
do not admire what
we cannot understand: the bat
holding on upside down or in quest of something to

eat, elephants pushing, a wild horse taking a roll, a tireless wolf
under a tree, the immovable critic twitching his skin like
a horse that feels a flea, the base-
ball fan, the statistician –
nor is it valid
to discriminate against «business documents and

school-books»; all these phenomena are important. One must
make a distinction
however: when dragged into prominence by half poets, the
result is not poetry,
nor till the poets among us can be
«literalists of
the imagination» – above
insolence and triviality and can present

Marianne Moore

Dichtung

Ich mag sie auch nicht: so manches, was von Belang ist, liegt
abseits von diesem Mumpitz.
Liest man sie aber voller Geringschätzung durch,
so entdeckt man, daß da trotz allem Raum ist für Echtes.
Greifende Hände, Augen, die sich weiten,
Haar, das zu Berge steht, wenn's darauf ankommt,
diese Dinge sind wichtig nicht wegen

der hochtrabenden Deutung, die man ihnen beimißt, sondern
weil sich damit was anfangen läßt. Ist sie so weithergeholt,
daß man nicht daraus klug wird,
darf man das gleiche von uns allen sagen – daß wir
nicht viel von dem halten können, was
wir nicht begreifen: die Fledermaus, die sich
koppheister aufhängt oder herumkurvt nach Beute,

den Elefanten, der anschiebt, das Wildpferd, das sich wälzt, den
rastlosen Wolf unterm Baum, den dickhäutigen Kritiker, dem
das Fell zuckt wie einem Pferd, das einen Floh spürt, den Base-
ball-Fan, den Statistiker –
ebenso unerlaubt ist es,
die Scheidelinie zu ziehn bei «Akten und

Schulbüchern»; auch so ein Lesestoff ist von Belang. Doch
muß man eine Unterscheidung schon machen:
wenn mindere Dichter derlei ans Licht zerrn, kommt dabei
keine Dichtung zustande,
erst wenn die Dichter unter uns
«Phantasie
buchstäblich nehmen», – weitab
von Forschheit und Banalität; erst wenn

for inspection, «imaginary gardens with real toads in them», shall
we have it. In the meantime, if you demand on the one hand,
the raw material of poetry in
all its rawness and
that which is on the other hand
genuine, you are interested in poetry.

The Fish

wade
through black jade.
Of the crow-blue mussel-shells, one keeps
adjusting the ash-heaps;
opening and shutting itself like

an
injured fan.
The barnacles which encrust the side
of the wave, cannot hide
there for the submerged shafts of the

sun,
split like spun
glass, move themselves with spotlight swiftness
into the crevices –
in and out, illuminating

the
turquoise sea
of bodies. The water drives a wedge
of iron through the iron edge
of the cliff; whereupon the stars,

pink
rice-grains, ink-
bespattered jelly-fish, crabs like green
lilies, and submarine
toadstools, slide each on the other.

sie unserem Augenmerk «Gärten der Phantasie mit richtigen
Kröten» anbieten, haben wirs erfaßt. Doch wenn du inzwischen
einerseits den Rohstoff der Dichtung
in all seiner Rohheit verlangst,
andererseits aber
was echt ist, dann hast du für Dichtung was übrig.

Fisch

-pfade
durch schwarze Jade.
Eine der krähenblauen Miesmuscheln sortiert
unausgesetzt die Schalenhalden,
indem sie auf- und zuklafft grad wie ein

schad-
haftes Fächerrad.
Die Seepocken, die an der Wellenseite
haften, finden dort kein Versteck, weil
der Sonne unterseeische

Lot-
strahlen, aufgefasert
wie gesponnene Glasfäden, mit ihren Suchlichtern
blitzschnell die Felsspalten ausleuchten
eine um die andere und

so
das türkisblaue Meer
der Lebewesen anblinken. Die Wasserwucht treibt
einen ehernen Keil in die eherne Scharte
der Klippe; worauf die Sterne

reis-
körnig rosa, tinten-
tupfige Quallen, Wurzelkrebse wie Grün-
Lilien und unterseeische
Giftschwämme sich übereinanderschieben.

All
external
marks of abuse are present on this
defiant edifice –
all the physical features of

ac-
cident – lack
of cornice, dynamite grooves, burns, and
hatchet strokes, these things stand
out on it, the chasm-side is

dead.
Repeated
evidence has proved that it can live
on what can not revive
its youth. The sea grows old in it.

To a Snail

If «compression is the first grace of style,»
you have it. Contractility is a virtue
as modesty is a virtue.
It is not the acquisition of any one thing
that is able to adorn,
or the incidental quality that occurs
as a concomitant of something well said,
that we value in style,
but the principle that is hid:
in the absence of feet, «a method of conclusions»;
«a knowledge of principles,»
in the curious phenomenon of your occipital horn.

All
die äußeren
Male der Mißhandlung liegen vor bei diesem
unbotmäßigen Gefüge –
all die realen Anzeichen der

Ka-
tastrophe – das fehlende
Profil, Dynamitschrunden, Schmorstellen,
Beilhiebe, diese Dinge springen
ins Aug; der Steilabfall ist

tot.
Mehrmaliger
Augenschein erweist, daß er von dem
leben kann, was ihn nicht mehr
verjüngt. Das Meer wird alt daran.

An eine Schnecke

Falls «Verdichtung die erste Zierde guten Stils» ist,
dann hast du sie. Zusammenziehbarkeit ist eine Tugend
wie Bescheidenheit.
Es ist nicht der Zuwachs von irgendeiner Sache,
die der Ausschmückung dient,
noch das Beiläufige, das
als Begleitumstand des Wohlgesagten anfällt,
was wir am Stil schätzen,
sondern das Prinzip, das sich entzogen hat:
in Ermangelung von Füßen «ein System der Folgerung»,
«ein Wissen um Prinzipien»,
an dem erstaunlichen Vorkommnis deines Stirn-Horns.

A Grave

Man looking into the sea,
taking the view from those who have as much right to it as
  you have to it yourself,
it is human nature to stand in the middle of a thing,
but you cannot stand in the middle of this;
the sea has nothing to give but a well excavated grave.
The firs stand in a procession, each with an emerald turkey-foot
  at the top,
reserved as their contours, saying nothing;
repression, however, is not the most obvious characteristic
  of the sea;
the sea is a collector, quick to return a rapacious look.
There are others besides you who have worn that look –
whose expression is no longer a protest; the fish no longer
  investigate them
for their bones have not lasted:
men lower nets, unconscious of the fact that they are
  desecrating a grave,
and row quickly away – the blades of the oars
moving together like the feet of water-spiders as if there were
  no such thing as death.
The wrinkles progress among themselves in a phalanx –
  beautiful under networks of foam,
and fade breathlessly while the sea rustles in and out of the
  seaweed;
the birds swim through the air at top speed, emitting cat-calls
  as heretofore –
the tortoise-shell scourges about the feet of the cliffs, in motion
  beneath them;
and the ocean, under the pulsation of lighthouses and noise of
  bell-buoys,
advances as usual, looking as if it were not that ocean in which
  dropped things are bound to sink –
in which if they turn and twist, it is neither with volition nor
  consciousness.

Ein Grab

Der Mensch blickt auf das Meer,
verstellt die Aussicht denen, deren Recht darauf
so gut wie deines ist;
es ist Menschenart, sich so im Zentrum einer Sache aufzustellen,
doch hier kannst du in keiner Mitte stehen;
das Meer hat nichts zu bieten als ein ausgeteuftes Grab.
Die Föhren stehn im Gänsemarsch, jede mit einem grünen
Truthahnfuß am Wipfel,
verschlossen wie ihre Umrisse, und sagen gar nichts;
und dennoch ist Verdrängung nicht das augenfälligste Merkmal
des Meeres;
ein Sammler ist das Meer, erwidert flugs den Blick der Habgier.
Schon andere als du hatten denselben Blick –
ihr Ausdruck ist indessen kein Protest mehr; die Fische
nuckeln nicht mehr an ihnen,
denn ihr Gebein war nicht von Dauer:
Menschen lassen zu Wasser ihre Netze und ahnen nicht,
daß sie ein Grab entweihen,
sie rudern rasch davon – die Ruderblätter
regen sich im Gleichtakt wie die Beine einer Wasserspinne,
als gäbe es beileibe keinen Tod.
Die Kräusel staffeln sich untereinand zu einer Phalanx –
schön unterm Maschenwerk aus Gischt,
und vergehen hauchlos, indes das Meer dümpelnd den Tang
durchriffelt;
Vögel durchschwimmen die Luft, zügig mit schrillen Pfeifkonzerten
wie seit altersher –
das Schildpattmuster peitscht am Fuß der Klippen
und wabert zuunterst;
der Ozean, unterm Pulsieren der Leuchttürme und dem Geläut der
Glockenbojen,
rückt immer weiter vor und schaut drein als wär er nicht der nämliche,
in dem die Dinge, die reinfallen, sinken müssen –
und in dem sie, wenn sie tanzen und trudeln, dies weder mit Wissen
noch mit Willen tun.

Silence

My father used to say,
«Superior people never make long visits,
have to be shown Longfellow's grave
or the glass flowers at Harvard.
Self-reliant like the cat –
that takes its prey to privacy,
the mouse's limp tail hanging like a shoelace from its mouth –
they sometimes enjoy solitude,
and can be robbed of speech
by speech which has delighted them.
The deepest feeling always shows itself in silence;
not in silence, but restraint.»
Nor was he insincere in saying, «Make my house
    your inn.»
Inns are not residences.

Talisman

Under a splintered mast
torn from the ship and cast
  near her hull,

a stumbling shepherd found
embedded in the ground,
  a sea-gull

of lapislazuli,
a scarab of the sea,
  with wings spread –

curling its coral feet,
parting its beak to greet
  men long dead.

Schweigen

Mein Vater sagte stets:
«Leute mit Lebensart bleiben nie lange zu Besuch,
man muß ihnen weder Longfellows Grab
noch die Glasblumen von Harvard zeigen.
Eigenständig wie die Katze,
die sich mit ihrem Raub zurückzieht, dieweil der Mauseschwanz
lasch wie ein Schnürsenkel ihr aus dem Maul baumelt –
genießen sie zuweilen das Alleinsein
und Sprache, die sie beglückt hat,
kann ihnen die Sprache rauben.
Tiefe Gefühle äußern sich stets durch Schweigen;
nicht durch das Schweigen, sondern die Enthaltung.»
Auch meinte er es ehrlich, wenn er sagte: «Mache mein Haus zu
  deiner Herberge.»
Herbergen sind keine Wohnsitze.

Talisman

Unterm zerschmetterten Mast
gekappt, vom Sturm erfasst
  nah am Hulk

ein Schafhirt beim Straucheln fand,
eingebettet in Sand
  den Möwenbalg

aus Lapislazuli,
Skarabäus der See
  entfaltet das Flügelpaar,

gekrümmt der Korallenfuß,
den Schnabel auf zum Gruß
  der Totenschar.

Edna St. Vincent Millay

An Ancient Gesture

I thought, as I wiped my eyes on the corner of my apron:
Penelope did this too.
And more than once: you can't keep weaving all day
And undoing it all through the night;
Your arms get tired, and the back of your neck gets tight;
And along towards morning, when you think it will
never be light,
And your husband has been gone, and you don't know
where, for years,
Suddenly you burst into tears;
There is simply nothing else to do.

And I thought, as I wiped my eyes on the corner
of my apron:
This is an ancient gesture, authentic, antique,
In the very best tradition, classic, Greek;
Ulysses did this too.
But only as a gesture, – a gesture which implied
To the assembled throng that he was much too moved
to speak.
He learned it from Penelope . . .
Penelope, who really cried.

What Lips my Lips have Kissed

What lips my lips have kissed, and where, and why,
I have forgotten, and what arms have lain
Under my head till morning; but the rain
Is full of ghosts tonight, that tap and sigh
Upon the glass and listen for reply,
And in my heart there stirs a quiet pain

Edna St. Vincent Millay

Eine archaische Geste

Ich dachte, als ich mir die Augen abwischte am Schürzenzipfel:
Penelopeia hat das ebenso gemacht.
Und nicht nur einmal: du kannst nicht den Tag lang weben
Um alles wieder aufzudröseln in der Nacht,
Ohne daß dir die Arme müde werden, der Nacken steif;
Und dann zum Morgen, wenn du meinst, es werde
überhaupt nie hell,
Und dein Mann seit Jahren aushäusig,
du weißt nicht wo,
Brichst du, mir nichts dir nichts, in Tränen aus,
Es bleibt dir einfach gar nichts anderes übrig.

Und ich dachte, als ich mir die Augen abwischte
am Schürzenzipfel,
Dies ist eine uralte Geste, unverfälscht, archaisch,
In der bewährten Tradition, klassisch und griechisch;
Odysseus hat das auch gemacht,
Doch nur als ob – es kam ihm zupaß,
um der Versammlung weiszumachen,
Er sei zu aufgewühlt für Worte.
Er hatte es bei Penelopeia abgeschaut . . .
Penelopeia, die echte Tränen weinte

Wes Lippen meine Lippen küßten

Wes Lippen meine Lippen küßten und wann und wo
Ist mir entfallen, auch wessen Arm da lag
Unter meinem Kopf bis in die Früh, doch der Regen ruft
Viele Gespenster auf heut nacht, die an das Glas
Tappen und ächzen und hoffen auf Gehör;
Und leis im Herzen regt sich eine Wehmut um all die

For unremembered lads that not again
Will turn to me at midnight with a cry.

Thus in the winter stands the lonely tree,
Nor knows what birds have vanished one by one,
Yet knows its boughs more silent than before:
I cannot say what loves have come and gone,
I only know that summer sang in me
A little while, that in me sings no more.

Passer Mortuus Est

Death devours all lovely things:
  Lesbia with her sparrow
Shares the darkness, – presently
  Every bed is narrow.

Unremembered as old rain
  Dries the sheer libation;
And the little petulant hand
  Is an annotation.

After all, my erstwhile dear,
  My no longer cherished,
Need we say it was not love,
  Just because it perished?

Nicht mehr abrufbaren Burschen, die sich um Mitternacht
Nie mehr mir zukehren werden mit einem Flehn.

So eingezogen steht zur Winterszeit der Baum,
Weiß nicht mehr, was für Vögel reihum ausgeblieben,
Weiß nur noch, daß sein Astwerk stiller ist als einst:
Ich komm nicht darauf, welche Liebesbande sich abgelöst,
Weiß nur noch, daß der Sommer, der in mir sang
Für eine kleine Weile, nun nicht mehr in mir singt.

Passer Mortuus Est

Tod verschluckt, was niedlich war;
Lesbia und ihr Sänger
Teilt das Finster; augenblicks
Jedes Bett ist enger.

Spurenlos wie alter Wind
Ist das Fest verklungen,
Und die kleine trutzige Hand
Stirbt bei Anmerkungen.

Eigentlich, mein weiland Schwarm –
Ders heut nicht mehr sehr ist –
Warum, sags, wars Liebe nie,
Nur weil sies nicht mehr ist?

Archibald MacLeish

Ars Poetica

A poem should be palpable and mute
As a globed fruit,

Dumb
As old medallions to the thumb,

Silent as the sleeve-worn stone
Of casement ledges where the moss has grown –

A poem should be wordless
As the flight of birds.

*

A poem should be motionless in time
As the moon climbs,

Leaving, as the moon releases
Twig by twig the night-entangled trees,

Leaving, as the moon behind the winter leaves,
Memory by memory the mind –

A poem should be motionless in time
As the moon climbs.

*

A poem should be equal to:
Not true.

For all the history of grief
An empty doorway and a maple leaf.

Archibald MacLeish

Ars Poetica

Das Gedicht soll haptisch sein und stumm
Wie pralles Obst,

Taub
Wie alte Münzen unterm Daumen sind,

Lautlos wie ärmelblanker Stein
Von Fenstersimsen wo das Moos ansetzt –

Das Gedicht soll wortlos sein
Wie die vom Vogelflug beschriebene Bahn.

*

Das Gedicht soll stillstehn in der Zeit
Wie der Mond steigt,

Sich lösen wie der Mond freigibt
Zweig über Zweig den nachtverworrenen Wald,

Sich lösen wie der Mond abhebt vom Winterlaub,
Erinnerung um Erinnerung aus dem Sinn –

Das Gedicht soll stillstehn in der Zeit
Wie der Mond steigt.

*

Das Gedicht soll wahlverwandt sein:
Nicht wahrheitstreu.

Für alles Leidgeschehn
Ein leeres Tor, ein Ahornblatt.

For love
The leaning grasses and two lights above the sea –

A poem should not mean
but be.

MAN!

FREE
To the World
THE PATENT PROPAGATIVE,
The Cause of Causes in the Handy Case,
Tomorrow in Tubes, Eternity in Cartons,
One hundred billion lives in each Container,
Cities, Nations, Continents even, Planets,
New hopes, New hungers, New despairs, New Christs,
Ages, Eras, Centuries, Ends, Beginnings,
LIFE
LIFE in the vial with the Safety Catch,
LIFE in the Perpendicular Decanter,
The insulated, thermostatic, safe
In every clime and climate, weatherproofed,
Perfected, folding Holder decorated
With fancy hair and finished in the likeness
Of the Inventor. His face on every package.
None genuine without the photograph.
Free! Death's cure, Grave's simple, Time's elixir,
The drug for darkness, Night's mandragora –
FREE
To the World
For nothing. . . . .

Für Liebe
Gebeugte Grashalme, zwei Lichter überm Meer. –

Das Gedicht soll nicht besagen
Sondern sein.

Mann!

Gratis
An die Welt
Der Patent-Fortpflanzer
Die Ursache der Ursachen, handlich verpackt,
Das Morgen in der Tube, die Ewigkeit in Schachteln,
In jedem Behälter einhunderttausend Millionen Leben,
Großstädte, Nationen, Erdteile sogar, Planeten,
Erneute Hoffnungen, Hungersnöte, Heimsuchungen, Heilande,
Zeitalter, Epochen, Jahrhunderte, Untergänge, Anfänge,
Leben
Leben in der Phiole mit dem Sicherheitsverschluß,
Leben in der jähstotzigen Karaffe,
Das isolierte, wärmegeregelte, bei jedem
Klima, allen Breitengraden wetterfeste,
Technisch ausgereifte, ausziehbare Etui, verziert
Mit Phantasie-Behaarung, ausgeführt nach dem Bilde
Des Erfinders. Auf jeder Packung sein Konterfei. Ohne sein Logo
Keine Gewähr für Echtheit. Gratis! Die Kur gegen den Tod,
Kraut gegen das Grab, Elixier gegen die Zeit,
Die Droge gegen Dunkelheit, Mandragora der Nacht –
Gratis
An die Welt
Umsonst. . . .

Invocation to the Social Muse

Señora, it is true the Greeks are dead.

It is true also that we here are Americans:
That we use the machines: that a sight of the god is unusual:
That more people have more thoughts: that there are

Progress and science and tractors and revolutions and
Marx and the wars more antiseptic and murderous
And music in every home: there is also Hoover.

Does the lady suggest we should write it out in The Word?
Does Madame recall our responsibilities? We are
Whores, Fräulein: poets, Fräulein, are persons of

Known vocation following troops: they must sleep with
Stragglers from either prince and of both views.
The rules permit them to further the business of neither.

It is also strictly forbidden to mix in maneuvers.
Those that infringe are inflated with praise on the plazas –
Their bones are resultantly afterwards found
    under newspapers.

Preferring life with the sons to death with the fathers,
We also doubt on the record whether the sons
Will still be shouting around with the same huzzas –

For we hope Lady to live to lie with the youngest.
There are only a handful of things a man likes,
Generation to generation, hungry or

Well fed: the earth's one: life's
One: Mister Morgan is not one.

There is nothing worse for our trade than to be in style.

An die Muse des Engagements

Señora, daß die Griechen tot sind, stimmt.

Es ist auch wahr, wir sind Amerikaner hier:
Wir haben die Maschinen: des Gottes Anblick ist uns ungewohnt,
Und je mehr Menschen, desto mehr Gedanken: es gibt auch

Fortschritt und Wissenschaft, Traktoren, Revolutionen und
Marx, und noch mörderischere Kriege mit besserer Hygiene
Und Musik in jedem Heim: und obendrein Hoover.

Wünschen Milady, daß wirs schwarz auf weiß niederschreiben?
  Ruft sich Madame auch unsere Verantwortung in den Sinn?
Wir sind Huren, Fräulein: Dichter, Fräulein, sind Leute von dem

Bekannten Stand, die da den Truppen folgen: sie müssen zu Bett
Mit den Nachzüglern beider Fürsten und jeder Partei.
Nach den Spielregeln dürfen sie keiner Seite die Stange halten.

Auch ist es streng untersagt, sich in die Manöver zu mengen.
Wer dagegen verstößt, wird auf dem Marktplatz mit Lob aufgebläht –
In der Folge werden seine Knochen dann unter Zeitungspapier
  aufgefunden.

Da wir lieber mit den Söhnen leben als mit den Vätern sterben,
Zweifeln wir in aller Form daran, daß die Söhne
Weiterhin das alte Juchheißa-Geschrei erschallen lassen –

Denn wir hoffen, gnädige Frau, noch mit den Jüngsten zu schlafen.
Nur eine Handvoll Dinge gibt es, an denen ein Mann hängt
Von Generation zu Generation, hungrig oder

Brechend voll: eins davon ist die Erde: Leben
Das andere: Mr. J. P. Morgan gehört nicht dazu.

Nichts ist schlimmer für unser Metier als «in» zu sein.

He that goes naked goes further at last than another.
Wrap the bard in a flag or a school and they'll jimmy his
Door down and be thick in his bed – for a month:

(Who recalls the address now of the Imagists?)
But the naked man has always his own nakedness.
People remember forever his live limbs.

They may drive him out of the camps but one will take him.
They may stop his tongue on his teeth with a rope's argument –
He will lie in a house and be warm when they are shaking.

Besides, Tovarishch, how to embrace an army?
How to take to one's chamber a million souls?
How to conceive in the name of a column of marchers?

The things of the poet are done to a man alone
As the things of love are done – or of death when he hears the
Step withdraw on the stair and the clock tick only.

Neither his class nor his kind nor his trade may come near him
There where he lies on his left arm and will die,
Nor his class nor his kind nor his trade when the blood is jeering

And his knee's in the soft of the bed where his love lies.

I remind you, Barinya, the life of the poet is hard –
A hardy life with a boot as quick as a fiver:

Is it just to demand of us also to bear arms?

Denn wer da nackt ist, kommt schließlich weiter als andere. Wickle
Den Barden in eine Fahne oder in einen Ismus, dann werden sie
Seine Tür einrennen und wimmeln in seinem Bett – für einen Monat:

(Wer entsinnt sich heute der Anschrift der Imagisten?)
Aber der Nackte besitzt für und für die eigene Nacktheit
Und die Leute entsinnen sich immer seiner lebendigen Glieder.

Mögen sie ihn verjagen aus ihren Lagern, jemand nimmt ihn doch auf.
Mögen sie ihn mundtot machen mit Überredung des Strickes –
Er wird warm liegen unter einem Dach, wenn sie erschlottern.

Übrigens, Towarischtsch, wie umarmt man eine Armee?
Wie nimmt man eine Million Seelen in sein Kämmerlein auf?
Wie wird man schwanger im Namen der Marschkolonnen?

Die Dinge des Dichters geschehen dem Menschen allein
Wie die Dinge der Liebe geschehn oder des Sterbens, wenn
Die Schritte auf der Treppe verhallen und nur noch die Uhr tickt.

Dann dürfen ihm nahen nicht Stand noch Sippe noch Branche
Dort, wo er sterbend darniederliegt auf seinem linken Arm,
Keiner von denen, wenn sein Blut sich einen Ast lacht

Und sein Knie sich gräbt ins weiche Bett der Geliebten.

Denke, Barinja, daran, wie hart unser Dichterdasein –
Ein gewagtes Leben und Hinauswürfe fünfkant:

Kann man von uns da verlangen, Waffen zu tragen?

E. E. CUMMINGS

IN JUST-
spring   when the world is mud-
luscious the little
lame balloonman

whistles   far   and wee

and eddieandbill come
running from marbles and
piracies and it's
spring

when the world is puddle-wonderful

the queer
old balloonman whistles
far   and   wee
and bettyandisbel come dancing

from hop-scotch and jump-rope and

it's
spring
and
   the

      goat-footed

balloonMan   whistles
far
and
wee

E. E. Cummings

im Fast-
frühling   ist die welt schlamm-
selig und der kleine
lahme luftballonmann

flötet   weit   und winzig

und freddieundwill kommen
gerannt von schussern und
seeräuberei und es ist
frühling

und die welt ist pfützenherrlich

der sonderbare
alte luftballonmann flötet
weit   und   winzig
und bettyundlisbeth kommen getanzt

von springseil und himmelundhöllehüpfen und

es ist
frühling
und
  der

      bocksfüßige

luftballonMann   flötet
weit
und
winzig

O sweet spontaneous
earth how often have
the
doting

        fingers of
prurient philosophers pinched
and
poked

thee
,has the naughty thumb
of science prodded
thy

    beauty   . how
often have religions taken
thee upon their scraggy knees
squeezing and

buffeting thee that thou mightest conceive
gods
        (but
true

to the incomparable
couch of death thy
rhythmic
lover

        thou answerest

them only with

                        spring)

O SÜSSE eigensinnige
erde,wie oft haben
die
vernarrten

        finger
lüsterner philosophen dich gezwickt
und
gestupft

,hat
der freche daumen
der wissenschaft deine
schönheit

   betappt   . wie
oft nahmen religionen dich
auf ihre spitzen kniee
dich knutschend und

beutelnd, auf dass du götter
gebärest
          (doch du
treu

dem unvergleichlichen
beilager des todes
deines rhythmischen
liebsten

   du entgegnest ihnen

nur deinen

            frühling)

SHE BEING Brand

-new;and you
know consequently a
little stiff i was
careful of her and (having

thoroughly oiled the universal
joint tested my gas felt of
her radiator made sure her springs were O.

K.) i went right to it flooded-the-carburetor cranked her

up,slipped the
clutch (and then somehow got into reverse she
kicked what
the hell) next
minute i was back in neutral tried and

again slo-wly; bare ,ly nudg.   ing (my

lev-er Right-
oh and her gears being in
A 1 shape passed
from low through
second-in-to-high like
greasedlightning) just as we turned the corner of Divinity

avenue i touched the accelerator and give

her the juice, good

(it
was the first ride and believe i we was
happy to see how nice she acted right up to
the last minute coming back down by the Public
Gardens i slammed on

WEIL SIE Nagel

-neu war;und wisst
ihr darum noch ein wenig
sperrig,war ich
sachte mit ihr (hatt erst

mal gründlich das universal
-gelenk geschmiert den sprit gecheckt
ihren kühler befühlt und ob die federung O.

K.) legte dann richtig los flutete den vergaser warf sie

an,ließ die
kupplung kommen (geriet dann irgendwie in rückwärts sie
bockte wie
besessen) schon
war ich wieder im leerlauf und

nochmal lan-gsam;kaum an,schubs.   end(meinen

schaltheb-el Recht
so und ihr getriebe das ja
auf 1A getrimmt war schaltete
vom ersten zum
zweiten-zum-dritten wie'n
geölterblitz) grad als wir ecke Divinity

chaussee einbogen gab ich saft drauf und

drückte auf die tube,feste

                                        (es
war die jungfernfahrt und glaubt mir ich wir warn
froh zu sehn wie gut sie mithielt die ganze
zeit über bis wir zurückfuhren am Stadt
-park entlang da zog ich

the
internalexpanding
&
externalcontracting
brakes Bothatonce and

brought allofher tremB
-ling
 to a:dead.

stand-
;Still)

«NEXT TO OF COURSE GOD america i
love you land of the pilgrims and so forth oh
say can you see by the dawn's early my
country 'tis of centuries come and go
and are no more what of it we should worry
in every language even deafanddumb
thy sons acclaim your glorious name by gorry
by jingo by gee by gosh by gum
why talk of beauty what could be more beaut-
iful than these heroic happy dead
who rushed like lions to the roaring slaughter
they did not stop to think they died instead
then shall the voice of liberty be mute?»

He spoke. And drank rapidly a glass of water

COME, GAZE WITH ME upon this dome
of many coloured glass, and see
his mother's pride, his father's joy,
unto whom duty whispers low

«thou must!» and who replies «I can!»
– yon clean upstanding well dressed boy

die
innenbacken
&
außenbacken
bremsen Beideaufeinmal und

brachte sie ganzundgar beB
-end
zum: stock.

Still-
;stand)

«NACH GOTT NATÜRLICH liebe ich dich
amerika du land der pilgerväter undsoweiter oh
sag kannst du nicht sehn wie morgendlich
in meinem land jahrhunderte nur so
kommen-und-gehen na und was scheren wir uns drum
in jeder sprache auch in der taubstummen
verkünden deine söhne laut dein heldentum
himmelarschundzwirn verstummen
muß das gequassel von der schönheit was könnte schö-
ner sein als unsre tapfren seligen toten die
wie löwen zum gemetzel rannten munter
nicht stoppten um zu denken lieber starben sie
soll nun der freiheit stimme nicht mehr tönen?»

Sprachs. Und kippte ein glas wasser runter

KOMM, SCHAU MIT MIR auf diesen dom
von mehrfarbigem glas und sieh
der mutter stolz, des vaters freud,
den seine pflicht inständig ruft

«du sollst!» und er darauf «ich kann!»
– so sauber gradheraus gepflegt

that with his peers full oft hath quaffed
the wine of life and found it sweet –

a tear within his stern blue eye,
upon his firm white lips a smile,
one thought alone: to do or die
for God for country and for Yale

above his blond determined head
the sacred flag of truth unfurled,
in the bright heyday of his youth
the upper class American

unsullied stands, before the world:
with manly head and conscience free,
upon the front steps of her home
by the high minded pure young girl

much kissed, by loving relatives
well fed,and fully photographed
the son of man goes forth to war
with trumpets clap and syphilis

What if a much of a which of a wind
gives the truth to summer's lie;
bloodies with dizzying leaves the sun
and yanks immortal stars awry?
Blow king to beggar and queen to seem
(blow friend to fiend: blow space to time)
– when skies are hanged and oceans drowned,
the single secret will still be man

what if a keen of a lean wind flays
screaming hills with sleet and snow:
strangles valleys by ropes of thing
and stifles forests in white ago?
Blow hope to terror; blow seeing to blind

der unter gleichgestellten oft
des lebens süßen kelch geleert –

die träne im stahlblauen aug
ein lächeln auf dem harten mund
nur ein gedanke: sterben für
Gott Alma mater vaterland

der wahrheit heilges banner weht
ob semmelblondem heldenhaupt
in seiner besten jahre saft
der college boy aus gutem stall

steht tadellos vor aller welt:
ein ganzer kerl, doch herzensrein,
von unverdorbnem college girl
oft abgeküsst im hauseingang

von der verwandtschaft oft geknipst
in ganz-figur und wohl genährt
so zieht der menschensohn zum krieg
mit donnerhall und syphilis

Wie, wenn ne Wucht von nem was von nem wind
den lug des sommers wahrheit straft
verhängt die sonne mit flirrendem laub
und sterne aus ihren bahnen rafft?
Bläst fürst zu bettler,fürstin zu schein
(bläst freund zu feind,bläst raum zu zeit)
– sind himmel erhenkt und meere ersäuft,
wird der mensch noch immer das rätsel sein

wie,wenn ein weh von nem schloh-wind fegt
heulende hügel mit schlossen und schnee
abwürgt die täler im dinglichen garn,
erstickt den tann im weißen eh?
Bläst hoffen zu grauen,bläst sehen zu blind

(blow pity to envy and soul to mind)
– whose hearts are mountains, roots are trees,
it's they shall cry hello to the spring

what if a dawn of a doom of a dream
bites this universe in two,
peels forever out of his grave
and sprinkles nowhere with me and you?
Blow soon to never and never to twice
(blow life to isn't: blow death to was)
– all nothing's only our hugest home;
the most who die, the more we live

when serpents bargain for the right to squirm
and the sun strikes to gain a living wage –
when thorns regard their roses with alarm
and rainbows are insured against old age

when every thrush may sing no new moon in
if all screech-owls have not okayed his voice
– and any wave signs on the dotted line
or else an ocean is compelled to close

when the oak begs permission of the birch
to make an acorn – valleys accuse their
mountains of having altitude – and march
denounces april as a saboteur

then we'll believe in that incredible
unanimal mankind (and not until)

Why must itself up every of a park
anus stick some quote statue unquote to
prove that a hero equals any jerk
who was afraid to dare to answer «no»?

(bläst mitleid zu neid und seele zu geist)
– wes herz das gebirg, wes wurzeln ein baum,
wird den lenz begrüßen je und je

wie, wenn ein graun von nem trug von nem traum
dies weltall in zwei teile spellt,
schält immerdar aus seinem sarg,
sprengt nirgendwo mit mir und dir?
Bläst bald zu nie, bläst nie zu paar
(bläst leben zu ist-nicht und tod zu war)
– im riesen-nichts sind wir daheim;
was meistzahl stirbt, das leben wir

WENN SCHLANGEN feilschen um das recht zu schlängeln
die sonne streikt für einen mindestlohn –
wenn mit erschrecken seine rose sieht der dorn
und regenbogen sich nach altersrenten drängeln

wenn jede drossel keinen neumond grüßt
eh alle uhus für ihr lied gestimmt
– wenn jede welle zeichnet ihren namenszug
widrigenfalls ein weltmeer schließen müßt

wenn die eiche von der birke das recht erfragt
eckern zu zeugen – täler ihr
bergmassiv der höhe zeihn – und märz
april als saboteur verklagt

dann wird auch glaubhaft uns dies ausgemacht
unlebewesen mensch (ansonsten nicht)

WAS MUSS ES SICH DURCHAUS auf jedem park
podex ein (sprich) denkmal setzen aus stein
um darzutun, daß heldentum gleich quark
und nichts als bammel vor der antwort «nein»?

quote citizens unquote might otherwise
forget (to err is human; to forgive
divine) that if the quote state unquote says
«kill» killing is an act of christian love.

«Nothing» in 1944 AD

«can stand against the argument of mil
itary necessity» (generalissimo e)
and echo answers «there is no appeal

from reason» (freud) – you pays your money and
you doesn't take your choice. Ain't freedom grand

```
  R–P–O–P–H–E–S–S–A–G–R
      who
a)s w(e loo)k
upnowgath
        PPEGORHRASS
                  eringint (o-
aThe) :l
     eA
       !p:
S                                 a
          (r
rIvInG              .gRrEaPsPhOs)
                                  to
rea (be) rran (com) gi (e) ngly
,grasshopper;
```

(sprich) bürger könntens sonst vergessen, wenn
der (sprich) staat (irren ist menschlich, verzeihn
göttlich) befiehlt: «töte», daß töten dann
ein akt der nächstenliebe hat zu sein.

«Nichts» in '44 anno domini

«hält stand vorm argument
der waffen» (generalissimo e)
fällt echo ein: «es gibt keinen dispens

von der vernunft» (freud) – da zahlst du ein
hast aber keine wahl. Ist freiheit fein

R-Ü-P-F-E-S-A-G-H-R
der
wi) e wi(r hinseh)n
sichjetztauf
PFEGÜRHRAS
bäumt
zum T:er
hU
!pf:
T und
(s
eTzT .gRraPfeHüs)
auf
sich wie (an) der (ord) zum (nend)
,grashüpfer;

Muriel Rukeyser

Effort at Speech Between Two People

:Speak to me.   Take my hand.   What are you now?
I will tell you all.   I will conceal nothing.
When I was three, a little child read a story about a rabbit
who died, in the story, and I crawled under a chair   :
a pink rabbit   :   it was my birthday, and a candle
burnt a sore spot on my finger, and I was told to be happy.

:Oh, grow to know me.   I am not happy.   I will be open:
Now I am thinking of white sails against a sky like music,
like glad horns blowing, and birds tilting, and an arm
        about me.
There was one I loved, who wanted to live, sailing.

:Speak to me.   Take my hand.   What are you now?
When I was nine, I was fruitily sentimental,
fluid   :   and my widowed aunt played Chopin,
and I bent my head on the painted woodwork, and wept.
I want now to be close to you.   I would
link the minutes of my days close, somehow, to your days.

:I am not happy.   I will be open.
I have liked lamps in evening corners, and quiet poems.
There has been fear in my life.   Sometimes I speculate
On what a tragedy his life was, really.

:Take my hand.   Fist my mind in your hand.   What are you now?
When I was fourteen, I had dreams of suicide,
and I stood at a steep window, at sunset, hoping toward death   :

Muriel Rukeyser

Zwei Menschen versuchen miteinander zu reden

:Sprich zu mir.   Nimm meine Hand.   Was bist du eigentlich?
Ich will dir alles sagen.   Nichts verheimlichen.
Als ich drei war, las ein kleines Kind die Geschichte eines Häschens
Das starb, in der Geschichte, und ich kroch unter den Stuhl   :
Ein rosiges Häschen   :   ich hatte Geburtstag, und eine Kerze
Sengte mir den Finger, und sie sagten, ich soll doch glücklich sein.

:Oh, lerne mich kennen. Ich bin nicht glücklich. Ich will ehrlich sein:
Jetzt denke ich an weiße Segel vor einem Himmel wie Musik,
Wie seliger Hörnerklang und Vogelstimmen, und einen Arm
um meine Schulter
Ich hab einen geliebt den das Leben lockte: die Seefahrt.

:Sprich zu mir.   Nimm meine Hand.   Was bist du eigentlich?
Als ich neun war, schwelgte ich in Empfindsamkeit,
Ich zerfloß   :   und meine verwitwete Tante spielte Chopin
Und ich neigte den Kopf auf das gemalte Holz und schluchzte.
Ich möchte dir jetzt nah sein.   Ich möchte
Die Minuten meiner Tage an deine knüpfen, gleichsam.

:Ich bin nicht glücklich.   Ich will ehrlich sein.
Ich liebte Lampenschein in Dämmerecken, und stille Gedichte.
Es gab Angst in meinem Leben.   Ich grüble manchmal nach,
Welch eine Tragödie sein Leben war, wahrhaftig.

:Nimm meine Hand.   Faß meinen Sinn fest an.   Was bist
du eigentlich?
Als ich vierzehn war, hatte ich Selbstmordträume, und stand
Schwindelnd am Fenster, bei Sonnenuntergang, voll Todessehnsucht:

if the light had not melted clouds and plains to beauty,
if light had not transformed that day, I would have leapt.
I am unhappy.   I am lonely.   Speak to me.

:I will be open.   I think he never loved me:
he loved the bright beaches, the little lips of foam
that ride small waves, he loved the veer of gulls:
he said with a gay mouth: I love you.   Grow to know me.

:What are you now?   If we could touch one another,
if these our separate entities could come to grips,
clenched like a Chinese puzzle . . . yesterday
I stood in a crowded street that was live with people,
and no one spoke a word, and the morning shone.
Everyone silent, moving. . . . Take my hand.   Speak to me.

Wenn das Licht nicht Wolken und Ebenen in Schönheit
    zerschmolzen, wenn das Licht sich
Damals nicht verwandelt hätte, ich wäre gesprungen.
Ich bin unglücklich.   Ich bin einsam.   Sprich zu mir.

:Ich will ehrlich sein.   Ich glaub er hat mich nie geliebt.
Er liebte die leuchtenden Küsten, die kleinen Schaumkronen
Die auf den Wellen ritten, er liebte die Möwen im Sturzflug:
Er sagte lachend: Ich liebe dich.   Lerne mich kennen.

:Was bist du eigentlich?   Wenn wir einander berühren,
Wenn unsre so einsamen Wege ineinandergreifen könnten
Verschränkt wie ein Legespiel für Kinder . . . Gestern
Stand ich in einer belebten Straße voller Menschen
Und keiner sprach ein Wort, und der Morgen schien.
Alle hasteten stumm. . . . Nimm meine Hand.   Sprich zu mir.

James Weldon Johnson

The Creation

And God stepped out on space,
And He looked around and said:
I'm lonely –
I'll make me a world.

And far as the eye of God could see
Darkness covered everything,
Blacker than a hundred midnights
Down in a cypress swamp.

Then God smiled,
And the light broke,
And the darkness rolled up on one side,
And the light stood shining on the other.
And God said: That's good!

Then God reached out and took the light in His hands,
And God rolled the light around in His hands
Until He made the sun;
And He set that sun a-blazing in the heavens.
And the light that was left from making the sun
God gathered up in a shining ball
And flung against the darkness,
Spangling the night with the moon and stars.
Then down between
The darkness and the light
He hurled the world;
And God said: That's good!

Then God himself stepped down –
And the sun was on His right hand.
And the moon was on His left;
The stars were clustered about His head,

James Weldon Johnson

Die Schöpfung

Und Gott trat heraus in den Raum
Und er schaute sich um und sagte:
Ich bin alleine –
Ich mache mir eine Welt.

Und so weit Gottes Auge sah
Bedeckte Dunkelheit einfach alles,
Schwärzer als hundert Mitternächte
Drunten im Zypressensumpf.

Da lächelte Gott
Und das Licht brach an,
Und das Dunkel rollte sich zur einen Seite auf,
Und das Licht stand leuchtend auf der anderen,
Und Gott sagte: Gut so!

Dann langte Gott zu und nahm das Licht in die Hände
Und Gott rollte das Licht in seinen Händen herum
Bis er die Sonne hatte,
Und er setzte diese Sonne lohend ans Himmelszelt.
Und das Licht, das vom Sonnenmachen übrig war,
Formte Gott zu einem leuchtenden Ball
Und schleuderte ihn gegen die Dunkelheit,
Befunkelte so die Nacht mit Mond und Sternen.
Dann mittenhinein
Zwischen Licht und Dunkelheit
Schleuderte er die Erde.
Und Gott sagte: Gut so!

Dann trat Gott selbselbst herab –
Und die Sonne stand zu seiner Rechten,
Und der Mond stand zu seiner Linken,
Die Sterne waren um sein Haupt geschart

And the earth was under His feet.
And God walked, and where He trod
His footsteps hollowed the valleys out
And bulged the mountains up.

Then He stopped and looked and saw
That the earth was hot and barren.
So God stepped over to the edge of the world
And He spat out the seven seas;
He batted His eyes, and the lightnings flashed;
He clapped His hands, and the thunders rolled;
And the waters above the earth came down,
The cooling waters came down.

Then the green grass sprouted,
And the little red flowers blossomed,
The pine tree pointed his finger to the sky,
And the oak spread out his arms;
The lakes cuddled down in the hollows of the ground.
And the rivers ran down to the sea;
And God smiled again,
And the rainbow appeared,
And curled itself around His shoulder.

Then God raised His arm and He waved His hand
Over the sea and over the land,
And He said: Bring forth! Bring forth!
And quicker than God could drop His hand,
Fishes and fowls
And beasts and birds
Swam the rivers and the seas,
Roamed the forests and the woods,
And split the air with their wings.
And God said: That's good!

Then God walked around,
And God looked around
On all that He had made.

Und das Erdreich war unter seinen Füßen.
Und Gott schritt fürbaß und wo er hintrat,
Höhlten seine Fußstapfen die Täler aus
Und wölbten die Berge auf.

Dann hielt er an, blickte sich um und sah,
Daß die Erde heiß und unfruchtbar war.
Also trat Gott über den Rand der Welt
Und spie die sieben Meere aus;
Er blinzelte und Blitze zuckten;
Er klatschte in die Hände und die Donner grollten;
Und die Wasser über der Erde kamen herab,
Die kühlen Wasser kamen herab.

Da sproßte das grüne Gras
Und die roten Blümchen erblühten,
Die Tanne wies mit ihrem Finger zum Himmel
Und die Eiche spreitete ihre Arme;
Die Seen kuschelten sich in die Bodenmulden
Und die Flüsse rannen hinab zum Meer,
Und Gott lächelte wieder,
Da erschien der Regenbogen
Und legte sich um seine Schultern.

Dann hob Gott den Arm und winkte mit der Hand
Über das Meer und über das Land
Und er sagte: Mehrt euch! Mehrt euch!
Und noch eh er die Hand herunternehmen kann,
Hechten Fisch und Federvieh,
Tiere und Vögel
Über Flüsse und Meere,
Streichen durch Wald und Forst
Und zerteilen mit Flügeln die Luft.
Und Gott sagte: Gut so!

Dann ging Gott umher,
Und Gott sah sich um
Bei alldem, was er gemacht.

He looked at His sun,
And he looked at His moon,
And he looked at His little stars;
He looked on His world
With all its living things,
And God said: I'm lonely still.

Then God sat down
On the side of a hill where He could think;
By a deep, wide river He sat down;
With His head in His hands,
God thought and thought,
Till He thought: I'll make me a man!

Up from the bed of the river
God scooped the clay;
And by the bank of the river
He kneeled Him down;
And there the great God Almighty
Who lit the sun and fixed it in the sky,
Who flung the stars to the most far corner of the night,
Who rounded the earth in the middle of His hand,
This Great God,
Like a mammy bending over her baby,
Kneeled down in the dust
Toiling over a lump of clay
Till He shaped it in His own image;
Then into it He blew the breath of life,
And man became a living soul.
Amen. Amen.

Er sah sich seine Sonne an
Und er sah sich seinen Mond an,
Und er sah sich seine kleinen Sterne an,
Er sah sich seine Welt an
Mit all ihren Lebewesen,
Und Gott sagte: Ich bin noch alleine!

Da setzte Gott sich nieder
An den Hügelhang, wo er nachdenken konnte;
An einem tiefen breiten Strom setzte er sich nieder
Und stützte den Kopf in die Hände.
Gott dachte und dachte
Bis er darauf kam: Ich mach mir einen Menschen!

Aus dem Flußbett
Schöpfte Gott den Lehm;
Und am Ufer des Flusses
Kniete er sich hin,
Und der große allmächtige Gott,
Der die Sonne angezündet und sie an den Himmel geheftet,
Der die Sterne bis in den fernsten Winkel der Nacht geworfen,
Der die Erde in seiner Handkuppe geknetet,
Dieser große Gott
Kniete sich in den Staub
Wie eine Mammi sich über ihr Baby neigt,
Und plackte sich ab mit einem Klumpen Lehm
Bis er ihn gebildet hatte nach seinem Bild.
Dann blies er ihm den Atem des Lebens ein,
Und der Mensch wurde zur lebendigen Seele.
Amen. Amen.

Claude McKay

If We Must Die

If we must die, let it not be like hogs
Hunted and penned in an inglorious spot,
While round us bark the mad and hungry dogs,
Making their mock at our accursèd lot.
If we must die, O let us nobly die,
So that our precious blood may not be shed
In vain; then even the monsters we defy
Shall be constrained to honor us though dead!
O kinsmen! we must meet the common foe!
Though far outnumbered let us show us brave,
And for their thousand blows deal one deathblow!
What though before us lies the open grave?
Like men we'll face the murderous, cowardly pack,
Pressed to the wall, dying, but fighting back!

America

Although she feeds me bread of bitterness,
And sinks into my throat her tiger's tooth,
Stealing my breath of life, I will confess
I love this cultured hell that tests my youth!
Her vigor flows like tides into my blood,
Giving me strength erect against her hate.
Her bigness sweeps my being like a flood.
Yet as a rebel fronts a king in state,
I stand within her walls with not a shred
Of terror, malice, not a word of jeer.
Darkly I gaze into the days ahead,
And see her might and granite wonders there,
Beneath the touch of Time's unerring hand,
Like priceless treasures sinking in the sand.

Claude McKay

Wenn wir denn sterben müssen

Wenn wir denn sterben müssen, nicht gleich Schweinen,
Gehetzt, gestellt zu unrühmlichem Tod,
Umbellt von irrer Meute, die gemeinen
Hungrigen Spottes voll schmäht unsre Not.
Wenn wir denn sterben, wolln wir würdig gehn,
Es fließe nicht umsonst köstliches Blut.
Das Ungeheuer, dem wir widerstehn,
Soll ehren noch der Toten letzten Mut.
Brüder! Der Feind ist da und immer gleich,
Und wenn wir auch durch Überzahl besiegt:
Für tausend Schläge einen Todesstreich!
Wenn auch das Grab vor uns schon offen liegt . . .
Wie Männer trotzt dem feigen Mörderpack,
Den Rücken an der Wand, sterbend. Doch Schlag um Schlag!

Amerika

Reicht sie mir auch das Brot der Bitterkeit,
Schlägt in mich tigergleich der Zähne Wucht,
Raubt mir den Atem – ich bekenn es weit:
Ich lieb die Hölle, die mich sehr versucht!
Denn ihre Kraft strömt meerhaft mir ins Blut,
Stählt gegen ihren Haß mich, ihren Hohn,
Sie überkommt mich groß wie eine Flut.
Doch dem Rebellen gleich vor Königsthron
Steh ich in ihren Mauern ängstelos,
Kein Wort des Spottes kommt aus meinem Mund.
Ich blicke dunkel in der Zukunft Schoß,
Schau ihre Macht und ihre Wunder und
Wie vor der Zeiten irrtumsloser Hand
Sie spät versinken unschätzbar im Sand.

Jean Toomer

Portrait in Georgia

Hair – braided chestnut,
   coiled like a lyncher's rope,
Eyes – fagots,
Lips – old scars, or the first red blisters,
Breath – the last sweet scent of cane,
And her slim body, white as the ash
   of black flesh after flame.

Her Lips Are Copper Wire

whisper of yellow globes
gleaming on lamp-posts that sway
like bootleg licker drinkers in the fog

and let your breath be moist against me
like bright beads on yellow globes

telephone the power-house
that the main wires are insulate

(her words play softly up and down
dewy corridors of billboards)

then with your tongue remove the tape
and press your lips to mine
till they are incandescent

Jean Toomer

Porträt in Georgia

Haare – Kastanienflechtwerk,
   verschlungen wie ein Lynchstrick,
Augen – Lunten,
Lippen – alte Narben oder angehende rote Blasen,
Atem – der letzte süße Ruch des Zuckerrohrs,
Und ihr schlanker Leib, weiß wie die Asche
   von schwarzem Fleisch nachdem es Feuer fing.

Ihre Lippen sind Kupferdraht

Wispern von gelben Lampenglocken,
flimmernd auf Lichtmasten, die schwanken
wie Wermutbrüder im Schumm

laß deinen Atem mich beschlagen
wie Glitzerperlen auf gelben Lampenglocken

melde dem E-Werk am Telefon,
daß die Stromleiter nicht leiten

(ihre Worte spielen in sachten Wellen auf und ab
über die tauigen Gänge der Lichttafeln)

dann mit der Zunge entfern das Isolierband
und presse deine Lippen auf die meinen
bis sie weiß glühn.

Charles Henri Ford

Plaint
Before a Mob of 10,000 at Owensboro, Kentucky

I, Rainey Betha, 22,
from the top-branch of race-hatred look at you.
My limbs are bound, though boundless the bright sun
like my bright blood which had to run
into the orchard that excluded me:
now I climb death's tree.

The pruning hooks of many mouths
cut the black-leaved boughs.
The robins of my eyes hover where
sixteen leaves fall that were a prayer:
sixteen mouths are open wide;
the minutes like black cherries
drop from my shady side.

Oh, who is the forester must tend such a tree, Lord?
Do angels pick the cherry-blood of folk like me, Lord?

One day, one day

One day, one day
calls the other days away.

Not as the dog of morning
trees the cat of afternoon;

but as watching time in a well
sink with its arms around the moon;

One moon, one face,
to other suns and jaws give place.

Charles Henri Ford

Klage
Vor einem Mob von 10 000 in Owensboro, Kentucky

Ich, Rainey Betha, 22,
vom höchsten Ast des Rassenhasses blick euch an.
Gebunden meine Glieder, wo ungebunden die helle Sonne strömt,
so wie mein helles Blut, das strömen mußte
in den Obstgarten, aus dem man mich verwies:
jetzt steig ich auf den Todesbaum.

Die Gartenhippen vieler Münder
beschneiden mir die schwarzbelaubten Äste.
Die Wanderdrosseln meiner Augen schwirren,
wo sechzehn Blätter fallen, ehmals ein Gebet:
und sechzehn Münder tun sich auf;
Minuten fallen ab wie schwarze Kirschen,
aus meiner Schattenseite fallen sie.

Ach, welcher Förster hegt so einen Baum, Herr?
Und was für Engel pflücken Kirschenblut von meinesgleichen, Herr?

Ein Tag, ein Tag

Ein Tag, ein Tag
stellt alle andern Tag in Frag.

Nicht wie der Morgenhund
die Mittagskatz den Baum hinaufjagt,

sondern wie Zeit im Brunn versinkt
mit ihren Armen den Mond umschlingt;

ein Mond, eine Fratz,
macht andern Sonnen und Schlünden Platz.

William Waring Cuney

No Images

She does not know
her beauty,
she thinks her brown body
has no glory.

If she could dance
naked
under palm trees
and see her image in the river,
she would know.

But there are no palm trees
on the street,
and dish water gives back
no images.

Bessie Smith

Oh, Tennessee road,
late at night –
where do you die
if your face ain't white?

Carry me back

Carry me back to old Virginia.
 Magnolia blossoms fill the air.
Carry me back to old Virginia:
 the only way you'll get me there.

William Waring Cuney

Nicht im Bilde

Sie weiß nichts
von ihrer Schönheit,
sie meint ihr brauner Leib
wär ohne Reiz.

Könnte sie tanzen
nackt
unter Palmen
und ihr Bild sehn im Fluß,
wüßte sie's.

Doch es gibt keine Palmen
auf der Straße,
und Spülwasser
spiegelt kein Bild.

Bessie Smith

Auf der Fahrbahn in Tennessee
zu später Stunde unterm Strich –
bist du nicht weiß,
wo stirbt es sich?

Mit den Füßen voran

Tragt mich zurück ins traute Virginia.
  Magnolienblüten benehmen den Sinn.
Tragt mich zurück ins traute Virginia.
  Anders kriegt ihr mich nie dorthin.

Langston Hughes

Minstrel Man

Because my mouth
Is wide with laughter
And my throat
Is deep with song,
You do not think
I suffer after
I have held my pain
So long?

Because my mouth
Is wide with laughter
You do not hear
My inner cry?
Because my feet
Are gay with dancing
You do not know
I die?

Still Here

I've been scarred and battered.
My hopes the wind done scattered.
Snow has friz me, sun has baked me.
  Looks like between 'em
  They done tried to make me
Stop laughin', stop lovin', stop livin' –
  But I don't care!
  I'm still here!

Langston Hughes

Spielmann

Nur weil mein Mund
Beim Lachen breit ist
Und meine Kehle
Voll Gesang,
Meint ihr, daß ich
Gar nicht leide,
Da ich an mich hielt
Schon so lang?

Nur weil mein Mund
Beim Lachen breit ist,
Wollt ihr nicht hören
Den tiefen Schrei der Not?
Weil meine Füße
Flink zum Tanz sind,
Schert ihr euch nicht
Um meinen Tod?

Noch hier

Tät mich zerbläun und beuteln,
Meine Hoffnung ein Windstoß versprengen,
Schnee tät mich frieren, Sonne sengen –
  Als wärn sie hinterher,
  Es mir zu geben
Fürs Lachen, fürs Lieben, fürs Leben
  Was können die mir?
  Ich bin noch hier.

The Negro Speaks of Rivers

I've known rivers:
I've known rivers ancient as the world and older than the flow
of human blood in human veins.

My soul has grown deep like the rivers.

I bathed in the Euphrates when dawns were young.
I built my hut near the Congo and it lulled me to sleep.
I looked upon the Nile and raised the pyramids above it.
I heard the singing of the Mississippi when Abe Lincoln went
down to New Orleans, and I've seen its muddy bosom
turn all golden in the sunset.

I've known rivers:
Ancient, dusky rivers.

My soul has grown deep like the rivers.

When Sue Wears Red

When Susanna Jones wears red
Her face is like an ancient cameo
Turned brown by the ages.

Come with a blast of trumpets, Jesus!

When Susanna Jones wears red
A queen from some time-dead Egyptian night
Walks once again.

Blow trumpets, Jesus!

And the beauty of Susanna Jones in red
Burns in my heart a love-fire sharp like pain.

Sweet silver trumpets, Jesus!

Der Neger spricht von Strömen

Ich kannte Ströme:
Ich kannte Ströme, uralt wie die Welt und älter als das Blut in Menschenadern.

Meine Seele ward tief wie die Ströme.

Ich badete im Euphrat in der Dämmerung der Zeiten. Ich baute
Meine Hütte am Ufer des Kongo, der mich einlullte.
Ich blickte auf den Nil, baute über ihm die Pyramiden.
Ich hörte den Mississippi singen als Abraham Lincoln nach New-Orleans zog, und sah den schlammigen Schoß des Stroms sich vergolden im Abendrot.

Ich kannte Ströme:
Uralte, schwarze Ströme.

Meine Seele ward tief wie die Ströme.

Für Sue in Rot

Geht Susanna Jones in Rot,
Glüht ihr Gesicht wie eine frühe Gemme –
Ganz braun vor Alter.

Komm mit Trompetenschall, Herr Jesus!

Geht Susanna Jones in Rot,
Schreitet noch einmal durch die Nacht am Nil
Die Pharaonin.

Tönt ihr Trompeten, Herr Jesus!

Die Hoheit der Susanna Jones in rot
Fährt mir ins Herz mit scharfer Liebespein.

Mit süßem Silberschall, Herr Jesus!

Trumpet Player: 52nd Street

The Negro
With the trumpet at his lips
Has dark moons of weariness
Beneath his eyes
Where the smouldering memory
Of slave ships
Blazed to the crack of whips
About his thighs.

The Negro
With the trumpet at his lips
Has a head of vibrant hair
Tamed down,
Patent-leathered now
Until it gleams
Like jet –
Were jet a crown.

The music
From the trumpet at his lips
Is honey
Mixed with liquid fire,
The rhythm
From the trumpet at his lips
Is ecstasy
Distilled from old desire –

Desire
That is longing for the moon
Where the moonlight's but a spotlight
In his eyes,
Desire
That is longing for the sea
Where the sea's a bar-glass
Sucker size.

Trompeter: 52. Straße

Dem Neger
Mit der Trompete am Mund
Stehn müde Monde
Unter den Augen
Wo die Erinnerung schwelt
An Sklavenschiffe
Und loht beim Peitschenknall
Um seine Lenden.

Dem Neger
Mit der Trompete am Mund
Steht das Haar
Knisternd auf dem Kopf,
Gebändigt,
Gelackt bis es gleißt
Wie Jet
Wär Jet eine Krone.

Die Musik
Aus der Trompete am Mund
Ist Honig
Und flüssiges Feuer,
Der Rhythmus
Aus der Trompete am Mund
Ist Ekstase,
Der Sud uralter Begier –

Begier,
Sehnsucht nach dem Mond,
Wo der Mond nur ein Spotlight ist
In seinen Augen –
Begier
Sehnsucht nach dem Meer,
Wo das Meer nur ein Barglas ist,
Ein Mogelmaß.

The Negro
With the trumpet at his lips
Whose jacket
Has a *fine* one-button roll,
Does not know
Upon what riff the music slips
Its hypodermic needle
To his soul –

But softly
As the tune comes from his throat
Trouble
Mellows to a golden note.

Lady's Boogie

See that lady
Dressed so fine?
She ain't got boogie-woogie
On her mind –

But if she was to listen
I bet she'd hear,
Way up in the treble
The tingle of a tear.

Be-Bach!

Der Neger
Mit der Trompete am Mund
Im Jackett
Mit fein gerollten Revers
Weiß nicht,
Auf welchem Riff ihm die Musik
Ihre Kanüle
In die Seele sticht –

Doch sachte
Wie Musik aus seiner Kehle quillt
Gerät sein Kummer ihm
Zu goldener Weise.

Boogie für die Dame

Seht mal die Dame
So todschick –
Nicht Boogie-woogie
Macht die verrückt –

Tät sie die Ohren auf
Könnt sie es hören:
Hoch im Diskant
Ein Tränen-zirren.

Be-Bach!

Easy Boogie

Down in the bass
That steady beat
Walking walking walking
Like marching feet.

Down in the bass
That easy roll.
Rolling like I like it
In my soul.

Riffs, smears, breaks.

Hey, Lawdy, Mama!
Do you hear what I said?
Easy like I rock it
In my bed!

Nightmare Boogie

I had a dream
and I could see
a million faces
black as me!
A nightmare dream:
Quicker than light
All them faces
Turned dead white!
Boogie-woogie,
Rolling bass,
Whirling treble
of cat-gut lace.

Boogie mit Schwung

Drunten im Baß
Der geschlossene Takt,
Der unablässig
Weiterzockt.

Drunten im Baß
Der Wirbel, beschwingt,
Haut hin wie's die Seele
Auf Touren bringt.

Riffe, Schleifer, Fill-ins.

Olala, Mamma,
Hörst du, was ich tät?
Fuhrwerken mit Schwung
In meinem Bett!

Alptraum-Boogie

In einem Traum
Sah ich mit eins
Tausend Gesichter
Schwarz wie meins.
Ein schlechter Traum:
Mich durchfuhrs heiß
Denn alle wurden
Jäh kalkweiß!
Boogie-woogie,
Bullernder Lärm,
Jagende Triller
Auf Katzengedärm.

Fired

Awake all night with loving
The bright day caught me
Unawares – asleep.

«Late to work again,»
The boss man said.
«You're fired!»

So I went on back to bed –
And dreamed the sweetest dream
With Caledonia's arm
Beneath my head.

Harlem

What happens to a dream deferred?

Does it dry up
like a raisin in the sun?
Or fester like a sore –
And then run?
Does it stink like rotten meat?
Or crust and sugar over –
like a syrupy sweet?
Maybe it just sags
like a heavy load.

Or does it explode?

Fristlos

Die Nacht durch wach mit Lieben
Kriegt mich der Tag
Am Wickel – wie ich schlaf.

«Immer zu spät zur Arbeit»,
Sagte mir der Boss.
«Jetzt fliegen Sie!»

Geh wieder in mein Heia –
Und träum den süßesten Traum
Mit dem Arm von Caledonia
Unter dem müden Haupt.

Harlem

Was wird aus dem vertagten Traum?

Schrumpelt er ein
wie Weinbeeren in Sonnenglast?
Ob er wie eine Wunde
schwärt und näßt?
Stinkt er wie fauliges Fleisch?
Oder verharscht er und setzt Zucker an –
wie ein Lutschbonbon?
Vielleicht hängt er bloß durch
wie schwere Fracht?

Ob er mal losgeht und kracht?

Sport

Life
For him
Is the
Shivering of
A great drum
Beaten with swift sticks
Then at the closing hour
The lights go out
And there is no music at all
And death becomes
An empty cabaret
And eternity an unblown saxophone
And yesterday
A glass of gin
Drunk long
Ago.

Me and My Song

Black
As the gentle night,
Black
As the kind and quiet night,
Black
As the deep and productive earth,
Body
Out of Africa.
Strong and black
As iron
First smelted in
Africa.
Song
Out of Africa,
Deep and mellow song,
Rich
As the black earth,

Stenz

Leben
Für ihn
Ist ein
Trommel-Solo,
Ein Kalbfell, das schüttert
Im Klöppelsturm.
Dann bei Lokalschluß
Gehn die Lichter aus
Und die Musik hört völlig auf,
Der Tod wird ihm
Zur gottverlassenen Bar,
Die Ewigkeit zum ungeblasenen Saxophon,
Und Gestern war
Ein Glas mit Gin,
Schon lang gekippt
Und längst dahin.

Ich und mein Lied

Schwarz
Wie die sanfte Nacht,
Schwarz
Wie die linde leise Nacht,
Schwarz
Wie das tiefe tragende Erdreich,
Leib
Von Afrika her.
Stark und schwarz
Wie Eisenerz,
Erstmals ausgeglüht
In Afrika.
Lied
Von Afrika her,
Tiefes samtiges Lied,
Tragend
Wie das schwarze Erdreich,

Strong
As black iron,
Kind
As the black night,
My song
From the dark lips
Of Africa.

Deep
As the rich earth,
Beautiful
As the black night,
Strong
As the first iron,
Black
Out of Africa,
Me and my
Song.

Refugee in America

There are words like *Freedom*
Sweet and wonderful to say.
On my heart-strings freedom sings
All day everyday.

There are words like *Liberty*
That almost make me cry.
If you had know what I knew
You would know why.

Stark
Wie das schwarze Eisen,
Lind
Wie die schwarze Nacht,
Mein Lied
Auf den dunklen Lippen
Von Afrika.

Tief
Wie das tragende Erdreich,
Schön
Wie die schwarze Nacht,
Stark
Wie das erste Eisen,
Schwarz
Von Afrika her,
Ich und mein
Lied.

Asylant in Amerika

Worte gibt es wie *Freiheit*
Süß und wunderbar im Mund.
Freiheit singt in meinem Herzen
Jeden Tag und jede Stund.

Worte gibt es wie *Befreiung*
Die bringen mich fast um.
Wüßtest du, was ich erlebt hab,
Dann wüßtest du warum.

Melvin B. Tolson

From Libretto for the Republic of Liberia

TI

O Calendar of the Century,
red-letter the Republic's birth!
O Hallelujah,
oh, let no *Miserere*
venom the spinal cord of Afric earth!
Selah!

«Ecce homo!»
the blind men cowled in azure rant
before the Capitol,
between the Whale and Elephant,
where no longer stands Diogenes' hearse
readied for the ebony mendicant,
nor weeping widow Europe with her hands
making the multitudinous seas incarnadine
or earth's *matstsebeth* worse:
O Great White World, thou boy of tears, omega hounds
lap up the alpha laugh and *du-haut-en-bas* curse.
Selah!

O Africa, Mother of Science
. . . *lakhn mit yashtsherkess* . . .
What dread hand,
to make tripartite one august event,
sundered Gondwanaland?
What dread grasp crushed your biceps and
back upon the rack
chaos of chance and change
fouled in Malebolgean isolation?
What dread *elboga* shoved your soul
into the *tribulum* of retardation?

Melvin B. Tolson

Aus Libretto für die Republik Liberia

TI

O Kalender des Jahrhunderts,
merk rot an die Geburt der Republik!
O Halleluja,
daß ach kein *Miserere* versifft
den Rückenstrang der Erde Afrikas mit Gift!
Sela!

«Ecce homo!»
die blinden Männer, himmelblau gekuttet, geifern
vorm Kapitol,
zwischen Wal und Elefant
wo des Diogenes Katafalk
nicht mehr harrt auf den dunkelhäutigen Bettelmann,
noch die weinende Wittib Europa, deren Hand
die Meereswassermassen fleischrosa gefärbt
oder der Erde *matstsebeth* ins Arg gewandt:
O Große Weiße Welt, Knabe der Tränen, Omega-Rüden
läppern die Alpha-Lache auf samt dem Fluch *du-haut-en-bas.*
Sela!

O Afrika, Mutter der Wissenschaften
. . . *lakhn mit jaschtshcherkess* . . .
Wes grause Hand
im titanischen Fall trieb den Keil
dreifältig durch Gondwanaland?
Wes grauser Griff zermalmt dir auf der Folterbank
Bizeps und Rückgrat,
Chaos von Willkür und Wende,
gefoult in übelbulgischer Isolation?
Wes grauser *elinbogo* stieß dir deine Seele
ins *tribulum* des Rückstands?

BEFORE HAMMER AND SICKLE or swastika, two
worlds existed: the Many, the Few.
They sat at Delos', at Vienna's, at Yalta's, ado:
Macbeth, without three rings, as host
to Banquo's ghost.
Selah!

Like some gray ghoul from Alcatraz,
old Profit, the bald rake *paseq,* wipes the bar,
polishes the goblet vanity,
leers at the tigress Avarice
as
she harlots roués from afar:
swallowtails unsaved by loincloths,
famed enterprises prophesying war,
hearts of rags (*Hanorish tharah sharinas*) souls of chalk,
laureates with sugary grace in zinc buckets of verse,
myths rattled by the blueprint's talk,
ists potted and pitted by a feast,
Red Ruin's skeleton horsemen, four abreast
. . . galloping . . .
Marx, the exalter, would not know his East
. . . galloping . . .
nor Christ, the Leveler, His West.
Selah!

O Age of Tartuffe
. . . a lighthouse with no light atop . . .
O Age, *pesiq,* O Age,
kinks internal and global stinks
fog the bitter black estates of Buzzard and Og.
A Dog, I'd rather be, o sage, a Monkey or a Hog.
O Peoples of the Brinks,
come with the hawk's resolve,
the skeptic's optic nerve, the prophet'd *tele* verve
and Oedipus' guess, to solve
the riddle of
the Red Enigma and the White Sphinx.
Selah!

Vor Hammer und Sichel, Hakenkreuz gab es das Gezerr
der beiden Welten: die Wenigen, die Vielen.
Sie waren zu Delos, Wien und Yalta angereist:
Macbeth, ohne die drei Ringe, als Hausherr
für Banquos Geist.
Sela!

Wie so ein grauer Ghul aus Alcatraz
wischt der glatzköpfige Wüstling Profit, *passek,* die Bar,
poliert den Pokal Eitelkeit,
ranzt nach der Tigerin Raffgier
wie sie
die Roués von weither aufreißt:
Schwalbenschwänze ungesühnt von Lendenschürzen,
ruhmreiche Unterfangen, die Kriege raufbeschwören,
Herzen aus Hadern (*Hanorish tharah sharinas*) Kreideseelen,
Laureaten von zuckeriger Zier, zinkkübelvoll mit Versen,
Mythen verballhornt im Blaupausen-Plausch,
Isten, gepökelt oder aufgespießt, zum Fest,
Roter Ruin, die skelettierten Reiter, vier im Verband,
. . . galoppierend . . .
Marx, der Erhöher, verkannte seinen Osten
. . . galoppierend . . .
wie Christus, der Gleichmacher, seinen Westen.
Sela!

O Zeitalter Tartuffes
. . . ein Leuchtturm ohne Blinkfeuer obenan . . .
O Zeit, *pessik,* O Zeit,
interner Spleen und globales Toxin
krümpen die galleschwarzen Welten von Buzzard und Og.
Dogge, o Weiser, möcht ich lieber sein, ein Affe oder Schwein.
O Völker bei Brinks,
Kommt mit dem Schneid des Habichts schlechterdings,
des Skeptikers Sehnerv, des Propheten *Tele*-Bravour
und Ödipus' Lösung, bezwingt
die Quadratur
des Roten Rätsels und der Weißen Sphinx.
Sela!

Richard Durham

Dawn Patrol

Night creeps over the city;
Streets spangle with kilowatt pearls,
Lights splatter over seas of shadows
Damming the flood of darkness.
Drunken night,
A hobo bowed over a bar of time,
Brooding over a black bottle of stars
Blinking like beer bubbles.
Soon comes the police patrol of dawn,
Night staggers slowly away,
And then the day.

Richard Durham

Morgenstreife

Nacht schiebt sich über die Stadt;
Straßen im Flitter der Kilowattperlen,
Lichter sprenkeln das Schattenmeer,
Stauen die Fluten des Dunkels zurück.
Bedudelte Nacht,
Ein Penner stützt sich auf den Tresen der Zeit,
Vertieft in die schwarze Flasche der Sterne,
Glitzernd wie Blasen im Bier.
Bald kommt die Polizeistreife des Morgens,
Nacht torkelt langsam davon
Und dann ist Tag.

Richard Wright

Between the World and Me

And one morning while in the woods I stumbled suddenly
upon the thing,
Stumbled upon it in a grassy clearing guarded by scaly oaks
and elms.
And the sooty details of the scene rose, thrusting themselves
between the world and me. . . .

There was a design of white bones slumbering forgottenly
upon a cushion of ashes.
There was a charred stump of a sapling pointing a blunt finger
accusingly at the sky.
There were torn tree limbs, tiny veins of burnt leaves, and a
scorched coil of greasy hemp;
A vacant shoe, an empty tie, a ripped shirt, a lonely hat, and a
pair of trousers stiff with black blood.
And upon the trampled grass were buttons, dead matches,
butt-ends of cigars and cigarettes, peanut shells, a drained
gin-flask, and a whore's lipstick;
Scattered traces of tar, restless arrays of feathers, and the
lingering smell of gasoline.
And through the morning air the sun poured yellow surprise
into the eye sockets of a stony skull. . . .
And while I stood my mind was frozen with a cold pity for
the life that was gone.
The ground gripped my feet and my heart was circled by
icy walls of fear –
The sun died in the sky; a night wind muttered in the grass
and fumbled the leaves in the trees: the woods poured forth the
hungry yelping of hounds; the darkness screamed with thirsty
voices; and the witnesses rose and lived:

Richard Wright

Zwischen mir und der Welt

Und eines morgens unterwegs in den Wäldern stieß ich auf
einmal darauf,
Stieß darauf in einer grasbewachsenen Lichtung, umstellt von
Ulmen und Eichen mit tiefrissiger Borke.
Und die rußige Szene erstand vor mir bis ins Kleinste und schob
sich zwischen mich und die Welt. ...

Da waren weiße Runen aus Knochen auf ein Polster von Asche
gebettet, verlassen von Gott und der Welt,
Da der verkohlte Strunk eines jungen Baums, dessen wüster Finger
anklagend in den Himmel wies.
Da abgerissene Äste, feinadrige Nerven verbrannter Blätter,
verkohlte Schlingen von einem schmierigen Tau;
Ein leerer Schuh, ein herrenloser Schlips, ein zerfetztes Hemd, ein
vereinzelter Hut und eine Hose starr von schwarzem Blut.
Auf zertrampeltem Gras waren da Knöpfe, abgebrannte Zündhöl-
zer, Zigarrenstummel, Zigarettenkippen, Erdnußschalen, eine
ausgepichelte Flasche Gin und der Lippenstift einer Schlampe;
Teerbatzen mit verklumpten zappligen Federn. Darüber hing der
gasige Ruch von Benzin.
Und durch die Morgenluft goß die Sonne gelbes Erstaunen in
die Augenhöhlen eines beinernen Schädels. ...
Und wie ich so dastand gefror meine Seele in eisigem Mitleid
für das getilgte Leben.
Der Boden griff meine Füße und eiskalte Mauern der Angst
umschlossen das Herz mir –
Die Sonne am Himmel erstarb; ein Nachtwind tuschelt im Gras
und zaust das Blattwerk der Bäume; der Wald schlägt an mit
dem Hecheln der Hunde; die Dunkelheit gellt mit jachernden
Stimmen; die Augenzeugen stehen auf, wieder lebendig:

The dry bones stirred, rattled, lifted, melting themselves
into my bones.
The grey ashes formed flesh firm and black,
entering into my flesh.
The gin-flask passed from mouth to mouth; cigars and cigarettes glowed, the whore smeared the lipstick red upon her lips,
And a thousand faces swirled around me, clamoring that
my life be burned. . . .

And then they had me, stripped me, battering my teeth into
my throat till I swallowed my own blood.
My voice was drowned in the roar of their voices, and my
black wet body slipped and rolled in their hands as they bound
me to the sapling.
And my skin clung to the bubbling hot tar, falling from me
in limp patches.
And the down and quills of the white feathers sank into
my raw flesh, and I moaned in my agony.
Then my blood was cooled mercifully, cooled by a baptism
of gasoline.
And in a blaze of red I leaped to the sky as pain rose like water,
boiling my limbs.
Panting, begging I clutched childlike, clutched to the hot
sides of death.
Now I am dry bones and my face a stony skull staring in yellow
surprise at the sun. . . .

Das dürre Gebein regt sich, es tackt, schraubt sich hoch und geht
ein in meine Knochen.
Die graue Asche formt sich zu Fleisch, schwarzem und festem,
Fleisch von meinem Fleisch.
Die Ginflasche macht die Runde, Zigarren und Zigaretten glimmen, die Schlampe malt sich die Lippen rot an mit dem Stift,
Und rings um mich wirbeln zigtausend Gesichter und fordern
lautstark, daß mein Leben in Flammen aufgehe. . . .

Und dann packen sie mich, reißen mir die Kleider herunter,
schlagen mir die Zähne ein bis ich schlucke am eigenen Blut.
Meine Stimme geht unter im Lärm ihrer Stimmen und mein
schweißnasser schwarzer Leib glitscht und windet sich in
ihren Händen wie sie mich festbinden an den jungen Baum.
Und meine Haut bleibt kleben am heißen brodelnden Teer und
fällt in Lappen an mir herunter.
Die Daunen und Kiele der weißen Federn bohren sich in die
offenen Wunden und ich stöhn auf in meiner Qual.
Dann wird mein Blut barmherzig gekühlt, gekühlt von einer Taufe
von Benzin.
In roter Lohe fahr ich zum Himmel als der Schmerz
aufwallt wie Wasser und meine Glieder zerkochen.
Keuchend, bettelnd, krall ich mich fest wie ein Kind, krall
mich in die glühenden Flanken des Todes.
Jetzt bin ich dürres Gebein, mein Gesicht ist ein Totenschädel, der
in gelbem Staunen die Sonne anstarrt. . . .

Lewis Allan

Strange Fruit

Southern trees bear a strange fruit,
Blood on the leaves and blood at the root,
Black bodies swinging in the Southern breeze,
Strange fruit hanging from the poplar trees.

Pastoral scenes of the gallant South,
The bulging eyes and the twisted mouth,
Scent of magnolias, sweet and fresh,
Then the sudden smell of burning flesh.

Here is a fruit for the crows to pluck,
For the rain to gather, for the wind to suck,
For the sun to rot, for the trees to drop,
Here is a strange and bitter crop.

Lewis Allan

Seltsame Früchte

Im Süden tragen die Bäume seltsame Früchte,
Blätter und Wurzeln rot von Blut,
Schwarze Körper schaukeln im Südwind,
Seltsame Früchte hängen von den Pappeln.

Hirtenszenen des galanten Südens,
Mit hervorquellenden Augen und verzerrtem Mund,
Der Duft von Magnolien, süß und frisch,
Dann plötzlich der Geruch von verbranntem Fleisch.

Hier sind Früchte, die die Krähen pflücken,
Die der Regen sammelt, die die Winde erdrücken,
Die Sonne dörrt sie aus, die Bäume lassen sie fallen,
Die Ernte ist seltsam, schmeckt bitter nach Galle.

Ethel Rosenberg

If We Die

You shall know, my sons, shall know
Why we leave the song unsung
The book unread, the work undone
To lie beneath the sod.

Mourn no more, my sons, no more
Why the lies and smears were framed
The tears we shed, the hurt we bore
To all shall be proclaimed.

Earth shall smile, my sons, shall smile
And green above our resting place
The killing end, the world rejoice
In brotherhood and peace.

Work and build, my sons, and build
A monument to love and joy
To human worth, to faith we kept
For our sons and yours.

Ethel Rosenberg

Falls wir sterben

Ihr sollt wissen, meine Söhne, warum
Wir das Lied nicht zu Ende singen,
Das Buch nicht auslesen, das Werk nicht vollbringen,
Um im Erdreich zu liegen, stumm.

Härmt euch nicht mehr, meine Söhne, darum,
Daß die Lügen und der Rufmord fingiert,
Was wir an Kummer und Kränkung verspürt,
Wird allen kund sein postum.

Die Erde wird wieder lächeln mit der Zeit
Und ergrünen über dem Leichenstein,
Das Töten wird enden, die Welt sich erfreuen
An Frieden und Brüderlichkeit.

Arbeitet und baut, meine Söhne, baut
Ein Mahnmal für Liebe und Freude,
Für Menschenwürde, für uns, die wir standhaft blieben.
Für unsere Söhne und eure.

Kenneth Patchen

Nice Day for a Lynching

The bloodhounds look like sad old judges
In a strange court. They point their noses
At the Negro jerking in their noose;
His feet spread crowlike above these
Honorable men who laugh as he chokes.

I don't know this black man.
I don't know these white men.

But I know that one of my hands
Is black, and one white. I know that
One part of me is being strangled,
While another part horribly laughs.

Until it changes,
I shall be forever killing; and be killed.

Lunch Wagon on Highway 57

The big lad with too much face
And a voice fuzzed like a slice of grand larceny,
Pointed his fork at the counterjohnny,
Gulped twice, and said,
«Mice think the same as we do.»
The countercluck drew one medium light,
Slopped it up nice all over the saucer,
Managed to get his thumb into the V,
And slide it over to a girl with brown hair
In a cutaway middyblouse tan mesh stockings
Lowheeled suede shoes candystick skirt
And a shoulderstrap purse who had been crying.
Beef went on, «Just because they're small,

Kenneth Patchen

Schöner Tag zum Lynchen

Die Bluthunde sehen aus wie traurige alte Richter
An einem unheimlichen Gericht. Sie spitzen ihre Nasen
Nach dem Neger, der in ihrer Schlinge zuckt und zappelt.
Seine Füße ausgespreizt wie die von Krähen über diesen
Ehrenmännern, die lachen, als er würgt.

Ich kenne diesen Schwarzen nicht.
Ich kenne diese Weißen nicht.

Aber ich sehe, daß eine meiner Hände
Schwarz ist und eine weiß, und daß
Ein Teil von mir erwürgt wird
Und der andre schaurig dazu lacht.

Bis sich das ändert,
Werd ich auf ewig töten; und getötet werden.

Imbißwagen auf Highway 57

Der große Junge mit zuviel Gesicht
Und einer Stimme fransig wie eine Scheibe schweren Diebstahls
Zeigt mit der Gabel auf den Tresenfritzen,
Schluckt zweimal und sagt:
«Mäuse denken auch, genau wie wir.»
Der Tresendödel zapft einen Mittelbraunen,
Läßt ihn schön auf die Untertasse schwappen,
Schafft es, den Daumen in das «V» zu haken,
Und schiebt ihn zu dem Mädchen mit dem braunen Haar
In ausgeschnittener Matrosenbluse gelbbraunen Netzstrümpfen
Wildlederschuhen mit niedrigen Absätzen Zuckerstangenrock
Und Umhängetasche, das grad geheult hat.
Schweinebacke fährt fort: «Bloß weil sie klein sind,

And they ain't around much, most people
Most likely hardly know a mouse thinks at all.»
Counter turned up the radio and the girl dug down
For her coffeenickel: . . . *of a why-it Chris-mus.*
«You got any ideas about mice?» the face asked her.
«Yeah, I got plentya ideas about both rats and mice.»
He started with her rump and his eyes smacked
Their wire-lashed lips: «Maybe you could eat something?»
«Maybe I could . . . in the morning too.»
«Sure thing. What you think I am, a piker?»
«Yeah, I know you're a piker.»
She ate the hot pork on white with mashed,
Didn't want applepie or danish or cherry jello,
And the mouseboy left no tip when they went out.

To the Tune of an Ancient Song

A man out of the fire rises,
  O out of the fire rises;
All Life and Death he'd save.

What has he found?
Why does he weep?

  The bones upon the ground,
  The laws for butchering sheep.

Whence then his rising?
How then his song?

  O the grandeur in king and slave;
  The world not evil, but *wrong.*

Und meistens nicht anwesend, merken höchstwahrscheinlich
Die allermeisten kaum, daß eine Maus überhaupt denkt.»
Tresen dreht das Radio auf und das Mädchen gräbt tief
Nach ihrem Kaffeegroschen: . . . *dreaming of a why-it Chris-muss.*
«Haste vielleicht Ideen zu Mäusen?» fragt das Gesicht.
«Klar, ich hab ne Menge Ideen zu Ratten wie zu Mäusen.»
Er fängt mit ihrem Hintern an, seine Augen schmatzen mit den
Draht-bewimperten Lippen: «Könntest Du vielleicht was essen?»
«Könnte schon sein. . . und morgen früh auch.»
«Aber sicher. Wofür hältst Du mich, für 'nen Knauser?»
«Klar bist Du ein Knauser.»
Sie ißt heißes Schweinefleisch auf Weißbrot mit Kartoffelbrei,
Will weder Apple Pie noch Plunder oder Götterspeise,
Und der Mäusejunge ließ kein Trinkgeld, als sie gehen.

Nach einer alten Weise

Ein Mann steigt empor aus dem Feuer.
  O empor aus dem Feuer;
Alles Leben und Sterben zu heilen.

Was fand er vor?
Was beweint er?

  Die Knochen, verstreut auf dem Boden,
  Das rituelle Schlachten der Schafe.

Wieso stieg er empor?
Wozu sein Lied?

  O Hoffart in König und Sklave;
  Die Welt nicht schlecht, nur *daneben.*

Karl Shapiro

Auto Wreck

Its quick soft silver bell beating, beating,
And down the dark one ruby flare
Pulsing out red light like an artery,
The ambulance at top speed floating down
Past beacons and illuminated clocks
Wings in a heavy curve, dips down,
And brakes speed, entering the crowd.
The doors leap open, emptying light;
Stretchers are laid out, the mangled lifted
And stowed into the little hospital.
Then the bell, breaking the hush, tolls once,
And the ambulance with its terrible cargo
Rocking, slightly rocking, moves away,
As the doors, an afterthought, are closed.

We are deranged, walking among the cops
Who sweep glass and are large and composed.
One is still making notes under the light.
One with a bucket douches ponds of blood
Into the street and gutter.
One hangs lanterns on the wrecks that cling,
Empty husks of locusts, to iron poles.

Our throats were tight as tourniquets,
Our feet were bound with splints, but now,
Like convalescents intimate and gauche,
We speak through sickly smiles and warn
With the stubborn saw of common sense,
The grim joke and the banal resolution.
The traffic moves around with care,
But we remain, touching a wound
That opens to our richest horror.
Already old, the question Who shall die?
Becomes unspoken Who is innocent?

Karl Shapiro

Totalschaden

Sein rasches silberhelles Klingeln stoßweis,
Und hinein ins Dunkel ein rubinroter Lichtstrahl,
Pulsierend wie aus einer Schlagader,
So rast der Unfallwagen mit hundert Sachen
Vorbei an Ampeln und an Leuchtuhren,
Legt sich scharf in die Kurve, blendet ab
Und bremst das Tempo da er in die Menge fährt.
Die Türen springen auf, herausquillt Licht,
Tragbahren werden bereit gestellt für die Zermalmten,
Die man im kleinen Krankenraum verstaut.
Dann bricht die Klingel in das Schweigen, schrillt einmal
Und der Unfallwagen mit seiner grausen Fracht
Fährt an, kippelnd, ein wenig kippelnd,
Indes die Türen – erst nachträglich – zugehn.

Wir sind entgeistert, wandern umher unter den Cops,
Die Glas aufkehren und stattlich und die-Ruhe-selbst sind.
Einer von ihnen schreibt im Lampenschein seine Notizen,
Einer mit einem Kübel schwemmt Blutlachen
Über die Straße in den Rinnstein.
Einer heftet Warnlichter an die Blechhaufen,
Die sich, leere Heuschreckenbälge, um die Pfosten wickeln.

Unsere Kehlen waren wie mit Adernpressen abgeschnürt,
Unsere Knie weich wie geschient im Notverband,
Intim und kleinlaut wie Konvaleszenten sprechen wir
Untereinander mit verkorkstem Lächeln und klopfen
Die sturen Sprüche von ausgelaugter Weisheit,
Von Galgenhumor und banalem Vorsatz.
Der Verkehr läuft wieder an im Schongang.
Wir aber bleiben stehn, befingern eine Wunde,
Die – zu unserem aschgrauem Entsetzen – aufklafft.
Die alte Frage Wer muß sterben?
Wird ungesagt zu Wer ist ohne Schuld?

For death in war is done by hands;
Suicide has cause and stillbirth, logic;
And cancer, simple as a flower, blooms.
But this invites the occult mind,
Cancels our physics with a sneer,
And spatters all we knew of denouement
Across the expedient and wicked stones.

Movie Actress

I sit a queen, and am no widow,
and shall see no sorrow

She is young and lies curved on the velvety floor of her fame
Like a prize-winning cat on a mirror of fire and oak,
And her dreams are as black as the Jew who uncovered
her name;

She is folded in magic and hushed in the pride of her Cloak
Which is woven of worship like silk for the hollows of eyes
That are raised in the dark to her image that shimmered and spoke;

And she speaks in her darkness alone and her emptiness cries
Till her voice is as shuddering tin in the wings of a stage,
And her beauty seems wrong as the wig of a perfect disguise;

She is sick with the shadow of shadow, diseased with the rage
Of the whiteness of light and the heat of interior sun,
And she faints like a pauper to carry the weight of her wage;

She is coarse with the honors of power, the duties of fun
And amazed at the regions of pleasure where skill is begun.

Denn Sterben im Krieg ist doch von Hand gemacht;
Selbstmord hat Grund und Totgeburt hat Logik;
Und Krebs erblüht so schlicht wie eine Blume.
Dies aber spielt hinüber ins Okkulte,
Erledigt all unsere Physik mit links
Und spritzt was wir von tragischer Auflösung wußten
Über erbötige und arge Pflastersteine.

Film-Diva

Ich sitze als Königin und bin keine Witwe,
und Leid werde ich nicht sehen

Sie ist jung und hingeräkelt auf dem Velourssteppich ihres Ruhms
Wie die prämierte Katze auf einem Spiegel aus Feuer und Eiche,
Ihre Träume sind schwarz wie der Jude, der ihren Namen
entdeckt hat fürs Publikum;

Sie ist eingehüllt in Magie und umflort von der Hoffart ihres Umhangs,
Aus Weihrauch gewebt wie Seide für die Augenkrater im Dunkeln,
Die hochblicken zu ihrem Abbild, das da flirrt und sich meldet zu Wort;

Und sie spricht solo in ihrer Dunkelheit und ihre Leere ertönt
Bis ihre Stimme klirrt wie Donnerblech in den Bühnengassen
und ihre Schönheit
So unecht wirkt wie das Kunsthaar, das eine perfekte Maske krönt;

Ihr ist übel vom Schatten der Schatten, sie ist krank von der Rage
Des weißen Flutlichts und der Hitze der Studio-Sonne,
Sie kippt um wie ein Hascherl unterm Zentnergewicht ihrer Gage;

Sie ist abgebrüht von der Schaustellung der Macht, der Fron
zum Wohlleben
Und erstaunt von den Bereichen der Lust, die sich aus Können ergeben.

The Leg

Among the iodoform, in twilight-sleep,
What have I lost? he first inquires,
Peers in the middle distance where a pain,
Ghost of a nurse, hazily moves, and day,
Her blinding presence pressing in his eyes
And now his ears. They are handling him
With rubber hands. He wants to get up.

One day beside some flowers near his nose
He will be thinking, *When will I look at it?*
And pain, still in the middle distance, will reply,
At what? and he will know it's gone,
O where! and begin to tremble and cry.
He will begin to cry as a child cries
Whose puppy is mangled under a screaming wheel.

Later, as if deliberately, his fingers
Begin to explore the stump. He learns a shape
That is comfortable and tucked in like a sock.
This has a sense of humor, this can despise
The finest surgical limb, the dignity of limping,
The nonsense of wheel-chairs. Now he smiles to the wall:
The amputation becomes an acquisition.

For the leg is wondering where he is (all is not lost)
And surely he has a duty to the leg;
He is its injury, the leg is his orphan,
He must cultivate the mind of the leg,
Pray for the part that is missing, pray for peace
In the image of man, pray, pray for its safety,
And after a little it will die quietly.

Das Bein

Im Jodoformgeruch, im Dämmerschlaf,
Fragt er als erstes: *Was habe ich verloren?*
Er späht ins Ungefähre, wo ein Schmerz,
Spuk einer Krankenschwester, sich trüb bewegt, und Tag,
Der Druck ihrer grellen Gegenwart in seinen Augen,
Und jetzt in seinen Ohren. Sie fassen ihn
Mit Gummihänden an. Er möchte aufstehn.

Einmal, mit Blumen nah bei seiner Nase,
Wird er denken, *Wann werde ich es anschaun?*
Und Schmerz, noch immer unscharf, wird erwidern,
Was? und er wird wissen, daß es weg ist,
Wo nur! und anfangen zu zittern und zu heulen
Wird anfangen zu heulen, wie ein Kind heult,
Dem der Hund zerquetscht wird unterm kreischenden Rad.

Später, fast absichtlich, beginnen seine Finger
Den Stumpf zu erkunden. So lernt er eine Form,
Die bequem ist und wie eine Socke eingeschlagen.
Dies Etwas hat Sinn für Humor. Verachten kann es
Die beste Prothese, die Würde des Humpelns,
Den Unsinn von Rollstühlen. Jetzt lächelt er zur Wand:
Die Amputation wird eine Akquisition.

Denn das Bein fragt sich, wo er ist (nicht alles ist verloren)
Und ganz gewiß steht er beim Bein auch in der Pflicht;
Er ist ja dessen Wunde, das Bein seine Waise,
Er muß den Geist des Beines pflegen,
Beten für den Teil, der fehlt, beten um Frieden
Im Bild des Menschen, beten, beten um seinen Fortbestand,
Und dann, nach einer Weile, wird es in aller Ruhe sterben.

The body, what is it, Father, but a sign
To love the force that grows us, to give back
What in Thy palm is senselessness and mud?
Knead, knead the substance of our understanding
Which must be beautiful in flesh to walk,
That if Thou take me angrily in hand
And hurl me to the shark, I shall not die!

You Call These Poems?

In Hyderabad, city of blinding marble palaces,
White marble university,
A plaything of the Nizam, I read some poetry
By William Carlos Williams, American.
And the educated and the suave Hindus
And the well-dressed Moslems said,
«You call those things poems?
Are those things poems?»

For years I used to write poems myself
That pleased the Moslems and Hindus of culture,
Telling poems in iambic pentameter,
With a masculine inversion in the second foot,
Frozen poems with an ice-pick at the core,
And lots of allusions from other people's books.

Was anders, Vater, ist der Körper, als ein Zeichen,
Jene Kraft zu lieben, die uns wachsen läßt, und zurückzugeben
Was in Deiner Hand nur Schlamm und sinnlos ist?
Knete, knete Du den Stoff unseres Verstehens,
Das schön sein muß, soll es im Fleische wandeln,
Dann, nimmst Du mich auch zornig in die Hand
Und wirfst mich vor den Hai: Ich werd nicht sterben!

Das nennen Sie Gedichte?

In Haiderabad, Stadt gleißender Marmorpaläste,
Universität aus weißem Marmor,
Spielzeug der Nizam, las ich etwas Lyrik
Von William Carlos Williams, Amerikaner.
Und die gebildeten und weltmännischen Hindus
Und die gutgekleideten Muslime sagten,
«Das nennen Sie Gedichte?
Sind diese Dinger Lyrik?»

Viele Jahre schrieb ich selber Lyrik,
Die den kultivierten Muslimen und Hindus wohlgefiel,
Wirkungsvolle Gedichte, im jambischen Pentameter,
Mit maskuliner Inversion im zweiten Fuß,
Gefrorene Gedichte, Eispickel in ihrem Kern,
Und lauter Anspielungen aus anderer Leute Bücher.

Randall Jarrell

A Lullaby

For wars his life and half a world away
The soldier sells his family and days.
He learns to fight for freedom and the State;
He sleeps with seven men within six feet.

He picks up matches and he cleans out plates;
Is lied to like a child, cursed like a beast.
They crop his head, his dog tags ring like sheep
As his stiff limbs shift wearily to sleep.

Recalled in dreams or letters, else forgot,
His life is smothered like a grave, with dirt;
And his dull torment mottles like a fly's
The lying amber of the histories.

Eighth Air Force

If, in an odd angle of the hutment,
A puppy laps the water from a can
Of flowers, and the drunk sergeant shaving
Whistles *O Paradiso!* – shall I say that man
Is not as men have said: a wolf to man?

The other murderers troop in yawning;
Three of them play Pitch, one sleeps, and one
Lies counting missions, lies there sweating
Till even his heart beats: One; One; One.
O murderers! . . . Still, this is how it's done:

Randall Jarrell

Ein Wiegenlied

Für Kriege eine halbe Welt entfernt
Gibt der Soldat sein ein und alles dran,
Lernt kämpfen für die Freiheit und den Staat,
Und schläft auf nur sechs Fuß mit sieben Mann,

Hebt jedes Streichholz auf und putzt den Napf,
Belogen wie ein Kind, wie Vieh beschimpft.
Seine Hundemarken scheppern, geschoren ist sein Kopf,
Die müden Glieder wälzen sich im Schlaf.

In Traum und Brief noch nah, sonst aus dem Blick,
Erstickt sein Leben wie ein Grab im Dreck;
Und seine dumpfe Qual fleckt wie die Fliege
Den lügnerischen Bernstein der Geschichte.

Achte Air Force

Wenn in irgendeinem Winkel des Barackenlagers
Ein Welpe Wasser aus dem Blechnapf schlappt
Und beim Rasieren der betrunkne Spieß
O Paradiso! pfeift – soll ich sagen, der Mensch
Ist nicht, wie Menschen sagen, des Menschen Wolf?

Die anderen Mörder kommen gähnend reinspaziert;
Drei spielen Karten, ein andrer schläft und einer
Liegt da und zählt Einsätze, liegt schweißgebadet,
Bis sogar sein Herz sie schlägt: Eins, eins, eins.
O Mörder! . . . Nun, und doch wirds so gemacht:

This is a war .... But since these play, before they die,
Like puppies with their puppy; since, a man,
I did as these have done, but did not die –
I will content the people as I can
And give up these to them: Behold the man!

I have suffered, in a dream, because of him,
Many things; for this last saviour, man,
I have lied as I lie now. But what is lying?
Men wash their hands, in blood, as best they can:
I find no fault in this just man.

The Death of the Ball Turret Gunner

From my mother's sleep, I fell into the State,
And I hunched in its belly till my wet fur froze.
Six miles from the earth, loosed from its dream of life,
I woke to black flak and the nightmare fighters.
When I died they washed me out of the turret with a hose.

Dies ist ein Krieg .... Jedoch weil diese, eh sie sterben,
Wie Welpen mit ihrem Welpen spielen; weil ich, ein Mensch,
So tat wie diese taten, doch nicht starb –
Werd ich dem Volk Genüge tun, so gut ich kann,
Und diese bieten: Sehet hier den Menschen an!

Erlitten habe ich in einem Traume seinetwegen
Vieles; für diesen letzten Heiland Mensch
Hab ich gelogen, so wie ich jetzt lüge. Doch was ist Lügen?
Man wäscht die Hände sich in Blut, so gut man kann:
Ich finde keine Schuld an dem gerechten Mann.

Der Tod des Heckbordschützen

Entbunden aus dem Schlaf der Mutter, versackte ich im Staat,
In dessen Wanst ich hockte bis mir das feuchte Fell gefror.
Zehntausend Meter überm Meeresspiegel, dem Lebenstraum entrückt,
Weckt mich stockblinde Flak und der Höllenspuk der Nachtjäger.
Danach spritzt man mich mit dem Schlauch aus meinem Drehturm.

James Laughlin

Technical Notes

Catullus is my master and I mix
a little acid and a bit of honey
in his bowl love

is my subject & the lack of love
which lack is what makes evil a
poet must strike

Catullus could rub words so hard
together their friction burned a
heat that warms

us now 2000 years away I roll the
words around my mouth & count the
letters in each

line thus eye and ear contend in-
side the poem and draw its move-
ment tight Milton

thought rhyme was vulgar I agree
yet sometimes if it's hidden in
the line a rhyme

will richen tone the thing I most
despise is quote poetic unquote
diction I prefer

to build with plain brown bricks
of common talk American talk then
set 1 Roman stone

James Laughlin

Zur Technik

Catullus ist mein Meister seinen
Römer versetze ich mit einem Schuß
    Essig und etwas Honig Liebe

ist mein Thema & ihr Verlust der
Fehlbetrag wendet zum Schlechten
    alles treffen muß der Dichter

Catullus konnte Wörter so aneinander
honen daß ihre Reibung zündete zu
    einer Wärme die noch anheizt

aus dem Abstand von 2000 Jahren ich
probier die Wörter auf der Zunge zähl
    die Buchstaben in jeder

Zeile damit Aug & Ohr sich in die Quere
kommen und intern die Versführung
    verspannt wird Milton hielt

das Gereim für läppisch ich auch
aber unauffällig eingefügt in die Vers-
    mitte kann ein Reim

die Klangfarbe vertiefen zumeist
verhaßt ist mir der Sprachstil des Gänse
    Poetischen Gänse da bin ich allemal

fürs Bauen mir braunen Backsteinen des All-
tags den Volkston von Amerika zwischen-
    rein setz ich je 1 römischen

among them for a key I know Ca-
tullus knew a poem is like a blow
an impact strik-

ing where you least expect this I
believe and yet with me a poem
is finally just
a natural thing.

A Bad Night on Third Avenue

One of my frequent little
deaths jumped on my back
and poisoned in my ear

that you my Cynthia were
last night seen drunk in
the Stork Club with an

advertising man [& what
cuts worse a television
man] and that you left

there with that spreadleg
look smeared on your face
like paint Propertius wait-

ed for you till they closed
up Paddy's Bar & then went
home to hate his bed alone.

Klinker als Schlußstein Catull hat es
gewußt ein Gedicht ist sowas wie ein Schlag
ein Aufprall der dort trifft wo

mans am wenigsten erwartet das mein ich
auch doch bei mir ist ein Gedicht
letztlich auch et-
was ganz Natürliches.

Schlimme Nacht auf Third Avenue

Einer von meinen fortgesetzten kleinen
Toden saß mir im Nacken auf und
fraß sich in mein Ohr

daß man dich Cynthia vergangene Nacht
im Stork Club sah & du warst
angeheitert und mit einem

Werbefachmann [und was
noch mehr ins Mark triff, einem Fernseh-
fritzen] und daß dir beim Weggehen

dieser schenkeloffene Ausdruck
wie mit Schminke ins Gesicht
geschrieben stand Properz hat lang

in Paddy's Bar auf dich gewartet
bis sie zumachten dann ging er heim um
ganz für sich sein Kopfkissen zu hassen.

It's Warm Under Your Thumb

I guess I like it there
perish the baubles
there are kinds &
kinds of reality there's

the crack in the golden
bowl & the chance
encounter in a sum-
mer beach hotel and it's

written that the craving
of a heedless man
[for either kind]
grows within him like a

Maluva creeper as a mon-
key seeking fruit
in the jungle he
runs from life to life and

I think now I will just
stop running and
take it warm and
easy under your thumb.

Busy Day

The cripple in the wheelchair
[who really isn't crippled up
at all] has shot & killed the

luscious lady who is fair but
false anonymous letters warn
Inspector Meadowes that this

Es ist warm unter deinem Daumen

Eigentlich mag ichs dort
Herrschaftseitn
es gibt noch & noch &
noch Wirklichkeiten gibt

den Sprung in der goldnen
Schale & wiederum
die Zufallsbegegnung im
Strandhotel und es steht

geschrieben daß der Drang
eines schlichten Mannsbilds
[von jedweder Sorte]
in ihm rankt als eine

Spinnwinde wie ein
Affe nach Obst sucht
im Urwald läuft er
von Leben zu Leben

doch nun lauf ich nicht mehr
und laß es mir
warm & wohlsein
unter deinem Daumen.

Mulmiger Tag

Der Krüppel in dem Rollstuhl
[der in Wahrheit nur simuliert]
hat abgeknallt & entleibt das

blonde Gift so flott und falsch
Schon ist Inspektor Meadowes durch
anonyme Briefe gewarnt daß dies

crime is just the first Mac-
Teague the private eye cracks
wise and downs anothcr drink

Hoppy the cub reporter with a
wooden leg meets in a mist the
lost and lonely girl with honey

in her voice yes friends dear
friends another golden day in
this most golden age is slip

ping darkwards on its opiate
track don't wake good friends
don't stir the sound of pistol

shots is oh so soothing like
that muffled riffling of the
dollars piling up & up & up.

What the Pencil Writes

Often when I go out I
put in my coat pocket

some paper and a pen-
cil in case I want to

write something down
well there they are

wherever I go and as
my coat moves the pen-

cil writes by itself
a kind of gibberish

erst der Anfang ist MacTeague der
Privatdetektiv reißt schnauzkalte
Witze und kippt noch einen Drink

Hoppy der Greenhorn-Reporter mit dem
Holzbein begegnet im Nebel dem ver-
irrten und einsamen Hascherl mit honig-

rauher Stimme tja Freunde liebe
Freunde noch ein goldner Tag in
unsrer hochkarätigen Zeit rutscht

der Nacht zu auf seiner Opiat-
bahn wacht nicht auf ihr Lieben rührt
euch nicht das Ballern der blauen

Bohnen ist ja so heimelig wie
das diskrete Geriffel der Dollar-
scheine die sich läppern & läppern.

Was der Bleistift schreibt

Oft wenn ich ausgeh steck ich
einen Bleistift ein

dazu etwas Konzeptpapier
für den Fall daß ich mir was

aufschreiben möchte da
sind sie also wo ich

geh & steh in meiner
Jackentasche und immer

wenn ich mich bewege schreibt
der Bleistift sein Kauder-

hieroglyphic which I
often think as I un-

dress at night and take
out those papers with

nothing written on
them but strange &

meaningless marks is
the story of my life.

The Care and Feeding of a Poet

is a noble task (whatever the
feminists may say) it insures

the caretaker a certain immor-
tality (if the poet is a good

one) and it also provides cer-
tain rewards in the here & now

such as typing manuscripts and
sending poems to magazines and

entertaining the wives of other
poets who come visiting (while

the geniuses sit in the study
drinking beer) and in certain

cases being informed that one
or more ancillary muses are re-

quired to provide inspiration.

hieroglyphenwelsch und
wenn ich abends meine Sachen

auszieh und das Papier
hervorhole auf dem

nichts steht als diese
krausen Kritzeleien

kommt es mir vor als wären sie
der Index meines Lebens.

Die Hege und Pflege des Dichters

ist eine hehre Berufung (was die
Emanzen auch sagen) sie sichert

der Betreuerin einen Anteil Un-
sterblichkeit (falls der Dichter was

taugt) und befriedigt bereits zur
Lebzeit mit dem Ins-reine-

schreiben von Manuskripten
dem Placieren bei Zeitschriften

oder der Bewirtung von Ehefrauen
anderer Poeten die auf Besuch sind

(dieweil die Begnadeten im Arbeitszimmer
Bier trinken) das entschädigt schon mal

für die Eröffnung daß eine Zweit-Muse
oder noch mehr jetzt benötigt werden

für seine Inspiration.

Your Error

said the owl was dehu-
manization it wasn't

a girl you wanted but
a love object and for

what you were willing
to give you couldn't

really expect one that
would turn you alive.

So Much Depends

Bill on the way you saw
the way your heart saw

what your eyes saw not
just the way you saw a

wheelbarrow or the falls
or the blossoms of the

shad tree or Floss in a
rose and 100 other flow-

ers your patients & the
babies and the measure

of your lines in Brueg-
hel's painting of that

Dein Fehler

sprach die Eule war Verding-
lichung was dir vorschwebte

war kein Mädchen sondern ein
Lustobjekt und für das was du

von dir aus zu geben gewillt
warst konntest du eigentlich

keine erwarten die dich
mit Leben erfüllt hätt.

Soviel hängt ab

Bill von dem was du wahrnahmst
dem was dein Herz wahrnahm

wo deine Augen nicht wahr-
nahmen so wie du die Schub-

karre wahrnahmst oder den Wasser-
fall oder die Doldentrauben der

Felsenbirne oder Floss in einer
Rose und 100 anderen Blu-

men deine Patienten & die
Babies und das Zeitmaß

deiner Verszeilen über Brueg-
hels Bild vom Dorf-Tanz

dance so many things the
rest of us would never

have seen except for you.

for William Carlos Williams

Some of Us Come to Live

inside his Cantos like a pal-
ace ten times larger than Ver-

sailles so many rooms so many
corridors the phalanx of par-

ticulars and those long gal-
leries with their endless vis-

tas of a past that no one else
has seen so well or understood

so well the mirrors that re-
flect into each other making

the rhymes between ideas yes
it is the father's house of

many mansions with its place
for each of us places for all.

for Ezra Pound

so viele Dinge die wir
anderen nie & nimmer wahr-

genommen hätten ohne dich.

für William Carlos Williams

Manche von uns richten

sich häuslich ein in seinen Cantos
einem Palast zehnmal größer als

Versailles so viele Säle so viele
Gänge die Phalanx der Be-

sonderheiten die langen Galerien
mit endlosen Fluchten einer

Vergangenheit die kein anderer so
lebendig erlebt so inwendig er-

faßt hat Spiegel die sich in ein-
ander spiegeln wodurch die Gedanken-

reime entstehen ja es ist eines
Vaters Haus in dem viele

Wohnungen sind mit einem Platz für
jeden von uns Raum genug für uns alle.

für Ezra Pound

Elizabeth Bishop

The Armadillo

For Robert Lowell

This is the time of year
when almost every night
the frail, illegal fire balloons appear.
Climbing the mountain height,

rising toward a saint
still honored in these parts,
the paper chambers flush and fill with light
that comes and goes, like hearts.

Once up against the sky it's hard
to tell them from the stars –
planets, that is – the tinted ones:
Venus going down, or Mars,

or the pale green one. With a wind,
they flare and falter, wobble and toss;
but if it's still they steer between
the kite sticks of the Southern Cross,

receding, dwindling, solemnly
and steadily forsaking us,
or, in the downdraft from a peak,
suddenly turning dangerous.

Last night another big one fell.
It splattered like an egg of fire
against the cliff behind the house.
The flame ran down. We saw the pair

Elizabeth Bishop

Der Armadillo

Für Robert Lowell

Es ist nun jene Zeit im Jahr
wenn die Feuerballone fast jede Nacht
zerbrechlich und illegal zum Kar
hinauf klettern, als würden sie mit Bedacht

hoch zu einem Heiligen steigen,
den man in dieser Gegend noch verehrt;
Kammern aus Papier füllen sich glühend, entfacht
von Licht, das sich wie in Herzen leert.

Wenn sie dann gegen den Himmel stehen,
sind sie von den Sternen – genauer, den Planeten,
den bläulichen und roten – kaum zu unterscheiden:
Venus, die untergeht, oder Mars, gerade am Zurücktreten

hinter dem einen, fahlen, grünen. Kommt Wind auf,
fallen sie ab, flackern, flattern und prasseln wie Fackeln;
ist es still, steuern sie zwischen dem Kreuz des Südens
und seinen Drachensparren hindurch ohne zu wackeln,

werden immer ferner, entschwinden, und lassen uns
schließlich erhaben und standhaft völlig im Stich,
oder aber sie werden, im Fallstrom
unter einem Gipfel, gefährlich wie der harte Strich

eines Blitzes. Letzte Nacht war es wieder ein großer.
Er zerplatzte wie ein Ei voller Feuer
an der Klippe hinter dem Haus.
Die Flammen rannen herab. Wir sahen die beiden

of owls who nest there flying up
and up, their whirling black-and-white
stained bright pink underneath, until
they shrieked up out of sight.

The ancient owls' nest must have burned.
Hastily, all alone,
a glistening armadillo left the scene,
rose-flecked, head down, tail down,

and then a baby rabbit jumped out,
short-eared, to our surprise.
So soft! – a handful of intangible ash
with fixed, ignited eyes.

Too pretty, dreamlike mimicry!
O falling fire and piercing cry
and panic, and a weak mailed fist
clenched ignorant against the sky!

Visits to St. Elizabeths

This is the house of Bedlam.

This is the man
that lies in the house of Bedlam.

This is the time
of the tragic man
that lies in the house of Bedlam.

This is a wristwatch
telling the time
of the talkative man
that lies in the house of Bedlam.

alten Eulen, die dort nisten, auffliegen, hoch
und höher, ihr wirbelndes Schwarz und Weiß
an der Unterseite hellrot gescheckt, bis sie
mit gellendem Krächzen aus dem Lichtkreis

verschwunden waren. Ihr Nest war wohl verbrannt.
Hastig und ganz allein
trat ein glitzernder Armadillo von der Bühne ab,
rosa gefleckt, hängender Kopf und hängender Schwanz,

und dann sprang ein junges Kaninchen heraus,
mit ganz *kurzen* Ohren, wie um unseretwillen.
So weich! – eine Handvoll nicht greifbarer Asche
mit starren, entzündeten Pupillen.

Zu schön, diese Mimikry traumgleicher Gestalt!
Fallendes Feuer und schriller Schrei, die Gewalt
der Panik, und eine dünngepanzerte Faust
voll Einfalt gegen den Himmel geballt!

Besuche in St. Elizabeths

Das ist der Turm der Narren.

Das ist der Mann,
der in diesem Turm der Narren steht.

Dies ist die Stunde
jenes tragischen Mannes,
der in diesem Turm der Narren steht.

Das am Gelenk der Hand ist die Uhr,
welche die Stunde schlägt,
für jenen geschwätzigen Mann,
der in diesem Turm der Narren steht.

This is a sailor
wearing the watch
that tells the time
of the honored man
that lies in the house of Bedlam.

This is the roadstead all of board
reached by the sailor
wearing the watch
that tells the time
of the old, brave man
that lies in the house of Bedlam.

These are the years and the walls of the ward,
the winds and clouds of the sea of board
sailed by the sailor
wearing the watch
that tells the time
of the cranky man
that lies in the house of Bedlam.

This is a Jew in a newspaper hat
that dances weeping down the ward
over the creaking sea of board
beyond the sailor
winding the watch
that tells the time
of the cruel man
that lies in the house of Bedlam.

This is a world of books gone flat.
This is a Jew in a newspaper hat
that dances weeping down the ward
over the creaking sea of board
of the batty sailor
that winds the watch
that tells the time
of the busy man
that lies in the house of Bedlam.

Dies ist der Seemann,
der sie trägt, die Uhr,
welche die Stunde schlägt,
für jenen hochgeehrten Mann,
der in diesem Turm der Narren steht.

Das ist die Reede ganz aus Brettern,
wo der Seemann vor Anker geht,
der sie trägt, die Uhr,
welche die Stunde schlägt
für jenen alten, tapferen Mann,
der in diesem Turm der Narren steht.

Dies sind die Jahre und Mauern der Zelle,
die Winde und Wolken eines Meeres aus Brettern,
über das er segelt, der Seemann,
der sie trägt, die Uhr,
welche die Stunde schlägt
für jenen verrückten Mann,
der in diesem Turm der Narren steht.

Das ist der Jude mit dem Zeitungshut am Kopf,
der weinend den Gang hinab tanzt bis zur Zelle,
über das knarzende Meer aus Brettern
weit hinter dem Seemann,
der sie aufzieht, die Uhr,
welche die Stunde schlägt
für jenen grausamen Mann,
der in diesem Turm der Narren steht.

Dies ist eine Welt von Büchern, schal und flach.
Das ist ein Jude mit dem Zeitungshut am Kopf,
der weinend den Gang hinab tanzt bis zur Zelle,
über das knarzende Meer aus Brettern
dieses verrückten Seemanns,
der sie aufzieht, die Uhr,
welche die Stunde schlägt
für jenen geschäftigen Mann,
der in diesem Turm der Narren steht.

This is a boy that pats the floor
to see if the world is there, is flat,
for the widowed Jew in the newspaper hat
that dances weeping down the ward
waltzing the length of a weaving board
by the silent sailor
that hears his watch
that ticks the time
of the tedious man
that lies in the house of Bedlam.

These are the years and the walls and the door
that shut on a boy that pats the floor
to feel if the world is there and flat.
This is a Jew in a newspaper hat
that dances joyfully down the ward
into the parting seas of board
past the staring sailor
that shakes his watch
that tells the time
of the poet, the man
that lies in the house of Bedlam.

This is the soldier home from the war.
These are the years and the walls and the door
that shut on a boy that pats the floor
to see if the world is round or flat.
This is a Jew in a newspaper hat
that dances carefully down the ward
walking the plank of a coffin board
with the crazy sailor
that shows his watch
that tells the time
of the wretched man
that lies in the house of Bedlam.

Das ist ein Junge, der an den Boden klopft,
um zu sehen ob dort noch die Welt ist und flach,
für den verwitweten Juden mit dem Zeitungshut am Kopf,
der weinend den Gang hinab tanzt bis zur Zelle,
quer über wogende Bretter,
vorbei an dem stummen Seemann,
der sie hört, die Uhr,
welche die Stunde schlägt
für jenen faden Mann,
der in diesem Turm der Narren steht.

Dies sind die Jahre und die Mauern und das Dach
und die Tür, die zufällt, wenn der Junge an den Boden klopft,
um zu spüren, ob die Welt noch dort ist und flach.
Das ist ein Jude mit dem Zeitungshut am Kopf,
der fröhlich den Gang hinab tanzt bis zur Zelle,
hinein in ein sich teilendes Meer von Brettern,
vorbei an dem starrenden Seemann,
der sie schüttelt, die Uhr,
welche die Stunde schlägt
für jenen Dichter, jenen Mann,
der in diesem Turm der Narren steht.

Das ist der Soldat, der ist zurück aus dem Krieg.
Dies sind die Jahre und die Mauern und das Dach
und die Tür, die zufällt, wenn der Junge an den Boden klopft,
um zu sehen, ob die Welt rund ist oder flach.
Das ist ein Jude mit dem Zeitungshut am Kopf,
der vorsichtig den Gang hinab tanzt bis zur Zelle,
der über die Planke läuft, einen Sarg und seine Bretter,
mit dem verrückten Seemann,
der sie vorzeigt, die Uhr,
welche die Stunde schlägt
für jenen armseligen Mann,
der in diesem Turm der Narren steht.

Robert Lowell

Mr. Edwards and the Spider

I saw the spiders marching through the air,
Swimming from tree to tree that mildewed day
In latter August when the hay
Came creaking to the barn. But where
The wind is westerly,
Where gnarled November makes the spiders fly
Into the apparitions of the sky,
They purpose nothing but their ease and die
Urgently beating east to sunrise and the sea;

What are we in the hands of the great God?
It was in vain you set up thorn and briar
In battle array against the fire
And treason crackling in your blood;
For the wild thorns grow tame
And will do nothing to oppose the flame;
Your lacerations tell the losing game
You play against a sickness past your cure.
How will the hands be strong? How will the heart endure?

A very little thing, a little worm,
Or hourglass-blazoned spider, it is said,
Can kill a tiger. Will the dead
Hold up his mirror and affirm
To the four winds the smell
And flash of his authority? It's well
If God who holds you to the pit of hell,
Much as one holds a spider, will destroy,
Baffle and dissipate your soul. As a small boy

On Windsor Marsh, I saw the spider die
When thrown into the bowels of fierce fire:
There's no long struggle, no desire

Robert Lowell

Mr. Edwards und die Spinne

Ich sah am Himmel Spinnen auf dem Marsch,
Schwimmend von Baum zu Baum an jenem Mehltautag
Im Spätaugust, als Heuwagen
Zur Scheune knarrten. Doch wenn
Der Wind aus Westen weht,
Wenn Novembergrimm sie aufgescheucht zum Flug
Hinein in die Erscheinungen des Himmels,
Dann suchen sie nur ihr Behagen – und sterben,
Inständig strebend der Sonne und dem Meer entgegen.

Was sind wir in der Hand des großen Gottes?
Vergebens hast du Dornenhecken aufgerichtet
Um der Feuersbrunst zu wehren,
Wo doch Verrat im Blut dir knistert;
Denn der Wilddorn wird zahm
Und streckt hilflos die Waffen vor der Flamme.
Dich selbst kasteien ist verlorne Kur
Gegen die Krankheit, die *du* nimmer heilst.
Was wird die Hand vermögen, wie das Herz bestehn?

Ein winzig kleines Ding, ein kleiner Wurm,
Eine Spinne, stundenglasgezeichnet, sagt man,
Kann Tiger töten. Kann der Tote
Mit seinem Bild sich brüsten, drohen
Den vier Winden mit dem Ruch
Und Prunk all seiner Vollmacht? Genug ists,
Wenn Gott, der dich am Schlund der Hölle hält,
Ganz wie man eine Spinne hält, ausmerzt
Und tilgt dir deine Seele. Als kleiner Junge einst

Sah ich auf Windsor Marsh die Spinne sterben,
Die man ins Hitzeherz des Feuers warf:
Da gibts kein langes Widerstreben,

To get up on its feet and fly –
It stretches out its feet
And dies. This is the sinner's last retreat;
Yes, and no strength exerted on the heat
Then sinews the abolished will, when sick
And full of burning, it will whistle on a brick.

But who can plump the sinking of that soul?
Josiah Hawley, picture yourself cast
Into a brick-kiln where the blast
Fans your quick vitals to a coal –
If measured by a glass,
How long would it seem burning! Let there pass
A minute, ten, ten trillion; but the blaze
Is infinite, eternal: this is death,
To die and know it. This is the Black Widow, death.

Skunk Hour

For Elizabeth Bishop

Nautilus Island's hermit
heiress still lives through winter in her Spartan cottage;
her sheep still graze above the sea.
Her son's a bishop. Her farmer
is first selectman in our village;
she's in her dotage.

Thirsting for
the hierarchic privacy
of Queen Victoria's century,
she buys up all
the eyesores facing her shore,
and lets them fall.

The season's ill –
we've lost our summer millionaire,
who seemed to leap from an L. L. Bean

Kein sich Aufrappeln und kein Fliehen –
Sie streckt die Beine aus
Und stirbt. Dies ist des Sünders letzte Zuflucht.
Ja, und keine Kraft, gegen den Brand gebäumt,
Besehnt den Willenlosen dann, wenn krank
Und voller Brand er auf dem Ziegel zischen wird.

Doch wer ermißt das Sinken dieser Seele?
Josiah Hawley, denke dich geworfen
In Ziegelglut und deinen Leib
Lebend zu Kohle angefacht!
Nimm mit dem Glas das Maß,
Und maßlos scheint der Brand! Laß auch vergehn
Minuten, zehn, zehn Billionen – es lodert
Ohne End und ewig. Das ist der Tod:
Zu sterben und es wissen. Das ist die Schwarze Witwe, Tod.

Skunk-Stunde

Für Elizabeth Bishop

Die Einsiedler-Erbin der Nautilus-Insel
überwintert wie einst in ihrem spartanischen Landhäuschen;
ihre Schafe weiden noch immer überm Meer.
Ihr Sohn ist Bischof. Ihr Farmer
ist erste Magistratsperson in unserem Dorf;
sie wird langsam altersschwach.

Dürstend nach
der standesbewußten Zurückgezogenheit
von Königin Viktorias Jahrhundert,
kauft sie alle ihrer Küste gegenüberliegenden
Augen-Ärgernisse auf
und läßt sie dann verfallen.

Die Jahreszeit krankt –
wir haben unseren Sommermillionär verloren,
er war wie aus einem L. L. Bean-Katalog

catalogue. His nine-knot yawl
was auctioned off to lobstermen.
A red fox stain covers Blue Hill.

And now our fairy
decorator brightens his shop for fall;
his fishnet's filled with orange cork,
orange, his cobbler's bench and awl;
there is no money in his work
he'd rather marry.

One dark night,
my Tudor Ford climbed the hill's skull;
I watched for love-cars. Lights turned down,
they lay together, hull to hull,
where the graveyard shelves on the town. . . .
My mind's not right.

A car radio bleats,
«Love, O careless Love . . .» I hear
my ill-spirit sob in each blood cell,
as if my hand were at its throat. . . .
I myself am hell;
nobody's here –

only skunks, that search
in the moonlight for a bite to eat.
They march on their soles up Main Street:
white stripes, moonstruck eyes' red fire
under the chalk-dry and spar spire
of the Trinitarian Church.

I stand on top
of our back steps and breathe the rich air –
a mother skunk with her column of kittens swills the garbage pail.
She jabs her wedge-head in a cup
of sour cream, drops her ostrich tail,
and will not scare.

entsprungen. Seine Neun-Knoten-Jolle
wurde an Hummerfischer verauktioniert.
Rotfuchsfärbung fleckt Blue Hill.

Und nun verschönt unser homophiler Dekorateur
seinen Laden für den Herbst;
sein Fischernetz ist angefüllt mit orangem Kork,
orange ist seines Flickschusters Bank und Ahle;
seine Arbeit bringt nichts ein,
er würde am liebsten heiraten.

In einer dunklen Nacht
erklomm mein Tudor-Ford des Hügels Schädel;
ich hielt Ausschau nach Liebesautos. Scheinwerfer ausgeschaltet,
lagen sie beieinander, Rumpf bei Rumpf,
wo der Friedhof sich zur Stadt neigt. . . .
Mein Geist ist wirr.

Ein Autoradio blökt
«Love, O careless Love. . .» Ich höre
meinen bösen Geist in jeder Blutzelle schluchzen,
als säße meine Hand an seiner Gurgel. . . .
Ich selber bin die Hölle;
kein Mensch ist hier –

nur Skunks die im Mondlicht
nach etwas Eßbarem suchen.
Sie marschieren auf ihren Sohlen die Hauptstraße hinauf:
weiße Streifen, mondsüchtiger Augen rotes Feuer
unter der kalktrockenen Spierenturmspitze
der Dreifaltigkeitskirche.

Ich stehe auf unserer obersten
Stufe hinten am Haus und atme die reiche Luft –
eine Skunkmutter mit ihrer Kolonne Junger schleckt
den Abfalleimer aus. Sie stößt ihren Keilkopf in einen Becher
saurer Sahne, senkt ihren Vogelstraußschwanz
und läßt sich nicht verjagen.

For the Union Dead

Relinquunt Omnia Servare Rem Publicam.

The old South Boston Aquarium stands
in a Sahara of snow now. Its broken windows are boarded.
The bronze weathervane cod has lost half its scales.
The airy tanks are dry.

Once my nose crawled like a snail on the glass;
my hand tingled
to burst the bubbles
drifting from the noses of the cowed, compliant fish.

My hand draws back. I often sigh still
for the dark downward and vegetating kingdom
of the fish and reptile. One morning last March,
I pressed against the new barbed and galvanized

fence on the Boston Common. Behind their cage,
yellow dinosaur steamshovels were grunting
as they cropped up tons of mush and grass
to gouge their underworld garage.

Parking spaces luxuriate like civic
sandpiles in the heart of Boston.
A girdle of orange, Puritan-pumpkin colored girders
braces the tingling Statehouse,

shaking over the excavations, as it faces Colonel Shaw
and his bell-cheeked Negro infantry
on St. Gaudens' shaking Civil War relief,
propped by a plank splint against the garage's earthquake.

Two months after marching through Boston,
half the regiment was dead;
at the dedication,
William James could almost hear the bronze Negroes breathe.

Für die Toten der Union
Relinquunt Omnia Servare Rem Publicam

Das alte Süd-Bostoner Aquarium steht
in einer Schneesahara jetzt. Die zerbrochnen Fenster sind verschalt.
Dem bronznen Wetterfahnen-Dorsch fehlt die Hälfte seiner Schuppen.
Die geräumigen Becken sind trocken.

Einst kroch meine Nase wie eine Schnecke übers Glas;
mir zuckte die Hand,
die Blasen platzen zu lassen,
die aus den Nasen der bangen, fügsamen Fische stiegen.

Ich zieh die Hand zurück. Oft seufz ich noch
nach dem dunklen, tiefen, dumpfen Lebensreich
der Fische und Reptile. Eines Morgens letzten März
lehnte ich am neuen verzinkten Stacheldraht-

Zaun am Boston Common. In ihrem Käfig
grunzten wie Dinosaurier gelbe Bagger,
die tonnenweise Schlamm und Gras aufwühlten,
um ihre Unterweltgarage auszuschachten.

Parkplätze wuchern ebenso wie städtische
Streusandkästen im Herzen Bostons.
Ein Gürtel von orangen-kürbisfarbnen Trägern
verstrebt das zuckende Kapitol,

das über den Grabungen bebt, blickend auf Oberst Shaw
und seine pausbäckige Negerinfantrie
auf Saint-Gaudens' bebendem Bürgerkriegsrelief,
das eine Plankenschiene gegen das Erdbeben der Garage stützt.

Zwei Monate nach dem Marsch durch Boston
war das halbe Regiment gefallen;
bei der Enthüllung
konnte William James fast die Bronzeneger atmen hören.

Their monument sticks like a fishbone
in the city's throat.
Its Colonel is as lean
as a compass-needle.

He has an angry wrenlike vigilance,
a greyhound's gentle tautness;
he seems to wince at pleasure,
and suffocate for privacy.

He is out of bounds now. He rejoices in man's lovely,
peculiar power to choose life and die –
when he leads his black soldiers to death,
he cannot bend his back.

On a thousand small town New England greens,
the old white churches hold their air
of sparse, sincere rebellion; frayed flags
quilt the graveyards of the Grand Army of the Republic.

The stone statues of the abstract Union Soldier
grow slimmer and younger each year –
wasp-waisted, they doze over muskets
and muse through their sideburns. . . .

Shaw's father wanted no monument
except the ditch,
where his son's body was thrown
and lost with his «niggers».

The ditch is nearer.
There are no statues for the last war here;
on Boylston Street, a commercial photograph
shows Hiroshima boiling

over a Mosler Safe, the «Rock of Ages»
that survived the blast. Space is nearer.

Ihr Denkmal steckt der Stadt
wie eine Gräte in der Kehle.
Sein Oberst ist so dünn
wie eine Kompaßnadel.

Er ist zornig wachsam wie ein Zaunkönig,
hat eines Windspiels sanfte Spannkraft;
er scheint Vergnügen zu scheuen,
nach Einkehr zu schmachten.

Jetzt ist er jenseits aller Grenzen, erfreut sich der herrlichen,
eigenen Macht des Menschen, Leben zu wählen, zu sterben –
wenn er seine schwarzen Soldaten in den Tod führt,
kann er nicht das Rückgrat krümmen.

Auf tausend Angern in Neuenglands kleinen Städten
wahren alte weiße Kirchen ihre Geste
karger, lauterer Rebellion; ausgefranste Flaggen
decken die Gräberfelder der Großen Armee der Republik.

Die Steinstandbilder des unbekannten Unionssoldaten
werden schlanker und jünger jedes Jahr –
wespentaillig dösen sie über Musketen
und sinnen durch ihre Backenbärte. . . .

Shaws Vater wollte kein Denkmal
außer dem Graben,
in den man die Leiche des Sohnes warf,
eins und verloren mit seinen «Niggern».

Der Graben ist näher.
Hier gibt es keine Statuen für den letzten Krieg;
in Boylston Street zeigt ein Werbephoto,
wie Hiroshima kocht

über einem Mosler-Safe, dem «Fels der Zeiten»,
der die Bombe überstand. Der Weltraum ist näher.

When I crouch to my television set,
the drained faces of Negro school-children rise like balloons.

Colonel Shaw
is riding on his bubble,
he waits
for the blessed break.

The Aquarium is gone. Everywhere,
giant finned cars nose forward like fish;
a savage servility
slides by on grease.

Eloïse and Abelard

We know what orthodox analysis
could do with her, the talented, the taloned
cat hooked on the cold fish of Abelard.
They were one soul, but now her mind is dust,
and his assaulted ember is extinct.
After his imprisonment, energy came
to the woman such as she had never known,
sprinkling Paris like a fresh flow of blood,
old Sorbonne argot, shit on Saint Bernard
in love with his voice and sold to the police . . .
Abelard's tortured debater's points
once flew to the mark, feathered with her ecstasy,
and stamping students, then he fell like lightning,
in love with *the dialectic,* his Minerva.

Wenn ich vor meiner Fernsehscheibe kaure,
steigen zermürbte Gesichter von Negerschülern wie Ballone.

Oberst Shaw
reitet auf seiner Seifenblase,
wartet
auf den seligen Durchbruch.

Das Aquarium ist nicht mehr. Überall
suchen mit Riesenflossen Autos wie Fische naslang ihren Weg;
wilde Dienstbeflissenheit
gleitet wohlgeschmiert vorbei.

Heloise und Abälard

Wir wissen, wie die orthodoxe Analyse
mit ihr verfahren konnte, der Katze mit Talent
und Klauen, angebissen am kalten Fisch von Abälard.
Sie waren eine Seele, doch nun ist Staub ihr Geist
und seine übermannte Aschenglut verloschen.
Nach seiner Inhaftierung wuchsen ihr
Kräfte zu, die sie nie zuvor gekannt,
besprenkelten Paris wie Ströme frischen Bluts –
alter Sorbonne-Jargon, Kacke auf den Heiligen Bernhard,
verliebt in seine Stimme und an die Polizei verkauft ...
Abälards gequälte Spitzen im Disput, pfeilgefiedert
von ihrer Ekstase, flogen einst ins Schwarze
und formten die Studenten; dann fiel er blitzgefällt,
verliebt in *die Dialektik,* seine Minerva.

Charles Olson

Moonset, Gloucester, December 1, 1957, 1:58 AM

Goodbye red moon
In that color you set
west of the Cut I should imagine
forever Mother

After 47 years this month
a Monday at 9 AM
you set I rise I hope
a free thing as probably
what you more were Not
the suffering one you sold
sowed me on Rise
Mother from off me
God damn you God damn me my
misunderstanding of you

I can die now I just begun to live

Maximus, to himself

I have had to learn the simplest things
last. Which made for difficulties.
Even at sea I was slow, to get the hand out, or to cross
a wet deck.
The sea was not, finally, my trade
But even my trade, at it, I stood estranged
from that which was most familiar. Was delayed,
and not content with the man's argument
that such postponement
is now the nature of
obedience,

Charles Olson

Monduntergang, Gloucester, 1. Dezember 1957, 1 Uhr 58

Leb wohl roter Mond
In der Farbe in der du untergehst
westlich der Cut stell ich für immer mir
Mutter vor

Nach 47 Jahren diesen Monat
einem Montag um 9 Uhr früh
gehst du unter und ich auf hoffe ich
ein freies Wesen wie dus wahrscheinlich
in stärkerm Maße warst Nicht
die leidende die du verkauft
von der du mich überzeugt Steh auf
von mir Mutter
Gott verdamm dich Gott verdamm mich
daß ich dich mißverstand

Sterben kann ich jetzt wo ich zu leben begann

Maximus, an sich selbst

Die einfachsten Dinge habe ich zuletzt
lernen müssen. Daher die Schwierigkeiten.
Selbst auf See war ich langsam, beim Hand ausstrecken, oder beim
Überqueren eines nassen Decks.
                    Die See war, letzten Endes, nicht mein Geschäft.
Doch selbst bei meinem Geschäft stand ich verwirrt
vor den vertrautesten Dingen. Wurde aufgehalten,
und nicht befriedigt von der Behauptung des Mannes
daß solche Verzögerung
jetzt das Wesen des
Gehorsams ist,

that we are all late
in a slow time,
that we grow up many
And the single
is not easily
known

It could be, though the sharpness (the *achiote*)
I note in others,
makes more sense
than my own distances. The agilities

they show daily
who do the world's
businesses
And who do nature's
as I have no sense
I have done either

I have made dialogues,
have discussed ancient texts,
have thrown what light I could, offered
what pleasures
doceat allows

But the known?
This, I have had to be given,
a life, love, and from one man
the world.

Tokens.
But sitting here
I look out as a wind
and water man, testing
And missing
some proof

daß wir alle spät sind
in langsamer Zeit,
daß wir zu vielen aufwachsen
Und das einzelne
sich nicht leicht
kennen läßt

Das könnte sein, obschon die Schärfe (das *achiote*)
die ich in anderen bemerke,
sinnvoller ist
als meine eigne Distanziertheit. Die Behendigkeit

die sie täglich zeigen
die der Welt Geschäfte
tun
Und die der Natur
wie ich mir nicht bewußt bin
das eine oder das andre je getan zu haben

Ich habe Dialoge geschrieben,
habe antike Texte untersucht,
habe soviel mir möglich war erhellt, so viel Angenehmes
gezeigt wie es
doceat erlaubt

Doch das Bekannte?
Dies – mußte man mir geben,
ein Leben, Liebe, und von einem Mann
die Welt.

Zeichen.
Doch wie ich hier sitze
halte ich Ausschau wie ein Wind-
und Wassermensch, prüfe
Und vermisse
Beweise

I know the quarters
of the weather, where it comes from
where it goes. But the stem of me,
this I took from their welcome,
or their rejection, of me

And my arrogance
was neither diminished
nor increased,
by the communication

2

It is undone business
I speak of, this morning,
with the sea
stretching out
from my feet

Ich kenne die vier Ecken
des Wetters, woher es kommt,
wohin es zieht. Doch mein Innerstes,
das nahm ich von ihrem Willkommen,
oder ihrer Ablehnung, meiner Person

Und mein Dünkel
wurde weder vermindert
noch verstärkt
durch die Kommunikation

2

Ungetanes ist es
wovon ich, heute morgen, spreche,
mit dem Meer
das sich zu meinen Füßen
erstreckt

Robert Creeley

The Language

Locate *I*
love you some-
where in

teeth and
eyes, bite
it but

take care not
to hurt, you
want so

much so
little. Words
say everything,

I
love you
again,

then what
is emptiness
for. To

fill, fill.
I heard words
and words full

of holes
aching. Speech
is a mouth.

Robert Creeley

Die Sprache

Orte *Ich*
liebe dich irgend-
wo in

Zähnen und
Augen, beiß
drauf doch

sieh dich vor es
nicht zu verletzen, du
willst so

viel so
wenig. Worte
sagen alles,

Ich
liebe dich
wieder,

wozu dann
ist Leere
da. Zum

Füllen, Füllen.
Ich hörte Worte
und Worte voll

von schmerzenden
Löchern. Rede
ist ein Mund.

Words

You are always
with me,
there is never
a separate

place. But if
in the twisted
place I
cannot speak,

not indulgence
or fear only,
but a tongue
rotten with what

it tastes – There is
a memory
of water, of
food, when hungry.

Some day
will not be
this one, then
to say

words like a
clear, fine
ash sifts,
like dust,

from nowhere.

Wörter

Ihr seid immer
bei mir,
es gibt nie
einen Ort

für sich. Doch wenn
an verquerem
Ort ich nicht
reden kann,

nicht Hinnahme
oder Angst bloß,
sondern eine Zunge
faulig von dem was

sie schmeckt – Es gibt
eine Erinnerung
an Wasser, an
Essen, wenn hungrig.

Ein Tag
wird nicht
dieser sein, dann
Wörter

sagen wie eine
klare, feine
Asche rieselt,
wie Staub,

von nirgendwo.

Morning

Shadows, on the far wall,
of courtyard, from the sun
back of house, faint

traceries, of the leaves,
the arch of the balcony –
greens, faded white,

high space of flat
blind-sided building
sits opposite this

window, in high door,
across the floor here
from this table

where I'm sitting, writing,
feet on cold floor's
tiles, watching this light.

Consolatio

What's gone is gone.
What's lost is lost.

What's felt as pulse ––
What's mind, what's home.

Who's here, where's there ––
What's patience now.

What thought of all,
why echo it.

Now to begin ––
Why fear the end.

Morgen

Schatten, an der Wand drüben,
im Hof, von der Sonne
hinterm Haus, zartes

Flechtwerk, der Blätter,
der Bogen des Balkons –
Grüntöne, verschossenes Weiß,

hohe Fläche des flachen
blindwandigen Hauses
streckt sich gegenüber diesem

Fenster, in hoher Tür,
jenseits des Bodens hier
von diesem Tisch aus

an dem ich sitze, schreibe,
Füße auf kalten Boden-
fliesen, dies Licht beobachte.

De consolatione

Fort ist fort.
Verloren ist verloren.

Was da als Puls gespürt ––
was ist da Sinn, was Heimat?

Wer da und wo ––
was bleibt an Seelenruhe.

Was alles war gedacht,
warum davon ein Echo?

Ein Anfang *jetzt* ––
warum das Ende fürchten.

Spring Light

Could persons be as this
fluffed light golden spaces
intent airy distances so up
and out again they are here
the evening lowers against the sun
the night waits far off at the
edge and back of dark is summer's
light that slanting clarity all
wonders come again the bodies open
stone stillness stunned in the silence
hovering waiting touch of air's edge
piece of what had not been lost.

If

If your hair was brown
and isn't now,
if your hands were strong
and now you falter,

if your eyes were sharp
and now they blur,
your step confident
and now it's careful –

you've had the world,
such as you got.
There's nothing more,
there never was.

Frühlingslicht

Gäbe es Menschen wie dies
Flaumenlicht Strecken Goldes
wache Luftfernen so hoch
und schon vorbei hier sind sie
der Abend senkt sich gegen die Sonne
die Nacht wartet weitab am
Rand und hinterm Dunkel ist Sommer-
licht die Klarheit schräg von oben alle
Wunder kommen wieder die Körper gehn auf
Steinstille erstarrt im Schweigen
harrend wartend Berührung vom Rand der Luft
ein Stück von dem was nicht verlorenging.

Wenn

Wenn dein Haar braun war
und es jetzt nicht mehr ist,
wenn deine Hände stark warn
und du jetzt zitterst,

wenn deine Augen scharf warn
und jetzt verschwimmen,
dein Schritt vertrauensselig
und jetzt vorsichtig –

hast du die Welt gehabt,
wie du sie kriegtest.
Mehr gibts nicht,
gabs sowieso nie.

Robert Duncan

Poetry, a Natural Thing

Neither our vices nor our virtues
further the poem. «They came up
and died
just like they do every year
on the rocks.»

The poem
feeds upon thought, feeling, impulse,
to breed itself,
a spiritual urgency at the dark ladders leaping.

This beauty is an inner persistence toward the source
striving against (within) down-rushet of the river,
a call we heard and answer
in the lateness of the world
primordial bellowings:
from which the youngest world might spring,

salmon not in the well where the hazelnut falls
but at the falls battling, inarticulate
blindly making it.

This is one picture apt for the mind.

A second: a moose painted by Stubbs,
where last year's extravagant antlers
lie on the ground.
The forlorn moosey-faced poem wears
new antler-buds,
the same,
«a little heavy, a little contrived»,
his only beauty to be
all moose.

Robert Duncan

Das Gedicht – etwas ganz Natürliches

Nicht unsere Laster, nicht unsere Tugenden
befördern das Gedicht. «Sie kamen an
und starben
wie sie es tun in jedem Jahr
am Felsen.»

Das Gedicht
braucht Denken, Fühlen und Impuls,
um sich auszubrüten,
ein spirituelles Drängen, das dunkle Leitern hinaufschnellt.

Dies Schöne ist ein inneres Beharren zur Quelle hin
ein Schwimmen gegen den (im) Abwärtssturz des Flusses,
ein Ruf, den wir hörten und dem wir folgen
im späten Stadium der Welt
ein Urzeit-Gebrüll
aus dem vielleicht die jüngste Welt entspringt,

Lachs nicht im Quellgewässer, wo die Haselnuß fällt,
sondern am Wasserfall kämpfend, sprachlos
blindlings ans Ziel.

Dies ist ein Bild, faßbar für den Verstand.

Ein zweites: Ein Elch, gemalt von Stubbs,
wo das verschwenderische Geweih vom letzten Jahr
am Boden liegt.
Das einsame elchgesichtige Gedicht trägt
Knospen für ein neues Geweih
das gleiche,
«ein bißchen schwer, ein bißchen gespreizt»,
seine einzige Schönheit:
ganz Elch zu sein.

Passage over Water

We have gone out in boats upon the sea at night,
lost, and the vast waters close traps of fear about us.
The boats are driven apart, and we are alone at last
under the incalculable sky, listless, diseased with stars.

Let the oars be idle, my love, and forget at this time
our love like a knife between us
defining the boundaries that we can never cross
nor destroy as we drift into the heart of our dream,
cutting the silence, slyly, the bitter rain in our mouths
and the dark wound closed in behind us.

Forget depth-bombs, death and promises we made,
gardens laid waste, and, over the wastelands westward,
the rooms where we had come together bombd.

But even as we leave, your love turns back. I feel
your absence like the ringing of bells silenced. And salt
over your eyes and the scales of salt between us. Now,
you pass with ease into the destructive world.
There is a dry crash of cement. The light fails,
falls into the ruins of cities upon the distant shore
and within the indestructible night I am alone.

Up Rising

Now Johnson would go up to join the simulacra of men,
        Hitler and Stalin, to work his fame
        with planes roaring out from Guam over Asia,
all America become a sea of toiling men
        stirrd at his will, which would be a bloated thing,
        drawing from the underbelly of the nation

Überfahrt

Wir sind mit Booten nachts aufs Meer hinaus gefahren,
verirrt, und um uns schließen die weiten Wasser Fallen der Angst.
Die Boote treiben auseinander, und endlich sind wir allein
unter dem unberechenbaren Himmel, lustlos, sternenkrank.

Laß die Ruder ruhn, du meine Liebe, und vergiß in dieser Stunde
unsere Liebe wie ein Messer zwischen uns
das die Grenzen definiert, die wir nie überschreiten können
und nie zerstören, während wir beide ins Herz unseres Traumes driften,
die Stille durchschneiden, verstohlen, bitterer Regen in unserem Mund
und hinter uns die dunkle Wunde, die sich geschlossen hat.

Vergiß die Wasserbomben, Tod und was wir versprachen,
verwüstete Gärten, und, jenseits der Wüsteneien im Westen,
die Räume, wo wir einstmals zusammenkamen, bedröhnt.

Doch selbst jetzt, wo wir fortgehen, kehrt deine Liebe um. Ich spüre
deine Abwesenheit wie das Geläut verstummter Glocken. Und
Salz über deinen Augen und Salzkrusten zwischen uns. Nun
gleitest du leicht hinüber in die zerstörerische Welt.
Ein trockenes Krachen von Zement. Das Licht verlischt,
fällt in die Ruinen von Städten am fernen Strand,
und in der unzerstörbaren Nacht bin ich allein.

Er-Hebung

Nun trat Johnson an, sich zu den Menschensimulakren zu gesellen,
        Hitler und Stalin, um was für seinen Ruhm zu tun
        mit Flugzeugen, die von Guam aus losdonnern über Asien,
ganz Amerika sollte ein Meer schuftender Menschen werden
        bewegt nach seinem Willen, das war ein aufgeblasenes Ding,
        das aus dem Bauche der Nation sich vollsaugt

such blood and dreams as swell the idiot psyche
out of its courses into an elemental thing
until his name stinks with burning meat and
heapt honors

And men wake to see that they are used like things
spent in a great potlatch, this Texas barbecue
of Asia, Africa, and all the Americas,
And the professional military behind him, thinking
to use him as they thought to use Hitler
without losing control of their business of war,

But the mania, the ravening eagle of America
as Lawrence saw him «bird of men that are masters,
lifting the rabbit-blood of the myriads up into . . .»
into something terrible, gone beyond bounds, or
As Blake saw America in figures of fire and blood raging,
. . . in what image? the ominous roar in the air,
the omnipotent wings, the all-American boy in the cockpit
loosing his flow of napalm, below in the jungles
«any life at all or sign of life» his target, drawing now
not with crayons in his secret room
the burning of homes and the torture of mothers and fathers
and children, their hair a-flame, screaming in agony, but
in the line of duty, for the might and enduring fame
of Johnson, for the victory of American will over its victims,
releasing his store of destruction over the enemy,
in terror and hatred of all communal things, of communion,
of communism;
mania has raised from the private rooms of small-town bosses and
businessmen, from the council chambers of the gangs that
run the great cities, swollen with the votes of millions, from
the fearful hearts of good people in the suburbs turning the
savory meat over the charcoal burners and heaping their
barbecue plates with more than they can eat,
from the closed meeting-rooms of regents of universities and
sessions of profiteers

mit Blut und Träumen, wie sie die irre Psyche aufblähn
aus ihren Bahnen, zurück zum elementaren Ding
bis daß sein Name stinkt von brennendem Fleisch und
aufgehäuften Ehren

Und Menschen plötzlich klar wird, daß sie benutzt werden wie Dinge
Verbraucht in einem Riesen-Potlatsch, diesem texanischen Barbecue
von Asien, Afrika und sämtlichen Amerikas,
Und hinter ihm professionelle Militärs, die glauben,
sie könnten ihn benutzen, wie sie Hitler zu benutzen glaubten
ohne über ihr Kriegsgeschäft die Kontrolle zu verlieren,

Aber der Wahn, der gierige Adler Amerikas wie Lawrence ihn sah,
«Vogel von Menschen, die sich als Herren fühlen,
der das Kaninchenblut der Myriaden emporzieht zu . . .»
zu etwas Schrecklichem, das jedes Maß verloren hat, oder
Wie Blake Amerika in Formen von Feuer und Blutrausch sah,
. . . in welchem Bild? das verhängnisvolle Donnern in der Luft,
die allmächtigen Flügel, der echt amerikanische Junge im Cockpit,
der seine Ladung Napalm abwirft, im Dschungel unter ihm
«alles Lebendige und jede Spur von Leben» sein Ziel, nun zeichnet
er nicht mit bunten Stiften im stillen Kämmerchen
das Brennen von Häusern, die Folterung von Müttern und Vätern
und Kindern, ihr Haar in Flammen, schreiend in Todespein, doch
wie es die Pflicht verlangt, für die Macht und den unsterblichen
Ruhm von Johnson, den Sieg des Willens von Amerika über seine
Opfer, klinkt er seine zerstörerische Fracht aus über dem Feind,
voller Schrecken und Haß
auf alles Kommunale, auf Kommunion, auf Kommunismus;
der Wahn ließ auferstehen aus den Hinterzimmern von Kleinstadtbonzen
und Geschäftemachern, aus den Ratskammern der Banden, die in den
großen Städten das Sagen haben, durch Stimmen von Millionen
Wählern aufgebläht, aus den furchtsamen Herzen braver Leute,
die in den Vororten das scharf gewürzte Fleisch umdrehen auf
dem Holzkohlengrill und ihre Barbecue-Teller mit mehr volladen,
als sie essen können,
aus den nicht-öffentlichen Sitzungszimmern der Kuratorien
von Universitäten, den Konferenzen der Profitemacher

– back of the scene: the atomic stockpile; the vials of
synthesized diseases eager biologists have developt over
half a century dreaming of the bodies of mothers and
fathers and children and hated rivals swollen with new
plagues, measles grown enormous, influenzas perfected;
and the gases of despair, confusion of the senses, mania,
inducing terror of the universe, coma, existential
wounds, that chemists we have met at cocktail parties,
passt daily and with a happy «Good Day» on the way to
classes or work, have workt to make war too terrible for
men to wage –

raised this secret entity of America's hatred of Europe, of Africa,
of Asia,
the deep hatred for the old world that had driven generations of
America out of itself,
and for the alien world, the new world about him, that might have
been Paradise
but was before his eyes already cleard back in a holocaust of
burning Indians, trees and grasslands,
reduced to his real estate, his projects of exploitation and profitable
wastes,

this specter that in the beginning Adams and Jefferson feard and
knew would corrupt the very body of the nation
and all our sense of our common humanity,
this black bile of old evils arisen anew,
takes over the vanity of Johnson;
and the very glint of Satan's eyes from the pit of the hell of
America's unacknowledged, unrepented crimes that I saw in
Goldwater's eyes
now shines from the eyes of the President
in the swollen head of the nation.

– hinter den Kulissen: das atomare Arsenal; die Phiolen synthetisch hergestellter Krankheiten, die eifrige Biologen entwickelt haben nach fünf Jahrzehnten Träumen von den Leibern der Mütter und Väter und Kinder und verhaßten Rivalen aufgebläht von neuen Seuchen, Mega-Masern, Grippeviren perfektioniert; und Giftgase der Verzweiflung, Konfusion der Sinne, Wahn, die zum Entsetzen des Universums führen, zu Koma, existentiellen Wunden, die Chemiker, die wir auf Cocktailparties trafen, an denen wir täglich und mit einem aufgeräumtem «Guten Tag» vorübergingen auf dem Weg zur Uni oder Arbeit, entwarfen, daß der Krieg derart entsetzlich wird, daß ihn die Menschheit nicht mehr führt –

erwachte dieses geheime Etwas, der Haß Amerikas auf Europa,
auf Afrika, auf Asien,
der tiefe Haß auf die alte Welt, die Generationen von
Amerika aus sich vertrieben hatte,
und auf die fremde Welt, die neue Welt, die ihn umgab, und die
vielleicht ein Paradies gewesen wär,
jedoch vor seinen Augen gerodet wurde in einem Holocaust
brennender Indianer, Bäume und Prärien,
am Ende nur mehr Immobilie, Ausbeutungsprojekt und profitabler
Müll,

dies Schreckgespenst, das Adams und Jefferson von Anfang an
gefürchtet hatten, die wußten, es würde die Nation
in ihrer Substanz verfaulen lassen und jegliches Gefühl dafür,
daß wir alle Menschen sind,
diese schwarze Galle der alten Übel, die wieder hochgestiegen ist,
bemächtigt sich der Eitelkeit von Johnson; und das Gefunkel von
Satans Augen aus dem Höllenschlund von Amerikas
uneingestandenen, unbereuten Verbrechen, das ich in
Goldwaters Augen sah,
leuchtet nun aus den Augen des Präsidenten
im aufgeblähten Haupte der Nation.

Denise Levertov

The Mutes

Those groans men use
passing a woman on the street
or on the steps of the subway

to tell her she is a female
and their flesh knows it,

are they a sort of tune,
an ugly enough song, sung
by a bird with a slit tongue

but meant for music?

Or are they the muffled roaring
of deafmutes trapped in a building that is
slowly filling with smoke?

Perhaps both.

Such men most often
look as if groan were all they could do,
yet a woman, in spite of herself,

knows it's a tribute:
if she were lacking all grace
they'd pass her in silence:

so it's not only to say she's
a warm hole. It's a word

in grief-language, nothing to do with
primitive, not an ur-language;
language stricken, sickened, cast down

Denise Levertov

Die Stummen

Dieses Ächzen wenn Männer
an einer Frau vorbeigehen, auf der Straße
oder auf den Stufen der U-Bahn

um ihr zu sagen daß sie weiblich ist
und daß ihr Fleisch darum weiß

ist es eine Art Melodie,
ein häßliches Lied, gesungen
von einem Vogel mit gespaltener Zunge

aber als Musik gemeint?

Oder ist es das erstickte Brüllen
von Taubstummen gefangen in einem Gebäude das
sich langsam mit Rauch füllt?

Vielleicht beides.

Solche Männer sehen allermeistens
aus als ob Ächzen alles wäre was sie könnten,
doch eine Frau, sich selbst zum Trotz,

weiß es ist ein Tribut:
wenn sie alle Anmut vermissen ließe
würden sie schweigend vorübergehen:

also soll es nicht nur heißen, daß sie
ein warmes Loch ist. Es ist ein Wort

in Trauersprache, hat nichts zu tun mit
primitiv, keine Ur-Sprache;
Sprache, getroffen, angeschlagen, niedergestreckt

in decrepitude. She wants to
throw the tribute away, dis-
gusted, and can't,

it goes on buzzing in her ear,
it changes the pace of her walk,
the torn posters in echoing corridors

spell it out, it
quakes and gnashes as the train comes in.
Her pulse sullenly

had picked up speed,
but the cars slow down and
jar to a stop while her understanding

keeps on translating:
«Life after life after life goes by

without poetry,
without seemliness,
without love.»

Ways of Conquest

You invaded my country by accident,
not knowing you had crossed the border.
Vines that grew there touched you.
                                        You ran past them,
shaking raindrops off the leaves – you or the wind.
It was toward the hills you ran,
inland –

I invaded your country with all my
«passionate intensity,»
pontoons and parachutes of my blindness.
But living now in the suburbs of the capital
incognito,

in Gebrechlichkeit. Sie will
den Tribut wegwerfen, an-
gewidert, und kann nicht,

er klingt in ihrem Ohr,
er ändert das Tempo ihres Schritts,
die zerrissenen Poster in hallenden Korridoren

machen ihn überdeutlich, er
bebt und knirscht, als der Zug einfährt.
Ihr Puls, lustlos, war

schneller geworden,
aber die Waggons fahren langsamer und
bleiben mit einem Ruck stehen während ihr Verstand

noch übersetzt:
«Leben um Leben um Leben vergeht

ohne Poesie
ohne Taktgefühl
ohne Liebe.»

Wege der Eroberung

Du drangst in mein Land ein, zufällig,
nicht wissend, daß Du die Grenze überschritten hattest.
Ranken die dort wuchsen berührten Dich.
Du eiltest vorbei,
schütteltest Regentropfen von den Blättern – Du oder der Wind.
Zu den Hügeln hin eiltest Du,
landeinwärts –

Ich drang in Dein Land ein mit all meiner
«leidenschaftlichen Intensität»,
Faltbrücken und Fallschirme meiner Blindheit.
Doch nun da ich in den Vororten der Hauptstadt lebe
unerkannt,

                                    my will to take the heart of the city
                                    has dwindled. I love
its unsuspecting life,
its adolescents who come to tell me their dreams in the dusty park
among the rocks and benches,
I the stranger who will listen.
I love
the wild herons who return each year to the marshy outskirts.
What I invaded has
invaded me.

Love Letter

Fragrant with sandalwood, with lightest
oil of almond,

our hearts still flying around and around
          like silver wheels that
          can't stop spinning
                              all in a moment,

we lay at rest, holding
tight to each other,
                         not ready yet
to relax and
each move off into separateness.

Then in words
you gave me
to myself:

you made me know I'd
given you what I
wanted to give,
that I hadn't

ist mein Wille, das Herz der Stadt einzunehmen
geschwunden. Ich liebe
ihr argloses Leben,
ihre Halbwüchsigen, die kommen, mir ihre Träume zu erzählen
in dem staubigen Park zwischen den Felsen und Bänken,
ich, die Fremde, die zuhören wird.
Ich liebe die wilden Reiher,
die jedes Jahr zurückkehren in die sumpfigen Randgebiete.
Was ich einnahm hat
mich eingenommen.

Liebesbrief

Duftend nach Sandelholz, nach einer Spur
von Mandelöl,

noch fliegen unsere Herzen um und um
wie Silberräder, die
die Drehung nicht beenden können
in einem einzigen Augenblick,

wir liegen ruhend, halten
einander fest,
noch nicht bereit
uns zu entspannen und
jeder wegzutreiben in seine Gesondertheit.

Dann in Worten
gabst du mich
mir selbst:

du ließt mich wissen, daß
ich dir gegeben, was ich
dir geben wollte,
daß ich nicht

been travelling alone . . .
                                        You wonder
who you are, if you exist, what
you can do with your energy, has it
a center?
              I tell you,
if you can love a woman
the way you love
blackberries,
strawberries in the sun,
the small red onions you plant,
or a hawk riding
the sway of wind over ocean,
if you can make her know it
even for a moment,

you are as real
as earth itself.
                      No one confirms
an other unless
he himself rays forth
from a center. This
is the human inscape, this
is the design our fragile
shifting molecules strive to utter
upon the airy spaces where it's
so hard to find foothold.

allein umhergewandert war . . .
                                        Du möchtest wissen,
wer du bist, ob es dich gibt, was
du mit deiner Kraft anfangen kannst, hat sie
eine Mitte?
            Ich sage dir,
wenn du eine Frau lieben kannst
wie du Brombeeren
liebst,
Erdbeeren in der Sonne,
die kleinen roten Zwiebeln die du pflanzst,
oder einen Falken, der
mit dem Schwung des Windes über den Ozean gleitet,
wenn du es ihr vermitteln kannst
auch nur für einen Augenblick,

bist du so wirklich
wie die Erde selbst.
                        Keiner bestärkt
einen anderen, wenn er nicht
selbst von einer Mitte
ausstrahlt. Dies
ist des Menschen inneres Bild, dies
ist der Plan, den unsere zerbrechlichen
unsteten Moleküle sich mühen auszuweiten
auf die luftigen Räume, wo
Halt zu finden so schwierig ist.

John Berryman

Homage to Mistress Bradtstreet

36

– Hard and divided heaven! creases me. Shame
is failing. My breath is scented, and I throw
hostile glances towards God.
Crumpling plunge of a pestle, bray:
sin cross & opposite, wherein I survive
nightmares of Eden. Reaches foul & live
he for me, this soul
to crunch, a minute tangle of eternal flame.

37

I fear hell's hammer-wind. But fear does wane.
Death's blossoms grain my hair; I cannot live.
A black joy clashes
joy, in twilight. The Devil said
«I will deal toward her softly, and her enchanting cries
will fool the horns of Adam.» Father of lies,
a great male pestle smashes
small women swooning towards the mortar's rim in vain.

77 Dream Songs

14

Life, friends, is boring. We must not say so.
After all, the sky flashes, the great sea yearns,
we ourselves flash and yearn,
and moreover my mother told me as a boy
(repeatingly) «Ever to confess you're bored
means you have no

Inner Resources.» I conclude now I have no
inner resources, because I am heavy bored.

John Berryman

Huldigung an Mistress Bradtstreet

36

– Hart und geteilt der Himmel! knickt mich. Scham
erlahmt. Mein Atem duftet, und ich werfe
auf Gott feindselige Blicke.
Malmende Macht des Stößels, stampf zu:
Sünde verquer, überkreuz, läßt mich Edens
Albträume überstehn. Wüst langt er zu & voll Lebens,
nach mir, will diese Seele
zerknirschen, winzigen Wirrwarr ewiger Flamme.

37

Ich fürcht ihn, den Höllen-Hammerwind. Doch Furcht verblaßt.
Todes Blumen tönen mein Haar; ich kann nicht leben.
Schwarze Lust prallt
auf Lüste im Dämmer. Sprach der Teufel
«Ich will zart umgehn mit ihr, Adams Hörner berücken
soll ihr reizendes Schrein.» O du Vater der Lügen,
männlicher Riesen-Stößel zermalmt
schwache Frauen, die in Ohnmacht den Mörserrand suchen, vergeblich.

77 Traumgesänge

14

Leben, Freunde, langweilt. So soll man nicht sprechen.
Immerhin leuchtet der Himmel, begehrt das große Meer,
wir selber leuchten und begehren,
zudem lehrte mich meine Mutter
als ich klein war: «Zugeben, daß du dich langweilst
heißt nur, dir fehlen

Innere Reserven.» Ich folgere jetzt, ich habe keine
inneren Reserven, denn mir ist so langweilig.

Peoples bore me,
literature bores me, especially great literature,
Henry bores me, with his plights & gripes
as bad as achilles,

who loves people and valiant art, which bores me.
And the tranquil hills, & gin, look like a drag
and somehow a dog
has taken itself & its tail considerably away
into mountains or sea or sky, leaving
behind: me, wag.

ELEVEN ADDRESSES TO THE LORD

I

Master of beauty, craftsman of the snowflake,
inimitable contriver,
endower of Earth so gorgeous & different from the boring Moon,
thank you for such as it is my gift.

I have made up a morning prayer to you
containing with precision everything that most matters.
«According to Thy will» the thing begins.
It took me off & on two days. It does not aim at eloquence.

You have come to my rescue again & again
in my impassable, sometimes despairing years.
You have allowed my brilliant friends to destroy themselves
and I am still here, severely damaged, but functioning.

Unknowable, as I am unknown to my guinea pigs:
how can I «love» you?
I only as far as gratitude & awe
confidently & absolutely go.

I have no idea whether we live again.
It doesn't seem likely

Die Menschen langweilen mich,
Literatur langweilt mich, vor allem große,
Henry langweilt mich, mit seinen Lasten & Leiden
so schlimm wie Achilles,

der Menschen mag und mutige Kunst, die mich langweilt.
Und die friedlichen Hügel, & Gin, ermuntern mich nicht
und irgendwie hat ein Hund
sich & seinen Schweif beträchtlich entfernt
in Gebirge, See oder Himmel, und ver-
lassen: mich, wedelnd.

Elf Anrufungen des Herrn

I

Meister der Schönheit, Fertiger der Schneeflocke,
unnachahmlicher Tüftler,
Stifter der Erde so prachtvoll & ungleich dem Langweiler Mond,
dir danke dafür, womit ich beschenkt bin.

Ich habe ein Morgengebet an dich ausgedacht,
das exakt alles enthält, was ganz wichtig ist.
«Nach Deinem Willen», beginnt die Sache.
Ich brauchte zwei volle Tage. Es strebt nicht nach Eloquenz.

Du hast mich errettet wieder & wieder
in meinen verschlossenen, zuweilen verzweifelten Jahren.
Du hast meinen munteren Freunden erlaubt sich zu zerstören
und ich bin immer noch da, arg beschädigt, doch tüchtig.

Unkennbar, wie ich unbekannt bin meinen Meerschweinchen:
wie kann ich dich «lieben»?
Zu Dankbarkeit & Ehrfurcht nur
bin ich zuversichtlich & vollkommen fähig.

Ich habe keine Ahnung, ob wir wieder leben.
Es ist kaum wahrscheinlich

from either the scientific or the philosophical point of view
but certainly all things are possible to you,

and I believe as fixedly in the Resurrection-appearances to Peter
& to Paul
as I believe I sit in this blue chair.
Only that may have been a special case
to establish their initiatory faith.

Whatever your end may be, accept my amazement.
May I stand until death forever at attention
for any your least instruction or enlightenment.
I even feel sure you will assist me again, Master of
insight & beauty.

2

Holy, as I suppose I dare to call you
without pretending to know anything about you
but infinite capacity everywhere & always
& in particular certain goodness to me.

Yours is the crumpling, to my sister-in-law terrifying thunder,
yours the candelabra buds sticky in Spring, Christ's mercy,
the gloomy wisdom of godless Freud:

yours the lost souls in ill-attended wards,
those agonized thro' the world
at this instant of time, all evil men,
Belsen, Omaha Beach, –

incomprehensible to man your ways.
May be the Devil after all exists.
«I don't try to reconcile anything» said the poet at eighty,
«This is a damned strange world.»

Man is ruining the pleasant earth & man.
What at last, my Lord, will you allow?

vom wissenschaftlichen wie vom philosophischen Standpunkt
doch gewiß ist alles möglich für dich,

und ich glaube so fest an die Auferstehungs-Erscheinungen Peters
& Pauls
wie ich glaube, daß ich in diesem blauen Sessel sitze.
Das mag allerdings ein Sonderfall gewesen sein
um ihren ersten Glauben zu begründen.

Was deine Absicht auch sein mag, nimm mein Verwundern entgegen.
Möge ich sein bis zum Tod aufmerksam
auf deine geringste Lehre oder Erleuchtung.
Ich bin sicher sogar, du leistest mir wieder die Hilfe, Meister
der Einsicht & Schönheit.

2

Heilig, wie ich wohl dich nennen darf,
ohne zu heucheln, ich wüßte mehr über dich
als unendliche Eigenschaft überall & immer
& insonders bestimmte Güte für mich.

Dein ist der rumpelnde, für meine Schwägerin
schreckenerregenden, Donner,
dein die Kandelabraknospen klebrig im Frühling, Christi Erbarmen,
die düstere Weisheit des gottlosen Freud:

dein die verlorenen Seelen in schlecht versorgten Stationen,
jene weltweit voll Schmerz
in diesem Augenblick, alle Bösen,
Belsen, Omaha Beach, –

unfaßbar dem Menschen deine Wege.
Vielleicht gibt es den Teufel doch.
«Ich versuche nichts zu versöhnen,» sagte der Dichter mit achtzig,
«Eine verdammt merkwürdige Welt.»

Die Menschheit verdirbt die erfreuliche Erde & Menschheit.
Was zuletzt, Herr, wirst du erlauben?

Postpone till after my children's deaths your doom
if it be thy ineffable, inevitable will.

I say «Thy kingdom come», it means nothing to me.
Hast Thou prepared astonishments for man?
One sudden Coming? Many so believe.
So not, without knowing anything, do I.

3

Sole watchman of the flying stars, guard me
against my flicker of impulse lust: teach me
to see them as sisters & daughters. Sustain
my grand endeavors: husbandship & crafting.

Forsake me not when my wild hours come;
grant me sleep nightly, grace soften my dreams;
achieve in me patience till the thing be done,
a careful view of my achievement come.
Make me from time of time the gift of the shoulder.
When all hurt nerves whine shut away the whiskey.
Empty my heart toward Thee.
Let me pace without fear the common path of death.

Cross am I sometimes with my little daughter:
fill her eyes with tears. Forgive me, Lord.
Unite my various soul,
sole watchman of the wide & single stars.

Vertag, bis zum Tod meiner Kinder dein Verhängnis
wenn es dein unverständlicher, unabwendlicher Wille sei.

Ich sage «Dein Reich komme», es bedeutet mir nichts.
Hältst du Staunen bereit für die Menschen?
Ein Plötzliches Erscheinen? So glauben viele.
So nicht, nichts wissend, ich.

3

Alleiniger Wächter der fliegenden Sterne, beschütz mich
gegen die Funken der Unruhe Lust: lehr mich
sie sehen als Schwestern & Töchter. Stärke
meine großen Projekte: Ackerbau und Handwerk.

Verlaß mich nicht, wenn meine wilden Stunden kommen;
gewähr mir Schlaf nachts, Gnade sänftige meine Träume;
erreich in mir Geduld, bis es getan ist,
eine achtsame Sicht, was ich erreicht hab.
Mach mir von Zeit zu Zeit die Gabe der Schulter.
Wenn alle wehen Nerven weinen, schließ den Whisky weg.
Leere mein Herz dir zu.
Laß ohne Furcht mich schreiten den Weg aller zum Tod.

Zornig bin ich zuweilen mit meiner kleinen Tochter:
füll in ihre Augen Tränen. Vergib mir, Herr.
Einige die Vielheit meiner Seele,
alleiniger Wächter der weiten & einzelnen Sterne.

Sylvia Plath

Ariel

Stasis in darkness.
Then the substanceless blue
Pour of tor and distances.

God's lioness,
How one we grow,
Pivot of heels and knees! – The furrow

Splits and passes, sister to
The brown arc
Of the neck I cannot catch,

Nigger-eye
Berries cast dark
Hooks –

Black sweet blood mouthfuls,
Shadows.
Something else

Hauls me through air –
Thighs, hair;
Flakes from my heels.

White
Godiva, I unpeel –
Dead hands, dead stringencies.

And now I
Foam to wheat, a glitter of seas.
The child's cry

Sylvia Plath

Ariel

Stocken im Dunkeln.
Dann die substanzlose blaue
Ausgießung von Hügelkuppe und Fernen;

Gottes Löwin,
Wie eins wir werden,
Scharniere aus Fersen und Knien! – Die Ackerfurche

Klafft auf und davon, Schwester
Der braunen Biegung
Des Nackens, den ich nicht fangen kann,

Mohrenaug-Brombeeren
Angeln mit dunklen
Haken –

Ein Mundvoll schwarz-süßes Blut;
Die Schatten.
Etwas anderes

Schleift mich durch Lüfte, –
Hüften, Haar;
Splitter von meinen Fersen.

Weiß, Godiva,
Enthülle ich mich –
Tote Hände, tote Begehren.

Und nun schäume ich
Zum Weizen, ein Gleißen von Meeren.
Des Kindes Schrei

Melts in the wall.
And I
Am the arrow,

The dew that flies
Suicidal, at one with the drive
Into the red

Eye, the cauldron of morning.

Lady Lazarus

I have done it again.
One year in every ten
I manage it –

A sort of walking miracle, my skin
Bright as a Nazi lampshade,
My right foot

A paperweight,
My face a featureless, fine
Jew linen.

Peel off the napkin
O my enemy.
Do I terrify? –

The nose, the eye pits, the full set of teeth?
The sour breath
Will vanish in a day.

Soon, soon the flesh
The grave cave ate will be
At home on me

Schmilzt in der Wand.
Und ich
Bin der Pfeil,

Der Tau der fliegt
Selbstmörderisch eins mit dem Ritt
Ins rote

Auge, den Kessel des Morgens.

Madame Lazarus

Ich habe es wieder gekonnt.
Einmal jedes Jahrzehnt
Bring ich es fertig –

Eine Art wandelndes Wunder, meine Haut
Strahlend wie ein Nazi-Lampenschirm,
Mein rechter Fuß

Ein Briefbeschwerer,
Mein Gesicht ein ganz glattes, feines
Jüdisches Leinen.

Nimm mein Mundtuch ab, o mein Feind,
Schäle mich aus meiner Hülle.
Ob ich dich mit Entsetzen erfülle?

Nase, Augenhöhlen, zwei vollzählige Zahnreihn?
Der saure Atem
Wird nach einem Tag nicht mehr da sein.

Bald, bald wird das Fleisch,
Das in die Grube fuhr
Zuhause sein auf mir

And I a smiling woman.
I am only thirty.
And like the cat I have nine times to die.

This is Number Three.
What a trash
To annihilate each decade.

What a million filaments.
The peanut-crunching crowd
Shoves in to see

Them unwrap me hand and foot –
The big strip tease.
Gentlemen, ladies

These are my hands
My knees.
I may be skin and bone,

Nevertheless, I am the same, identical woman.
The first time it happened I was ten.
It was an accident.

The second time I meant
To last it out and not come back at all.
I rocked shut

As a seashell.
They had to call and call
And pick the worms off me like sticky pearls.

Dying
Is an art, like everything else.
I do it exceptionally well.

I do it so it feels like hell.
I do it so it feels real.
I guess you could say I've a call.

Und ich eine lächelnde Frau.
Ich bin erst dreißig.
Und wie die Katze kann ich neunmal sterben, bevor es vorbei ist,

Wovon dies Nummer drei ist.
Was für ein Mist,
Jedes Jahrzehnt zu vernichten.

Was für eine Million kleine Fasern.
Die Erdnüsse kauende Menge
Drängt herein zu sehen

Wie sie mich auswickeln, Hand und Fuß,
Den großen Strip. –
Meine Damen und Herrn,

Dies sind meine Hände,
Meine Knie.
Ich mag Haut und Knochen sein,

Nichtsdestotrotz, ich bin dieselbe nämliche Frau.
Als es das erste Mal geschah, war ich zehn.
Es war ein Unfall.

Das zweite Mal wollte ich
Durchhalten und nicht mehr zurück.
Ich schaukelte mich fest zu

Wie eine Meermuschel.
Sie mußten rufen und rufen und Stück für Stück
Die Würmer abklauben von mir wie klebrige Perlen.

Sterben
Ist eine Kunst, wie alles.
Ich kann es besonders schön.

Ich kann es so, daß es die Hölle ist, es zu sehn.
Ich kann es so, daß man wirklich fühlt, es ist echt.
Sie können, glaube ich, sagen, ich bin berufen zu diesem Ziele.

It's easy enough to do it in a cell.
It's easy enough to do it and stay put.
It's the theatrical

Come back in broad day
To the same place, the same face, the same brute
Amused shout:

«A miracle!»
That knocks me out.
There is a charge

For the eyeing of my scars, there is a charge
For the hearing of my heart –
It really goes.

And there is a charge, a very large charge
For a word or a touch
Or a bit of blood

Or a piece of my hair or my clothes.
So, so, Herr Doktor.
So, Herr Enemy.

I am your opus,
I am your valuable,
The pure gold baby

That melts to a shriek.
I turn and burn.
Do not think I underestimate your great concern.

Ash, ash –
You poke and stir.
Flesh, bone, there is nothing there –

A cake of soap,
A wedding ring,
A gold filling.

Es ist leicht genug es zu tun in einer Zelle.
Es ist leicht genug es zu tun und dann so
Zu bleiben. Es ist die theatralische

Wiederkunft am hellen Tag,
Zum selben Ort, zum selben Gesicht, zum selben roh
Amüsierten Schrei:

«Ein Wunder!»
Die mich umhaut dabei.
Es ist ein Preis zu entrichten

Für das Ansehen meiner Narben, es ist ein Preis
Für das Abhorchen meines Herzens –
Wirklich, es schlägt!

Und es ist ein Preis zu entrichten, ein sehr hoher Preis
Für ein Wort oder ein Berühren
Oder ein bißchen Blut

Oder ein Stück von meinem Kleid oder meinen Haaren.
So, so, *Herr* Doktor,
So, so, *Herr* Feind.

Ich bin Ihr magnum opus.
Ich bin Ihr bestes Stück,
Das Baby aus reinem Gold

Das schmilzt zu einem Schrei.
Ich dreh mich am Spieß und ich brenne.
Denken Sie nicht, daß ich Ihre große Anteilnahme verkenne.

Asche, Asche –
Sie rühren und schüren.
Fleisch, Knochen, da ist nichts aufzuspüren –

Ein Würfel Seife,
Ein Ehering,
Ein Goldzahn.

Herr God, Herr Lucifer
Beware
Beware.

Out of the ash
I rise with my red hair
And I eat men like air.

The Thin People

They are always with us, the thin people
Meagre of dimension as the grey people

On a movie-screen. They
Are unreal, we say:

It was only in a movie, it was only
In a war making evil headlines when we

Were small that they famished and
Grew so lean and would not round

Out their stalky limbs again though peace
Plumped the bellies of the mice

Under the meanest table.
It was during the long hunger-battle

They found their talent to persevere
In thinness, to come, later,

Into our bad dreams, their menace
Not guns, not abuses,

But a thin silence.
Wrapped in flea-ridden donkey skins,

Herr Gott, *Herr* Luzifer,
Gefahr
Gefahr.

Mit meinem roten Haar
Steig ich aus Asche und Gruft
Und ich esse Männer wie Luft.

Die dünnen Leute

Sie sind immer mit uns, die dünnen Leute
Mager an Umfang wie die grauen Leute

Auf einer Filmleinwand. Sie
Sind unwirklich, sagen wir:

Es war nur in einem Film, es war nur
In einem Krieg der schlimme Schlagzeilen machte als wir

Klein waren daß sie verhungerten und
So schmal wurden und ihre langgewachsenen Gliedmaßen

sich nicht wieder rundeten obwohl Friede
Die Bäuche der Mäuse bläht

Unter den ärmlichsten Tischen.
Es war während der langen Hungerschlacht

Daß sie ihr Talent entdeckten auszuharren
In Dünnheit, um später dann

Unsere schlechten Träume zu betreten, keine Drohung
Mittels Gewehren, kein Mißbrauch,

Aber eine dünne Stille.
In verlauste Eselsfelle gehüllt,

Empty of complaint, forever
Drinking vinegar from tin cups: they wore

The insufferable nimbus of the lot-drawn
Scapegoat. But so thin,

So weedy a race could not remain in dreams,
Could not remain outlandish victims

In the contracted country of the head
Any more than the old woman in her mud hut could

Keep from cutting fat meat
Out of the side of the generous moon when it

Set foot nightly in her yard
Until her knife had pared

The moon to a rind of little light.
Now the thin people do not obliterate

Themselves as the dawn
Greyness blues, reddens, and the outline

Of the world comes clear and fills with colour.
They persist in the sunlit room: the wallpaper

Frieze of cabbage-roses and cornflowers pales
Under their thin-lipped smiles,

Their withering kingship.
How they prop each other up!

We own no wildernesses rich and deep enough
For stronghold against their stiff

Battalions. See, how the tree boles flatten
And lose their good browns

Bar jeder Klage, für immer
Essig aus Blechtassen trinkend: sie trugen

Den unerträglichen Heiligenschein des vom Schicksal getroffenen
Sündenbocks. Aber nicht konnte eine solch dünne,

Eine solch schmächtige Rasse in Träumen bleiben,
nicht länger ausländisches Opfer bleiben

Im beschränkten Land des Kopfes
So wenig wie die alte Frau in ihrer Lehmhütte

Sich enthalten konnte, fettes Fleisch zu schneiden
Aus der Seite des großzügigen Mondes als er

Nachts in ihren Hof kam
Bis ihr Messer den Mond

Zu einer Schale kleinen Lichts geschält hatte.
Nun löschen die dünnen Leute sich nicht

Aus wenn die Morgendämmerung
Das Grau blau färbt, es rötet, und der Umriß

Der Welt hervortritt und sich mit Farben sättigt.
Sie verharren im sonnendurchfluteten Zimmer: der Tapeten

Muster aus Cabbage-Rosen und Kornblumen erbleicht
Unter ihrem schmallippigen Lächeln,

Ihrer ausdörrenden Majestät.
Wie sie sich aufeinander stützen!

Wir besitzen keine Wildnisse reich und tief genug
Als Festung gegen ihre steifen

Bataillone. Sieh nur, wie die Baumstämme verflachen
Und ihre gute Bräune verlieren

If the thin people simply stand in the forest,
Making the world go thin as a wasp's nest

And greyer; not even moving their bones.

Words

Axes
After whose stroke the wood rings,
And the echoes!
Echoes travelling
Off from the centre like horses.

The sap
Wells like tears, like the
Water striving
To re-establish its mirror
Over the rock

That drops and turns,
A white skull,
Eaten by weedy greens.
Years later I
Encounter them on the road –

Words dry and riderless,
The indefatigable hoof-taps.
While
From the bottom of the pool, fixed stars
Govern a life.

Wenn die dünnen Leute einfach im Wald stehen,
Lassen sie die Welt dünn werden wie ein Wespennest

Und grauer noch; nicht einmal ihre Knochen bewegen sie.

Worte

Äxte
Nach deren Schlag das Holz klingt,
Und die Echos!
Echos die laufen
Fort von der Mitte wie Pferde.

Der Saft
Steigt auf wie Tränen, wie das
Wasser das drängt
Zurück zu seinem Spiegel
Über dem Felsblock,

Der fällt und sich dreht,
Ein weißer Schädel,
Zerfressen von Unkrautgrün.
Nach Jahren sehe ich
Sie auf der Straße –

Worte trocken und reiterlos,
Der unermüdliche Hufschlag.
Aber
Unverrückbare Sterne vom Grund des Teiches
Lenken ein Leben.

Anne Sexton

The Black Art

A woman who writes feels too much,
those trances and portents!
As if cycles and children and islands
weren't enough; as if mourners and gossips
and vegetables were never enough.
She thinks she can warn the stars.
A writer is essentially a spy.
Dear love, I am that girl.

A man who writes knows too much,
such spells and fetiches!
As if erections and congresses and products
weren't enough; as if machines and galleons
and wars were never enough.
With used furniture he makes a tree.
A writer is essentially a crook.
Dear love, you are that man.

Never loving ourselves,
hating even our shoes and our hats,
we love each other, *precious, precious.*
Our hands are light blue and gentle.
Our eyes are full of terrible confessions.
But when we marry,
the children leave in disgust.
There is too much food and no one left over
to eat up all the weird abundance.

Anne Sexton

Die schwarze Kunst

Eine Frau die schreibt fühlt zuviel,
diese Abwesenheiten und Vorzeichen!
Als wären Zyklen und Kinder und Inseln
nicht genug; als wären Trauer
und Tratsch und Gemüse niemals genug.
Sie glaubt, sie kann die Sterne warnen.
Schreiben heißt eigentlich Spionin sein.
Mein Lieber, so eine bin ich.

Ein Mann der schreibt weiß zuviel,
solche Zauberworte und Fetische!
Als wären Erektionen und Kongresse und Waren
nicht genug; als wären Maschinen und Galeonen
und Kriege niemals genug.
Aus gebrauchten Möbeln macht er einen Baum.
Schreiben heißt eigentlich Gauner sein.
Mein Lieber, so einer bist du.

Ohne Liebe zu uns selbst,
mit Haß auf unsere Schuhe und Hüte sogar,
lieben wir einander, *Herzchen, Herzchen.*
Unsere Hände sind hellblau und sanft.
Unsere Augen sind voller schrecklicher
Geständnisse. Aber wenn wir heiraten,
gehen angewidert die Kinder fort.
Es gibt zuviel Speise, und niemand mehr da
der den ganzen phantastischen Überfluß ißt.

The Truth the Dead Know

For my mother, born March 1902, died March 1959
and my father, born February 1900, died June 1959

Gone, I say and walk from church,
refusing the stiff procession to the grave,
letting the dead ride alone in the hearse.
It is June. I am tired of being brave.

We drive to the Cape. I cultivate
myself where the sun gutters from the sky,
where the sea swings in like an iron gate
and we touch. In another country people die.

My darling, the wind falls in like stones
from the whitehearted water and when we touch
we enter touch entirely. No one's alone.
Men kill for this, or for as much.

And what of the dead? They lie without shoes
in their stone boats. They are more like stone
than the sea would be if it stopped. They refuse
to be blessed, throat, eye and knucklebone.

Self in 1958

What is reality?
I am a plaster doll; I pose
with eyes that cut open without landfall or nightfall
upon some shellacked and grinning person,
eyes that open, blue, steel, and close.
Am I approximately an I. Magnin transplant?
I have hair, black angel,
black-angel-stuffing to comb,
nylon legs, luminous arms
and some advertised clothes.

Wahrheit, die die Toten kennen

Für meine Mutter, geboren März 1902, gestorben März 1959
und meinen Vater, geboren Februar 1900, gestorben Juni 1959

Gegangen, sage ich und verlasse die Kirche,
verzichte auf die steife Prozession zum Grab,
und laß die Toten allein im Leichenwagen fahren.
Es ist Juni. Ich bin es müde tapfer zu sein.

Wir fahren ans Kap. Ich nehme mir Zeit für mich
dort wo die Sonne vom Himmel rinnt, wo
wie eine Stahltür das Meer hereinschwingt und wir
uns berühren. Es sterben Menschen in einem anderen Land.

Mein Liebster, der Wind bricht landein wie Gestein
vom weißen Herzen des Wassers und wenn wir uns berühren
treten wir ganz in die Berührung ein. Niemand ist allein.
Männer töten für das, oder für soviel.

Und was ist mit den Toten? Barfuß in ihren
steinernen Kähnen liegen sie. Sind steinerner
als ein erstarrtes Meer es wäre. Sie weigern sich
selig zu sein, Kehle, Aug und Fingerknöchel.

Selbst im Jahr 1958

Was ist Wirklichkeit?
Ich bin eine Gipspuppe; ich steh Modell
mit Augen, die aufklappen ohne Land- oder Nachtkennung
auf irgendeine gelackte und grinsende Person,
Augen, die sich öffnen, blau, stählern, und sich schließen.
Daß ich so etwas wie eine I.-Magnin-Schaufensterpuppe wär?
Haare habe ich, schwarzer Engel,
Schwarzes-Engel-Füllhaar zum Kämmen,
Nylonbeine, leuchtend helle Arme
und Kleider aus der Werbung.

I live in a doll's house
with four chairs,
a counterfeit table, a flat roof
and a big front door.
Many have come to such a small crossroad.
There is an iron bed,
(Life enlarges, life takes aim)
a cardboard floor,
windows that flash open on someone's city,
and little more.

Someone plays with me,
plants me in the all-electric kitchen,
Is this what Mrs. Rombauer said?
Someone pretends with me –
I am walled in solid by their noise –
or puts me upon their straight bed.
They think I am me!
Their warmth? Their warmth is not a friend!
They pry my mouth for their cups of gin
and their stale bread.

What is reality
to this synthetic doll
who should smile, who should shift gears,
should spring the doors open in a wholesome disorder,
and have no evidence of ruin or fears?
But I would cry,
rooted into the wall that
was once my mother,
if I could remember how
and if I had the tears.

In einem Puppenhaus lebe ich
mit vier Stühlen,
einem Tisch-Imitat, einem Flachdach,
und einer großen Eingangstür.
Viele sind zu solch kleiner Wegestatt gekommen.
Das ist ein Eisenbett,
(Leben nimmt zu, Leben nimmt Ziel)
einen Boden aus Pappe,
Fenster die sich plötzlich auf jemandes Stadt öffnen,
und kaum mehr.

Irgendjemand spielt mit mir,
verpflanzt mich in die vollelektrische Küche,
ist es das was Mrs. Rombauer sagte?
Irgendjemand tut-so-als-ob mit mir –
ich bin gehörig eingeschnürt in ihren Lärm –
oder legt mich auf ihr ordentliches Bett.
Sie glauben, das sei Ich!
Ihre Wärme? Ihre Wärme ist kein Freund!
Sie brechen meinen Mund auf für ihre Becher Gin
und ihr altbackenes Brot.

Was ist Wirklichkeit
für diese synthetische Puppe
die lächeln soll, die Gänge rauf und runter schalten soll,
die Türen aufreißen soll in zuträglichem Aufruhr,
und ohne eine Spur von Kollaps oder Angst?
Aber weinen würde ich,
verwurzelt in der Mauer,
die einst meine Mutter war,
wenn ich erinnern könnte wie
und wenn ich Tränen hätte.

Adrienne Rich

From a Survivor

The pact that we made was the ordinary pact
of men & women in those days

I don't know who we thought we were
that our personalities
could resist the failures of the race

Lucky or unlucky, we didn't know
the race had failures of that order
and that we were going to share them

Like everybody else, we thought of ourselves as special

Your body is as vivid to me
as it ever was: even more
since my feeling for it is clearer:
I know what it could and could not do

it is no longer
the body of a god
or anything with power over my life

Next year it would have been 20 years
and you are wastefully dead
who might have made the leap
we talked, too late, of making

which I live now
not as a leap
but a succession of brief, amazing movements

each one making possible the next

Adrienne Rich

Von einer Überlebenden

Der Pakt den wir schlossen war der gewöhnliche Pakt
von Männern & Frauen damals

Ich weiß nicht wer wir zu sein glaubten
daß unsere Persönlichkeiten
den Schwächen der Menschheit widerstehen würden

Ob Glück oder Unglück, wir wußten nicht
daß die Menschheit Schwächen dieser Ordnung hatte
und wir sie teilen würden

Wie alle anderen sahen wir uns als etwas Besonderes

Dein Körper ist für mich so lebendig
wie er es je war: um so mehr
da mein Gefühl für ihn klarer ist:
ich weiß was er vermag und was nicht

es ist nicht länger
der Körper eines Gottes
oder irgendetwas, das Macht über mein Leben hat

Nächstes Jahr wären es 20 Jahre gewesen
und du bist unersetzlich tot,
der den Sprung hätte schaffen können
den zu machen wir, zu spät, erwogen hatten

den ich jetzt lebe
nicht als einen Sprung
sondern als Folge kurzer, erstaunlicher Bewegungen

von denen jede die nächste ermöglicht

Diving into the Wreck

First having read the book of myths,
and loaded the camera,
and checked the edge of the knife-blade,
I put on
the body-armor of black rubber
the absurd flippers
the grave and awkward mask.
I am having to do this
not like Cousteau with his
assiduous team
aboard the sun-flooded schooner
but here alone.

There is a ladder.
The ladder is always there
hanging innocently
close to the side of the schooner.
We know what it is for,
we who have used it.
Otherwise
it's a piece of maritime floss
some sundry equipment.

I go down.
Rung after rung and still
the oxygen immerses me
the blue light
the clear atoms
of our human air.
I go down.
My flippers cripple me,
I crawl like an insect down the ladder
and there is no one

Ins Wrack tauchen

Nachdem ich das Buch der Mythen gelesen
und die Kamera geladen
und die Schärfe der Messerklinge geprüft,
ziehe ich
die Rüstung aus schwarzem Gummi über
die absurden Flossen
die ernste und unbequeme Maske.
Jetzt muß ich es tun
nicht wie Cousteau mit seiner
emsigen Mannschaft
an Bord des sonnenüberfluteten Schoners
sondern hier allein.

Da ist ein Fallreep.
Das Fallreep hängt immer dort
harmlos herabgelassen
an der Bordwand des Schoners.
Wir wissen wofür es da ist,
wir, die es benutzt haben.
Ansonsten
ist es ein Stück Schiffstau
irgendein Teil der Ausrüstung.

Ich gehe hinunter.
Sprosse für Sprosse und noch
bin ich in Sauerstoff getaucht
das blaue Licht
die klaren Atome
unserer menschlichen Luft.
Ich gehe hinunter.
Meine Flossen behindern mich,
wie ein Insekt krieche ich das Fallreep hinunter
und da ist niemand

to tell me when the ocean
will begin.

First the air is blue and then
it is bluer and then green and then
black I am blacking out and yet
my mask is powerful
it pumps my blood with power
the sea is another story
the sea is not a question of power
I have to learn alone
to turn my body without force
in the deep element.

And now: it is easy to forget
what I came for
among so many who have always
lived here
swaying their crenellated fans
between the reefs
and besides
you breathe differently down here.

I came to explore the wreck.
The words are purposes.
The words are maps.
I came to see the damage that was done
and the treasures that prevail.
I stroke the beam of my lamp
slowly along the flank
of something more permanent
than fish or weed

the thing I came for:
the wreck and not the story of the wreck
the thing itself and not the myth
the drowned face always staring
toward the sun

der mir sagen kann, wann das Meer
beginnt.

Zuerst ist die Luft blau und dann
blauer und dann grün und dann
schwarz mir wird schwarz vor Augen und doch
ist meine Maske kraftvoll
sie pumpt mein Blut mit Kraft
das Meer ist etwas ganz anderes
das Meer ist keine Frage von Kraft
ich muß alleine lernen
meinen Körper mühelos zu bewegen
im tiefen Element.

Und jetzt: es ist leicht zu vergessen
weshalb ich herkam
inmitten so vieler, die hier schon immer
gelebt haben
die ihre gezinnten Fächer
zwischen den Riffen wiegen
und außerdem
atmest du anders hier unten.

Ich kam das Wrack zu erkunden.
Die Wörter sind Richtungen.
Die Wörter sind Karten.
Ich kam den Schaden zu sehen
und was für Schätze noch bleiben.
Ich lasse den Strahl meiner Lampe
langsam an der Flanke
von etwas entlangstreichen, das beständiger ist
als Fisch oder Tang

das Ding, das ich suchte:
das Wrack und nicht die Geschichte des Wracks
das Ding selbst und nicht den Mythos
das ertrunkene Gesicht, das immer
zur Sonne starrt

the evidence of damage
worn by salt and sway into this threadbare beauty
the ribs of the disaster
curving their assertion
among the tentative haunters.

This is the place.
And I am here, the mermaid whose dark hair
streams black, the merman in his armored body
We circle silently
about the wreck
we dive into the hold.
I am she: I am he
whose drowned face sleeps with open eyes
whose breasts still bear the stress
whose silver, copper, vermeil cargo lies
obscurely inside barrels
half-wedged and left to rot
we are the half-destroyed instruments
that once held to a course
the water-eaten log
the fouled compass

We are, I am, you are
by cowardice or courage
the one who find our way
back to this scene
carrying a knife, a camera
a book of myths
in which
our names do not appear.

die Spuren der Zerstörung
ausgelaugt von Salz und Strömung zu dieser abgetragenen Schönheit
die Rippen des Unglücks
die sich bogenförmig behaupten
inmitten der zögerlichen Heimsucher.

Dies ist der Ort.
Und ich bin hier, die Meernixe, deren dunkles Haar
schwarz strömt, der Meernöck in seinem gepanzerten Körper
schweigend umkreisen wir
das Wrack
wir tauchen hinab in den Schiffsbauch.
Ich bin sie: Ich bin er
dessen ertrunkenes Gesicht mit offenen Augen schläft
deren Brüste noch immer die Last tragen
deren Fracht von Silber, Kupfer, Vermeil
in Fässern verborgen liegt
halb eingekeilt und der Fäule überlassen
wir sind die halbzerstörten Instrumente
die einst einen Kurs hielten
das wasserzerfressene Logbuch
der stockende Kompaß

Wir sind, ich bin, du bist es
die feige oder furchtlos
unseren Weg finden
zurück zu dieser Szenerie
mit einem Messer, einer Kamera
einem Mythenbuch
in dem
unsere Namen nicht erscheinen.

Lawrence Ferlinghetti

Constantly risking absurdity

Constantly risking absurdity
and death
whenever he performs
above the heads
of his audience
the poet like an acrobat
climbs on rime
to a high wire of his own making
and balancing on eyebeams
above a sea of faces
paces his way
to the other side of day
performing entrechats
and sleight-of-foot tricks
and other high theatrics
and all without mistaking
any thing
for what it may not be

For he's the super realist
who must perforce perceive
taut truth
before the taking of each stance or step
in his supposed advance
toward that still higher perch
where Beauty stands and waits
with gravity
to start her death-defying leap

And he
a little charleychaplin man
who may or may not catch
her fair eternal form
spreadeagled in the empty air
of existence

Lawrence Ferlinghetti

Stets Absurdität riskierend

und Tod
bei jeder Vorführung
hoch über den Köpfen
seines Publikums
klettert der Dichter wie ein Artist
auf dem Reim
zu einem selbstgedrehten Hochseil
und, auf der Sichtlinie über ein
Gesichtermeer balancierend,
mißt sein Schritt den Weg
bis zum anderen Ende des Tages
vollführt Kreuzsprünge
mit Zehenfertigkeit
und anderen Theaterkunststücken
und alles ohne etwas mit dem
zu verwechseln
was es nicht sein kann

Denn er ist der Hyperrealist
der notgedrungen die straffgezogene
Wahrheit erkennen muß
vor jeder Haltung, vor jedem Schritt
seines angeblichen Vorrückens
auf den noch höhergestellten Sitz zu
wo Schönheit steht und wartet
gravitätisch
und startet ihren todesverachtenden Sprung

Und er
ein kleiner Charleychaplinmann
der ihre holde zeitlose Form
Arme und Beine gespreizt in der Luftleere
des Daseins
auffangen kann oder nicht

Allen Ginsberg

A Supermarket in California

What thoughts I have of you tonight, Walt Whitman, for I walked down the sidestreets under the trees with a headache self-conscious looking at the full moon.

In my hungry fatigue, and shopping for images, I went into the neon fruit supermarket, dreaming of your enumerations!

What peaches and what penumbras! Whole families shopping at night! Aisles full of husbands! Wives in the avocados, babies in the tomatoes! – and you, Garcia Lorca, what were you doing down by the watermelons?

I saw you, Walt Whitman, childless, lonely old grubber, poking among the meats in the refrigerator and eyeing the grocery boys.

I heard you asking questions of each: Who killed the pork chops? What price bananas? Are you my Angel?

I wandered in and out of the brilliant stacks of cans following you, and followed in my imagination by the store detective.

We strode down the open corridors together in our solitary fancy tasting artichokes, possessing every frozen delicacy, and never passing the cashier.

Where are we going, Walt Whitman? The doors close in an hour. Which way does your beard point tonight?

(I touch your book and dream of our odyssey in the supermarket and feel absurd.)

Will we walk all night through solitary streets? The trees add shade to shade, lights out in the houses, we'll both be lonely.

Allen Ginsberg

Ein Supermarkt in Kalifornien

Wie muß ich heute abend an dich denken, Walt Whitman, denn ich ging mit Kopfschmerzen unter den Bäumen der Seitenstraßen lang und sah unsicher zum Vollmond hinauf.

Erschöpft und hungrig, nach Bildern suchend, ging ich in den Neonsupermarkt für Obst und träumte von deinen Aufzählungen!

Was für Pfirsiche und was für Halbschatten! Ganze Familien beim nächtlichen Einkauf! Gänge voll Ehegatten! Frauen in den Avocados, Babies in den Tomaten! – und du, Garcia Lorca, was wolltest du da unten bei den Wassermelonen?

Ich sah dich, Walt Whitman, kinderloser einsamer alter Stöberer, wie du die Lebensmittel in der Tiefkühltruhe betastet und die Ladenjungen gemustert hast.

Ich hörte dich jeden etwas fragen: Wer hat die Schweinekoteletts geschlachtet? Wieviel kosten die Bananen? Bist du mein Engel?

Ich ging dir zwischen den glitzernden Bergen der Konserven nach und stellte mir dabei vor, daß mir der Hausdetektiv folgte.

Seite an Seite schritten wir durch die offenen Reihen, zwei schrullige Eigenbrötler, kosteten Artischocken, nahmen uns im Geiste jede gefrorene Delikatesse und kamen nie an der Kasse vorbei.

Wohin gehen wir, Walt Whitman? In einer Stunde schließen sie. In welche Richtung zeigt heute abend dein Bart?

(Ich berühre dein Buch und träume von unserer Odyssee im Supermarkt und habe ein absurdes Gefühl.)

Werden wir die ganze Nacht durch verlassene Straßen wandern? Die Bäume fügen Schatten an Schatten, kein Licht mehr in den Häusern, wir werden beide einsam sein.

Will we stroll dreaming of the lost America of love past blue automobiles in driveways, home to our silent cottage?

Ah, dear father, graybeard, lonely old courage-teacher, what America did you have when Charon quit poling his ferry and you got out on a smoking bank and stood watching the boat disappear on the black waters of Lethe?

To Aunt Rose

Aunt Rose – now – might I see you
with your thin face and buck tooth smile and pain
of rheumatism – and a long black heavy shoe
for your bony left leg
limping down the long hall in Newark on the running carpet
past the black grand piano
in the day room
where the parties were
and I sang Spanish loyalist songs
in a high squeaky voice
(hysterical) the committee listening
while you limped around the room
collected the money –
Aunt Honey, Uncle Sam, a stranger with a cloth arm
in his pocket
and huge young bald head
of Abraham Lincoln Brigade

– your long sad face
your tears of sexual frustration
(what smothered sobs and bony hips
under the pillows of Osborne Terrace)
– the time I stood on the toilet seat naked
and you powdered my thighs with Calomine
against the poison ivy – my tender
and shamed first black curled hairs

Werden wir, im Träumen vom verlorenen Amerika der Liebe, an blauen Autos in Einfahrten vorbei, nach Hause schlendern in unsere stille Hütte?

Ach, guter graubärtiger Vater, einsamer Alter, der uns Mut beibrachte, was war dein Amerika, als Charon aufhörte sein Fährboot zu staken und du, ausgestiegen, vom schwelenden Ufer aus sahst wie das Boot langsam verschwand auf den schwarzen Wassern des Lethe?

Für Tante Rose

Tante Rose, wenn ich dich sehen könnte – jetzt
mit deinem mageren Gesicht, dem Raffzahnlächeln und dem
  Schmerz vom Rheuma – und einem hohen schwarzen schweren
    Schuh für dein dürres linkes Bein
  wie du den Läufer auf dem langen Korridor in Newark
        hinunterhumpelst
              vorbei am schwarzen Flügel im Salon
                wo die Parties stiegen
    und ich spanische Loyalisten-Lieder sang
      mit hoher piepsiger Stimme
        (zum Schreien) das Komitee hat zugehört
      während du rumgehumpelt bist im Zimmer
        das Geld gesammelt hast –
  Tante Honey, Onkel Sam, ein Fremder mit einem leeren Ärmel
      in der Tasche
        und der riesige junge Kahlkopf
          von der Abraham Lincoln-Brigade

– dein langes trauriges Gesicht
    die Tränen sexueller Frustration
      (wieviel ersticktes Schluchzen und welch dürre Hüften
        unter den Kissen von Osborne Terrace)
  – damals, als ich nackt auf der Klobrille stand
    und du mit Zinkspat meine Schenkel gepudert hast
      gegen den Nesselausschlag – meine zarten
        und verschämten ersten schwarzen Kringelhärchen

what were you thinking in secret heart then
knowing me a man already –
and I an ignorant girl of family silence on the thin pedestal
of my legs in the bathroom – Museum of Newark.
Aunt Rose
Hitler is dead, Hitler is in Eternity; Hitler is with
Tamburlane and Emily Brontë

Though I see you walking still, a ghost on Osborne Terrace
down the long dark hall to the front door
limping a little with a pinched smile
in what must have been a silken flower dress
welcoming my father, the Poet, on his visit to Newark
– see you arriving in the living room
dancing on your crippled leg
and clapping hands his book
had been accepted by Liveright

Hitler is dead and Liveright's gone out of business
The Attic of the Past and *Everlasting Minute* are out of print
Uncle Harry sold his last silk stocking
Claire quit interpretive dancing school
Buba sits a wrinkled monument in Old
Ladies Home blinking at new babies

last time I saw you was the hospital
pale skull protruding under ashen skin
blue veined unconscious girl
in an oxygen tent
the war in Spain has ended long ago
Aunt Rose

was hast du dir da insgeheim gedacht, wissend, daß ich bereits
ein Mann war – und ich als ahnungslose Tochter des
Familienschweigens auf dem dünnen Podest
meiner Beine im Badezimmer – Museum von Newark.
Tante Rose
Hitler ist tot, Hitler ist in der Ewigkeit; Hitler ist bei
Tamburlaine und Emily Brontë

Und doch seh ich dich noch immer, Gespenst von Osborne Terrace,
den langen düstren Korridor hinuntergehn zur Eingangstür
ein bißchen humpelnd mit gequältem Lächeln
in einem, glaub ich, seidenen Blümchenkleid
und meinen Vater begrüßen, den Dichter, zu Besuch in Newark,
– seh, wie du im Wohnzimmer erscheinst
tanzt auf deinem verkrüppelten Bein
und in die Hände klatschst, sein Buch
war angenommen worden von Liveright

Hitler ist tot und Liveright hat aufgegeben;
The Attic of the Past und *Everlasting Minute* sind vergriffen
Onkel Harry hat seinen letzten Seidenstrumpf verkauft
Claire hat die Schule für Ausdruckstanz verlassen
Buba sitzt als runzliges Monument im Alten-
Heim für Damen und zwinkert frischen Babies zu

das letzte Mal, als ich dich sah, warst du im Krankenhaus
ein blasser Schädel, der sich wölbte unter aschfahler Haut
blaugeädertes bewußtloses Mädchen
im Sauerstoffzelt
der Krieg in Spanien ist schon lang zu Ende
Tante Rose

Gary Snyder

Wave

Grooving clam shell,
    streakt through marble,
  sweeping down ponderosa pine bark-scale
    rip-cut tree grain
        sand-dunes, lava
          flow

Wave   wife.
    woman – wyfman –
«veiled; vibrating; vague»
 sawtooth ranges pulsing;
          veins on the back of the hand.

Forkt out: birdsfoot-alluvium
        wash

    great dunes rolling
Each inch rippld, every grain a wave.

Leaning against sand cornices til they blow away

  – wind, shake
  stiff thorns of cholla, ocotillo
  sometimes I get stuck in thickets –

Ah, trembling spreading radiating wyf
        racing zebra
 catch me and fling me wide
To the dancing grain of things
            of my mind!

Gary Snyder

Welle

Furchende Muschelschale,
Schlierenmarmor
rauscht den Ponderosatannen-Rindenschuppen runter
roh-gesägte Baummaserung
Sanddünen, Lava
Fluß

Welle   Weib.
wip – wifmann –
«verhüllt;   vibrato;   vage»
gezahnte Gebirgsketten pulsieren;
Venen auf dem Handrücken.

Gegabelt: vogelfußförmige alluviale
Anschwemmung

große Dünen rollen
Jeder Zoll gekräuselt, eine Welle jedes Korn.

Gegen Sandüberhänge sich lehnen, bis sie verwehen

– Wind, schüttle
steife Dornen der Cholla, des Ocatillos
manchmal verfange ich mich im Dickicht –

Ah, zitterndes, verströmendes, strahlendes wip
schnellendes Zebra
fang mich und schleudre mich weit
In die tanzende Körnung der Dinge
meines Geistes!

What You Should Know To Be A Poet

all you can about animals as persons.
the names of trees and flowers and weeds.
names of stars, and the movements of the planets and the moon.

your own six senses, with a watchful and elegant mind.

at least one kind of traditional magic:
divination, astrology, the *book of changes,* the tarot;

dreams.
the illusory demons and illusory shining gods;

kiss the ass of the devil and eat shit;
fuck his horny barbed cock,
fuck the hag,
and all the celestial angels
  and maidens perfum'd and golden –

& then love the human: wives husbands and friends.

childrens' games, comic books, bubble-gum,
the weirdness of television and advertising.

work, long dry hours of dull work swallowed and accepted
and livd with and finally lovd. exhaustion, hunger, rest.

the wild freedom of the dance, *extasy*
silent solitary illumination, *enstasy*

real danger. gambles. and the edge of death.

Was man als Dichter wissen muß

soviel wie möglich über tiere als individuen.
die namen von bäumen und blumen und kräutern.
namen von sternen, wie die bewegungen der planeten und des mondes.

die eignen sechs sinne, wie einen wachsamen und feinen verstand.

wenigstens eine art traditioneller magie:
divination, astrologie, das *buch der wandlungen,* die tarots;

träume.
die illusionären dämonen und illusionären leuchtenden gottheiten;

den arsch des teufels zu lecken und scheiße zu fressen;
seinen geilen scharfen schwanz zu melken,
hexen zu bumsen
samt all die himmlischen engel
    und gepuderten güldenen maiden –

& dann, das menschliche zu lieben: frauen   männer   und freunde.

kinderspiele, comic-hefte, bubble-gum,
das unheimliche an fernsehn und reklame.

arbeit, lange trockne stunden stumpfer arbeit, die geschluckt &
gelebt und schließlich geliebt wird.   erschöpfung, hunger, ruhe.

die wilde freiheit des tanzes, *extase*
stille abgeschlossene erleuchtung, *enstase*

wirkliche gefahr.   spiele.   und die schneide des tods.

Frank O'Hara

A Step Away From Them

It's my lunch hour, so I go
for a walk among the hum-colored
cabs. First, down the sidewalk
where laborers feed their dirty
glistening torsos sandwiches
and Coca-Cola, with yellow helmets
on. They protect them from falling
bricks, I guess. Then onto the
avenue where skirts are flipping
above heels and blow up over
grates. The sun is hot, but the
cabs stir up the air. I look
at bargains in wristwatches. There
are cats playing in sawdust.
                                                    On
to Times Square, where the sign
blows smoke over my head, and higher
the waterfall pours lightly. A
Negro stands in a doorway with a
toothpick, languorously agitating.
A blonde chorus girl clicks: he
smiles and rubs his chin. Everything
suddenly honks: it is 12:40 of
a Thursday.
                        Neon in daylight is a
great pleasure, as Edwin Denby would
write, as are light bulbs in daylight.
I stop for a cheeseburger at JULIET'S
CORNER. Giulietta Masina, wife of
Federico Fellini, *è bell'attrice.*
And chocolate malted. A lady in
foxes on such a day puts her poodle
in a cab.

Frank O'Hara

Ein Schritt abseits von ihnen

Ich hab Mittagspause und da geh ich
spazieren zwischen den summgelben
Taxis. Zuerst den Bürgersteig runter
wo Arbeiter ihre dreckig
glänzenden Torsos mit Butterbroten
und Coca-Cola füttern, gelbe Helme
auf. Die schützen sie vor fallenden
Backsteinen, nehme ich an. Dann auf der
Hauptstraße wo Röcke um Knöchel
wippen und über Luftschächte hoch
geblasen werden. Die Sonne sticht, aber
die Taxis rühren die Luft auf. Ich sehe
nach Sonderangeboten in Armbanduhren. Dort
spielen Katzen im Sägemehl.
                                        Weiter
zum Times Square, wo die Reklame
Rauchringe über meinen Kopf bläst und höher
sich leicht der Wasserfall ergießt. Ein
Neger mit einem Zahnstocher steht in
einem Eingang und agitiert matt. Ein
blondes Chorusgirl trippelt vorbei: er
lächelt und reibt sein Kinn. Plötzlich
hupt alles: es ist 12 Uhr 40 an einem
Donnerstag.
                    Neon bei Tageslicht ist ein
großartiges Vergnügen, wie Edwin Denby schreiben
würde, genauso wie Glühbirnen bei Tageslicht.
Ich halte auf einen Cheeseburger bei JULIAS
ECKE an. Giulietta Masina, die Frau
Federico Fellinis, *è bell'attrice.*
Und wegen heißer Schokolade. Eine Dame mit
Fuchspelz an so einem Tag steckt ihren Pudel
ins Taxi.

There are several Puerto
Ricans on the avenue today, which
makes it beautiful and warm. First
Bunny died, then John Latouche,
then Jackson Pollock. But is the
earth as full as life was full, of them?
And one has eaten and one walks,
past the magazines with nudes
and the posters for BULLFIGHT and
the Manhattan Storage Warehouse,
which they'll soon tear down. I
used to think they had the Armory
Show there.
A glass of papaya juice
and back to work. My heart is in my
pocket, it is Poems by Pierre Reverdy.

Why I Am Not a Painter

I am not a painter, I am a poet.
Why? I think I would rather be
a painter, but I am not. Well,

for instance, Mike Goldberg
is starting a painting. I drop in.
«Sit down and have a drink» he
says. I drink; we drink. I look
up. «You have SARDINES in it.»
«Yes, it needed something there.»
«Oh.» I go and the days go by
and I drop in again. The painting
is going on, and I go, and the days
go by. I drop in. The painting is
finished. «Where's SARDINES?»
All that's left is just
letters, «It was too much,» Mike says.

Heute sind mehrere Puerto
Rikaner auf der Straße, das
macht sie schön und warm. Zuerst
starb Bunny, dann John Latouche,
dann Jackson Pollock. Aber ist die
Erde so voll wie das Leben voll war, von ihnen?
Und man hat gegessen und man geht spazieren,
vorbei an den Magazinen mit Aktphotos
und den Plakaten für BULLFIGHT und
dem Manhatten Storage Warehouse, das sie bald
abreißen werden. Ich habe immer
geglaubt sie hätten dort die Armory
Show gehabt.
Ein Glas Papaya-Saft
und zurück an die Arbeit. Mein Herz ist in
meiner Tasche, es sind Gedichte von Pierre Reverdy.

Warum ich kein Maler bin

Ich bin kein Maler, ich bin ein Dichter.
Warum? Ich glaube ich würde viel lieber
ein Maler sein aber ich bin es nicht. Nun gut

Mike Goldberg fängt zum Beispiel
ein Bild an. Ich komme zufällig rein.
«Setz dich und nimm einen Schluck», sagt
er. Ich trinke; wir trinken. Ich blicke
auf. «Du hast ja SARDINEN dadrin.»
«Ja, irgend was mußte dahin.»
«Oh.» Ich gehe und die Tage vergehen
und ich komme wieder zufällig rein. Am Bild
ist weitergemacht, und ich gehe und Tage
vergehen. Ich komme zufällig rein. Das Bild ist
fertig. «Wo sind die SARDINEN?
Alles, was geblieben ist, sind nur
Buchstaben. «Die waren zuviel,» sagt Mike.

But me? One day I am thinking of
a color: orange. I write a line
about orange. Pretty soon it is a
whole page of words, not lines.
Then another page. There should be
so much more, not of orange, of
words, of how terrible orange is
and life. Days go by. It is even in
prose, I am a real poet. My poem
is finished and I haven't mentioned
orange yet. It's twelve poems, I call
it ORANGES. And one day in a gallery
I see Mike's painting, called SARDINES.

The Day Lady Died

It is 12:20 in New York a Friday
three days after Bastille day, yes
it is 1959 and I go get a shoeshine
because I will get off the 4:19 in Easthampton
at 7:15 and then go straight to dinner
and I don't know the people who will feed me

I walk up the muggy street beginning to sun
and have a hamburger and a malted and buy
an ugly NEW WORLD WRITING to see what the poets
in Ghana are doing these days
I go on to the bank
and Miss Stillwagon (first name Linda I once heard)
doesn't even look up my balance for once in her life
and in the GOLDEN GRIFFIN I get a little Verlaine
for Patsy with drawings by Bonnard although I do
think of Hesiod, trans. Richmond Lattimore or
Brendan Behan's new play or *Le Balcon* or *Les Nègres*
of Genet, but I don't, I stick with Verlaine
after practically going to sleep with quandariness

Und wie geht's mir? Eines Tages denke ich an
eine Farbe: Orange. Ich schreibe eine Zeile
über Orange. Kurz darauf ist es eine
ganze Seite voll Wörter, nicht nur Zeilen.
Dann eine andere Seite. Es sollten noch
viel mehr sein, nicht über Orange, über
Wörter, darüber wie schrecklich Orange ist
und das Leben. Tage vergehen. Es ist sogar in
Prosa, ich bin ein richtiger Dichter. Mein Gedicht
ist fertig und ich habe noch nicht einmal
Orange erwähnt. Es sind zwölf Gedichte, ich nenne
sie ORANGEN. Und eines Tages in einer Galerie
seh ich Mikes Bild, betitelt SARDINEN.

Der Tag an dem Lady starb

Es ist 12 Uhr 20 in New York ein Freitag
drei Tage nach dem Bastille-Tag, ja
es ist 1959 und ich laß mir die Schuhe putzen
weil ich aus dem 4 Uhr 19 Zug um 7 Uhr 15 in Easthampton
aussteigen werde und dann gleich zum Abendessen gehe
und ich kenne die Leute nicht einmal, die mich füttern werden

ich gehe die schwüle Straße hoch die sonnig wird und nehme zu mir
einen Hamburger und einen Becher Malzmilch und kauf mir
eine häßliche NEW WORLD WRITING um zu sehen was die Dichter
in Ghana heutzutage machen
Ich gehe weiter zur Bank
und Miss Stillwagon (mit Vornamen Linda wie ich einmal hörte)
überprüft ausnahmsweise mal nicht meinen Kontostand
und im GOLDEN GRIFFIN kaufe ich einen kleinen Verlaine
für Patsy mit Zeichnungen von Bonnard obwohl ich
an Hesiod denke, übers. von Richmond Lattimore oder an
Brendan Behans neues Stück oder *Le Balcon* oder *Les Nègres*
von Genet, aber ich tus nicht, ich bleibe bei Verlaine
nachdem ich vor lauter Unentschlossenheit fast eingeschlafen bin

and for Mike I just stroll into the PARK LANE
Liquor Store and ask for a bottle of Strega and
then I go back where I came from to 6th Avenue
and the tobacconist in the Ziegfeld Theatre and
casually ask for a carton of Gauloises and a carton
of Picayunes, and a NEW YORK POST with her face on it

and I am sweating a lot by now and thinking of
leaning on the john door in the 5 SPOT
while she whispered a song along the keyboard
to Mal Waldron and everyone and I stopped breathing

Having a Coke with You

is even more fun than going to San Sebastian, Irún, Hendaye,
  Biarritz, Bayonne
or being sick to my stomach on the Travesera de Gracia in Barcelona
partly because in your orange shirt you look like a better happier
  St. Sebastian
partly because of my love for you, partly because of your love for yoghurt
partly because of the fluorescent orange tulips around the birches
partly because of the secrecy our smiles take on before people and statuary
it is hard to believe when I'm with you that there can be anything
  as still as solemn as unpleasantly definitive as statuary when right
  in front of it
in the warm New York 4 o'clock light we are drifting back and forth
between each other like a tree breathing through its spectacles
and the portrait show seems to have no faces in it at all, just paint
you suddently wonder why in the world anyone ever did them I look
at you and I would rather look at you than all the portraits in the world
except possibly for the *Polish Rider* occasionally and anyway it's in
  the Frick
which thank heavens you haven't gone to yet so we can go together
  the first time
and the fact that you move so beautifully more or less takes care of
  Futurism
just as at home I never think of the *Nude Descending a Staircase* or

und für Mike trotte ich schnell noch in den PARK LANE
Spirituosenladen und verlange eine Flasche Strega und
gehe dann zurück von wo ich hergekommen bin zur 6th Avenue
und dem Tabakhändler im Ziegfeld-Theater und
verlange beiläufig eine Stange Gauloises und eine Stange
Picayune und eine NEW YORK POST mit ihrem Bild vorne drauf

und ich schwitze jetzt doch ganz schön und denk daran
wie ich an der Klotür im 5 SPOT lehnte
als sie einen Song die Klaviertasten entlang
zu Mal Waldron hauchte und alle, auch ich, aufhörten zu atmen.

Eine Cola mit dir zu trinken

macht viel mehr Spaß als nach San Sebastian, Irún, Hendaye,
Biarritz, Bayonne zu fahren
oder Kotzübelkeit auf der Travesera de Gracia in Barcelona
teils weil du in deinem orangenen Hemd wie ein besserer
glücklicherer St. Sebastian aussiehst
teils wegen meiner Liebe zu dir, teils wegen deiner Vorliebe für Joghurt
teils wegen der leuchtend orangenen Tulpen bei den Birken
teils wegen unsres geheimen Lächelns aufgesetzt vor Leuten und Statuen
es ist kaum zu glauben, daß wenn ich bei dir bin, es da irgendetwas
geben kann so sorglos so ernst so unerfreulich endgültig so
statuenhaft wenn wir davor stehen
in dem warmen New Yorker 4 Uhr-Licht treiben wir unter uns
vor und zurück wie ein Baum der durch seine Brille atmet
und die Porträt-Ausstellung scheint überhaupt kein Gesicht zu
enthalten, nur Farben
du fragst dich plötzlich warum in aller Welt man sie gemalt hat ich seh
dich an und ich mag dich lieber ansehen als alle die Porträts in der Welt
ausgenommen möglicherweise ab und zu den *Polnischen Reiter* und
der ist sowieso im Frick-Museum
wohin du bis jetzt Gott sei Dank noch nicht gegangen bist also
können wir zusammen zum ersten Mal dahingehen
und die Tatsache daß du so hübsch dich bewegst läßt mehr oder
weniger den Futurismus unwichtig werden
genauso wie ich zu Hause nie an den *Akt, eine Treppe herabsteigend* denk

at a rehearsal a single drawing of Leonardo or Michelangelo that
 used to wow me
and what good does all the research of the Impressionists do them
when they never got the right person to stand near the tree when
 the sun sank
or for that matter Marino Marini when he didn't pick the rider as
 carefully as the horse
 it seems they were all cheated of some marvellous experience,
which is not going to go wasted on me which is why I'm telling
 you about it

Ave Maria

Mothers of America
 let your kids go to the movies!
get them out of the house so they won't know what you're up to
it's true that fresh air is good for the body
 but what about the soul
that grows in darkness, embossed by silvery images
and when you grow old as grow old you must
 they won't hate you
they won't criticize you they won't know
 they'll be in some glamorous country
they first saw on a Saturday afternoon or playing hookey

they may even be grateful to you
 for their first sexual experience
which only cost you a quarter
 and didn't upset the peaceful home
they will know where candy bars come from
 and gratuitous bags of popcorn
as gratuitous as leaving the movie before it's over
with a pleasant stranger whose apartment is in the
 Heaven on Earth Bldg
near the Williamsburg Bridge
 oh mothers you will have made the little tykes

oder auf einer Probe, an eine bestimmte Zeichnung
von Leonardo oder Michelangelo, die mich sonst umhaute
und was nützt den Impressionisten all ihr Suchen
wenn sie nie die richtige Person hatten sie neben einen Baum zu
    stellen wenn die Sonne unterging
oder, um dabei zu bleiben, Marino Marini wenn er sich den Reiter
    nicht so sorgfältig aussuchte wie das Pferd
es scheint sie wurden alle um eine tolle Erfahrung betrogen,
die an mir nicht verschwendet sein wird darum erzähle ich
    dir davon

Ave Maria

Mütter Amerikas
                    laßt eure Kinder ins Kino gehen!
schickt sie aus dem Haus damit sie nicht wissen was ihr macht
es stimmt daß frische Luft dem Körper gut tut
                                        aber was ist mit der Seele
die im Dunkeln heranwächst, durchrankt von silbrigen Bildern
und wenn ihr alt werdet wie ihr alt werden müßt
                                        werden sie euch nicht hassen
sie werden euch nicht bekritteln sie werden nichts geahnt haben
                    sie werden in irgendeinem Glamourland sein
das sie zuerst an einem Samstagnachmittag gesehen haben oder
                                        als sie die Schule schwänzten
sie mögen euch sogar dankbar sein
                                        für ihre erste sexuelle Erfahrung
die euch nur einen Vierteldollar kostet
                              und den häuslichen Frieden nicht stört
sie werden lernen wie sie zu Schokoriegeln kommen
                         und mir nichts dir nichts zu Popcorntüten
so wie sie mir nichts dir nichts das Kino verlassen
noch eh der Film aus ist mit einem guten Onkel dessen Wohnung
                                   im Himmel-auf-Erden-Bau liegt
nahe der Williamsburg-Brücke
                  ach Mütter ihr werdet eure kleinen Schlawiner ja so

so happy because if nobody does pick them up in the movies
they won't know the difference
                                        and if somebody does it'll be sheer gravy
and they'll have been truly entertained either way
instead of hanging around the yard
                                                  or up in their room
                                                          hating you
prematurely since you won't have done anything horribly mean yet
except keeping them from the darker joys
                                                        it's unforgivable the latter
so don't blame me if you won't take this advice
                                                      and the family breaks up
and your children grow old and blind in front of a TV set
                                                                          seeing
movies you wouldn't let them see when they were young

beglücken dann wird es ihnen nichts ausmachen
    wenn sie keiner aufreißt im Kino und wenn's doch einer tut
                                    wird es ihnen das reinste Vergnügen sein
so oder so kommen sie voll auf ihre Kosten
statt auf dem Hof herumzulungern
                                              oder euch oben in ihrem Zimmer
                                                         im voraus zu hassen
wo ihr ihnen bisher noch nichts besonders Gemeines getan habt
außer ihnen die dunkleren Wonnen zu verwehren
                                              das letztere aber ist unverzeihlich
also gebt mir nicht die Schuld wenn ihr diesen Rat nicht befolgt
                                                     und die Familie kaputtgeht
und eure Kinder alt und blind werden vorm Bildschirm
                                               wo sie sich die Filme reinziehen
die ihr sie nicht habt sehen lassen als sie jung waren

Ted Berrigan

Whitman in Black

For my sins I live in the city of New York
Whitman's city lived in in Melville's senses, urban inferno
Where love can stay for only a minute
Then has to go, to get some work done
Here the detective and the small-time criminal are one
& tho the cases get solved the machine continues to run
Big Town will wear you down
But it's only here you can turn around 360 degrees
And everything is clear from here at the center
To every point along the circle of horizon
Here you can see for miles & miles & miles
Be born again daily, die nightly for a change of style
Hear clearly here; see with affection; bleakly cultivate compassion
Whitman's walk unchanged after its fashion.

Last Poem

Before I began life this time
I took a crash course in Counter-Intelligence
Once here I signed in, see name below, and added
Some words remembered from an earlier time,
«The intention of the organism is to survive.»
My earliest, & happiest, memories pre-date WWII,
They involve a glass slipper & a helpless blue rose
In a slender blue single-rose vase: Mine
Was a story without a plot. The days of my years
Folded into one another, an easy fit, in which
I made money & spent it, learned to dance & forgot, gave
Blood, regained my poise, & verbalized myself a place
In Society. 101 St. Mark's Place, apt. 12A, NYC 10009
New York. Friends appeared & disappeared, or wigged out,
Or stayed; inspiring strangers sadly died; everyone

Ted Berrigan

Whitman in Schwarz

Um meine Sünden bin ich in der Stadt New York
Whitmans Stadt bewohnt in Melvilles Sinnen, Häusertumult
Wo die Liebe nur eine Minute lang bleibt
Dann gehen muß, Arbeit tun
Hier sind der Schnüffler und der Schmalspurganove eins
& obwohl man die Fälle löst, läuft die Maschine weiter
Große Stadt macht einen matt
Doch kannst du nur hier dich drehen um 360 Grad
Und alles ist sichtbar von hier in der Mitte
Bis zu jedem Punkt rundum im Gelände
Hier sieht man meilen meilen meilen weit
Wird tags geboren, stirbt nachts um sein Leben zu ändern
Hört gut hier, sieht lustvoll; verfeinert ein dunkles Verstehen
Whitmans unveränderte Weise zu gehen.

Letztes Gedicht

Bevor ich diesmal zu leben begann
War ich im Schnellkurs für Spionageabwehr
Nach der Ankunft unterschrieb ich siehe unten und ergänzte
Aus dem Gedächtnis ein paar Worte von früher,
«Das Ziel des Organismus ist das Überleben.»
Die Vorkriegserinnerungen sind die frühesten, & glücklichsten,
Dazu zählen ein Glaspantoffel und eine blaue hilflose Rose
In einer Ein-Rosen-Vase die blau war: Meine Geschichte
Hatte keinerlei Fabel. Die Tage der Jahre
Legten sich ineinander, eng angeschmiegt, wie ich
Geld machte & ausgab, zu tanzen lernte & vergaß, Blut
Gab, Haltung gewann & mir einen Platz in der Gesellschaft
Erschwätzte. 101 St. Mark's Place, apt. 12A, NYC 10009
New York. Freunde erschienen & verschwanden, drehten durch
Oder um; beglückende Fremde starben zu jung; jeder

I ever knew aged tremendously, except me. I remained
Somewhere between 2 and 9 years old. But frequent
Reification of my own experiences delivered to me
Several new vocabularies, I loved that almost most of all.
I once had the honor of meeting Beckett & I dug him.
The pills kept me going, until now. Love, & work,
Were my great happinesses, that other people die the source
Of my great, terrible, & inarticulate one grief. In my time
I grew tall & huge of frame, obviously possessed
Of a disconnected head, I had a perfect heart. The end
Came quickly & completely without pain, one quiet night as I
Was sitting, writing, next to you in bed, words chosen randomly
From a tired brain, it, like them, suitable, & fitting.
Let none regret my end who called me friend.

Sonnet 37

It is night. You are asleep. And beautiful tears
Have blossomed in my eyes. Guillaume Apollinaire is dead.
The big green day today is singing to itself
A vast orange library of dreams, dreams
Dressed in newspaper, wan as pale thighs
Making vast apple strides towards «The Poems.»
«The Poems» is not a dream. It is night. You
Are asleep. Vast orange libraries of dreams
Stir inside «The Poems.» On the dirt-covered ground
Crystal tears drench the ground. Vast orange dreams
Are unclenched. It is night. Songs have blossomed
In the pale crystal library of tears. You
Are asleep. A lovely light is singing to itself,
In «The Poems,» in my eyes, in the line, «Guillaume
Apollinaire is dead.»

Den ich kannte, alterte rapide, nur ich nicht. Ich blieb
Zwischen 2 und 9. Das häufige
Verdinglichen meiner Erfahrungen schenkte mir
Neue Wortschätze, das liebte ich fast am allermeisten.
Ich hatte einmal die Ehre Beckett zu treffen & er war toll.
Pillen trieben mich an, bis heute. Liebe & Arbeit
Waren meine Glücksgefühle, daß andere Menschen starben
Quelle meiner großen, furchtbaren & unsagbaren Trauer. Zu meiner Zeit
Wuchs ich zu Größe & großer Statur, sichtlich besessen von einem
Ausgeklinkten Kopf, ich hatte ein gesundes Herz. Das Ende
Kam rasch & ganz ohne Schmerz, eines Nachts in der Stille
Als ich saß und schrieb im Bett neben dir, zufällige Worte
Eines müden Gehirns, es, wie jene, geeignet & passend.
Soll keiner, der mich Freund nennt, sagen, mein Ende wäre zu beklagen.

Sonett 37

Es ist Nacht. Du schläfst. Und schöne Tränen
Sind in meinen Augen aufgeblüht. Guillaume Apollinaire ist tot.
Der große grüne Tag singt heute für sich selbst
Eine riesige orangene Träume-Bibliothek, Träume
In Zeitungen gekleidet, blaß wie bleiche Schenkel,
Die riesige Apfelschritte auf «Die Gedichte» zu machen.
«Die Gedichte» ist kein Traum. Es ist Nacht. Du
Schläfst. Riesige orangene Träume-Bibliotheken
Regen sich in «Die Gedichte». Auf dem schmutzbedeckten Boden
Tränken Kristalltränen den Boden. Riesige orangene Träume
Werden losgelassen. Es ist Nacht. Lieder sind aufgeblüht
Im bleichen Kristall der Tränen-Bibliothek. Du
Schläfst. Ein liebliches Licht singt für sich selbst,
In «Die Gedichte», in meinen Augen, in der Zeile «Guillaume
Apollinaire ist tot».

John Ashbery

Some Trees

These are amazing: each
Joining a neighbor, as though speech
Were a still performance.
Arranging by chance

To meet as far this morning
From the world as agreeing
With it, you and I
Are suddenly what the trees try

To tell us we are:
That their merely being there
Means something; that soon
We may touch, love, explain.

And glad not to have invented
Such comeliness, we are surrounded:
A silence already filled with noises,
A canvas on which emerges

A chorus of smiles, a winter morning.
Placed in a puzzling light, and moving,
Our days put on such reticence
These accents seem their own defense.

These Lacustrine Cities

These lacustrine cities grew out of loathing
Into something forgetful, although angry with history.
They are the product of an idea: that man is horrible,
  for instance,
Though this is only one example.

John Ashbery

Bäume

Sie sind erstaunlich, ein jeder
Sich einem Nachbarn verbindend, als ob Rede
Eine stumme Aufführung sei.
Durch Zufall es einrichtend,

Uns an diesem Morgen so weit
Von der Welt zu treffen wie überein-
Zustimmen mit ihr, sind du und ich
Plötzlich das, was die Bäume versuchen

Uns zu sagen, was wir sind:
Daß ihr bloßes Dasein
Etwas bedeutet, das wir bald
Berühren, lieben, erklären dürfen.

Und froh, nicht diese Anmut
Erfunden zu haben, sind wir umringt:
Eine Stille, bereits mit Geräuschen gefüllt,
Eine Leinwand, auf der

Ein Chor von Lächeln erscheint, ein Wintermorgen.
In ein verwirrendes Licht getaucht, und in Bewegung
Legen sich unsere Tage solche Zurückhaltung auf,
Daß diese Zeichen ihre eigene Verteidigung scheinen.

Diese Städte am See

Diese Städte am See erwuchsen aus Abscheu
Gingen, wütend auf die Geschichte zwar, über ins Vergeßliche.
Sie sind entstanden aus einer Ahnung: daß der Mensch furchtbar
ist beispielsweise,
Obwohl das wirklich nur ein Beispiel ist.

They emerged until a tower
Controlled the sky, and with artifice dipped back
Into the past for swans and tapering branches,
Burning, until all that hate was transformed into
useless love.

Then you are left with an idea of yourself
And the feeling of ascending emptiness of the afternoon
Which must be charged to the embarrassment of others
Who fly by you like beacons.

The night is a sentinel.
Much of your time has been occupied by creative games
Until now, but we have all-inclusive plans for you.
We had thought, for instance, of sending you to the middle of
the desert,

To a violent sea, or of having the closeness of the others be air
To you, pressing you back into a startled dream
As sea-breezes greet a child's face.
But the past is already here, and you are nursing some
private project.

The worst is not over, yet I know
You will be happy here. Because of the logic
Of your situation, which is something no climate can outsmart.
Tender and insouciant by turns, you see

You have built a mountain of something,
Thoughtfully pouring all your energy into this single monument,
Whose wind is desire starching a petal,
Whose disappointment broke into a rainbow of tears.

Nach oben strebten sie, bis ein Turm
Den Himmel kontrollierte, und mit List besannen sie sich darauf
Die Vergangenheit auszuforschen nach Schwänen und schmäler
werdenden Zuflüssen,
Brennend, bis aller Haß umgewandelt war in nutzlose Liebe.

Dann wurdest du alleingelassen, mit einer Ahnung deiner selbst,
Und dem Gefühl aufsteigender Leere am Nachmittag
Das der Verwirrtheit anderer angelastet werden muß
Die wie Leuchtfeuer an dir vorüberfliegen.

Die Nacht ist ein Wächter.
Viel Zeit hast du mit kreativen Spielen verbracht, bis jetzt,
Aber wir haben Pläne für dich, da ist alles inbegriffen.
Wir hatten überlegt, beispielsweise, dich in die Mitte der Wüste zu
schicken,

Auf ein tobendes Meer, oder daß dir die Nähe der anderen
Luft sei, die dich zurückdrängt in einen aufgeschreckten Traum
Wie Meeresbrisen ein Kindergesicht grüßen.
Nun ist die Vergangenheit bereits hier, und du kümmerst dich um
ein privates Projekt.

Das Schlimmste ist nicht vorüber, aber ich weiß
Du wirst hier glücklich sein. Aufgrund der Logik
Deiner Situation, die so ist, daß kein Klima sie überlisten kann.
Empfindlich und dann wieder lässig, siehst du

Du hast einen Berg errichtet aus irgendetwas,
Mit Bedacht strömte deine ganze Kraft in dieses einzige Monument,
Dessen Wind das Verlangen ist ein Blütenblatt zu stärken,
Dessen Enttäuschung ausbrach in einen Regenbogen von Tränen.

Soonest Mended

Barely tolerated, living on the margin
In our technological society, we were always having to be rescued
On the brink of destruction, like heroines in *Orlando Furioso*
Before it was time to start all over again.
There would be thunder in the bushes, a rustling of coils,
And Angelica, in the Ingres painting, was considering
The colorful but small monster near her toe, as though wondering
whether forgetting
The whole thing might not, in the end, be the only solution.
And then there always came a time when
Happy Hooligan in his rusted green automobile
Came plowing down the course, just to make sure everything was
O. K.,
Only by that time we were in another chapter and confused
About how to receive this latest piece of information.
Was it information? Weren't we rather acting this out
For someone else's benefit, thoughts in a mind
With room enough and to spare for our little problems (so they
began to seem),
Our daily quandary about food and the rent and bills
to be paid?
To reduce all this to a small variant,
To step free at last, minuscule on the gigantic plateau –
This was our ambition: to be small and clear and free.
Alas, the summer's energy wanes quickly,
A moment and it is gone. And no longer
May we make the necessary arrangements, simple
as they are.
Our star was brighter perhaps when it had water in it.
Now there is no question even of that, but only
Of holding on to the hard earth so as not to get thrown off,
With an occasional dream, a vision: a robin flies across
The upper corner of the window, you brush your hair away
And cannot quite see, or a wound will flash
Against the sweet faces of the others, something like:
This is what you wanted to hear, so why

Desto leichter wird alles wieder gut

Kaum geduldet, am Rande unserer technologischen Gesellschaft
Lebend, mußten wir immer an der Schwelle zum Untergang
Gerettet werden, wie Heldinnen in *Orlando Furioso,*
Bevor es an der Zeit war, wieder ganz von vorne zu beginnen.
Da gab es Donner in den Büschen, ein Rascheln von Schlangen
Und Angelica, in dem Gemälde von Ingres, betrachtete
Das farbenfrohe, doch kleine Monster bei ihrem Zeh, als fragte
  sie sich, ob
Die ganze Sache zu vergessen letztlich nicht die einzige Lösung sei.
Und dann kam immer die Zeit, da
Happy Hooligan in seinem rostigen grünen Auto
Den Weg heruntergebrettert kam, nur um sicherzugehen, daß
  alles in Ordnung war,
Nur waren wir dann schon in einem anderen Kapitel und unsicher,
Wie wir diesen allerletzten Fitzel Information aufnehmen sollten.
War es Information? Spielten wir dies nicht vielmehr
Zum Nutzen eines anderen durch, Gedanken in einem Kopf,
Der Platz hatte, genug für unsere kleinen Probleme (so kamen
  sie uns jedenfalls immer mehr vor),
Für unser tägliches Dilemma in Sachen Essen und Miete und
  Rechnungen, die offen waren?
All das auf eine kleine Variante zurückzuführen,
Endlich ins Freie zu treten, winzig auf dem gewaltigen Plateau –
Das war unser Ehrgeiz: klein zu sein und heil und frei.
Ach, schnell schwindet des Sommers Energie,
Ein Augenblick und sie ist vorbei. Und nicht länger ist es uns erlaubt,
Die notwendigen Vorkehrungen zu treffen, so einfach sie auch sind.
Vielleicht leuchtete unser Stern heller, als noch Wasser in ihm war.
Jetzt geht es nicht mal mehr darum, sondern nur noch,
Sich an die Erde zu klammern, um nicht abgeworfen zu werden,
Mit einem gelegentlichen Traum, einer Vision: Eine Amsel
Fliegt an der oberen Fensterecke vorbei, du streichst dir das Haar
  aus der Stirn
Und kannst nicht wirklich sehen, oder eine Wunde wirft ihr Licht
Auf die lieblichen Gesichter der anderen, etwas wie:
Das wolltest du doch hören, warum also fiel dir ein,

Did you think of listening to something else? We are all talkers
It is true, but underneath the talk lies
The moving and not wanting to be moved, the loose
Meaning, untidy and simple like a threshing floor.

These then were some hazards of the course,
Yet though we knew the course *was* hazards and
  nothing else
It was still a shock when, almost a quarter of a century later,
The clarity of the rules dawned on you for the first time.
They were the players, and we who had struggled at the game
Were merely spectators, though subject to its vicissitudes
And moving with it out of the tearful stadium, borne on shoulders,
  at last.
Night after night this message returns, repeated
In the flickering bulbs of the sky, raised past us, taken away
  from us.
Yet ours over and over until the end that is past truth,
The being of our sentences, in the climate that fostered them,
Not ours to own, like a book, but to be with, and sometimes
To be without, alone and desperate.
But the fantasy makes it ours, a kind of fence-sitting
Raised to the level of an esthetic ideal. These were moments,
  years,
Solid with reality, faces, namable events, kisses,
  heroic acts,
But like the friendly beginning of a geometrical progression
Not too reassuring, as though meaning could be cast aside
  some day
When it had been outgrown. Better, you said, to stay cowering
Like this in the early lessons, since the promise
  of learning
Is a delusion, and I agreed, adding that
Tomorrow would alter the sense of what had already been learned,

Auf etwas anderes zu horchen? Alle reden wir immerzu,
Das ist wahr, aber unter dem Gerede liegt das,
Was uns bewegt, und der Wunsch, nicht bewegt zu werden, die lose
Bedeutung, unordentlich und schlicht wie ein Dreschboden.

Das also waren einige Unwägbarkeiten des Wegs,
Und obgleich wir natürlich wußten, daß der Weg nur aus
  Unwägbarkeiten bestand,
War es doch ein Schock, als dir, fast ein Vierteljahrhundert später,
Die Klarheit der Regeln zum ersten Mal bewußt wurde.
Sie waren die Spieler, und wir, die wir gerungen hatten im Spiel,
Waren bloße Zuschauer, seinen Wechselfällen freilich ausgesetzt
Und mit ihm aus dem tränenreichen Stadium ziehend, auf
  Schultern getragen, endlich.
Diese Botschaft kehrt Nacht für Nacht zurück, wiederholt
In den flackernden Glühbirnen des Himmels, aufgerichtet
  hinter uns, weggenommen von uns,
Aber stets von neuem die unsere bis zum Ende jenseits der Wahrheit,
Dem Sein unserer Sätze, im Klima, das sie begünstigte,
Nicht unser als Besitz, wie ein Buch, aber mit ihr zu sein und manchmal
Ohne sie, einsam und verzweifelt.
Aber die Phantasie macht sie zur unseren, einer Art Zaudern,
Erhoben auf die Ebene eines ästhetischen Ideals. Das waren
  Augenblicke, Jahre,
Prall von Wirklichkeit, Gesichtern, nennbaren Ereignissen, Küssen,
  Heldentaten,
Doch wie der harmlose Anfang einer geometrischen Progression
Nicht allzu beruhigend, als ob eines Tages der Sinn beiseite
  gelegt werden könnte,
Wenn man ihm entwachsen war. Es ist besser, sagtest du, so gebückt
Zu bleiben während der ersten Lektionen, denn das Versprechen
  des Lernens
Ist nur Trug, und ich pflichtete dir bei und fügte hinzu, daß
Das Morgen den Sinn des bereits Erlernten verändern würde,

That the learning process is extended in this way, so that from this standpoint
None of us ever graduates from college,
For time is an emulsion, and probably thinking not to grow up
Is the brightest kind of maturity for us, right now at any rate.
And you see, both of us were right, though nothing
Has somehow come to nothing; the avatars
Of our conforming to the rules and living
Around the home have made – well, in a sense, «good citizens» of us,
Brushing the teeth and all that, and learning to accept
The charity of the hard moments as they are doled out,
For this is action, this not being sure, this careless
Preparing, sowing the seeds crooked in the furrow,
Making ready to forget, and always coming back
To the mooring of starting out, that day so long ago.

Mixed Feelings

A pleasant smell of frying sausages
Attacks the sense, along with an old, mostly invisible
Photograph of what seems to be girls lounging around
An old fighter bomber, circa 1942 vintage.
How to explain to these girls, if indeed that's what they are
These Ruths, Lindas, Pats and Sheilas
About the vast change that's taken place
In the fabric of our society, altering the texture
Of all things in it? And yet
They somehow look as if they knew, except
That it's so hard to see them, it's hard to figure out
Exactly what kind of expressions they're wearing.
What are your hobbies, girls? Aw nerts,
One of them might say, this guy's too much for me.
Let's go on and out, somewhere
Through the canyons of the garment center
To a small café and have a cup of coffee.

Der Lernvorgang sich somit in die Länge ziehe, so daß, von diesem
Standpunkt aus, keiner von uns je den Schulabschluß erreiche,
Denn Zeit ist eine Emulsion, und zu denken, daß man nicht
erwachsen wird,
Ist wahrscheinlich die gescheiteste Form der Reife, wenigstens für
den Augenblick.
Und merkst du, wir hatten beide recht, obgleich irgendwie nichts
Zu nichts gekommen ist; unsere anbeterische
Anpassung an die Regeln und unser häusliches Leben
Haben – nunja, in einer Weise «gute Bürger» aus uns gemacht,
Die sich die Zähne putzen und all das, und es lernen, die Almosen
Der schweren Stunden wohldosiert entgegenzunehmen,
Denn dies ist Handeln, dieses Nicht-sicher-sein, dieses sorglose
Vorbereiten, die Körner krumm in die Furche zu säen,
Vorkehrungen zum Vergessen zu treffen, und immer zurückzukehren
Zum Ankerplatz des Anfangs, an jenem Tag vor so langer Zeit.

Gemischte Gefühle

Ein angenehmer Geruch von bratenden Würsten
Attackiert die Sinne, zusammen mit einem schon fast vergilbten
Foto von Mädchen, die sich
Auf einem alten Kampfflieger räkeln, ungefähr Jahrgang 1942.
Wie erklärt man diesen Mädchen, wenn es wirklich welche sind,
Diesen Ruths, Lindas, Pats und Sheilas,
Den großen Wandel, der in der Struktur unserer Gesellschaft
Stattgefunden und das Gewebe
Aller Dinge in ihr verändert hat? Dabei
Sehen sie so aus, als wüßten sie davon, nur
Ist es schwierig, sie zu sehen, es ist schwer,
Ihre genauen Gesichtsausdrücke zu erkennen.
Was sind eure Hobbies, Mädchen? Ach, Mensch,
Mag eine von ihnen sagen, der Kerl ist mir zuviel.
Kommt, laßt uns ausgehen, irgendwohin
Durch die Schluchten des Textilviertels
Zu einem kleinen Café und einen Kaffee trinken.

I am not offended that these creatures (that's the word)
Of my imagination seem to hold me in such light esteem,
Pay so little heed to me. It's part of a complicated
Flirtation routine, anyhow, no doubt. But this talk of
The garment center? Surely that's California sunlight
Belaboring them and the old crate on which they
Have draped themselves, fading its Donald Duck insignia
To the extreme point of legibility.
Maybe they were lying but more likely their
Tiny intelligences cannot retain much information.
Not even one fact, perhaps. That's why
They think they're in New York. I like the way
They look and act and feel. I wonder
How they got that way, but am not going to
Waste any more time thinking about them.
I have already forgotten them
Until some day in the not too distant future
When we meet possibly in the lounge of a modern airport.
They looking as astonishingly young and fresh as when this
  picture was made
But full of contradictory ideas, stupid ones as well as
Worthwhile ones, but all flooding the surface of our minds
As we babble about the sky and the weather and the forests
  of change.

Paradoxes and Oxymorons

This poem is concerned with language on a very plain level.
Look at it talking to you. You look out a window
Or pretend to fidget. You have it but you don't have it.
You miss it, it misses you. You miss each other.

The poem is sad because it wants to be yours, and cannot be.
What's a plain level? It is that and other things,
Bringing a system of them into play. Play?
Well, actually, yes, but I consider play to be

Ich bin nicht beleidigt, daß diese Geschöpfe (das ist das Wort)
Meiner Phantasie mir so wenig Achtung entgegenbringen,
Mich kaum zur Kenntnis nehmen. Das ist wohl ohnehin Teil
Einer komplizierten Routine des Flirtens, ohne Zweifel. Aber
Dieses Gerede vom Textilviertel? Es muß die kalifornische Sonne sein,
Die ihnen zu schaffen macht, und die alte Kiste, auf der sie
Sich ausgebreitet und deren Donald-Duck-Insignien
Sie bis zur Unleserlichkeit fast verwischt haben.
Vielleicht lügen sie auch, aber es ist wahrscheinlicher, daß ihre
Winzigen Hirne keine Informationen verarbeiten können.
Vielleicht nicht einmal eine einzige Tatsache. Deshalb
Glauben sie, sie seien in New York. Mir gefällt die Art,
Wie sie aussehen, sich benehmen und fühlen. Ich frage mich,
Wie sie es geschafft haben, so zu werden, aber jetzt will ich
Keine Zeit mehr damit verschwenden, weiter an sie zu denken.
Ich habe sie schon vergessen,
Bis wir uns eines Tages, in nicht zu ferner Zukunft, vielleicht
In der Halle eines modernen Flughafens wiedersehen,
Und sie so erstaunlich jung und frisch aussehen wie damals, als
das Bild gemacht wurde,
Aber voller widersprüchlicher Ideen, sowohl dummer wie auch
Vernünftiger, die aber alle die Oberfläche unserer Hirne überfluten,
Während wir über den Himmel plappern und das Wetter und die
Wälder der Veränderung.

Paradoxa und Oxymora

Dieses Gedicht befaßt sich mit Sprache auf einer sehr einfachen Ebene.
Schau, wie es zu dir spricht. Du schaust zum Fenster hinaus
Oder gibst vor, nervös zu sein. Du hast es, aber hast es nicht.
Du verfehlst es, es verfehlt dich. Beide verfehlt ihr euch.

Das Gedicht ist traurig, weil es gern deines wäre, und es nicht sein kann.
Was ist eine einfache Ebene? Sie ist das und andere Dinge,
Von denen sie ein System ins Spiel bringt. Spiel?
Ja, eigentlich schon, doch betrachte ich Spiel als

A deeper outside thing, a dreamed role-pattern,
As in the division of grace these long August days
Without proof. Open-ended. And before you know it
It gets lost in the steam and chatter of typewriters.

It has been played once more. I think you exist only
To tease me into doing it, on your level, and then you
  aren't there
Or have adopted a different attitude. And the poem
Has set me softly down beside you. The poem is you.

A Mood of Quiet Beauty

The evening light was like honey in the trees
When you left me and walked to the end of the street
Where the sunset abruptly ended.
The wedding-cake drawbridge lowered itself
To the fragile forget-me-not flower.
You climbed aboard.

Burnt horizons suddenly paved with golden stones,
Dreams I had, including suicide,
Puff out the hot-air balloon now.
It is bursting, it is about to burst
With something invisible
Just during the days.
We hear, and sometimes learn,
Pressing so close

And fetch the blood down, and things like that.
Museums then became generous, they live in our breath.

Ein tieferes Außending, ein geträumtes Rollenmuster,
Wie in der Verteilung von Gnade an diesen langen Augusttagen
Ohne Beweis. Mit offenem Ausgang. Und bevor du dich auskennst,
Geht es im Dampf und Geratter von Schreibmaschinen unter.

Einmal mehr wurde es durchgespielt. Ich denke, du bist nur da
Um mich dazu zu kriegen, es zu tun, auf deiner Ebene, und dann
bist du nicht zur Stelle
Oder hast eine andere Haltung eingenommen. Und das Gedicht
Hat mich sanft zu dir hinab gesetzt. Das Gedicht bist du.

Eine Stimmung von ruhiger Schönheit

Das Abendlicht war wie Honig in den Bäumen,
Als du mich verließest und zum Ende der Straße gingst,
Wo der Sonnenuntergang abrupt endete.
Die Hochzeitskuchen-Zugbrücke ließ sich
Zu dem zarten Vergißmeinnicht herab.
Du klettertest an Bord.

Verbrannte Horizonte, plötzlich mit goldenen Steinen gepflastert,
Träume, die ich hatte, Selbstmord inbegriffen,
Blähen jetzt den Heißluftballon.
Er platzt gleich, er ist am Platzen
Vor etwas nur tagsüber
Unsichtbarem.
Wir hören, und mitunter lernen wir,
Wenn wir so dicht uns drängen,

Und zügeln das Blut, und dergleichen Dinge.
Museen wurden dann großzügig, sie leben in unserem Atem.

Hegel

Like a coffee table, the chair slides
across the polished floor – its aides have brushed its sides
again. How it shines! Hugs are interspersed with kisses;
the scrofulous interfaces with the electric clock.
It certainly is midnight
and for once it was early.

She said she had «dishpan hands» – no one
quite understood what she was talking about, yet issues
were skirted, no questions raised. Now when a peacock
stares out of the barnyard, no one mistakes it for a Christmas-tree
  ornament,
goes up to it and says, I liked you better in felt,
or was it at the Rangoon racetrack? But a bird
always has the last word.

Hegel

Gleich einem Couchtisch rutscht der Stuhl
über den gebohnerten Boden – die Gehilfen haben seine Kanten wieder
gebürstet. Wie er glänzt! In Umarmungen sind Küsse eingestreut;
in skrofulöse Schnittflächen die elektrische Uhr.
Gewiß ist es Mitternacht
und dieses eine Mal war es früh.

Sie sagte, sie habe «Spülschüsselhände» – nicht einer
wußte wirklich, was sie damit meinte, doch wurden Probleme
umgangen, keine Fragen gestellt. Wenn jetzt ein Pfau
aus dem Vorgarten äugt, verwechselt ihn niemand mit
Christbaumschmuck,
geht zu ihm hin und sagt, in Filz mochte ich dich mehr,
oder trug sich das zu auf der Rennbahn in Rangun? Doch ein Vogel
hat stets das letzte Wort.

Susan Howe

White Foolscap
Book of Cordelia

LEAR: . . . *Now, our joy,*
Although our last, and least; to whose young love
The vines of France and milk of Burgundy
Strive to be interess'd; what can you say to draw
A third more opulent than your sisters? Speak.
CORDELIA: *Nothing, my lord.*
LEAR: *Nothing?*
CORDELIA: *Nothing.*
LEAR: *Nothing will come of nothing: speak again.*

William Shakespeare
KING LEAR Act I.
Scene I

heroine in ass-skin
mouthing O helpful
= father revivified waking when
nickname Hero men take pity spittle speak

only nonsense
my bleeding foot
I am maria wainscotted
cap o'rushes tatter-coat
common as sal salt sally
S (golden) no huge a tiny
bellowing augury

NEMESIS singing from cask
turnspit scullion the apples pick them Transformation
wax forehead ash
shoe fits monkey-face oh hmm

Susan Howe

Weiße Narrenkappe
Das Buch Cordelia

LEAR: . . . *Nun unsre Freude,*
Die Letzte zwar und Kleinste; deren junger Liebe
Die Weine Frankreichs und die Milch Burgunds
Verbunden sein wolln; was sagst du, ein Drittel
Noch reicher als die Schwestern dir zu ziehen? Sprich.
CORDELIA: *Nichts, Mylord.*
LEAR: *Nichts?*
CORDELIA: *Nichts.*
LEAR: *Aus nichts wird nichts entstehn: Drum sprich nochmal.*

William Shakespeare
KÖNIG LEAR Akt I
Szene I

Heldin in Eselshaut
spricht O Hilfreich
= Vater wieder bei sich erwacht als
Spitzname Held Männer haben Erbarmen speicheln reden

nur Unsinn
mein blutender Fuß
Ich bin Maria verkleidet
Schilf-Hütchen Lumpen-Mantel
gewöhnlich wie Sal Salz Sally
S (golden) keine riesige eine winzige
tönende Augure

NEMESIS singt aus der Tonne
Küchenputtel Äpfel pflückte sie   Verwandlung
Wachs Stirn Asche
Schuh paßt zum Affengesicht oh hmm

It grows dark The shoe fits   She stays a long something
Lent is where she lives   shalbe shalbe
loving like salt (value of salt)

Lir was an ocean God whose children turned into swans
                heard the birds pass overhead
                Fianoula Oodh Fiachra Conn
                          circle of One
                       threshing the sun

             or asleep threshing nor
                   nor blood nor flesh nor bone nor
corona
chromosphere
Cordelia
             no no no
                         the hoth (heath
                         sline(clear
                         crystal
                         song
                         le
                         lac
                         pure
                         semblance
                         aperçu

                            giggling in a whistling wind
                                     unbonneted he runs
hrr
   hrru
      hurry
         hare
            haloo
               cry Whoop
               and cry Spy!
pauses measures feet in syllables caesura Copernicus

Es düstert   Der Schuh paßt   Sie bleibt ein langes etwas
Lenz ist wo sie lebt   solsein solsein
zärtlich wie Salz (Wert von Salz)

Lir war ein Meeresgott, dessen Kinder zu Schwänen wurden
hörte die Vögel vorbeiziehn
Fianoula Oodh Fiachra Conn
Kreis des Einen
drischt die Sonn

oder nicht im Schlafe dreschend nicht
noch Blut noch Fleisch noch Knochen noch
Korona
Chromosphäre
Cordelia
nein nein nein
die heth (Heide
Bruch (klar
kristallen
Sang
le
lac
pure
semblance
aperçu

kichernd im pfeifenden Wind
läuft er ohne Kappe
hrr
hrru
haste
hase
hallo
schrei Huppsa
und schrei Spion!
Pausen   Metren   Füße   in   Silben   Zäsur   Kopernikus

the sun
is a cloud
of dust.
has his children brought him to this pass?
Whowe
arrowy sleet
bale the sea
out and in
stormstil stormstil
shuttle and whiz

There are nets on the hills
we have traveled all night
homeless
images of flying off
recreant
confusion of people
of revolt
recreant
leaving home constantly
where
shadowy crustaceans
swim in great schools
shoals
of salt
in colonial core (wick inlet and low light)
LEAR
leans on his lance he
has holes instead of eyes
blind (folded)
bare (footed)
nuclear (hooded)
windbridled
for how or to who

die Sonne
ist eine Wolke
aus Staub.
hats seine Kinder ihn dahin gebracht?
Werwir
pfeilspitziges Schnieseln
schöpfe die See
aus und ein
sturmstill sturmstill
wirbeln und zischen

Auf den Bergen sind Netze
wir sind die ganze Nacht durchgereist
unbehaust
Bilder des Verfleuchens
Abtrünniger
Verwirrung der Menschen
des Aufruhrs
Abtrünniger
der ständig Heimat verläßt
wo
schattenhafte Krustentiere
in großen Schulen schwimmen
Gärten
von Salz
im kolonialen Kernland (Salinenhaff und schwaches Licht)
LEAR
lehnt sich auf seine Lanze er
hat Löcher anstatt Augen
blind (äugig)
bar (füßig)
nuklear (ummantelt)
windgezügelt
für wie oder zu wem

salute of armed men who continually remove their hats to make clear
their peaceful
intentions
Murderers!
Cordelia dies
(heartrending)
reclasp her hands into obscurity
(henceforth and fro)
I will go to my desk
I will sit quietly
(as if nothing
has happened
what is eaten is gone. If I wasn't lucky I'd starve.)

children of Lir
lear
whistling would in air ha
nameless appear –
Can you not see
arme armes
give tongue
are you silent o my swift
all coherence gone?
Thrift thrift
we are left darkling
waiting in the wings again
thral in the heart of Hell.
have forgotten –
must go back –
so far –
almost there –
vagueness of the scene
where action takes place
who swiftly
apparently real
shoot downward

Salut bewaffneter Männer die ständig die Mützen abnehmen zum
Beweis ihrer friedlichen
Absichten
Mörder!
Cordelia stirbt
(herzzerreißend)
Haltet ihr wieder die Hände auf dem Weg in die Verborgenheit
(hinfort und zurück)
ich will an meinen Schreibtisch gehn
ich will ruhig dasitzen
(als sei nichts
geschehn
was gegessen ist weg. Hätt ich kein Glück, müßt ich verhungern.)

Kinder von Lear
lear
heh in den Lüften pfeifend
erscheint namenlos ihr –
Kannst du nicht sehn
arme armes
sag was
schweigst du mein Schwälbchen
ist jeder Zusammenhang weg?
Sparsinn Sparsinn
man läßt uns im Dunkeln
wieder mal auf einen Auftritt wartend
hörig im Herzen der Hölle
hab vergessen –
muß wieder zurück –
so weit –
fast dort –
verschwommen die Szene
wo Tat geschieht
die schnell
anscheinend wirklich
herunterschießen

Behold
is *is*
you see
he brought her down.

I can re

trac

my steps

Iwho

crawl

between thwarts

Do not come down the ladder

ifor I

haveaten

it a

way

Startled tourists sleep one hundred years
bird migration, story migration
light snow falling.
Once in awhile some tall tale crops up
great Fairly, little Fairly, liar Liar
and lucky Luck.
But crucial words outside the book
those words are bullets.

Seht
ist *ist*
seht ihr
er hat sie heruntergeholt.

Ich kann meine

Schritte zurück

verfolgen

ichdie

zwischen Queren

krieche

Komm nicht die Leiter herab

ichdennich

habe sie

weg

gegessen

Aufgeschreckte Touristen schlafen einhundert Jahre
Vogelwanderung, Geschichtenwanderung
leichter Schneefall.
Gelegentlich taucht eine tolle Geschichte auf
großer Redlich, kleiner Redlich, lügender Liar
und Hans im Glück.
Doch wichtige Wörter draußen vor dem Buch
diese Wörter sind Bleikugeln.

Lodged in the ebbing actual
women in the flight of time stand framed.
Rat-roofed caution of a cautionary tale
swallows the rat, a pin, wheat
while singing birds recover lost children.
I am looking for lucky Luck
I am his mother
the moneyed class are lions, wolves, bears
their gems and golden collars shine through the snow.

Running rings
of light
we'll hunt
the wren
calling to a catch of thorn
crying to announce a want
along a bank
carried her child
hovered among the ruins
of the game
when the Queen spins
round
Once again
we'll hunt the wren
says Richard to Robin
we'll hunt the wren
says everyone.
I can re

trac

my steps

Iwho

crawl

Untergebracht in verebbender Tatsächlichkeit
stehen Frauen eingerahmt im Flug der Zeit.
Rattenbedachte Warnung einer warnenden Erzählung
Verschlingt Ratte, Stift und Weizen
Während singende Vögel verlorene Kinder heim holen.
Ich suche nach Hans im Glück
ich bin seine Mutter
die begüterte Klasse besteht aus Löwen, Wölfen, Bären
ihre Gemmen und ihre goldenen Colliers schimmern durch den Schnee.

Huschende
Lichtringe
wir wollen den
Zaunkönig jagen
der ansingt ein Dornengestrüpp
der schreit ein Begehr zu sagen
ein Ufer entlang
trug ihr Kleid
flatterte um die Ruinen
des Spiels
wenn die Königin sich brumm-
kreiseldreht
Noch einmal dann
wolln wir den Zaunkönig jagen
sagt Richard zu Robin
wir werden den Zaunkönig jagen
sagt jedermann.
Ich kann meine

Schritte zurück

verfolgen

ichdie

zwischen Queren

between thwarts

Do not come down the ladder

ifor I

haveaten

it a

way

krieche

Komm nicht die Leiter herab

ichdennich

habe sie

weg

gegessen

Jimmy Santiago Baca

So Mexicans Are Taking Away Jobs from Americans

O Yes? Do they come on horses
with rifles, and say,
                    Ese gringo, gimmee your job?

And do you, gringo, take off your ring,
drop your wallet into a blanket
spread over the ground, and walk away?

I hear Mexicans are taking your jobs away.
Do they sneak into town at night,
and as you're walking home with a whore,
do they mug you, a knife at your throat,
saying, I want your job?

Even on TV, an asthmatic leader
crawls turtle heavy, leaning on an assistant,
and from a nest of wrinkles on his face,
a tongue paddles through flashing waves
of lightbulbs, of cameramen, rasping
«They're taking our jobs away.»

Well, I've gone about trying to find them,
asking just where the hell are these fighters.

The rifles I hear sound in the night
are white farmers shooting blacks and browns
whose ribs I see jutting out
and starving children,
I see the poor marching for a little work,
I see small white farmers selling out
to clean-suited farmers living in New York,
who've never been on a farm,
don't know the look of a hoof or the smell
of a woman's body bending all day long in fields.

Jimmy Santiago Baca

Also die Mexikaner nehmen Amerikanern die Jobs weg

Na sowas? Kommen die denn zu Pferde
mit Flinten und fordern,
Ese gringo, her mit deinem Job?

Und du, Gringo, ziehst deinen Ring ab vom Finger,
wirfst deine Geldtasche auf die Decke
am Boden und verdrückst dich?

Mexikaner schnappen euch angeblich die Jobs weg?
Schleichen die sich etwa nachts in die Stadt ein
und dieweil ihr eine Nutte mitnehmt auf eure Bude,
werden sie tätlich, halten euch ein Messer an die Kehle
und sagen: Her mit deinem Job?

Sogar im Fernsehen erscheint ein asthmatischer Wortführer,
meerschildkrötenschwer, auf eine Hilfskraft gestützt.
Aus einem Wirrwarr von Rillen auf seinem Gesicht
paddelt seine Zunge durchs Blitzlichtgewitter
der Kameraleute und krächzt:
«Die schnappen sich unsere Jobs.»

Na ja, ich hab mich daran gemacht, sie aufzuspüren,
hab herumgefragt, wo zum Teufel diese Militanten denn stecken.

Gewehre, die nachts herumballern,
gehören weißen Farmern, die Schwarze und Braune abknallen,
deren Rippenkörbe hervorstehen
und ihre verhungernden Kinder.
Ich sehe die Armen stets auf der Walz nach Gelegenheitsjobs,
ich sehe weiße Kleinfarmer ihr Land ausverkaufen
an Farmer in korrekten Büro-Anzügen, wohnhaft in New York,
die noch nie auf einer Farm gewesen sind,
noch wissen wie ein Huf aussieht oder wie der Schweiß riecht
von einem Frauenleib, der den Tag lang übers Feld gebückt war.

I see this, and I hear only a few people
got all the money in this world, the rest
count their pennies to buy bread and butter.

Below that cool green sea of money,
millions and millions of people fight to live,
search for pearls in the darkest depths
of their dreams, hold their breath for years
trying to cross poverty to just having something.

The children are dead already. We are killing them,
that is what America should be saying
on TV, in the streets, in offices, should be saying,
«We aren't giving the children a chance to live.»

Mexicans are taking our jobs, they say instead.
What they really say is, let them die,
and the children too.

Das alles seh ich und erfahre, daß einige Wenige
alles Geld dieser Welt besitzen; die anderen drehen
jeden Peso dreimal um bevor sie sich was zu essen leisten.

Unterm kühlen Wasserspiegel der grünen Geldscheine
schuften Abermillionen um zu überleben,
tauchen in die dunkelsten Tiefen ihrer Träume
nach Perlen, halten Jahre lang ihren Atem an um nur
über die Armut hinaus zu kommen und es zu etwas eigenem zu bringen.

Die Kinder sind schon so gut wie tot. Die bringen wir um.
Das müßte Amerika von rechts wegen sagen
im Fernsehen, auf den Straßen, in den Büros:
«Den Kindern lassen wir keine Lebenschance»

Statt dessen sagen sie: Mexikaner schnappen sich unsere Jobs.
Eigentlich meinen sie: Laßt die doch krepieren
und ihre Kinder dazu.

Gwendolyn Brooks

Patent Leather

That cool chick down on Calumet
Has got herself a brand new cat,
With pretty patent-leather hair.
And he is man enough for her.

Us other guys don't think he's such
A much.
His voice is shrill.
His muscle is pitiful.

That cool chick down on Calumet,
Though, says he's really «it.»
And strokes the patent-leather hair
That makes him man enough for her.

A Song in the Front Yard

I've stayed in the front yard all my life.
I want a peek at the back
Where it's rough and untended and hungry weed grows.
A girl gets sick of a rose.

I want to go in the back yard now
And maybe down the alley,
To where the charity children play.
I want a good time today.

They do some wonderful things.
They have some wonderful fun.
My mother sneers, but I say it's fine
How they don't have to go in at quarter to nine.

Gwendolyn Brooks

Lackleder

Cooles Kätzchen von der Calumet
Hat einen brandneuen Partner im Bett,
Mit so Lackleder-Haarpartien.
Die machen so männlich ihn.

Wir andern aber denken: soviel Mann
Ist nicht dran.
Seine Stimme ist hell.
Sein Ding unauffällig.

Doch cooles Kätzchen von der Calumet
Sagt, oh ist der nett.
Und streichelt seine Partie,
Die männlich genug ist für sie.

Ein Lied im Vorhof

Mein ganzes Leben im Vorhof verbracht.
Ich will einen Blick nach hinten
Wo es rauh ist und verwahrlost und Unkräuter stehen.
Mädchen mag keine Rosen mehr sehen.

Ich will in den Hinterhof gehen
Und vielleicht die Gasse hinunter,
Dort spielen die Kinder armer Leute.
Ich will lustig sein heute.

Die tun viele Dinge.
Die haben viel Spaß.
Meine Mutter schimpft, aber ich würd mich freun
Müßt ich nicht nach Hause um viertel vor neun.

My mother, she tells me that Johnnie Mae
Will grow up to be a bad woman.
That George'll be taken to Jail soon or late
(On account of last winter he sold our back gate.)

But I say it's fine. Honest, I do.
And I'd like to be a bad woman, too,
And wear the brave stockings of night-black lace
And strut down the streets with paint on my face.

We Real Cool

The Pool Players.
Seven at the Golden Shovel.

We real cool. We
Left school. We

Lurk late. We
Strike straight. We

Sing sin. We
Thin gin. We

Jazz June. We
Die soon.

The Egg Boiler

Being you, you cut your poetry from wood.
The boiling of an egg is heavy art.
You come upon it as an artist should,
With rich-eyed passion, and with straining heart.
We fools, we cut our poems out of air,
Night color, wind soprano, and such stuff.

Meine Mutter, sie sagt mir, daß Johnnie Mae
Wenn sie groß ist in Verruf kommen wird.
Und George werden einmal die Bullen holen
(Weil er hat im Winter das Hoftor gestohlen.)

Und ich antworte ihr: Gut so, fein.
Ich möchte auch eine Verruchte sein
Und in heißen Strümpfen schwarz wie Pech
Hinaus auf die Straßen ganz kosmetisch frech.

Wir Ausgecoolten

Die Pool Spieler.
Sieben im Golden Shovel

Wir Ausgecoolten. Wir
Ausgeschulten. Wir

In der Nacht. Wir
Gar nicht sacht. Wir

Witzeln schlimm. Wir
Spritzen Gin. Wir

Jazzen kalt. Wir
Sterben bald.

Der Eierkocher

Du, du kannst aus Holz Gedichte schnitzen.
Eine schwere Kunst ist es, ein Ei zu kochen.
Du sitzt daran, wie Künstler daran sitzen –
Die Leidenschaften glühen, das Herz tut pochen.
Wir Narren schnitzen aus der Luft Gedichte,
Aus Nachtschwarz, Windlied und dergleichen.

And sometimes weightlessness is much to bear.
You mock it, though, you name it Not Enough.

The egg, spooned gently to the avid pan,
And left the strict three minutes, or the four,
Is your Enough and art for any man.
We fools give courteous ear – then cut some more,
Shaping a gorgeous Nothingness from cloud.
You watch us, eat your egg, and laugh aloud.

Malcom X

For Dudley Randall

Original.
Ragged-round.
Rich-robust.

He had the hawk-man's eyes.
We gasped. We saw the maleness.
The maleness raking out and making guttural the air
and pushing us to walls.

And in a soft and fundamental hour
a sorcery devout and vertical
beguiled the world.

He opened us –
who was a key,

who was a man.

Und manchmal ist das Leichte wie Gewichte.
Du sagst spöttisch, man muß mehr erreichen.

Das Ei, hineinjongliert mit sanfter Hand
Ins Wasser, und hinaus nach drei Minuten oder vier,
Ist dein Erreichtes, angewandte Kunst genannt.
Wir Narren lauschen höflich – und dann schnitzen wir
Ein wunderbares Nichts aus Atmosphäre.
Du lachst und glaubst, daß dich das Ei ernähre.

Malcom X

Für Dudley Randall

Ursprünglich.
Rundum-roh.
Wucht, robust.

Er hatte die Falkner-Augen.
Wir stockten. Wir sahen die Männlichkeit.
Die spähende Männlichkeit, Luft kehlig machende
uns an Wände drückende.

Und in einer sanften festigenden Stunde
erhellte die Welt
ein Zauber aus Andacht und Vertikalität.

Der ein Schlüssel war,
der ein Mann war –

der sperrte uns auf.

Don L. Lee

Judy-One

she's the camera's
subject:
the sun for colored film.

her smile is like
clear light bouncing off
the darkness of the
mediterranean at nighttime.

we all know it,
her smile,
when it's working,
moves like sea water –
always going somewhere

strongly

FIRST

a woman should be
a woman first,
if she's anything,
but
if she's black, *really* black
and a woman
that's special, that's
realspecial

Don L. Lee

Judy-die-Erste

sie ist der kamera
subjekt:
die sonne für farbfilm.

ihr lächeln ist wie
klares licht, das abprallt
vom schwarz des
mittelmeers bei nacht.

wir alle kennen das,
ihr lächeln,
wenn es verfängt,
strömt wie meerwasser –
machtvoll

immer irgendwohin.

ZUALLERERST

sollte eine frau
eine frau sein zuallererst,
wenn sie überhaupt was ist,
aber
wenn sie schwarz *ist, wirklich* schwarz
und eine frau
das ist was besonderes,
wirklichwasbesonderes

But He Was Cool
or: he even stopped for green lights

super-cool
ultrablack
a tan/purple
had a beautiful shade.

he had a double-natural
that wd put the sisters to shame.
his dashikis were tailor made
& his beads were imported sea shells
  (from some blk/country i never heard of)
he was triple-hip.

his tikis were hand carved
out of ivory
& came express from the motherland.
he would greet u in swahili
& say good-by in yoruba.
woooooooooooo-jim he bes so cool & ill tel li gent
    cool-cool is so cool he was un-cooled by other niggers' cool
    cool-cool ultracool was bop-cool/ice box cool so cool cold cool
    his wine didn't have to be cooled, him was air conditioned cool
    cool-cool/real cool made me cool – now ain't that cool
    cool-cool so cool him nick-named refrigerator.

cool-cool so cool
he didn't know,
after detroit, newark, chicago &c.,
we had to hip
        cool-cool/super-cool/real cool
  that
to be black
is
to be
very-hot.

Der War So Cool
oder: hielt sogar an bei Grün

super-cool
ultraschwarz
purpur/getönt
war schön schattiert

der hatte eine doppel-physik
würde die fraun beschämen.
seine dashiki-shirts waren maßgeschneidert
& seine perlen importierte meeresschnecken
    (aus einem schwrzn/land nie gehört davon)
der war mega-in.

seine tikis waren handgeschnitzt
aus elfenbein
& aus dem mutterland express geschickt
er konnte euch begrüßen in swahili
& sich verabschieden in yoruba.
woooooooooooo-jim tut so cool & in te le gant
    tief-cool so cool er wurde verkühlt vom cool andrer nigger
    tief-cool ultracool war bop-cool/kühltruhe so cool eis-cool
    sein wein war immer cool, er da war cool klimatisiert
    tief-cool/schön cool machte mich cool – bin nicht mehr so cool
    tief-cool so cool er da hieß einfach gefrierfach

tief-cool zu cool
zu wissen,
nach detroit, newark, chicago & so
mußten wirs outen
                    tief-cool/super-cool/schön cool
    daß
schwarzsein
heißt
sehr
heißsein.

Alice Walker

A Woman is Not a Potted Plant

A woman is not
a potted plant
her roots bound
to the confines of her house

a woman is not
a potted plant
her leaves trimmed
to the contours
of her sex

a woman is not
a potted plant
her branches
espaliered
against the fences
of her race
her country
her mother
her man
her trained blossom
turning
this way
& that
to follow
the sun
of whoever feeds
and waters
her

a woman
is wilderness
unbounded

Alice Walker

Eine Frau ist keine Topfpflanze

Eine Frau ist
keine Topfpflanze
ihr Wurzelballen eingeengt
auf die Wandungen ihres Heims

Eine Frau ist
keine Topfpflanze
ihr Laub zurecht gestutzt
auf die Konturen
ihres Geschlechts

Eine Frau ist
keine Topfpflanze
ihre Äste
auf Spalier gezogen
vergattert je nach
ihrer Rasse
ihrem Land
ihrer Mutter
ihrem Mann
mit Zuchtblüten
die sich lichtsinnig
hierhin & dorthin
wenden
nach der Sonne oder
nach wer auch immer
sie grade
düngt und
gießt

Eine Frau ist
schrankenloser
Wildwuchs

holding the future
between each breath
walking the earth
only because
she is free
and not creepervine
or tree.

Not even honeysuckle
or bee.

Moody

I am a moody woman
my temper as black as my brows
as sharp as my nails
as impartial as a flood
that is seeking, seeking, seeking
always
somewhere to stop.

WHEN I AM HERE AGAIN
the years of ease between
fall away
The smell of one
magnolia
sends my heart running
through the swamps

mit jeder Atempause
holt sie Zukunft ein
begeht den Erdraum
eben weil sie
frei ist
und weder Klimme
noch Baum.

Nicht mal Geißblatt
oder Imme.

Reizbar

Ich bin eine reizbare Frau
mein Naturell so gallig wie mein Blick
so scharf wie meine Nägel
so wahllos wie eine Flut
die sucht und sucht und sucht
allzeit
nach einem Anhalt.

Wenn ich wieder hier bin
sind die Jahre der Beschwichtigung
dazwischen gelöscht.
Der Duft einer einzigen
Magnolie
jagt mir das Herz auf wilde Flucht
durch die Zypressensümpfe.

Rita Dove

Missing

I am the daughter who went out with the girls,
never checked back in and nothing marked my «last
known whereabouts,» not a single glistening petal.

Horror is partial; it keeps you going. A lost
child is a fact hardening around its absence,
a knot in the breast purring *Touch, and I will*

come true. I was «returned,» I watched her
watch as I babbled *It could have been worse*. . . .
Who can tell
what penetrates? Pity is the brutal
discipline. Now I understand she can never
die, just as nothing can bring me back –

I am the one who comes and goes;
I am the footfall that hovers.

Canary

Billie Holiday's burned voice
had as many shadows as lights,
a mournful candelabra against a sleek piano,
the gardenia her signature under that ruined face.

(Now you're cooking, drummer to bass,
magic spoon, magic needle.
Take all day if you have to
with your mirror and your bracelet of song.)

Rita Dove

Vermißt

Ich bin die Tochter, die mit den Mädchen loszog,
die sich nie mehr zurückgemeldet hat, und nichts verweist
auf meinen «letzten Verbleib», nicht ein glitzriges Blumenblatt.

Horror ist partiell, er hält dich in Gang. Ein abgängiges
Kind ist ein Faktum, das sich rings um eine Abwesenheit erhärtet,
ein Knoten in der Brust, der gurrt *Taste mich und ich werde*

wahr. Ich wurde «heimgeholt», ich belauerte sie beim Belauern
dieweil ich stammelte *Es hätte schlimmer sein können.* ...
Wer weiß schon
was durchdringt? Mitgefühl ist die empfindlichste
Maßregelung. Jetzt begreif ichs, sie kann niemals
sterben, so wie mich nichts mehr heimholen kann –

Ich bin diejenige, die kommt und geht;
Ich bin der Trittschall, der auf sich warten läßt.

Kanarienvogel

In Billie Holidays verkohlter Kehle
lag ebensoviel Schatten wie Lichterglanz,
ein trüber Kandelaber vorm spiegelglatten Flügel,
die Gardenie ihr Wahrzeichen unterm verlebten Gesicht.

(Jetzt heizt ihr ein, vom Schlagzeug zu Baßtuba,
verhexter Löffel, verhexte Nadel.
Nimm, wenn's sein muß, den ganzen Tag,
mit deinem Spiegel und deinem Lieder-Armband.)

Fact is, the invention of women under siege
has been to sharpen love in the service of myth.

If you can't be free, be a mystery.

for Michael S. Harper

Genaugenommen, wars die List von Frauen unterm Joch,
die Liebe feinzuschleifen für die Mythenbildung.

Kannst du nicht frei sein, sei geheimnisvoll.

für Michael S. Harper

Robert Hayden

Middle Passage

I

Jesús, Estrella, Esperanza, Mercy:

Sails flashing to the wind like weapons,
sharks following the moans the fever and the dying;
horror the corposant and compass rose.

Middle Passage:
voyage through death
to life upon these shores.

«Tenth April Eighteen Hundred:
Blacks rebellious. Crew uneasy. Our linguist says
their moaning is a prayer for death,
ours and their own. Some try to starve themselves.
Lost three this morning leaped with crazy laughter
to the waiting sharks, sang as they went under.»

Desire, Adventure, Tartar, Ann:

Standing to America, bringing home
black gold, black ivory, black seed.

Deep in the festering hold thy father lies,
of his bones New England pews are made,
those are altar lights that were his eyes.

Jesus Saviour Pilot Me
Over Life's Tempestuous Sea

We pray that Thou wilt grant, O Lord,
safe passage to our vessels bringing
heathen souls unto Thy chastening.

Robert Hayden

Die Überfahrt

I

Jesús, Estrella, Esperanza, Mercy:

Segel blinken vorm Wind wie Klingen,
Haie folgen dem Stöhnen, Fiebern, Sterben;
Horror von Elmsfeuer und Kompaßrose.

Die Überfahrt:
Seeweg durch Tod
zum Leben hier an diesen Küsten.

«Zehnter April Achtzehn Hundert:
Schwarze rebellisch. Die Crew bang. Unser Dolmetsch sagt,
Ihr Stöhnen sei ein Beten um Tod,
ihren und unseren. Einige wählen den Hungertod.
Drei abgängig heut früh, die mit irrem Lachen
zu den lauernden Haien sprangen, gingen singend unter.»

Desire, Adventure, Tartar, Ann:

Kurs auf Amerika, heimbringend
schwarzes Gold, schwarzes Elfenbein, schwarze Saat.

Im Schiffsbauch tief dein Vater liegt,
aus des Gebein Neu England Kirchenbänke baut,
der Kandelaber hier, das war sein Augenlicht.

Jesus Heiland mich geleite
durch des Lebens sturmgepeitschte Weite

Wir bitten, daß Du uns gewährst, O Herr,
die sichre Überfahrt für unsre Schiffe, die dir bringen
heidnische Seelen zu ihrer Läuterung.

Jesus Saviour

«8 bells. I cannot sleep, for I am sick
with fear, but writing eases fear a little
since still my eyes can see these words take shape
upon the page & so I write, as one
would turn to exorcism. 4 days scudding,
but now the sea is calm again. Misfortune
follows in our wake like sharks (our grinning
tutelary gods). Which one of us
has killed an albatross? A plague among
our blacks – Ophthalmia: blindness – & we
have jettisoned the blind to no avail.
It spreads, the terrifying sickness spreads.
Its claws have scratched sight from the Capt.'s eyes
& there is blindness in the fo'c'sle
& we must sail 3 weeks before we come
to port.»

What port awaits us, Davy Jones'
or home? I've heard of slavers drifting, drifting,
playthings of wind and storm and chance, their crews
gone blind, the jungle hatred
crawling up on deck.

Thou Who Walked On Galilee

«Deponent further sayeth *The Bella J*
left the Guinea Coast
with cargo of five hundred blacks and odd
for the barracoons of Florida:

«That there was hardly room 'tween-decks for half
the sweltering cattle stowed spoon-fashion there;
that some went mad of thirst and tore their flesh
and sucked the blood:

Jesus Heiland

«Glock 8. Ich kann nicht schlafen, ich bin krank
vor Angst, doch Schreiben löst die Angst ein wenig,
wenn meine Augen sehn, wie sich die Wörter
auf der Seite bilden & so schreib ich wie einer,
der Dämonen austreibt. 4 Tage lenzen,
doch jetzt ist die See ruhig. Mißgeschicke
folgen in unsrem Kielwasser wie Haie (unsre feixenden
Nothelfer). Wer von uns
hat nur einen Albatros getötet? Eine Seuche unter
unseren Schwarzen – Ophthalmie: Erblindung – & wir haben
die Erblindeten überbord geworfen – umsonst.
Es breitet sich noch aus, das Übel, es breitet sich noch aus.
Seine Klauen haben das Licht gekratzt aus des Captains Augen
& die Erblindung hat das Vorderdeck erreicht
& wir müssen noch 3 Wochen segeln eh wir
einen Hafen anlaufen.»

Was für ein Hafen ist uns bestimmt, der Meeresgrund
oder die Heimat? Ich hab gehört von Sklavenschiffen, triftend,
triftend, Spielball von Wind, Sturm, Willkür, die Mannschaft
blind, der Dschungelhaß,
kriecht auf das Deck herauf.

O Du der auf den Wassern schritt in Galiläa

«Zeuge sagt ferner aus, daß die *Bella J*
den Anker anhob vor der Guinea-Küste
mit einer Fracht von etwa fünfhundert Stück Schwarzen
für die Sklavenbaracken von Florida:

«Daß zwischendecks kaum Platz war für die Hälfte
des schwitzenden Viehzeugs, das dort verstaut war nach Löffelart;
daß einige wahnsinnig wurden vor Durst, sich die Haut
aufritzten um ihr eignes Blut zu saugen:

«That Crew and Captain lusted with the comeliest
of the savage girls kept naked in the cabins;
that there was one they called The Guinea Rose
and they cast lots and fought to lie with her:

«That when the Bo's'n piped all hands, the flames
spreading from starboard already were beyond
control, the negroes howling and their chains
entangled with the flames:

«That the burning blacks could not be reached,
that the Crew abandoned ship,
leaving their shrieking negresses behind,
that the Captain perished drunken with the wenches:

«Further Deponent sayeth not.»

Pilot Oh Pilot Me

2

Aye, lad, and I have seen those factories,
Gambia, Rio Pongo, Calabar;
have watched the artful Mongos baiting traps
of war wherein the victor and the vanquished

Were caught as prizes for our barracoons.
Have seen the nigger kings whose vanity
and greed turned wild black hides of Fellatah,
Mandingo, Ibo, Kru to gold for us.

And there was one – King Anthracite we named him –
fetish face beneath French parasols
of brass and orange velvet, impudent mouth
whose cups were carven skulls of enemies:

He'd honor us with drum and feast and conjo
and palm-oil-glistening wenches deft in love,
and for tin crowns that shone with paste,
red calico and German-silver trinkets

«Daß Crew und Captain es mit den ansehnlichsten der
Negermädchen trieben, die sie nackt in den Kabinen hielten;
daß eine da war, die sie Die Rose von Guinea nannten,
um die sie Lose warfen und sich prügelten, mit ihr zu schlafen.

«Daß, als der Bootsmann alle-Mann-an-Deck pfiff,
die Flammen, die von Steuerbord kamen, schon außer
Rand und Band warn, und die Neger brüllten, ihre Ketten
drunter und drüber mit den Flammen:

«Daß die schwelenden Schwarzen unerreichbar waren
daß sich die Crew vom Schiff absetzte
samt seinen kreischenden Negerfrauen,
daß der besoffne Captain mit den Weibern zu Tode kam:

«Mehr gab der Zeuge nicht zu Protokoll.»

Geleite Du mich O geleite

2

Jo, Junge und ich hab gesehn die Faktoreien,
Gambia, Rio Pongo, Calabar;
Hab gesehn die schlauen Mongos, Kriegsfallen
legen, darin Sieger und Besiegte

sich fingen – Beutegut für unsere Baracken.
Habe die aufgeblasenen Niggerkönige gekannt und deren Raffgier,
die für uns in Gold verwandelten die wilde schwarze Haut
von Fellata, Mandingo, Ibo, Kru.

Und da war einer – den wir König Kohle nannten –
unter französischem Parasol: Fetischgesicht
aus Messing und orangefarbenem Samt, des vermessnes Maul
sich labte aus den geschnitzten Schädeln seiner Feinde:

Der ehrte uns mit Trommeln, Fest und Conjo
und palmölglitschigen lustkundigen Weibern,
und für Blechkronen und Glasklunker,
für rotes Kaliko, Neusilbertand

Would have the drums talk war and send
his warriors to burn the sleeping villages
and kill the sick and old and lead the young
in coffles to our factories.

Twenty years a trader, twenty years,
for there was wealth aplenty to be harvested
from those black fields, and I'd be trading still
but for the fever melting down my bones.

3

Shuttles in the rocking loom of history,
the dark ships move, the dark ships move,
their bright ironical names
like jests of kindness on a murderer's mouth;
plough through thrashing glister toward
fata morgana's lucent melting shore,
weave toward New World littorals that are
mirage and myth and actual shore.

Voyage through death,
                    voyage whose chartings are unlove.

A charnel stench, effluvium of living death
spreads outward from the hold,
where the living and the dead, the horribly dying,
lie interlocked, lie foul with blood and excrement.

Deep in the festering hold thy father lies,
the corpse of mercy rots with him,
rats eat love's rotten gelid eyes.

But, oh, the living look at you
with human eyes whose suffering accuses you,
whose hatred reaches through the swill of dark
to strike you like a leper's claw.

Ließ er Kriegstrommeln sprechen und
seine Krieger schlafende Dörfer brandschatzen,
die Kranken und die Alten töten und die Jungen
in Kettenreihen zu unseren Faktoreien treiben.

Zwanzig Jahre lang Händler, zwanzig Jahre,
da Erträge in Fülle abzuernten waren
von den Schwarzenfeldern, wär immer noch dabei
hätt nicht das Fieber meine Knochen aufgeweicht.

3

Wie Schiffchen im schwanken Webstuhl der Geschichte,
so kreuzen die dunklen Schoner, kreuzen die dunklen Schoner
mit Namen voll munterer Ironie
wie launige Witze auf Mörderlippen;
sie pflügen durch stampfendes Geglitzer zu
den Lichtweben der Fata-Morgana-Küste,
pendeln zu den Gestaden einer neuen Welt, die
Mirage ist und Mythos und reale Küste.

Seeweg durch Tod,
Kurs nach dem Nullpunkt der Liebe.

Ein Leichenhausgestank, Aashauch lebenden Todes
gast aus vom Laderaum,
wo Lebende, Tote und gräßlich Sterbende
gestapelt übereinanderliegen, stinkend von Blut und Exkrement.

Im Schiffsbauch tief dein Vater liegt,
mit ihm verwest der Leichnam jeder Gnade,
die faulenden Augen der Liebe: Rattenfraß.

Doch, o, die Lebenden schauen dich an
mit Menschenaugen, deren Leid dich anklagt,
und Haß, der durch das trübe Spülicht langt,
dich anzufallen wie die Kralle eines Leprakranken.

You cannot stare that hatred down
or chain the fear that stalks the watches
and breathes on you its fetid scorching breath;
cannot kill the deep immortal human wish,
the timeless will.

«But for the storm that flung up barriers
of wind and wave, *The Amistad,* señores,
would have reached the port of Príncipe in two,
three days at most; but for the storm we should
have been prepared for what befell.
Swift as the puma's leap it came. There was
that interval of moonless calm filled only
with the water's and the rigging's usual sounds,
then sudden movement, blows and snarling cries
and they had fallen on us with machete
and marlinspike. It was as though the very
air, the night itself were striking us.
Exhausted by the rigors of the storm,
we were no match for them. Our men went down
before the murderous Africans. Our loyal
Celestino ran from below with gun
and lantern and I saw, before the cane-
knife's wounding flash, Cinquez,
that surly brute who calls himself a prince,
directing, urging on the ghastly work.
He hacked the poor mulatto down, and then
he turned on me. The decks were slippery
when daylight finally came. It sickens me
to think of what I saw, of how these apes
threw overboard the butchered bodies of
our men, true Christians all, like so much jetsam.
Enough, enough. The rest is quickly told:
Cinquez was forced to spare the two of us
you see to steer the ship to Africa,
and we like phantoms doomed to rove the sea
voyaged east by day and west by night,
deceiving them, hoping for rescue,

Du kannst den Haß nicht niederstieren,
die Angst nicht zügeln, die die Wachposten beschleicht
und sie anhaucht mit faulig-heißem Atem;
kannst töten nicht den unausrottbaren Menschenwunsch,
den wandellosen Willen.

«Wenn nicht der Sturm die Schranken von Wind
und Woge aufgeworfen hätt, die Amistad, Señores,
wär in den Hafen von Príncipe in zwei, höchstens
drei Tagen eingelaufen; ohne den Sturm
wärn wir bereit gewesen für das, was dann geschah.
Flink wie des Pumas Sprung brach es herein. Da war
das Intervall mondloser Flaute, angefüllt nur mit dem üblichen
Geräusch der Wellen und der Takelage;
dann plötzlich: Bewegung, Schläge, haßerfüllte Schreie;
als sie sich auf uns stürzten mit Marlpfriem
und Machete. Es war als ob sogar die Luft,
die Nacht höchstselbst, uns anfiele.
Noch ausgelaugt von den Unbilden des Sturms,
waren wir ihnen nicht gewachsen. Unsere Leute erlagen
den mörderischen Afrikanern. Unser getreuer
Celestino kam von unterdecks gerannt mit Flinte und Laterne
und ich sah vor dem tödlichen Aufblitzen
des Buschmessers, Cinquez,
den Schlächterhund, der sich einen Prinzen schimpft,
wie er das schreckliche Gemetzel anfeuerte und führte.
Er hackte den armen Mulatten nieder, dann kehrte er sich
mir zu. Die Decks waren schlüpfrig
als endlich Tageslicht kam. Es wird mir übel
wenn ich daran denke, was ich sah: wie diese Affen
die zerstückten Leiber unsrer Männer, Christenmenschen
alle, überbord warfen wie Abfall.
Genug, genug. Der Rest ist schnell erzählt:
Cinquez sah sich gezwungen uns beide, die Ihr hier seht,
zu schonen, um das Schiff zurück nach Afrika zu steuern,
und wir, wie Geister, die verdammt sind übermeer zu fahren,
nahmen Kurs Ost bei Tag und West bei Nacht
und täuschten sie, stets auf Rettung hoffend,

prisoners on our own vessel, till
at length we drifted to the shores of this
your land, America, where we were freed
from our unspeakable misery. Now we
demand, good sirs, the extradition of
Cinquez and his accomplices to La
Havana. And it distresses us to know
there are so many here who seem inclined
to justify the mutiny of these blacks.
We find it paradoxical indeed
that you whose wealth, whose tree of liberty
are rooted in the labor of your slaves
should suffer the august John Quincy Adams
to speak with so much passion of the right
of chattel slaves to kill their lawful masters
and with his Roman rhetoric weave a hero's
garland for Cinquez. I tell you that
we are determined to return to Cuba
with our slaves and there see justice done. Cinquez –
or let us say ‹the Prince› – Cinquez shall die.»

The deep immortal human wish,
the timeless will:

Cinquez its deathless primaveral image,
life that transfigures many lives.

Voyage through death
to life upon these shores.

Gefangene auf unserem eignen Schiff, bis
es uns endlich an die Küste Eures Lands verschlug,
Amerika, wo wir befreit wurden
von unsrem unsäglichen Elend. Jetzt fordern wir,
Ihr guten Herrn, die Auslieferung von
Cinquez und seinen Komplizen nach La
Habana. Und es bekümmert uns zu hören,
daß es hier viele Leute gibt, die geneigt sind,
das Meutern dieser Schwarzen gutzuheißen.
Wir finden es höchst widersinnig,
daß Ihr, deren Reichtum, deren Freiheitsbaum
doch in der Arbeit Eurer Sklaven wurzelt,
dem ehrwürdigen John Quincy Adams erlaubt,
zu sprechen mit so viel Leidenschaft vom Recht
leibeigner Sklaven, ihre rechtmäßigen Herrn zu morden,
und gar mit seiner römischen Rhetorik dem Cinquez
einen Heldenkranz zu winden. Ich versichere Euch,
daß wir entschlossen sind, nach Kuba heimzukehren
mit unsren Sklaven, um sie dort zu richten. Cinquez –
oder sagen wir ‹Der Prinz› – Cinquez muß sterben.»

Der unausrottbare Menschenwunsch,
der wandellose Wille:

sein todlos zyklisch Inbild: Cinquez,
ein Leben, das so viele andere Leben wandelt.

Seeweg durch Tod
zum Leben an diesen Küsten.

Michael S. Harper

American History

Those four black girls blown up
in that Alabama church
remind me of five hundred
middle passage blacks,
in a net, under water
in Charleston harbor
so *redcoats* wouldn't find them.
Can't find what you can't see
can you?

for John Callahan

History as Apple Tree

Cocumscussoc is my village,
the western arm of Narragansett
Bay; Canonicus chief sachem;
black men escape into his tribe.

How does patent not breed heresy?
Williams came to my chief
for his tract of land,
hunted by mad Puritans,
founded Providence Plantation;
Seekonk where he lost
first harvest, building, plant,
then the bay from these natives:
he set up trade.
With Winthrop he bought
an island, *Prudence;*
two others, *Hope* and *Patience*

Michael S. Harper

Amerikanische Geschichte

Die vier schwarzen Mädchen, die hochgingen
in dieser Kirche in Alabama
erinnern mich an die fünfhundert
neuangeschifften Schwarzen,
versenkt in einem Netz
im Hafen von Charleston
damit die *redcoats* sie nicht fänden.
Was nicht zu sehen ist kann man nicht finden,
oder?

für John Callahan

Geschichte als Apfelbaum

Cocumscussoc heißt mein Dorf
am westlichen Arm der Narragansett-
Bucht; Canonicus der oberste Sachem,
Schwarze finden Aufnahme in seinem Stamm.

Wie sollte Landverbriefung nicht Ketzerei erzeugen?
Williams kam zu meinem Sachem
um ein Stück Land,
gejagt von wildgewordenen Puritanern,
gründete die Plantage Providence;
Seekonk, dort verlor er
zunächst Ernte, dann Gebäude, Anlage
und zuletzt die Bucht an diese Einheimischen;
er trieb Handel.
Zusammen mit Winthrop kaufte er
die Insel *Prudence;*
zwei weiteren, wiewohl winzig,

he named, though small.
His trading post at the cove;
Smith's at another close by.
We walk the Pequot trail
as artery or spring.

Wampanoags, Cowesets,
Nipmucks, Niantics
came by canoe for the games;
matted bats, a goal line,
a deerskin filled with moss:
lacrosse. They danced;
we are told they gambled their souls.

In your apple orchard
legend conjures Williams' name;
he was an apple tree.
Buried on his own lot
off Benefit Street
a giant apple tree grew;
two hundred years later,
when the grave was opened,
dust and root grew
in his human skeleton:
bones became apple tree.

As black man I steal away
in the night to the apple tree,
place my arm in the rich grave,
black sachem on a family plot,
take up a chunk of apple root,
let it become my skeleton,
become my own myth:
my arm the historical branch,
my name the bruised fruit,
black human photograph: apple tree.

gab er die Namen *Hope* und *Patience.*
Sein Umschlagplatz war die Einfahrt,
Smith hatte seinen nebenan.
Wir nutzen den Pequot-Pfad
als Verkehrsader oder Quelle.

Wampanoag, Coweset,
Nipmuck, Niantic
kamen in Kanus zum Wettkampf;
Fangnetzschläger, eine Torlinie,
eine Rehhaut, ausgestopft mit Moos:
Lacrosse. Sie tanzten;
es heißt, sie setzten ihre Seelen.

In eurem Apfelgarten
ist der Name Williams legendär;
er war ein Apfelbaum.
Bestattet auf dem eigenen Grundstück
unweit von Benefit Street,
dort wuchs ein riesiger Apfelbaum empor;
zweihundert Jahre später,
als das Grab geöffnet wurde,
war sein Gerippe
von Staub und Wurzelwerk durchwachsen:
Gebeine wurden Apfelbaum.

Als Schwarzer stehle ich mich nachts
zum Apfelbaum,
lange mit einem Arm ins fruchtbare Grab,
als schwarzer Sachem auf dem Familiengrund,
und hol mir einen Strunk des Wurzelwerks,
laß ihn zu meinem Gerippe werden,
zum selbeigenen Mythos:
mein Arm der historische Ast,
mein Name Fallobst,
Das Lichtbild eines Schwarzen: Apfelbaum.

Audre Lorde

Coal

I
is the total black, being spoken
from the earth's inside.
There are many kinds of open
how a diamond comes into a knot of flame
how sound comes into a word, coloured
by who pays what for speaking.

Some words are open like a diamond
on glass windows
singing out within the passing crash of sun
Then there are words like stapled wagers
in a perforated book, – buy and sign and tear apart –
and come whatever wills all chances
the stub remains
an ill-pulled tooth with a ragged edge.
Some words live in my throat
breeding like adders. Others know sun
seeking like gypsies over my tongue
to explode through my lips
like young sparrows bursting from shell.
Some words
bedevil me.

Love is a word, another kind of open –
As the diamond comes into a knot of flame
I am Black because I come from the earth's inside
now take my word for jewel in the open light.

Audre Lorde

Kohle

Ich
ist das gänzlich Schwarz, gesprochen
aus dem Inneren der Erde.
Es gibt vielartiges Offen
wie ein Demant zu einem Flammenknoten wird
wie Klang in ein Wort kommt, gefärbt
davon, wer was fürs Sprechen zahlt.

Manche Wörter sind offen wie ein Demant
auf Glasfenstern
aufjauchzend im jähen Aufprall der Sonne
Dann gibt's Wörter wie Wettscheine
in einem Abreißblock – kaufen signieren abtrennen –
egal was das Los bringt, der Steg bleibt
gleich dem Stumpf eines schlecht gezogenen Zahns
mit gezackter Kante.
Manche Wörter leben in meinem Rachen
brüten wie Nattern. Andere kennen die Sonne
tasten wie Zigeuner über meine Zunge
um durch meine Lippen zu platzen
wie junge Spatzen aus der Schale bersten.
Manche Wörter
behexen mich.

Liebe ist ein Wort, ein anderes Offen.
Wie der Demant zu einem Flammenknoten wird
ich bin schwarz weil ich aus dem Inneren der Erde komme
jetzt nimm mein Wort als Juwel im offenen Licht.

Joy Harjo

Remember

Remember the sky that you were born under,
know each of the star's stories.
Remember the moon, know who she is. I met her
in a bar once in Iowa City.
Remember the sun's birth at dawn, that is the
strongest point of time. Remember sundown
and the giving away to night.
Remember your birth, how your mother struggled
to give you form and breath. You are evidence of
her life, and her mother's, and hers.
Remember your father. He is your life, also.
Remember the earth whose skin you are:
red earth, black earth, yellow earth, white earth,
brown earth, we are earth.
Remember the plants, trees, animal life who all have their
tribes, their families, their histories, too. Talk to them,
listen to them. They are alive poems.
Remember the wind. Remember her voice. She knows the
origin of this universe. I heard her singing Kiowa war
dance songs at the corner of Fourth and Central once.
Remember that you are all people and that all people
are you.
Remember that you are this universe and that this
universe is you.
Remember that all is in motion, is growing, is you.
Remember that language comes from this.
Remember the dance that language is, that life is.
Remember.

Joy Harjo

Besinn dich

Besinn dich auf den Himmel unter dem du zur Welt kamst,
erfahre die Sage von jedem einzelnen Stern.
Besinn dich auf die Mondin und darauf, wer sie ist. In Iowa City
traf ich sie einmal in einer Bar.
Besinn dich auf die Sonnengeburt in der Frühe, den
springenden Punkt der Zeit. Besinn dich auf den Sonnenuntergang
und das Nachgeben an die Nacht.
Besinn dich auf deine Geburt, wie deine Mutter sich mühte,
dir Gestalt und Atem zu geben. Du bist die Gewähr
für ihr Leben und das ihrer Mutter und das der ihren.
Besinn dich auf deinen Vater. Auch er ist dein Leben.
Besinn dich auf die Erde, von der du die Haut bist:
rote Erde, schwarze Erde, gelbe Erde, weiße Erde,
braune Erde, wir sind Erde.
Besinn dich auf die Pflanzen, die Bäume, die Tiere, auch sie
haben eigene Stämme, eigene Sippen, eigene Lebensgeschichten.
Rede mit ihnen. Höre auf sie. Sie sind leibhafte Gedichte.
Besinn dich auf die Windin. Besinn dich auf ihre Stimme, sie kennt
den Grund dieses Alls. Ich hörte sie einmal Kriegstanzlieder
der Kiowa anstimmen an der Ecke Fourth und Central.
Besinn dich, daß du alle Leute bist
und alle Leute du.
Besinn dich, daß du dieses All bist
und dieses All du.
Besinn dich, alles ist in Bewegung, im Wachsen, bist du.
Besinn dich, daß Sprache daraus erwächst.
Besinn dich aufs Tanzen, das Sprache, das Leben ist.
Besinn dich.

Nachwort

Geschlagene zwei Jahrzehnte lang wurde in den U. S. A. mit großer Leidenschaft über Wert oder Unwert der literarischen Tradition und über die Zugehörigkeiten zum Kanon debattiert. Kritisiert wurde dabei vor allem die bis dahin geltende Praxis, wonach Dichter, um in die feine Gesellschaft einer Anthologie aufgenommen zu werden, drei Voraussetzungen mitbringen mußten, nämlich: weiß, männlich und (vorzugsweise) schon tot zu sein. Heutzutage erscheint es kaum noch vertretbar, dem Kanon der amerikanischen Literatur einzig die hochkulturelle Dichtung genialer Männer angelsächsischer Herkunft zuzurechnen und damit die gesellschaftlich schon überholten Hierarchisierungen nach «gender», «race» und «class» noch einmal aufzurichten. Aus unserer derzeitigen Sicht hat die Lyrik von «Frauen und anderen Minderheiten» (wie die charakteristische Formel bis in die 50er Jahre hieß) entschiedenen Anteil an der «idealen Ordnung» der amerikanischen Dichtung – wenn auch nicht unbedingt in dem von Eliot gemeinten Sinn.

Das wirft ganz neue Fragen auf: Wie breit ist das ethnische Spektrum einer Literatur, die sich nicht länger allein auf *anglo*-amerikanische Kulturträger beschränkt, und wo fängt diese Lyrik an? So macht es etwa die reiche mündliche Tradition der indianischen Ureinwohner zumindest problematisch, die amerikanische Lyrik wie bisher üblich mit der puritanischen Periode beginnen zu lassen. Andererseits lagen die Sprach- und Vorstellungswelten von indianischen Ureinwohnern und puritanischen Siedlern so weit auseinander, daß es wenig einleuchtend erscheint, hier von einer gemeinsamen ‹amerikanischen› Tradition zu sprechen. Für die Siedler hatte – in der Kolonialzeit bis in die frühe Republik – die englische Dichtung Vorbildcharakter, und lange Zeit schien es, als wäre hier eine koloniale Filiale der britischen Literatur im Entstehen, die sich mit der kreativen Aneignung der englischen Dichtertradition bescheiden würde. Zunächst jedenfalls versuchten die Dichter und Dichterinnen der amerikanischen Provinz im kulturellen Imperium der britischen Krone ihren Platz und ihre Stimme zu finden, angefangen von den dichterischen Versuchen Anne Bradstreets, über die frommen Meditationen des puritanischen Geistlichen Edward Taylor, der mit seinen Gedichten bei den englischen *Metaphysical Poets* anknüpfte, über die von Edward Young und Alexander Pope beeinflußten Dichter der Kolonialzeit und frühen Republik, bis zu den William Wordsworth nachempfundenen Gedichten von William Cullen Bryant. Unter diesen ersten Vertretern amerikanischer Lyrik befand sich mit Phillis Wheatley (1753?–1784) bereits eine weibliche afroamerikanische Stimme, die freilich bald in Vergessenheit geriet und erst in unserem Jahrhundert wiederentdeckt wurde.

Doch schon in dieser frühen amerikanischen Dichtung zeichnen sich Ansätze zu eigenständigen und widerständigen Entwicklungen ab. Nicht nur, daß den formalen Vorbildern der klassischen Tradition andere, amerikanische Inhalte unterlegt wurden: um ihre Geltung zu behalten und lebendig weiterwirken zu können, wurden die Vorbilder von Fall zu Fall umgemodelt. Dazu kam der widerborstige Individualismus von Siedlern, die in religiösen Dingen keine Ämterinstanz zwischen sich und Gott dulden wollten, während sie sich im täglichen Umfeld mit der Uranfänglichkeit einer wilden, quasi ‹paradiesischen› Landschaft konfrontiert sahen. Der amerikanische Dichter/die amerikanische Dichterin versteht das schöpferische Tun somit in den Kategorien des Neuanfangs: Er/sie ist vor Gott und Natur auf sich allein gestellt, allein auch vor die Aufgabe, in der Dichtung eine eigene Stimme und Vision zu finden. Von ihrer puritanischen Frühzeit bis zur heutigen Postmoderne durchzieht die amerikanische Dichtung folglich eine nonkonformistische Tendenz, die sichtbar wird einerseits in den periodisch wiederkehrenden Ausbrüchen aus formalen und thematischen Einengungen und andererseits in dem demokratischen Hang zu einer Poetisierung des Alltags, der als Vorgriff auf das kulturrevolutionäre Programm der ‹Überführung von Kunst in Lebenspraxis› in der Frühmoderne gesehen werden kann. Bemerkbar macht sich dieser Zug schon in den eigenwilligen, dem Gewöhnlich-Alltäglichen verpflichteten Kodierungen der Sprache von Edward Taylor und Anne Bradstreet (bei der das symbolische Lorbeerblatt wieder zum Küchengewürz wird), von Philip Freneau, Joel Barlow oder William Cullen Bryant. Ein subversiver Stachel spricht auch unüberhörbar aus so paradoxen Formulierungen der Emily Dickinson wie: «Mancher Wahnsinn ist göttlichster Sinn – / Für den geschärften Blick –» oder aus der ketzerischen Anrufung ihres Herrgotts als «Strauchdieb! Banker – Vater.» Wenn Dickinson ihre sprachliche Grundausstattung auch im wesentlichen aus Bibel und Kirchenlied bezieht, so liest sie die frommen Schriften doch am liebsten gegen den Strich.

Es war Ralph Waldo Emerson, die Schlüsselfigur der amerikanischen Romantik, der in den 1830er Jahren die Fortschreibung der Unabhängigkeitserklärung von 1776 im kulturellen Bereich forderte. Und genau wie sich der Aufstand der Kolonisten gegen die britische Monarchie und gegen das geschriebene Recht des Staates auf das ungeschriebene Recht der Natur berufen hatte, so berief sich nun Emerson gegen die schriftliche Überlieferung der englischen Literatur auf in der Natur selbst vorgegebene «organische» Formen. Kühn visiert er eine Dichtung «nach der Architektur des Sturms» an (s. a. S. 42) und verzichtet auf jede Ermächtigung durch literarische Vorläufer oder Vorbilder (sogar auf die bis dahin so unerläßliche Autorität der Heiligen Schrift), um seine Offenbarungen unmittelbar aus dem Buch der Natur zu lesen, das als das offene Buch des universalen Geistes («the Over-Soul») an die Stelle der Bibel getreten ist. Emersons Verbindung von romantischer Naturschwärmerei, Poetologie und Nationalismus gilt zwar auch für die europäische Literatur der Zeit, doch das Andersartige daran ist, daß der Ruf nach kultureller Eigenständigkeit hier im Namen des Neuen, des Noch-Nie-Dagewesenen, des «Modernen» ertönt. In seinen grundlegenden Essays «Nature» (1836), «The American Scholar» (1837) und «The Poet» (1842) erhebt Emerson die Forderung, der Mensch müsse voraussetzungslos seinem ursprünglichen Selbst vertrauen, jenem Selbst, «dem Sonne und Mond entsprungen sind». Auf diese Weise versucht er, mit der über Bücher vermittelten Tradition der Väter und mit der ganzen Last der Vergangenheit zu brechen («Warum sollten wir in den verdorrten Gebeinen der Vergangenheit wühlen?») und die schöpferische Selbstentfaltung an die immer neue Erfahrung des Hier-und-Jetzt zu binden («Wir leben immer in einem neuen Tag.»).

Selbst jene, die, wie Melville und Hawthorne, der philosophischen Ganzheitsvision Emersons skeptisch gegenüberstanden, teilten seine Überzeugung von der Notwendigkeit eines eigenwüchsigen amerikanischen Neubeginns in der Literatur. Als das eigentliche Manifest dieses Aufbruchs kann Emersons zukunftsträchtiger Essay «The Poet» verstanden werden, in dem die Gestalt eines nationalen

Dichters entworfen wird, der als «representative man» aus dem Bewußtsein der kosmischen Einheit alles Seins lebt und seinem Selbst die ganze Menschheitsgeschichte einverleibt: «Der Dichter ist Stellvertreter. Er steht unter den Teilmenschen für den Gesamtmenschen und bekundet nicht sein Wesen, sondern das Gemeinwesen.» Ihm ist die Macht zu eigen, «das Ganze in allem und jedem zu sehen», und eben darin liegt auch seine demokratische Sendung. Anders als seine Dichterkollegen in Europa sieht Emerson im «representative man» somit nicht den abgehobenen «Geistesfürsten», sondern «the common man», den einfachen Mann aus dem Volk. Auch aus diesem Grunde erhöht er das werktägliche Leben und die Bilder des Alltags zum legitimen Gegenstand der Dichtung. Vor allem aber erklärt er die einfache und natürliche Umgangssprache – «the common speech» – zum legitimen sprachlichen Träger der Lyrik. Die Antinomie von Kunst und Leben wird damit hinfällig. «Schneide diese Sätze und sie werden bluten», schrieb Emerson und ganz ähnlich Whitman: «Camerado, dies ist kein Buch; – Wer dies berührt, berührt einen Mann.» Dies Programm einer existentiell vom Leben gedeckten literarischen Aussage enthält Impulse, die bis zum heutigen Tag in der amerikanischen Lyrik mächtig geblieben sind.

Walt Whitman hatte Emersons Entwurf des Dichters als «representative man» gelesen, als ob er auf ihn selber zugeschnitten wäre. «Ich brodelte und brodelte», berichtet er später, «erst Emerson brachte mich zum Kochen,» und er übernahm die Rolle des Dichter-Propheten im Vorwort zu seinen *Leaves of Grass* (1855) mit beinahe lässig-selbstverständlichem Gestus. Aber auch Emerson selber sah seine Prophezeiung eines nationalen Dichters für die jungen Vereinigten Staaten durch Whitman eingelöst. Entsprechend beginnt die amerikanische Lyrik – als Lyrik der Innovation und Modernität – in vielen Darstellungen der amerikanischen Literaturgeschichte erst mit Whitman.

Whitman bricht aus den Bibliotheken der Alten Welt aus. Er verwirft die ‹widernatürlichen› Hierarchien des europäisch-feudalen Systems und versteht die Demokratie als kosmisches Prinzip und somit als die naturgegebene Organisationsform der Ding- und Menschenwelt. Weil sich für ihn der Genius Amerikas in den einfachen Leuten zeigt, thematisiert er das Gewöhnliche in seiner Dichtung – etwa in den bekannten «Katalogen» seiner Verse, die als «Ranglisten» jeder Hierarchisierung Hohn sprechen. Seine Ästhetik beruht auf «bodily knowledge» (körperlicher Erkenntnis), d. h. auf der sinnlichen Freude am stofflichen Austausch im Aus- und Einatmen der Welt, mit dem die kulturellen Zäsuren zwischen Geist und Materie, Ich und Nicht-Ich, Kunst und Nicht-Kunst, wesenlos erscheinen und die Einheit von Seele und Körper zumindest metaphorisch vollzogen wird. Dabei leuchtet er verschiedene Wege zu einer neuen Art der Umsetzung des Körperlichen in die Sprache aus, die erst in der Moderne literarisch zum Tragen kommen. Whitmans freie Verse orientieren sich an den Rhythmen des Körpers (etwa des Pulsschlags oder der individuellen Stimmlage) und ersetzen die metrisch-gebundene, tradierte Verszeile durch die ‹natürliche› Phrasierung der ureigenen Atemlänge. Bewußt forciert Whitman die Erosbindung, nicht die Logosbindung unter den Wörtern; so schreibt er etwa in seinen *Notebooks*: «Der vollkommene Autor würde die Worte dazu bringen, zu singen, zu tanzen, zu küssen, dazu, den männlichen und weiblichen Geschlechtsakt zu vollziehen, Kinder zu kriegen, zu weinen, zu bluten, zu rasen, ... kurzum all das zu tun, wozu Mann und Frau und die Kräfte der Natur imstande sind.»

Die weltschöpferische Rhetorik Whitmans bedeutet auf der einen Seite eine grandiose Übersteigerung, auf der anderen aber auch eine Zurücknahme des Ich, denn nur wenn der Dichter sein Sensorium gegenüber dem «Anderen» offen hält, sprechen die Dinge zu ihm, so daß nicht allein die eigene Stimme aus dem Gedicht ertönt, sondern auch die Stimme der Schöpfung selbst. Die Selbstthematisierung in diesem paradoxen Sinn ist für Whitmans Schaffen zentral. Durch die wechselseitigen Projektionen zwischen Mensch- und Dingwelt, die der Stoffwechsel bedingt, wird der abstrakte Zeichencharakter der Kommunikation unterlaufen, die Distanz zwischen Symbol und Symbolisiertem tendenziell getilgt. Die Dinge beginnen auch unabhängig vom sinnsetzenden Subjekt zu sprechen. Etwas Verwandtes klingt in Pounds Absage an die symbolische Überhöhung an: «Der natürliche Gegenstand ist stets das angemessene Sinnbild» oder in Williams' poetologischer Grundregel: «Keine Ideen außer in Dingen» oder in Stevens' Variation des gleichen Themas: «Nicht Ideen über das Ding, sondern das Ding selbst.»

Das schöpferische Selbst der Whitmanschen Dichtung bleibt «offen»: Es ist ein Ich, das immer wieder in andere Ichs hinüberspielt und seine Identität, fortgesetzt am Nicht-Ich der Außenwelt erkundet. Die Selbstwerdung, die gleichlaufend mit der Genese des Gedichts erfolgt, hat zur Voraussetzung, daß der Dichter auch in bezug auf seine endgültige Aussage offenbleibt. Es handelt sich um eine Dichtung, die vom Leben selbst getragen wird und die daher auch nicht durch ein ästhetisches Finale oder eine endgültige Sinnstiftung, sondern allein durch das biologische Ableben des Autors beendet wird. Die Offenheit einer solchen lebensbegleitenden Erfahrungsdichtung führt zur Entstehung des für die amerikanische Lyrik der Moderne charakteristischen Langgedichts: Pounds *Cantos*, Williams' *Paterson*, Olsons *The Maximus Poems*, um nur einige Beispiele zu nennen.

Doch so nachdrücklich sich die internationale Avantgarde zu Anfang des 20. Jahrhunderts für ihren Bruch mit dem literarischen Kanon der Alten Welt auf Whitman berief, so entschieden rückte die Hochmoderne bzw. die «klassische Moderne» wieder von ihm ab. Whitmans Zurückweisung aller Konventionen und sein Bekenntnis zum rückhaltlosen Ausdruck des dichterischen Selbst wurden ihm als Ermutigung zu formaler Zügellosigkeit angelastet; seine Lossage von aller Tradition wurde jetzt als Verlust und Mangel empfunden. Dennoch machte gerade die von Whitman begründete amerikanische Tradition der Nicht-Tradition durch ihre Flexibilität Einschreibungen möglich, die sich ebenso als genuin amerikanisch im herkömmlichen Sinn (Carl Sandburg, Hart Crane, Robinson Jeffers) wie auch als ethnisch verstehen können: letzteres etwa in der Lyrik von Langston Hughes, die Whitmans Sprachgebärde mit dem mündlichen und musikalischen Erbe der Afroamerikaner verbindet. So ist die Nachwirkung Whitmans auch da noch spürbar, wo es um deutlich andere Ausdrucksformen geht.

Ähnlich wie Whitman hatte Emily Dickinson auf ihre Weise mitten im 19. bereits das 20. Jahrhundert vorweggenommen. Dabei war sie in allem das genaue Gegenteil von Whitman: Wo er breite Öffentlichkeit für sich beansprucht, ist sie privat, enigmatisch, grüblerisch. Wo er ausladend Welt aus sich herausprojiziert, zieht sie sich mimosenhaft in den Innenraum der Seele zurück. Wo er alle vorgegebenen metrischen Formen hymnisch in den Wind schlägt, beschränkt sie ihre Meditationslyrik auf die karge und äußerst begrenzte Strophenform des neuenglischen Kirchenlieds. So erscheint ihre Metrik schlicht, verbindet sich aber dank ihres hervorragenden Gehörs für den idiomatischen Tonfall zu besonderen rhythmischen Reizen. Wo er alle Schleusen des Wortschwalls öffnet, liebt sie die harte Fügung und den knappen sperrigen Ausdruck, ja die komplexe Gedanklichkeit ihrer Sprache ist bewußt «unweiblich». Ihre eigenartige Schreibweise, Interpunktion und die auffälligen Gedankenstriche entstammen den geläufigen sprecherzieherischen Textbüchern ihrer Schulzeit. Doch bilden die Gedankenstriche bei ihr zudem «Risse, die an der Textoberfläche die semantische Vulkantätigkeit im Inneren anzeigen» (v. Koppenfels).

Mit ihrem Rückzug von der Welt ins Haus des Vaters und dem weitgehenden Verzicht darauf, ihre Stimme über einen engen Freundeskreis hinaus zu Gehör zu bringen, verweigert sich die Dichterin den Zwängen des Marktes und des Zeitgeschmacks («Publication – is the Auction / Of the Mind of Man – »), fügt sich aber zugleich dem patriarchalen Gebot der Entrealisierung der Frau, das das spätviktorianische Bürgertum auch in den U. S. A. kennzeichnet. Die Frau hatte ichlos und anonym zu sein, ohne eigene Persönlichkeit, um der männlichen Selbstverwirklichung nicht im Wege zu stehen. Sie sollte Objekt bleiben – «ein unbeschriebenes Blatt» –, durfte nicht Subjekt werden. So übt Dickinson sich gelegentlich in den Demutsgesten viktorianischer Weiblichkeit: «Ich bin Niemand! Und Du?» Doch während sie sich nach außen hin artig im Vaterhaus einschließt, ganz die altjüngferlich neuengländische Lady, erträumt sie in ihrer Dichtung wilde Ausbrüche, bei denen die ganze männliche Ordnung in die Luft gejagt wird: «The soul has moments of Escape – / When bursting all the doors – / She dances like a Bomb, abroad.»

Trotz dieser elektrisch geladenen Verbindung von konventioneller Form und konventionssprengender Aussage, die sich auch bei Autoren wie E. A. Robinson, Edgar L. Masters und Robert Frost wiederfindet, blieb Dickinsons Werk infolge der verspäteten und zum Teil verstümmelten Publikation ihrer Texte allzulange aus dem literarischen Spektrum der Avantgarde und selbst noch der Hochmoderne ausgeblendet. Sie galt bestenfalls als provinzielle, wiewohl höchst originelle Randfigur, die der viel geschmähte puritanische Geist

Neuenglands nicht zur Entfaltung hatte kommen lassen. «Wir wußten noch nicht einmal, daß sie da war. Armes, kleines Ding», sagte Robert Frost 1960 in einem Interview. Doch wenn die amerikanische Dichtung in wesentlichen Zügen ein Gegenentwurf zur Dichtung der Alten Welt ist, dann geht Dickinson darin noch einen Schritt weiter als ihre männlichen Kollegen, denn sie liefert die Materialien zur nachfolgenden Revision der Werte patriarchaler Kultur überhaupt. Im Rückblick steht die Bedeutung ihres Werkes als Triebfeder und Fundgrube der amerikanischen Lyrik im 20. Jahrhundert außer Frage. Sie selber hatte nur geträumt von einer Welt, «where women live aloud», doch im 20. Jahrhundert erschloß sie den Frauen einen neuen Kontinent weiblicher Dichtung.

Die Schlüsselrolle Whitmans und Dickinsons für die lyrische Moderne verstellt uns Heutigen den Blick auf das Wirken von Henry Wadsworth Longfellow, in dem seine Zeitgenossen vermutlich viel eher den von Emerson beschworenen nationalen Barden erkannten. Longfellows ungeheure Popularität machte ihn zu seiner Zeit zur Gegenfigur von Whitman. Seine Gedichtbände, die Rekordauflagen erzielten und in alle Weltsprachen übersetzt wurden, sprachen sowohl die Gebildeten wie auch das breite Publikum an. Die radikale Abkehr Whitmans von den Traditionen der Alten Welt mochte Longfellow nicht nachvollziehen. Er übernahm vielmehr die überkommenen Formen der europäischen Versdichtung und füllte sie mit neuen amerikanischen Inhalten, vor allem in seiner romantischen Überarbeitung von Indianermythen und -legenden wie *The Song of Hiawatha* (im Versmaß des finnischen Nationalepos *Kalevala*), den Geschichten aus der Kolonialzeit wie *Evangeline* (in Hexametern nach dem Vorbild von Goethes *Hermann und Dorothea*) und Stoffen aus der National- und Zeitgeschichte wie die volkstümliche Ballade von Paul Revere oder die *Poems on Slavery* aus dem Jahre 1842. Neben seiner metrischen Virtuosität kam ihm sein großes erzählerisches Talent zugute, das er – bewußt in der Rolle des amerikanischen Nationaldichters – für mythenschaffende Verserzählungen einsetzte, um ein «kulturelles Erbe» zu erstellen.

Nur innerhalb der konventionellen lyrischen Formen und unter penibler Beachtung von vorgegebenem Metrum und Reim suchte Edgar Allan Poe Originalität und Leser-Anklang. Er unternahm einen poetologischen Generalangriff auf Emerson, dem er anlastete, das Dichten vorwiegend unter dem Aspekt der Sinnsuche und der Aussage zu sehen, während er selber es von jedem philosophischen und ethischen Ballast befreien wollte. Nach Poes Auffassung besteht Dichtung einzig «im rhythmischen Erschaffen von Schönheit», d. h., sie ist kein kommunikatives, sondern ein rein ästhetisches, durch den Effekt auf den Leser motiviertes Metier. Unbestimmbarkeit, Suggestion, Mystifikation und Mehrdeutigkeit gehören zu seinem poetischen Kalkül. Nach seinem Tode fiel Poes lyrisches Schaffen trotz der volkstümlichen Ballade «The Raven» – im Billigdruck auf den Straßen von New York und Philadelphia massenhaft verkauft – rasch in Vergessenheit. Sein poetisches Überleben für die Nachwelt verdankt er vor allem Baudelaire, Mallarmé und den französischen Symbolisten, die mit seiner Verabsolutierung des Ästhetischen mehr anzufangen wußten als die Amerikaner – bis Hart Crane und W. C. Williams ihn in den 20er Jahren als Vorläufer und Geistesverwandten aus der Versenkung holten.

Im Rückblick läßt sich sagen, daß Whitmans Einwirkung auf die Entwicklung der amerikanischen Lyrik, obwohl er bis in die späten Dekaden des 19. Jahrhunderts eine Dichtung der offenen Form schrieb, für lange Zeit eher begrenzt war. Nicht nur, daß die normative Verbindlichkeit traditioneller Versformen für den Mainstream der zeitgenössischen Lyrik nach wie vor bestehen blieb, die Notwendigkeit des individuellen Ausdrucksfindens in den (und gegen die) Fesseln einer vorgegebenen lyrischen Konvention erschloß noch Autoren wie Robinson, Masters oder Frost ein breites Spektrum reizvoller Innovationen, durch die traditionelle Konzepte von Dichtung eher bestätigt als durchbrochen wurden.

Die endgültige Mündigkeit gegenüber den englischen Vorbildern und das Ausbrechen aus der provinziellen Enge scheint daher erst jenen Dichtern zu gelingen, die Amerika noch vor Beginn des Ersten Weltkriegs verließen, um die Literatur im Kontext der internationalen Avantgarde von Grund auf zu revolutionieren: T. S. Eliot und Ezra Pound. Bereits Eliots Adaption des französischen Spätsymbolismus in «The Love Song of J. Alfred Prufrock» (1915) signalisiert einen radikalen Bruch mit den Konventionen spätviktorianischer Lyrik. Hier wird, vor allem durch die Anwendung von Laforgues dissonantischer Heiß-und-Kalt-Methode, die abgehobene «poetische» Tonlage ständig durch triviale Alltäglichkeiten unterminiert, während die bisherige Einheit der Textoberfläche in lauter Zitatfragmente aufbricht. In der *Collage* der bildenden Kunst werden Wirklichkeitsfragmente, Fundstücke aus dem banalen Alltag als Fremdkörper in das avantgardistische Kunstwerk integriert. Die literarische Entsprechung dazu besteht in der Verwendung von Zitaten, den Worten der anderen im eigenen Text, was u. a. auch das Verlassen einer einheitlichen Stilebene zur Folge hat. Durch die Einbeziehung der vielen Zitate aus anderen Werken ins eigene Werk erklärt sich der modernistische Text, etwa bei Eliot, Pound, Williams und Joyce, zudem zum Bestandteil eines Kontextes, die eigene Sprache zu einem Teil der sprachlichen Umwelt.

Etwa zur gleichen Zeit hatte Pound die drei hauptsächlichen Methoden entdeckt, durch die «Sprache mit Sinn aufgeladen» werden kann: *Melopöie*, wodurch die Worte über ihren baren Sinn hinaus mit einer musikalischen Eigenschaft geladen werden; *Phanopöie*, wodurch Bilder auf die geistige Netzhaut des Lesers projiziert werden; *Logopöie*, «the dance of the intellect», wodurch die Sinnschwingungen zwischen den Worten zum Tragen kommen. Um diese drei Verfahren sprachinnovativ einzusetzen, verfolgt Pound sie zurück bis zu ihren Erstvorkommen und Höchstleistungen (etwa bei Bion, Properz, Cavalcanti, Heine, Laforgue, oder in anderen Ländern: der Provence, Japan, China), wobei eine neuerliche Traditionsbildung freilich nicht ausbleibt. Ein Hauptanliegen zu dieser Zeit ist es ihm, die verblasene Versdichtung seiner Vorläufer und Zeitgenossen mit einer nüchternen Präzision der Wortwahl (das *mot juste*) «auf die Höhe der Prosa» zu bringen: «Wenn wir keine Dichtung machen können, die es in bezug auf die Natürlichkeit und Direktheit der Sprache mit der Prosa aufnehmen kann, dann wollen wir in Gottes Namen das Maul halten.»

«Sprache ist aus konkreten Dingen gemacht», erklärte er Harriet Monroe, der Herausgeberin der einflußreichen Chicagoer Zeitschrift *Poetry* 1915. «Allgemeine Äußerungen in nicht-konkreten Worten sind bloße Trägheit.» Über das japanische Haiku hatte er eine imagistische Technik entdeckt, in der sich die Aussage quasi wortlos nur aus der Überschneidung von zwei bildhaften Vorstellungen ergibt. Wie viele andere experimentelle Wegbereiter der Moderne peilt Pound mit seiner Insistenz auf dem Bildhaften und Konkreten im Grunde präverbale Sprachschichten an. So setzt er die «präsentative Methode» an die Stelle der «re-präsentativen» und läßt in seinen Versen die erklärenden Mittelglieder entfallen, weil er «allein über die rasche Kontraposition von Objekten» zu einer authentischen Sprache der Dinge selbst, einer kaum noch symbolischen Kommunikation, kommen will. Etwas später wird ihm das chinesische Schriftzeichen zum Modell einer geradezu kinematischen Bildverknüpfung, die ihm eine «ursprünglichere» Sprache der Bilder ermöglicht. Dabei wird das anfänglich zweiwertige *image* transponiert in das Zusammenspiel mehrerer heterogener Bildelemente über einem sinngebenden Bildnenner. Die Worte bilden unter sich ein Spannungsfeld, in dem der Leser viele Sinnschwingungen zugleich wahrnehmen kann. So gelangt Pound zur Polyphonie seiner Canto-Stimmen, die gleichzeitig verschiedene Dinge sagen und verschiedene Bewußtseinsebenen ansprechen. Doch diese sprachliche Simultaneität enthält immer noch die imagistische Grundstruktur der dynamischen Bildfügung als eine «Form der Überlägerung».

Der Aufstand gegen den englischen Blankvers ist ein weiterer Angelpunkt der modernen amerikanischen Lyrik. «Den Pentameter zu zerschlagen, das war der erste Streich», erinnert sich Pound in seinen *Pisan Cantos.* Zur Begründung erklärt er (ähnlich wie später W. C. Williams zu seiner Forderung nach einem «variablen Versfuß»), daß das Zeitmaß im Gegensatz zum bloßen Metrum imstande ist, «viel mehr Umgangssprache aufzunehmen ... Rhythmus ist eine in Zeit geschnittene Form, so wie eine Zeichnung abgegrenzter Raum ist». In der Atemlänge, der «Gedankenform», dem sinnlich-körperlichen Rhythmus seiner Verse sieht Pound im Endeffekt die Versöhnung aller Dichotomien, durch die er sich zeitlebens bewegt hat. Denn dieser Rhythmus kann nicht gefälscht werden, er ist unwiderlegbar, stammt er doch in letzter Instanz aus dem vorsprachlichen, dem ‹imaginären› Bereich seiner Leiblichkeit: «Der Rhythmus eines Menschen muß wesentlich sein; er ist daher letztlich ein Eigenrhythmus, nicht nachgeahmt, nicht nachzuahmen.»

Eliots jugendliche Auflehnung gegen den Mief der kulturellen Vergangenheit betraf vor allem das romantisch-viktorianische Epigonentum der unmittelbar vorausgegangenen Epoche. Im übrigen bekannte er sich zur Tradition. Das gilt zwar auch für Pound, doch dessen Forscherdrang führte ihn sehr bald zum Ausbruch aus der eurozentrischen Perspektive und zu den neuen Horizonten seiner *Can-*

tos, in die sich provenzalische Dichter, jüdische und arabische Denker des Mittelalters, chinesische Philosophen, amerikanische Gründerväter, afrikanische Mythen und zuletzt noch die archaischen Natur-Mythen der tibeto-birmanesischen Naxi nahtlos in eine neuerstellte Tradition integrieren ließen. Denn Pounds besondere Gabe «to make it new» ermöglichte es ihm immer wieder, noch aus dem Uralten und Altbekannten den Funken des Neuen zu schlagen. Von beiden Dichtern läßt sich sagen, daß sie die Tradition als etwas objektiv Vorgegebenes und Unverrückbares nicht eigentlich entdeckten, sondern erfanden – und zwar unter Anwendung durchaus modernistischer Methoden wie der Zitat-Collage. Aus heutiger Sicht trägt das Verfahren, mit dem sie sich eine Tradition aus Fundstücken – eine «aleatorische Tradition» – zusammenbauten, erkennbar postmodernistische Züge.

Eliot allerdings behauptete für seine Tradition, die er gegen den subjektiven Persönlichkeitskult der Romantik stellte, eine objektive Gültigkeit. Die «bestehenden Monumente der Literatur», meinte er, bildeten unter sich «eine ideale Ordnung», der sich der einzelne Dichter unterwerfen müsse: «Das Vorgehen des Künstlers ist eine fortgesetzte Selbstaufopferung, ein fortgesetzes Auslöschen der Persönlichkeit.» Dichtung sei keine Entladung von subjektiven Emotionen, sondern ein Entkommen aus der Emotion, kein Ausdruck von Persönlichkeit, sondern ein Weg aus der Persönlichkeit. Wichtig für den Dichter sei «der Sinn für die Vergangenheit», und zwar «nicht nur für die Vergangenheit des Vergangenen, sondern auch für dessen Gegenwart». Dieser Sinn habe zur Folge, «daß man beim Schreiben nicht nur der eigenen Generation inne ist, sondern vielmehr von dem Gefühl getragen wird, die gesamte europäische Literatur von Homer an und innerhalb derselben die gesamte Literatur der eigenen Muttersprache, besäße eine simultane Existenz und eine simultane Ordnung». Pound für sein Teil mißfällt die Statik an Eliots «Monumenten», er will sich die Tradition nicht als eine «Reihe von Grabsteinen» vorstellen und greift lieber zum Bild des schöpferischen «Wirbels» (lat.: vortex): «Alle Erfahrung schießt in diesen Vortex ein; all die mit Energie aufgeladene Vergangenheit, die tragfähig und lebenskräftig ist ... Der Entwurf der Zukunft steht dem menschlichen Vortex zu Gebote. All die Vergangenheit, die vital genug ist, die imstande ist, in der Zukunft weiterzuleben, ist schwanger im Vortex. Jetzt.»

Andere amerikanische Dichter, wie die «zu Hause gebliebenen» Robert Frost, William Carlos Williams oder Hart Crane, wehrten sich gegen diese Einstellung und betonten die Notwendigkeit einer spezifisch amerikanischen Moderne gegen die «Internationalisten» Pound und Eliot. Vor allem Eliots *The Waste Land* (1922) veränderte schlagartig die literarische Landschaft und entzweite die Dichter in Amerika. Williams sieht Eliots Meisterwerk aus der Rückschau seiner autobiographischen Erinnerungen als zentralen Verrat an der gemeinsamen Aufgabe; er meint, Eliots Gedicht habe die Entwicklung einer eigenständigen modernen und demokratischen amerikanischen Dichtersprache um Jahrzehnte zurückgeworfen: «Es lieferte das Gedicht wieder an die Universität aus.» Hart Crane, der im *Waste Land* den Ausdruck eines abgrundtiefen Kulturpessimismus zu erkennen glaubt, entwirft seinen (sprachlich dennoch deutlich von Eliot beeinflußten) Zyklus *The Bridge* (1930) als zukunftsbejahendes Gegenprojekt, indem er versucht, die kulturellen Erschütterungen der Modernität im Mythos von Amerika aufzufangen, der im technologischen Wunderwerk der Brooklyn-Brücke Gegenwart und sichtbare Gestalt geworden ist.

In *Spring and All* (1923) und danach setzt auch Williams, wiewohl in radikal anderer Weise, seine Dichtung kontrapunktisch gegen Eliot. Er legt es nicht wie Crane darauf an, das Disparate in einer großen Vision zu neuer Synthese zu bringen, sondern darauf, immer mit dem Blick auf das Sinnlich-Gegebene, eine Poetik des Diesseitigen und des lokal Verwurzelten zu entwickeln. Die Neuheit des Realen ist für Williams immer schon vorgegeben: in dem uranfänglichen Neubeginn des Kontinents oder auch in den spezifischen Bedingungen demokratischer Verfaßtheit; sie muß aber durch eine grundlegende Revitalisierung der Sinne und die ständige Erneuerung der Sprache stets aufs neue augenfällig und faßbar gemacht werden. Thomas Jeffersons Vorstellung von der Notwendigkeit einer permanenten Revolution wird bei Williams, wie auch bei Pound und in der radikal experimentellen Prosa Gertrude Steins, zum ästhetischen Programm. Was auf den ersten Blick an Viktor Šklovskijs Konzept der «Entfamiliarisierung» erinnern mag, ist wohl doch eher als Rückgriff auf Emersons Forderung nach ständigem Aufbrechen und Loslassen («unsettling») zu verstehen. Im Epigraph zu seiner Geschichte der gescheiterten europäischen Begegnungen mit dem amerikanischen Kontinent, *In the American Grain*, schreibt Williams: «In diesen Studien habe ich versucht, die wahrgenommenen Dinge neu zu benennen, die jetzt unter einem Chaos geborgter, vielfach unangemessener Bezeichnungen verloren sind, unter dem das wahre Wesen verborgen liegt.» Mit dem Akt des Neubenennens stellt sich Williams einerseits ausdrücklich in die Nachfolge von Emerson und Whitman, aber auch direkt in bezug zu Gertrude Stein, die sich in einer ihrer *Lectures in America* ebenfalls auf diese Tradition berufen hatte. Für Stein und Williams ist das Projekt der amerikanischen Moderne auf die Zukunft hin offen: die immer neue schöpferische Freisetzung dessen, wofür «Amerika» Realität und Metapher zugleich ist – «dieses neue, doch unerreichbare Amerika», von dem Emerson in seinem Essay «Experience» gesprochen hatte.

Ein anderer, wenn auch nicht so deutlich erklärter Antipode Eliots ist Wallace Stevens, obwohl auch er wieder – wie Crane – vieles mit Eliot gemein hat: vor allem die Wertschätzung der französischen Symbolisten, die besonders in seinem Frühwerk deutliche Spuren hinterlassen haben. Und, ähnlich wie Eliot, gefiel sich Stevens in der Pose des Kosmopoliten und Dandy, liebte Textur und Flair des exotischen Wortes, assoziiert Dichtung eher mit der Klangfülle der Musik als mit der randscharfen Bildvorstellung. Insofern ist der Titel seines ersten Gedichtbandes, *Harmonium*, programmatisch zu verstehen. Doch wenn Stevens den seraphischen Ton und den Frisson der Transzendenz kultiviert, ist ihm doch die selbstquälerisch asketische Negativität der frühen Eliotschen Religiosität, einschließlich des *Waste Land,* fremd. So verwirft etwa das sinnenfreudige «Sunday Morning» (eins seiner oft anthologisierten Gedichte) «die heilige Stille alter Opferung» zugunsten der lebendigen Sinnlichkeit des Augenblicks. Diese Betonung des Hier-und-Jetzt verbindet ihn einerseits mit Emerson, andererseits aber auch mit Williams, mit dem er befreundet war. Doch wenn sich die poetologischen Überlegungen beider auch berühren, so unterscheiden sie sich dennoch deutlich in ihrer dichterischen Praxis. Während Williams in einfühlsamer Wahrnehmung das ‹Ding› in die konkrete Bild- und Dinghaftigkeit des Sprachobjekts übersetzt, bleibt es für Stevens nur abstrakt im Sprach- und Reflexionsprozeß faßbar. Denn die Worte des Dichters «bezeichnen Dinge, die ohne die Worte nicht existieren» und schaffen eine eigene Welt der Imagination, den «mundo»: eine sprachliche Gegenwirklichkeit, durch die konkrete «Realität» erst faßbar und erfahrbar wird.

Der in den Augen von Williams' und Stevens' «negative» Einfluß Eliots beruhte beinah noch mehr auf seinen Essays als auf seiner Dichtung, die nach seiner Konversion zur Anglikanischen Kirche zunehmend an Wirksamkeit verlor. Eliot hatte bei Dante und der «metaphysical poetry» von John Donne und Andrew Marvell jene «Einheit der Sensibilität» (als sprachliche Einheit von Denken und Fühlen) entdeckt, deren Verlust, wie er meinte, die zunehmende Säkularisierung und geistige Verödung der modernen Welt verursacht hatte. Eliots Forderung nach der Zurücknahme des exzessiv Subjektiven in einem «objektiven Korrelat» des sprachlichen Ausdrucks ebenso wie seine Vorstellung einer komplexen sprachlichen Austarierung von Geistigkeit und Sinnlichkeit (die kulturell zwar verloren, aber in der Einheit des Gedichts noch evozierbar ist) wurden von den amerikanischen *New Critics* in der Folge zu einer normativen Ästhetik der klassischen Moderne verfestigt, die jahrzehntelang die amerikanische Dichtung und den akademischen Diskurs darüber prägte. Als legitimer Gegenstand der Analyse von Gedichten verblieb im wesentlichen nur noch ihre sprachliche Struktur, die auf Komplexität, Paradoxie und Subtilität hin untersucht wurde. Kennzeichen für höchstes dichterisches Niveau, ja geradezu Fetischbegriff der *New Critics* war die «ambiguity», also die forcierte Vieldeutigkeit von semantisch mehrfach besetzten Begriffen. Unter der neukritischen Ägide etablierte sich ein modernistischer Kanon der amerikanischen Lyrik, der Whitman zwar nicht leugnen, aber auch nicht anerkennen konnte, dafür aber Emily Dickinson als frühe Stimme moderner «metaphysischer» Komplexität in den Kanon aufnahm – wenn auch mit Abstrichen, etwa im Hinblick auf den weiblich begrenzten Erfahrungshorizont ihrer neuengländischen Altjüngferlichkeit –, während das Gedächtnis an andere, wie Longfellow und Poe, fast gelöscht wurde. Da manche der *New Critics* (Allen Tate, John Crowe Ransom, Robert Penn Warren) selber Gedichte schrieben, entstand in ihrem Umkreis eine «metaphysische» Dichtung der Hochmoderne, deren poetische Praxis die Richtung der amerikanischen Lyrik bis in die frühen 60er Jahre dominierte. Sie verdeckte weitgehend Auffassungen und Verfahren der Dichtung, die ihren Vorgaben nicht entsprachen.

So war den *New Critics* die Lyrik Stevens' zu diesseitig, zu manieristisch, zu verspielt und sensualistisch, die Lyrik von Williams sprachlich und gedanklich zu wenig komplex. Hart Crane galt ihnen zwar als sprachlich brillant, doch in seiner irrationalen Leidenschaftlichkeit als allzu undiszipliniert und überzogen. Sein Gedichtzyklus *The Bridge*, so argumentierte sein Freund Allen Tate, sei das Beispiel für ein grandioses Scheitern. E. E. Cummings war in ihren Augen kaum mehr als eine sprachliche und kalligrammatische Tricksterfigur, die nie über textuelle Taschenspielereien hinauskam. Da kann es nicht überraschen, daß der große Aufbruch der schwarzen Dichtung in der Harlem Renaissance und ihr Versuch, für eine weitgehend mündliche und musikalische Tradition eine schriftliche Form zu finden, durchs modernistische Raster fiel, da sie weder den Kriterien dieser hochkulturell verengten Ästhetik entsprach, noch – bis auf wenige Ausnahmen, wie in Allen Tates gönnerhaft-herablassender Anerkennung von Melvin B. Tolson – ernst oder überhaupt wahrgenommen wurde. Denn die innovative Verbindung afroamerikanischer Ausdrucksformen («spirituals», «blues») mit Formen weißer Dichtung, die Langston Hughes zum Teil gelingt, konnte nicht den Prinzipien einer Ästhetik entsprechen, die der Lyrik die halb sakrale Funktion zusprach, als Ort sprachlichen, gedanklichen und emotionalen Ausgleichs eine kulturell verlorene Ganzheit zu beschwören und in der Perfektion des Kunstwerks den letzten noch verbliebenen Raum von Transzendenz zu bewahren.

Es war diese Auffassung der Dichtung, die in den 60er Jahren aus verschiedenen Blickwinkeln und auf verschiedenen Ebenen radikal hinterfragt wurde. All das, was die neukritischen Dichter und Kritiker der klassischen Moderne aus ihrer Skala des poetisch Wertvollen ausgeschlossen hatten, tauchte in einer neuen lyrischen Vielstimmigkeit und einem breitgefächerten Diskurs wieder aus der Versenkung auf. Die neuen Dichter, die Donald Allen in seiner inzwischen legendären Anthologie *The New American Poetry* (1960) zu Wort kommen ließ, stellten das Subjektive, Persönliche, sogar das Bekenntnishafte über den von Eliot geforderten (wenn auch von ihm selbst keineswegs immer eingelösten) Ausschluß der Person aus dem Werk. Gegenüber dem gedruckten, betonten die Dichter nun wieder das gesprochene Wort und suchten, wie Allen Ginsberg, zum Teil im offenen Rückgriff auf Whitman, nach einer «natürlichen» poetischen Ausdrucksform, die sich an der Gestensprache des Körpers orientiert oder die – wie Charles Olson in seinem programmatischen «Projective Verse» bereits 1950 postuliert hatte – rhythmisch durch die Atemlänge strukturiert ist. Analog dazu entstand die Auffassung, daß Dichtung nicht primär ein schriftliches Dokument sei, sondern «Performance», ein mündliches und kommunikatives Ereignis.

Allgemein formuliert, richtete sich die poetische Revolution der 60er Jahre gegen das Konzept des Kunstwerks als zeitlos-sakrales Objekt, wie es in der klassischen Moderne im Schwange war. Die neue Dichtung griff vielmehr auf das Projekt der Annäherung von Kunst und Leben in der Frühmoderne zurück: Sie gab sich wieder einen Anschein von Nicht-Kunst, stellte den Prozeß des Schreibens und des mündlichen Vortragens über das fertige Produkt (d. h. über den Text auf dem Papier), erklärte eine thematische Öffnung für das Abfällige, Banale und Triviale des Lebens und bekannte ihre Affinität zur Populärkultur. Der Tradition der lyrischen Hochkultur, die für diese Neuen vor allem mit dem Namen Eliots verbunden war, begegneten sie mit totalem Desinteresse, während Pound, der nach seiner unglückseligen Allianz mit Mussolini in die Irrenanstalt Verbannte, durch die Wiederaufnahme der Konzepte und Verfahrensweisen der frühen Avantgarde in seinen *Pisan Cantos* einer neuen rebellischen Dichtergeneration den Weg wies.

Die Verstörtheit der kulturellen Elite über eine Lesung Allen Ginsbergs, des Sprechers der «barbarischen» Beat Poets, an der New Yorker Columbia University hat Diana Trilling in einem bemerkenswerten Aufsatz in der *Partisan Review* von 1959 festgehalten. Ähnlich aufschlußreich für den Bruch zwischen Hochmoderne und Postmoderne war 1961 eine gemeinsame Lesung von Robert Lowell (*poeta laureatus* und, in den Augen der akademischen Kritik, der legitime Thronfolger T. S. Eliots) und Frank O'Hara, dem lässig-eleganten Heros der New Yorker Kunst- und Lyrikszene. Als O'Hara sein Gedicht «Lana Turner has collapsed» vortrug, das er, wie er sagte, soeben in der U-Bahn geschrieben hatte, reagierte Lowell sichtlich genervt und zog – entsprechend dem modernistischen Ethos von Berufung, Selbstaufgabe und Meisterwerk – O'Haras Seriosität als Dichter in Zweifel. Der Unterschied zwischen beiden lag jedoch weniger darin, daß der eine die Dichtung ernster genommen hätte als der andere, als in der unterschiedlichen Funktion, die sie ihr zusprachen. «Wenn einem das Dichten so selbstverständlich ist wie das Atmen», meinte ein Freund O'Haras in einem Nachruf, «dann heißt dies nur, daß sie einem lebenswichtig ist.» Das gleiche hätte der Kinderarzt W. C. Williams von seiner Lyrik sagen können, die erst zu dieser Zeit, wenige Jahre vor seinem Tod im Jahre 1963, in ihrer ganzen Bedeutung erkannt wurde. Die Entmachtung Eliots und der kritischen Schule, die seiner Ästhetik nahestand, vollzog sich beinahe über Nacht. An Eliots Stelle traten als Vaterfiguren der neuen zeigenössischen Lyrik: Pound (bis Anfang der 70er Jahre), dann vor allem Williams und Stevens, deren unterschiedliche dichterische Praxis zu deutlich unterschiedlichen Linien der Entwicklung in der Lyrik der nachsechziger Jahre führte.

Ohne die Befreiung von den zunehmend als Fesseln empfundenen Glaubenssätzen der Hochmoderne durch die Dichter der «Black Mountain School» im Umkreis von Charles Olson und Robert Creeley, durch die «Beat Poets» um Allen Ginsberg, Lawrence Ferlinghetti, Gary Snyder und Gregory Corso, durch die «New York Poets» um O'Hara, Ted Berrigan und John Ashbery sowie durch die «Confessional Poets» Robert Lowell, John Berryman, Sylvia Plath und Anne Sexton wäre der vielfältige Aufschwung der Lyrik der nachfolgenden Dekaden kaum möglich gewesen. Man denke nur an den Gebrauch, den die DichterInnen ethnischer Gruppen vom Modus intensiv persönlicher Lyrik machten, oder an den Rückgriff auf die ‹Echtheit› des gesprochenen Wortes in der jüngeren ethnischen Dichtung, die – etwa im Falle der Nuorican Poets – eine Lyrik der interkulturellen Sprachmischung hervorgebracht hat. Thematisch rückt nun eine ganz andere Vergangenheit-die-nicht-vergehen-will als die von der klassischen Moderne anvisierte in den Vordergrund: nämlich der Abgrund zwischen dem amerikanischen Selbstideal, das mit der Unabhängigkeitserklärung von 1776 errichtet wurde, und der gleichzeitigen Realität der Sklaverei. Dies ist der zentrale Widerspruch, um den in immer erweiterten Erinnerungsringen das literarische Selbstbild Amerikas kreist. Er hatte die afroamerikanische Lyrik allerdings von Anfang an bestimmt. Relevant bleibt ebenso die wiederentdeckte avantgardistische Ästhetik des Unpoetischen, oft verbunden mit der Überzeugung, daß das Dichten – wie Audre Lorde sagte – einem primären organischen Bedürfnis entspricht wie

Essen, Sexualität und Schlaf; daß Lyrik daher keineswegs «zeitlos» ist, sondern ihre Vitalität gerade aus dem lebendigen Jetzt der Erfahrung bezieht. Schließlich gehört zum lange nachhallenden Echo dieser Neuorientierung an «Ursprüngen» und «Ursprünglichem» in den 60er Jahren auch die Betonung der kommunitären Rolle der Dichtung: Sie soll nicht länger vornehmlich Angelegenheit von Universitäten und Professoren sein, sondern aus ihrer uranfänglichen Funktion, dem rituellen und darstellenden Gruppenkontext, verstanden werden. Hierher gehören die Lesungen bei den Massendemonstrationen gegen den Vietnamkrieg ebenso wie die *poetry slams* unserer Tage, in der die Lyrik einzig an die Spontaneität der Performanz und die Interaktion des Vortragenden mit dem Publikum zurückgebunden erscheint. Durch derlei gegenkulturelle Ausbrüche aus den realen oder auch nur vermeintlichen Zwängen einer repressiven Ästhetik entwickelt und erklärt sich die unübersichtliche Vielstimmigkeit der amerikanischen Gegenwartslyrik, die nun nicht länger durch die Dominanz eines einzigen ästhetischen Diskurses gekennzeichnet ist, sondern durch ein Nebeneinander von rivalisierenden Stilrichtungen und herausragenden Einzelfiguren wie John Ashbery, Adrienne Rich oder Susan Howe.

Ashbery, in den Augen mancher Kritiker der bedeutendste amerikanische Lyriker der Gegenwart, hat eine Bewußtseinslyrik frei fließender Selbstreflexion entwickelt, in der die Prozeßhaftigkeit des assoziativen Denk-Sprechens selber zum Gegenstand wird. Ashbery übernimmt den rhetorischen Gestus der Moderne (Stevens) und bereitet zugleich in einem Akt des poetischen «recycling», kunstvoll-kunstlos und surrealistisch verfremdet, das abgenutzte Material der Alltags- und Mediensprache wieder auf. Für Adrienne Rich allerdings sind Ashberys poetische und sprachliche Strategien der Beliebigkeit und Unbestimmbarkeit ebensowenig hinnehmbar wie sein opportunistisches Zaunhocken («fence-sitting», wie er es selbstironisch nennt) zwischen den politischen Positionen. Rich, die zusammen mit dem Idiom der Hochmoderne auch die Fremdbestimmung durch den männlichen Diskurs über die Dichtung abstreifen will, findet über die verschiedenen Phasen ihrer Entwicklung zu einer sprachbewußten, identitätsstiftenden feministischen Lyrik, die in ihrer sprachlichen und ideologischen Unmittelbarkeit durchaus als Gegenpol zu Ashberys Lyrik verstanden werden kann. Für Susan

Howe andererseits ist derlei Direktheit wieder problematisch, denn obwohl sie – wie zuvor Adrienne Rich – durch eine Reinterpretation der Dichtung von Emily Dickinson einiges zur Entstehung einer feministischen Poetologie beigetragen hat, verbindet Howe in mehreren Gedichtszyklen weibliches Bewußtsein mit einer Rekonstruktion der historischen Marginalisierung der Frau. Sprache ist für sie immer auch der Ort verdrängter, historisch ausgegrenzter und literarischer Erinnerung. Ihre Gedichte konstruieren Geschichte als intertextuelle Collage, d. h. als einen Akt textwissenden und zugleich textverliebten Erinnerns, wobei sie im Spiel mit den visuellen Möglichkeiten des Textbildes zugleich den sprachlichen Konstruktcharakter jeglicher Geschichtsschreibung vorführt.

Wenn die Geschichte der amerikanischen Lyrik im 20. Jahrhundert in einer Folge von Schüben als Setzung der innovativen These, ihrer Verdrängung und der nachfolgenden Wiederkehr des Verdrängten verstanden werden kann, dann liegt es in der Natur dieser dialektischen Verkettung, daß auch die neuerliche Betonung des Subjektiven, Performativen, «Natürlichen» und Kommunitären in den 60er und 70er Jahren eine erneute Gegenreaktion auslösen mußte. Die lange Auseinandersetzung zwischen der «poetry of experience» (Whitman) und der «poetry of learning» (Longfellow) ist noch keineswegs am Ende. Tatsächlich wird die Möglichkeit einer Rückkehr zu den «Ursprüngen», insonderheit die Rückkehr zum Ursprung einer «natürlichen» Sprache, neuerdings mit Nachdruck verneint. Dies gilt für die als sentimental zurückgewiesene Emotionalität der «Bekenntnislyrik» ebenso wie für die Lyrik ethnischer oder gruppenspezifischer Identitätsfindung. Die postmoderne Neo-Avantgarde der «Language Poets», zu deren bekanntesten Verfechtern Charles Bernstein gehört (und die bei uns – wenn auch nicht ganz korrekt – durch Susan Howe vertreten ist), betont die zwangsläufige Selbstreflexivität der Sprache, weil Sprache sowohl der Wahrnehmung wie dem wahrnehmenden Subjekt bereits vorgegeben ist und darum beide vor- und verformt. Die soziale und sozialkritische Funktion von Dichtung bestehe eben darin, durch parodistische Collagierung oder sinnauflösende Sprach- und Kompositionsverfahren (Sprachspiele, aleatorische Kompositionen) diese Vor- und Verformungen bewußt zu machen.

Entsprechend sehen manche Kritiker (so etwa Marjorie Perloff in *The Dance of the Intellect*) die zeitgenössische lyrische Szene nach zwei Gruppierungen aufgeteilt: nämlich in Dichter, die zur Collage und zur Prosa des gesprochenen Wortes drängen – von ihnen führt die Entwicklungslinie rückwärts von Olson, Creeley und Ginsberg über Williams und Pound zu Whitman –, und solchen, die den Kunstcharakter des Gedichts gleichsam zur Schau stellen und sprachliche Selbstreflexion und Selbstreflexivität als notwendig und unvermeidbar betrachten. Deren Entwicklungslinie läßt sich von den «Language Poets» über John Ashbery zurück zu Wallace Stevens und Getrude Stein verfolgen. Der Wert von derlei Polarisierungen bleibt jedoch – abgesehen von ihrer Funktion als Orientierungshilfe – fraglich, denn der Reichtum und die Richtungsvielfalt der amerikanischen Lyrik verdankt sich durchaus auch Positionen, die zwischen diesen Schemata liegen: dem Wissen, daß, obwohl Sprache jeder Erfahrung vorgängig ist, Erfahrung weiterhin nach Ausdruck drängt; oder daß, völlig unabhängig von jeder ästhetischen Doktrin, auch die Erkundung der formalen Spielarten der traditionellen Lyrik überaus fruchtbar sein kann.

Die Herausgeber dieser Anthologie haben versucht, den unterschiedlichen, oft gegenstrebigen Tendenzen innerhalb der amerikanischen Dichtung – und das heißt nicht nur der zeitgenössischen – Rechnung zu tragen. Daß ihnen der vorgegebene Umfang Begrenzungen und Verkürzungen auferlegt hat, ist ihnen selber schmerzhaft bewußt. Dies gilt vor allem im Hinblick auf die großen Langgedichte der Moderne und Postmoderne (Eliots *The Waste Land*, Cranes *The Bridge*, Pounds *Cantos*, Williams' *Paterson*, Olsons *Maximus Poems*), die aus räumlichen Gründen entweder gar nicht oder nur bruchstückhaft berücksichtigt werden konnten. (*The Waste Land* darf freilich ohnehin nur ungekürzt anthologisiert werden.) Dazu kommt im Falle Eliots die Zweiteilung in eine frühe «amerikanische» und in eine spätere naturalisierte «englische» Phase, die dem 3. Band dieser insgesamt vierbändigen Anthologie englischer und amerikanischer Lyrik zugeteilt wurde. Entfallen mußten zu unserem Bedauern auch die anonymen Liedertexte, die zum Grundstock der amerikanischen Lyrik gehören: Balladen, Volkslieder, Spirituals, Gospel Songs, Work Songs, Evergreens und Blues.

Ansonsten sind wir uns im klaren darüber, daß die Gedichtauswahl jeder Anthologie zwangsläufig Widerspruch hervorruft. Einige werden die Gedichte der dominanten Dichter/Kritiker der spätvierziger und fünfziger Jahre: Allen Tate, John Crowe Ransom, Robert Penn Warren vermissen. Dafür haben wir Autoren aufgenommen, die in früheren Anthologien zu wenig Beachtung gefunden haben oder überhaupt noch nicht bekannt waren – etwa Robinson Jeffers oder James Laughlin. Andere werden, wie wir selber, bedauern, daß die Dichtung der ethnischen Minderheiten hier so gut wie ausschließlich nur durch die Lyrik der Afroamerikaner vertreten ist. Aber da jede Anthologie um so mehr Gefahr läuft, sich in diffuser Unübersichtlichkeit zu verlieren, je näher sie der Gegenwart kommt, haben wir uns dafür entschieden, die Lyrik der Afroamerikaner besonders zu gewichten, weil sie in ihrer Mischung mündlich-musikalischer und schriftlicher Konventionen innerhalb der amerikanischen Dichtungstradition repräsentativ ist und als mächtige Sub- oder Gegentradition fungiert. Ähnliches läßt sich für die Lyrik von Frauen geltend machen, die in der Nachfolge Emily Dickinsons den männlichen Lyrikdiskurs der Moderne offen oder heimlich-ironisch unterläuft, ihn in jedem Fall kontrapunktisch begleitet (wir denken hier vor allem an Gertrude Stein, Mina Loy, H. D. und Marianne Moore), bis sie sich schließlich in der Gegenwartslyrik, am nachdrücklichsten im Werk von Adrienne Rich, als eigene Tradition zu erkennen gibt. Dabei kann sich natürlich die weibliche Stimme (wie bei Audre Lorde) auch als ethnische oder (wie bei Susan Howe) auch als avantgardistische positionieren.

Die Reihenfolge der Dichter/innen folgt weitgehend, wenn auch nicht ausschließlich, der Chronologie, denn in einigen Fällen schien es sinnvoll, die zeitliche Reihenfolge aus Gründen der spezifischen Gewichtung zu durchbrechen: So haben wir Gwendolyn Brooks, eine der bedeutenden Repräsentantinnen der afroamerikanischen Lyrik, obwohl 1917 geboren, in den Umkreis der 60er und 70er Jahre gestellt, weil ihre Dichtung im Kontext der «Black Aesthetics»-Bewegung neue Resonanz und Relevanz gewann. Das gleiche gilt für Robert Hayden, der zwar auch, rein chronologisch betrachtet, in die Periode der Hochmoderne fällt, dessen Werk aber erst in den letzten Jahrzehnten von einer breiteren Öffentlichkeit wahrgenommen wurde.

Obwohl unsere Anthologie mit den überkommenen Kriterien von ‹Meisterwerk› und ‹ästhetischem Wert› durchaus nicht bricht, ist es offensichtlich, daß diese Maßstäbe nicht die einzigen waren, die unserer Auswahl zugrunde lagen, und zwar einmal, weil die Kategorie des ‹Meisterhaften› eine bestimmte Ästhetik (nämlich die der klassischen Moderne) von vornherein privilegiert; zum anderen, weil die amerikanische Lyrik – vor allem die des gerade vergangenen 20. Jahrhunderts – aus dem Konflikt sehr unterschiedlicher ästhetischer Theorien hervorgegangen ist. Unsere Anthologie versucht, diese Gegensätze eher zu betonen als zu verwischen, damit der Formen- und Stimmenreichtum der amerikanischen Dichtung deutlich zutage tritt. Nach alldem dürfte es auf der Hand liegen, daß diese Anthologie dem Anspruch der «zeitlosen Gültigkeit» weder entsprechen kann noch will. Wenn jede Generation, wie Hans Robert Jauß in seinen rezeptionsgeschichtlichen Studien argumentierte, ihre je eigene Literaturgeschichte schreiben muß, dann gilt dies, wie wir meinen, in gleichem Maße für die Erstellung von Anthologien. Die amerikanische Lyrik trat spät – ab Mitte der 50er Jahre – und dann nur in vereinzelten Segmenten ins Blickfeld der deutschen Literatur. Doch erst unter der Weitwinkelperspektive der gesamten Entwicklung zeichnet sich ab, daß wir es hier vielleicht mit einer der großen Epochen der Dichtung überhaupt zu tun haben, auf jeden Fall aber mit einer Fülle und einem Kaliber der Begabungen, die in der Vergangenheit allenfalls vergleichbar wäre mit dem elisabethanischen Zeitalter und in der Gegenwart mit dem Innovationsschub der russischen Avantgarde in den ersten Jahrzehnten des 20. Jahrhunderts. Wir hoffen jedenfalls, daß unsere Auswahl und Übersetzung etwas von jener sprachschöpferischen Kraft und formalen Vielgestaltigkeit vermitteln kann, die von ihren Anfängen an die besondere Lebendigkeit der amerikanischen Lyrik ausgemacht hat.

Eva Hesse
Heinz Ickstadt

Anhang

Einführende Bemerkungen

Die Anordnung der Autoren in dieser Anthologie folgt in der Regel der Chronologie ihrer Veröffentlichungen, gelegentlich aber dem Prinzip der thematischen Gruppierung. Die Quellen, Textgrundlagen und Kürzungen werden im Kommentar nachgewiesen. Die für diesen Band relevante Literatur ist im nachfolgenden Verzeichnis aufgeführt. Kurztitel im Kommentar beziehen sich auf dieses Verzeichnis oder auf die Literaturhinweise zu den einzelnen Dichtern. Großbuchstaben in den Gedichtüberschriften bezeichnen Zyklentitel u.ä.; Zwischentitel innerhalb längerer Werke werden im Textteil durch Kursivdruck angezeigt.

Der Kommentar enthält einen biographischen Abriß zu jedem einzelnen Autor mit Angaben zu Werk und Wirkung, dazu selektive Hinweise auf wichtige Erstveröffentlichungen, Standardeditionen, kritische Einzelausgaben, Übersetzungen und wichtige Sekundärliteratur.

Die Erläuterungen zu den Gedichten umfassen einen Quellenhinweis für Texte und Übersetzungen sowie Wort- und Sacherklärungen. Die Zahl vor dem Gedichttitel oder -anfang bezieht sich jeweils auf die Buchseite, die Zahl vor den einzelnen Anmerkungen auf den Vers des betreffenden Textes oder Textausschnitts.

Bibliographie

Ia. Anthologien (amerikanisch):

C. Aiken, *Twentieth–Century American Poetry*, New York 1963.

M. Algarín/B. Holman, *Aloud. Voices from the Nuyorican Poets' Cafe*, New York 1994.

A. Allen, *The New American Poetry, 1945–1960*, New York 1960.

N. Baym, *The Norton Anthology of American Literature*, New York 1979, [5]1998.

B. Berg/R. Mezey, *Naked Poetry: Recent American Poetry in Open Form*, New York 1969.

A. Bontemps/L. Hughes, *The Poetry of the Negro, 1746–1949*, Garden City, N. Y. 1949.

A. Bontemps, *American Negro Poetry*, New York 1963.

J. Bruchac, *Songs from this Earth on Turtle's Back: Contemporary American Indian Poetry*, New York 1983.

W. Cuney/L. Hughes/B. McM. Wright, *Lincoln University Poets*, New York 1954.

R. Ellman, *The Norton Anthology of Modern Poetry*, New York 1973, [2]1988.

R. Hayden, *Kaleidoscope: Poems by American Negro Poets*, New York 1967.

S. Henderson, *Understanding the New Black Poetry. Black Speech and Black Music as Poetic References*, New York 1973.

J. Hollander, *American Poetry: The Nineteenth Century*, 2 Bde., New York 1993.

P. Hoover, *Postmodern American Poetry: A Norton Anthology*, New York 1994.

F. Howe, *No More Masks: An Anthology of Twentieth-Century American Women Poets*, New York rev. ed. 1993.

J. W. Johnson, *The Book of American Negro Poetry*, New York 1922.

P. Jones, *Imagist Poetry*, Harmondsworth 1972.

W. Lowenfels, *The Writing on the Wall: 108 Poems of Protest*, Garden City, N. Y. 1969.

C. Major, *The New Black Poetry*, New York 1969.

F. O. Matthiessen, *The Oxford Book of American Verse*, New York 1950.

J. D. McClatchy, *Vintage Book of Contemporary Poetry*, New York 1991.

G. Moore, *The Penguin Book of American Verse*, Harmondsworth 1977.

D. Niatum, *Harper's Anthology of 20th Century Native American Poetry*, New York 1988.

J. Parini, *The Columbia Anthology of American Poetry*, New York 1995.

A. Poulin Jr., *Contemporary American Poetry*, Boston 1980.

J. Rothenberg, *Revolution of the Word: A New Gathering of American Avant-Garde Poetry, 1914–1945*, New York 1974.

Ders., *Shaking the Pumpkin: Traditional Poetry of the Indian North Americans*, New York 1986.

R. Silliman, *In the American Tree*, Orono, Me. 1986.

K. Silverman, *Colonial American Poetry*, New York 1968.
E. Sitwell, *The Atlantic Book of British and American Poetry*, 2 Bde, London 1959.
L. Untermeyer, *Modern American Poetry: A Critical Anthology*, New York 1942.
H. Vendler, *The Harvard Book of Contemporary American Poetry*, Cambridge, Mass. 1985.

1b. Anthologien übersetzter Texte:

H. Breinig, *American Poetologics: Statements and Poems by Twentieth Century Poets* [zweisprachig, mit Einleitung] Bamberg 1996.
J. Bab, *Amerikas neuere Lyrik. Ausgewählte Nachdichtungen*, Bad Nauheim 1953.
Ders., *Amerikas Dichter der Gegenwart*, Berlin 1953.
R. D. Brinkmann, *Silver Screen: Neue amerikanische Lyrik*, Köln 1969.
A. Czach, *Guten Morgen, Amerika,* Berlin 1948.
I. Ehrenpreis/H. J. Vienken, *American Poetry, Texts and Meanings,* Frankfurt 1989.
H. M. Enzensberger, *Museum der modernen Poesie,* Frankfurt 1960.
C. Goll, *Die neue Welt. Eine Anthologie jüngster amerikanischer Lyrik*, Berlin 1921.
R. Göring, *Amerikanische Lyrik des 20. Jahrhunderts,* Berlin 1949.
K. Graf/M. Lüdke/D. Schmidt, *Literaturmagazin 26 – Neue Amerikanische Lyrik oder «Chemicals Made from Dirt»,* Reinbek bei Hamburg 1990.
K. H. Hansen, *Gedichte aus der Neuen Welt. Amerikanische Lyrik seit 1910,* München 1956.
J. Hart, *Fünf Bücher englischer und amerikanischer Gedichte in deutschen Übersetzungen*, Minden 1885.
T. Harten-Hoencke, *Amerikanische Lyrik*, München 1925.
R. Hartung/G. Steinbrinker, *Panorama moderner Lyrik. Gedichte des 20. Jahrhunderts in Übersetzungen*, Gütersloh 1960.
H. Hennecke, *Gedichte von Shakespeare bis Ezra Pound. Einführungen, Urtexte und Übertragungen*, Wiesbaden 1955.
S. Hermlin, *Auch ich bin Amerika: Dichtungen amerikanischer Neger*, Berlin 1948.
E. Hesse/P. v. d. Knesebeck, *Meine dunklen Hände. Moderne Negerlyrik in Original und Nachdichtung*, München 1953.
W. Höllerer, *Junge amerikanische Lyrik*, München 1961.
R. Jaspert, *Lyrik der Welt: Dichtungen des Auslandes*, Berlin 1953, 1960.
H. E. und W. Killy, *Amerikanische Lyrik der letzten fünfzig Jahre*, ed. J. O. McCormick, Göttingen 1957.
F. H. Link, *Amerikanische Lyrik: Vom 17. Jahrhundert bis zur Gegenwart* [zweisprachig], Stuttgart 1974 [mit Einleitung und Kommentar].
K. Meurer, *Das goldene Zeitalter: Nordamerikanische Lyrik des 19. Jahrhunderts*, Heidelberg 1948.

Ders., *Die Harfe: Nordamerikanische Lyrik des 19. Jahrhunderts*, Heidelberg 1949.
K. O. Paetel, *Beat – Eine Anthologie*, Reinbek bei Hamburg 1962.
G. Pertz, *Verwandte Klänge. Eine Auswahl englischer und amerikanischer Gedichte*, Leipzig 1860.
W. Prinzhorn, *Von beiden Ufern des Atlantik*, Halle 1894.
T. H. Riese, *Die weiten Horizonte. The Vast Horizons: Amerikanische Lyrik 1638–1980*, übers. von R. v. Freyendorf, Hürtgenwald 1985.
H. C. Rohr, *New York, New York, Gedichte zweisprachig*, München 1988.
K. H. Schönfelder/I. Hucke, *Schwarzer Bruder. Lyrik amerikanischer Neger. Gedichte, Spirituals, Work Songs, Protestlieder*, zweisprachig, Leipzig 1966.
G. von der Vring, *Englisch Horn: Anthologie angelsächsischer Lyrik von den Anfängen bis zur Gegenwart*, Köln 1953.

II. Literatur:

D. Allen/G. F. Butterick, ed., *The Postmoderns. The New American Poetry Revised*, New York 1982.
D. Allen/W. Tallman, ed., *The Poetics of the New American Poetry*, New York 1973.
Ch. Altieri, *Enlarging the Temple: New Directions in American Poetry during the 1960s*, Lewisburg, Pa. 1979.
Ders., *Sense and Sensibility in Modern American Poetry*, New York 1984.
Ders., *Painterly Abstraction in Modernist American Poetry*, New York 1989.
S. Bercovitch, ed. *The Cambridge History of American Literature*, Volume 8: «*Poetry and Criticism, 1940–1995*», New York 1996.
V. Bischoff, *Amerikanische Lyrik zwischen 1912 und 1922*, Heidelberg 1983.
R. P. Blackmur, *Language as Gesture. Essays in Poetry*, New York 1952.
M. K. Blasing, *American Poetry: The Rhetoric of Its Forms*, New Haven, Conn. 1984.
Ders., *Politics and Form in Postmodern Poetry*, Cambridge, Mass. 1995.
H. Bloom, ed., *American Poetry to 1914*, New York 1987.
Ders., ed., *American Poetry 1915 to 1945*, New York 1987.
Ders., ed., *American Poetry 1946 to 1965*, New York 1987.
R. Bly, *American Poetry*, New York 1990.
J. E. B. Breslin, *From Modern to Contemporary: American Poetry, 1945–1965*, Chicago 1984.
G. Cambon, *The Inclusive Flame*, Bloomington 1963.
M. Christadler, ed., *Die amerikanische Lyrik von E. A. Poe bis W. Stevens*, Darmstadt 1972.
W. Christopeit/W. Hüllern/W. Rossi, ed., *Zeitgenössische amerikanische Dichtung*, Frankfurt 1960.
A. M. Debrunner, *Weiße Feder in schwarzer Hand*, Basel 1993.
B. L. S. Dembo, *Conceptions of Reality in Modern American Poetry*, Berkeley 1966.

B. Duffey, *Poetry in America. Expression and its Values in the Times of Bryant, Whitman and Pound*, Durham, N. C. 1978.

S. Fredman, *The Grounding of American Poetry: Ch. Olson and the Emersonian Tradition*, New York 1993.

A. Gelpi, *The Tenth Muse: The Psyche of the American Poet*, Cambridge, Mass. 1975.

Ders., *A Coherent Splendor: The American Poetic Renaissance, 1910–1950*, New York 1987.

A. Golding, *From Outlaw to Classic: Canons in American Poetry*, Madison 1995.

R. Gray, *American Poetry of the Twentieth Century*, London 1990.

H. Gross, *Sound and Form in Modern Poetry*, Ann Arbor 1964.

R. Haas, ed., *Amerikanische Lyrik: Perspektiven und Interpretationen*, Berlin 1987.

R. Hagenbüchle, ed., *American Poetry Between Tradition and Modernism 1865–1914*, Regensburg 1984.

D. Hall/S. Spender, *The Concise Encyclopedia of English and American Poets and Poetry*, London 1970.

R. v. Hallberg, *American Poetry and Culture, 1945–1980*, Cambridge, Mass. 1980.

R. Howard, *Alone With America: Essays on the Art of Poetry in the United States Since 1950*, New York 1971.

L. Jordan, *Europäische und nordamerikanische Gegenwartslyrik im deutschen Sprachraum 1920–1970*, Tübingen 1994.

Ders., *Bibliographie zur europäischen und nordamerikanischen Gegenwartslyrik im deutschen Sprachraum: Sekundärliteratur 1945–1988*, Tübingen 1996.

S. Juhasz, *Naked and Fiery Forms: Modern American Poetry by Women: A New Tradition*, New York 1976.

H. Kenner, *The Pound Era*, Berkeley, Cal. 1971.

I. Kerkhoff, *Poetiken und lyrischer Diskurs im Kontext gesellschaftlicher Dynamik. USA*: «The Sixties», Frankfurt 1989.

R. Kostelanetz, *The Old Poetries and the New*, Ann Arbor, Mich. 1981.

A. R. Lee, *Nineteenth-Century American Poetry*, London 1985.

F. Link, *Geschichte der amerikanischen Verskunst bis 1900*, Stuttgart 1988.

Ders., *Make It New: US-amerikanische Lyrik des 20. Jahrhunderts*, Paderborn 1996.

K. Lubbers, ed., *Die amerikanische Lyrik. Von der Kolonialzeit bis zur Gegenwart*, Düsseldorf 1974.

P. Mariani, *A Usable Past: Essays on Modern and Contemporary Poetry*, Amherst 1984.

J. H. Miller, *Poets of Reality*, Cambridge, Mass. 1965.

Ders., *The Linguistic Moment*, Princeton, N. J. 1985.

H. Möckel-Rieke, *Fiktionen von Natur und Weiblichkeit: Zur Begründung femininer und engagierter Schreibweisen bei A. Rich, D. Levertov, S. Griffin, K. Fraser und S. Howe*, Trier 1991.

Ch. Molesworth, *The Fierce Embrace: A Study of Contemporary American Poetry*, London 1979.

A. C. Müller, *Lyrik «made in USA»: Vermittlung und Rezeption in der Bundesrepublik*, Amsterdam 1999.

J. Myers, *A Profile of 20th Century American Poetry*, Carbondale 1991.

J. Parini/B. Miller, ed., *Columbia History of American Poetry*, New York 1998.

R. H. Pearce, *The Continuity of American Poetry*, Middletown, Conn. 1987.

D. Perkins, *A History of Modern Poetry*, 2 Bde., Cambridge, Mass. 1976, 1987.

M. Perloff, *The Dance of the Intellect: Studies of the Poetry of the Pound Tradition*, Cambridge 1985.

Dies., *Poetry On & Off the Page. Essays for Emergent Occasions*, Evanston 1998.

Dies., *The Poetics of Indeterminacy*, Princeton, N. J. 1981.

M. Peterfy, *W. C. Williams in deutscher Sprache. Aspekte der übersetzerischen Vermittlung 1951–1970*, Würzburg 1999.

R. Pinsky, *The Situation of Poetry: Contemporary Poetry and Its Traditions*, Princeton 1976.

P. Quartermain, *Disjunctive Poetics: From G. Stein and L. Zukofsky to S. Howe*, New York 1992.

L. Rainey, *Institutions of Modernism. Literary Elites and Public Culture*, New Haven 1998.

E. B. Redmond, *Drumvoices: The Mission of Afro-American Poetry. A Critical History*, Garden City, N. Y. 1976.

U. Reichardt, *Innenansichten der Postmoderne: Zur Dichtung J. Ashberys, A. R. Ammons', D. Levertovs und A. Richs*, Würzburg 1991.

H.-P. Rodenberg, *Subversive Phantasie. Untersuchungen zur Lyrik der amerikanischen Gegenkultur 1960–1975*, Giessen 1983.

A. Ross, *The Failure of Modernism*, New York 1986.

M. Schlauch, *Modern English and American Poetry*, London 1956.

A. R. Shucard, *American Poetry: The Puritans through Walt Whitman*, Boston 1988.

T. Steele, *Missing Measures. Modern Poetry and the Revolt against Meter*, Fayettville, Ark. 1990.

H. Vendler, *Part of Nature, Part of Us: Modern American Poets*, Cambridge, Mass. 1980.

H. H. Waggoner, *American Poets. From the Puritans to the Present*, Baton Rouge 1968.

E. S. Watts, *The Poetry of American Women from 1632 to 1945*, Austin 1977.

P. White, *Puritan Poets and Poetics*, University Park, Pa. 1985.

S. T. Williams, *The Beginnings of American Poetry, 1620–1855*, New York 1971.

Zapf, H., ed., *Amerikanische Literaturgeschichte*, Stuttgart 1996.

Kommentar

Native American Song

Die Tewa, ein Stamm der Pueblo-Indianer, leben in Espanola, einem Tal nördlich von Santa Fé, New Mexico. Linguistisch gehören sie zur Sprachfamilie der Tanoan.

Ausgabe: «Songs of the Tewa», H. J. Spinden, ed. *Exposition of Indian Tribal Arts*, New York 1933.

Übersetzung: bearb. von W. Arens/H. M. Braun, Gesang des Schwarzen Bären. Lieder und Gedichte der Indianer [zweisprachig], München 1994.

2 Song of the Sky Loom (Text: Arens/Braun, 1994, S. 30; Ü: W. Arens/H. M. Braun, S. 31.) Der Himmelswebstuhl ist ein Abbild der vereinzelten Regenwolken, die beim Ausregnen einem Webstuhl gleichen.

Edward Taylor

Sketchley, England, ca. 1642 – Westfield, Massachusetts 1729

Über sein Leben in England ist relativ wenig bekannt. Er wächst in einem streng puritanischen Umfeld auf und wandert nach der politischen Niederlage der Puritaner und der Reinthronisierung von Charles II 1668 aus religiösen Gründen nach Massachusetts aus. Er studiert bis 1671 am Harvard College, bis er von der Siedlung Westfield, Massachusetts, an der damaligen Frontier, als Geistlicher berufen wird. In den folgenden achtundfünfzig Jahren dient er der Gemeinde bis zu seinem Tod als Geistlicher und Arzt. Die Gedichte, die er während dieser Zeit schreibt – am bekanntesten seine 217 Meditationen zur Vorbereitung auf das Abendmahl – waren wohl nicht zur Veröffentlichung bestimmt und wurden erst in den 30er Jahren entdeckt und von T. H. Johnson 1939 publiziert. Der Fund galt als Sensation und veränderte die geltende Einschätzung der puritanischen Literatur grundlegend. Taylors Gedichte sind deutlich von der ‹metaphysischen› Lyrik George Herberts (s. Bd. 1, S. 308 ff.) beeinflußt und fassen abstrakte theologische Konzepte in die konkrete Bildlichkeit des Lebens und seiner alltäglichen Verrichtungen in der kolonialen Provinz.

Ausgaben: *The Poetical Works of E. Taylor*, ed. T. H. Johnson, New York 1939. – *The Poems of E. Taylor*, ed. D. E. Stanford, New Haven, Conn. 1960.

Literatur: U. Brumm, *Die religiöse Typologie im amerikanischen Denken*, Leiden 1963. – H. Meserole, *Seventeenth-Century American Poetry*, New York 1968. – J. Gatta, Jr., «The Comic Design of Gods Determinations touching his Elect», *Early American Literature, X*, 1975, S. 121–143. – K. E. Rowe, *Saint and Singer: E. Taylor's Typology and the Poetics of Meditation*, New York 1986. – N. S. Grabo, *E. Taylor*, New York 1988.

4 *Aus* GOD'S DETERMINATIONS TOUCHING HIS ELECT, «The Preface», V. 1–20 (Text: Poetical Works, S. 31 f.; Ü: W. v. Koppenfels) Dies sind die einleitenden Zeilen einer langen puritanischen Kosmologie in Versen. Die Kritik vermutet, daß sich das Gedicht insbesondere an die Zaudernden und Zweifelnden unter den Gläubigen seiner Gemeinde richtete. Der vollständige Titel lautet: *Gods Determinations touching his Elect: And The Elects Combat in their Conversion, and Coming up to God in Christ together with the Comfortable Effects thereof*. – 7 *Who laid the corner stone?*: dt.: «wer legte ihr einen Eckstein?», Buch Hiob 38: 4–8.
4 *Aus* PREPARATORY MEDITATIONS (Text: Poetical Works, S. 127; Ü: K. Bartenschlager) Dies ist die sechste der ersten Serie von religiösen Meditationen zur Vorbereitung des Abendmahls. Taylor hat sie 1682 begonnen und in einer zweiten Serie bis 1725 weitergeführt. Wie die meisten dieser Meditationen behandelt auch diese die Frage nach der eigenen Erwähltheit in einer textuellen Metapher («conceit»), die geistigen Gehalt und sinnliche Gestalt miteinander verbindet. In diesem Fall sind es Münzprägung und Münzprüfung, an denen Taylor die Vorstellung göttlicher Gnadenwahl konkretisiert. – 12 *angel*: engl. Engel und zugleich eine zeitgenössische Goldmünze (eine Doppelbedeutung, der sich vermutlich das «concetto» des Gedichts verdankt).
6 A FIG FOR THEE, O DEATH (Text: Poems, 1960, S. 486–488; Ü: K. Bartenschlager) Taylor macht hier das Mysterium der Wiederauferstehung des Fleisches zum Gegenstand einer Meditation, die das Mit- und Gegeneinander von unsterblicher Seele und sterblich-sündiger Körperlichkeit in derbkonkrete und sinnliche Bildlichkeit faßt.

ANNE DUDLEY BRADSTREET

Northampton, England, ca. 1612 – North Andover, Massachusetts 1672

Sie gehörte mit ihrer Familie einer Gruppe von Puritanern an (den «Non-Conformists»), die 1630 unter Führung von John Winthrop (s. S. 706) auf dem Schiff *Arbella* nach Neu-England aufbrachen und dort die Massachusetts Bay

Colony gründeten. Die Familie siedelte zuerst in Boston, dann in Ipswich und ließ sich 1644 endgültig in North Andover nieder. Während ihr Mann, Simon Bradstreet, den sie 1628 geheiratet hatte, ebenso wie ihr Vater, Thomas Dudley, für die Verwaltung der Kolonie tätig waren, zog sie acht Kinder auf und schrieb Gedichte, die ihr Schwager – wie es heißt: ohne ihr Wissen – 1650 in London veröffentlichen ließ (*The Tenth Muse, Lately Sprung Up in America*). Besonders ihre frühen Gedichte zeigen den großen Einfluß englischer Vorbilder. Sie entwickelt aber auch (wie etwa in «The Prologue») eine persönliche, ausgesprochen weibliche Stimme. In ihrem Werk, das neben ihren Gedichten auch Vers- und Prosaerzählungen, religiöse Meditationen und eine Autobiographie umfaßt, reflektiert sie über ihre Rolle als Frau und Mutter wie auch über ihr Alltagsleben am Rande der amerikanischen Wildnis, den höheren Plan Gottes und die eigene Sterblichkeit. John Berryman hat ihr 1967 einen Zyklus von Gedichten gewidmet: *Homage to Mistress Bradstreet* (s. S. 412).

Ausgaben: *The Tenth Muse, Lately Sprung Up in America*, ed. S. Bowtell, London 1650. – *The Works of A. Bradstreet in Prose and Verse*, ed. J. H. Ellis, Charlestown 1867. – *The Complete Works of A. Bradstreet*, ed. J. R. McElrath/A. P. Robb, Boston 1981.

Literatur: A. Stanford, *A. Bradstreet: The Worldly Puritan*, New York 1974. – W. Martin, *An American Triptych: A. Bradstreet, E. Dickinson, A. Rich*, Chapel Hill 1984. – R. Rosenmeier, *A. Bradstreet Revisited*, Boston 1991.

10 *Aus* The Prologue (5. Strophe; Text: Complete Works, S. 7; Ü: K. Bartenschlager) Dieses Gedicht eröffnete den 1650 veröffentlichten Band *The Tenth Muse*.

10 A Letter to Her Husband (Text: Complete Works, S. 181; Ü: K. Bartenschlager) Eines von mehreren Gedichten an ihren Mann, der als Gouverneur von Massachusetts häufig unterwegs war. – 4 *Ipswich*: Siedlung nördlich von Boston, wo die Bradstreets etwa 10 Jahre wohnten. – 12 *Sol from Capricorn*: Die Sonne (Sol) steht im Zeichen des Steinbocks, des zehnten Zodiakzeichens, das den Winter repräsentiert. – 21 *Cancer*: Krebs, das vierte Zodiakzeichen, das für den Sommer steht. – 25 *Flesh of thy flesh, bone of thy bone*: nach Mose 2:23.

Quaternions

Quaternions bezeichnet die von Bradstreet dem Vater gewidmete Serie von Gedichtszyklen am Anfang von *The Tenth Muse*, die sich mit Ordnungen befassen, die auf der Zahl 4 basieren: den 4 Elementen, den 4 Temperamenten, den 4 Jahreszeiten, den 4 Phasen eines Menschenalters u. a. m.

12 Ah me (Text: Complete Works, S. 37; Ü: K. Bartenschlager)

12 The vexing stone (Text: Complete Works, S. 37; Ü: K. Bartenschlager)

Philip Freneau

New York 1752 – bei Middletown Point, New Jersey 1832

Sohn einer begüterten Familie hugenottischer Abstammung. Er absolvierte sein Studium am New Jersey College (der späteren Princeton University) in bester Gesellschaft, nämlich als Studienfreund des späteren Präsidenten J. Madison und des Romanciers H. H. Brackenridge, mit dem zusammen er die patriotische Ode «The Rising Glory of America» schrieb. Freneau führte ein abenteuerliches Leben: 1778 heuert er während des amerikanischen Befreiungskriegs als Matrose auf einem Blockadebrecher an und gerät in mehrwöchige britische Gefangenschaft, die ihn zum überzeugten Britenhasser werden läßt. Als Herausgeber des *Freeman's Journal* schreibt er patriotische Gedichte und erhält das Attribut des «Dichters der amerikanischen Revolution». Er ist radikaler Republikaner und überzeugter Verfechter der Französischen Revolution. Von 1791 bis 1793 gibt er die *National Gazette* heraus. Knapp vierzig Jahre später stirbt er – verarmt und unbekannt – in einem Schneesturm. Seine Gedichte stehen in der Tradition des englischen Klassizismus, nehmen jedoch auch in einigen ihrer Motive und Empfindungen die Romantik vorweg.

Ausgaben: *The Poems of Ph. Freneau*, 3 Bde., ed. F. L. Pattee, Princeton 1902–1907. – *The Last Poems of Ph. Freneau*, ed. L. Leary, New Brunswick, N. J. 1945.

Literatur: L. Leary, *That Rascal Freneau: A Study in Literary Failure*, New Brunswick, N. J. 1941. – M. W. Bowden, *Ph. Freneau*, Boston 1976. – R. Vitzthum, *Land and Sea: The Lyric Poetry of Ph. Freneau*, Minneapolis 1978.

14 On Observing a Large Red-streak Apple (Text: Last Poems, S. 105 f.; Ü: K. Bartenschlager) Entstanden 1822. – 10 *Solitaire*: frz. *allein, einsam*; Freneau wählt das frz. Wort wohl vor allem wegen des Reims.

Joel Barlow

Redding, Connecticut 1754 – Żarnowiec bei Krakau 1812

Jüngstes von zehn Kindern. Studiert Theologie und Jura am Dartmouth College und an der Yale University. Begeistert vom Unabhängigkeitskrieg, meldet sich Barlow freiwillig zum Militär und wird Militärkaplan in der Revolutionsarmee. Auch im Feld schreibt er Gedichte und patriotische Lieder. Nach Kriegsende läßt er sich in Hartford, Conn., als Rechtsanwalt nieder und gibt das wöchentlich erscheinende Magazin *American Mercury* heraus, das zum Publikationsorgan der sog. «Hartford Wits» (des Dichtertrios Joel Barlow, Timothy Dwight und John Trumbull) avanciert. 1787 erscheint das Vergils *Aeneis* nachempfundene und Ludwig XVI. gewidmete Versepos «The Vision of Columbus», eine patriotische Feier der jungen Republik, in der sich alle Hoffnungen des Kolumbus für die Zukunft der Menschheit erfüllt haben. Als nationaler Dichter anerkannt, gibt Barlow seine juristische Tätigkeit auf. 1788 reist er nach England und anschließend nach Frankreich, wo er auf Seiten der gemäßigten Girondisten eine aktive Rolle in der Revolution spielt. Barlow lebt eine Zeitlang in Savoyen und schreibt dort *The Hasty Pudding.* Nach Paris zurückgekehrt, übersetzt er Volneys *Ruinen.* 1795 ernennt Washington ihn zum Konsul in Algerien, wo er Verträge mit Tunis und Tripolis aushandelt. Von 1797 bis 1805 lebt er in Paris und kehrt dann in die U. S. A. zurück. 1808 erscheint sein Hauptwerk *The Columbiad.* 1811 schickt Madison ihn als Generalbevollmächtigten an den französischen Hof, um mit Napoleon ein Handelsabkommen abzuschließen. Auf der Reise zu einem Treffen mit Napoleon in Wilna zieht sich Barlow eine Lungenentzündung zu und stirbt am Weihnachtsabend 1812 in einem Dorf nördlich von Krakau.

Ausgaben: *The Works of J. Barlow in Two Volumes:* Vol. II: *Poetry.* Facsimile Reproductions with an Introd. by W. K. Bottorff and A. L. Ford, Gainesville, Fla. 1970.

Literatur: L. Howard, *The Connecticut Wits,* Chicago 1943. – J. L. Woodress, *A Yankee's Odyssee: The Life of J. Barlow,* Philadelphia 1958.

18 *Aus* THE HASTY PUDDING (Canto I, Z. 1–50 und 123–156; Text: Works, Bd. II, S. 87–89, 91 f.; Ü: K. Bartenschlager) Das 1793 in Chambéry enstandene episch-satirische Gedicht besteht aus drei Cantos und bezieht seine Komik aus der Diskrepanz zwischen heroischem Versmaß und alltäglichem Gegenstand. Das Gedicht feiert mit der Erhöhung der einfachen neuengländischen Speise über alle vergleichbaren amerikanischen Gerichte u. a. auch die Vorzüge einfacher republikanischer Lebensweise. – *Hasty Pudding*: Ein Frühstücksbrei, der aus Indianermais und Wasser zubereitet wird. – 3 *Gallic flags*: Nach der Annexion durch das republikanische Frankreich 1792 wehten in Savoyen französische Fahnen. – 37 *tawny Ceres*: Bezieht sich auf die zuvor im Text erwähnte indianische Squaw, die mit Ceres, der römischen Göttin agrarischer Fruchtbarkeit, verglichen wird. – 63 *succotash*: Ein Wort aus der Algonquinsprache für ein Gericht aus grünem Mais und dicken Bohnen. – 69 *hoe-cake*: Ein kleiner Kuchen aus Maismehl, Wasser und Salz. – 70 *johnny-cake*: Mit Maismehl, Weizenmehl, Eiern und Milch gebackenes Brot. – 80 *charlotte*: Ein Obstdessert mit zerkleinertem Röstbrot.

WILLIAM CULLEN BRYANT

Cummington, Massachusetts 1794 – New York 1878

Anwalt, Journalist, Übersetzer u. a. der Epen Homers (1870) und in den Augen vieler seiner Zeitgenossen der bedeutendste Dichter der noch jungen Republik. Seine Popularität stützte sich vor allem auf seine frühen Gedichte («Thanatopsis», «The Prairies»), in denen er englische Vorbilder (etwa William Wordsworths *Lyrical Ballads*) adaptierte und – aus dem Bewußtsein des «wilderen Bildes» der amerikanischen Landschaft – auch amerikanisierte. Ging 1825 nach New York und wurde einer der Herausgeber von *The New York Review and Athenaeum*, dann 1829 Chef-Herausgeber der *New York Evening Post* – eine Position, die er bis 1878 innehatte. Als Herausgeber der *Evening Post* (aber nicht als Dichter) vertrat er Positionen der Free Soil Party, war später Mitbegründer der Republikanischen Partei und ein glühender Anhänger Abraham Lincolns. Er trat für Arbeitnehmerrechte und Meinungsfreiheit ein und profilierte sich im Kampf um die Abschaffung der Sklaverei. Stürzte bei der Enthüllung eines Denkmals für den italienischen Freiheitskämpfer Mazzini in New York zu Tode.

Ausgaben: *The Poetical Works of W. C. Bryant*, ed. H. C. Sturges, New York 1903 (^{2}1969).

Literatur: C. H. Brown, *W. C. Bryant*, New York 1971. – *W. C. Bryant and His America*, ed. S. Brodweis, New York 1983.

24 SONNET. TO THOMAS COLE (Text: Poetical Works, S. 127 f.; Ü: K. Bartenschlager) Das Gedicht ist Thomas Cole, dem Landschaftsmaler und Gründer der Hudson River School, gewidmet. Es hieß ursprünglich: «To an American Painter, Departing for Europe» und die 3. Zeile entsprechend: «A living image of thy native land». Doch Cole, obschon der bedeutendste Vertreter der amerikanischen Malerei der Romantik, war kein gebürtiger Amerikaner, sondern Engländer – was Bryant veranlaßte, Titel und Verszeile nachträglich zu ändern.

HENRY WADSWORTH LONGFELLOW

Portland, Maine 1807 – Cambridge, Massachusetts 1882

Studierte zusammen mit N. Hawthorne am Bowdoin College, wo er später – nach einer längeren Reise durch Europa – von 1829–1835 eine Professur innehatte. Von 1836 bis 1854 war er Professor für neuere Sprachen an der Harvard-Universität, schrieb zahlreiche Lehrbücher und gab 1845 die wichtige Anthologie *The Poets and Poetry of Europe* heraus. Er benutzte – ähnlich wie Goethe in *Hermann und Dorothea* – griechisches Versmaß zur Bearbeitung heimischer Themen, so den Hexameter für die Idylle *Evangeline* (1847). Mit seinem *The Song of Hiawatha* (1855) – dessen Versmaß (den dreihebigen Trochäus) er dem finnischen Epos *Kalevala* nachgebildet hatte – erreichte sein Ruhm einen später nicht mehr übertroffenen Höhepunkt. Es ist das Gegenstück zu Whitmans im gleichen Jahr publizierten *Leaves of Grass*, die ein nationales Epos aus der Erfahrung und dem sprachlichen Gestus des Subjekts entwerfen, während Longfellows epische Absicht eher auf die Identifikation mit den indianischen Ursprüngen Amerikas zielt. Viele seiner Gedichte – wie die Ballade von «Paul Revere's Ride» – wurden zum Volksgut, und es gibt wohl keinen Dichter in Amerika, der zu irgendeiner Zeit größere Popularität erlangte als er. Die Ästhetik der Moderne hat seinen Ruf irreparabel beschädigt: Während es gute Gründe dafür gibt, die Dichtung der amerikanischen Moderne mit Whitman beginnen zu lassen, gilt Longfellows Werk als Abgesang auf das 19. Jahrhundert – obwohl, wie zumindest die jüngere Kritik behauptet, ein Teil seines Werkes (etwa seine *Tales of a Wayside Inn*, 1863–1873) bei aller Konventionalität der Form «überraschend zeitgenössisch in seinen thematischen Bezügen» erscheint (s. Gioa in Parini).

Ausgaben: *The Complete Poetical Works of H. W. Longfellow*, ed. H. E. Scudder, Boston 1899. – *Selected Poems*, ed. L. Buell, New York 1988.

Übersetzungen: A. R. Nielo, *Balladen und Lieder*, Münster 1857. – H. Simon, *Sämtliche poetische Werke*, 2 Bde., Leipzig 1883.

Literatur: N. Arvin, *Longfellow: His Life and Art*, Boston 1963. – E. Wagenknecht, *H. W. Longfellow: His Poetry and Prose*, New York 1986. – D. Gioa, «Longfellow in the Aftermath of Modernism», in: *The Columbia History of American Poetry*, ed. J. Parini, New York 1993, 64–96.

26 THE LANDLORD'S TALE: PAUL REVERE'S RIDE (Text: Poetical Works, S. 207–209; Ü: K. Bartenschlager) Eine der vielen populären Balladen Longfellows. Sie gilt einer Begebenheit aus dem amerikanischen Revolutionskrieg, die schnell zur Legende wurde und die Longfellows Gedicht vollends zum nationalmythologischen Ereignis machte: Noch in den 1950er Jahren mußten es amerikanische Schulkinder auswendig lernen. Paul Revere (1735–1818), ein Silberschmied und glühender Verfechter der amerikanischen Sache, ritt – so lautet die Legende – in der Nacht vom 18. April 1775 von Charlestown nach Lexington, um die patriotischen Farmer und Handwerker im Umland Bostons (die innerhalb von «Minuten» mobilisierbaren «minutemen» der frühen Revolutionsarmee) vor den anrückenden britischen Truppen zu warnen. – 16 *Charlestown*: Heute ein Teil Bostons, war die Hafenstadt,

in der die britischen Schiffe von Anker lagen. – 83 *Mystic*: Der Mystic-Fluß, der von Nordwesten kommend in den Bostoner Hafen fließt. – 88 *Medford*: Ein Städtchen nördlich von Boston. – 94 *Lexington*: Eine Ortschaft, nordwestlich von Boston, wo der legendäre erste Schuß der amerikanischen Revolution gefallen sein soll. – 102 *Concord town*: Eine Ortschaft im Nordwesten von Boston.

EDGAR ALLAN POE

Boston 1809 – Baltimore 1849

Eine der herausragenden Figuren der amerikanischen Literatur des frühen 19. Jahrhunderts und eine der wenigen, die – dank der Rezeption durch Baudelaire und die französischen Symbolisten – für die Entwicklung der europäischen Moderne von Bedeutung wurde. Seine Landsleute dagegen nahmen von Poe als Dichter, trotz der immensen Popularität von Balladen wie «The Raven», lange Zeit nicht ernsthaft Notiz. Poe galt zudem als gesellschaftliche wie auch literarische Randfigur, und die Legenden, die sich um seine angebliche Trunksucht und seinen exzessiven Opiumkonsum rankten, machten ihn bei der bürgerlichen Bildungselite, die das literarische Leben in den U. S. A. bis ins 20. Jahrhundert hinein bestimmte, zur *persona non grata*. Als Kind von Wanderschauspielern geboren und früh verwaist, wird er von dem Kaufmann John Allan adoptiert und in Richmond, Virginia, aufgezogen. Der Bruch mit dem Pflegevater wegen Spielschulden ist ebenso Teil der Poe-Legende wie der Abbruch seines Studiums an der University of Virginia, der Rausschmiß aus der berühmten Militärakademie West Point und die nachfolgenden Entlassungen aus der Herausgeberschaft mehrerer Zeitschriften. Alle wichtigen Frauen in seinem Leben – seine Mutter, die Pflegemutter, seine 14jährige Cousine und Ehefrau Virginia – sterben am Blutsturz, eine traumatisierende Serienhaftigkeit des Geschehens, die in immer wiederkehrenden Strukturen der Spiegelung und Verdoppelung vor allem in seinen *short stories* Entsprechung findet. Obwohl sich Poe vornehmlich als Dichter und kritischer Essayist verstand, gründet sich sein Ruhm in unserem Jahrhundert vor allem auf die *short story*, deren frühester Theoretiker er gewesen ist und die er als erster zu einer respektablen Gattung machte. Dagegen stehen seine Gedichte auch heute noch unter dem modernistischen Verdacht des Edelkitsches. Sein wirkungsästhetisch begründetes Postulat von kurzen und atmosphärisch dichten Texten (weil nur so der Leser in einen Zustand sublimer Erregung versetzt werden könne) definiert die Kurzgeschichte als eine Form der Dichtung. Denn wie im Falle des Gedichts sollten alle Elemente der «short tale» nur einem Zweck dienen: der Erzeugung einer quasi-religiösen «Erhebung der Seele» durch den präzise strukturierten Text («The Philosophy of Composition», «The Poetic Principle»). Es war diese Aufwertung des ästhetischen Effekts gegenüber den Kategorien der ethischen oder philosophischen Wahrheit, die Poe von seinen Zeitgenossen Hawthorne und Melville unterschied und auf die sich die Seelenverwandtschaft gründete, die Baudelaire in Poes Leben und Werk zu entdecken glaubte.

Ausgaben: *The Complete Works of E. A. Poe* («The Virginia Edition»), 17 Bde., ed. J. A. Harrison, New York 1902. – *Collected Works*, 3 Bde. (Bd. 1: *Poems*), ed. T. O. Mabbott et al., Cambridge, Mass. 1969–78.

Übersetzungen: T. Etzel/H. Lachmann, *E. A. Poe, Gedichte – Essays*, München 1966. – R. Kruse/H. Wollschläger u. a., *E. A. Poe, Werke*, Bd. 4, ed. K. Schuhmann und H. D. Müller, Olten/Freiburg 1973. – G. Gentsch u. a., *E. A. Poe: Ausgewählte Werke*, 3 Bde., Leipzig 1989.

Literatur: F. H. Link, *E. A. Poe: Ein Dichter zwischen Romantik und Moderne*, Frankfurt/M. 1968. – E. Davidson, *Poe: A Critical Study*, Cambridge, Mass. 1957. – D. Hoffman, *Poe Poe Poe Poe Poe Poe Poe*, Garden City, N. Y. 1972. – K. Silverman, *E. A. Poe*, New York 1991. – J. Meyers, *E. A. Poe: His Life and Legacy*, New York 1992. – D. Kerlen, *E. A. Poe. Der schwarze Duft der Schwermut*, Berlin 1999.

34 To Helen (Text: Complete Works, 1902, Bd. 7, S. 46; Ü: K. E. Meurer, Das Goldene Zeitalter, S. 64) Entstanden 1831, bearb. 1845. – 1 *Helen*: Helena, Tochter des Zeus und der Leda, Gemahlin des Menelaos. Ihre Schönheit verleitete Paris, den Sohn des trojanischen Königs Priamus, sie aus Griechenland zu entführen – was schließlich die Zerstörung Trojas zur Folge hatte. – 2 *Nicean barks*: Nice, Nizza war im Altertum ein Zentrum für Schiffsbau. – 8 *Naiad*: Wassernymphe aus der griechischen Mythologie.

34 The City in the Sea (Text: Complete Works, Bd. 7, S. 49 f.; Ü: H. Wollschläger in Werke, Bd. IV, S. 89 f.) Entstanden 1831, bearb. 1845.

38 Annabel Lee (Text: Complete Works, Bd. 7, S. 117–118; Ü: H. Wollschläger, S. 189 f.) Poes letztes Gedicht, 1849. Für Nabokovs erotomanen Wortfetischisten Humbert Humbert ist «Annabel Lee» der Ursprung von Lolita, der Person wie auch des Textes.

RALPH WALDO EMERSON

Boston 1803 – Concord, Massachusetts 1882

Entstammte einer Theologenfamilie und studierte entsprechend an der Harvard Divinity School. 1830 wurde er Geistlicher einer unitarischen Gemeinde in Boston – ein Amt, das er nur wenig später nach einem Streit über das Wesen des Abendmahls wieder aufgab. Auf einer Reise durch Europa lernte er Carlyle, Wordsworth und Coleridge kennen und über sie die deutsche Transzendentalphilosophie. Nach seiner Rückkehr machte ihn die 1836 verfaßte programmatische Schrift *Nature* berühmt und ließ ihn zum Zentrum des intellektuellen Zirkels der «Transzendentalisten» werden, einer Gruppe von romantischen Neudenkern, Bildungs- und Sozialreformern, der u. a. Henry David Thoreau, Margaret Fuller und Bronson Alcott angehörten. Sein Einfluß auf die intellektuelle Generation der 1840er und 50er Jahre reichte jedoch weit über diesen Kreis hinaus: Walt Whitman berief sich nachdrücklich auf Emerson, insbesondere auf den Essay «The Poet», aus dem er seine Berufung als Dichter-Prophet der neuen Nation herleitete. Emerson verdankt seine zentrale Stellung in der amerikanischen Literatur- und Geistesgeschichte weniger seinen Gedichten als seinen Essays. In gewissem Sinne hat er seine eigentlichen Gedichte als Essays geschrieben, da sie in ihrer Bildhaftigkeit und ihrer metaphorischen Gedankenverknüpfung einer poetischen Form des Denkens Ausdruck geben und mit allen Prinzipien der Schulphilosophie brechen. Emersons Ideen lieferten den Anstoß für eigene amerikanische Wege in Literatur, Kunst und Philosophie auf der Basis eines Glaubens an die Möglichkeit des Neuen, eines Glaubens, der die Last der Tradition zugunsten individueller Selbst- und Weltschöpfung abstreift und die amerikanische Tradition des traditionslosen Neubeginns begründet. Er war Vorläufer des philosophischen Pragmatismus und hatte großen Einfluß auf die amerikanische Literatur und Kunst des nachfolgenden Jahrhunderts. Auch Nietzsche und Musil gehörten zu seinen Bewunderern.

Ausgaben: *The Complete Works of R. W. Emerson*, 12 Bde. (Bd. 9: *Poems*), ed. E. W. Emerson, Boston 1903–04. – *The Journals and Miscellaneous Notebooks of R. W. Emerson*, ed. W. Gilman u. a., 16 Bde., 1960–1986. – *Emerson: Essays and Lectures*, ed. J. Porte, New York 1983. - *R. W. Emerson: Collected Poems and Translations*, ed. H. Bloom/P. Kane, Library of America, New York 1994.

Übersetzungen: K. E. Meurer, *Das Goldene Zeitalter: Nordamerikanische Lyrik des* 19. Jahrhunderts. Heidelberg 1948. - Ders. *Die Harfe. Nordamerikanische Lyrik des* 19. Jahrhunderts, Heidelberg 1949. – H. Kiczka, *Natur*, Schaffhausen 1981.

Literatur: H. H. Waggoner, *Emerson as Poet*, Princeton 1974. – H. Bloom, *Figures of Capable Imagination*, New York 1976. – R. D. Richardson, Jr., *Emerson: The Mind on Fire*, Berkeley 1995. – D. Schulz, *Amerikanischer Transzendentalismus*, Darmstadt 1997.

42 THE SNOW-STORM (Text: Collected Poems, S. 34; Ü: H. Ickstadt) Das 1846 entstandene Gedicht verkündet beinahe programmatisch das neue Bewußtsein einer «natürlichen» Form, obwohl es selbst dem traditionellen englischen *blank verse* verhaftet bleibt. – 18 *Parian wreaths*: Kränze wie aus weißem Marmor von der Insel Paros, den die Bildhauer der griechischen Antike für ihre Skulpturen benutzten.

44 DAYS (Text: Coll. Poems, S. 178; Ü: K. E. Meurer, *Das Goldene Zeitalter*, S. 19)

44 NATURE (Text: Coll. Poems, S. 247; Ü: H. Kiczka, *Natur*, S. 30) Dieses kurze Gedicht hat Emerson seinem Essay *Nature* (1836) in der Auflage von 1845 als Motto vorangestellt. Es deutet die natürliche Evolution transzendentalistisch als endlose Verkettung von Ringen, die Seinsformen darstellen.

44 POWER (Text: Coll. Poems, S. 209; Ü: W. v. Koppenfels) Motto des Essays «Self-Reliance» (1842).

HENRY DAVID THOREAU

Concord, Massachusetts 1817 – Concord 1862

Freund und Schüler Emersons, der die Abstraktheit der Emersonschen Mentalität gleichwohl kritisierte und in einer Art Gegenentwurf Emersons Vorstellungen in konkrete Lebens- und Wahrnehmungspraxis umzusetzen versuchte. 1837 schließt er sein Studium in Harvard ab und bereist zwei Jahre später mit seinem Bruder die Flüsse Concord und Merrimack. Sein Bericht darüber, *A Week on the Concord and Merrimack River* (1849), gilt als klassisches Werk der Romantik in den U. S. A. Thoreau verbindet das visionäre Auge des Transzendentalisten mit dem sachlichen Auge des Naturforschers und Anthropologen, der im präzisen Sehen und Vermessen der natürlichen Welt ihre geistige Struktur zu erkennen glaubt. Diese Doppelschau eines zugleich visionären und genauen Lesens im Buch der Natur kennzeichnet auch sein Hauptwerk, *Walden* (1854), den poetisch-wissenschaftlichen Bericht über sein zweijähriges Einsiedlerdasein am Walden Pond in der Nähe von Concord. Es sollte den Nachweis erbringen, daß ein ökonomisch und geistig unabhängiges Leben jenseits der Gesellschaft nicht nur möglich, sondern auch ein wirksames Mittel sei, sich ihren konformistischen Zwängen zu entziehen und die amerikanischen Ideale individueller Kreativität und Unabhängigkeit einzulösen. Thoreaus Nonkonformismus ließ ihn zu einem erbitterten Gegner der Sklaverei werden: er setzte sich vielfach schriftlich mit ihr auseinander und unterstützte aktiv die Revolte von John Brown. Aus ähnlichen Gründen widersetzte er sich auch dem Expansionskrieg der U. S. A. gegen Mexiko, für den er keine Steuern zahlen wollte, weswegen er ins Gefängnis mußte. Ein anonymer Wohltäter, vermutlich Emerson, bezahlte jedoch die Kaution für ihn. Das Pamphlet «On Civil Disobedience», in dem er den Widerstand gegen unangemessene Ansprüche des Staates zur Bürgerpflicht machte, inspirierte die Suffragettenbewegung in England und über ihr Beispiel des passiven Widerstands die Freiheitsbewegungen in Südafrika und Indien. In den 60er Jahren war es die Bibel der «Neuen Linken» und der Bürgerrechtsbewegung.

Ausgaben: *The Writings of H. D. Thoreau*, 20 Bde., New York 1906. – *The Writings of H. D. Thoreau*, ed. J. L. Shanley, Princeton 1971. - *Collected Poems of H. Thoreau*, ed. C. Bode, Baltimore 1964.

Literatur: G. Scharnhorst, *H. D. Thoreau: A Case Study in Canonization*, Columbia, S. C. 1993. – *The Cambridge Companion to H. D. Thoreau*, Cambridge 1995. – L. Buell, *The Environmental Imagination: Thoreau, Nature Writing and the Formation of American Culture*, Cambridge 1995. – D. Schulz, *Amerikanischer Tranzendentalismus,* Darmstadt 1997.

46 SMOKE (Text: Collected Poems, S. 27; Ü: G. v. d. Vring, Englisch Horn, S. 137) 1 *Icarian bird*: Ikaros, Sohn des Daidalos, der sich aus Wachs und Federn Flügel machte, aber der Sonne zu nahe kam – was das Wachs schmelzen und ihn ins Meer stürzen ließ.

46 ON FIELDS O'ER WHICH (Text: Coll. Poems, S. 142; Ü: H. Ickstadt)

46 MY LIFE HAS BEEN (Text: Coll. Poems, S. 85; Ü: H. Ickstadt)

WALT WHITMAN

West Hills, Long Island 1819 – Camden, New Jersey 1892

Wächst im Handwerkermilieu von Brooklyn auf und vertritt radikaldemokratische Ansprüche; arbeitet als Buchdrucker, Zimmermann, Lehrer und Journalist. In den 40er Jahren wird er Herausgeber mehrerer Zeitungen, u. a. des *Brooklyn Daily Eagle*, der ihn allerdings wegen seiner Polemik gegen die Ausbreitung der Sklaverei in den neuen westlichen Territorien feuert. Am 4. Juli 1855 veröffentlicht er die erste Version seines fortlaufend erweiterten und überarbeiteten Lebensgedichts *Leaves of Grass*, in dem all seine Gedichte zusammengefaßt sind. Es enthält gegenüber der Titelseite eine Photographie Whitmans in der Pose des Arbeiters und des Bohemiens, wodurch er sich zugleich selbst zelebriert und sich als Sprachrohr der einfachen Leute darstellt. In seinem Vorwort zu dieser Ausgabe übernimmt Whitman die Rolle des nationalen Dichter-Propheten, die Emerson in seinem Essay «The Poet» von 1844 entworfen hatte, verkündet die literarische Unabhängigkeit der U. S. A. und erklärt Amerika selbst zum sublimsten Gegenstand der Dichtung. In seinem symbolischen Entwurf der Republik (in «Song of Myself») sucht er alle Gegensätze – zwischen Rassen, Klassen und Geschlechtern, Stadt und Land, Natur und Technik – anhand der ausgetragenen Widersprüche des lyrischen Ich zu überwinden und die gespaltene Nation zur Nachahmung dieses exemplarisch-repräsentativen Selbst zu überreden. Diese öffentliche Dimension des privaten Selbst inszeniert Whitman in allen seinen Gedichten. Sie wird besonders augenfällig in seinen Bürgerkriegsgedichten («Drum-Taps») und in der Klage über den Tod Abraham Lincolns, «When Lilacs Last at the Dooryard Bloomed». Da sich das «repräsentative» Ich zwangsläufig an der Gefährdung einer narzißtischen Selbstisolation wie auch an der Begrenzung des individuellen Selbst durch die Realität des Todes reiben muß, integriert Whitman Selbstzweifel und Todesfurcht in die rituelle Struktur seiner Gedichte, die am Ende den erschütterten Glauben an die Idealität Amerikas neu bekräftigen. Daß er diesen Glauben nicht nur durch den Bürgerkrieg (in dem er sich bis zum physischen und psychischen Zusammenbruch um die Pflege der Verwundeten kümmerte), sondern mehr noch durch die Entwicklung der U. S. A. in den folgenden Jahrzehnten auf eine harte Probe gestellt sah, macht seine 1871 erschienene Abrechnung mit dem Materialismus der Epoche, *Democratic Vistas,* deutlich. Aber auch hier stilisiert er die gesellschaftliche Krise zur Prüfung, die das Ideal am Ende bestätigt. Whitman hat sein Werk insgesamt als «Sprachexperiment» bezeichnet, weil er die Vitalität der amerikanischen Sprache als die Triebfeder seiner Dichtung verstand. Die metaphorische Verbindung von Sexualität und kosmischer Lebensenergie brachte ihn bei seinen viktorianisch-puritanischen Landsleuten in Verruf. In Europa dagegen wirkten seine Gedichte ganz unmittelbar: Sie wurden noch zu seinen Lebzeiten übersetzt und nicht nur von der Vorhut der Gebildeten, sondern auch von der Arbeiterschaft rezipiert. Die amerikanische Lyrik des 20. Jahrhunderts ist ohne Whitman kaum denkbar. Für Pound war er «der einzige amerikanische Dichter seiner Zeit, der wichtig ist. Der Rest versuchte wohl nach Kräften amerikanisch zu sein, aber sie lagen nie nackt auf der Erde. Sie hatten beim Baden immer ihre Kleider an, und diese Kleider waren in Übersee gemacht.» Eliot dagegen verweigerte ihm diesen Status, während H. Crane und auf unterschiedliche Weise auch W. C. Williams versuchten, seine Rolle zu übernehmen und sein Werk fortzusetzen. A. Ginsberg schließlich machte ihn – in ironischer *imitatio* – zur Vaterfigur des eigenen prophetisch-dichterischen Unternehmens (s. S. 450).

Ausgaben: *Leaves of Grass*, Brooklyn 1855. – *Leaves of Grass*, Philadelphia 1891/92 [Ausgabe letzter Hand]. – *Leaves of Grass, Comprehensive Reader's Edition,* ed. H.W. Blodgett/S. Bradley, New York 1965. – *Leaves of Grass, A Textual Variorum,* Bd. I, ed. H.W. Blodgett/S. Bradley, New York 1980.

Übersetzungen: F. Freiligrath, [zehn Gedichte] in *Gesammelte Dichtungen,* Bd. 4, Stuttgart 1870, S. 75–89. – K. Knortz/T.W. Rollestan, *Grashalme: Gedichte in Auswahl*, Zürich 1889. – J. Schlaf, *Grashalme*, Stuttgart 1907. – F. Blei, *Hymnen für die Erde*, Leipzig 1914. – I. Goll/G. Landauer, *Der Wundarzt*, Zürich 1919. – G. Landauer, *Gesänge und Inschriften*, München 1921. – H. Reisiger, *W. Whitman's Werk*, 2 Bde., Berlin 1922. – H. Reisiger, *Grashalme*, Reinbek 1985.

Literatur: G.W. Allen, *The New Whitman Handbook*, New York 1986. – B. Erkkila, *Whitman, the Political Poet*, New York 1987. – J. E. Miller, *W. Whitman*, Boston 1990. – M. Moon, *Disseminating Whitman*, Cambridge, Mass., 1991. – D. S. Reynolds, *W. Whitman's America: A Cultural Biography*, New York 1995.

48 ONE'S-SELF I SING (Text: Blodgett/Bradley, 1965, S. 1; Ü: H. Reisiger, 1985, S. 83)

SONG OF MYSELF (Cantos 1–6, 21, 26, 52)

Die Erstausgabe des Gedichts, 1855, enthielt weder Titel noch die Einteilung nach Cantos. In der nachfolgenden Ausgabe (1856) hieß es «Poem of Walt Whitman, an American». Erst mit der 6. Ausgabe (1881) erhielt der Zyklus, der insgesamt 52 Cantos umfaßt, den jetzigen Titel.
48 I CELEBRATE MYSELF (Text: Blodgett/Bradley, S. 28 f.; Ü: E. Hesse)
50 HOUSES AND ROOMS (Text: Blodgett/Bradley, S. 29 f.; Ü: E. Hesse)
52 I HAVE HEARD (Text: Blodgett/Bradley, S. 30 ff.; Ü: E. Hesse)
54 TRIPPERS AND ASKERS (Text: Blodgett/Bradley, S. 32; Ü: E. Hesse) 4, Z. 12 *Looks down . . . on an impalpable rest*: Anspielung auf das Foto von Whitman gegenüber der Titelseite von 1855.
56 I BELIEVE IN YOU (Text: Blodgett/Bradley, S. 32; Ü: E. Hesse)
58 A CHILD SAID (Text: Blodgett/Bradley, S. 33 ff.; Ü: E. Hesse) - 6, Z. 11 *Kanuck*: Frankokanadier. – *Tuckahoe*: Virginier (weil diese ein Gemüse mit dem indianischen Namen «tuckahoe» essen). – *Cuff*: Afroamerikaner (vom afrikanischen Wort «cuffee», s. a. «Kaffer»).
62 I AM THE POET (Text: Blodgett/Bradley, S. 48 f.; Ü: E. Hesse)
64 NOW I WILL DO NOTHING BUT LISTEN (Text: Blodgett/Bradley, S. 55 f.; Ü: E. Hesse)
66 THE SPOTTED HAWK (Text: Blodgett/Bradley, S. 89; Ü: E. Hesse)

68 AS I EBB'D (Text: Blodgett/Bradley, S. 253–256; Ü: E. Hesse) Unter dem Titel «Bardic Symbols» zuerst 1860 veröffentlicht. Die vorliegende Fassung ist die von 1881. – 3 *Paumanok*: Der indianische Name für Long Island –

eine der Küste New Yorks und Connecticuts vorgelagerte «fischförmige» Insel, Geburtsort des Dichters. – 12 *the old thought of likeness*: Die uralte Lehre von den geheimnisvollen Entsprechungen zwischen Makrokosmos und Mikrokosmos, die (z. T. unter dem Einfluß von E. Swedenborg) gerade zur Zeit der Transzendentalisten viel im Gespräch war. Baudelaire leitet von ihr seine «analogie universelle» her. – 16 *seeking types*: Die beschriebenen Bahnen oder Zeilen der von der Flut zurückgelassenen Gegenstände, in denen das suchende Ich sich lesen will.

74 To a Locomotive in Winter (Text: Blodgett/Bradley, S. 471 f.; Ü: K. Bartenschlager) Zuerst 1876 in der *New York Tribune* veröffentlicht, im gleichen Jahr, in dem der Dichter auf der Weltausstellung von Philadelphia die riesige Corliss-Dampfmaschine bewunderte. Das Gedicht ist ein frühes Beispiel für Whitmans Übertragung der überwältigend-machtvollen Attribute des Sublimen von der Natur auf die Technik und weiter auf Konzept und Praxis der eigenen Poesie.

Herman Melville

New York 1819 – New York 1891

Sohn einer angesehenen Kaufsmannsfamilie. Der Vater stirbt, wirtschaftlich ruiniert, als Melville gerade zwölf Jahre alt ist. Er verläßt die Schule, versucht sich als Bankangestellter, dann als Lehrer, fährt nach England, dann in den amerikanischen Westen, um dort sein Glück zu machen. Von 1840–44 verdingt er sich als Seemann auf verschiedenen Schiffen, verbringt einige Monate unter Eingeborenen auf den Marquesa-Inseln und Tahiti; später meint er, die Jahre auf See seien sein Harvard und sein Yale gewesen. Nach der Rückkehr schreibt er seinen ersten Roman, *Typee* (1846), mit dem er einen unerwarteten Erfolg erringt. Ein geplanter Roman über den Walfang soll seinen Ruf als Autor von Seefahrergeschichten festigen, doch unter dem Eindruck der Lektüre Shakespeares und der Begegnung mit Hawthorne wird aus der abenteuerlichen Jagd auf den Weißen Wal eine selbstzerstörerische Queste nach den letzten Dingen. Melville hatte in *Moby Dick, or the Whale* (1851) hohe Erwartungen gesetzt. Es sollte einen weiteren Beweis dafür erbringen (wofür der Genius Hawthornes bereits Zeugnis gab), daß Literatur von Shakespearescher Größe durchaus auch unter den Bedingungen demokratischer Gleichheit möglich wäre. Die Rezeption war jedoch eher enttäuschend und das Echo auf den nächsten Roman *Pierre* (1852) katastrophal. Obwohl er noch einige Romane und vor allem Novellen wie «Bartleby, the Scrivener» und «Benito Cereno» schreibt, ist seine literarische Karriere so gut wie zu Ende. Seine Hoffnung, wie Hawthorne ein Amt im diplomatischen

Dienst zu erhalten, erfüllt sich nicht. Von 1866 bis zu seiner Pensionierung 1886 arbeitet er als Zollinspektor in New York. Während des Bürgerkrieges wendet er sich der Lyrik zu und veröffentlicht 1866 den Band *Battle-Pieces and Aspects of War*. 1876 folgen das Versepos *Clarel: A Poem and Pilgrimage in the Holy Land* sowie einige Jahre später zwei privat veröffentlichte Gedichtbände: *John Marr and Other Sailors* (1888) und *Timoleon* (1891). Er stirbt unbekannt und von der literarischen Öffentlichkeit weitgehend vergessen. Die Moderne hat ihn in den 1920er Jahren als einen ihrer Ahnherrn wiederentdeckt und seiner literarischen Größe Reverenz erwiesen. Die gegenwärtige Melville-Kritik versteht seine Werke u. a. auch als scharfsinnige Studie über die Verstrickung von kolonialer Ausbeutung, Sklaverei und Patriarchat.

Ausgaben: *Writings of H. Melville*, ed. H. Hayford, H. Parker u. a., Evanston, Ill. 1968. – *Battle-Pieces*, ed. S. Kaplan, Gainesville, Fla. 1960. – *Clarel*, ed. W. Bezanson, New York 1960. – *Selected Poems of H. Melville*, ed. R. P. Warren, New York 1967. – *John Marr and Other Sailors*, ed. Ch. Haberstroh, Folcroft, Pa. 1975. – *Timoleon*, ed. Ch. Haberstroh, Folcroft, Pa. 1976.

Literatur: J. Leyda, *The Melville Log: A Documentary Life of H. Melville*, 2 Bde., New York 1951, ^{2}1969. – J. E. MILLER, *A Reader's Guide to H. Melville*, New York 1962. – A. Kramer, *Melville's Poetry: Toward the Enlarged Heart*, Rutherford, N. Y. 1972. – W. H. Shurr, *The Mystery of Iniquity: Melville as Poet, 1857–1891*, Lexington 1972.

78 THE HOUSE-TOP (Text: Kaplan, 1960, S. 86 f.; Ü: H. Ickstadt) Anlaß des Gedichts waren die Krawalle im Juli 1863 in New York City, bei denen vor allem irische Immigranten gegen neue Einberufungsgesetze im 3. Jahr des Bürgerkriegs protestierten. Sie weigerten sich, für die Abschaffung der Sklaverei ihre Haut zu Markte zu tragen, attackierten die schwarze Bevölkerung New Yorks und steckten Häuser von Abolitionisten in Brand. Der Hass gegen die Schwarzen war dadurch geschürt worden, dass sie als Streikbrecher gegen die irischen Stauer und Dockarbeiter eingesetzt worden waren. Mehr als 1000 Personen wurden verletzt oder getötet, ehe Einheiten der Bundesarmee nach New York geschickt wurden, um Frieden zu schaffen. Zeitgenössische Berichte betonen die Aggressivität und Grausamkeit der Randalierer. – 9 *Sirius*: Stern aus dem Sternbild Canis Major, deshalb engl. «Dog Star», der in den Monaten der Sommerhitze (engl. «dog days») am hellsten leuchtet. – 19 *Draco*: Drakon, Athener Gesetzgeber aus dem 7. Jh. v. Chr., dessen Insistenz auf der vollen Härte des Gesetzes in «drakonischen Maßnahmen» sprichwörtlich wurde. - 21 *Calvin's creed*: Jean Calvin (1509–1564), Begründer des Kalvinismus, dessen Lehre auf dem Glauben an die grundsätzliche Verderbtheit und Verdammnis des Menschen durch die Erbsünde beruht. Gerettet werden können nur wenige (die «Erwählten») durch die unergründliche Gnadenwahl Gottes. Im Gegensatz dazu entstand die amerikanische Repu-

blik auf dem Boden der Aufklärung, d. h. aus dem Glauben an die mögliche Vervollkommnung des Menschen durch seine natürliche Fähigkeit zu moralischer Einsicht und Handlung. – 27 *Nature's Roman*: vgl. Apostelgeschichte 22:25.

80 THE MALDIVE SHARK (Text: Warren, S. 318; Ü: H. Ickstadt) Im ganzen Werk Melvilles dient der Haifisch als Beweis gegen das Emersonsche Postulat einer «guten», dem Menschen wohlgesonnenen Natur. – 2 *Maldive sea*: Das Meer rings um die im Indischen Ozean gelegenen Maldivischen Inseln. – 8 *Gorgonian head*: Das schlangenbehaarte Gorgonenhaupt der griechischen Mythologie, dessen Anblick den Betrachter vor Grauen zu Stein werden ließ.

80 THE BERG (Text: Warren, S. 322; Ü: H. Ickstadt) Während Emerson die Einheit von Natur und Mensch betont, geht es Melville eher um den Nachweis der grundlegenden Indifferenz der Natur gegenüber dem Menschen.

EMILY DICKINSON

Amherst, Massachusetts 1830 – Amherst 1886

Sie verbrachte die weitaus meiste Zeit ihres Lebens in Amherst im Kreis der engeren Familie, die vom Vater Edward Dickinson (Rechtsanwalt, Kongreßabgeordneter und Schatzmeister von Amherst College) dominiert wurde. Sie wächst in einem religiösen Umfeld auf, verweigert sich jedoch dem öffentlichen Bekenntnis von Sünde oder Bekehrung. Nach nur einem Jahr Studium am benachbarten Mount Holyoke College kehrt sie wieder zur Familie zurück, begleitet den Vater noch gelegentlich auf Reisen, verbringt jedoch dann den Rest ihres Lebens im Hause der Eltern in legendärer Zurückgezogenheit («the recluse of Amherst»). An öffentlicher Anerkennung war ihr offenbar nie gelegen, obwohl sie den Kritiker T. W. Higginson um eine Beurteilung einiger Gedichte bat. Nur sieben ihrer Gedichte wurden zu ihren Lebzeiten publiziert, doch fand man nach ihrem Tod im Schreibtisch die Manuskripte von 1768 weiteren. Der kleine Kreis derer, denen sie vertraute, genügte ihr zur Bestätigung ihrer ungewöhnlichen Begabung, von der sie wußte, daß sie ihren Zeitgenossen unverständlich war. Korrekturvorschläge, Einebnungen ihrer widerborstigen rhythmischen und syntaktischen Strukturen, mit denen selbst der verständnisvolle Higginson der Originalität ihres sprachlichen Ausdrucks begegnete, ignorierte sie oder lehnte sie rundweg ab. Sie war in allem das Gegenteil von Whitman, von dem sie sagte, sie habe ihn nie gelesen, nur gehört, er sei «schändlich». Wo Whitmans Dichtung rhetorisch ist: expansiv, extrovertiert und öffentlich, ist die ihre meditativ: nach innen gekehrt, privat, sprachlich und gedanklich oft extrem verdichtet. Wo

Whitman Zeile und Vers im weit ausholenden Gestus frei entfaltet, begnügt sich Dickinson mit Variationen der sehr einfachen Strophenform des neuengländischen Kirchenliedes (vierzeilig mit wechselnden vier- und dreihebigen Jamben). Wo Whitman die Kontinuität zwischen Selbst und Natur sprachlich nachvollzieht, sieht Dickinson nur unüberbrückbare Brüche und Abgründe. Ihre Gedichte sind mithin von Paradoxien und Widersprüchen geprägt, etwa dem, daß das menschliche Bewußtsein sowohl endlich wie unendlich ist, weil es eine Welt enthalten, sie aber dennoch nicht fassen kann. Viele ihrer Gedichte sind denn auch Expeditionen in Grenzbereiche des Bewußtseins, an den Rand seines Verlöschens – im Tod, in der Entrückung oder im Sichselbst-Verlieren. Einige ihrer leidenschaftlichsten Gedichte sind an einen mysteriösen «He» gerichtet, in dem manche Kritiker lange Zeit einen unbekannten Geliebten sehen wollten, andere eine nicht-theologische Gottesinstanz. In ihrer Metaphorik der rauschhaften Selbsthingabe oder auch der brutalen Überwältigung zelebriert Dickinson jedoch vorwiegend den absoluten Anspruch des schöpferischen Aktes, in dessen Dienst sie ihr Leben bedingungslos gestellt hat. Daß sie diese schöpferische Kraft als männlich kodiert ansah, entsprach ihrer Zurückweisung der begrenzten weiblichen Rolle, die ihre eigene Kultur für sie bereitstellte. Auf ähnliche Weise sollte später Gertrude Stein den «männlichen» Genius für sich in Anspruch nehmen. Dennoch träumte sie von einem «mystischen Grün, wo Frauen lauthals leben». In die ästhetischen Vorstellungen des Spätviktorianismus paßte Dickinsons konventionssprengende Lyrik der harten Fügung so wenig, daß die ersten posthum veröffentlichten Ausgaben ihrer Gedichte von den Nachlaßverwaltern geglättet werden mußten und deswegen heute kaum mehr zu gebrauchen sind. Eine verläßliche Edition ihres Werkes erschien erst 1951, doch ist die Frage nach der adäquaten Publikationsform ihrer nur handschriftlich überlieferten Texte in den letzten Jahren mit neuer Heftigkeit entbrannt.

Ausgaben: *The Poems of E. Dickinson*, ed. T. H. Johnson, 3 Bde., Cambridge 1951, ²1955. – *The Complete Poems of E. Dickinson*, ed. T. H. Johnson, Boston 1960. – *The Manuscript Books of E. Dickinson*, ed. R. W. Franklin, 2 Bde., Cambridge 1981. – *The Poems of E. Dickinson: Reading Edition*, ed. R. W. Franklin, Cambridge 1999.

Übersetzungen: M. Mathi, *Der Engel in Grau: Aus dem Leben und Werk der amerikanischen Dichterin E. Dickinson*, Mannheim 1956. – G. Liepe, *E. Dickinson: Gedichte*, Stuttgart 1970. – L. Gruenthal, *E. Dickinson. Gedichte*, Berlin 1959. – L. Gruenthal, *Guten Morgen, Mitternacht*, Berlin 1992. – W. v. Koppenfels, *Dichtungen*, Mainz 1995. – Paul Celan, [Zehn Gedichte], in *Gesammelte Werke*, Bd. 5, ed. B. Allemann/S. Reichert, Frankfurt/M. 1983.

Literatur: R. B. Sewall, *The Life of E. Dickinson*, 2 Bde., Cambridge 1974. – A. Rich, «Vesuvius at Home: The Power of E. Dickinson», in: *On Lies, Secrets and Silence*, New York 1979. – S. Howe, *My E. Dickinson*, Berkeley 1985. – C. Wolff, *E. Dickinson*, New York 1986. – C. Miller, *E. Dickinson: A Poet's Grammar*, Cambridge 1987. – R. Hagenbüchle, *E. Dickinson: Wagnis der Selbstbegegnung*, Tübingen 1988. – *The E. Dickinson Handbook*, ed. G. Grabher/ R. Hagenbüchle/C. Miller, Amherst 1998.

[# steht für die jeweilige Gedichtnummer in Johnsons Standardausgabe]

84 THE BRAIN IS WIDER (Text: Johnson #632; Ü: E. Hesse)

84 THERE'S A CERTAIN SLANT OF LIGHT (Text: Johnson #298; Ü: E. Hesse)

86 TELL ALL THE TRUTH (Text: Johnson #1129; Ü: W. v. Koppenfels, S. 27)

86 PRESENTIMENT (Text: Johnson #764; Ü: W. v. Koppenfels, S. 145)

86 AFTER GREAT PAIN (Text: Johnson #341; Ü: W. v. Koppenfels, S. 181)

88 I DREADED THAT FIRST ROBIN (Text: Johnson #348; Ü: W. v. Koppenfels, S. 41)

90 I HEARD A FLY BUZZ (Text: Johnson #465; Ü: W. v. Koppenfels, S. 201) 5 *them*: themselves. – 7 *King*: König Tod.

90 I FELT A FUNERAL (Text: Johnson #280; Ü: W. v. Koppenfels, S. 175) Ähnlich wie im vorausgegangenen Gedicht wird hier die «Beerdigung im Kopf» zur vorwegnehmenden Metapher für das langsame Verlöschen des Bewußtseins im Prozeß des Sterbens. – 11 *Boots of Lead*: Eine Metapher für das seelische Betäubtsein. – 20 *And Finished knowing – then –*: Eine der vielen unauflöslichen Ambivalenzen Dickinsons, da die Formulierung sowohl mit «ich hörte auf zu wissen» als auch «ich endete wissend» übersetzt werden könnte und «then» sowohl das Ende eines Geschehens als auch ein Weitergeschehen markiert.

92 HE FUMBLES AT YOUR SOUL (Text: Johnson #315; Ü: W. v. Koppenfels, S. 167)

92 I FELT A CLEAVING (Text: Johnson #937; Ü: W. v. Koppenfels, S. 177)

94 MUCH MADNESS (Text: Johnson #435; Ü: W. v. Koppenfels, S. 257)

94 OF COURSE I PRAYED (Text: Johnson # 376; Ü: E. Hesse)

94 A BIRD CAME (Text: Johnson #328; Ü: W. v. Koppenfels, S. 37)

96 WILD NIGHTS (Text: Johnson #249; Ü: W. v. Koppenfels, S. 111) Dieses Gedicht wurde lange Zeit konkret als Liebeserklärung an einen unbekannten Liebhaber gedeutet. Seine metaphorische Struktur läßt jedoch mehrfache Deutungsmöglichkeiten offen: als Liebesgedicht, als religiöses Gedicht oder als Ausdruck einer Sehnsucht nach Vereinigung, die über alle konkreten Lebensbezüge hinausgeht.

96 TITLE DIVINE (Text: Johnson #1072; Ü: W. v. Koppenfels, S. 125) 4 *Empress of Calvary*: Wie in #348, wo die lyrische Stimme von sich selbst als «Kalvarienkönigin» sprach, ist auch hier das Leiden ein Zeichen der Erwähltheit.

98 SANG FROM THE HEART (Text: Johnson #1059; Ü: E. Hesse) 5 *Cochineal*: Rote Farbe, die von weiblichen Koschenilläusen gewonnen wird. – 6 *Vermillion*: Hellrote Farbe, gewonnen aus Quecksilbersulfiden.
98 I LIKE TO SEE IT (Text: Johnson #585; Ü: W. v. Koppenfels, S. 53) Ein Gedicht über die Eisenbahn, die freilich nie genannt wird. Sie bleibt vielmehr ein rätselhafter Gegenstand, der über widersprüchliche Tätigkeiten bestimmt wird. – 13 *Boanerges*: Bei Markus 3:17 werden die Apostel Johannes und Jakobus «Donnersöhne» genannt; im amerikanischen Kontext bezieht sich die Anspielung meist auf wortgewaltige Redner.
100 ESSENTIAL OILS (Johnson #675; Ü: W. v. Koppenfels, S. 27) 4 *gift of screws*: Bezieht sich einmal auf die Schrauben der Rosenpresse, aber auch auf die Schmerzen, aus denen Dichtung (Ex-pression/Aus-druck) hervorgeht. – 8 *Ceaseless Rosemary*: In ihren Gedichten ist die Dichterin immer gegenwärtig in einem «Sommer», dessen Rosemarin nie aufhört zu blühen.
100 PUBLICATION (Text: Johnson #709; Ü: W. v. Koppenfels, S. 31) 2 *Man*: Ob «Mann» oder «Mensch» ist hier die Frage.
102 THERE CAME A WIND (Text: Johnson #1593; Ü: W. v. Koppenfels, S. 63) 7 *Doom's electric moccasins*: Hier verbindet Dickinson den unheilvollen Blitzschlag mit den Schrecken eines Indianerüberfalls.
102 MY LIFE HAD STOOD (Text: Johnson #754; Ü: W. v. Koppenfels, S. 118) Ein oft interpretiertes und schwieriges Gedicht, dessen Deutungen – sexuelle, feministische, poetologische – in ganz unterschiedliche Richtungen gehen. Das (weibliche) lyrische Ich ist (wie das Gewehr, das dieses Ich verkörpert) bloßes Instrument eines «Meisters», der zugleich innen und außen ist, von dem es abhängt und der zugleich der Artikulation durch das lyrische Ich bedarf. – 11 *Vesuvian face*: Ein «Gesicht», das – wie der Vesuv – Feuer speien kann.
104 MY LIFE CLOSED TWICE (Text: Johnson #1732; Ü: P. Celan, Werke, Bd. 5, S. 385)

EDWIN MARKHAM

Oregon City, Oregon 1852 – Staten Island, New York 1940

Lebte in der Nähe von San Francisco als Farmer; finanzierte sich mühsam eine College-Ausbildung; erlernte unter dem Einfluß von William Morris das Schmiedehandwerk und wurde schließlich Rektor einer Schule in Oakland. Er ist heute fast nur noch als Autor des sozialkritischen Gedichts «The Man With the Hoe» bekannt, das 1899 im *San Francisco Examiner* veröffentlicht wurde und ihn schlagartig berühmt machte. Das Gedicht ist dem gleichnamigen Bild von Jean-François Millet nachempfunden, das 1863 bei einer Ausstellung in einem Pariser Salon Aufsehen und Skandal erregt hatte. Markham sah es 1899 in San Francisco und war überwältigt: «als ob die Himmel sich geöffnet und mir eine Botschaft für die Menschheit übermittelt hätten.» Der Erfolg war grandios: 150 000 Exemplare des gleichnamigen Gedichtbands wurden noch im gleichen Jahr verkauft, das Gedicht selbst in 40 Sprachen übersetzt. In einer Zeit sozialen Umbruchs und sich ständig beschleunigender Modernisierung konnte Markhams Dichtung dem Lebensgefühl eines «vergessenen» agrarischen Amerika des kleinen Mannes Stimme geben. Ihre Volkstümlichkeit fand nur wenig später in seinem kaum weniger berühmten Gedicht, «Lincoln, the Man of the People», Bestätigung und blieb bis in die 30er Jahre ungebrochen – obwohl, wie er sicher wußte, inzwischen die Entwicklung der amerikanischen Lyrik an ihm vorbeigegangen war.

Ausgaben: *The Man with the Hoe and Other Poems*, New York 1899. – *Lincoln and Other Poems*, New York 1901. – *The Ballad of the Gallows Bird*, ed. L. Filler, Yellow Springs, Ohio 1967.

Literatur: L. Filler. *The Unknown E. Markham*, Yellow Springs, Ohio 1966. – D. Schwanitz, «E. Markham: ‹The Man with the Hoe›», in: *Amerikanische Lyrik – Perspektiven und Interpretationen*, ed. R. Haas, Berlin 1987.

106 The Man with the Hoe (Text: 1899; Ü: T. Harten-Hoencke, Amerikanische Lyrik, S. 62–64) 24 *Pleiades*: In der Mythologie die sieben Söhne des Atlas, die in Sterne verwandelt wurden.

Edwin Arlington Robinson

Head Tide, Maine 1869 – New York 1935

Mütterlicherseits ein Nachfahre von Anne Bradstreet. Stammte aus einer der privilegierten Familien Neuenglands. Infolge des durch chronischen Alkoholismus verursachten finanziellen Niedergangs der Familie mußte er sein Studium in Harvard abbrechen. Mit *Man Against the Sky* gelang Robinson dann 1916 der literarische Durchbruch. Nur wenige Versdichter des Übergangs von der Tradition zur Moderne konnten es für eine Weile an Popularität mit ihm aufnehmen. Seine Versepen gewannen drei Pulitzerpreise und das Langgedicht *Tristam* (1927) schlug gar als «Book of the Month» die Erfolgsromane der Zeit. Das entbehrt nicht der Ironie, denn man hat Robinson auch den «Dichter des Mißerfolgs» genannt. Tatsächlich wendet er sich in seinen tief pessimistischen Verserzählungen gegen die archetypische amerikanische «success story». So ist er tief verstrickt in einer anhaltenden Sinnkrise, ein leiser Moralist und Intellektueller, mit viel Gespür für die bittere Komik der Dinge. Mit den psychologisch-realistischen Charakterskizzen der Einwohner seiner fiktiven Kleinstadt «Tilbury Town» nimmt er bereits den erzählerischen Modus von E. L. Masters' *Spoon River Anthology* vorweg. Seine Sympathien gehören den Sonderlingen und Randfiguren, denjenigen, die an dem sozialdarwinistischen Materialismus der amerikanischen Gründerzeit scheiterten, wie die eigene Familie. Sowohl in den sonettförmigen Kurzportraits wie in den längeren Blankversepen erweist sich Robinson als Meister der klassischen Versformen. Die formalen Neuerungen der Avantgarde lehnte er dagegen ebenso ab wie R. Frost. Sein Ruhm verblaßte schnell, vor allem weil er bei den Großen der Moderne keinen Anklang fand. Eliot bezeichnete seine Dichtung als «unbedeutend», Williams nannte sie «den reinsten Gips». Aus dem sehr umfangreichen Werk ist ein einziger kurzer Text in Erinnerung geblieben. Der allerdings erlangte in der Vertonung von verschiedenen Rockmusikern Kultstatus: «Richard Cory.»

Ausgaben: *Collected Poems,* New York 1921, 1946; *Uncollected Poems and Prose*, ed. R. Cary, Waterville, Maine 1975.

Literatur: E. Barnard, *E. A. Robinson: A Critical Study,* New York 1952, ²1969. – *E. A. Robinson: Centenary Essays*, ed. E. Barnard, Athens, Ga. 1969. – *E. A. Robinson: A Collection of Critical Essays*, ed. F. Murphy, Englewood Cliffs, N. J. 1970. – D. H. Burton, *E. A. Robinson: Stages in a New England Poet's Search*, New York 1987. – *E. A. Robinson*, ed. H. Bloom, New York 1988.

110 RICHARD CORY (Text: Collected Poems, 1946, S. 82; Ü: O. Schütte in ed. R. Jaspert, Lyrik der Welt, Berlin 1953.)

EDGAR LEE MASTERS

Garnett, Kansas 1868 – Philadelphia 1950

Aufgewachsen in Illinois, danach dreißig Jahre lang Rechtsanwalt in Chicago. Seine 1915 veröffentlichte Gedichtsammlung *Spoon River Anthology* erreichte durch ihre ebenso präzise wie robuste sprachliche Gestaltung kleinstädtischen Alltagslebens außergewöhnliche Popularität und den Rang eines internationalen Bestsellers. Die Sammlung besteht aus von den Toten selbst aufgesagten epigrammatischen Grabinschriften. Die Stimmen dieser Gedichte gehören den Toten, die von jenseits des Grabes Lebensverlangen und Trauer über nicht gelebtes, verstümmeltes oder vergeudetes Leben artikulieren. Obwohl es gerade Pound war, der in Masters' Erfolg eine Bestätigung dafür sah, daß «Amerika endlich einen Dichter entdeckt hat», stand Masters – ähnlich wie E. A. Robinson und R. Frost – der Ästhetik der Moderne eher distanziert gegenüber und berief sich auf Kontexte lokaler Erfahrung und literarische Vorbilder aus dem 19. Jahrhundert (Emerson, Whitman, Shelley, Browning). Mit keinem seiner nachfolgenden Werke erzielte er auch nur annähernd die Volkstümlichkeit seines ersten Gedichtbandes.

Ausgaben: *Spoon River Anthology*, New York 1915. – *The New Spoon River*, New York 1924. – *Spoon River Anthology*, ed. J. E. Halwas, Chicago 1992.

Übersetzungen: C. Goll, Texte aus *Spoon River Anthology*, in *Die Neue Welt*. – W. M. Schede, *E. L. Masters: Die Toten von Spoon River*, Berlin 1966. – H. R. Rieder, *Die Toten von Spoon River*, München 1987.

Literatur: J. T. Flanagan, *E. L. Masters: The Spoon River Poet and his Critics*, Metuchen 1974. – R. Primeau, *Beyond Spoon River: The Legacy of E. L. Masters*, Austin 1981. – J. Wrenn/M. Wrenn, *E. L. Masters*, Boston 1983.

The Spoon River Anthology

Die über 240 poetischen Nachrufe auf reale und fiktive Figuren aus dem amerikanischen Kleinstadtleben erschienen 1914/1915 zunächst seriell in *Reedy's Mirror*, bevor sie 1915 in Buchform veröffentlicht wurden. «Spoon River», der fiktive Ort, ist Mikroskosmos eines realen (und doch auch idealisierten) Amerika der «kleinen Leute»: ihrer Hoffnungen, Illusionen und Enttäuschungen.

112 Anne Rutledge (Text: Halwas, S. 288; Ü: C. Goll, S. 46) Anne Rutledge (1803–1835) kannte Lincoln und war nach der örtlichen Legende die einzig wahre Liebe in Lincolns Leben. – 3 *«With malice toward none«*: Aus Abraham Lincolns Zweiter Inaugurationsrede 1865.

112 Harold Arnett (Text: Halwas, S. 133; Ü: C. Goll, S. 47, bearb.)

Stephen Crane

Newark, New Jersey 1871 – Badenweiler 1900

Sohn eines methodistischen Geistlichen und jüngstes von 14 Kindern. Als Journalist, Star-Reporter, Lyriker und Verfasser von Kurzgeschichten und Romanen gehört Crane zu den interessantesten Figuren des amerikanischen *Fin-de-siècle*. Er erforschte mit gleichsam wissenschaftlicher Distanz den sozialen Untergrund der Großstadt – weniger zum Zweck sozialer Reform als im Dienst der literarischen Erschließung neuer Bewußtseinsbereiche und ihrer präzisen sprachlichen Fixierung. Sein erster, von ihm selbst veröffentlichter Roman, *Maggie: A Girl of the Street* (1893), fand, obwohl von W. D. Howells gepriesen, so gut wie keine Resonanz. Dagegen machte ihn sein nächster Roman, *The Red Badge of Courage*, mit einem Schlag zur literarischen Berühmtheit. Das Buch, das die Konventionen realistischen und naturalistischen Erzählens hinter sich läßt, gilt als stilistischer Wegbereiter der Moderne und hat Hemingways Prosa deutlich beeinflußt. Viele seiner berühmtesten Kurzgeschichten verdanken sich seiner Tätigkeit als Reporter im amerikanischen Westen, in Kuba, im Griechisch-Türkischen und später im Spanisch-Amerikanischen Krieg. Seine Gedichte, in denen die Gleichgültigkeit des Kosmos angesichts menschlicher Wirrnisse und Leiden widerhallt, fanden zu seinen Lebzeiten kaum Beachtung, wohl weil sie – ähnlich wie die Dickinsons – der zeitgenössischen Vorstellung des «Poetischen» widersprachen. Pound meinte von ihnen, sie hätten die amerikanische Lyrik von der Zuckerkrankheit kuriert. Crane selber nannte seine lakonisch-epigrammatischen Verse übrigens nie «Gedichte», sondern «Zeilen» («lines»). Er starb 1900 im Schwarzwälder Kurort Badenweiler an Tuberkulose.

Ausgaben: *The Black Riders and Other Lines*, Boston 1895. – *War Is Kind*, New York 1899. – *The Poems of S. Crane: A Critical Edition*, ed. J. Katz, New York 1966. – *The Works of S. Crane*, ed. F. Bowers, Bd. 10: *Poems and Literary Remains*, Charlottesville 1975.

Literatur: *S. Crane in Transition: Centenary Essays*, ed. J. Katz, Dekalb, Ill. 1972. – E. H. Cady, *S. Crane*, Boston ²1980. – *S. Crane*, ed. H. Bloom, New York 1987. – D. Halliburton, *The Color of the Sky: A Study of S. Crane*, Cambridge, Mass. 1989.

THE BLACK RIDERS

Crane schätzte diese Sammlung von 68 seiner Gedichte mehr als *The Red Badge of Courage*, dem er seinen Ruhm verdankt, weil hier seine «Vorstellungen über das Leben, soweit ich es kenne» zum Ausdruck kämen. Er soll sie unter dem Eindruck der Gedichte Emily Dickinsons geschrieben haben, die W. D. Howells ihm vorgelesen hatte. Crane bestand auf der ethischen, aber zugleich auch der «anarchischen» Dimension seines Buches. In jedem Fall sind diese halluzinatorisch-traumbildhaften Gedichte nietzschehaft blasphemisch und prophetisch («orphisch», wie Howells mißbilligend meinte).

114 BLACK RIDERS (Text: Katz, S. 3; Ü: E. Hesse) 1 *Black riders . . .*: Im Alter von etwa vier Jahren hatte Crane wiederholt Alpträume, in denen schwarzgekleidete Reiter, auf weißen Pferden aus der Brandung kommend, drohend auf ihn zu galoppierten. Die bedrohlichen Schimmel blieben lebenslang eine Obsession.

114 IN THE DESERT (Text: Katz, S. 5; Ü: E. Hesse)

114 GOD LAY DEAD (Text: Katz, S. 71; Ü: E. Hesse)

WAR IS KIND

(Text: Katz, S. 81–122) Eine Sammlung von 36 Gedichten über die Schrekken des Krieges und eines leeren Universums, die den Fortschrittsglauben der Zeit und ihre idealistische Rhetorik entschieden in Frage stellen.

116 A MAN SAID (Text: Katz, S. 102; Ü: E. Hesse)

116 THE WAYFARER (Text: Katz, S. 94; Ü: E. Hesse)

CARL SANDBURG

Galesburg, Illinois 1878 – Flat Rock, North Carolina 1967

Schwedischer Abstammung; er verbindet, wie Claire Goll schreibt, «die weite Mystik nordländischer Dichter mit dem Dynamismus seines stählernen Vaterlandes». Als Sohn eines Maschinenschlossers schlug er sich ab dem 13. Lebensjahr mit Gelegenheitsarbeiten durch. Im Spanisch-Amerikanischen Krieg von 1898 meldete er sich freiwillig zur Armee, doch seine spätere Bewerbung an der Militärakademie von West Point wurde wegen seiner mangelhaften Grammatikkenntnisse abgewiesen. Das selbstfinanzierte Studium am Lombard College, Illinois, brach er 1902 ab. Aus dieser Zeit stammen seine ersten Gedichtbände. Berühmt wurde Sandburg durch die Veröffentlichung von «Chicago» und acht weiteren Gedichten in Harriet Monroes Zeitschrift *Poetry* 1914. Sie sind eine einzige Kampfansage an die «genteel tradition», die idealisierende Hochkultur des amerikanischen Bildungsbürgertums. Ganz aus dem Geiste Whitmans versteht sich der Dichter als Stellvertreter und Sprachrohr des einfachen amerikanischen Volks. Daher sieht er sich lebenslang in der Verantwortung, gegen politische, soziale, ethnische und rassistische Fehlentwicklungen Stellung zu beziehen. Sandburgs thematische Öffnung der Dichtung für das Werktägliche und Gewöhnliche erfaßt ein weites Panorama: die lärmenden und «eisenbeseelten Städte» (C. Goll) ebenso wie das Schweigen der menschenleeren Prärien, durch die er acht Jahre lang als fahrender Sänger zog. Aus den Lesungen dieser Zeit stammt die *American Songbag,* eine Sammlung von regionalen Volksliedern und Balladen. Seine *Jazz Fantasies (*1919) gaben Langston Hughes entscheidende Anregungen. Aus der improvisierten und zwanglosen Methode seiner Dichtung entsteht ein Ineinander von Poesie und Prosa, das vor allem seine späteren Dichtungen zuweilen als beliebige und formlose Prosaparagraphen erscheinen läßt. In den ersten vier Gedichtbänden zwischen 1916 und 1936 artikuliert Sandburg den großstädtischen Slang, das Stampfen der Turbinen und den Werktag der Stahlkocher ebenso wie das harte Leben der Farmer des Mittelwestens. In seinen Erkundungen der legendären und wirklichen Gestalten der amerikanischen Geschichte und in den biographischen Skizzen der kleinen Leute zeichnet er ein optimistisches Bild des amerikanischen Jedermann. Das wurde gerade in der Zeit der großen Depression mit ungeheurer Beliebtheit belohnt, zumal die Öffentlichkeit ihn gern mit Abraham Lincoln verwechselte, über den er eine monumentale, Pulitzer-Preis-gekrönte Biographie verfaßt hatte. 1940 war Sandburg sogar als Präsidentschaftskandidat im Gespräch.

Ausgaben: *Chicago Poems*, 1916. – *Cornhuskers*, 1918. – *Smoke and Steel*, 1920. – *Slabs of the Sunburnt West*, 1922. – *Complete Poems*, 1950, ²1970 (mit Vorwort von A. MacLeish). – *Good Morning, America*, 1927. - *The American Songbag*, ed. C. Sandburg, 1927. – *A. Lincoln: The Prairie Years*, New York 1926, 2 Bde. – *A. Lincoln: The War Years*, 1939, 4 Bde. – *Always the Young Strangers* [Autobiographie], 1953. – *The Letters of C. Sandburg*, ed. H. Mitgang, 1968. – Alle New York.

Übersetzungen: C. Goll, in *Die Neue Welt*, Berlin 1921. – A. Czach, *Guten Morgen, Amerika,* Berlin 1948. – R. Göhring, *Kühle Grüfte,* 1948 und in *Amerikanische Lyrik des XX. Jahrhunderts,* 1949. – J. Bab, in *Amerikas Dichter,* Berlin/Hamburg/Stuttgart 1949 und in *Amerikas Dichter der Gegenwart,* Berlin/Hamburg 1953. – H. Heinrich, in *Das Volk, jawohl!*, Berlin/Weimar 1964. – K. Martens, in *Akzente* 4, 1986.

Literatur: R. Crowder, *C. Sandburg*, New York 1964. – H. Durnell, *The America of C. Sandburg*, Seattle 1965. – M. Van Doren, *C. Sandburg*, Washington D. C. 1969 [mit Bibliographie]. – N. Callahan, *C. Sandburg: The Lincoln of Our Literature*, New York 1970. – G. W. Allen, *C. Sandburg*, 1972. – N. Callahan, *C. Sandburg: His Life and Work*, London 1986. – K. Dittmar, *C. Sandburg* »Chicago«, in: *Amerikanische Lyrik*, ed. R. Haas, Berlin 1987.

118 CHICAGO (Ausgabe: 1916; Text: Complete Poems, S. 3–4; Ü: E. Hesse) Das berühmteste Gedicht von Sandburg, das in kraftvoller und unerhört direkter Weise die Arbeitswelt in der modernen Großstadt anspricht. Das Gedicht schockierte seinerzeit durch seine «Brutalität».

120 FISH CRIER (Ausgabe: 1916; Text: Complete Poems, S. 9–10; Ü: E. Hesse) 4 *Anna M. Pavlowa* 1882–1931, russische Primaballerina, die um diese Zeit (1916) die U.S.A. mit großem Erfolg bereiste.

120 FOG (Ausgabe: 1916; Text: Complete Poems, S. 33; Ü: E. Hesse)

122 PRAYERS OF STEEL (Ausgabe: 1918; Text: Complete Poems, S. 109–110; Ü: E. Hesse)

122 HELLS AND HEAVENS (Ausgabe: 1927; Text: Complete Poems, S. 422; Ü: E. Hesse)

Robert Lee Frost

1874 San Francisco – 1963 Boston

Frost nennt sich «halb Dichter, halb Farmer, halb Lehrer» (die Arithmetik ist seine eigene). Er war das Kind von zwei Schullehrern. Der Vater, ein Yankee aus einer alten Familie Neuenglands, hatte Sympathien für die Sache der Südstaaten und nannte den Sohn deswegen «Robert Lee». Nach dem frühen Tod des Vaters kam der Elfjährige erstmals nach Neuengland, wo seine Mutter eine Stelle als Lehrerin gefunden hatte. Frost absolvierte die Schule mit Auszeichnung, besonders in den klassischen Fächern, und bezog für drei Monate das Dartmouth College, später zwei Jahre lang die Universität Harvard. Es folgten elf Hungerjahre, in denen er weder als Dichter noch als Hühnerfarmer zu Rande kam. Zum äußersten getrieben, brach der damals bereits Vierzigjährige alle Zelte ab und fuhr 1912 mit Frau und vier Kindern nach England, wo er im Freundeskreis der «Georgian Poets» Ansprache fand. In England tat er einen Verleger für seine ersten beiden Gedichtbände auf (*A Boy's Will*, 1913 und *North of Boston*, 1914), denen Ezra Pound, damals die Londoner Galionsfigur der amerikanischen Avantgarde, in zwei Rezensionen einen ordentlichen Schub gab. Das zeigte Wirkung: als Frost 1915 in die Vereinigten Staaten zurückkehrte, war er ein berühmter Mann. Eine ganze Reihe seiner Gedichte sind in den U. S. A. zum lyrischen Allgemeingut geworden. Dichten bedeutete ihm das «Herausklären des Lebens». Mit seinen dramatischen Verserzählungen, seinen humorigen Tierfabeln, den monologischen oder dialogischen Meditationen und mit seiner Gedankenlyrik schrieb Frost die bukolische Dichtung Neuenglands ganz aus dem Geist von Theokrit, Vergil, Wordsworth und Thoreau. Zwischen diesen dichterischen Vorläufern und sich selber spürt Frost keinerlei Diskontinuität. Er ist ein entschiedener Anti-Modernist: «Ich mag so wenig freie Verse schreiben, wie ich Tennis ohne Netz spielen mag.» Gegen den kosmopolitischen Internationalismus der Moderne setzte er aufs Bodenständige und Lokale. Wichtigstes Werkzeug seiner Wortkunst ist ihm die Metapher. Mit dem schlichten, aber stilsicheren Gebrauch des neuengländischen Idioms bringt Frost die Kadenzen und Phrasierungen des Mündlichen zu Papier. Er legt es darauf an, «den Tonfall des Sprechenden irgendwie in die Worte zu verstricken und so den ‹sound of sense› (den Klang des Sinns) hörbar zu machen». Durchweg herrscht bei ihm das typische *understatement* des weißen Nordamerikaners vor. So spricht er von Dingen, die allen geläufig sind und scheint beim Leser nicht allzuviel vorauszusetzen. Gegen die großstädtische Beschleunigung der Moderne errichtet er «als Barriere zwischen mir und Zuviel» das ländliche und humane Maß. So wurde er zum «grand old man» der amerikanischen Lyrik, ein humoriger Sokrates für den Hausgebrauch und der offizielle *poeta laureatus* der Kennedy-Ära, eine Ecke, in die er gewiß nicht gehört.

Ausgaben: *North of Boston,* London 1914. – *Mountain Interval,* 1916. – *New Hampshire,* 1923. – *Collected Poems,* 1930. – *A Further Range,* 1936. – *A Witness Tree,* 1942. – *Complete Poems of R. Frost,* 1949. – *The Poetry of R. Frost,* ed. C. Lathem, 1969. – *Collected Poems, Prose, and Plays,* 1995. – *Selected Letters of R. Frost,* ed. L. Thompson, 1964. – Alle New York.

Übersetzungen: H. Claudius, E. Hesse, W. Lehmann u. a., *Gesammelte Gedichte,* ed. A. v. Bernus u. a., Mannheim 1953. – P. Celan, E. Hesse, D. E. Zimmer u. a., *R. Frost. Gedichte,* ed. E. Hesse, Ebenhausen 1963. – K. H. Berger/H. Heinrich, *R. Frost. In Liebe lag ich mit der Welt im Streit,* ed. G. Gentsch, Berlin-Ost 1973. – A. Aperling-Botteron, *R. Frost. Umfliessendes Leben,* Baden/Schweiz 1976.

Literatur: L. Thompson, *Fire and Ice: The Art and Thought of R. Frost,* New York 1942. – S. Cox, *A Swinger of Birches. A Portrait of R. Frost,* New York 1957. – F. Lentricchia, *R. Frost: Modern Poetics and the Landscapes of Self,* Durham, N. C., 1975. – R. Poirier, *R. Frost: The Work of Knowing,* New York 1977 – J. C. Kemp, *R. Frost and New England,* Princeton 1979. – W. Pritchard, *Frost: A Literary Life Reconsidered,* New York 1984. – D. Hall, *R. Frost: Contours of Belief,* Athens, Ohio, 1984. – R. Wakefield, *R. Frost and the Opposing Lights of the Hour,* New York 1985. – *R. Frost,* ed. H. Bloom, New York, 1986. – M. Richardson, *The Ordeal of R. Frost: The Poet and His Poetics,* Urbana, Ill. 1997.

124 MENDING WALL (Ausgabe: 1914; Text: Collected Poems, 1995, S. 39 f.; Ü: D. E. Zimmer, in Hesse, 1963, S. 7) Die Natur, sagt Frost, ist chaotisch, doch der Mensch bringt sie zur Vollendung, «wenn er einen Garten anlegt, eine Mauer baut oder ein Gedicht schreibt». Das Gedicht verweist auf zwei antipodische Einstellungen zur Tradition: «zwischen blindem Verantwortungssinn und hinterfragendem Bildersturm» (L. Untermeyer).

126 THE COW IN APPLE TIME (Ausgabe: *Mountain Interval,* 1916, Text: Coll. Poems, S. 120 f.; Ü: E. Hesse, in Hesse, 1963, S. 51) Auf der Fährte der Tierfabeln von Aesop und Jean de La Fontaine trabt diese Kuh als Inbild kopfloser Rebellion durch die amerikanischen Schulbücher.

126 THE ROAD NOT TAKEN (Ausgabe: *Mountain Interval,* 1916, Text: Coll. Poems, S. 103; Ü: P. Celan, in Hesse, 1963, S. 49)

128 FIRE AND ICE (Text: Coll. Poems, S. 204; Ü: E. Hesse)

128 DESERT PLACES (Text: Coll. Poems, S. 269; Ü: K. E. Meurer, in v. Bernus, 1953, S. 369)

130 NEITHER OUT FAR NOR IN DEEP (Text: Coll. Poems, S. 274; Ü: H. Leip, in v. Bernus, S. 376)

132 A CONSIDERABLE SPECK (Text: Coll. Poems, S. 324; Ü: K. E. Meurer, in Hesse, S. 91) 24 *Tenderer-than-thou*: Frost haßte die liberale Mildtätigkeit. Er war für den Krieg, weil der naturgegeben sei: «Wir sind hierher gesandt worden, um einander zu vernichten.» Erst die atomare Aufrüstung brachte

Frost in dieser Hinsicht ein wenig ins Schleudern. – 25 *collectivist regimenting love:* Frost zufolge würde Sozialismus jeglicher Individualität («die immer schreit: kümmre dich um den eignen Mist») den Garaus machen; in «A Political Pastoral» (1932) spricht er auch von der «kollektivistischen Nicht-Separatheit», die Präsident F. D. Roosevelts New Deal bewirkt haben soll.

Robinson Jeffers

Pittsburgh, Pennsylvania 1887 – Carmel, California 1962

Stammte aus einer Familie schottisch-irischer Kalvinisten. Der junge Jeffers verbrachte ein Großteil seiner Schulzeit in europäischen Internaten und konnte bei seiner Rückkehr in die Staaten mit fünfzehn Jahren «italienisch, französisch und deutsch denken». Schon als Kleinkind hatte ihn der Vater, ein Professor der Altphilologie, in Griechisch und Latein unterrichtet, so daß sich sein Ohr früh an klassischen Versmaßen schulte. Dennoch verschrieb sich Jeffers den Naturwissenschaften und studierte nacheinander Medizin, Zoologie und Forstwissenschaft. Trotz seiner guten Ergebnisse in diesen Fächern brach er das Studium ab, um sich ganz der Dichtung zuzuwenden. 1914 zog er sich mit seiner jungen Frau Una in tiefem Abscheu vor der Zivilisation in das damals noch wilde Paradies von Carmel in Kalifornien zurück, wo er mit eigenen Händen aus den Felsbrocken am Strand das Haus erbaute, in dem er den Rest seines Lebens verbrachte. Die ersten beiden Gedichtbände von Jeffers waren recht konventionell. Doch das Erscheinen der Verserzählungen *Tamar* (1924) und *Roan Stallion* (1925) machte Furore. Bis circa 1935 wurde Jeffers als gleichrangig mit T. S. Eliot gehandelt. Der Niedergang seiner Reputation ist eng verbunden mit dem Aufkommen des dogmatischen *New Criticism,* dessen Urteil sich bis heute auf die kritische Rezeption auswirkt. Jeffers verstieß gegen mehrere ‹neukritische› Prinzipien: Einmal durch seine Behandlung der großen Sinnfragen ohne Absicherung in der literarischen Tradition, dann durch seine an Whitman erinnernden Langzeilen; vielleicht auch durch die absolute Zitatlosigkeit seiner Dichtung, die sich so dem akademischen Lehrbetrieb der Zeit weitgehend verweigerte. Er war auch der erste Dichter, der die ökologischen Zusammenhänge thematisierte («The Broken Balance», 1927). Dazu kam der Skandal des mangelnden Patriotismus, den Jeffers anläßlich des Erscheinens von *The Double Axe* (1948) auslöste, als er mitten im Siegestaumel der U. S. A. vor den Gefahren des Weltmachtdenkens warnte. Seine Verse sind nie so frei wie die von Whitman, aber auch nie so regelmäßig wie die überlieferte Metrik. Trotz aller formalen Qualitäten, bleibt der Inhalt hier immer vorrangig. Auch darin erweist sich Jeffers wie Frost als überzeugter Antimodernist, der die literarische Sucht nach Originalität für «doktrinär verbrämten Instinktverfall» hält. Sein «poetic realism» trifft Unterschiede gemäß der Realitätsdichte, wobei nicht nur die räumliche Anwesenheit der Dinge, sondern auch ihre zeitliche Dauer zählt: «Eine Eisenbahn etwa ist nicht so real wie ein Berg ... In einem Großteil der menschlichen Vergangenheit und Zukunft kommt sie nicht vor ... Gerade das macht das Leben in der modernen Großstadt poetisch steril: Es ist ein Leben ohne Dauer und es wird unter Irrealitäten gelebt.» Zur primären Realität gehören für Jeffers die zyklischen Abläufe, die dem Leben vorgegeben sind, die Evolution der Arten, die ökologische Rückkoppelung des Menschen an die belebte und unbelebte Natur sowie die Triebstrukturen, die sich in den Mythen und im tragischen Geschehen manifestieren. Durch den Schockwert seiner leidenschaftlichen und grausamen Fabeln will Jeffers die Menschen aus den gesicherten Gewohnheitsbahnen ihres Denkens werfen. Das Dogma von der zentralen Stellung des Menschen im Universum habe zu einer kollektiven Geisteskrankeit geführt: «Ich habe oft den Inzest als Sinnbild solcher Introversion benutzt.» Dagegen setzt er seinen Begriff des «Inhumanismus», der als eine «kosmische Perspektive ... der humanistischen Einstellung denkbar fern steht».

Ausgaben: *The Collected Poetry of R. Jeffers*, 3 Bde., ed. T. Hunt, Stanford 1988–1991. – *Poetry, Gongorism and a Thousand Years*, California 1949 [Prosa].

Übersetzungen: E. Hesse, *R. Jeffers. Dramen*, Reinbek 1960. – E. Hesse, *R. Jeffers. Gedichte*, Passau 1984. – E. Hesse, *R. Jeffers. Unterjochte Erde. Gedichte*, München 1987 [mit Nachwort und Bibliographie].

Literatur: L. Adamic, *R. Jeffers: A Portrait*, Seattle 1929. – M. B. Bennett, *R. Jeffers and the Sea*, San Francisco 1936. – R. Squires, *The Loyalties of R. Jeffers,* Ann Arbor 1963. – A. B. Coffin, *R. Jeffers: Poet of Inhumanism,* Madison, Wis. 1971. – R. J. Brophy, *R. Jeffers: Myth, Ritual, and Symbol in His Narrative Poems,* Cleveland, Ohio 1973. – J. Shebl, *In This Wild Water: The Suppressed Poems of R. Jeffers,* Pasadena, Cal. 1976. – R. Zaller, *The Cliffs of Solitude: A Reading of R. Jeffers*, Cambridge, Mass. 1983. – J. Karman, *R. Jeffers: Poet of California*, San Francisco 1987. – B. Strauß, *Fragmente der Undeutlichkeit*, München 1989. – U. Horstmann, *Jeffers-Meditationen*, Heidelberg 1998.

134 THE EXCESSES OF GOD (Text: Collected Poetry, I, S. 4; Ü: E. Hesse, 1987, S. 51)
134 FOR FIFTY THOUSAND YEARS (Text: Coll. Poetry, III, S. 482; Ü: E. Hesse, 1987, S. 81)
134 TO THE STONE-CUTTERS (Text: Coll. Poetry, I, S. 5; Ü: F. Kemp in Das goldene Tor, 1, 1946, S. 57 f.)
136 SHINE, PERISHING REPUBLIC (Text: Coll. Poetry, I, S. 15; Ü: E. Hesse, 1987, S. 24)
138 NEW YEAR'S EVE (Text: Coll. Poetry, II, S. 529; Ü: E. Hesse, 1987, S. 43) 5 *Bastille*: das frz. Staatsgefängnis in Paris, das 1789 als Auftakt der

Französischen Revolution erstürmt und zerstört wurde. – 7 *Saturn*: Röm. Gott und Planet; «saturnisch» steht für uralt.

138 EAGLE AND HAWK (Text: Coll. Poetry, III, S. 445; Ü: E. Hesse, 1987, S. 85)

140 *Aus* CAWDOR (Text: Coll. Poetry, I, S. 449–451; Ü: E. Hesse, 1987, S. 28) Ein episches Gedicht, das Euripides' Drama Phaedra und Hippolytos in amerikanische Verhältnisse überträgt. An die Stelle des Theseus tritt hier der einfache Farmer Cawdor. Ein Abschnitt dieser Erzählung gilt der Darstellung von Vorgängen im Gehirn eines soeben Verstorbenen.

142 THE DAY IS A POEM (Text: Coll. Poetry, III, S. 16; Ü: E. Hesse, 1987, S. 49)

144 *Aus* THE DOUBLE AXE (Text: Coll. Poetry, III, S. 261; Ü: E. Hesse, 1987, S. 56) Das Buch thematisiert die pyschische Selbstzerstörung des Menschen im Weltkrieg. Der erste Teil ist eine Horrorstory über die Rückkehr eines gefallenen GI in sein Elternhaus; der zweite Teil («The Inhumanist») erörtert die katastrophalen Ereignisse aus der Distanz der Philosophie.

144 THE GREAT EXPLOSION (Text: Coll. Poetry, III, S. 471; Ü: E. Hesse, 1987, S. 66) Aus dem Nachlaß. Anspielung auf die Diskussion über die wechselnde Expansion und Kontraktion des Universums, die der engl. Astronom Fred Hoyle in den späten 40er Jahren auslöste.

146 THE BLOODY SIRE (Text: Coll. Poetry, III, S. 25; Ü: E. Hesse, 1987, S. 50) Der Dichter nimmt hier das Wort des Herakleitos von Ephesos auf, der den Krieg als den «Vater aller Dinge» bezeichnet hatte.

148 THE POLAR ICE-CAPS (Text: Coll. Poetry, III, S. 476; Ü: E. Hesse, 1987, S. 80)

148 CASSANDRA (Text: Coll. Poetry, III, S. 121; Ü: E. Hesse, 1987, S. 52)

GERTRUDE STEIN

Alleghenny, Pennsylvania 1874 – Neuilly-sur-Seine 1946

Die älteste und radikalste aller amerikanischen Modernisten. Sie studierte in Harvard bei H. Münsterberg und W. James Psychologie. Mit ihrem Bruder, dem Kunstkritiker Leo Stein, zieht sie 1903 nach Paris und macht in den folgenden Jahren die 27 rue de Fleurus zur bekanntesten Adresse der amerikanischen Moderne in Europa. 1909 veröffentlicht sie *Three Lives*; von 1903 bis 1911 schreibt sie an dem Immigranten- und Familienroman *The Making of Americans*, den sie nie abschließt und der 1925 in einer gekürzten Fassung publiziert wird. In diese Zeit intensiven sprachlichen Experimentierens fällt ihre Entdeckung Cézannes, die Begegnung mit Matisse und Picasso sowie der Beginn ihrer Beziehung zu Alice B. Toklas, unter deren Namen sie 1933 die ‹Autobiographie› schreibt, die sie auch in Amerika populär macht. Den Vertretern der ‹klassischen› Moderne galt Stein jedoch bestenfalls als Randfigur – vielleicht deshalb, weil sie sich mit ihrem unbedingten Bekenntnis zu einer «continuous present» gegen den von Eliot und Pound propagierten Gedanken einer schöpferischen Tradition stellte. Entsprechend wurde sie erst in den letzten zwei Jahrzehnten im Zeichen von Postmoderne und Feminismus wiederentdeckt. Ganz im Sinne der kubistischen Avantgarde in der Bildenden Kunst ging Stein davon aus, daß die Aufgabe der schöpferischen Imagination nicht die Widerspiegelung, sondern die Neu-Erfindung der Dinge sei. Noch vor Pound, Eliot und Joyce betrieb sie in ihren Prosastücken und Portraits ebenso kühn wie konsequent die sprachexperimentelle Erforschung des Mediums (kubistisch gesprochen eine Art Reduktion der Sprache auf ihre «Primärfarben»), die mit der Veröffentlichung von *Tender Buttons* (1914) ihren Höhepunkt fand. Dabei ging es ihr in den frühen Portraits und *The Making of Americans* um die syntaktische und rhythmische Strukturierung der Textoberfläche, später in *Tender Buttons* um die Befreiung der Körperlichkeit des Wortes aus der Fessel des Semantischen. In «Poetry and Grammar» charakterisiert Stein – in der traditionsverneinenden Tradition Emersons und Whitmans – ihr Sprachexperiment als ein Neubenennen der Dinge, da die vertrauten Namen den Gegenstand verdecken, den sie bezeichnen, und so wirkliches Sehen unmöglich machen. Steins experimentelle Prosa ist genreübergreifend und sowohl zur Lyrik als auch zu Drama (Oper) und Essay hin offen, wobei sie ihre Essays nach ähnlichen Prinzipien strukturiert wie ihre lyrische Prosa. So nennt Stein die Prosastücke von *Tender Buttons* ‹Gedichte›; die hier abgedruckte Schlußpassage aus *The Mother of Us All* ist Teil eines Opernlibrettos.

Ausgaben: *Three Lives*, New York 1909. – *Tender Buttons*, New York 1914. – *The Making of Americans*, Paris 1925. – *The Autobiography of Alice B. Toklas*, New York 1933. – *Lectures in America*, New York 1935. – *The Geographical History of America,* New York 1936. – *The Mother of Us All* (mit Virgil Thompson), New York 1947. – *Selected Writings*, ed. C. v. Vechten, New York 1947. – *Last Operas and Plays*, New York 1949. – *A Stein Reader*, ed. Ulla E. Dydo, Evanston 1993.

Übersetzungen: M. Pörtner, *Drei Leben*, Zürich 1960. – M.-A. Stiebel, *Zarte Knöpfe*, Frankfurt 1979. – B. Gerlinghoff, *Zarte Knöpfe*, Zürich 1985. – E. Schnack, *Autobiographie von Alice B. Toklas*, Leipzig ²1986. – L. Faschinger/Th. Priebsch, *The Making of Americans,* Klagenfurt 1989.

Literatur: R. Bridgman, *G. Stein in Pieces*, New York 1970. – M. DeKoven, *A Different Language: G. Stein's Experimental Writing*, Madison 1983. – H. Chessman, *The Public is Invited to Dance: Representation, the Body and Dialogue in G. Stein*, Stanford 1989. – M. Perloff, *«‹*Grammar in Use›*:* Wittgenstein/G.

Stein/Marinetti», in: *Wittgenstein's Ladder: Poetic Language and the Strangeness of the Ordinary*, Chicago 1996, 83–114.

150 *Aus* The Mother of Us All (Text: Last Operas, S. 1204. Ü: E. Hesse) 3 *Susan B.*: Susan B. Anthony (1815–1906), die Frauenrechtlerin, die zusammen mit ihrer Freundin Elizabeth Cady Stanton (1815-1902) jahrzehntelang den Kampf für die Befreiung der Sklaven und später für das Frauenwahlrecht anführte. G. Stein pflegte den Verdacht, daß ihre Texte eine feministische Tendenz hätten, weit von sich zu weisen. In einem frühen Roman (Fernhurst, 1904) schreibt sie jedoch über ihre Heldin (eine Dozentin), sie hätte zwar an die prinzipielle Gleichheit der Geschlechter geglaubt, aber «diese Doktrin der Gleichheit mit einem Vorbehalt zugunsten der Überlegenheit der Frau» an die Studentinnen weitergegeben.

Ezra Pound

Hailey, Idaho 1885 – Venedig 1972

Nachdem er das Studium der Romanistik in den U. S. A. mit dem M. A. abgeschlossen hatte, endete Pounds erster akademischer Job mit dem endgültigen Rausschmiß aus der Welt der geregelten Einkommen. Fast mittellos traf der Dreiundzwanzigjährige in London ein, der damaligen kulturellen Metropole der englischsprechenden Welt, und rückte der Alten Welt mit Witz, Leidenschaft und unkonventionellen Ideen zuleibe, um alle latenten schöpferischen Kräfte mobil zu machen, die, wie er hoffte, auch in der Neuen Welt «das absehbare amerikanische Risorgimento» auslösen würden. Zunächst galt es jedoch die nachhinkenden eigenen ästhetischen Vorstellungen auf den Stand der Zeit zu bringen. Im Zuge seiner Selbstmodernisierung entwickelte Pound eine Reihe von Verfahren, die sich nachhaltig auf die Lyrik des Jahrhunderts auswirken sollten. Die meisten der von späteren modernistischen Schulen vorgestellten poetologischen Programme sind bereits in den imagistischen, vortizistischen und ideogrammatischen Überlegungen Pounds aus dieser Zeit vorgegeben. Einen Großteil seiner Energie investierte er zudem in die Förderung anderer, von ihm «entdeckter» Dichter der Moderne, u. a. J. Joyce, T. S. Eliot, R. Frost. Der große, nie verwundene Einschnitt in seinem Leben kam durch den Ersten Weltkrieg zustande, in dem so viele seiner hoffnungsvollen Weggefährten dem großen technisierten Morden zum Opfer fielen. Dieser moralische Kollaps der westlichen Kultur führte zum ersten der vielen Brüche und Neuanfänge seiner Laufbahn: Er befand, daß der Krieg ebenso wie der generelle Ausverkauf des Lebens und der Kunst ursächlich zusammenhing mit dem modernen Zins- und Kreditsystem, das er fortan unter der Bezeichnung «usura» (Wucher) bekämpfte. Und er beschloß, sein Lebensgedicht nicht, wie ursprünglich geplant, als die Aufzeichnung einer hochgeistigen Sensibilität innerhalb der westlichen Zivilisation zu schreiben, sondern als Ausbruch aus dem vorherrschenden Eurozentrismus. Von der Londoner Kulturszene verabschiedete er sich 1920 mit dem *Mauberley*-Zyklus, der vor allem mit dem ästhetischen Individualismus der englischen Kulturcôterien abrechnete. 1921 zog er nach Paris, wo er für seine Landsleute der «lost generation» als Impresario der Avantgarde bereits eine legendäre Gestalt war. Pound hatte gemeint, seine experimentelle Phase mit dem Vortizismus (1914/15) abgeschlossen zu haben, doch der Kontakt mit der Pariser Avantgarde (Picabia, Tristan Tzara, Cocteau, Brancusi, Breton, Aragon) brachte ihn zu einigen wesentlichen neuen Einsichten. Erst mit Cocteaus «rappel à l'ordre» vollzog er 1926 den bewußten Übergang zu den Ordnungsprinzipien der klassischen Moderne. Die entdeckte er auch in Italien, wo er sich 1924 niedergelassen hatte, um sich in Rapallo fortan seinen *Cantos* zu widmen. Aus der Ferne unterstützte er weiterhin die neuesten literarischen Bewegungen, wie die «Objectivists» und die dazugehörigen Dichter: L. Zukofsky, C. Rakosi, C. Oppen und W. C. Williams u. a. m. Im Schicksalsjahr 1933 (dem Amtsantritt von Roosevelt und Hitler) bekannte er sich öffentlich zunächst zu Roosevelt, dann aber zu Mussolini. Von nun an wurde er für die englische und amerikanische Literatur immer mehr zu einer Randerscheinung. Pounds *Cantos* verloren in diesen Jahren viel an lyrischem Schwung und drohten in einer Unmenge von historischem Belegmaterial zu versanden. Als der Zweite Weltkrieg ausbrach, führte Pound in seiner Paranoia ihn auf eine erneute Verschwörung der Hochfinanz und «der Juden» zurück, was er seinen Landsleuten – auch noch 1941, nach Pearl Harbor – über den faschistischen Rundfunksender mitteilte. Dafür wurde er in den U. S. A. unter Anklage des Hochverrats gestellt. Im Mai 1945 von den amerikanischen Streitkräften als «Kriegsverbrecher» verhaftet, steckte man den 60jährigen im Militärstraflager bei Pisa drei Wochen lang in einen Käfig, so lange bis er einen psychischen Zusammenbruch erlitt und das Gedächtnis verlor. Danach brachte er nachts auf der Krankenstation seine *Pisan Cantos* zu Papier, in denen die Wiederherstellung des weggebliebenen Ich aus den Gedächtnisfetzen zum poetischen Ereignis wird. Dabei tauchen aus der Londoner und Pariser Vergangenheit auch die überall längst vergessenen Zielsetzungen der historischen Avantgarde wieder auf, die vor allem darin bestanden hatten, die scharfe Zäsur zwischen der hohen Kunst und dem alltäglichen Leben aufzuheben. Im Lager öffnen sich die *Cantos* erneut für das Zufällige, Unstimmige und Spontane der Erfahrung. Im November wird Pound nach Washington eingeflogen und vor Gericht gestellt, jedoch (ohne Verurteilung) als geistesgestört in die staatliche Anstalt St. Elizabeths Hospital for the Criminally Insane eingewiesen, in der er trotz wiederholter internationaler Proteste über zwölf Jahre verbringen wird (s. S. 364). 1948 erscheinen die *Pisan Cantos*. Sie werden zu einer Wendemarke der Literatur, die mit der Verleihung des Bollingen-Preises in einen landesweiten Medien-Skandal umschlägt. Während der Anstaltsjahre entstehen die *Rock-Drill* Cantos (85–95) und die *Thrones* Cantos (96–109), die man durchaus als postmoderne Texte ansehen kann. Im April 1958 wird Pound auf Betreiben von A. MacLeish und R. Frost aus der Anstalt entlassen, da an eine rechtmäßige Verurteilung nicht mehr zu denken ist. Einige Monate nach seiner Rückkehr nach Italien verfällt der greise Dichter in ein Schweigen, das ihn in den restlichen dreizehn Jahren seines Lebens (noch einmal so lang wie die Anstaltszeit) nicht mehr losläßt. Die letzten Canto-Texte erscheinen 1969 in unfertiger Form, zehn Jahre nach ihrer Entstehung. Sie setzen zu einer letzten rebellischen Kursabweichung gegen die gesellschaftlichen Konventionen an. Pound stirbt 1972 in Venedig. Hätte er sich nicht über lange Strecken seines Lebens in einen abgründigen Antisemitismus verrannt, hätte die Lyrik der amerikanischen Moderne wohl nicht so viele Ersatzväter gebraucht.

Ausgaben: *Hugh Selwyn Mauberley*, London 1920. – *Poems 1918–1921*, New York 1921. – *A Draft of XVI Cantos*, Paris 1925. – *Personae: The Collected Poems of E. Pound*, New York 1926. – *The Pisan Cantos* [LXXIV–LXXXIV], New York 1948. – *Section: Rock-Drill, 85–95 de los cantares*, Mailand 1955. – *Thrones, 96–109 de los cantares*, Mailand 1959. – *Drafts & Fragments of Cantos CX–CXVII*, Mailand 1969. – *The Cantos of E. Pound*, New York [9]1979. – *Collected Early Poems of E. Pound*, ed. M. J. King/L. L. Martz, New York 1976. – *The ABC of Reading*, New York 1934. – *Selected Letters of E. Pound*, ed. D. D. Paige, London 1951. – *Literary Essays of E. Pound*, hg. und Vorwort T. S. Eliot, London 1954.

Übersetzungen: E. Hesse, *Die Pisaner Gesänge*, Zürich 1956; ern. u. d. T. *Pisaner Cantos*, Zürich 1969, 1985. – E. Hesse, *ABC des Lesens*, Zürich 1957. – E. Hesse, *Motz el son – Wort und Weise*, Zürich 1957. – E. Hesse, *Personae – Die Masken E. Pounds*, Zürich 1959, München 1992. – W. Schmied, «Nō-Spiele», in: *E. Pound. E. Fenollosa. S. Eisenstein. Nō – Vom Genius Japans*, ed. E. Hesse, Zürich 1963, 1990. – E. Hesse, *Cantos 1916–1962: Eine Auswahl*, München 1964. – E. Hesse, *Cantos I–XXX*, Zürich 1964. – E. Hesse, *Letzte Texte. Entwürfe und Fragmente zu Cantos CX–CXX* [mit einem Nachwort], Zürich 1975. – E. Hesse, *Usura – Cantos XLV und LI, Texte, Entwürfe, Fragmente*, ed. E. Hesse [mit Essay «Wachstum und Wucher»] Zürich 1985. – E. Hesse, *E. Pound. Lesebuch. Dichtung und Prosa* [mit biographischem Essay], Zürich 1985, München 1987, Frankfurt 1997. – E. Hesse, *Die ausgefallenen Cantos LXXII–LXXIII von E. Pound*, Zürich 1990.

Literatur: J. Espey, *E. Pounds ‹Mauberley›: A Study in Composition*, London 1955 [dt. *E. Pound: Ein Versuch in der Tonsetzung*, Zürich 1963]. – N. C. de Nagy, *The Poetry of E. Pound: The Pre-Imagist Stage*, Bern 1960. – D. Davie, *E. Pound: Poet as Sculptor*, London 1965. – L. Lenberg, *Rosen und Feilstaub: Studien zu den Cantos von E. Pound*, Wiesbaden 1966. - *E. Pound: 22 Versuche über einen Dichter*, ed. E. Hesse, Frankfurt 1967. – *New Approaches to E. Pound: A Coordinated Investigation of Pound's Poetry and Ideas*, ed. E. Hesse, Berkeley 1969. – Christine Brooke-Rose, *A ZBC of Pound*, London 1971. – H. Kenner, *The Pound Era*, Berkeley 1971. – M. de Rachewiltz, *Father and Teacher: Discretions*, Boston 1971 [dt. *Diskretionen: Erinnerungen der Tochter E. Pounds*, Innsbruck 1993]. – E. Hesse, *E. Pound. Von Sinn und Wahnsinn*, München 1978. – M. Hansen, *E. Pounds frühe Poetik und Kulturkritik zwischen Aufklärung und Avantgarde*, Stuttgart 1979. – M. Bacigalupo, *The Forméd Trace: The Later Poetry of E. Pound*, New York 1980. – P. Nicholls, *E. Pound: Politics, Economics and Writings. A Study of the Cantos*, Princeton 1984. – F. Link, *E. Pound. Eine Einführung*, München 1984. – J.-M. Rabaté, *Language, Sexuality and Ideology in E. Pound's Cantos*, London 1986. – W. Schmied, *Die Widersprüche des E. Pound. Elf Essays*, Berlin 1987. – H. Carpenter, *A Serious Character. The Life of E. Pound*, London 1988. – E. Hesse, *Die Achse Avantgarde – Faschismus. Reflexionen über F. T. Marinetti und E. Pound*, Zürich 1991. – W. Schmied, *E. Pound. Ein Leben zwischen Kunst und Politik*, Innsbruck 1994. – A. Schmitz, *E. Pound zur Einführung*, Hamburg 1998. – W. Schmied, *E. Pound Studien, Erster Band*, Aachen 2000.

152 HISTRION (Ausgabe: A Quinzaine for this Yule 1908; Text: Collected Early Poems, 1976, S. 71; Ü: E. Hesse in Lesebuch, S. 15) *Histrion*: lat.: Schauspieler. Es sind die Masken (lat. personae), die Pound auf seiner «Suche nach dem Wesen» (oder dem Ich) einsetzt. – 14 *der Florentiner:* Dante Alighieri.

152 PIERE VIDAL OLD (Text: Personae, 1926, S. 30–32; Ü: E. Hesse in Personae, 1992, S. 50–54) Alle provenzalischen Personae Pounds thematisieren den Gegensatz zwischen ‹Wir› und ‹Ihr›. «‹Wir›, das sind die Dichter, arm, einsam, entmutigt; ‹Ihr›, das sind die Herren und Machthaber der Welt» (de Nagy). Die dialogische Struktur dieser Gedichte entsteht aus dem Wechselspiel zwischen dem «dramatischen Monolog» von Robert Browning und den «Masken» von W. B. Yeats, wobei die Worte des Sprechers (meist ein Dichter) teilweise wortwörtlich aus den Werken des anderen Dichters übernommen werden. In «Piere Vidal» greift Pound auf die «vida» (Lebenserzählung) des Troubadours Vidal zurück. Die Zusammenfassung zu Anfang ist der «vida» entnommen. – 10 *Jongleur:* Joglar oder Spielmann. – 17 *Penautier*: Im Departement Carcassonne. – 23 *guerdon:* prov. Lohn, Belohnung. – 41 *blade:* hier Waffenspitze. – 65 *Cabaret*: Im nördlichen Departement Carcassonne liegt Pounds *Cabaret,* das Bergland Le Cabardes.

158 A GIRL (Text: Personae, S. 62; Ü: C. Goll in Die Neue Welt, 1921, S. 54)

158 THE RIVER-MERCHANT'S WIFE: A LETTER (Ausgabe: Cathay, 1915; Text: Personae, 1926, S. 130 f.; Ü: E. Hesse, 1992, S. 221) Nicht ohne Bosheit nannte Eliot seinen Freund Pound beim Erscheinen des Gedichtbands *Cathay* den «Erfinder der chinesischen Dichtung für unsere Zeit». Pounds chinesische Sprachkenntnisse waren gleich null, als ihm 1912 die Witwe von Ernest Fenollosa (1853–1908) die Notizhefte ihres verstorbenen Mannes (eines ame-

rikanischen Experten für chinesische und japanische Kunst) zur Herausgabe anvertraute. Darunter fanden sich Notizen zur chinesischen Dichtung, die sich Fenollosa gemacht hatte. Fenollosas Lehrer waren Japaner und benützten japanische Transkriptionen für alle chinesischen Namen, weswegen die Eigen- und Ortsnamen hier in japanischer Schreibweise erscheinen. Der Titel ist eine Erfindung Pounds, im Chin. heißt der von Li T'ai-Po (701–762) verfaßte Text «Die Ballade von Ch'ang-kan». – 5 *Chokan:* Jap. Umschrift von chinesisch Ch'ang-kan, einem Vorort von Nanking. - 16 *Ku-to-yen:* Eine Verschmelzung der japanischen Namen für den chinesischen Fluß Ch'ü-t'ang und das Felsenriff Yen-yü, das Wirbel hervorruft. – 26 *Kiang:* Chinesisch für Fluß. – 29 *Cho-fu-sa:* Von chinesisch Ch'ang-feng-sha, dem «langen Windstrand», mehrere hundert Meilen stromaufwärts von Nanking. – 30 *Rihaku:* Japanisch für Li T'ai-po.

160 Commission (Text: Personae, S. 88 f.; Ü: E. Hesse, 1992, S. 128–131) 36 *mortmain*: Eigentum der «toten Hand», ein juristischer Begriff: Eigentümer ist kein lebendiger Mensch, sondern eine Körperschaft oder Institution, häufig die Kirche.

162 Ortus (Ausgabe: Lustra 1916, geschr. 1913; Text: Personae, S. 84; Ü: E. Hesse, 1992, S. 121) *Ortus:* Lat. Geburt.

164 The Return (Ausgabe: Ripostes 1912; Text: Personae, S. 74; Ü: E. Hesse, 1992, S. 111) W. B. Yeats bezeichnete «The Return» als «das schönste Gedicht, das je in der freien Form geschrieben worden ist». Das Gedicht behandelt offenbar die Rückkehr der griechischen Götter, von der Pound späterhin schreibt: «The Gods have not returned. ‹They have never left us›» (Canto 113).

164 In a Station of the Metro (Ausgabe: Lustra 1916, geschr. 1914; Text: Personae, S. 109; Ü: E. Hesse, 1992, S. 175) Anhand dieses Gedichts erläuterte Pound in seinem Essay «Vorticism» (1914) zuerst seine Theorie der «superposition» (Überlagerung), auf die er nach der Lektüre von W. Kandinskys Text *Über das Geistige in der Kunst* kam: «Das ‹Ein-Image-Gedicht› ist eine Form der Überlagerung; das heißt es ist eine Vorstellung, die über eine andere geschichtet ist.» Und er berichtet wie er das Gedicht, das ursprünglich aus dreißig Zeilen bestanden hatte, auf den jetzigen «Haiku-ähnlichen Satz» verkürzte.

166 L'Art, 1910 (Ausgabe: Lustra; Text: Personae, S. 113; Ü: E. Hesse, 1992, S. 183) Das Gedicht bezieht sich auf die Schockwirkung, die von der Ausstellung der Post-Impressionisten in London im November 1910 (Grafton Galleries) ausging. «Im Dezember 1910 veränderte sich der menschliche Charakter», sagte Virginia Woolf in ihrem Vortrag «Mr Bennett und Mrs Brown».

166 Sage Homme (Text: Letters 1951, S. 234; Ü: E. Hesse, Lesebuch, S. 213 f.) *Sage Homme:* frz. Wehvater, Wortspiel auf «sage femme» (Wehmutter). – 3 *A Man:* Anspielung auf A. Swinburnes Zeilen über Villon: «A harlot was thy nurse / A God thy sire.» – In einem Brief an T. S. Eliot vom 24. De-

zember 1921 faßte Pound mit diesen Versen seine Hebammendienste an Eliots *The Waste Land* zusammen. Pound hatte die verworrene Urfassung auf etwa die Hälfte reduziert, sie in eine neue Reihenfolge gebracht und damit das Gedicht zu der Fassung redigiert, die als Quintessenz der Sinnkrise der westlichen Zivilisation nach dem Ersten Weltkrieg eine Schockwelle auslöste. Eliot wollte diese halb scherzhaften Verse Pounds dem *Waste Land* voranstellen, aber Pound hielt es nicht für ratsam, ihre Zusammenarbeit und die Hintergründe dafür auf diese Weise publik zu machen. – 2 *the Uranian Muse:* «Urania» ist die Muse der Homosexuellen; nach ihr benannten sich die «Uranian Poets», eine Gruppe von homosexuellen Dichtern des späten 19. und frühen 20. Jhs. Die Gedichtfolge wurde ausgelöst von Eliots Trauer über den Tod des jungen Franzosen Jean Verdenal (geb. 1890) in den Dardanellen 1915: «April is the cruellest month»: Nach damaligen Berichten war Verdenal im April gefallen; erst später stellte sich heraus, daß V. am 2. Mai zu Tode kam, als er im Felde einen Verwundeten behandelte.

166 A PACT (Ausgabe: Lustra 1916, geschr. 1913; Text: Personae, S. 89; Ü: E. Hesse, 1992, S. 131) Pounds Beziehungen zu Whitman unterlagen einem mehrfachen Wandel. 1909 schrieb er in aller Bescheidenheit: «Ich ehre Whitman, weil er mich prophezeit hat» («What I feel about Walt Whitman»); 1910 fand er bei Whitman «unseren amerikanischen Grundton ... den Mut, Angriffsflächen zu bieten» (Patria Mia); 1913 schrieb er, man könne Whitman nicht lesen, «ohne ihn pausenlos zu beschimpfen» (Letters 57). Eine weitere Wandlung erfuhr seine Haltung im Straflager bei Pisa, wo die Rückbesinnung auf Whitman (über das Motiv des Grases, vorweggenommen schon in Canto 47) zu einem großen Motivblock der Pisan Cantos wird, von den Erinnerungen an Whitman in Canto 80 zu der chthonischen Passage über das connubium terrae (Hochzeit mit der Erde) in Canto 82, die von der Erinnerung an Whitman ausgelöst wird.

168 THE SEEING EYE (Ausgabe: Lustra; Text: Personae, S. 104; Ü: E. Hesse, 1992, S. 165) Pound schult sich am römischen Epigramm des augusteischen Zeitalters und ergänzt die auf Sehschärfe gestellten Konturen des imagistischen Gedichts mit einer urbanen Weltläufigkeit voller Witz und ironischer Eleganz. – *The Seeing Eye*: «Wenn ich sage, daß sie das ‹wache Auge› nicht hatten, dann meine ich, daß es ihnen nie gelungen ist, die visuelle Erscheinung irgendeines ihrer Charaktere voneinander unterscheidbar zu machen. Es gab einen fast vollständigen Mangel an Detail», so Pound in New Age, 15. Juli 1920. – 8 *Tsin-Tsu:* Ts'ên Ts'an (ca. 744), der Dichter der T'ang-Dynastie, späterer Gouverneur von Chia-chou.

HUGH SELWYN MAUBERLEY

Das Erscheinen dieses Gedichts wurde als Sternstunde der neuen Literatur gewertet. Bis heute gilt die Gedichtfolge (zusammen mit Eliots Waste Land, 1922) als d a s große Gedicht der englischen Frühmoderne. In stilistischer

Hinsicht gibt Mauberley eine Synopsis der Selbstmodernisierung, die Pound seit seiner Ankunft in London durchlaufen hatte. Gegenläufig dazu steht sein fortgesetztes Bestreben, die große Tradition zu revitalisieren. Innerhalb dieser für ihn so typischen Dichotomie von Alt und Neu demonstriert er die verschiedenen formalen Errungenschaften der Avantgarde auf mustergültige Weise, während er sie gleichzeitig einer ironischen Brechung unterwirft. Das Gedicht registriert zugleich den Kulturschock des Ersten Weltkriegs, der Pounds Hoffnungen auf eine neue Blüte des Geisteslebens an der Wurzel vernichtete. Er startete, wie er 1918 notierte, neu durch: «Begann eine Untersuchung der Ursachen des Krieges, um diese zu bekriegen.» Diese Untersuchung führte ihn «unter Verzicht auf die Lyrik zugunsten des Engagements» (Pound) zu seinem Hauptwerk, den Cantos und zu der Katastrophe seines späteren Lebens. Die hier wiedergegebenen Ausschnitte IV und V stammen aus Teil I der Gedichtfolge.

168 These fought (Ausgabe: 1920; Text: Personae, S. 190; Ü: E. Hesse, 1992, S. 357) *Vocat ... umbram:* Lat: «Die Hitze ruft uns in den Schatten». – *Nemesianus:* Der karthagische Autor der Eklogen im 3. Jh. v. u. Z. – 3 *pro domo:* «für die Heimat»; nach Cicero: De Domo Sua. – 11 f. *«pro patria ... et decor»:* Horaz, Oden III, ii, 13: «dulce et decorum est pro patria mori» («es ist süß und ruhmvoll fürs Vaterland zu sterben»), eine hohle Phrase angesichts der «Materialschlachten» des Ersten Weltkriegs. – 14 *old men's lies ... new infamy:* Bezieht sich auf das gebrochene Versprechen von Premierminister Lloyd George, daß die heimgekehrten Soldaten Wohnungen, «die ihres Heldentums würdig sind», erhalten würden. – 18 *usury:* Dt. Wucher, das erste Vorkommen des späteren ökonomischen Hauptthemas der Cantos: dem großen Ausverkauf von Kunst, Natur und Leben für die Profitmacherei. Unter dem Dachbegriff «Usura» faßt Pound alle Sünden des kapitalistischen Systems zusammen. – 26 *hysterias ... dead bellies:* Pound spielt auf die griechische Wortwurzel von hystera (Gebärmutter) an.

170 There died (Text: Personæ, S. 191; Ü: E. Hesse, 1992, S. 359) 7 f. *broken statues ... battered books:* das europäische Kulturerbe hat mit den Werten des Lebens nichts mehr zu schaffen.

The Cantos I–CXX

170 Canto CXV (Text: 1979, S. 794; Ü: E. Hesse, Letzte Texte, 1975, S. 35) Pounds letzte Canto-Texte leiten einen erneuten Kurswechsel ein: die Abkehr von der Zivilisation überhaupt. Hatte Pound sich bislang an den lebendigen Wendepunkten einer (von der Schulwissenschaft nur zugeschütteten) Tradition orientiert, die er im Logbuch seiner Cantos zu sichern gedachte, so wendet er sich nun gänzlich von den systembildenden Urkunden der Geschichte und den Errungenschaften der Kultur ab und läßt nur noch die Eigengesetzlichkeit der Natur gelten. – 3 *Wyndham Lewis*: (1884–1957), der «vortizistische» Maler und Schriftstellerfreund Pounds aus der Londoner

Kampfzeit. Um 1951 erblindete Lewis und verweigerte eine Operation, die ihm vielleicht das Augenlicht wiedergeben hätte, als zu gefährlich für sein Gehirn. – 7 *Linnaeus:* Karl von Linné (1707–1778), der schwedische Naturforscher, Botaniker und Zoologe, den Pound in seinen Cantos wiederholt gefeiert hat. – 7 *Sulmona:* Stadt in der ital. Provinz Aquila, Geburtsort Ovids, des Dichters der Metamorphosen, d. h. der gleitenden Übergänge zwischen Pflanzen, Tieren, Menschen und Göttern.

172 CANTO CXX (Text: 1979, S. 803; Ü: E. Hesse, Letzte Texte, 1975, S. 47) 1 *Paradise:* Pound wollte mit seinen Cantos den modernen Menschen ein Paradies des sinnerfüllten Lebens zugänglich machen, ein «paradiso terrestre» (irdisches Paradies), wohlgemerkt ohne Rückgriff auf transzendentale Behelfe. Denn nach seiner Überzeugung ist das Göttliche nicht «über», sondern «in» der Welt zu finden, und die Schöpfung keine vollendete Tatsache, sondern ein kontinuierlicher Prozeß, an dem der Mensch Anteil haben kann. Auch die Cantos entstehen nicht aus einem fertigen Konzept, sondern aus dem Willen, den Prozeß des Lebens und Schaffens selbst offenbar zu machen.

T. S. ELIOT

Saint Louis, Missouri 1888 – London 1965

Eliot stammte aus großbürgerlicher Familie und studierte standesgemäß Philosophie in Harvard, an der Sorbonne und an der Universität Oxford, schloß aber seine Dissertation (über F. H. Bradley) nicht ab, sondern blieb von 1916 an in London. Dort hatte er Pound getroffen, der ihn, den melancholischen, zu Depressionen neigenden ‹schwächeren› Freund, unter die Fittiche nahm und die Veröffentlichung des «Lovesong of J. Alfred Prufrock» in der Chicagoer Zeitschrift *Poetry* durchsetzte (1915). Beide, Eliot und Pound, waren maßgeblich beteiligt am literarischen Neu-Aufbruch zu Anfang des Jahrhunderts, aber es war Eliot, der zur zentralen Figur der modernen angloamerikanischen Lyrik wurde, vor allem durch *The Waste Land* (1922), dessen Publikation wie kein anderes Gedicht der Moderne mit einiger Zeitversetzung zum literarischen Ereignis wurde. Pound meinte 1922: «Es rechtfertigt unser aller Existenz.» W. C. Williams verglich es fast 30 Jahre später mit dem Abwurf der Atombombe. Die unkonventionelle Wortwahl, der Verzicht auf eine einheitliche Stilebene, das kühne Nebeneinander von Versfragmenten und -zitaten, die gewagten Metaphern und eine außergewöhnliche Musikalität schaffen statt der gewohnten linearen Progression der Worte polyphone Wortfelder, denen sich aus allen Richtungen Assoziationen zuordnen. Das Problem der fehlenden Einheit oder der «eigentlichen Aussage» hielt die akademische Intelligenz über viele Jahrzehnte in Atem. Jedenfalls sprach diese ironisch-gebrochene Dichtung der Fragmentation und des Zerfalls die Befindlichkeit der intellektuellen Bildungsschicht nach dem Ersten Weltkrieg unmittelbar an. In der Folge etablierte sich im kritischen wie auch im öffentlichen Bewußtsein Eliot als Meister der Moderne. Zudem wußte er in seinen Essays und als Herausgeber der Zeitschrift *Criterion* seinen literarischen und kulturkritischen Überzeugungen auf so magistrale Weise Ausdruck zu geben, daß sie zur Lehrmeinung der angelsächsischen Moderne wurden und im New Criticism akademische Wurzeln schlugen. Dabei bezog er schon bald elitär-konservative Positionen, die sich mit dem ursprünglichen Impuls der Avantgarde zur Enthierarchisierung kaum vertrugen, sind sie doch – so Eliots Studienfreund C. Aiken 1928 – «erfüllt von einem Geist, der allem was neu, wagemutig oder großzügig ist, zuwiderläuft». Der avantgardistischen Forderung eines «repartir à zéro» (Apollinaire) konnten weder Pound noch Eliot ewas abgewinnen. Eliot suchte in der Tradition vorwiegend die Autorität, in der sein eigenes subjektives Schaffen als allgemeinverbindlich abgesichert sein würde. In der Dichtung von Dante und einigen der englischen «Metaphysical Poets» fand er noch jene sprachliche Einheit von Sinnlichkeit und Geistigkeit, die durch die neuzeitliche «Dissoziierung der Sensibilität» verlorengegangen sei. Deswegen fordert er ein «objektives Korrelat» für die subjektive Empfindung, worin sich die Vagheit und Unverbindlichkeit der Emotionen konkretisieren könne (so argumentiert er in seinem Essay «Hamlet»). Ebenso wie seine Lyrik durchzieht Eliots Essays das Bewußtsein eines Fehlbetrags an Sein. Er lastet ihn der fortschreitenden Säkularisierung an, die zur Entfesselung der Subjektivität in der atomisierten Massengesellschaft geführt hat. Seine Abneigung gegen Individualismus, Romantik und subjektive Emotion artikuliert er in dem einflußreichen Essay «Tradition and the Individual Talent» (1919). Dort geht es ihm einmal darum, das einzelne Kunstwerk als im Dialog mit der gesamten Vergangenheit der Literatur befindlich zu verstehen – einer Vergangenheit, von der das Werk geprägt wird und die es zugleich (nachträglich) verändern kann. Zum andern um das «Auslöschen» der Persönlichkeit des Dichters, seine Selbstobjektivierung, ja Selbstvernichtung im schöpferischen Prozeß. Diese «impersonality» wurde dann unter der Ägide des New Criticism zur selbstverständlichen Vorgabe jedes dichterischen Ausdrucks erhoben. Eliot selbst betonte in seinen Essays und Gedichten der späten 20er Jahre immer obsessiver die Notwendigkeit von Ordnung und Hierarchie, auch jenseits des Ästhetischen, was ihn schließlich zu alten orthodoxen Ordnungen zurückkehren ließ. 1927 wurde er englischer Staatsbürger und erklärte sich in einer Aufsatzsammlung von 1928 «literarisch als Klassizist, politisch als Royalist und konfessionell als Anglikaner». Die amerikanische Lyrik der nachsechziger Jahre entwickelte sich daher vorwiegend im Widerspruch zu Eliot und suchte ihre Vorbilder bei jenen (Williams, Stevens, Pound), die sein Schatten lange Zeit verdeckt hatte. [Zum späteren ‹englischen› Teil der Biographie von Eliot vgl. Bd. 3 der Anthologie.]

Ausgaben: *Prufrock and Other Observations*, London 1917. – *Ara Vos Prec*, London 1920. – *Poems, 1909–1925*, London 1925. – *The Complete Poems and Plays*, London 1952, 1969. – *Poems Written in Early Youth*, ed. J. Hayward, Stockholm 1950, re-ed. V. Eliot, London 1967. – *Selected Prose of T. S. Eliot*, London 1975. – *Inventions of the March Hare: Poems* 1909–1917, London 1996.

Übersetzungen: E. R. Curtius, *Das Wüste Land*, Wiesbaden 1957 [[1]1927]. – *Dass.*, E. Hesse, Frankfurt 1973. – E. Hesse u. a., *Gesammelte Gedichte, 1902–1962*, ed. E. Hesse, Frankfurt 1972, [2]1988.

Literatur: E. Beer, *T. S. Eliot und der Antiliberalismus des 20. Jahrhunderts*, Wien 1953. – G. Smith, *T. S. Eliot's Poetry and Plays* (1950), Chicago 1956. – H. Kenner, *The Invisible Poet*, New York 1959. – R. Germer, *T. S. Eliots Anfänge als Lyriker (1905–1915)*, Heidelberg 1966. – J. Kleinstück, *T. S. Eliot in Selbstzeugnissen und Dokumenten*, Reinbek 1966. – B. C. Southam, *A Student's Guide to The Selected Poems of T. S. Eliot*, London 1968. – R. Kojecky, *T. S. Eliot's Social Criticism*, London 1973. – T. S. Matthews, *Great Tom: Notes Towards the Definition of T. S. Eliot*, London 1973. – E. Hesse, *T. S. Eliot und ‹Das Wüste Land›: Eine Analyse*, Frankfurt 1973. – A. Frank, *Die Sehnsucht nach dem unteilbaren Sein: Motive und Motivation in der Literaturkritik T. S. Eliots.* München 1973. – J. E. Miller, Jr., *T. S. Eliot's Personal Waste Land: Exorcism of the Demons*, Pennsylvania 1977. – P. Drexler, *Escape from Personality: Eine Studie zum Problem der Identität bei T. S. Eliot*, Frankfurt 1980. – R. Bush, *T. S. Eliot: A Study in Character and Style*, New York 1983. – W. Böhler, *Der Literat als Vermittler ökonomischer Theorie: T. S. Eliot im ‹Criterion›, 1922–1939*, Frankfurt 1985. – E. Sigg, *The American T. S. Eliot: A Study of his Early Writings*, Cambridge 1989. – J. S. Brooker, *Mastery and Escape: T. S. Eliot and the Dialectic of Modernism*, Amherst, Mass., 1994. – F. Lentricchia, *Modernist Quartet*, Cambridge 1994.

174 THE LOVE SONG OF J. ALFRED PRUFROCK (Ausgabe: 1917; Text: Complete Poems, 1952, S. 3–7; Ü: K. G. Just, in E. Hesse, Gedichte, 1988, S. 5–15) Den Text schrieb Eliot bereits 1911 in München zu Ende, fand aber jahrelang keine Möglichkeit, ihn zu veröffentlichen. Das Gedicht zeigt seine Finesse in der entpersönlichenden Strategie. Die ironische Tonlage, mit der Eliot, unter dem Leitstern von Jules Laforgue (1860–1887), dem Text die tragikomische Dimension verleiht, neutralisiert die sentimentale Gefühlslage. – *Prufrock:* Eliot entdeckte den Namen in seiner Geburtstadt St. Louis: eine Möbelfirma hieß «Prufrock-Littau». In einem Schaufenster sah er eine Hochzeitssuite ausgestellt mit dem Werbetext: «You Get the Girl, Prufrock Does the Rest.» – *S'io credessi* ...: Dante, Inferno XXVII, 61–66, Worte des Guido da Montefeltro. («Wenn meine Antwort ich gerichtet glaubte / An einen, der zur Welt zurück je kehrte, / So würde mehr nicht diese Flamm erzittern; / Doch weil, wenn anders Wahrheit ich vernommen, / Aus diesem Grund noch niemand heimgekehrt ist, / Antwort ich jetzt dir ohne Furcht vor

Schande»; Ü: Philalethes). – 1 *You and I*: Der Sprecher unterscheidet das «Ich» (sein grüblerisches und sensibles Innenleben) von dem «Du» (sein Selbst, wie es der Außenwelt erscheint). – 3 *A patient etherized upon a table*: Das Bild verdankt sich den Anfangszeilen von Laforgues «Complaintes sur certains temps déplacés» und den Zeilen in «Derniers vers», xii (Poésies, Paris 1909, S. 159 und S. 336). – 27 *A face to meet the faces that you meet*: A. Tennyson, Maud, II, iv, Strophe 13. – 45 f. *Do I dare / Disturb the universe?*: Zitat nach einem Brief von Laforgue aus dem Jahr 1881. – 52 *A dying fall*: Shakespeare, Twelfth Night I, 1. – 55 *Sprawling on a pin*: Gérard de Nerval (1808–1855), «Les Papillons».

182 The Death of Saint Narcissus (Ausgabe: Hayward 1950; Text: V. Eliot, 1967, S. 34 f.; Ü: E. Hesse, 1988, S. 232) Das Gedicht war zur Publikation in H. Monroes Poetry vorgesehen, wurde aber dann dort nicht veröffentlicht, sondern in einer Sammlung von Eliots frühen Gedichten, die, von J. Hayward zusammengestellt, im Privatdruck (Auflage von 12 Exemplaren) 1950 in Stockholm erschien. Der Band wurde 1967 von Valerie Eliot neu herausgegeben. – 1 *Come under the shadow of this gray rock ...*: Diese Zeilen wurden von Eliot fast wörtlich in The Waste Land (25–29) integriert.

186 Hysteria (Ausgabe: Ara Vos Prec; Text: Complete Poems, S. 19; Ü: Ch. Enzensberger in E. Hesse, 1988, S. 40) *Hysteria*: Eliot spielt hier mit der Bedeutung der gr. Wortwurzel: Gebärmutter.

186 Gerontion (Ausgabe: Ara Vos Prec; Text: Complete Poems, S. 21–23; Ü: E. Hesse, 1988, S. 48–53) Ursprünglich wollte Eliot dies Gedicht seinem Waste Land voranstellen. Hätte er es getan, dann wäre die Wesensverwandtschaft von Gerontion mit Tiresias, dem Seher und Sprecher des Waste Land noch deutlicher. – *Gerontion:* «der gerenische Greis, der Rossebändiger Nestor», so in Homer, Odyssee III. Der Name an sich birgt bereits vielstimmige literarische Anspielungen: u. a. auf John Henry Newman (1801–1890), «The Dream of Gerontius»; auf A. Tennyson (1809–1892), «Tiresias». – *Thou hast nor youth nor age* : W. Shakespeare, Measure for Measure, III,1, Vers 32–34. – 1 *«Here I am an old man ... / Being read to by a boy»*: A. C. Benson, Edward FitzGerald, London 1905, S. 142. – 3 *Hot gates*: gr. Thermopylae (dt. das heiße Tor), d. h. die Schlacht der Athener gegen die Perser 480 v. u. Z. – 8 *The Jew*: Eine Stelle, die häufig als Beleg für Eliots Antisemitismus angeführt wird. – 17 *Signs are taken for wonders*: Lancelot Andrewes (1555–1626), Works, I, Oxford 1854, S. 204: «‹Meister wir wollten gerne ein Zeichen von dir sehen› (Matthäus, 12, 38), das ist ein Wunder. ... Verbum infans, das Wort ohne ein Wort, das ewige Wort, keines Wortes mächtig. 1. Ein Wunder gewiß. 2. Und ... gewindelt und auch dies ein Wunder.» Dieser Text über das verbum infans sollte zu einem zentralen Motiv in Eliots Dichtung werden. – 20 *Christ the tiger*: Ein charakteristisches Eliotsches Zitat-Amalgam: L. Andrewes: «Christ is no wildcat» (Works, I, 258); Jonathan Edwards (1703–1758, Works IV, S. 263, New York 1843) vergleicht Gott mit einem rasenden Raubtier; William Blake (1757–1827) in «The Tyger». – 29 *Vacant shuttles*: Buch Hiob, 7: 6–7

(«Meine Tage sind leichter dahingeflogen denn eine Weberspule»). – 34 *History*: Bei Eliot klingt mit dem Begriff immer auch das lautverwandte «hysteria» an. – 47 *The wrath-bearing tree*: Das Kreuz bzw. der Baum, an dem der Vegetationsgott den Opfertod erleidet, Symbol für Tod und Wiedergeburt. – 53 *Backward devils*: Ausdruck aus der imperialistischen Zeit Englands, der auf alle farbigen Völker anwendbar war (s. auch J. Conrad, Heart of Darkness). – 65 *A wilderness of mirrors*: Ben Jonson, The Alchemist, II, 3. V. 195–196 und III, 2, V. 45–48. – 71 *White feathers in the snow*: Die Kälte von *Belle Isle* und *Cape Horn* steht für den Kältetod des Geistes, im Gegensatz zur Wärme der üppigen Vegetation, in der Gerontion sich nicht aufraffen konnte, den existentiellen Preis der Regeneration zu zahlen. Weiße Federn sind in England ein Symbol der Feigheit.

HART CRANE

Garrettsville, Ohio 1899 – Golf von Mexiko 1932

Sohn eines wohlhabenden Süßwarenfabrikanten, der ihm weder die Homosexualität, noch das Dichten und die ostentative Abkehr vom bürgerlichen Leben verzeihen konnte. Mit seinem 1926 erschienen Gedichtband *White Buildings* profilierte sich Crane als neuer Stern am Himmel der amerikanischen Moderne, dessen sprachliche Brillanz und dynamische, oft bis zum Exzeß verdichtete Metaphorik (die «Logik der Metapher») in der amerikanischen Lyrik bis dahin allenfalls in Emily Dickinson eine Parallele hat – wobei freilich seine leidenschaftliche Sprache weniger auf reflektorische Distanz als nach Verschmelzung drängt. Er war deutlich von Eliot beeinflußt, wie auch – ganz im Sinne Eliots – von den französischen Symbolisten und den englischen *Metaphysical Poets*. Doch wandte er sich gegen den Kulturpessimismus Eliots und dessen Abkehr von Amerika. Sein Gedichtzyklus *The Bridge*, an dem er von 1923 bis 1930 mit immer weniger Vertrauen in die eigene Vision gearbeitet hatte, war daher als ‹Antwort› auf Eliots *The Waste Land* gedacht. Crane, der den «kulturellen Nationalisten» um den Photographen Alfred Stieglitz und den Kulturkritiker Waldo Frank nahestand, wollte die Widersprüche der modernen amerikanischen Wirklichkeit in einem neuen/alten Mythos transzendentaler Einheit versammeln und den latenten geistigen Energien der Moderne positiven Ausdruck geben. Mit seinem weitgespannten Projekt versuchte er die Gegensätze zwischen Naturmythologie, Technologie und Großstadterfahrung im zentralen Symbol der Brooklyn Bridge aufzuheben und zugleich die Sprache der Symbolisten mit der prophetischen Stimme Whitmans zu verbinden. (Ein Ding der Unmöglichkeit, wie A. Tate meinte.) Die zeitgenössische Dichtung, so schrieb Crane in einem Aufsatz über «Modern Poetry», müsse die technologischen Errungenschaften der Moderne so mühelos integrieren wie die romantische die Objekte der Natur. Doch die harsche Kritik seiner Freunde verstärkte seine Selbstzweifel und ließ ihn das ehrgeizige Vorhaben, futuristischen Maschinenenthusiasmus und transzendentalistische Ganzheitsvision zu einem neuen Bewußtsein zu vereinigen, als gescheitert betrachten. Tate schrieb in seiner Rezension von einem «grandiosen Mißlingen»; und selbst Williams, der den nationalliterarischen Interessen Cranes durchaus nahestand, meinte, Cranes Augen seien, statt fest auf die Dinge gerichtet, «von Vision getrübt». Crane dagegen liebte das seherische Auge, mit dem der mexikanische Maler Siquieros sein Portrait ausgestattet hatte, wodurch er sich gleichermaßen mit Rimbaud und Blake verbunden fühlte. In der Tat verstand er sich aus beiden Traditionen: als Baudelairescher «poète maudit» und als Whitmanscher Seher und «representative man», der die Katastrophen des persönlichen Lebens im schöpferischen Prozeß zu einem Bild überpersönlicher Einheit verdichtet. Seine Gedichte waren in diesem Sinne eine Art Gottesbeweis («One does have joys!») – ähnlich wie ihm die Brooklyn Bridge als der sichtbare Ausdruck des kollektiven schöpferischen Willens erschienen war, den er durch das Schöpfungswort des Gedichts nur wieder zu neuem Leben und Bewußtsein bringen mußte. Auf der Rückfahrt von einem längeren Aufenthalt in Mexiko sprang er am 27. April 1932 von Bord der *Orizaba* in den Golf von Mexiko, den er wenige Jahre zuvor in einem Zyklus von Liebesgedichten («Voyages») besungen hatte.

Ausgaben: *White Buildings*, New York 1926. – *The Bridge*, Paris 1930. – *The Collected Poems of H. Crane*, ed. W. Frank, New York 1933. – *The Complete Poems and Selected Letters and Prose of H. Crane*, ed. Brom Weber, Garden City 1966.

Übersetzungen: J. Uhlmann, *Weiße Bauten: Gedichte*, Berlin 1960.

Literatur: J. Unterecker, *Voyager: A Life of H. Crane*, New York 1969. – H. Ickstadt, *Dichterische Erfahrung und Metaphernstruktur: Eine Untersuchung der Bildersprache H. Cranes*, Heidelberg 1970. – M. D. Uroff, *H. Crane: The Patterns of His Poetry*, Urbana 1974. – *H. Crane: A Collection of Critical Essays*, ed. A. Trachtenberg, Englewood Cliffs 1982. – *H. Crane*, ed. H. Bloom, New York 1986. – M. F. Bennett, *Unfractioned Idiom: H. Crane and Modernism*. New York 1987. – P. Giles, *H. Crane: The Contexts of ‹The Bridge›*, Cambridge 1985. – W. Berthoff, *Hart Crane: A Re-introduction*, Minneapolis 1989.

192 Chaplinesque (Ausgabe: White Buildings; Text: Weber, S. 11; Ü: E. Hesse) Crane erwähnt in mehreren Briefen, wie sehr ihn Chaplins Film» The Kid» (1921) angeregt habe, «etwas von Chaplins Pantomimik, so wunderschön, so ausdrucksstark, so modern, in Worten zu inszenieren».

194 Black Tambourine (Ausgabe: White Buildings; Text: Weber, S. 4; Ü: H. Ickstadt) 5 *Aesop*: Griechischer Fabeldichter, Sklave wahrscheinlich afrikanischer Herkunft.

194 AT MELVILLE'S TOMB (Ausgabe: White Buildings; Text: Weber, S. 34; Ü: H. Ickstadt) In einem Brief an Harriet Monroe, die Herausgeberin von *Poetry*, hat Crane die komplexe Metaphorik dieses Gedichts detailliert erklärt (Weber, S. 234). Seine «Logik der Metapher» fungiert dabei als eine Art verdichtete Chiffrensprache, die zwar in der sinnlichen Erfahrung ankert, aber zugleich extrem von ihr abstrahiert. – 11 *Frosted eyes there were that lifted altars*: «Bezieht sich auf die Überzeugung, daß ein Mensch, der möglicherweise keinen bestimmten Gott kennt, aber dennoch mit einer Achtung vor dem Göttlichen ausgestattet ist – daß so ein Mensch zwangsläufig auf irgendeine Weise eine Gottheit postuliert und den Altar dieser Gottheit durch den Akt der suchend nach oben gerichteten Augen erstellt» (Weber, S. 239).
196 *Aus* VOYAGES (Ausgabe: White Buildings; Text: Weber, S. 36 f.; Ü: H. Ickstadt) Das zweite Gedicht eines sechsteiligen Zyklus von Liebesgedichten, der mit der Feier des «imaged Word» («Voyages VI») endet. – 4 *undinal*: Undine – das Meer als Nymphe. – 11 *San Salvador*: Insel in der Karibik. – 22 *O minstrel galleons of Carib fire*: Die Spiegelung des südlichen Sternenhimmels auf dem bewegten Wasser.

THE BRIDGE

198 PROEM: TO BROOKLYN BRIDGE (Ausgabe: The Bridge, Paris 1930; (Text: Weber, S. 45 f.; Ü: H. Ickstadt) Das Eröffnungsgedicht des Zyklus «The Bridge» verleiht der Brücke den Status der Gottähnlichkeit. In den nachfolgenden acht Teilen durchläuft der Dichter/Protagonist eine Reihe von Metamorphosen: Er wird Kolumbus, verschmilzt mit der Vergangenheit des Kontinents, um sich das «mythische Bewußtsein des Indianers» einzuverleiben, kehrt in die technologisch entzauberte Gegenwart zurück, steigt mit dem New Yorker subway in die ‹Hölle› der modernen Metropolis hinab und erfährt abschließend auf der Brooklyn Bridge in mystischer Entrückung ein neues Atlantis. – 3 f. *building high / Over the chained bay waters Liberty*: Crane stellt der vergänglichen Freiheit des Möwenflugs die unvergängliche Freiheit der Brückenbewegung gegenüber. Die ‹Logik› der Brücke als gestaltgewordene Gottheit beruht auf dieser energetischen Interpretation ihrer Kurve als Bewegung, die zugleich «stützt» und «bleibt» («staying»). – 12 *foretold to other eyes*: Die Augen des Dichters, die mehr sehen als andere. – 29 *O harp and altar, of the fury fused*: Bezieht sich zunächst auf das harfenähnliche Kabelwerk der Brücke, dann aber auch auf die Analogie zwischen technologischem und sprachlichem Kunstwerk, die sich beide der schöpferischen Imagination verdanken. In der Tat war der Erbauer der Brücke, John Augustus Roebling, nicht nur Ingenieur, sondern auch ein Anhänger Swedenborgs. Er kam noch während ihrer Bauzeit bei einem Unfall ums Leben. Sein Sohn Washington Roebling, der das Lebenswerk des Vaters zu Ende brachte, wurde bei einem ähnlichen Unfall gelähmt und leitete den Abschluß der Bauarbeiten mit

Blick aus jenem Zimmer in Brooklyn Heights, in dem Crane mehr als vierzig Jahre später sein Gedicht schrieb. – 44 *And of the curveship lend a myth to God*: Es ist die unerschöpfliche Bewegung der Brücke ebenso wie ihre übergreifende Funktion (vielleicht auch ihre Nähe zu Emersons Vorstellung des Kreises als Sinnbild tranzendentaler Einheit), was sie in den Augen des lyrischen Ich als Inkarnation (in Stahl und Stein) des Göttlichen erscheinen läßt.

200 THE BROKEN TOWER (Text: Weber, S. 193 f.; Ü: H. Ickstadt) Das letzte veröffentlichte Gedicht Cranes. Es ist in Mexiko entstanden und kann als Liebesgedicht, aber auch als Absage an den prophetischen Anspruch seines bisherigen Dichtens verstanden werden. Jedenfalls erscheint es nicht abwegig, «lift down the eye» (V. 37) als Umkehrung des früheren «eyes there were that lifted altars» («At Melville's Tomb») zu verstehen. Das Glockenläuten zur Morgenmesse, das die Gläubigen versammelt, läßt den Sprecher das Scheitern der eigenen Mission deutlich werden. Mit der Zurückweisung transzendentaler Gespanntheit und der Bescheidung in die Immanenz kommt zwar der Sprecher des Gedichts zur Ruhe, nicht jedoch Crane, der wenig später seinem Leben ein Ende macht.

WALLACE STEVENS

Reading, Pennsylvania 1879 – Hartford, Connecticut 1955

Als Wallace Stevens 1923 seinen ersten Gedichtband *Harmonium* veröffentlichte, war er bereits 44 Jahre alt und als leitender Angestellter (später als Vizepräsident) einer der größten Versicherungsgesellschaften der U. S. A. lebenslang finanziell abgesichert. Im Laufe der Zeit heimste er alle Ehrungen ein, die der amerikanische Literaturbetrieb zu vergeben hatte, obwohl er bis in die 50er Jahre quer zur dominanten Literaturlinie lag. Während nämlich die klassische Moderne den radikalen Bruch mit der Romantik zur Voraussetzung hatte, versuchte Stevens eine direkte Weiterschreibung der Romantik in der Moderne. Ein Schlüsselwort seiner Lyrik, das vielfach verwendete «beyond» (jenseits), bezeugt bereits die Ahnenlinie zu den Transzendentalisten, zu Emerson und auch zu Coleridge. Gleichzeitig knüpfte er (wie Eliot) bei den französischen Symbolisten und deren Kunstreligion an und leitete insonderheit von Mallarmé das solipsistische Prinzip einer *poésie pure* ab, «die im Alleinsein alle Form und Ordnung findet» (Stevens). Seine poetologischen Theorien sind (wieder wie die von Eliot) stark theologisch getönt, denn im Religionsersatz liegt für ihn die wahre Aufgabe und «das Wesen der Lyrik in einer Zeit des Unglaubens». In unserer entgötterten Welt vermag nur noch die dichterische Imagination dem menschlichen Sinnbedürfnis Genüge zu tun, indem sie – aus der Mitte zwischen physischer und psychischer Realität – «mundo» erzeugt, einen ‹heiligen› Ort innerweltlicher Transzendenz und zugleich «höchste Fiktion» – eine Welt, «die genügt». Entsprechend unterscheidet Stevens zwischen dem «true subject» (dem eigentlichen Thema) und der «poetry of the subject» (der Poesie des Themas) im Gedicht. Das «true subject» ist bei ihm immer die transzendentale Dimension der Dichtung selbst, während das vorgeschobene Gedichtthema nur deren äußerliche Hülle ist: «Die Dichtung ist der Geist, wie das Gedicht der Körper ist.» Wie Williams – der andere Antagonist Eliots – stellt Stevens die Imagination in das Zentrum seiner dichtungstheoretischen Überlegungen. Aber während Williams in einfühlsamer Wahrnehmung das ‹Ding› in die konkrete Bild- und Dinghaftigkeit des Sprachobjekts übersetzt, bleibt es für Stevens nur abstrakt faßbar: im Sprach- und Reflexionsprozeß. Die Worte des Dichters «bezeichnen Dinge, die ohne die Worte nicht existieren» («The Necessary Angel» 1951). Stevens' theologische Überhöhung der Dichtung unterscheidet sich ganz wesentlich von der gestrengen Weltaskese Eliots: Sie ist durchsetzt von einer heiteren und sinnlichen Artistik der analogischen Zuordnungen und dem von Stevens so oft bemühten spielerischem «as if». Der Dichter ist der Überzeugung, daß «ein Gedicht der Intelligenz beinah erfolgreich Widerstand leisten muß» («The Irrational Element in Poetry» 1936) und er benutzt zu diesem Vorhaben ein glorreiches und polyglottes Vokabular. Auf vielfache Weise zapft seine Gedankenlyrik die Energien des Irrationalen an: über Etymologien und Etymogeleien, lautmalerische Stimmsprünge, Paradoxien, barockes Metapherngefunkel bis zu den erfundenen und von jedem Sinn entkernten Worten des Nonsensverses. In der Verrätselung seiner Aussagen gesellt sich Stevens zu den anderen großen Worttüftlern der Moderne: G. Stein, J. Joyce, L. Zukofsky. Heute gilt er als bedeutender Repräsentant der modernen amerikanischen Lyrik – für einige Kritiker ist er ihr wichtigster –, dessen selbstreflexiv auf die Dichtung und den Akt des Dichtens zurückbezogener Sprachgestus eine spätere Generation postmoderner Dichter beeinflußt hat und in den Gedichten etwa John Ashberys weiterlebt.

Ausgaben: *Harmonium*, New York 1923. – *Ideas of Order*, New York 1935. – *The Man with the Blue Guitar*, New York 1937. – *Transport to Summer*, New York 1947. – *The Necessary Angel: Essays on Reality and the Imagination*, New York 1951. – *The Collected Poems of Wallace Stevens*, New York 1954. – *Opus Posthumous*, ed. M. J. Bates, New York 1957. – *Letters of W. Stevens*, ed. H. Stevens, New York 1966. – *Wallace Stevens: Collected Poetry and Prose*, ed. F. Kermode/ J. Richardson, New York 1997.

Übersetzungen: H. E./W. Killy, *Ausgewählte Gedichte*, in: *Amerikanische Lyrik der letzten fünfzig Jahre*, ed. J. O. McCormick, Göttingen 1957. – E. Hesse, in H. M. Enzensberger, ed. *Museum der modernen Poesie*, Frankfurt 1960. – K. H. Hansen, *Der Planet auf dem Tisch. Gedichte und Adagia*, Stuttgart 1983. – K. H.

Berger u. a., in *Menschen aus Worten gemacht*, ed. K. D. Sommer, Berlin 1983. – K. Martens, *Die Gedichte unseres Klimas*, Göttingen 1987. – K. Graf und H. M. Enzensberger, *Der Mann mit der blauen Gitarre*, München 1995.

Literatur: F. Kermode, *W. Stevens*, London 1960. – J. N. Riddel, *The Clairvoyant Eye: The Poetry and Poetics of W. Stevens*, Baton Rouge, La. 1965. – H. Vendler, *On Extended Wings: W. Stevens' Longer Poems*, Cambridge, Mass. 1969. – M. Benamou, *W. Stevens and the Symbolist Imagination*, Princeton, N. J. 1972. – H. Bloom, *W. Stevens: The Poems of Our Climate*, Ithaca, N. Y. 1977. – K. Martens, *Negation, Negativität und Utopie im Werk von W. Stevens*, Frankfurt 1980. – *W. Stevens: The Poetics of Modernism*, ed. A. Gelpi, Cambridge, Mass. 1985. – M. J. Bates, *W. Stevens: A Mythology of Self*, Berkeley 1985. – J. Richardson, *W. Stevens: The Early Years*, New York 1986. – J. Richardson, *W. Stevens: The Later Years*, New York 1988. – J. Longenbach, *W. Stevens: The Plain Sense of Things*, New York 1991. – B. Maeder, *W. Stevens' Experimental Language: The Lion in the Lute*, New York 1999.

204 Fabliau of Florida (Text: Collected Poems, 1954, S. 23; Ü: K. Graf.) *Fabliau:* Eigentl. eine kurze, derb-komische Verserzählung, die vor allem im frz. Mittelalter populär war.
204 Peter Quince at the Clavier (Text: Coll. Poems, S. 89, Ü: E. Hesse) Eines der frühesten und populärsten Gedichte von Stevens, das mit großer Virtuosität die biblische Geschichte von Susanna und den Ältesten in die Form einer erotischen Sonate in drei Sätzen mit Koda bringt. – *Peter Quince*: Der Name des Zimmermanns in Shakespeares Midsummer Night's Dream. – *Clavier*: Beschwört Baudelaires Idee von den Entsprechungen: «the immense clavier of correspondences», wie es in der englischen Übersetzung heißt. – 51 *Beauty is momentary in the mind*: Die Umkehrung von Keats' geflügeltem Wort: «A thing of beauty is a joy forever.» Stevens legt sich mit dem Ewigkeitsanspruch des Platonismus an, weil keine reine Abstraktion Bestand haben kann, ohne in irgendeiner sinnenhaften Gestalt manifest zu werden. – 52 *The fitful tracing of a portal*: «Das Portal der Literatur, das heißt, das Portal der Imagination, als einen Schauplatz normaler Liebe und normaler Schönheit sehen zu können, ist an sich schon eine große Leistung der Imagination» («Imagination as Value» 1948). Das Motiv der «fragrant portals» (duftenden Portale) findet erneut Anwendung in «The Idea of Order at Key West».
210 Tattoo (Text: Coll. Poems, S. 81; Ü: E. Hesse)
210 The Emperor of Ice-Cream (Text: Coll. Poems, S. 64; Ü: K. Graf) Der Dichter hat dies als sein Lieblingsgedicht bezeichnet, «weil es ein absichtlich banales Gewand trägt, doch dabei etwas von der wesentlichen Knallbuntheit der Dichtung an sich hat». – 1 *The roller of big cigars*: Erinnerung des Dichters an seinen verstorbenen zigarrenrauchenden Onkel, auch er ein Lebemann wie Stevens, dem der Autor bereits in dem Gedicht «Le monocle de mon oncle» ein Denkmal gesetzt hatte. Dieser Onkel ist der Sprecher des Ge-

dichts, derjenige, der die Anweisungen «für die richtige Art, eine Beerdigung aufzuziehen» gibt, nämlich als etwas ganz Werktägliches ohne Pomp und Schönrednerei. – 11 *Fantails*: Pfauentauben als Ornament.

212 THE IDEA OF ORDER AT KEY WEST (Ausgabe: 1935; Text: Coll. Poems; S. 128, Ü: K. Graf) Eines der berühmtesten Gedichte Stevens', in dem er sich mit Whitmans «As I Ebb'd» ... (s. S. 68) auseinandersetzt und dessen Postulat einer Einheit von Natur, Bewußtsein und Sprache zurückweist. – *The Idea of Order*: Gemeint ist die symbolische Ordnung der Sprache, die der Dichter der ästhetischen Ordnung unterstellt, weil die «alle anderen Ordnungen in sich beschließt, ohne auf sie beschränkt zu sein». – *Key West*: Von 1922 an machte Stevens jeden Winter Urlaub auf den Florida Keys, vor allem in Key West. – 3 *Like a body ... / ... Its empty sleeves*: Der Ozean ist für Stevens zugleich physische Wucht und geistige Leere, sowohl Anwesenheit wie Abwesenheit. – 34 *it was her voice ... / ... acutest at its vanishing*: Das Entschwinden des Himmels in der Sprache beschreibt die eigentl. Abstraktionsleistung des Menschen: den Untergang des Realen im Symbolischen, der eine Bedingung für den Aufgang des Geistigen ist. – 44 *Ramon Fernandez*: Stevens' Behauptung, er habe den Namen frei erfunden, hat die Kritik inzwischen widerlegt: Ramon Fernandez, ein frz. Publizist, hatte unter dem Titel: «Wie ich beinah ein Faschist wurde» einen offenen Brief an André Gide geschrieben, in dem er seine Vorliebe für theoretische und dogmatische Totallösungen bekannte. Dieser Brief wurde in derselben Nummer der Partisan Review (September–Oktober 1934) veröffentlicht, in der auch einige Gedichte von Stevens abgedruckt waren. Weltanschaulich war Ramon Fernandez ein Gegenspieler von Stevens: ebenso dezidiert anti-romantisch wie Eliot und ebenso erpicht auf eine universelle kollektive Ideologie wie der Dichter auf eine universelle kollektive Imagination. - 53 *Words of the sea*: s. Whitmans Gedicht «Word out of the Sea.» – 54 *Fragrant portals*: s. Anmerkung zu «Peter Quince at the Clavier», Z. 52. – *Our origins, / In ghostlier demarcations ...*: Die Worte des Gedichts sind, wie Stevens feststellt, nicht immer die eigenen, häufig haben sie ihren Ursprung in den Worten verstorbener Vorläufer. Er beantwortet damit zum Teil die zuvor im Gedicht gestellte Frage: *Whose spirit is this?*

THE MAN WITH THE BLUE GUITAR

Dieser aus 33 Gedichten bestehende Zyklus markiert eine neue Phase in Stevens' Werk. An die Stelle des barocken Harmoniums und des erlesenen Klaviers tritt die schlichte volkstümliche Gitarre. Auch die formale Einheitlichkeit der früheren Gedichtzyklen wird aufgegeben. Auf seiner blauen Gitarre unterhält der Protagonist einen improvisierten Dialog mit dem Publikum. Zusammenhalt bekommt der Zyklus einzig durch den periodisch wiederkehrenden Reimrefrain: «the blue guitar» (Sinnbild der Imagination) und «things as they are» (also die Realität). – *Blue guitar*: Der Begriff wird häufig mit dem Picasso-Bild «Der alte Gitarrenspieler» assoziiert, auf dem das Instrument allerdings nicht blau, sondern sepiabraun ist. H. Bloom führt die blaue Gitarre auf ein Gedicht von Shelley zurück: «With a Guitar. To Jane». Für Shelley ebenso wie für Stevens ist das ätherische Blau die Farbe der Imagination schlechthin. Dazu kommt, daß der Auftakt von Shelleys berühmtem Manifest «Defense of Poetry» gut zu Stevens «universal intercourse» (universalem Wechselspiel) stimmt: «Der Mensch ist ein Instrument, über das eine Anzahl von äußeren und inneren Eindrücken streicht, wie die wechselnden Winde über eine äolische Harfe.»

214 The man bent (Ausgabe: 1937; Text: Coll. Poems, S. 165; Ü: H. M. Enzensberger, 1995, S. 7)

216 A tune beyond (Ausgabe: 1937; Text: Coll. Poems, S. 167 f.; Ü: H. M. Enzensberger, 1995, S. 17)

216 Poetry is (Ausgabe: 1937; Text: Coll. Poems, S. 176 f.; Ü: H. M. Enzensberger, 1995, S. 49)

218 Not Ideas About the Thing (Text: Coll. Poems, S. 534; Ü: K. Graf) Der Titel zitiert fast wörtlich (aber eben nur fast) W. C. Williams' Forderung in *Paterson*: «No ideas but in things» und verweist so auf Stevens' Nähe zu Williams' Dichtung, aber auch auf die Distanz zwischen ihnen.

William Carlos Williams

Rutherford, New Jersey 1883 – Rutherford 1963

Schon an der Universität von Pennsylvania schloß er Freundschaft mit seinen Kommilitonen H(ilda) D(oolittle) und E. Pound (mit dem er lebenslang in Kontakt blieb). Ähnlich wie H. Crane verstand Williams seine Dichtung als Antwort auf die Eliots, dessen Hinwendung zur europäischen Kulturtradition er zeitlebens als Verrat an der gemeinsamen Aufgabe empfand, eine eigene amerikanische Kultur und Dichtung herauszubilden. Damit stellt auch er sich bewußt in die Nachfolge Whitmans, auch wenn seine poetischen Verfahrensweisen andere sind. Der Unterschied zwischen Williams, dem überzeugten Verfechter des Lokalen, und dem gelehrten und kosmopolitischen Eliot könnte in der Tat kaum größer sein. Williams war Kinder- und praktischer Arzt und übte diesen Beruf über vierzig Jahre am gleichen Ort aus. Daneben schrieb er fast fünfzig Bücher (Gedichte, Kurzgeschichten und Romane, Theaterstücke, Essays). Dennoch fand er erst relativ spät seinen eigenen Stil. Der Durchbruch gelang ihm mit *Spring & All* (1923), das sich als Gegenentwurf zu Eliots *Waste Land* verstehen läßt. Die Gedichte dieses Bandes, in dem Dichtung und Prosa vermischt sind, pendeln zwischen einem offenbar von

Gertrude Stein beeinflußten sprachlichen Konstruktivismus und dem klaren und präzisen Bild imagistischer Poetik. Williams' Sprachexperimente dienen – ähnlich wie die Pounds und Steins – der Reinigung der Sinne (insbesondere des Sehens), die in der Konventionalität tradierter Bezeichnungen verkümmert sind. Die Dinge – selbst die gewöhnlichen und abfälligen – durch die Sinnlichkeit der Einbildungskraft wahrzunehmen, heißt zugleich, sie als Sprachobjekte neu zu schaffen. Das Aufdecken des ‹wahren› Wesens der Dinge unter dem «Schutt falscher Bezeichnungen» ist zugleich Wiederentdekkung der kreativen Substanz Amerikas. Hier verbindet sich Williams' poetologisches Projekt mit einem kulturideologischen, dem er in seiner Alternativgeschichte Amerikas, *In the American Grain* (1925), leidenschaftlichen Ausdruck gegeben hat. In seinem in fünf Teilen veröffentlichten (doch nicht abgeschlossenen) Langgedicht *Paterson* (1946–58) versucht er die ästhetischen und geschichtlichen Dimensionen seines Werkes zusammenzufügen: das Lob des Lokalen (die poetische Erschließung der Stadt Paterson, N. J.) als ein letztes großes Argument gegen den Einfluß Eliots. Auch *Paterson* ist – ähnlich wie *The Waste Land* und *The Cantos* – ein intertextueller Verschnitt, nimmt aber seine Zitate nicht aus der weit zurückliegenden Vergangenheit, sondern aus Texten der Lokal- und Zeitgeschichte, Privatbriefen und der Gegenwartsdichtung. Wie Stevens galt Williams lange Zeit nur als provinzielle Randfigur der literarischen Moderne. Mit dem Ende des New Criticism wurde er Anfang der 60er Jahre zur Vaterfigur der amerikanischen Lyrik der Nachkriegsjahre, auf die sich so unterschiedliche Dichter wie A. Ginsberg, F. O'Hara und R. Creeley beriefen.

Ausgaben: *Spring & All*, Paris 1923. – *Paterson*, New York 1946–58. – *The Collected Earlier Poems*, New York 1951. – *The Collected Later Poems*, New York 1950, rev. 1953. – *Imaginations*, ed. W. Scott, New York 1970. – *The Collected Poems of W. C. Williams*, ed. A. W. Litz/C. MacGowan, 2 Bde., New York 1986, 1988. – [Prosa:] *In the American Grain*, New York 1925. – *White Mule*, New York 1937. – *Selected Essays*, New York 1954. – *Autobiography*, New York 1951.

Übersetzungen: H. M. Enzensberger, *W. C. Williams. Gedichte*, Frankfurt 1962. – W. Hasenclever, *W. C. Williams, Die Neuentdeckung Amerikas. Geschichte in Geschichten*, München 1969. – H. M. Enzensberger, *Die Worte, die Worte, die Worte*, Frankfurt 1973. – W. Fritzsche u. a., *W. C. Williams. Der harte Kern der Schönheit*, München 1991. – K. Graf/J. Sartorius, *Paterson*, München 1998. – *W. C. Williams: Gedichte*, ed. R. Schrott u. a., München 1999.

Literatur: P. Mariani, *W. C. Williams: A New World Naked*, New York 1981. – M. Weaver, *W. C. Williams: The American Background*, Cambridge 1971. – B. Dijkstra, *The Hieroglyphics of a New Speech: Cubism, Stieglitz, and the Early Poetry of W. C. Williams*, Princeton 1969. – J. Riddel, *The Inverted Bell: Modernism and the Counterpoetics of W. C. Williams*, Baton Rouge 1974. – D. Tashjian, *W. C.*

Williams and the American Scene 1920–1940, New York 1978. – H. M. Enzensberger, *W. C. Williams*, in: *Einzelheiten* II, Frankfurt 1984, 29–49. – F. Meier, *Die frühe Ding-Lyrik W. C. Williams': Genese und Poetologie*, Frankfurt 1991. – B. A. Bremen, *W. C. Williams and the Diagnostics of Culture*, New York 1993. – P. Halter, *The Revolution in the Visual Arts and the Poetry of W. C. Williams*, Cambridge 1994. – D. Markos, *Ideas in Things: The Poems of W. C. Williams*, London 1994. – M. Peterfy, *W. C. Williams in deutscher Sprache: Aspekte der übersetzerischen Vermittlung 1951–1970*, Würzburg 1999.

220 Queen Anne's Lace (Text: Collected Earlier Poems, 1951, S. 210; Ü: E. Hesse)

220 Young Sycamore (Text: Coll. Earlier Poems, S. 332; Ü: K. Reichert)

222 The Red Wheelbarrow (Ausgabe: *Spring & All* 1923; Text: Coll. Earlier Poetry, S. 277; Ü: W. Fritzsche, 1991, S. 91) Vielleicht das bekannteste aller Williams-Gedichte, das in seiner programmatischen Einfachheit Williams' demokratische Ästhetik dokumentiert und sich darin deutlich von der gelehrsamen Dichtung Eliots absetzt. («Nicht mit Griechisch und Latein, sondern mit bloßen Händen» – wie Williams es später formulierte.)

224 Paterson (Text: Coll. Earlier Poems, S. 233; Ü: H. Czechowski, in Fritzsche, 1991, S. 103–107) 1926 entstanden und Williams' erste Beschäftigung mit einem Stoff, den er später zum Gegenstand seines fünfteiligen Langgedichts «Paterson» machte. (Er hat es nachher teilweise in den ersten Abschnitt des ersten Buches integriert.) – *Paterson*: Eine Fabrikstadt im Staate New Jersey, am Passaic gelegen, dessen Wasserfall immer noch als Sehenswürdigkeit gilt. Williams hielt sie für groß genug und zugleich überschaubar genug («eine erkennbare Welt»), um das Lokale mit dem Universalen, die Gegenwart der modernen Großstadt mit der individuell und kollektiv erinnerten Vergangenheit zu verbinden. Doch ist Paterson auch Person, weil der geographische Ort erst im reflektierenden Bewußtsein Wirklichkeit erlangt. – 5 *no ideas but in things*: ein Kernsatz der Ästhetik Williams', die das Auge immer fest auf die Stofflichkeit und Sinnlichkeit der Dinge gerichtet wissen will. Andererseits greift er hier auf das mittelalterliche Konzept der «universalia in re» (Allgemeinbegriffe in den Einzeldingen) zurück, also auf die Lehre, daß die Ideen in den Dingen selbst manifest sind, bzw. daß sie den diesseitigen Dingen bereits als ihre «Licht-Form» innewohnen. Williams hat sein modernistisches Fazit der alten Lehre aus Pounds Cavalcanti-Essay «Medievalism» («The Dial», 1928) entlehnt, zu dem er sich in einem Brief (17. 5. 1928) überaus enthusiastisch äußerte. – 10 *the body of the light*: Die platonische Form, die gemäß der neuplatonischen Lichtphilosophie den wirklichen Dingen immanent ist. – 34 *They walk incommunicado*: Daß die Dichtungssprache kommunikative Funktion habe, daß sie den Sprachlosgewordenen wieder Sprache geben könnte, ist eine Grundüberzeugung Williams' und bezeichnet die gesellschaftliche Aufgabe des Dichters. – 43 *Dionysus* etc.: Williams

scheint hier in der Trivialisierung der klassischen Mythologie im populären Alltagsgebrauch sowohl die Fortdauer des mythologischen Impulses als auch ein Versagen zu sehen, das nicht nur ästhetischer Natur ist. – 63 *Jacob fell backwards*: «Jacob» vielleicht ein fiktiver Name, der ähnlich wie vorher der nichtfiktive «Alex Shorn» (dessen Laden Williams aus seinem Wohnzimmerfenster sehen konnte) auf die ethnische Vielfalt der modernen Stadtbevölkerung verweist. Denkbar ist aber auch die banalisierende Umkehrung der biblischen Leiter, am Ort, wo Jakob mit dem Engel rang – wodurch aus dem Verweis auf den konkreten Unfall an der Metallpresse eine Metapher für den metaphysischen Unfall extremer Säkularisierung würde.

228 BETWEEN WALLS (Text: Coll. Earlier Poems, S. 343; Ü: H. M. Enzensberger, 1962, S. 90)

230 PERFECTION (Text: Coll. Later Poems, S. 40; Ü: H. M. Enzensberger, 1962, S. 128)

232 PHILOMENA ANDRONICO (Text: Coll. Later Poems, S. 120 f.; Ü: E. Hesse)

MINA LOY

London 1882 – Aspen, Colorado 1966

Avantgardistische Dichterin, Malerin, Bildhauerin, Designerin. Geboren als Mina Gertrude Lowy, nannte sie sich ab 1903 «Mina Loy». Sie stammte aus gutbürgerlichen Verhältnissen und studierte ab 1899 bildende Kunst in München, Paris und London. Ihr frühester selbsterwählter Mentor als Dichter und Maler war der Präraffaelit D. G. Rossetti. Von 1901 an lebte sie auf dem Kontinent und heiratete 1903 den englischen Maler Stephen Haweis, mit dem sie erst in Paris und ab 1906 in Florenz wohnte. 1913 verließ Haweis sie und ihre drei Kinder. In Florenz hatte Loy im Salon von Mabel Dodge nähere Bekanntschaft mit der von ihr verehrten Gertrude Stein geschlossen und über C. Van Vechten Beziehungen zum Kreis der New Yorker Avantgarde um A. Stieglitz und A. Kreymborg angeknüpft. Ihre Gedichte erschienen fortan in zahlreichen «little magazines». 1913 lernte Loy F. T. Marinetti, den Mailänder Anführer der Futuristen, und dessen Florentiner Rivalen G. Papini kennen. Mit beiden war sie zeitweilig liiert. Sie verdankte Marinetti «zwanzig zusätzliche Lebensjahre allein durch den Kontakt mit seiner überbordenden Vitalität» (Loy). Für ihn schrieb sie teils als Gedicht, teils als Prosa, teils als Manifest ihre «Aphorisms on Futurism», nur um sich ein Jahr später, enttäuscht von der zunehmenden Politisierung der Bewegung, mit dem satirischen Gedicht «Lion's Jaws» (1920) vom Futurismus (nicht aber von dessen «new consciousness») zu verabschieden. Gegen die machistischen Verlautbarungen der kulturellen Übermänner verfaßte sie 1914 ihr «Feminist Manifesto». 1916 fuhr sie nach New York – ihr Ruf als die personifizierte «Neue Frau», die sich über alle Regeln heterosexueller Diskurse hinwegsetzt, war vor ihr angekommen. In New York lernte sie den Dichter und Abenteurer Arthur Cravan (eigentlich Fabian Avenarius Lloyd, Enkel Oscar Wildes) kennen, den sie 1918 in Mexiko City heiratete und der bald darauf in Brasilien verschwand. Auch von Cravan hatte sie ein Kind. 1923 eröffnete sie im Paris der «lost generation» einen Laden für selbstentworfene Lampenschirme. Doch 1935 siedelte sie nach New York um, wo sie die «stummen Jahre» (1935–1953) zubrachte, in denen sie mit der brutalen Direktheit eines George Grosz die Bettler und Penner der Bowery porträtierte. 1946 wurde sie naturalisierte Amerikanerin. Loy hat die futuristischen Neuerungen in der bildenden Kunst (*collage,* Fragmentation, *ready-mades*) schon früh in die amerikanische Lyrik eingebracht, ebenso die «parole in libertà», d. h. Worte ohne Satzzeichen, ohne klare Haupt- und Zeitwort-Relationen. Lange vor e. e. cummings setzt sie kühne typographische Leerräume ein. Ihre verbale Choreographie zeichnet sich durch eine Vorliebe für ungewöhnliche wissenschaftliche Wörter aus: «glumes, scholiums, sialagogues, agamogenesis». Sie selber meinte, ihr Denken entstehe «aus einem unbewußten Wust von Englisch, Französisch, Deutsch und Italienisch» – alles Sprachen, die sie fließend beherrschte. Den futuristischen Schockeffekt setzte sie meisterhaft ein, vor allem gegen die ästhetischen und gesellschaftlichen Konventionen, die sie in ihrer Unabhängigkeit als Frau oder Künstlerin bedrohten. Die durchgehende Ironisierung aller Themen ist bei ihr nie verspielt und mehrdeutig, sondern stets militant, direkt und unsentimental. Pound preist genau diese «arid clarity» (trockene Klarheit) ihrer Verse, die er als unverkennbaren Ausdruck des amerikanischen Temperaments wertet.

Ausgaben: «Aphorisms on Futurism», in: *Camera Work* 45, Januar 1914, 13–15. – «The Effectual Marriage», in: *Others: An Anthology of the New Verse*, ed. A. Kreymborg, New York 1917. – «Lion's Jaws», in: *The Little Review* 7, 1920. – «The Pamperers», in: *The Dial* 69.1, 1920 – *Lunar Baedeker*, Paris 1923. – «Anglo-Mongrels and the Rose», Teil I, in: *The Little Review*, 1923–24, Teil II in: *Contact Collection of Contemporary Writers*, Paris 1925. – *Lunar Baedeker & Time-Tables*, New York 1958. – *The Last Lunar Baedeker*, ed. R. L. Conover, New York 1982. – *The Lost* [sic] *Lunar Baedeker*, ed. R. L. Conover, New York 1996.

Literatur: V. M. Kouidis, *Mina Loy: American Modernist Poet*, Baton Rouge 1980. – C. Burke, «Getting Spliced: Modernism and Sexual Difference», in: *American Quarterly* 39, 1987, 98–121. – C. Burke, «Mina Loy», in: *The Gender of Modernism*, ed. B. Scott, Bloomington 1990. – C. Burke, *Becoming Modern. The Life of Mina Loy*, New York 1996. – *Mina Loy: Woman and Poet*, ed. M. Shreiber/K. Tuma, Orono 1998.

236 *Aus* THE EFFECTUAL MARRIAGE (Ausgabe: Conover, 1982, S. 31–35, V. 20–36 und 46–53; Ü: R. Schrott) Dies ist weitgehend die von Pound gekürzte Fassung des 1917 veröffentlichten Gedichts. Er veränderte den Titel (zu «Ineffectual Marriage») und nahm es in zwei seiner Anthologien auf. (Zuerst in Instigations, 1920, S. 240, mit veränderter Stropheneinteilung, inkonsistenter Groß/Kleinschreibung am Zeilenanfang und ohne V. 53, den wir aus dem ursprünglichen Text hinzufügten, weil er die Poundsche Version wirksamer abschließt.) Pound hielt es für «eines der Gedichte, die möglichweise eine Epoche definieren», und auch Eliot schätzte es. – *Gina and Miovanni*: Die vertauschten Anfangsbuchstaben bezeichnen: «**M**ina Loy» und «**G**iovanni Papini.» Hier wird Papini über seine pompöse Vielsilbigkeit charakterisiert. Die ehelichen Selbsttäuschungen, wie sie das jeweils andere Geschlecht bestärken, werden mit zerebraler Sachlichkeit ironisiert. Die «effektive», doch «dysfunktionale» Ehe scheitert sowohl an der hochmütigen Isolation des Intellektuellen Miovanni wie an der freiwilligen Versklavung Ginas. – 11 *Empyrean*: Dem Empyreum zugehörig, dem höchsten Himmelskreis, bei Dante der Aufenthaltsort der Seligen.

238 LUNAR BAEDEKER (Text: Conover, 1982, S. 8 f.; Ü: R. Schrott) Das Gedicht ist eine Antwort auf Marinettis zweites futuristisches Manifest des Jahres 1909: «Uccidiamo il chiaro di luna!» (Tod dem Mondschein!), in dem er gegen das weibliche Prinzip, den Mond-Sog und all das blutlose Schmachten der romantischen Liebe polemisiert, wie sie in der italienischen Lyrik vor allem durch die Schule der «crepuscolari» und der schwülstigen Dekadenz von D'Annunzio vertreten ist. Loy schreibt ihrerseits einen ironisch-unterkühlten ‹mondlichen Reiseführer› zur romantischen Liebe. – 1 *Lucifer*: Der gestürzte Engel, dessen Leuchten wie das des Mondes nur aus dem Abglanz des Sonnenlichts entsteht. – 3 *Cornucopia*: lat. Füllhorn. – 4 *Somnambulists / of adolescent thighs*: Somnambulist, lat. Mondsüchtiger, Schlafwandler; wörtlich in Marinettis Manifest: «wir fühlten die sinnliche Luna mit den schönen warmen Schenkeln, die sich schmachtend unseren von Müdigkeit gebrochenen Rückgraten hingab.» – 8 *Peris*: Schöne feenhafte Wesen der altpersischen Mythologie, die von Dämonen bedrohten Menschen beistehen. – 10 *Lethe*: Der Fluß der Unterwelt, steht für das Vergessen. – 15 *Infusoria*: Lat. Aufguß- oder Wimpertierchen. – 24 *Stellectric signs*: Zusammengesetzt aus it. stella = «Stern» und «elektrisch». Im futuristischen Manifest «verwandeln Turbinen die Kraft des fließenden Wassers in elektrischen Strom, der über Drähte auf Leitungsmasten in die schlummernden Glühbirnen geleitet wird. So ließen dreihundert elektrische Monde durch ihre glänzenden kreidefarbenen Strahlen die alte grüne Liebesgöttin verblassen.» – 26 *Zodiak carrousel*: Tierkreis-Kreisel. – 27 *Cyclone*: Zyklon, tropischer Wirbelsturm. – 35 *Necropolis*: Totenstadt, Gräberfeld. – 39 *Odalisque*: Türk. Haremssklavin. – 44 *«Immortality»*: die Futuristen wandten sich gegen die Ewigkeitswerte in der Kunst und die angebliche Zeitlosigkeit des künstlerischen Schaffens: «Ein Meisterwerk muß mit seinem Schöpfer verschwinden» (Marinetti 1914). – 47 *Cyclops*: Zyklop, einäugiger Riese.

H. D. (Hilda Doolittle)

Bethlehem, Pennsylvania 1886 – Zürich 1961

Geboren und aufgewachsen in der Mährischen Brüdergemeinde von Bethlehem, Pennsylvania, der ihre Familie mütterlicherseits verhaftet war, bewegte sich H. D.'s mühsame Ichfindung, wie sie selber sagte, «zwischen Pietismus und Poetismus». Entsprechend der Herrnhuter Tradition ging es ihr um ihre persönliche ‹Erweckung› zur Frau und Dichterin und um die ‹Heilsgewißheit›, selber ein höheres Wesen zu sein – was für sie mit der ‹Begnadung› der Inspiration und des ‹zweiten Gesichts› zusammenhing. Ihr Vater, der Professor für Astronomie, stand abseits. Er pflegte in größter Zurückgezogenheit seinen eigenen Umgang mit den Sternen. Erschwerend kam zu dieser Ausgangskonstellation H. D.'s außergewöhnliche Schönheit (sie wurde oft mit Greta Garbo verglichen), die sie freilich eher als ein Danaergeschenk ansah, das sie Verfolgung und Neid aussetzte. Sie identifizierte sich mit der mythischen Helena, derentwegen Troja zu Fall kam. Prägend für alle späteren Romanzen war die erste: Mit fünfzehn Jahren verlobte sich H. D. heimlich mit dem sechzehnjährigen Ezra Pound. Er war der erste ihrer «Initiatoren». Die Reihe fand ihre Fortsetzung mit Richard Aldington, D. H. Lawrence, Havelock Ellis, Sigmund Freud. Doch Pound ‹verließ› sie, d. h. er ging nach England, wohin ihm H. D. drei Jahre später in Gesellschaft ihrer lesbischen Freundin folgte. Inzwischen hatte sie mittels der Übersetzung von altgriechischer Lyrik und antiken Tragödien den sapphischen Grundton ihrer Dichtung gefunden. Pound war beeindruckt von der Einfachheit und unmittelbaren Bildkraft ihrer Verse und empfahl sie der Herausgeberin der Zeitschrift *Poetry* mit den Worten: «Das ist die lakonische Redeweise der Imagisten. Objektiv, nichts Verwischtes, direkt, kein überflüssiges Adjektiv, keine Metaphern, die nicht der Prüfung standhalten. Die Rede ist schmucklos und schlicht wie das Griechische.» Im «Imagismus» gingen Hellenismus und Modernismus alsbald eine Verbindung ein. Die neue, von Pound lancierte Schule dieses Namens kristallisierte sich rings um H. D.: «H. D. *imagiste*», so lautete das Kürzel, mit dem Pound sie 1913 auslobte; wie das Etikett «griechisch» blieb es an ihr haften. Zu den Wortführern der neuen Dichterschule gehörte u. a. der englische Lyriker R. Aldington, den H. D. 1913 heiratete. Die Ehe zerbrach bald. 1918 geriet sie mit der Geburt einer Tochter in eine tiefe Existenzkrise. Da trat die Schriftstellerin «Bryher» (Winifred Ellerman, Tochter und Mit-Erbin eines englischen Schiffsmagnaten) auf den Plan, mit der sie fortan 43 Jahre lang in einer freien Lebensgemeinschaft lebte, zeitweise in einem ménage à trois mit Robert McAlmon bzw. Kenneth Macpherson. Es war eine avantgardistische Lebensform: H. D. war der Star, Bryher übernahm das Management eines Lebens auf großem Fuß in der Schweiz, Griechenland und Ägypten, und in späteren Jahren in den teuren Sanatorien der

Schweiz. Unterbrochen wurde das komfortable Highlife nur durch die Kriegsjahre in London. Doch H. D. suchte nach wie vor die Bestätigung durch eine anerkannte männliche Autorität. 1931 begab sie sich in psychiatrische Behandlung zu Havelock Ellis. 1933–34 war sie in einer Analyse bei Sigmund Freud in Wien. Ausschlaggebend blieb jedoch immer die Erfahrung mit Pound. So begann sie unmittelbar nach der Lektüre seiner *Pisan Cantos* (1948) ihre Trilogie *Helen in Egypt,* ausdrücklich als Parallelunternehmen zu den Fahrten von Pound/Odysseus in den *Cantos*, um die kulturellen Traditionen des Westens auf ihre Anfänge zurückzuführen – nur daß H. D. aus diesen Anfängen die verschütettete weibliche Mythologie ans Licht zu holen sucht, um so die aufgesplitterten Rollen der Frau in einer übergreifenden Identität zusammenzuschließen. In ihrer Lyrik wurde die imagistische Schaffensphase allmählich von der «alchimistischen» Sinnsuche der späteren Zyklen verdrängt. Gegen den «männlichen» Rationalismus setzt ihre feministische Mythographie jetzt immer mehr auf ihre weiblichen und mystischen Kräfte. So wurde sie, die Freundin großer Männer, zu einer Ikone des Feminismus.

Ausgaben: *Sea Garden*, London 1916. – *Hymen*, London 1921. – *Heliodora*, London 1924. – *Collected Poems*, New York 1925. - *H. D.*, New York 1926. – *By Avon River*, New York 1949. – *Helen in Egypt*, New York 1961.- *Trilogy: The Walls Do Not Fall, Tribute to the Angels, The Flowering of the Rod,* New York 1973. – *Collected Poems 1912–1944*, ed. L. L. Martz, New York 1983. – *Tribute to Freud*, New York 1956 [Prosa]. – *Bid Me to Live (A Madrigal)*, New York 1960. – *Hermetic Definition*, New York 1972. – *End to Torment. A Memoir of Ezra Pound,* ed. N. H. Pearson/M. King, New York 1979. - *HERmione*, New York 1981. – *The Gift*, ed. G. Ohanessian, New York 1982.

Übersetzungen: J. Urzidil, *Avon,* Berlin 1955. – M. Schröter, *Huldigung an Freud*, Berlin 1976. – A. Spingler, *Das Ende der Qual: Eine Erinnerung an Ezra Pound,* [mit biographischem Essay von R. Stendhal], Zürich 1985. – A Lazarowicz, *HERmione: Ein Selbstporträt*, München 1987. – A. Lazarowicz, *Auf den eisigen Hügeln des Herzens* [*Bid Me to Live*], Zürich 1996.

Literatur: W. Bryher, *The Heart to Artemis: A Writer's Memoir,* New York 1962. – *H. D.: A Reconsideration* (Sondernummer), ed. L. S. Dembo, *Contemporary Literature* 10, 1969. – J. S. Robinson, *H. D.: The Life and Work of an American Poet*, Boston 1982.- A. Ostriker, *Writing Like a Woman*, Ann Arbor 1983. – B. Guest, *Herself Defined: The Poet H. D. and Her World,* New York 1984. – *Poesis* 6, 1985, Sondernummer «Marianne Moore and H. D.», ed. Th. H. Jackson. – R. B. DuPlessis, *H. D.: The Struggle of That Career*, Brighton 1986. – *H. D.: Centenary Issue*, ed. S. S. Friedman und R. B. DuPlessis, *Contemporary Literature* XXVII, 1986. – E. Hesse/M. Knight/M. Pfister, *Der Aufstand der Musen. Die «Neue Frau» in der englischen Moderne*, Passau 1984. – *H. D.*, ed. H. Bloom, New York 1989. – K. Theweleit, *buch der könige 1, Orpheus [und] Euridike,*

Frankfurt 1989, S. 1057–1115 und *buch der könige 2, Orpheus am Machtpol,* Frankfurt 1996, S. 894–917.

242 OREAD (Ausgabe: Sea Garden, Text: Collected Poems, 1983, S. 55; Ü: E. Hesse) *Oread*: Gr. Bergnymphe.
242 SEA ROSE (Text: Coll. Poems, S. 5; Ü: E. Hesse)
244 LETHE (Text: Coll. Poems, S. 190; Ü: E. Hesse)
244 HEAT (Text: Poetry 5, March 1915, S. 268; Ü: E. Hesse)
246 *Aus* GOOD FREND (Text: Avon River, 1949, S. 13; Ü: E. Hesse) Der Zyklus (1947) besteht aus «Part I: The Tempest» und «Part II: Rosemary». Im ersten Teil geht es um die Reinterpretation Shakespeares und der männlichen Literaturtradition aus weiblicher Sicht, zugleich aber auch um die psychische Krise und die geistige Wiedergeburt der Dichterin aus der persönlichen und kollektiven Erfahrung des gerade vergangenen Krieges. Die hier abgedruckten Abschnitte 6 und 7 stammen aus Teil II, in dem «Rosmarin» für die spirituelle Erneuerung steht. *Good Frend:* dt. Geselle: Die eingravierten Anfangsworte der Mahnung auf dem Gedenkstein über Shakespeares Grabmal in der Holy Trinity Church, Stratford, mit den Jahresdaten 23. April 1564 und 23. April 1616: «Good frend for Iesus sake forbeare, / To digg the dvst encloased heare! / Bleste be the man that spares thes stones, / And cvrst be he that moves my bones.» Laut einheimischer Tradition hat Shakespeare diese Knittelverse selbst verfaßt.

MARIANNE MOORE

Kirkwood, b. St. Louis 1887 – New York 1972

1924 erhielt sie für ihre Gedichte den Preis der international bekannten New Yorker Zeitschrift *The Dial.* Ein Jahr später wurde sie deren Herausgeberin (1925–1929). In dieser Funktion vermittelte sie zwischen allen Gruppierungen der modernen amerikanischen Lyrik. Sie war die einzige Dichterin, die sich der Gunst und Wertschätzung aller männlichen Kollegen erfreute: Pound lobte sie in Literaturzeitschriften; Eliot schrieb die Einleitung zu ihren *Selected Poems* (1935); Williams nannte sie gar «unsere Heilige» und bescheinigte ihr jene Präzision und Klarheit im Umgang mit der Sprache, die auch das Ziel der eigenen dichterischen Unternehmungen war: «Es macht ihr großes Vergnügen, schmutzige Wörter zu reinigen und sie körperlich aus ihrem fettigen Umfeld herauszulösen.» Dem Imagismus war sie schon durch ihre Klassenkameraden Pound und H. D., aber auch durch ihr besonderes Bedürfnis nach der Präzision des Wortes verbunden. So wurde sie zur «Dichterin des Partikulären» (R. Jarrell) und der generalisierenden moralischen Aussage, in der sich ihre presbyterianischen Wurzeln bemerkbar machen. Ihre heterogenen Zitate, die Collage-Fügung der Beobachtungen, die Aussparung von Bindegliedern zwischen ihren Feststellungen, die nur ‹visuellen Reime› zwischen betonten und unbetonten Silben, weisen sie als Modernistin aus. Und doch sucht sie nur selten Befreiung im ‹free verse›, erfindet vielmehr ihre eigene strenge Form im ‹syllabic verse›, eine Versstruktur aus Zeilen mit je gleicher Silbenzahl. Charakteristisch für ihre Verse ist auch die Whitmansche Katalogisierung von bildscharf gefaßten Alltagsdingen. Zum bevorzugten Gegenstand ihrer Gedichte machte sie – wie später E. Bishop – bekannte und unbekannte Tiere, die bei ihr konkret-stofflich, aber auch sprachlich so verdichtet erscheinen, daß sie auf mehreren Ebenen – der sinnlich-materiellen wie der übersinnlich-symbolischen – greifbar werden. Moores Verse sind bei aller moralisierenden und sprachlichen Pedanterie eigentümlich ironisch-witzig, idiomatisch und überaus komplex. Mit Williams verband sie die Hingabe an das auf Sehschärfe gestellte Bild und die demokratische Ästhetik des Gewöhnlichen, die jede Überhöhung des ‹poetischen› Gegenstands ablehnt. In diesem Sinne versteht sie ihre Gedichte als «Gärten der Phantasie mit wirklichen Kröten darin».

Ausgaben: *Poems,* ed. H. D./R. McAlmon, London 1921. – *Observations,* 1924. – *Selected Poems,* 1935. – *Nevertheless,* 1944. – *Collected Poems,* 1951. – *The Complete Poems of M. Moore* 1981. – *The Complete Prose of M. Moore* 1987. – *A M. Moore Reader,* 1961. – *M. Moore: A Collection of Critical Essays*, 1996. – *The Selected Letters of M. Moore*, 1997. – Alle New York.

Übersetzungen: E. Hesse/W. Riemerschmid, *Gedichte*, Wiesbaden 1959.

Literatur: B. Costello, *M. Moore: Imaginary Possessions*, Cambridge, Mass. 1981. – *Poesis*, 6, 1985, Sondernummer Marianne Moore und H. D., ed. T. H. Jackson. – J. M. Slatin, *The Savage's Romance: The Poetry of M. Moore*, Philadelphia 1986. – J. Parisi, *M. Moore: The Art of the Modernist*, Ann Arbor 1990. – P. C. Willis, *M. Moore: Woman and Poet*, Ann Arbor 1990. – C. Miller, *M. Moore: Questions of Authority*, Cambridge, Mass. 1995.

248 POETRY (Text: Complete Poems, 1981, S. 266 f.; Ü: E. Hesse, S. 34 f.) Von diesem Gedicht aus dem Jahre 1921 gibt es mehrere Versionen, die sich nicht nur in ihrem Zeilenarrangement unterscheiden, sondern auch immer kürzer werden. In den *Complete Poems* (1981) besteht es nur noch aus vier Zeilen. Im Anhang steht dann die Fassung, die hier abgedruckt ist. – 21 f. *the base-/ball fan*: Moore selbst war eine leidenschaftliche Anhängerin der Brooklyn Dodgers und wohnte unweit Ebbets Field, dem Stadion der Dodgers. – 24 f. *‹business documents and school-books›*: Zum Material ihrer Dichtung gehört auch das Zitat. Dieses ist, wie Moore im Anhang zu den Complete Poems von 1967 notiert, aus Tolstois Tagebuch: «Lyrik ist Verse;

Prosa hat keine Verse. Oder Lyrik ist alles mit Ausnahme von Geschäftsdokumenten und Schulbüchern.» Für Moore sind jedoch selbst diese poetisches Material, sofern sie durch die Imagination überformt sind. – 30 f. *‹literalists of the imagination›*: Fast wörtlich W. B. Yeats' Ideas of Good and Evil (1903) entnommen, wo es heißt: «... he was a too literal realist of imagination, as others are of nature ...» Auch hier gebraucht Moore das Zitat als Kontrastmittel.

250 The Fish (Text: Complete Poems, S. 32 f.; Ü: E. Hesse) Entstanden 1918, aber auch hier existieren mehrere Varianten hinsichtlich Zeilenarrangement und Strophenbau.

252 To a Snail (Text: Complete Poems, S. 85; Ü: E. Hesse, S. 80 f.) 1 *«Compression is the first grace of style»*: Aus «Demetrius on Style transl. by W. H. Fyfe, Heinemann, 1932» (Moores Anmerkung). – 12 *occipital horn*: Eigentl. bezeichnet «occipital» einen Teil des Hinterkopfs (den «musikalischen»). In der Verbindung mit «horn» läßt es auch an das fabelhafte «Einhorn» denken, das Emblem der dichterischen Phantasie, auf deren individuelle Prägung und Ausdrucksform Moore hier zu verweisen scheint.

254 A Grave (Text: Complete Poems, S. 49 f.; Ü: E. Hesse, S. 54 f.)

256 Silence (Text: Complete Poems, S. 91; Ü: E. Hesse, S. 82 f.)

256 Talisman (Text: Observations, S. 61; Ü: E. Hesse, S. 18 f.)

Edna St. Vincent Millay

Rockland, Maine 1892 – Austerlitz, New York 1950

Lyrikerin, Schauspielerin, Bühnenautorin. Als sie 19 war, machte die Erstpublikation ihres Gedichts *Renascence* in «The Lyric Year» (1912) landesweit Furore. Nach diesem großen Anfangserfolg wurde ihr der Besuch von Vassar College von einer Mäzenin ermöglicht. Dort tat sie sich als Schauspielerin und Autorin von Theaterstücken hervor. 1918 zog sie nach Greenwich Village, wo sie in fröhlicher Armut lebte und sich mit Schauspielengagements für die Provincetown Players und mit Kurzgeschichten (unter dem Pseudonym «Nancy Boyd») über Wasser hielt. Ihr Boheme-Dasein im Village führte zu zahlreichen Liebesaffären, aber auch zur persönlichen Bekanntschaft mit der amerikanischen Avantgarde – darunter H. Crane, W. Stevens, W. C. Williams – und zur Freundschaft mit den «Village Radicals» John Reed, Max Eastman, Edmund Wilson u. a. m. Auch Millay war eine Rebellin gegen gesellschaftliche und patriarchale Zwänge, doch ihr Freiheitsstreben wurde immer modifiziert von den verinnerlichten Grenzen, die ihr die alt eingefahrene Grammatik der Geschlechter auferlegte. Das hinderte sie daran, den für sie so naheliegenden Schritt zur Avantgarde zu tun. Ein diffiziles Austarieren zwischen ekstatischem Überschwang und den Zwängen der tradierten Versformen charakterisiert denn auch ihre beste Lyrik: «Ich binde das Chaos ein in vierzehn Zeilen.» Ihr Vokabular greift ebenso unbefangen auf antiquierte poetische Wendungen zurück wie auf die moderne Umgangssprache und ihre vollendete Sonettkunst stellt sie in die Nachfolge von Keats. 1920 erhielt sie für ihre Gedichte den Preis der Zeitschrift *Poetry* und 1923 als erste Frau überhaupt den Pulitzer Prize. Im selben Jahr heiratete sie den Geschäftsmann E. J. Boissevain, der sich fortan ausschließlich auf die Betreuung der Dichterin konzentrierte. Mit ihm bezog sie die Farm «Steepletop» in der Nähe von New York und ging auf zahlreiche Lese-Tourneen quer durch die Vereinigten Staaten, die später durch ihre gleichfalls sehr beliebten Rundfunksendungen abgelöst wurden. 1927 beteiligte sie sich maßgeblich an den öffentlichen Protesten gegen die Hinrichtung der Anarchisten Nicola Sacco und Bartolomeo Vanzetti in Boston. Mehr und mehr wechselte ihre Dichtung vom privaten Raum der Liebesbeziehungen über in den öffentlichen Raum des Politischen. Vor allem engagierte sie sich für ihre linksliberalen Überzeugungen. Sie starb – ein Jahr nach ihrem Mann – an einem Herzversagen.

Ausgaben: *Collected Poems*, ed. N. Millay, New York 1956.- *Letters of E. St. Vincent Millay*, ed. A. R. Macdougall, New York 1952.

Literatur: E. Wilson, «Epilogue, 1952: E. St. Vincent Millay», in: *The Shores of Light: A Literary Chronicle of the Twenties and Thirties*, New York 1952. – R. Borchardt, «Die Entdeckung Amerikas: Die Poesie von E. St. Vincent Millay», *Gesammelte Werke,* Prosa III, Stuttgart 1960, 429–472. – M. Gurko, *Restless Spirit: The Life of E. St. Vincent Millay,* New York 1962. – N. A. Brittin, *E. St. Vincent Millay,* New York 1967. – J. Gray, *E. St. Vincent Millay,* Minneapolis 1967. – V. Radhu, *The Golden Vessel of Great Song*, New Delhi 1990. – *Critical Essays on E. St. Vincent Millay,* ed. W. Thesing, New York 1993. – *Millay at 100: A Critical Reappraisal*, ed. D. Freedman, Carbondale, Ill. 1995.

258 AN ANCIENT GESTURE (Text: Coll. Poems; S. 501; Ü: E. Hesse) – 2 *Penelopeia*: Die Gattin des Odysseus, die ihre Freier zwanzig Jahre lang vertröstete, sie werde sich für einen von ihnen entscheiden, sobald sie das Stück Stoff auf ihrem Webstuhl fertig gewebt habe. Doch des Nachts trennte sie heimlich wieder auf, was sie tagsüber gewebt hatte. So gewann sie Zeit bis zur Heimkehr des Odysseus.

258 WHAT LIPS MY LIPS (Text: Coll. Poems, S. 602; Ü: E. Hesse) Das 42. von St. Vincent Millays 178 Sonetten.

260 PASSER MORTUUS EST (Text: Coll. Poems, S. 75; Ü: R. Borchardt in Gedichte II – Übertragungen II, ed. M. L. Borchardt/U. Ott, Stuttgart 1985, S. 313) *Passer mortuus est:* Lat.: «Der Spatz ist gestorben», s. Catulls Gedicht an seine Geliebte, Lesbia, die den Tod eines zahmen Spatzen beklagte: «Lugete, o Veneres Cupidinesque» (Weint, o Göttinnen und der Liebe Götter).

ARCHIBALD MACLEISH

Glencoe, Illinois 1892 – Boston 1982

Der einzige bedeutende Dichter der amerikanischen Moderne, der zugleich hohe Staatsämter innehatte. Lyriker, Epiker und Dramatiker, war er nacheinander Rechtsanwalt, Wirtschaftsredakteur von *Fortune*, Leiter der Library of Congress, Stellvertretender Außenminister, Mitbegründer der UNESCO und Harvard Rhetorik-Professor. J. Edgar Hoover sammelte ein FBI-Dossier von über 600 Seiten über ihn. MacLeish stammte aus wohlhabendem Hause und besuchte Privatschulen in Chicago und Connecticut. Anschließend studierte er in Yale und Harvard Rechtswissenschaften. Der Erste Weltkrieg sah ihn als Hauptmann der Artillerie in Frankreich. Danach ließ er sich als Anwalt in Boston nieder, ging aber 1923 nach Paris und schloß sich fünf Jahre lang der «lost generation» an. Seine literarischen Vorbilder waren Yeats, Pound und Eliot sowie die Franzosen Rimbaud, Valéry und Laforgue. Sein erster wichtiger Gedichtband *The Pot of Earth* zeigt denn auch deutlich die Spuren von Eliots *The Waste Land.* Angesichts der großen Wirtschaftsflaute vollzog MacLeish nach 1930 eine Wende gegen die zeitgenössische Lyrik, die er nun als allzu ich-befangen und ästhetizistisch ablehnte. Er meinte, die Revolution in der Dichtung, die Pound und Eliot bewirkt hatten, wäre zwar fällig gewesen, hätte aber zu einer Verklärung der Vergangenheit geführt, die das gesellschaftliche Handeln in der Gegenwart («public action») behinderte. Die schöpferische Privatheit des literarischen Intellektuellen ist nach seiner Meinung unvereinbar mit der Rolle des Dichters in der Demokratie, wie sie Whitman aufgezeigt hat, denn die verlangt nach «öffentlicher Rede». Der Dichter als «representative man» spricht nicht für sich allein, sondern für alle, für «plural man» (die Menschheit), so wie es ehedem Chaucer, Shakespeare und Milton und in der Neuzeit Whitman und Sandburg gehalten hatten. MacLeish fühlte sich dem sozial engagierten Reformismus von Roosevelts *New Deal* verpflichtet und wurde nicht müde, vor den Gefahren des europäischen Faschismus und des autoritären Staates zu warnen. Man hat ihm deswegen vorgeworfen, daß er «Leitartikel in Versen» schreibe und seine Dichtung damit abgewertet. Doch wird MacLeish, selbst wenn er sich mit dem politischen Zeitgeschehen befaßt, immer noch umgetrieben von den philosophischen Grundfragen, die er häufig in biblische Motive verpackt. In formaler Hinsicht ist er ungemein wendig. So meistert er den kurzen lyrischen Atem ebensowohl wie die philosophische Langzeile, schreibt mit gleicher Eleganz freie Verse und Blankverse, und erweist sich als Meister der Reime und Halbreime.

Ausgaben: *Collected Poems 1917–1982*, Boston 1985. – *The Irresponsibles: A Declaration,* New York 1940. – *The Selected Prose of A. MacLeish*, Boston 1941. - *A Time to Act: Selected Addresses,* Boston 1943. – *Poetry and Experience,* Boston 1961. – *Letters of A. MacLeish 1907–1982*, ed. R. H. Winnick, Boston 1983.

Übersetzungen: K. H. Hansen, *Groß und tragisch ist unsere Geschichte*, Düsseldorf 1950. – E. Hesse, *Spiel um Job*, [Versdrama] Berlin 1958. Dass., dies. in *Spectaculum*, Bd. 3, Frankfurt/M. 1960 und 1977. – B. Brock/R. Grimm, *Elemente der Lyrik*, Göttingen 1963. – H.-J. Heise, *Journey Home*, Darmstadt 1965.

Literatur: S. L. Falk, *A. MacLeish*, New York 1965. – S. Donaldson, *Archibald MacLeish: An American Life*, Boston 1992.

262 ARS POETICA (Text: Collected Poems, S. 106 f.; Ü: E. Hesse) *Ars poetica*: Anspielung auf Horazens Gedicht über die Dichtkunst. Die beiden notorischen Schlußzeilen dieses Gedichtes wurden von den New Critics als Slogan für ihre Theorien vereinnahmt, was nicht unbedingt einleuchtet. Im Grunde kommt hier die ur-amerikanische Auflehnung gegen den wachsenden Wirklichkeitsverlust der Literatur zu Wort.
264 MAN! (Text: Coll. Poems, S. 104; Ü: E. Hesse) 20 *Mandragora:* Alraunwurzel, die häufig in Menschengestalt vorkommt und aus der das «Galgenmännlein» geschnitzt wird. Es soll unterm Galgen dem Samen eines unschuldig Gehenkten entsprungen sein und wird als Glücksbringer, Fruchtbarkeitszauber und für Liebestränke verwendet.
266 INVOCATION TO THE SOCIAL MUSE (Text: Coll. Poems, S. 295–297; Ü: E. Hesse) Das Gedicht löste beim Erscheinen einen Schwall von Protesten aus, u. a. von Allen Tate. Es ist von vertrackter Ironie, da MacLeish hier mit überzeugender Wehleidigkeit das Gegenargument zum eigenen Standpunkt zur Sprache bringt. – 1 *Señora*: Die Muse wird hier in verschiedenen Sprachen angerufen: als Señora, Lady, Madame, Milady, Fräulein. – 7 *Hoover*: Herbert C. Hoover 1874–1964, der amerikanische Präsident zur Zeit des Börsenkrachs 1929 und zu Beginn der großen Rezession. – 16 *under newspapers*: Recht prophetisch in Bezug auf MacLeishs eigenen Nachruhm.- 24 *Morgan*: J. P. Morgan 1837–1913, amerikanischer Bankier und Finanzmann, ein Erzkapitalist auch in Ezra Pounds Cantos. – 35 *Tovarishch/Towarischtsch*: Russ. Genosse. – 45 *Barinya*: Russ. Baronin.

E(DWARD) E(STLIN) CUMMINGS

Cambridge, Massachusetts 1894 – North Conway, New Haven 1962

Studium in Harvard, wo er seine ersten Gedichte schrieb, Freundschaft mit Dos Passos. Schloß sich 1917 gegen Ende des Ersten Weltkriegs einem amerikanischen Ambulanzkorps in Frankreich an und wurde wegen der Feldpostbriefe seines Kameraden, William Slater Brown, die der französischen Militärzensur unangenehm auffielen, in ein südfranzösisches Internierungslager gesteckt. Der Roman, den er darüber schrieb (*The Enormous Room*, 1922), machte ihn bekannt. Wie andere Dichter der amerikanischen Moderne war er vom Kubismus beeinflußt, und, ähnlich wie Gertrude Stein in der Prosa, versuchte er in der Lyrik über «das schmerzhafte Verfahren des Entdenkens» ein experimentelles Aufbrechen der Oberflächenstrukturen. Um sich der Fertigteil-Sprache zu entziehen, löst Cummings die grammatikalischen Satzteile auf: mit der Nominalisierung von Adverben und Adjektiven, dem paradoxen gleichzeitigen Setzen und Negieren von Nomina, der Kleinschreibung und den erfindungsreichen Halb- und Viertelreimen. Vor allem gelingt ihm die übermütige Einbeziehung des Slang in die etablierte Literatursprache. Durch sein feines Ohr für den idiomatischen Sprechduktus schreibt er Zeilen, die sich in ihrer singenden Emphase wie ‹Ohrwürmer› einhängen. Eine Besonderheit innerhalb der amerikanischen Lyrik bilden Cummings' Liebeslieder: sie sind zart und rüde zugleich. Die streng geschlossene traditionelle Sonettform bricht er auf unzählige Weisen modernistisch auf. Cummings, der selber malte, nannte seine Gedichte «poempictures»: Er wirbelt die Buchstaben und Zeilen durcheinander und bildet aus ihnen typographische Muster. So sind seine Gedichte nicht nur grammatisch und semantisch aufgebrochen («what if a much of a which of a wind») – was ihm in den 20er Jahren den Ruf des radikalen Spracherneuerers einbrachte. Seine Kritiker sprechen dagegen eher von Spielereien und kalligraphischen Tricks. Das mag für einen Großteil seiner Verse zutreffen, doch insgesamt haben wir von ihm eine Reihe von lyrischen Evergreens, die in den U. S. A. Allgemeingut geworden sind.

Ausgaben: *E. E. Cummings. Complete Poems 1904–1962*, ed. G. J. Firmage, New York 1991. – *Selected Letters of E. E. Cummings*, ed. F. W. Dupee/G. Slade, London 1972.

Übersetzungen: E. Hesse, *poems/gedichte*, ed. E. Hesse, Ebenhausen 1958, [5]1994. – K. H. Berger et al., *so klein wie die welt und so groß wie allein*, ed. K. H. Berger, Berlin 1980. – L. Vollert, *like a perhaps hand. Poems – Gedichte,* Ebenhausen 2000. –H. G. Reck, *Fairy Tales,* Ebenhausen [2]1971.

Literatur: I. R. Fairley, *E. E. Cummings and Ungrammar*, New York 1975. – R. M. Kidder, *E. E. Cummings: An Introduction to the Poetry*, New York 1979. – R. S. Kennedy, *Dreams in the Mirror: A Biography of E. E. Cummings*, New York 1980. – *Critical Essays on E. E. Cummings*, ed. G. Rotella, Boston 1984. – M. A. Cohen, *Poet and Painter: The Aesthetics of E. E. Cummings's Early Work,* Detroit 1987. – R. S. Kennedy, *E. E. Cummings Revisited*, New York 1994. – M. Heusser, *I Am My Writing: The Poetry of E. E. Cummings*, Tübingen 1997.

270 in Just Spring (Text: Complete Poems, S. 27; Ü: E. Hesse, poems, S. 13) 20 f. *the goat-footed balloonMan whistles*: Anspielung auf den Flötenspieler Pan.

272 O sweet (Text: Complete Poems, S. 58; Ü: E. Hesse, S. 25)

274 SHE BEING BRAND (Text: Complete Poems, S. 246; Ü: E. Hesse, S. 47)
276 NEXT TO (Text: Complete Poems, S. 267; Ü: E. Hesse, S. 53) Hier wird die amerikanische Nationalhymne verballhornt.
276 COME, GAZE (Text: Complete Poems, S. 272; Ü: E. Hesse, S. 55) 1 f. *this dome of many coloured glass*: vgl. Percy Bysshe Shelley (1792–1822), «life like a dome...», «Adonais» (1821), Bd. 2, Str. 52, S. 298 dieser Anthologie.
278 WHAT IF A MUCH (Text: Complete Poems, S. 560; Ü: E. Hesse, S. 87)
280 WHEN SERPENTS (Text: Complete Poems, S. 620; Ü: E. Hesse, S. 95)
280 WHY MUST ITSELF (Text: Complete Poems, S. 636; Ü: E. Hesse, S. 97) 11 *generalissimo e*: Worte des Generals Dwight D. Eisenhower, Oberkommandierender der Alliierten Streitkräfte in Europa und 1953–61 Präsident der U. S. A., sowie der Legion derer, die so ähnlich argumentieren.
282 R-P-O-P-H-E-S-S-A-G-R (Text: Complete Poems, S. 396; Ü: E. Hesse, S. 67) Die mit den Augen kaum zu verfolgenden Körperstellungen des Grashüpfers im Sprung werden durch die durcheinandergewirbelten Buchstaben seines Namens graphisch reproduziert.

MURIEL RUKEYSER

New York 1913 – New York 1980

Mütterlicherseits soll sie von dem gelehrten Mischna-Forscher Rabbi Akiba (2. Jh. u. Z.) abstammen. Das Langgedicht *Theory of Flight*, das sie als Einundzwanzigjährige 1935 veröffentlichte, feiert aus dem Geiste Whitmans die Errungenschaften der modernen Technologie, bekennt sich optimistisch zur Gegenwart und negiert Eliots Vorstellung, daß wir uns (in ihren Worten) «in Hieroglyphen und Stückwerk reproduzieren können». So steht sie in mehr als einer Hinsicht in der Nachfolge von Hart Cranes *The Bridge*, ohne jedoch Cranes ins Absolute drängende Ganzheitsvision zu teilen. Rukeyser verbindet gesellschaftliches Gewissen mit moderner Formbewußtheit: komplexe Bildlichkeit, aufgebrochene Syntax, film-technische Montage. Auch ihre Verse besitzen eine mythologische Dimension, jedoch ohne transzendentalen Überbau. An dessen Stelle tritt bei ihr das soziale und politische Engagement für den *underdog*. In «The Lynching of Jesus» präsentiert sie eine politische Martyriologie, in der die Lynchjustiz an den Schwarzen dem Kreuzestod Christi parallel gesetzt wird, wobei sie sich sowohl auf historische wie auf zeitgeschichtliche Fälle bezieht. John Brown, Nat Turner, Toussaint L'Ouverture und, aus unserer Zeit, Sacco und Vanzetti, die Scottsboro Boys, Martin

Luther King, Malcolm X sind die Namen, die sie im Rahmen des Rassismus zusammen mit Mißständen der industriellen Arbeitswelt zur Sprache bringt. Trotz ihrer offensichtlichen Modernität wurde ihre Dichtung von der akademischen Kritik als «linke Protestliteratur» ausgegrenzt und fand deswegen im Kanon der Moderne keinen Platz. Rukeyser fiel durch sämtliche etablierten Raster ihrer Tage und erlebt erst in jüngster Zeit eine moderate Renaissance.

Ausgaben: *Theory of Flight*, New Haven 1935. – *Waterlily Fire: Poems 1935–1962*, New York 1962. – *Collected Poems*, New York 1978. – *Out of Silence: Selected Poems*, ed. K. Daniels, Evanston, Ill. 1992. – *A M. Rukeyser Reader*, ed. J. H. Levi, New York 1994.

Literatur: L. Kertesz, *The Poetic Vision of M. Rukeyser*, Baton Rouge 1979. – R. Flynn, *«The Buried Life and the Body of Walking»: M. Rukeyser and the Politics of Literary History*, in: *Gendered Modernisms: American Women Poets and Their Readers*, ed. M. Dickle, Philadelphia 1996.

284 Effort at Speech Between Two People (Text: Collected Poems, 1978, S. 9; Ü: A. Heyer, Typoskript).

James Weldon Johnson

Jacksonville, Florida 1871 – Wiscasset, Maine 1938

Dichter, Romanautor, Essayist, Literaturwissenschaftler, Professor, Rechtsanwalt, Diplomat, Politiker – ein vielseitiges Talent. Nach Abschluß seines Studiums an den Universitäten von Atlanta und Columbia wird Johnson als erster schwarzer Anwalt in Florida zugelassen. Sieben Jahre verbringt er als U. S.-Konsul in Venezuela und Nicaragua. Politisch setzt er sich aktiv für die Rechte der schwarzen Minderheit in den U. S. A. ein und ist von 1916 bis 1930 Generalsekretär der NAACP (National Association for the Advancement of Colored People). Seine fiktive *Autobiography of an Ex-colored Man* (1912) gehört bis heute zu den Klassikern der afroamerikanischen Romanliteratur. Mit der Harlem-Renaissance der 20er Jahre kam es zu einem regelrechten Schub in der Anerkennung des künstlerischen Potentials der Schwarzen. Auf einmal wurde ihre Musik, ihre Dichtung, ihr Tanz als unverzichtbarer Teil der amerikanischen Kultur verstanden. So konnte Johnson 1922 sein bahnbrechendes *Book of American Negro Poetry* veröffentlichen – eine der ersten Anthologien schwarzer Lyrik überhaupt. Johnson war sich der Kraft und des Reichtums des «Black English» besonders in den Spirituals und in den Blues bewußt. Zusammen mit seinem Bruder Rosamond edierte er 1925 und 1926 zwei Sammlungen von Spirituals und setzte zudem 1927 mit den sieben Verspredigten in seinem Gedichtband *God's Trombones* dem rhetorischen Schwung, der griffigen Sprache und der schlichten Würde der schwarzen Prediger ein Denkmal: «Es war eine Mischung aus der Negermundart und Bibelenglisch. Zwischen ihr und dem natürlichen Wohlklang ihrer afrikanischen Muttersprachen schienen sie eine innere Verwandtschaft festgestellt zu haben» (Johnson). Mit *God's Trombones* erfüllte er den programmatischen Anspruch im Vorwort zu seiner Anthologie: «Worauf es für den farbigen Dichter in den Vereinigten Staaten ankommt, ist so etwas zu leisten wie das, was Synge für das Irische geleistet hat. Es kommt darauf an, eine Sprachform zu finden, die das Wesen des Schwarzen durch eine Kennzeichnung aus dem Inneren zum Ausdruck bringt, statt des Kennzeichnens durch das Äußerliche über die bloße Verballhornung der englischen Rechtschreibung und Aussprache. Er braucht eine Sprachform, die freier und weiträumiger ist als die Mundart, aber immer noch den ethnischen Beigeschmack behält, also eine Sprachform, die die Bildmacht, die Idiomatik, die eigentümliche Gedankenspur zum Ausdruck bringt und dazu noch den charakteristischen Humor und das Pathos des Negers.» Als Modell dieses Ausgleichs zwischen der überlieferten Mündlichkeit und einer neu zu schaffenden literarischen Schriftsprache berief sich Johnson auf Whitmans *Leaves of Grass*. Seine sieben Verspredigten erwiesen sich als wegweisend; sie gingen seit der Erstveröffentlichung in 21 Auflagen.

Ausgaben: *Fifty Years and Other Poems*, New York 1917. – *God's Trombones: Seven Negro Sermons in Verse*, New York 1927, ^{21}1965. – *The Autobiography of an Ex-colored Man*, Boston 1912. – *Along This Way: The Autobiography of J. W. Johnson*, New York 1933.

Übersetzungen: E. v. Gans, *Der weiße Neger*, Frankfurt 1928. – R. Hagelstange, *Gib mein Volk frei: Acht Negerpredigten*, Gütersloh 1960. – E. Hesse, «The Creation», in *Meine dunklen Hände: Moderne Negerlyrik in Original und Nachdichtung*, ed. E. Hesse/P. v. d. Knesebeck, München 1953, ^{6}1968.

Literatur: E. Levy, *J. W. Johnson: Black Leader, Black Voice*, Chicago 1973. – R. E. Fleming, *J. W. Johnson and Arna W. Bontemps: A Reference Guide*, Boston 1978. – *Critical Essays on J. W. Johnson*, ed. K. Price/L. Oliver, New York 1997.

288 THE CREATION (Text: God's Trombones, 1927, S. 17–20; Ü: E. Hesse, 1968, S. 74–81)

Claude McKay

Sunny Ville, Jamaica, c. 1890 – Chicago 1948

Auf Anregung seines weißen Mentors publizierte McKay zwei Bände mit Gedichten im Jamaica-Dialekt. 1912 wanderte er in die Vereinigten Staaten aus und machte sich einen Namen durch Veröffentlichungen in weißen liberalen Zeitschriften wie *The Seven Arts* und *The Liberator* («The Harlem Dancer», «Invocation»). Sein Gedichtband *Harlem Shadows* (1922) gilt in den Augen vieler Kritiker als Auftakt der Harlem-Renaissance. Der Band enthält McKays berühmtes Gedicht, «If We Must Die», das unter dem Eindruck der blutigen Ausschreitungen gegen Schwarze im Jahre 1919 (vor allem in Chicago) entstanden war. Hatte McKay seine literarische Karriere mit schwarzen Dialektgedichten begonnen, so wendet er sich – als Versuch, dem Druck der Stereotypisierung zu entgehen – in seinen in den U. S. A. veröffentlichten Gedichten den tradierten Formen der klassischen Dichtung zu, insbesondere dem Sonett. Obwohl kein Mitglied der Kommunistischen Partei, identifiziert er sich aus Protest gegen den amerikanischen Rassismus weitgehend mit ihren Zielen. 1923 reist er zum 4. Kongreß der Kommunistischen Internationale nach Moskau und verbringt die nachfolgenden zehn Jahre mit Reisen in Europa und Nordafrika. In dieser Zeit des Exils schreibt er mehrere Romane und seine Autobiographie. Desillusioniert vom russischen Experiment, kehrt er 1934 in die U. S. A. zurück. 1942 konvertiert er zum Katholizismus und unterrichtet später an katholischen Schulen in Chicago, wo er 1948 verarmt und unbekannt stirbt. Im Zweiten Weltkrieg zitierte Winston Churchill «If We Must Die» im britischen Unterhaus als Aufruf zum Widerstand gegen Hitler.

Ausgaben: *Harlem Shadows*, New York 1922. - *Banjo*, New York 1929. – *Selected Poems of C. McKay*, New York 1953. – *The Passion of C. McKay: Selected Poetry and Prose, 1912–1948*, New York 1973. – *The Dialect Poetry of C. McKay*, Salem 1987. – *Home to Harlem*, New York 1928 [Prosa]. – *A Long Way from Home*, New York 1937. – *Harlem: Negro Metropolis*, New York 1940.

Übersetzung: in S. Hermlin, *Auch ich bin Amerika*, ed. S. Hermlin, Berlin 1948.

Literatur: A. Gayle, Jr., *C. McKay: The Black Poet at War*, Detroit 1972. – W. Cooper, *C. McKay: Rebel Sojourner in the Harlem Renaissance*, New York 1987. – T. Tillery, *C. McKay: A Black Poet's Struggle for Identity*, Amherst, Mass. 1992. – M. North, *The Dialect of Modernism* (Kap. 5), New York 1994.

294 If We Must Die (Text: Selected Poetry, 1973, S. 124; Ü: S. Hermlin, 1948, S. 25)
294 America (Text: Selected Poetry, S. 126; Ü: S. Hermlin, 1948, S. 23)

JEAN TOOMER

Washington, D. C. 1894 – Doylestown, Pennsylvania 1967

Jean Toomer, Enkel eines Politikers, der in den Jahren der «Rekonstruktion» nach dem amerikanischen Bürgerkrieg in Louisiana eine bemerkenswerte Karriere gemacht hatte, war so ‹weiß›, daß er nur nach den absurden Rassengesetzen des Südens als ‹Schwarzer› gelten konnte. Sein Hauptwerk *Cane* (1923) – ein dreiteiliger Zyklus aus Prosa und Gedichten – zählt zu den zentralen Texten der amerikanischen Moderne, aber auch der Harlem-Renaissance. Toomers Buch ist u. a. das Ergebnis eines Aufenthalts in Georgia, bei dem er die schwarze mündliche Tradition entdeckte und ästhetisch verarbeitete, während er zugleich versuchte, mit der eigenen ethnisch komplexen Identität ins reine zu kommen. Dennoch lehnte er es ab, sich als schwarzen Schriftsteller zu bezeichnen, so wie er sich auch gegen die Erwartung seiner weißen und schwarzen Freunde sträubte, daß alle seine nachfolgenden Bücher *Cane* ähnlich sein müßten. «Soweit ich weiß, gibt es sieben Sorten Blut in diesem meinem Körper: französisches, holländisches, walisisches, schwarzes, deutsches, jüdisches und indianisches [...] Die Hälfte meiner Familie ist definitiv farbig. Ich habe zu gleichen Teilen in beiden Gruppen gelebt. Und soviel ich weiß, bin ich der einzige, der versucht hat, analog zur rassischen Durchmischung auch eine geistige Durchdringung zu erlangen.» Insofern hat Toomer *Cane* wohl vor allem als Beitrag nicht nur zur eigenen, sondern auch zur kollektiven geistigen ‹Ganzheit› betrachtet – im Vorgriff auf ein durchmischtes Amerika der Zukunft jenseits aller Rassenschranken. Was jedoch weder Autoren noch Kritiker daran gehindert hat, *Cane* als Schlüsseltext der afroamerikanischen Literatur zu bewerten und Toomer als einen ihrer bedeutendsten Protagonisten. In einem seiner letzten veröffentlichen Texte, dem langen Whitmanschen Gedicht «Blue Meridian» (1936), entwirft Toomer die Vision einer Verschmelzung von Menschen schwarzer, weißer und roter Hautfarbe zum neuen ‹blauen› Menschen (seine Metapher für die konsequent eingelöste Idee des amerikanischen ‹melting pot›). Auf der Suche nach ‹geistiger Ganzheit› wurde Toomer noch in den 20er Jahren zum Jünger des griechisch-armenischen Choreographen und Gurus Giorgias Gurdjieff, später zum überzeugten Quäker. Er schrieb bis in die 40er Jahre Gedichte, Geschichten und Romane, für die er jedoch keinen Verleger mehr fand.

Ausgaben: *Cane*, New York 1923. – *The Wayward and the Seeking: A Collection of Writings by J. Toomer,* Washington 1980. – *J. Toomer: Selected Essays and Literary Criticism*, Knoxville, Tenn. 1996.

Literatur: F. Durham, *Studies in «Cane»*, Columbus 1971. – N. McKay, *J. Toomer, Artist: A Study of His Literary Life and Work, 1894–1936*, Chapel Hill, N. C.

1984. – C. E. Eldridge Richard-Kerman, *The Lives of J. Toomer: A Hunger for Wholeness*, Baton Rouge, La. 1987. – R. Byrd, *J. Toomer's Years with Gurdjieff: Portrait of an Artist 1923–1936*, Athens, Ga. 1990.

296 Portrait in Georgia (Text: Cane, S. 50; Ü: E. Hesse) *Cane*: Zuckerrohr, nicht nur der Titel des Buches, dem das Gedicht entnommen ist, sondern auch dessen zentrales Symbol. Neben Baumwolle galt Zuckerrohr als Hauptprodukt der auf Sklaven basierenden Ökonomie der Südstaaten. Für Toomer ist das Rohr auch Sinnbild der Oralität, d. h. der mündlichen Kultur der Sklaven, die sein Text in der Schrift bewahren will.
296 Her Lips Are Copper Wire (Text: Cane, S. 101; Ü: E. Hesse) Der zweite Teil von Cane verpflanzt die Motive der schwarzen Kultur des Südens (insbes. des Blues) in den großstädtischen Kontext.

Charles Henri Ford

Mississippi 1913

Dichter, Maler, Photograph, Herausgeber der Zeitschrift *BLUES. A Magazine of New Rhythms* (1929–1930) und der hochangesehenen surrealistischen Zeitschrift *View* (1940–1947). Beide Zeitschriften veröffentlichten Gedichte von führenden Modernisten. In Paris lebte Ford ein Jahr lang in Wohngemeinschaft mit Djuna Barnes, deren Romanskript *Nightwood* er ins reine schrieb. Dort gehörte er zum Kreis um Edith Sitwell und Gertrude Stein. Spätere Freunde waren Paul Bowles, Salvador Dalí, Frank O'Hara, Parker Tyler und Andy Warhol. Dreiundzwanzig Jahre lang, erst in Paris und dann in New York, war er Lebensgefährte des russisch-amerikanischen Malers Pavel Tchelitchew (1898–1957). Seine eigenen malerischen und photographischen Arbeiten stellte Ford in London, Paris und New York aus. Er ist viel gereist und lebte u. a. in Tanger, zehn Jahre in Griechenland, später in Katmandu (Nepal) und in Kreta; gegenwärtig ist er in New York City zu Hause.

Ausgaben: *The Garden of Disorder*, Norfolk, Conn. 1938. – *Flag of Ecstasy. Selected Poems*, ed. E. B. Germain, Los Angeles 1972. – View: *Parade of the Avant-Garde: An Anthology of View Magazine (1940–1947)*, ed., C. H. Ford, New York 1991.

Literatur: W. C. Williams, Vorwort zu *The Garden of Disorder*, 1938. – P. Tyler, *The Divine Comedy of Pavel Tchelitchew*, New York 1957. – Interview 1974 mit I. Cohen, in: *Gay Sunshine*, Spring 1975.

298 PLAINT (Text: Selected Poems, 1972, S. 30; Ü: E. Hesse)
298 ONE DAY, ONE DAY (Text: Selected Poems, S. 38; Ü: H. Ickstadt)

WILLIAM WARING CUNEY

Washington, D. C. 1906 – New York 1976

Einer der ersten Lyriker, der die kulturelle Szene der Harlem-Renaissance (von den 20er Jahren bis zur großen Wirtschaftskrise der frühen 30er) thematisierte. Studierte an der Howard University in Washington und an der Lincoln University, Pennsylvania. Später Musikstudium am New England Conservatory of Music in Boston sowie in Rome, New York, in der Absicht, als Sänger Karriere zu machen. Doch statt dessen begann er Gedichte zu schreiben. 1926 erhielt der Zwanzigjährige für sein Gedicht «No Images» einen Preis vom NAACP-Journal *Opportunity*. Weitere Gedichte erschienen über mehrere Jahre hinweg in diversen Kulturzeitschriften. Sie haben oft zeitbezogene sozialkritische Themen, was der Grund sein mag, warum sie bisher noch nicht in einem Sammelband veröffentlicht wurden. Cuney verfaßte auch lyrische Protesttexte für Josh White und andere schwarze Sänger. Er wurde von der Literaturkritik gelegentlich als «One-Poem-Poet» qualifiziert, denn sein Gedicht «No Images» ist in mehr Anthologien erschienen und in mehr fremde Sprachen übersetzt worden als irgendein Gedicht eines anderen schwarzen Dichters. In seinem Gedicht «Charlie Parker» (1958) versifizierte er «Musik-Worte», eine Innovation, die von anderen schwarzen Dichtern wie Michael S. Harper (s. S. 705) aufgenommen wurde.

Ausgaben: *Puzzles,* ed. P. Breman, Utrecht 1960. – *Storefront Church,* ed. P. Breman, London ²1973.

Übersetzungen: E. Hesse in *Die Neue Zeitung*, München, 6. November 1948. – E. Hesse, *Meine dunklen Hände: Moderne Negerlyrik in Original und Nachdichtung*, ed. E. Hesse, P. v. d. Knesebeck, München 1953, ⁶1968.

Literatur: John P. Davis, *The American Negro Reference Book,* Edgewood Cliffs 1966. – *The Harlem Renaissance Remembered*, ed. A. Bontemps, New York 1972. – E. B. Redmond, *Drumvoices: The Mission of Afro-American Poetry. A Critical History*, New York 1976.

300 NO IMAGES (Text: Storefront Church, S. 7; Ü: E. Hesse, Neue Zeitung, München, 6. November 1948).
300 BESSIE SMITH (Text: Storefront Church, S. 18; Ü: E. Hesse) *Bessie Smith*: Bluessängerin (1894–1937), von Ma Rainey, der «Mutter des Blues»,

entdeckt. 1923 erschien ihre erste Schallplatte, von der gleich zwei Millionen verkauft wurden. Sie soll nach einem Autobusunfall verblutet sein, weil kein «weißes» Krankenhaus sie aufnehmen wollte.

300 Carry me back (Text: Storefront Church, S. 11; Ü: E. Hesse)

Langston Hughes

Joplin, Missouri 1902 – New York 1967

Lyriker, Dramatiker, Librettist, Romanautor, Journalist, Kinderbuchautor. Wird häufig als der Dichter der Harlem-Renaissance bezeichnet – einer Bewegung, die sich ebenso der Dynamik Harlems als «race capital of the world» (Alain Locke) verdankt wie den Phantasien der weißen Avantgarde von der Ursprünglichkeit des ‹Primitiven›. Doch wenn weiße Intellektuelle die vitale afroamerikanische Volkskultur priesen, stellte die neue Akzeptanz die schwarzen Kulturschaffenden vor Probleme. In seinem ästhetischen Manifest «The Negro Artist and the Racial Mountain» (1926) identifiziert Hughes den durchaus natürlichen Wunsch eines jungen schwarzen Dichters, ausschließlich als Dichter bewertet zu werden, mit dem heimlichen Verlangen, ein Weißer zu sein. Aus dieser Konstellation türmt sich der «rassische Berg» auf, als verinnerlichter Widerstand des Afroamerikaners gegen die authentische Stimme der eigenen kulturellen Erfahrung. Auch Hughes erlebte einschlägige Kritik aus den eigenen Reihen. Mit dem Jazz, dem «wesentlichen Ausdruck des Lebens der Schwarzen in Amerika», als rhythmisches Grundmuster schuf Hughes seine moderne Lyrik: bewußt schwarz im Thema wie in der Behandlung. Er übertrug die Strukturen des musikalischen afroamerikanischen Idioms – Elemente von Spirituals, Blues, Balladen, Jazz, Cool Jazz, Bebop und zuletzt den progressiven Jazz von Dizzie Gillespie und Charlie Parker – in die Lyrik. Gemäß dem improvisierten Charakter des Jazz kultivierte er die offene Form und den freien ungereimten Vers, der charakterisiert wird «von abrupt wechselnden Tempi, jähen Abstufungen, scharfen und frechen Fillins, gebrochenen Rhythmen und Phrasen, manchmal in der Manier der Jam Session, manchmal in der des Gassenhauers, interpunktiert von den Riffs, den Breaks und all den Verzerrungen der Musik einer Gesellschaft, die im Umbruch ist» (Hughes). Seine Dichtung macht sich zudem zum Sprachrohr von «the low-down folk, the common people», und sie kombiniert das ländliche Idiom des schwarzen Südens mit dem großstädtischen schwarzen Slang des Nordens. Für seine Ausrichtung am Mündlichen und Volksnahen berief sich Hughes auf Whitman und Sandburg («mein Leitstern»). Dazu kamen über seine häufigen Berührungen mit dem hispanischen Kulturkreis (Hughes übersetzte 1930 Nicolás Guillén, 1951 Federico García Lorca, 1958 Gabriela

Mistral) Spuren des Surrealismus. Thematisch bringt er das tragisch-komische Lebensgefühl der Schwarzen zum Ausdruck, insbesondere schafft er in der Figur des Jesse B. Simple [*just be simple*], des Protagonisten seiner langjährigen Kolumne «Simple Speaks His Mind» im *Chicago Defender,* eine Art schwarzen Schweijk, den Harlemer Jedermann, der sich mit sprachschöpferischem Witz, Aufsässigkeit, Musikalität und behender Schlauheit gegen die Mißlichkeiten des schwarzen Alltags behauptet. Hughes verweigerte sich dem hochmodernistischen Zug zur Akademisierung. Er blieb ein Poet der Straße und lebte hauptsächlich von Gedichtlesungen. Das Leben von der Hand in den Mund entsprach zudem seiner improvisatorischen und spontanen Arbeitsweise, verhinderte jedoch das Entstehen eines großangelegten Hauptwerks. In den 30er Jahren, den Jahren der großen Depression, kam zur Thematik des «vertagten Traums» der schwarzen Minderheit das sozialkritische und politische Engagement für den «underdog» (wie etwa 1931 für die zum Tode verurteilten Scottsboro Boys). Das führte zu seiner Teilnahme am Spanischen Bürgerkrieg und seinen Sympathien für die Sowjetunion. So kam es, daß er 1953 vor den Untersuchungsausschuß von Senator McCarthy zitiert wurde. In der Folge kamen seine Werke auf die schwarze Liste und seine Bücher wurden aus den Schulen und Bibliotheken (auch aus den Amerikahäusern der BRD) entfernt. Die Einladungen zu Lesungen reduzierten sich drastisch. Hughes war ein weitgereister und überaus weltläufiger Mann. Seine oft abenteuerlichen Reisen führten ihn von Paris quer durch Italien (in Begleitung von Alain Locke, dem Herausgeber der bahnbrechenden Anthologie *The New Negro,* 1925); nach Kuba, wo er 1930 Nicolás Guillén entdeckte; in die Karibik, wo er 1959 den späteren Nobelpreisträger Derek Walcott kennenlernte; in die äußere Mandschurei und nach China (in Begleitung von Arthur Koestler), nach Japan und in den 50ern mehrfach nach Deutschland. Seine erste Fahrt nach Westafrika im Alter von 21 Jahren war nur der Beginn von unzähligen Reisen – häufig in offizieller Funktion – in das neue entkolonialisierte Afrika nach dem Zweiten Weltkrieg. Der Präsident von Senegal, der Dichter und Nobelpreisträger Léopold Síder Senghor, den er 1961 und 1966 besuchte, bekannte, von ihm beeinflußt zu sein. In Uganda schloß er 1962 Bekanntschaft mit dem späteren Nobelpreisträger Wole Soyinka. Hughes hat mit avantgardistischen Fotografen wie Roy de Carava und Henri Cartier-Bresson zusammengearbeitet, kannte Pablo Neruda und Bert Brecht persönlich und arbeitete 1945–47 zusammen mit Kurt Weill an der Neufassung von Elmer Rices *Street Scene.* Sein Einfluß auf die Lyrik der Moderne ist unübersehbar. Doch sein Programm: «Ich glaube, daß die Dichtung direkt, verständlich und ein Ausbund der Einfachheit sein sollte», trübt seinen weißen amerikanischen Landsleuten allzuoft den Blick für den globalen Status dieses Autors: sie finden den schwarzen Dichter zu lokal, zu einfach, zu unliterarisch, zu links, zu radikal oder – zu versöhnlich.

Ausgaben: *The Collected Poems of Langston Hughes,* ed. A. Rampersad/D. Roessel, New York 1995. – *Good Morning Revolution: Uncollected Social Protest Writ-*

ings by Langston Hughes, ed. F. Berry, New York 1973 [Prosa]. – «The Negro Artist and the Racial Mountain», in: *Nation*, Juni 1926. – *The Ways of White Folks*, New York 1933. – *The Big Sea*, New York 1940 [Autobiographie]. – *Laughing to Keep From Crying* [Short Stories] New York 1951. – *The Sweet Flypaper of Life* [mit Photographien von Roy de Carava], New York 1955. – *I Wonder As I Wander*, New York 1956 [Autobiographie]. – [Romane:] *Not Without Laughter*, New York 1930. – *Tambourines to Glory*, New York 1958. – *The Book of Negro Folklore*, ed. mit A. Bontemps, New York 1959. – *The Best of Simple*, New York 1961.

Übersetzung: E. Hesse/P. v. d. Knesebeck, *Meine dunklen Hände: Moderne Negerlyrik in Original und Nachdichtung*, München 1953, ^{6}1968. – P. v. d. Knesebeck, [*The Sweet Flypaper oft Life*] *Harlem Story: Erzählungen zu Photos von Roy DeCarava*, Ebenhausen 1957. – E. Hesse, *langston hughes. gedichte*, ed. E. Hesse/ P. v. d. Knesebeck, Ebenhausen 1960.

Literatur: F. Berry, *L. Hughes: Before and Beyond Harlem*, Westport, Conn. 1983. – A. Rampersad, *The Life of L. Hughes*, 2 Bde. New York 1988. – *L. Hughes: Critical Perspectives Past and Present*, ed. H. L. Gates, Jr./K. A. Appiah, New York 1993.

302 Minstrel Man (Text: Collected Poems, S. 61; Ü: E. Hesse, 1960, S. 7) *minstrel man*: «Minstrel shows» waren ein wichtiges Element der populären Unterhaltung im späten 19. Jh. und danach; ursprünglich ausgeführt von weißen Akteuren, die sich das Gesicht einschwärzten und das Volk mit grotesker Stereotypisierung von Schwarzen belustigten, allerdings auch noch in der Verzerrung schwarze Kultur vermittelnd. Später konnten auch Schwarze «minstrels» sein, mußten sich aber dennoch eine ‹schwarze Maske› aufschminken.

302 Still Here (Text: Coll. Poems, S. 295; Ü: E. Hesse, S. 18)

304 The Negro Speaks (Text: Coll. Poems, S. 23; Ü: E. Hesse, Meine dunklen Hände, S. 18) 8 *when Abe Lincoln went down to New Orleans*: Abraham Lincoln (1809–1865, 16. Präsident der USA, der in seiner Emancipation Proclamation von 1863 die Sklaverei in den U. S. A. beendete) fuhr 1828 auf einem Floß den Mississippi hinunter nach New Orleans, wo er zum ersten Mal der Sklaverei begegnete.

304 When Sue Wears Red (Text: Coll. Poems, S. 30; Ü: E. Hesse, 1960 S. 19)

306 Trumpet Player (Text: Coll. Poems, S. 338–339; Ü: E. Hesse, S. 9)

308 Lady's Boogie (Text: Coll. Poems, S. 412; Ü: E. Hesse, S. 11)

310 Easy Boogie (Text: Coll. Poems, S. 395; Ü: E. Hesse, S. 14)

310 Nightmare Boogie (Text: Coll. Poems, S. 418; Ü: E. Hesse, S. 11)

312 Fired (Text: Coll. Poems, S. 260–261; Ü: E. Hesse, S. 18)

312 Harlem (Text: Coll. Poems, S. 363–364; Ü: E. Hesse, S. 4) *Harlem*:

Ursprünglich holländische Siedlung im Norden von New York City; um die Jahrhundertwende Zielort schwarzer Immigration aus den Südstaaten und der Karibik. Der Traum von Harlem und der Harlem-Renaissance zerplatzte mit der «Großen Depression» in den 30er Jahren, besonders mit den Harlem Riots von 1936. – 3 *A raisin in the sun*: Nach dieser Zeile benannte die schwarze Bühnenautorin Lorraine Hansberry (1930–1965) ihr Drama, das 1959 das weiße Theaterestablishment am Broadway eroberte und den Preis der Theaterkritiker erhielt.

314 SPORT (Text: Coll. Poems, S. 116; Ü: E. Hesse, S. 21)

314 ME AND MY SONG (Text: Coll. Poems, S. 296–297; Ü: E. Hesse, S. 12)

316 REFUGEE IN AMERICA (Text: Coll. Poems, S. 235; Ü: E. Hesse, S. 6)

MELVIN B. TOLSON

Moberly, Mississippi 1898 – Langston, Oklahoma 1966

Väterlicherseits «von afroirischjüdischer Abstammung», mütterlicherseits mit indianischem (Cherokee) Einschlag, war Tolson ein «freiwilliger Schwarzer», d. h. «ein Schwarzer, der in New York ein Neger und in Mississippi ein Weißer ist». Er studierte Rhetorik, Dramaturgie, klassische und englische Literatur an der Fisk Universität in Nashville, Tennessee, später in Oxford, Pennsylvania. Nach dem Studienabschluß ging er 1924 als Lehrer ans methodistische Wiley College in Marshall, Texas, ließ sich aber 1929 für ein Jahr freistellen, um seine Magisterarbeit *The Harlem Group of Negro Writers* zu schreiben. In Harlem lernte er Langston Hughes, Jean Toomer und Countee Cullen kennen. Für den Südstaatler war die (damals bereits im Abklingen befindliche) Harlem-Renaissance ein Schlüsselerlebnis: «New York City als Treffpunkt aller Rassen und Kulturen der westlichen Hemisphäre. Harlem offenbart die kulturelle Vielfalt der Afroamerikaner nicht nur als Teil der rassistischen Geschichte Amerikas, sondern auch als Test des amerikanischen Traums.» Ab 1934 organisierte Tolson als politischer Aktivist die Proteste der Farmpächter im Süden von Texas. 1932 brachte er den Gedichtzyklus *A Gallery of Harlem Portraits* zum Abschluß, das sich in der erzählerischen Technik E. L. Masters und R. Browning zum Vorbild nahm, aber sprachlich vor allem von Whitman inspiriert war: «Walt Whitmans Überschwang war mir in Mark und Bein übergegangen.» Für dieses Gedicht fand er keinen Verlag. 1940 gewann Tolson anläßlich der «American Negro Exposition» mit dem Gedicht «Dark Symphony» den ersten Preis im *National Poetry Contest* und mit dem Zyklus *Rendezvous with America*, 1951 den Lyrik-Preis der Zeitschrift *Poetry*. Dieses Gedicht versucht sich vom Shakespeareschen Sonett bis zum

Whitmanschen freien Langvers an formal extremen Gegensätzen. 1947 wechselt Tolson zur Langston Universität in Langston, Oklahoma, und wird 1948 zum Bürgermeister seines neuen Wohnorts gewählt. Im selben Jahr ernennt ihn V. S. Tubman, der Präsident der westafrikanischen Republik Liberia, zum *poeta laureatus.* Tolson beginnt die Arbeit an dem *Libretto for the Republic of Liberia.* In der Zwischenzeit hatte er die modernistischen Thesen von T. S. Eliot und die Textanalysen der *New Critics* assimiliert. Dabei gab ihm, wie so vielen anderen, die Lektüre von Eliots *The Waste Land* den letzten Anstoß, aber auch Cranes *The Bridge,* Pounds *Cantos* und Williams' *Paterson* hatten entscheidenden Einfluß. Das fertige Manuskript sandte er an A. Tate, den prominenten Wortführer der südstaatlichen «New Poetry»-Bewegung und des New Criticism. Tate schickte das Manuskript zurück mit der Bemerkung, er habe «kein Interesse an der Propaganda eines Negerdichters». Nach diesem unschönen Exempel von literarischem Mobbing machte sich Tolson ans Werk, um (wie Langston Hughes berichtet) «so viele Fremdwörter und Fußnoten anzubringen, daß die Weißen einfach Notiz von ihm nehmen mußten». Wirklich konnte Tate ein Vorwort dann nicht mehr verweigern. Er pries Tolsons Herkunft in direkter Linie von Crane und Eliot. Anders als etwa Langston Hughes und Gwendolyn Brooks, habe Tolson auf die Romantisierung des Volkstons der Schwarzen verzichtet, mit der «diese Negerdichter auf ein provinzielles Maß herabgedrückt werden, in dem Emotionen über die eigenen Schwierigkeiten wichtiger werden als die Dichtung selbst». Tolson sei es als einzigem gelungen, dem Problem des Rassismus, «soweit es die Dichtung angeht, aus dem Weg zu gehen und es an den ihm zukommenden untergeordneten Platz zu stellen». Wiewohl Williams in *Paterson* Tate für dieses Lob feiert, war es ein recht zweischneidiger Gunstbeweis, und es blieb K. Shapiro vorbehalten, Tates rassistische Vorurteile offenzulegen, denn: «Tolson writes in Negro.» Wegen der Ausführungen von Tate gilt Tolson manchen seiner afroamerikanischen Landsleute noch heute als Überläufer zur elitären Literatur des weißen Mainstream. Wenn der weiße avantgardistische Dichter isoliert ist, bemerkte Tolson, dann wird sein schwarzer Zeitgenosse zwischen den Wällen des zweifachen Rassismus geradezu zermalmt. 1965 erschien der Harlemer Gedichtzyklus des Jahres 1932 in völlig verwandelter Gestalt u. d. T. *Harlem Gallery: Book I, The Curator.* Protagonist und Sprachrohr des Gedichtes ist der «Kurator», der dem Problem des schwarzen Intellektuellen im 20. Jahrhundert eine Stimme gibt. Von nun an häuften sich die akademischen und anderweitigen Ehrungen, die 1966 in dem *Poetry Award* der *Academy of Arts and Letters* einen Höhepunkt fanden. Im gleichen Jahr erlag Tolson einem Krebsleiden.

Ausgaben: *Rendezvous with America,* New York 1944. – *Libretto for the Republic of Liberia* [Vorwort von A. Tate], New York 1953, London 1970. – *Harlem Gallery: Book I, The Curator* [Vorwort von K. Shapiro], New York 1965. – *A Gallery of Harlem Portraits* [geschr. 1932], ed. R. M. Farnsworth, Columbia, Mo. 1979.

– *Caviar and Cabbage: Selected Columns by Melvin B. Tolson from the* Washington Tribune, *1937–1944*, ed. R. M. Farnsworth, Columbia, Mo. 1982.

Übersetzung: E. Hesse, in *Melvin B. Tolson. A «Voluntary Negro»*, Freie Universität Berlin, John F. Kennedy-Institut, Abt. für Literatur, Working Paper No. 114/1998.

Literatur: K. Shapiro, Vorwort zu Tolson, *Harlem Gallery: Book I. The Curator*, New York 1965. – *Melvin B. Tolson: An Interview* (mit M.W. King), in: *Anger and Beyond*, ed. H. Hill, New York 1966. – J. Flash, *Melvin B. Tolson*, New York 1972. – R. M. Farnsworth, *Melvin B. Tolson 1898–1966: Plain Talk and Poetic Prophecy*, Columbia, Mo. 1984. – A. L. Nielsen, *Writing Between the Lines: Race and Intertextuality*, Athens, Ga. 1994.

318 *Aus* LIBRETTO FOR THE REPUBLIC OF LIBERIA (Text: 1953, o.S., V. 255–283, 341–377; Ü: E. Hesse) *Republic of Liberia*: Die afrikanische Republik Liberia wurde 1847 gegründet. Sie entstand aus dem Plan einer Rücksiedlung der freigelassenen schwarzen Sklaven Amerikas in Afrika. – 1 *TI*: Tolsons Zyklus besteht aus acht pindarischen Oden, die nach der diatonischen Tonleiter «Do, Re, Mi, Fa, Sol, La, Ti, Do» benannt sind. Jede der unregelmäßigen Strophen von «Ti» endet mit einem biblischen *Selah!* (aramäisch für «Pause»). In einem dichtgeknüpften Netz von Assoziationen aus vielen Sprachen, Geschichtswerken, Mythen und Dichtungen stellt «Ti» das Los der großen Mehrheit der Menschen unter der weißen Herrschaft vor. «Ti» rechnet ab mit der blutigen Geschichte der westlichen Welt, die mit der Knute des Profits die Menschheit entzweit hat. – 9 *cowled in azure*: In seinem «Diwan» denunziert der persische Dichter Hafis (ca. 1320–1390) die in blaue Kutten gekleideten Mullahs wegen ihrer Heimtücke und vorgetäuschten Demut. – 11 *Whale and Elephant*: Die Symbole, die Thomas Jefferson für Großbritannien und seine Flotte unter Admiral Nelson und Frankreich mit seiner Armee unter Napoleon verwendet hat. – 15 *the multitudinous seas incarnadine*: W. Shakespeare, Macbeth, II,1. Der deutsche Text variiert die Ü. von Frank Günther. – 16 *matstsebeth*: Aramäisch: «Säule», der von Jakob aufgerichtete Stein in 1 Mose, 28:18. – 17 *Thou boy of tears*: W. Shakespeare, Coriolanus, V, 5. – 21 *lakhn mit yashtsherkess*: Jiddish. Tolson interpretiert: «Lachen dieweil man mit Nadeln gestochen wird». – 22 *What dread hand?*: William Blake (1757–1827), Vers 12, «The Tiger». - 23 *one august event*: Thomas Hardy (1840–1928) in «The Convergence of the Twain. Lines on the Loss of the Titanic»; vgl. Bd. 3, S. 110 dieser Anthologie. – 24 *Gondwanaland*: Der Superkontinent der südlichen Hemisphäre, der im Archäikum auseinandergebrochen sein soll. Aus den Fragmenten von Gondwana bildeten sich nach einer bestimmten Theorie unsere heutigen Kontinente. – 29 *elboga*: Ae. Ellenbogen. – 30 *tribulum*: Lat. Dreschwalze. – 38 *paseq*: Aramäisch «Trenner», ein vertikaler Strich, der in der aramäisch-hebräischen Bibel und in den gesungenen Teilen der Torah verwendet wird. –

44 *Famed enterprises*: Aus Lob der Torheit (1511) von Erasmus (1469–1536). – 45 *Hearts of rags . . . souls of chalk»*: Whitman in Democratic Vistas. Er bezieht das auf die «schwankende Masse» der fluktuierenden, nicht parteigebundenen Wähler, die für Brot und Spiele stimmen. – 45 *Hanorish thara sharinas*: Verderbter chaldäischer Text in hebräischer Umschrift, der erst durch die lat. Übersetzung verständlich wird («Der Mensch ist ein Lebewesen von verschiedenartiger, vielförmiger und sprunghafter Natur»), Pico della Mirandola (1463–1494), De dignitate hominis. – 46 *sugary grace*: Marcus Valerius Martial (40–104), Epigrammata, «An einen dichtenden Rivalen». – 46 *zinc buckets*: Boris Pasternak (1890–1960) in Definition of Poetry. – 49 *Red Ruin's . . .*: «Red ruin and the breaking up of laws»: Vers 347, «Guinevere», in Idylls of the King von Alfred Tennyson (1809–1892). – 49 *skeleton horsemen*: Die apokalyptischen Reiter, s. Offenbarung des Johannes, 6:1. – 51 *Marx, the exalter*: Die Aufhebung der kapitalistischen Polarisierung von Mangel und Überfluß werde «das reiche menschliche Bedürfnis» an die Stelle von Reichtum und Elend setzen: «Der reiche Mensch ist zugleich der einer Totalität der menschlichen Lebensäußerungen bedürftige Mensch», MEW, Erg. I, Erster Teil, S. 544, also der Mensch, der auch höhere ästhetische Bedürfnisse hat. – 53 *Christ, the Leveler*: Die «Levelers» (dt. Gleichmacher) bildeten den radikalen linken Flügel in der Cromwellschen Revolution gegen den Absolutismus der englischen Krone. Gott habe den Menschen die Erde zu gleichen Teilen geschenkt, und der Sündenfall des ersten Menschen habe darin bestanden, daß er den gemeinschaftlichen Besitz an Grund und Boden als Privateigentum beanspruchte. – 55 *Tartuffe*: Der Heuchler in Molières Komödie Tartuffe ou L'Hypocrite, 1664. – 57 *pesiq*: Aramäisch «Getrenntes». Tolson bezieht sich auf Hugo Fuchs, P'siq, ein Glossenzeichen (1909) und betont, daß der Sprecher seines Gedichtes die Begriffe Pessik (Getrenntes), Passek (Trenner) und Pessek (Trennen) für seine eigenen Zwecke und auf anderer Ebene verwendet. Man darf vermuten, daß es sich um die Rassentrennung handelt. – 59 *Bitter black estates*: Aus «The Spring returns, but not to him returns», Ü. von J. Ausländer, The Sonnets of Petrarca, London 1931. – 59 *Buzzard and Og*: «Buzzard», Spottname, den der Dichter John Dryden (1631–1700) in dem satirischen Gedicht «The Hind and the Panther» für den schottischen Historiker Gilbert Burnett (1643–1715) verwendet. Im Sprachgebrauch der Zeit bedeutet «buzzard» einen tölpischen und unbedarften Menschen; «Og», Spottname Drydens für seinen Rivalen, den Dichter Thomas Shadwell (1642?–1692), in dem Gedicht «Absalom and Achitophel», wo Shadwell als fetter und versoffener Mensch charakterisiert wird; vgl. Bd. 2, S. 8 dieser Anthologie. – 61 *Peoples of the Brinks*: Bedeutung nicht gesichert. «Brinks» großgeschrieben, würde bedeuten, daß die «Peoples» (Nationen) zur Klientel der Chicagoer Firma «Brink's Inc» gehören, dem internationalen Panzerwagen Service für Geld, Goldbarren und andere Sachwert-Transporte. (s. a. den Film: «Das große Dings bei Brinks»); «brinks» kleingeschrieben, würde «Völker am Rand des Abgrunds» bedeuten, also Völker, die weltpolitisch als Außenseiter marginalisiert werden.

RICHARD DURHAM

Raymond, Mississippi 1917– Chicago 1984

Wächst in Chicago auf, studiert an der dortigen Northwestern University und wird Herausgeber des *Chicago Defender*, einer afroamerikanische Lokalzeitung von nationaler Bedeutung. Nach dem Studium wird er zunächst Amateur-, dann Berufsboxer, bevor er als Publizist in Erscheinung tritt. Als Rundfunkautor verfaßt er von 1948–1959 die Rundfunkserie *Democracy U. S. A.* für die Columbia Broadcasting Station WBBM, und für den Chicagoer Sender WMAQ der NBC die erfolgreiche Serie *Destination Freedom*, über bedeutende Afroamerikaner der amerikanischen Geschichte. Er wird National Program Director der Union Packing House Workers und verfaßt nebenher Gedichte, die in verschiedenen Literturzeitschriften abgedruckt werden. Für seine Hör- und Fernsehspiele erhält er den Peabody Award. In den 60/70er Jahren wird er Herausgeber der Zeitschrift *Muhammad Speaks* und verfaßt die Fernsehserie *Bird of an Iron Feather.* 1975 ist er Co-Autor der Autobiographie *The Greatest – My Own Story* von Cassius Clay, der sich jetzt Mohammad Ali nennt.

Übersetzung: E. Hesse, in *Die Neue Zeitung*, München 27. Mai 1950. – E. Hesse, in *Meine Dunklen Hände: Moderne Negerlyrik in Original und Nachdichtung*, ed. E. Hesse/P. v. d. Knesebeck, München 1953, [6]1968.

322 DAWN PATROL (Text: E. Hesse/P. v. d. Knesebeck, 1968, S. 48; Ü: E. Hesse, 1968, S. 49)

RICHARD WRIGHT

Bei Natchez, Mississippi 1908 – Paris 1960

Sohn einer Lehrerin und eines verarmten Farmpächters, der die Familie verläßt, als Richard fünf ist. Mutter, Großmutter und Verwandte in Mississippi und Tennessee versuchen, den Jungen in Gottes- und Weißenfurcht großzuziehen. Dem rebellischen und wißbegierigen Richard gelingt es, die scharf gezogenen Grenzen der Rassentrennung zu umgehen und sich Zugang zur zeitgenössischen Literatur zu verschaffen. Er liest Sherwood Anderson, Theodore Dreiser und vor allem Mencken, aber auch Henry James, Gertrude Stein und Marcel Proust. 1927 geht er nach Chicago, wo sich seine Gleichheitshoffnungen nicht erfüllen, der Rassismus nur andere Züge trägt. (Über seine Kindheit und die Jahre in Chicago siehe Wrights Autobiographien *Black Boy* und *American Hunger.*) Er arbeitet im Federal Writers' Project, wo er den jungen Ralph Ellison kennenlernt, wird Mitglied des Chicagoer John Reed Clubs, wo er seine Gedichte vorträgt, und der Kommunistischen Partei, von der er sich jedoch 1942 wieder trennt. Ein früher Roman, *Lawd Today*, der mit modernistischen Techniken versucht, schwarze Gettoexistenz darzustellen, bleibt unveröffentlicht. In Chicago gerät er unter den Einfluß der Chicago School of Urban Sociology, der er die genauen Kenntnisse des schwarzen Gettos verdankt, die in seinen naturalistisch-existenzialistischen Roman *Native Son* (1940) eingehen, der ein großes weißes Publikum erreicht und ihn mit einem Schlag berühmt macht. Nach der Veröffentlichung von *Black Boy* verläßt er 1947 für immer die U. S. A. und geht nach Paris. Richard Wright hat auf die Entwicklung des afroamerikanischen Romans weit größere Wirkung ausgeübt als auf die der Lyrik. In seinem künstlerischen Selbstverständnis spielten seine Gedichte eine untergeordnete Rolle. Sie wurden bisher noch nicht in einem eigenen Band veröffentlicht.

Literatur: M. Fabre, *The Unfinished Quest of R. Wright*, Jackson, Miss. 1973. – *Critical Essays on R. Wright*, ed. Y. Hakutani, Boston 1982. – M. Fabre, *The World of R. Wright*, Jackson, Miss. 1986. – R. Wright, *A Collection of Critical Essays*, ed. A. Rampersad, Englewood Cliffs, N. J. 1995.

324 Between the World and Me (Text: *Partisan Review* 2, Juli/August 1934, S. 18–19; Ü: E. Hesse) 43–45 *hot tar ... white feathers*: Eine besonders schmerzhafte und demütigende Form von kollektivem Sadismus, der im Amerika des 18. und 19. Jhs. weit verbreitet war. Das Opfer wurde mit kochendem Teer übergossen und mit Federn überschüttet.

Lewis Allan (Abel Meeropol)

New York c. 1903 – New York 1986

Abel Meeropol – als Komponist und Librettist führte er den Künstlernamen Lewis Allan – erhielt den Bachelor of Arts vom New York City College und den Magister von der Universität Harvard. Sein Gedicht «Strange Fruit» (1939) samt der von Danny Mendelsohn bearbeiteten Melodie ging als Evergreen in die amerikanische Folklore ein und wurde zu einem der berühmtesten Lieder der schwarzen Jazz- und Blues-Sängerin Billie Holiday, genannt «Lady Day» (1915–1959). (S. S. 464 und S. 524.) Allan verfaßte auch die Texte für die weltbekannten Lieder «Fine and Mellow» (1939), «Gloomy Sunday» (1941), «Lover Man» (1944), den Text zu «Apples, Peaches and Cherries» sowie die Partituren zu einer Reihe von Opern. Seine besten Arbeiten entstanden in den Jahren 1936 bis 1944. Für seine Theater-, Rundfunk- und Fernseharbeiten erhielt er mehrere Auszeichnungen. Nach der Hinrichtung von Ethel und Julius Rosenberg auf dem elektrischen Stuhl im New Yorker Sing Sing-Gefängnis im Jahr 1953 adoptierten er und seine Frau Anne die beiden Söhne der Rosenbergs, Michael und Robert, im Alter von 10 und 6 Jahren (s. S. 330).

Ausgabe: D. Clarke, *Billie Holiday – Wishing on the Moon*, übers. von B. Schaden/I. Schober, München 1994.

328 STRANGE FRUIT (Text: Clarke, 1994, S. 198; Ü: B. Schaden/I. Schober) *Strange fruit*: Gemeint sind die Leichen der von *lynching mobs* Gehängten, die Allan ironisch mit dem pastoralen Mythos des Südens und seiner üppigen Vegetation kontrastiert.

ETHEL ROSENBERG

New York 1915 – Ossining, New York 1953

Als Ethel Greenglass geboren, Tochter jüdischer Immigranten. 1939 heiratet sie den Elektroingenieur Julius Rosenberg. Beide sind Mitglieder der Kommunistischen Partei. Sie werden im Sommer 1950 verhaftet und angeklagt, an einer «Verschwörung zu Spionagezwecken» teilgenommen zu haben; verurteilt wurde sie jedoch wegen der (allerdings unbewiesenen) Weitergabe von Geheimnissen der amerikanischen Atomrüstung an die Sowjetunion. Der spektakuläre Prozeß, der aus heutiger Sicht nur noch aus den Konstellationen des Kalten Krieges zu verstehen ist, wurde zum internationalen Skandalon. Obwohl sie bis zum Ende ihre Unschuld beteuerten – die Schuldfrage ist bis heute nicht eindeutig geklärt –, wurden sie im April 1951 zum Tode verurteilt und zwei Jahre später in Sing Sing hingerichtet. Die Korrespondenz der inhaftierten Eheleute, die auch das Gedicht Ethels an ihre beiden Kinder enthält, erschien gleich nach ihrem Tod. Die Kinder wurden schließlich 1957 von Abel Meeropol (alias Lewis Allan, s. S. 662) adoptiert. Die Geschichte der Rosenbergs wurde Gegenstand zweier wichtiger zeitgenössischer Romane: E. L. Doctorow, *The Book of Daniel,* 1971, und Robert Coover, *The Public Burning*, 1976.

Ausgabe: *Death House Letters*, New York 1953. – *The Rosenberg Letters: A Complete Edition of the Prison Correspondence of Julius and Ethel Rosenberg*, ed. M. Meeropol, New York 1994.

330 IF WE DIE (Ausgabe: 1953; Text: R. & M. Meeropol, We Are Your Sons, Boston 1975, S. 258; Ü: E. Hesse)

Kenneth Patchen

Niles, Ohio 1911 – Palo Alto, California 1972

Wuchs im industriellen Ohio auf, wo sein Vater Stahlarbeiter war. Seine Gedichte verbinden den prophetischen Modus Whitmans und Sandburgs mit der ins Surreale drängenden Sprache Rimbauds (etwa in der lyrischen Prosa von *The Journal of Albion Moonlight*). Nach Erscheinen seines ersten Gedichtbandes galt er als «proletarian poet», spätere Kritiker sehen in ihm einen Vorläufer der Beat Poets. Er ist vielleicht am ehesten als ein rebellischer Mystiker der Diesseitigkeit zu verstehen. Daraus entspringt sowohl sein Protest gegen jede Form von Unterdrückung, sein leidenschaftlicher Pazifismus, wie auch sein sprachmagisches Ineinsfühlen «mit allen Dingen und Wesen» der Schöpfung. Seine Werke drängen auf unmittelbare Partizipation: In den 50er Jahren trug er seine Gedichte in Night Clubs vor (begleitet u. a. vom Charlie Mingus Sextett), in seinen «Painted Poems» suchte er die Verbindung von (hand-)gemaltem Bild und lyrischem Text («poemscapes»). Die letzten dreizehn Jahre seines Lebens war er – auf Grund eines lange zurückliegenden Arbeitsunfalls – fast völlig gelähmt.

Ausgaben: *The Journal of Albion Moonlight*, New York 1941. – *Memoirs of a Shy Pornographer*, New York 1945. – *Sleepers Awake*, New York 1946. – *Poemscapes*, Highlands, N. C., 1958. – *Collected Poems*, New York 1968. – *There is Love All Day: Poems*, New York 1970.

Übersetzungen: M. Adrian, *Schläfer Erwacht*, Berlin 1983. – K. Berens, *Erinnerungen eines schüchternen Pornographen*, Stuttgart 1984. – R. und I. Harbaum, *Blaue Kontinente, Nacht. Liebesgedichte*, 1994.

Literatur: H. Miller, *K. Patchen: Man of Anger and Light*, New York 1946. – *K. Patchen: A Collection of Essays*, ed. R. Morgan, New York 1977. – R. Nelson, *K. Patchen and American Mysticism*, Chapel Hill, N. C. 1984. – O. Hansen, «Die ungefähre Ähnlichkeit», in: *K. Patchen: Maler, Dichter, Pazifist, Visionär*, Kassel 1987.

332 Nice Day for a Lynching (Text: Collected Poems, 1968, S. 97; Ü: M. Cohen)
332 Lunch Wagon (Text: Coll. Poems, S. 273; Ü: M. Cohen)
334 To the Tune of an Ancient Song (Text: Coll. Poems, S. 382; Ü: E. Hesse)

KARL SHAPIRO

Baltimore 1913

Shapiros Entwicklung stand zwar im Zeichen der «klassischen Moderne» T. S. Eliots und vor allem W. H. Audens («Ohne ihn wäre aus vielen von uns nie etwas geworden»), doch plädierte er für eine «schlichtere Kunst», die sich mit den konkreten Erfahrungszusammenhängen des Krieges und der amerikanischen Wirklichkeit auseinandersetzte. Insofern gehörte er zu den Vertretern einer gemäßigten Moderne, die sich bei aller Dichte ihrer Bildlichkeit traditioneller Formen bediente und sie zur Darstellung subjektiver Gefühle, Reflexionen, Urteile und alltäglicher Erfahrungen einsetzte. Im Zweiten Weltkrieg diente er von 1942 bis 1945 im Südwestpazifik, dann 1950 in Korea. 1945 erhielt er den Pulitzer Prize für seine zweite Gedichtsammlung *V-Letter and Other Poems* (1944). Von 1950 bis 1956 war er Herausgeber der Zeitschrift *Poetry* und von 1956 bis 1966 Herausgeber des Kulturjournals *The Prairie Schooner.* Seine Vorbehalte gegenüber Eliot und Pound ebenso wie seine Sympathie für Ginsberg stammten sicher aus dem Bewußtsein seiner jüdischen Identität, entsprachen aber auch dem eigenen Selbstverständnis, ein Dichter des Übergangs zu sein, der mit Ginsberg und den Beats nicht nur eine neue Generation, sondern auch eine andere Auffassung von Dichtung begrüßte, der er sich wohl öffnen und die er fördern konnte, die ihm aber dennoch fremd blieb. In den 60/70er Jahren verteidigte er – als «Mitglied des Establishments», wie er sich nannte – bis zum bitteren Ende den Krieg in Vietnam. In den 90er Jahren entwickelte er sich zum leidenschaftlichen Gegner der «affirmative action» (Quotenregelung).

Ausgaben: *Person, Place and Thing*, New York 1942. – *V-Letter and Other Poems*, New York 1944. – *Trial of a Poet*, New York 1947. – *Poems of a Jew*, New York, 1958. – *The Bourgeois Poet*, New York 1964. – *Collected Poems 1940–1978*, New York 1978. – *In Defense of Ignorance*, New York 1965 [Prosa]. – *The Poetry Wreck: Selected Essays 1950–1970*, New York 1975.

Literatur: J. Reino, *K. Shapiro*, Boston 1981. – *Seriously Meeting K. Shapiro*, ed. S. B. Walker, Mobile, Ala. 1993.

336 AUTO WRECK (Text: Collected Poems, 1978, S. 6; Ü: E. Hesse)
338 MOVIE ACTRESS (Text: 1944, S. 15, Ü: E. Hesse) *I sit a queen, and am no widow*: Offenbarung des Johannes, 18:7.
340 THE LEG (Text: Coll. Poems, S. 82; Ü: M. Cohen)
342 YOU CALL THESE POEMS? (Text: Coll. Poems, S. 256; Ü: M. Cohen) Das Gedicht dokumentiert den Umbruch, der sich in der amerikanischen Lyrik nach 1960 vollzog, durch den Eliot als Mentor der Moderne abgelöst und

durch Williams als ‹Vater› einer postmodernen Lyrik ersetzt wurde. – 3 *Nizam*: Titel der früheren Herrscher von Haiderabad in Deccan (Indien).

Randall Jarrell

Nashville, Tennessee 1914 – Chapel Hill, North Carolina 1965

Wie Shapiro gehört Jarrell einer Generation an, die sich – wie er es selber formulierte – von der Moderne lösen wollte, ohne recht zu wissen wie. Er folgte seinem Lehrer John Crowe Ransom ans Kenyon College, wo er auch unterrichtete, und war eng mit Robert Lowell befreundet. Während des Krieges diente er in der Air Force – mehr als Ausbilder und Techniker denn als Pilot. Vor allem seine Gedichte über den Krieg – den Luftkampf, die Psychologie der Piloten – haben ihn auch über ein akademisches Publikum hinaus bekannt gemacht. Daneben schrieb er Kinderbücher und galt als brillanter Lehrer und Literaturkritiker. Als eines von vielen ‹Opfern› seiner Kritik meinte Karl Shapiro, er fühle sich «überfahren, aber nicht verletzt». In seinen Essays ging es ihm vor allem darum, die Dichtung seiner Zeitgenossen (Lowell, Bishop, Berryman) einem breiteren Publikum zugänglich zu machen. Jarrells Liebe gehörte der deutschen Literatur – insbesondere der Dichtung Goethes und Rilkes, die er übersetzt hat. Er kam bei einem Unfall ums Leben.

Ausgaben: *Little Friend, Little Friend*, New York 1945. – *Losses*, New York 1948. – *The Woman at the Washington Zoo: Poems and Translations*, New York 1960. – *The Complete Poems*, New York 1969. – *Poetry and the Age*, New York 1953 [Prosa]. – *Pictures from an Institution*, New York 1954. – *A Sad Heart at the Supermarket*, New York 1962. – *The Third Book of Criticism*, New York 1969.

Literatur: R. Lowell/P. Taylor/R. P. Warren, ed., *R. Jarrell, 1914–1965*, New York 1967. – M. B. Quinn, *R. Jarrell*, Boston 1981. – W. H. Pritchard, *R. Jarrell: A Literary Life*, New York 1990.

344 A Lullaby (Text: Complete Poems, 1969, S. 169; Ü: M. Cohen)
344 Eighth Air Force (Text: Complete Poems, S. 143; Ü: M. Cohen)
4 *O Paradiso*: Arie aus der Oper La Gioconda von Amilcare Ponchielli (1834–1886). – 16 *I have suffered*: Pontius Pilatus beim Versuch, Jesus gegen die Anklage der Hohenpriester zu verteidigen. Das Gedicht sieht die Piloten wohl als Mörder, aber auch als Opfer: als «Kriminelle und Sündenböcke», die Jarrell an anderer Stelle mit Christus vergleicht, diesem «Kriminellen und Sündenbock, über den die Evangelien geschrieben wurden».
346 The Death of the Ball Turret Gunner (Text: Complete Poems, S. 144; Ü: E. Hesse)

JAMES LAUGHLIN

Pittsburg 1914 – Norfolk, Connecticut 1997

Dichter und Verleger, entstammte der Geldaristokratie Amerikas und fing früh an, Gedichte zu schreiben. Noch als Student der Universität Harvard fuhr er in den Semesterferien 1934 nach Rapallo, um Ezra Pound aufzusuchen, der ihm einen Lehrgang an seiner «Ein-Mann-Universität» verpaßte. Pound, erbost darüber, daß sein Freund W. C. Williams noch immer keinen Verleger in Amerika gefunden hatte, riet Laughlin davon ab, selber Gedichte zu schreiben, er solle lieber «was tun», damit daheim unvermarktbare Dichter gedruckt werden könnten. Nach seiner Rückkehr gründete der Zwanzigjährige den Verlag «New Directions», der zu einem der wichtigsten Publikationsorgane der literarischen Avantgarde in Amerika wurde. Seine eigenen Gedichte erschienen jedoch nur in kleinen privaten Editionen. Anders als Pound hatte Williams Laughlin darin bestärkt, selber Verse zu schreiben und ihm zu einer absonderlichen «Prosodie» geraten, in der nicht Silben, sondern Anschläge der Schreibmaschinentasten gezählt werden. Keine Zeile durfte um mehr als zwei Anschläge plus oder minus von der vorherigen abweichen. Dieses rein mechanische Prinzip – so Laughlin – entspräche den neuen Produktionsformen der Schriftsteller. Mit seinen seltsamen interpunktionslosen Zeilenabbrüchen, bei denen das lesende Auge ständig in Konflikt mit dem inneren Ohr für die Kadenzen der Umgangssprache gerät, wirft Laughlin den unentwegten fünffüßigen Jambus der angelsächsischen Verskunst aus dem Tritt. «Verwende keine überzähligen Wörter», hatte Pound gefordert. Die neue Zeilenform verhindert mit ihrer Wortknauserei von vornherein jeglichen sprachlichen Fettansatz. Laughlins Mikroverse knüpfen bei den klassischen Traditionen des Epigramms an, die Pound und Eliot wiederbelebt hatten. Sie bestechen durch die präzise Hand, mit der die witzigen und kritischen Akzente gesetzt werden. Ihre federgewichtige Spontaneität darf aber nicht darüber hinwegtäuschen, daß wir es hier mit strengster sprachlicher Verdichtung zu tun haben. Thematisch handelt es sich um Tagebucheintragungen, kritische Anmerkungen zum Zeitgeschehen und zum Intimleben, immer auf dem schmalen Grat zwischen Gefühl und Spott. Laughlins Poesie bewährt sich in seiner Liebeslyrik wie auch in der genrehaften Ausmalung des Tagesablaufs und der familiären Beziehungen zwischen den Generationen. Darin ist er ein Vorläufer von Robert Lowells späteren *Life Studies.* Seine beiden literarischen Adoptivväter Pound und Williams wurden in recht gegensätzlicher Weise maßgeblich für seine Lyrik: Während Williams hinter Laughlins kompromißlosem Bekenntnis zur «natürlichen» und «authentischen» Rede des Augenblicks steht, schlägt sich Pounds Einfluß in einer intertextuellen Sprechweise nieder, der zunehmenden Erkenntnis, daß der literarische Prätext stets schon im Text steckt. Das führt den Dichter dann zu den «gestohlenen» und «kontaminierten» Gedichten seiner (unfreiwillig) postmodernen Spätzeit, in der sein Alter Ego «Hiram Handspring» langzeilige humorige Verse vorbringt, die in der barocken Tradition der Nachahmung stehen, den *centones* (aus Versen und Redewendungen anderer Dichter zusammengesetzte Gedichte) und den *maccaronischen* Texten (lateinisch gebeugte Worte einer anderen Sprache oder, bei Laughlin, Texte in «Americanfrench»). Zwischen der Moderne und der Tradition, die, wie Laughlin anmerkt, nichts anderes ist als über Generationen fortgesetzte *«imitatio»* – also «Diebstahl» –, bewegt sich seine Lyrik zwischen *Cento* und *Canto*.

Ausgaben: *Some Natural Things,* New York 1945. – *A Small Book of Poems,* Mailand 1948. – *The Wild Anemone & Other Poems*, New York 1957. – *Confidential Report*, London 1959. – *The Pig,* Mt. Horeb, Wis. 1970. – *In Another Country,* San Francisco 1978. – *Stolen and Contaminated Poems,* Isla Vista, Cal. 1985. – *Selected Poems* 1938–1985, San Francisco 1986. – *The House of Light*, New York 1986. – *Tabellae,* New York 1986. – *The Owl of Minerva,* Port Townsend, Wash. 1987.- *The Bird of Endless Time,* Port Townsend, Wash. 1989. – *The Man in the Wall*, New York 1993.

Übersetzungen: E. Hesse, *Die Haare auf Großvaters Kopf*, Zürich 1966. – E. Hesse, *Akzente* 4 [sechzehn Gedichte], August 1986.

Literatur: «Festschrift», ed. B. Morrow, *Conjunctions: I,* Winter 1981/1982, New York 1982. – Interview, R. Ziegfeld, *The Paris Review* 89 u. 90, Parts I u. II, Summer/Winter 1983. – E. Hesse, «Als ob ein Mann sein eigener Autor wär», in: *Akzente* 4, 1986, erweitert in: «‹As If a Man Were Author of Himself›: Reflections on J. Laughlin, Publisher and Poet», in: *American Poetry* 5:3, Spring 1988.

348 TECHNICAL NOTES (Text: *Selected Poems*, 1986, S. 4; Ü: E. Hesse, Akzente, S. 325) 1 *Catullus*: Gaius Valerius Catullus (84 v. u. Z.–54) spätrömischer Dichter von Elegien und Epigrammen. Berühmt ist seine Liebesaffäre mit ‹Lesbia›. Laughlin wird von der Kritik wiederholt als der «Catull Amerikas» bezeichnet, tatsächlich hat seine Dichtung viel von der weltstädtischen Eleganz des Römers.

350 A BAD NIGHT ON THIRD AVENUE (Text: *Wild Anemone*, S. 11; Ü: E. Hesse, 1966, S. 7) 4 *Cynthia*: Die flatterhafte Geliebte von Propertius: «ihre Treue war nicht berühmt» (Pound). – 12 *Propertius*: Sextus Propertius (50 v. u. Z.–16) römischer Dichter, Verfasser von Liebesgedichten in elegischen Distichen. Pounds Homage to Sextus Propertius (1919), die keine Übersetzung, sondern eine echte imitatio in centonischer und maccaronischer Fügung ist, hatte diesen Dichter für die Moderne zu neuem Leben erweckt.

352 IT'S WARM UNDER YOUR THUMB (Text: Sel. Poems, S. 37; Ü: E. Hesse, 1966, S. 27)

352 BUSY DAY (Text: in Hesse, Haare, S. 34; Ü: E. Hesse, 1966, S. 35)

354 WHAT THE PENCIL WRITES (Text: Sel. Poems, S. 10; Ü: E. Hesse, 1966, S. 33)
356 THE CARE AND FEEDING OF A POET (Text: Sel. Poems, S. 86; Ü: E. Hesse, Akzente, S. 332)
358 YOUR ERROR (Text: Sel. Poems, S. 63; Ü: E. Hesse, Akzente, S. 333)
358 SO MUCH DEPENDS (Text: *Sel. Poems* S. 70; Ü: E. Hesse) Dieses Gedicht ist ein reines *Cento,* da es sich allein aus allseits bekannten Versen von Williams zusammensetzt. Es liegt eine gewisse Ironie darin, daß Laughlin dem Dichter der «authentischen» und nichtliterarischen Rede auf diese Weise huldigt. – 7 *Floss*: Florence Williams, die Ehefrau des Dichters. – *Brueghel*: flämischer Maler; sein Ölbild «Die Erntearbeiter» (1565) mit tanzenden holzbeschuhten Erntehelferinnen wird von Williams in «The Corn Harvest» (Pictures from Brueghel and Other Poems, New York 1962) beschrieben.
360 SOME OF US COME TO LIVE (Text: Sel. Poems, S. 71; Ü: E. Hesse, Akzente, S. 331) 4 f. *The phalanx:* geschlossene Schlachtreihe, Kerntruppe; Zitat aus Pounds Canto LXXIV über die Untauglichkeit junger Männer für die Philosophie, da ihre Verallgemeinerungen nicht in einer hinreichenden Phalanx von Besonderheiten wurzeln. Pound zitiert hier Aristoteles, Nikomachische Ethik, 1143b 4. – 11 *rhymes between ideas*: Pound spricht auch von «thematischen Reimen» («subject rhymes») in seinen Cantos: so ist der Weg Dantes zu Beatrice in der Divina Commedia ein «thematischer Reim» auf die Heimkehr des Odysseus in sein Königreich bei Homer, die ihrerseits ein Gedankenreim auf den von Pound angestrebten «nostos» (gr. Heimkehr) in das irdische Paradies des Menschen ist. –12 f. *the father's house of / many mansions*: nach Johannes 14:2: «In meines Vaters Hause sind viele Wohnungen.»

ELIZABETH BISHOP

Worcester, Massachusetts 1911 – Boston 1979

Obwohl Bishop einen großen Teil ihres Lebens in Brasilien verbrachte, ist ihre dichterische Phantasie geprägt von der Kultur Neuenglands, oder genauer: von der Spannung zwischen der tropischen Welt des Südens (Brasilien, Mexiko, Florida) und dem kühlen Formbewußtsein neuengländischer Tradition, von dem Leben und dem Reisen zwischen beiden. Insofern sind die Titel ihrer ersten Gedichtbände, *North & South*, 1946, und *Questions of Travel*, 1965, symptomatisch. Ihre Dichtung offenbart ein «scharfes Auge» für die präzise Darstellung der Phänomene einer natürlichen Welt, als deren Teil sie sich – beobachtend und zugleich mitfühlend – versteht. Kurz nach dem Tod ihrer Mutter adoptierte Bishop die zweiundzwanzig Jahre ältere Lyrikerin Marianne Moore als eine Art Ersatzmutter und literarische Zensorin für die Erstfassungen ihrer Gedichte. Moore mahnte ständig sprachliche «Unschicklichkeiten» (indelicacies) an, etwa wenn Bishop sich dazu verstieg, «dust» (Staub) mit «lust» (Wollust) zu reimen. Erst 1938, nach der Veröffentlichung ihres Gedichts «In Prison» in der Märzausgabe der *Partisan Review*, das sie Moore nicht wie üblich vorgelegt hatte, gelang Bishop endlich der Absprung von den sittlich-ästhetischen Vorurteilen der älteren Dichterin. Bishop widmete Robert Lowell, dessen Lyrik (bis auf die konfessionellen Gedichte) sie sehr schätzte, eines ihrer bekanntesten Gedichte («The Armadillo»). Für die Gesamtausgabe ihrer Gedichte erhielt sie 1969 den National Book Award. T. S. Eliot lobte ihre Lyrik kurz und bündig als «too good to be appreciated anywhere» («zu gut um irgendwo anzukommen»).

Ausgaben: *The Complete Poems, 1927–1979*, New York 1983, ^{2}1991. – *The Collected Prose*, New York 1984.

Literatur: *E. Bishop and Her Art*, ed. L. Schwartz/S. Estes, Ann Arbor 1983. – *Modern Critical Views*: *E. Bishop*, ed. H. Bloom, New York 1985. – T. Travisano, *E. Bishop: Her Artistic Development*, Charlottesville, Va. 1988. – B. Costello, *E. Bishop: Questions of Mastery*, Cambridge 1991. – L. Goldensohn, *E. Bishop: The Biography of a Poetry*, New York 1992. – C. K. Doreski, *E. Bishop: The Restraints of Language*, New York 1993. – B. C. Miller, *E. Bishop: Life and the Memory of It*, Berkeley 1993. – *E. Bishop: The Geography of Gender*, ed. M. May-Lombardi, Charlottesville, 1993.

362 The Armadillo (Text: Complete Poems, S. 103–104; Ü: R. Schrott) *Armadillo*: Gürteltier; der Armadillo personifiziert hier den Dichter Robert Lowell, dem das Gedicht gewidmet ist.

364 Visits to St. Elizabeths (Text: Compl. Poems, S. 133–135; Ü: R. Schrott) 1 *Bedlam* (korrupte Form von «Bethlehem»): Ein notorisches Narrenspital, gegr. 1548 in London, mit dem das St. Elizabeths Hospital for the Criminally Insane in Washington, D. C., hier identifiziert wird. Bishop hat Pound, der dort zwölfeinhalb Jahre seines Lebens absaß, mehrmals besucht und beschreibt die verschiedenen Personae, die er seinen Besuchern vorspielte. Die Struktur des Gedichts basiert auf dem alten englischen Kinderreim: «This is the house that Jack built.»

ROBERT LOWELL

Boston 1917 – New York 1977

Stammte aus einer angesehenen Bostoner Familie. Zu seinen Vorfahren gehörten die Dichter James Russell Lowell und Amy Lowell. Seine frühe Dichtung stand deutlich unter dem Einfluß T. S. Eliots und der modernen «Metaphysical Poets» (wie etwa A. Tate), als deren herausragendster Vertreter er alsbald galt. Wie Tate konvertierte er zum Katholizismus, dem er aber nach zehn Jahren (1950) wieder den Rücken kehrte. Lowell war aus moralischer Überzeugung Rebell und Protestant und suchte doch zugleich nach Zugehörigkeit und geistiger Ordnung: Während des Krieges ging er (wegen der Zerstörung Dresdens durch alliierte Luftangriffe) als Kriegsdienstverweigerer ins Gefängnis, später war er ein leidenschaftlicher Gegner des Vietnamkriegs. Unter dem Druck persönlicher Krisen und Zusammenbrüche und infolge der historischen und literarischen Veränderungen der späten 50er und 60er Jahre änderten sich auch sein Stil und seine Dichtungsauffassung mehrfach: von der dichten, metaphorisch-komplexen Bildlichkeit seiner frühen Gedichte («The Quaker Graveyard in Nantucket») zu den formal gelösteren Gedichten der späteren Jahre («Skunk Hour», «Waking Early Sunday Morning»), die gegenüber der persönlichen Geschichte wie auch dem zeitgeschichtlichen Geschehen durchlässig sind und in der Reflexion der individuellen Erfahrung die der kollektiven mitbetreiben. Während der 50er und 60er Jahre galt Lowell als der bedeutendste Dichter seiner Zeit – nicht zuletzt auf Grund der handwerklichen Meisterschaft, die seine Dichtung insgesamt auszeichnet. Vielleicht kann Lowells Dichtungswerk aber auch insofern als repräsentativ verstanden werden, als es die Entwicklung der amerikanischen Nachkriegslyrik aufgesogen und nachvollzogen hat. In diesem Sinne ist er die letzte integrale Figur in der zunehmend zerklüfteten Landschaft der amerikanischen Gegenwartslyrik.

Ausgaben: *Lord Weary's Castle*, New York 1946. – *Life Studies*, London 1959. – *For the Union Dead*, New York 1964. – *History*, New York 1967. – *Notebook 1967–68*, New York 1969. – *The Dolphin*, New York 1973. – *Selected Poems*, New York 1977. – *Day by Day*, New York 1977. – *Essays on the Poetry*, Cambridge 1986.

Übersetzungen: K.-H. Berger, *Ein Fischnetz aus teerigem Garn zu knüpfen*, Berlin 1976. – C. Meyer-Clason, *Für die Toten der Union*, Frankfurt 1976. – M. Pfister, *Gedichte*, Stuttgart 1988.

Literatur: M. Perloff, *The Poetic Art of R. Lowell*, Ithaca 1973. – S. G. Axelrod, *R. Lowell: Life and Art*, Cambridge 1986. – P. Hobsbaum, *A Reader's Guide to*

R. Lowell, London 1988. – M. Pfister, «Gedicht und Denkmal: Robert Lowells ‹For the Union Dead›», in: *Poetik und Geschichte*, ed. D. Borchmeyer, Tübingen 1989. – T. Witek, *R. Lowell and Life Studies: Revising the Self*, Columbia, Mo. 1993.

370 MR. EDWARDS AND THE SPIDER (Ausgabe: *Lord Weary's Castle*; Text: Selected Poems, S. 27; Ü: M. Pfister, Gedichte, S. 20) Der Titel bezieht sich auf die berühmt-berüchtigte Predigt des Philosophen und puritanischen Geistlichen Jonathan Edwards (1703–1758), «Sünder in der Hand eines zornigen Gottes», in der er die Seele mit einer Spinne vergleicht, die Gott in seiner Hand und über das (Höllen-)Feuer hält. – 18 *How will the hands . . .?* Edwards paraphrasiert Hesekiel 22:14. – 38 *Josiah Hawley:* Vermutlich Edwards Onkel, der sich am 1. Juli 1735 die Kehle durchschnitt und dessen Leichnam in einem Ziegelofen entsorgt wurde. – 45 *Black Widow*: die schwarze Witwe, eine giftige Spinne, deren Unterseite die Zeichnung eines Stundenglases trägt.

372 SKUNK HOUR (Ausgabe: *Life Studies*; Text: Sel. Poems, S. 95; Ü: M. Pfister, S. 52) 1 *Nautilus Island*: eine Insel in Maine. – 14 *L. L. Bean catalogue*: der Katalog eines Versandhauses für anspruchsvolle Sportbekleidung und -ausrüstung in Freeport, Maine. – 25 *Tudor Ford:* Two-door Ford. – 36 *skunks*: Stinktiere.

376 FOR THE UNION DEAD (Ausgabe: *For the Union Dead*; Text: Sel. Poems, S. 135; Ü: M. Pfister, S. 72) Lowells Gedicht ist eine «Antwort» auf das 36 Jahre vorher entstandene Gedicht von Allen Tate, «Ode to the Confederate Dead». Lowells Gedicht beschwört in einer Zeit des Verfalls und der gesellschaftlichen Krise (die Rassenkonflikte Ende der 50er Jahre) den Geist Robert Shaws, den er später als «Blase» ironisiert. *Relinquunt Omnia Servare Rem Publicam*: «Sie geben alles hin, um der Republik zu dienen», Variante der Inschrift von Charles W. Eliot auf dem Shaw-Denkmal von Saint-Gaudens. Dort heißt es im Singular: «Er gab alles hin . . .» Lowell setzt das in den Plural. – 3 *cod:* Dorsch, Emblem von Massachusetts. – 13 *Boston Common*: Platz im Herzen Bostons in der Nähe des Regierungsgebäudes. – 21 *Colonel Shaw*: Colonel Robert Gould Shaw (1837–1863) führte als 25-jähriger das 54. Regiment der Massachusetts Volunteers, das erste Regiment der Unionsarmee, das sich (unterhalb der Offiziersebene) total aus freien Schwarzen der Nordstaaten rekrutierte. Colonel Shaw wurde mit fast der Hälfte seiner Männer am 18. Juli 1863 bei der Attacke auf Fort Wagner bei Charleston getötet. Das Denkmal, das der Bildhauer Augustus Saint-Gaudens (1848–1907) ihm und seinen schwarzen Mitgefallenen zu Ehren errichtete, steht noch heute am Nordende des Boston Common. – 28 *William James*: amerikanischer Philosoph und Mitbegründer des Pragmatismus (1842–1910), älterer Bruder des Schriftstellers Henry James. – 55 *Boylston Street*: Straße, die in den Boston Common mündet.

380 ELOISE AND ABELARD (Text: *History*, S. 55; Ü: M. Pfister, S. 88) Pierre Abélard (1079–1142), herausragender, aber auch umstrittener und 1121 vor-

übergehend wegen ketzerischer Ansichten verurteilter Denker der Scholastik. Mit 38 Jahren verliebte er sich in seine 17-jährige Schülerin Eloïse (1101–1164). Er entführte sie in die Bretagne (wo sie ein Kind gebar), worauf ihn ihr Onkel Fulbert überfallen und entmannen ließ. Abélard wurde Mönch in St. Denis, nachdem der Onkel Eloïse in ein Kloster gesteckt hatte, nahm aber bald darauf seine Lehrtätigkeit wieder auf. Nach seinem Tod erwarb Eloïse seinen Leichnam, um mit ihm im Grab vereinigt zu sein. Lowell benutzt die in der europäischen Literatur oft erzählte Geschichte unglücklicher Leidenschaft als ironische Metapher für die Entwicklung der Studentenbewegung von 1968: ihre Spaltung in einen irrationalen Aktivismus der Straße auf der einen und in blutlos-spitzfindige Dialektik auf der anderen Seite. – 13 *stamping students*: in einer alternativen Lesart läßt sich dies auf Abélards begeistert «trampelnde Studenten» beziehen. – 14 *Minerva*: röm. Göttin der Gelehrsamkeit.

CHARLES OLSON

Worcester, Massachusetts 1910 – New York 1970

Als langjähriger Direktor des Black Mountain College (1951–1956) wird Olson noch zu Lebzeiten eine legendäre Gestalt, die als Lehrer und Verfechter des «projective verse» (d. h. einer Dichtung, die sich aus der Energie des Körpers, dem Rhythmus und der Stoßkraft des Atems organisch organisiert) von größerem Einfluß auf die Entwicklung der amerikanischen Nachkriegslyrik war als durch die eigenen Gedichte. Mit seinem 1947 veröffentlichten Buchessay *Call Me Ishmael*, in dem er den Raum zum «zentralen Faktum» der amerikanischen Erfahrung erklärt, gelingt ihm ein grundlegender Beitrag zur Melville-Forschung. Mit Pound, den er ab 1946 häufig in St. Elizabeths konsultiert, verbindet Olson (selber ein Kind des New Deal und überzeugter Demokrat) u. a. auch die Vorstellung von einem notwendigen Nexus zwischen Individualismus und Gemeinsinn in der poetischen Praxis. Zusammen mit dem wiederentdeckten W. C. Williams wird er dann gegen Ende der 50er Jahre zur Leitfigur einer neuen Dichtergeneration und zum Vordenker einer post-modernen Poetik der offenen Form: der Prozeßhaftigkeit, der Immanenz und des Neubeginns. «What does not change / is the will to change», heißt es in der ersten Zeile seines Gedichts «The Kingfishers». 1951 verbringt er mehrere Monate in Yukatan, wo er – auf der Suche nach Neuanfängen jenseits der materialistisch verödenden Kultur der Moderne – die Kulturen der Mayas and Azteken studiert (*Mayan Letters*, 1953). Im gleichen Jahr wird er an das Black Mountain College berufen, ein experimentelles Liberal Arts College in North Carolina, zu dessen Rektoren auch der aus Deutschland vertriebene Bauhaus-Maler Josef Albers gehört hatte. Während der fünf Jahre seiner Leitung verfolgt er ein Ideal intermedialer Kooperation zwischen Dichtung, Tanz, Musik und Malerei (Merce Cunningham, John Cage, Robert Rauschenberg und Franz Kline sind Lehrer am College). In dieser Zeit schreibt Olson viele seiner besten frühen Gedichte, die ersten *Maximus Poems*, zahlreiche theoretische Schriften sowie Theater/Tanzstücke. Zu seinen Schülern gehören u. a. Robert Creeley (der die Zeitschrift *The Black Mountain Review* herausgibt) und Robert Duncan. Nach dem finanziellen Bankrott von Black Mountain 1956/57 zieht sich Olson in das Fischerdorf Gloucester, in Massachusetts, zurück, das er – ähnlich wie Williams die Stadt Paterson – zum Mikrokosmos eines poetischen Universums macht. An ihm, dem monumentalen epischen Gedicht *The Maximus Poems*, schreibt Olson bis zu seinem Tod.

Ausgaben: *Selected Writings of Ch. Olson*, New York 1966. – *The Maximus Poems* [Maximus, I], New York 1960. – *The Maximus Poems* [I–VI], ed. G. F. Butterick, Berkeley 1983. – *Call Me Ishmael*, New York 1947 [Prosa].

Übersetzungen: K. Reichert, *Gedichte*, Frankfurt 1965.

Literatur: G. F. Butterick, *A Guide to the Maximus Poems of Ch. Olson*, Berkeley 1978. – R. v. Hallberg, *Ch. Olson: The Scholar's Art*, Cambridge 1978. – Sh. Paul, *Olson's Push*, Baton Rouge 1978. – H. Mesch, *Verweigerung endgültiger Prädikation: Ästhetische Formen und Denkstrukturen der amerikanischen ‹Postmoderne› 1950–1970*, München 1984. – T. Clark, *Ch. Olson: The Allegory of a Poet's Life*, New York 1991. – J. Halden-Sullivan, *The Topology of Being: The Poetics of Ch. Olson*, New York 1991.

382 Moonset (Text: Selected Writings, 1966, S. 220; Ü: K. Reichert, Gedichte, S. 75) Olsons Mutter war sieben Jahre vorher, Weihnachten 1950, kurz vor seinem 40. Geburtstag gestorben. Dem Schmerz über ihren Tod hatte er in «The Moon is the Number 18» Ausdruck gegeben. Die schwierige Befreiung von der Mutter ist auch Gegenstand des Gedichts «As the Dead Prey Upon Us». Für Olson öffnete die Dichtung die Möglichkeit einer zweiten Geburt, und «Moonset» bezeichnet den schmerzhaften Prozeß der Geburt eines neuen Selbst (etwa in der Gestalt des Maximus von Gloucester).

Maximus Poems

Olson begann den Zyklus 1950. Die erste, 1960 veröffentlichte, Ausgabe (später «Maximus I») ist Robert Creeley gewidmet. 1968 erscheinen die Teile IV, V und VI. Teil III wird von G. F. Butterick aus unvollständigen Manuskripten rekonstruiert und in einer Gesamtausgabe 1983 postum veröffentlicht. In diesem an Pounds *Cantos* und Williams' *Paterson* erinnernden Langgedicht macht Olson den Philosophen Maximus von Tyrus (2. Jh. u. Z) zum Modell für ein

Selbst, welches das Wohl der konkreten Gemeinde (*polis*) über jedes Eigeninteresse stellt. Ähnlich versteht er Tyrus, den zentralen Hafen der Phönizier, als Ort, der in Gloucester, dem zentralen Fischereihafen der amerikanischen Ostküste, seine moderne Entsprechung hat. Gloucester bildet nach Geographie und Geschichte einen besonderen lokalen Kontext, der Gemeinsinn hervorbringt und zugleich von diesem getragen wird.

382 MAXIMUS, TO HIMSELF (Ausgabe: Maximus Poems, 1960; Text: Butterick, S. 56 f. Ü: K. Reichert, S. 91) 1953 am Black Mountain College entstanden. – 6 f. *I stood estranged*: s. Heraklit: «Man is estranged from that with which he is most familiar» (frei nach Fr. 1). – 18 *Achiote*: Von Nahuatl *achiotl*, der Samen des Annotto-Baums, aus dem rote Farbe gewonnen wird. Hier in der Bedeutung von ‹scharf›, ‹pfeffrig›. – 30 *Doceat*: Eine der drei Funktionen der Literatur, die «belehren», aber auch «bewegen» und «erfreuen soll» (Rudolf Agricola, zitiert in Pounds Make It New: «ut doceat, ut moveat, ut delectet»); Agricola zitiert seinerseits den römischen Redner Marcus Fabius Quintilianus. – 33 f. *From one man / the world*: Olson bezieht sich hier auf seinen Freund Robert Creeley.

ROBERT CREELEY

Arlington, Massachusetts 1926

Robert Creeley gilt als Schüler Olsons, der aber seinerseits betonte, daß es Creeley war, von dem er gelernt habe und dem sein Nachdenken über Dichtung am meisten verdanke. Auf Einladung Olsons wird Creeley 1954 Lehrer am Black Mountain College. Er gründet dort die *Black Mountain Review*, die er bis 1957 ediert. Seit 1966 unterrichtet er an der State University of New York at Buffalo. 1992 wird er *poeta laureatus* des Staates New York. Die Form seiner Gedichte und ihre sprachliche Ökonomie (die sparsame, fast karge Wortwahl, die klangliche und rhythmische Sorgfalt, die jeder einzelnen Zeile gilt) erinnern an W. C. Williams, und es sind Olson, Pound und Williams, auf die er sich am häufigsten beruft. Mehr noch als Williams verdichtet jedoch Creeley Sprache gleichsam zu einer inneren Wahrnehmung des Auges, in der die sinnliche Welt reflexiv gebrochen und abstrakt wird. Seine Gedichte sind Akte einer Kommunikation, die von der Distanz zum Anderen (Ding und Mensch) weiß und daher das Schweigen, die Löcher und Abwesenheiten, die sie füllen wollen, in sich aufnimmt. «Thoughtfulness [in der mehrfachen Bedeutung von Gedanklichkeit, Aufmerksamkeit, Behutsamkeit] schafft die Form – die Metaphysik der Einsamkeit», schrieb Louis Zukofsky an ihn und über ihn. Zusammen mit Lowell und Ashbery dominierte Creeley die amerikanische Lyrik vor allem der 70er Jahre.

Ausgaben: *Poems 1950–1965*, London 1966. – *Selected Poems*, New York 1976. – *Later*, New York 1976. – *The Collected Poems of R. Creeley*, Berkeley, Cal. 1983. – *Windows*, New York 1987. – *The Collected Prose of R. Creeley*, New York 1984. – *The Collected Essays of R. Creeley*, Berkeley, Cal. 1989.

Übersetzungen: M. Mundhenk, *Gedichte*, Berlin 1984. – K. Reichert, *Gedichte*, Salzburg 1985. – K. Reichert, *Echos*, Frankfurt 1993.

Literatur: *Boundary 2*, «R. Creeley Issue», Frühling/Herbst 1978. – C. Edelberg, *R. Creeley's Poetry: A Critical Introduction*, Albuquerque 1978. – Sh. Paul, *The Lost America of Love: Rereading R. Creeley, E. Dorn, and R. Duncan*, Baton Rouge 1981. – B. Conniff, *The Lyric and Modern Poetry: Olson, Creeley, Bunting*, New York 1988. – E. H. Foster, *Understanding the Black Mountain Poets*, Columbia, S. C. 1995.

388 THE LANGUAGE (Text: Collected Poems, 1983, S. 283; Ü: K. Reichert, Echos, S. 58)
390 WORDS (Text: Coll. Poems, S. 332; Ü: K. Reichert, S. 78)
392 MORNING (Text: Later, S. 27; Ü: K. Reichert, S. 106)
392 CONSOLATIO (Text: Windows, S. 27; Ü: K. Reichert, S. 140)
394 SPRING LIGHT (Text: Windows, S. 150 Ü: K. Reichert, S. 146)
394 IF (Text: Windows, S. 66; Ü: K. Reichert, S. 120)

ROBERT DUNCAN

Oakland 1919 – San Francisco 1988

Duncan, der zu den wichtigsten Vertretern der «San Francisco Renaissance» gehört, ging Mitte der 50er Jahre als Lehrer ans Black Mountain College und wurde zu einem der versiertesten Verfechter der poetologischen Ideen im Umkreis der Black Mountain Gruppe. «Unser Bewußtsein – und das Gedicht als ein höchster Ausdruck des Bewußtseins – ist die tanzende Verbindung zwischen persönlicher und kosmischer Identität», schreibt er in «Toward an Open Universe». Obgleich die Betonung von Prozeßhaftigkeit und organischer Form auf Olson verweist, unterscheidet sein kosmisch-mystischer Gestus und sein eher auf Pound verweisendes Interesse an Dichtern der klassischen Tradition (Pindar, Dante) seine Lyrik deutlich von der Olsons oder Creeleys. Bei Duncan wird Olsons (und Williams') Vorstellung vom Gedicht als «Kräftefeld» zu der des Gedichts als «Erinnerungsfeld», in dem alle Elemente – Gegenwärtiges, Zukünftiges und Vergangenes, Psychisches, Naturhaftes und Kosmisches – zu einer Textur («one fabric») verwoben sind.

Eine Dichterin, die er sehr bewunderte, war H. D., die in ihrem späteren Werk Ähnliches versuchte (s. Duncans «A Sequence of Poems for H. D.'s 73rd Birthday» sowie *A Great Admiration. H. D./Robert Duncan. Correspondence 1950–1961*, ed. R. J. Bertholf, Venice, Cal. 1992). Als Homosexueller und als Anarchist bezog Duncan Positionen der Verweigerung und erreichte 1941 seine Entlassung aus der Armee aus «psychiatrischen Gründen». Später wurde er zum entschlossenen Gegner des Vietnamkriegs. In seinem Zyklus «Passages», den einige Kritiker für sein bestes Werk halten («a romantic ode in the grand style»), verschmilzt er anarchistischen Widerstand gegen den Krieg und die bürokratisierte Welt mit mystischen Visionen von Einheit und Vereinigung.

Ausgaben: *Selected Poems*, San Francisco 1959. – *The Opening of the Field*, New York 1960. – *Roots and Branches*, New York 1964. – *Up Rising* (Passages 25), Berkeley, Cal. 1965. – *The Years as Catches*, Berkeley, Cal. 1966. – *Bending the Bow*, New York 1968. – *Ground Work: Before the War*, New York 1984. – *The Truth & Life of Myth*, Fremont, Mich. 1968.

Übersetzungen: R. Harbaum, *Der Gesang des Achilles und andere Gedichte*, Göttingen 1993.

Literatur: R. J. Bertholf/I. W. Reed, *R. Duncan: Scales of the Marvelous*, New York 1979. – Ch. Altieri, *Enlarging the Temple: New Directions in American Poetry During the 1960s*, Lewisburg 1979. – S. Paul, *The Lost America of Love: Rereading R. Creeley, E. Dorn, and R. Duncan*, Baton Rouge 1981. – E. Faas, *Young R. Duncan: Portrait of the Artist as a Homosexual in Society*, Santa Barbara, Cal. 1983. – M. A. Johnson, *Duncan*, Boston 1988.

396 POETRY, A NATURAL THING (Text: Opening Field, 1960, S. 50; Ü: B. Jung) Der Titel zitiert James Laughlins Gedicht «Technical Notes» (s. S. 350). – 2 *They came up ...*: Bezieht sich auf die Verhaltensweisen der Lachse, die alljährlich ihre Laich- (und Sterbe)plätze stromaufwärts suchen. Diese Ursprungssuche gegen den Strom ist die dominante Metapher des Gedichts. – 20 *Stubbs:* George Stubbs (1774–1806), englischer Tiermaler.

398 PASSAGE OVER WATER (Text: The Years, S. 5; Ü: B. Jung) Aus Passages, einer Serie von Gedichten, die in der Nachfolge Olsons der Vorstellung eines «offenen Universums» entsprechen, das zugleich diskontinuierlich und im Fluß ist und daher auch nur in «Durch- oder Übergängen» («passages») dargestellt werden kann.

398 UP RISING (Text: 1965; Ü: B. Jung) 1 *Johnson*: Lyndon B. Johnson, amerikanischer Präsident von 1963–1968 und verantwortlich für die Ausweitung des Krieges in Vietnam. – 3 *Guam*: Eine der Mariana-Inseln im Pazifik, von der die amerikanische Luftwaffe die Angriffe ihrer B-52 Bomber auf Vietnam flog. – 12 *Texas*: Johnson war Texaner. – 18 *As Lawrence saw him*: In

«The American Eagle», einem seiner «reimlosen Gedichte», polemisiert der englische Dichter D. H. Lawrence (1885–1930) gegen das imperiale Gebaren der amerikanischen Demokratie («Eagle of the Rockies, bird of men that are masters, / Lifting the rabbit-blood of the myriads up into something splendid, / Leaving a few bones.»). – 21 *William Blake*: Englischer Dichter, Künstler und Mystiker (1757–1825), auf dessen America: A Prophecy (1793) Duncan hier Bezug nimmt. – 62 *Adams and Jefferson*: John Adams (1735–1826), der zweite, und Thomas Jefferson (1743–1826), der dritte amerikanische Präsident, die – obwohl sie verschiedenen Parteien angehörten und sich erbittert befehdeten – der Meinung waren, daß ungezügelte territoriale Expansion das Ende der Republik zur Folge hätte. Sie starben beide am 4. Juli 1826. – 69 *In Goldwater's eyes*: Barry Goldwater, Gouverneur von Arizona und erzkonservativer Präsidentschaftskandidat der Republikaner in der Wahl von 1964, die Johnson überlegen gewann.

DENISE LEVERTOV

Ilford, Essex (England) 1923 – Seattle 1997

Tochter eines russischen, vom Judentum konvertierten, anglikanischen Geistlichen. Wanderte 1948 mit ihrem amerikanischen Ehemann in die Vereinigten Staaten aus und verwandelte sich – unter dem Einfluß Williams', Olsons und Duncans – von «einer britischen Romantikerin zu einer amerikanischen Dichterin». Obwohl sie selber nicht den Black Mountain Poets zugerechnet wird, teilte sie zumindest einige der poetologischen Vorstellungen dieser Gruppe. Ähnlich wie bei Williams und Olson ist es für Levertov die kreative Energie der Imagination, die den Menschen mit der Natur verbindet – nicht als ihr Widerpart, sondern als Teil von ihr. Ihre Dichtung ist geprägt von einer Mystik der Diesseitigkeit, die jüdische und christliche Traditionen verbindet, jedoch Spiritualität in der Materialität der Welt und der Konkretheit des Alltäglichen erfährt. Diese Konkretheit schließt die Verwundungen der geschichtlichen Erfahrung mit ein, so wie es ihre Gedichte über den Eichmann-Prozeß und gegen den Vietnamkrieg tun, den sie in seinen bewußtseinsverzerrenden und sprachzerstörerischen Folgen vehement bekämpfte.

Ausgaben: *The Jacob's Ladder*, 1958. – *The Sorrow Dance*, 1966. – *Relearning the Alphabet*, 1970. – *The Freeing of the Dust*, 1972. – *Collected Earlier Poems, 1940–1960*, 1979. – *Poems 1960–1967*, 1983. – *Poems 1968–1972*, 1987. – *The Poet in the World*, 1973 [Prosa:]. – *Candles in Babylon*, 1982. – *Light Up the Cave*, 1981. – Alle New York.

Übersetzungen: E. Gütermann, *Mit Augen in unserem Hinterkopf*, St. Gallen 1961. – W. Petermann, «Liebesbrief», *Trickster* Nr. 9/10, Dez. 1982.

Literatur: L. Wagner, *D. Levertov*, New York 1967. – U. Reichardt, *Innenansichten der Postmoderne: Zur Dichtung J. Ashberys, A. R. Ammons', D. Levertovs und A. Richs*, Königshausen 1991. – A. T. Rodgers, *D. Levertov: The Poetry of Engagement*, Rutherford 1993.

404 THE MUTES (Text: Sorrow Dance, 1966, S. 46 f.; Ü: C. Josting)
406 WAYS OF CONQUEST (Text: Freeing, 1972, S. 19; Ü: U. Müller) 9 *passionate intensity*: aus Yeats' «The Second Coming»; vgl. Bd. 3, S. 164 dieser Anthologie.
408 LOVE LETTER (Text: Candles, 1982, S. 65; Ü: W. Petermann, Trickster, S. 52). *Aus* Holyday: Ein Zyklus von fünf Liebesgedichten, der die Geschichte einer Begegnung im Rhythmus von Distanz, Erfüllung und Distanz nahelegt. Das erste und letzte heißt jeweils «Postcard»; «Love Letter» ist das vierte der fünf Gedichte und gilt der erinnerten Nähe.

JOHN BERRYMAN

McAlester, Oklahoma 1914 – Minneapolis 1972

Berryman versteht den Selbstmord des Vaters – er selbst ist gerade zwölf Jahre alt – als das zentrale Trauma seines Lebens. Seine Dichtung kreist um den Tod und um einen abwesenden und dennoch wirksamen Vater-Gott. Auf der einen Seite unter dem deutlichen Einfluß der Klassischen Moderne (Yeats, Eliot), versucht er andrerseits in seinen sehr persönlichen Gedichten das Subjektivitätsverbot Eliots zu unterlaufen. Die psychiatrische Behandlung, der er sich mehrfach unterzieht, ist insofern relevant für seine Dichtung, als sie in einem kontinuierlichen Prozeß analytischer Selbstdeutung und meditativer Selbstbeobachtung Bewußtseinsvorgänge und Traumgesichte registriert. Seine Dichtung ist in diesem Sinne eher Bewußtseins- als «Bekenntislyrik» – zumal Berryman versucht, durch Multiperspektivität und Vielstimmigkeit die subjektive Perspektive aufzubrechen. Die Zeit seines größten literarischen Erfolgs (Pulitzer Prize, National Book Award) fällt zusammen mit der Zeit seines immer schneller fortschreitenden psychischen Verfalls. Im Januar 1972 springt Berryman von der Washington Avenue Bridge in Minneapolis in den Tod.

Ausgaben: *Homage to Mistress Bradstreet*, 1953. – *77 Dream Songs*, 1964. – *Berryman's Sonnets*, 1967. – *The Dream Songs*, 1969. – *Love & Fame*, 1970, ^{2}1972. – *De-*

lusions, Etc., 1972. – *Recovery*, 1973. – *The Freedom of the Poet*, 1976. – *Henry's Fate*, 1977. - *Collected Poems, 1937–1971*, 1989. – Alle New York.

Literatur: J. Connaroe, *J. Berryman: An Introduction to the Poetry*, New York 1977. – J. Haffenden, *J. Berryman: A Critical Commentary*, London 1980. – J. Mancini, Jr., *The Berryman Gestalt: Therapeutic Strategies in the Poetry of J. Berryman*, New York 1987. – S. Matterson, *Berryman and Lowell: The Art of Losing*, Totowa, N. J. 1988.

Homage to Mistress Bradstreet

Ein Zyklus von 57 Gedichten, in denen Berryman aus biographischen und historischen Quellen verschiedene Lebensphasen Anne Bradstreets zur Darstellung bringt. Seine leidenschaftlich-sinnliche Sprache versucht dabei, ihre leib-seelische Gespanntheit zwischen Alltagserfahrung und Gotteshingabe zu erfassen. Im Akt der «Homage» verschmilzt die Stimme des Dichters zunehmend mit der seiner geistesverwandten Vorläuferin, der Ahnherrin der amerikanischen Dichtung.

412 Hard and Divided (Text: Coll. Poems, S. 141; Ü: W. v. Koppenfels)

412 I Fear (Text: Coll. Poems, S. 142; Ü: W. v. Koppenfels)

412 *Aus* 77 Dream Songs (Ausgabe: 1964, S. 16; Ü: P. Waterhouse) Die 77 Gedichte der ersten Sammlung seiner *Dream Songs* (die Berryman bis zu seinem Tode fortschrieb; die Ausgabe von 1969 enthielt bereits 385) bestehen im wesentlichen aus Spekulationen, Phantasien und selbstanalytischen Plaudereien seines lyrischen Alter ego «Henry» und haben eine Art Tagebuchcharakter. Der 14. «Dream Song» umfaßt – wie alle anderen – 3 Strophen aus je 6 unregelmäßigen Zeilen.

Eleven Addresses to the Lord

Gebete eines atheistischen Sprechers zu einem Gott, an den er zugleich glaubt und nicht glaubt.

414 Master of beauty (Text: Coll. Poems, S. 215 f.; Ü: P. Waterhouse) 7 *«According to Thy will»*: Eine Variante des Vaterunsers, das den Subtext des Gedichts bildet.

416 Holy, as I suppose (Text: Coll. Poems, S. 216 f.; Ü: P. Waterhouse) – 12 *Belsen*: Das KZ Bergen-Belsen, in dem Anne Frank umkam. – 12 *Omaha Beach:* Die verlustreiche Landeoperation der Alliierten in der Normandie im Juni 1944.

418 Sole watchman (Text: Coll. Poems, S. 217; Ü: P. Waterhouse)

SYLVIA PLATH

Boston 1932 – London 1963

Die hochbegabte und früh mit Preisen ausgezeichnete Sylvia Plath studiert zunächst am Smith College, später an der Cambridge University in England. Dort heiratete sie den britischen Dichter (und späteren *poeta laureatus*) Ted Hughes, von dem sie sich 1962 trennte. Ein Jahr danach nahm sie sich in London das Leben. (Hughes' letzte größere Publikation, *Birthday Letters*, kurz vor dem eigenen Tod im November 1998, galt dem Leben mit Sylvia Plath und der eigenen Rechtfertigung.) Ihr Tod und die ihm vorausgegangenen Nervenzusammenbrüche und Selbstmordversuche haben Sylvia Plath zur Ikone eines bestimmten Lebensgefühls werden lassen, zumal sie in Gedichten und Prosatexten die eigenen Lebenskrisen mythologisierte und in tragischer oder bittersarkastischer Selbstinszenierung («Lady Lazarus») den späteren Selbstmord vorwegzunehmen schien, weshalb sie mit Anne Sexton und John Berryman der Gruppe der «confessional poets» zugerechnet wird. Die Kritik ist der Faszination einer solchen autobiographischen Deutung nur allzuoft erlegen und hat übersehen, daß ihre performative, bildintensiv-sinnliche Dichtung auch als Inszenierung gegen den Tod verstanden werden kann, als Mittel der intellektuellen «Kontrolle von Erfahrung – auch der schrecklichsten». Sie selbst empfand den Bruch mit der hochmodernistischen Maxime der Unpersönlichkeit, den sie in Robert Lowells 1959 veröffentlichten *Life Studies* vollzogen sah, als Befreiung von der Last eines literarischen und kulturellen Tabus.

Ausgaben: *The Colossus*, 1960. – *Ariel*, 1965. – *Collected Poems*, 1981. – *The Bell Jar*, 1963 [Prosa]. – *The Journals of S. Plath*, 1982. – Alle London.

Übersetzungen: E. Fried, *Ariel*, Frankfurt 1974. – R. Kaiser, *Glasglocke*, Frankfurt 1997.

Literatur: J. Kroll, *Chapters in a Mythology: The Poetry of S. Plath*, New York 1976. – D. Holbrook, *S. Plath: Poetry and Existence*, London 1976. – L. Bundtzen, *Plath's Incarnations: Woman and the Creative Process*, Ann Arbor, Mich. 1983. – S. E. Axelrod, *S. Plath: Confessing the Fictive Self*, New York 1992. – J. Markey, *A Journey into the Red Eye: The Poetry of S. Plath – A Critique*, London 1993.

420 ARIEL (Text: Ariel, 1965, S. 36–37; Ü: E. Fried, S. 63) Ariel war der Name des Pferdes, auf dem S. Plath einmal wöchentlich in Devon ausritt. Das Gedicht handelt davon, daß ihr Pferd einmal mit ihr durchging, so daß ihre Füße aus den Steigbügeln glitten und sie, am Hals des Tieres festgeklammert, zwei Meilen in vollem Galopp durchstehen mußte, bis sie endlich bei

den Stallungen ankam. Eventuell dachte sie dabei auch an «Ariel» – den guten Geist (auch als Geist der Poesie gedeutet) in Prosperos «weißer Magie», der in Windeseile den Ort wechselt, in Shakespeares The Tempest, oder an den rebellischen Engel in Miltons Paradise Lost. – 20 *Godiva*: Nach der Legende mußte Lady Godiva nackt durch die Straßen von Coventry reiten, um die Bürger von einer Steuer zu befreien, die ihr Ehemann ihnen auferlegt hatte.

422 LADY LAZARUS (Text: Ariel, S. 16–19; Ü: E. Fried, S. 19) Das Gedicht wurde angeregt von einer Novelle aus der Feder von L. N. Andreev (1871–1919), die Plath 1954 gelesen hatte. Darin wird Lazarus, der gestorben, aber von Jesus wieder zum Leben erweckt worden war (s. a. Johannes 11:1–45), als Geißel der Menschheit beschrieben. In ihrem Gedicht inszeniert Plath die mehrfache Auferstehung des lyrischen Ich von den Toten ironisch als selbstdramatisierende Schaustellung vor den Augen eines unersättlichen Publikums und einem Jesus, der über Tod und Leben entscheidet wie die Herrenmenschen in den KZs. – 22 *Number Three:* Ihr dritter Selbstmordversuch. – 35 *The first time:* Ihr erster Selbstmordversuch. – 37 *The second time:* Ihr zweiter Selbstmordversuch.

428 THE THIN PEOPLE (Text: Colossus, S. 30–32; Ü: W. Schlenker)

432 WORDS (Text: Ariel, S. 86; Ü: E. Fried S. 175)

ANNE SEXTON

Newton, Massachusetts 1928 – Boston 1974

Flüchtet aus dem Elternhaus in die Ehe; die Geburt ihrer Töchter ist von Nervenzusammenbrüchen begleitet. Wie Plath leidet Sexton an der Spannung zwischen dem unbedingten Verlangen nach Selbstverwirklichung und den geschlechtsspezifischen Zwängen und Rollenerwartungen der 50er Jahre. Auf Anraten ihres Psychiaters fängt sie an, Gedichte zu schreiben, «um die gefrorene See in uns aufzubrechen», ein Zitat aus Kafkas Briefen, das sie zum Motto eines ihrer Gedichtbände macht. 1958/59 nimmt sie an Robert Lowells «Creative Writing»-Seminar teil und lernt dort Sylvia Plath kennen. Ihr erster Gedichtband, *To Bedlam and Part Way Back* (1960), bringt Sexton umstrittenen Erfolg und das Etikett des «confessional poet» ein. Plath nennt Sextons Gedichte «auf wundersame Weise handwerklich meisterhaft und zugleich von einer emotionalen und psychologischen Tiefe, die neu und aufregend ist». Sexton selber ist insgeheim umgetrieben von der Angst, eine ‹Reinkarnation› von E. St. Vincent Millay (s. S. 258 f., 641 f.) zu sein, die als ‹Romantikerin› verschrien ist. In den 60er Jahren unterrichtet Sexton an mehreren renommierten amerikanischen Universitäten, und der Ruf glanzvoller Selbstdramatisierung begleitet ihre zahlreichen Lesungen. 1967 erhält sie den Pulitzer Prize. 1974 nimmt sie sich nach mehreren gescheiterten Versuchen das Leben.

Ausgaben: *The Death Notebooks*, Boston 1974. – *The Complete Poems*, Boston 1981. – *A. Sexton: A Self-Portrait in Letters*, New York 1977. – *No Evil Star: Selected Essays, Interviews and Prose*, Ann Arbor, Mich. 1985.

Übersetzungen: B. v. Bechtolsheim, *Akzente* 4/1986. – S. Morawetz, *Gedichte*, ed. E. Bronfen, 2 Bde., Frankfurt 1996 und 1998.

Literatur: *A. Sexton: The Artist and her Critics*, ed. J. D. McClatchy, Bloomington, Ind. 1978. – B. v. Bechtolsheim, «Über A. Sexton», in: *Akzente* 4/1986. – *A. Sexton: Telling the Tale*, ed. S. E. Colburn, Ann Arbor, Mich. 1988. – *A. Sexton: Selected Criticism*, ed. D. Hume George, Urbana 1988. – D. W. Middlebrook, *Zauber und Zeichen: Das Leben der Dichterin A. Sexton*, München 1995. – E. Bronfen, Einleitung zu der deutschen Gesamtausgabe.

434 THE BLACK ART (Text: Complete Poems, 1981, S. 88 f.; Ü: W. Schlenker)
436 THE TRUTH THE DEAD KNOW (Text: Complete Poems, S. 49; Ü: W. Schlenker) 5 *to the Cape*: Vermutlich Cape Cod.
436 SELF IN 1958 (Text: Complete Poems, S. 155 f.; Ü: W. Schlenker) 6 *An I. Magnin transplant*: Gemeint ist eine Schaufensterpuppe der I. Magnin Company. – 23 *Mrs. Rombauer*: Irma Rombauer, The Joy of Cooking, die immer wieder neu aufgelegte Kochbibel der amerikanischen Hausfrau.

ADRIENNE RICH

Baltimore 1929

Als Tochter eines Professors für Pathologie und einer ehemaligen Konzertpianistin schien Richs Karriere im Bereich der höheren Bildung vorgezeichnet. Ihren ersten Gedichtband, *A Change of World* (1951), konnte sie mit 22 Jahren mit einem wohlwollenden Vorwort von W. H. Auden veröffentlichen. Er lobte die Bravheit ihrer Verse: «Sauber und schicklich gekleidet, bezeugen sie ihren Vorläufern Respekt, ohne sich von ihnen ins Bockshorn jagen zu lassen.» 1953 heiratete sie standesgemäß einen Harvard-Professor und gebar ihm in vier Jahren drei Söhne. In dieser Zeit versiegte ihre lyrische Ader völlig. Zwar erschien 1955 ein weiterer Gedichtband, doch bis zum Neuansatz von *Snapshots* (1967), in dem sie die «Käfighaltung» der Frauen des gehobenen Mittelstands ansprach, sollten acht Jahre vergehen. In den späten 60er Jahren entschließt sie sich zum radikalen Bruch mit den Konventionen einer formalistisch erstarrten

Moderne ebenso wie mit denen ihres bis dahin «normalen» bürgerlichen Lebens. 1969 trennt sie sich von ihrem Mann und wird zu einer Sprecherin politischer Bewegungen: des Feminismus, des Protests gegen den Vietnamkrieg, der Bürgerrechtsbewegung; gleichzeitig outet sie sich als Lesbierin. Zwei Jahre danach erzielt sie mit dem Gedichtband *The Will to Change* ihren literarischen Durchbruch. Für den darauffolgenden Band *Diving into the Wreck* (1973) erhält sie den National Book Award, den sie aus Solidarität mit ihren afroamerikanischen Konkurrentinnen Alice Walker und Audre Lorde teilt. In ihrer späteren Dichtung wendet sie sich zunehmend den Frauen der Minderheiten in den U. S. A. und der Dritten Welt zu. Ihr feministisches Bewußtsein, das sich auch in ihren hochkarätigen Essays dokumentiert, entwickelt sich von der Annahme einer androgynen Veranlagung bis zum Angriff auf die «Zwangsheterosexualität», die jede natürliche Zuneigung unter Frauen, ob homoerotisch oder schwesterlich, kriminalisiert. Ihr literarischer und sozialer Protest richtet sich gegen das Patriarchat, das Frauen keine eigene Stimme zugesteht. Im Formalismus ihrer frühen Gedichte sieht sie nun die Prägung durch weiße, männliche Vorbilder (Pound, Williams, Lowell) und durch den Logos-Kult der klassischen Moderne, der Frauen bestenfalls eine untergeordnete Rolle einräumt. In den verschiedenen Phasen ihrer literarischen Entwicklung geht es ihr fortan zunehmend um die ästhetische Wiederaufnahme der von der klassischen Moderne ausgegrenzten Bereiche: die lebendige subjektive Erfahrung, der kommunikative Appell, die politische Überzeugung sowie um die (Re-)Konstruktion einer weiblichen Stimme und Identität, schließlich auch um den Traum von einer an weiblichen Werten orientierten *communitas.*

Ausgaben: *Snapshots of a Daughter-in-Law: Poems, 1954–1962*, 1963. – *Necessities of Life: Poems 1962–1965*, 1966. – *Diving Into the Wreck: Poems, 1971–1972*, 1973. – *The Dream of a Common Language: Poems, 1974–1977*, 1978. – *Your Native Land, Your Life*, 1986. – *The Fact of a Doorframe: Poems, Selected and New, 1950–84*, 1984. – *Of Woman Born: Motherhood as Experience and Institution*, 1976 [Prosa]. – *On Lies, Secrets, and Silence: Selected Prose 1961–78*, 1979. – Alle New York.

Übersetzungen: V. Stefan/G. Meixner, *Der Traum einer gemeinsamen Sprache: Gedichte* 1974–77, München 1982.

Literatur: J. McDaniel, *Reconstituting the World: The Poetry and Vision of A. Rich*, New York 1979. – M. Díaz-Diocaretz, *The Transforming Power of Language: The Poetry of A. Rich*, Utrecht 1984. – W. Martin, *An American Triptych: A. Bradstreet, E. Dickinson, A. Rich*, Chapel Hill, N. C. 1984. – C. Keyes, *The Aesthetics of Power: The Poetry of A. Rich*, Athens, Ga. 1986. – C. H. Werner, *A. Rich: The Poet and Her Critics*, Chicago 1988. – U. Reichardt, *Innenansichten der Postmoderne: Zur Dichtung J. Ashberys, A. R. Ammons', D. Levertovs und A. Richs*, Königshausen 1991. – S. Sielke, *Female Self-Fashioning and Intertextual Networking: Dickinson, Moore, Rich*, Lansing, Mich. 1998.

440 FROM A SURVIVOR (Text: Diving, 1973, S. 22–24; Ü: U. Müller)
9 *Cousteau:* Jacques-Yves Cousteau (1910–1997), französischer Meeresforscher, Filmemacher und Autor.
442 DIVING INTO THE WRECK (Text: Diving, 1973, S. 50; Ü: U. Müller)

LAWRENCE FERLINGHETTI

New York 1919

Nach dem frühen Tod der Eltern wurde er mehrfach adoptiert. 1952 ließ er sich in San Francisco nieder, wo er den Buchladen City Lights gründete, den später die «Lyrik und Jazz»-Lesungen der Beat-Poeten berühmt machten, sowie den City Lights Verlag, in dem u. a. Ginsbergs *Howl* erschien. Aber Ferlinghetti war nicht nur ein äußerst wirksamer Vermittler der Beats, der die Dichtung aus den Studierstuben heraus und wieder unter die Leute bringen wollte, sondern selbst ein erfolgreicher Dichter. Von seinem Band *A Coney Island of the Mind* wurden seit seinem Erscheinen 1958 mehr als eine Million Exemplare verkauft. Sein burlesk-anarchistisches Gedicht «I am Waiting» läßt sich in seiner Popularität nur mit Ginsbergs «Howl» vergleichen. Er schrieb außerdem zwei Romane (*Her* und *Love in the Days of Rage*), Reisetagebücher, Dramen, Essays und übersetzte Gedichte von Jacques Prévert und Pier Paolo Pasolini. Allen Ginsberg meinte über Ferlinghettis Gedichte, daß sie den lockeren Stil der französischen Surrealisten (z. B. Blaise Cendrars') übernommen hätten. Ferlinghetti selbst verwies auf die Bedeutung des Jazz besonders für einige der *A Coney Island of the Mind*-Gedichte: Sie seien für Jazz-Begleitung geschrieben und müßten daher als spontan entstandene «mündliche Botschaften» und nicht als zum Druck bestimmte Gedichte verstanden werden.

Ausgaben: *Pictures of the Gone World*, San Francisco 1955. – *A Coney Island of the Mind*, 1958. – *The Secret Meaning of Things*, 1969. – *Landscapes of Living & Dying*, 1979. – *Over all the Obscene Boundaries*, 1984. – *Wild Dreams of a New Beginning*, 1988. – *Her: A Novel*, 1960. – *The Mexican Night: Travel Journal*, 1970. – *Love in the Days of Rage*, 1988. – Alle New York.

Übersetzungen: E. Gütermann, *Ein Coney Island des inneren Karussells*, Wiesbaden 1962. – A. Schmitz, *Ausgewählte Gedichte*, Zürich 1972. – W. Teichmann, *Gedichte*, München 1982.

Literatur: N. Cherkovsky, *Ferlinghetti: A Biography*, New York 1979. – L. R. Smith, *L. Ferlinghetti: Poet-at-Large*, Carbondale, Ill. 1983. – M. Skau,

Risking Absurdity: The Writings of L. Ferlinghetti, Troy, N. Y. 1989. – B. Silesky, *Ferlinghetti: The Artist in His Time*, New York 1990.

448 CONSTANTLY RISKING ABSURDITY (Text: Coney Island, 1958, S. 30; Ü: M. Cohen)

ALLEN GINSBERG

Newark, New Jersey 1926 – New York 1997

Nicht nur der bedeutendste der Beat Poets, sondern auch der populärste amerikanische Dichter der 50er und 60er Jahre. Er war das Kind jüdischer Immigranten (der Vater Lehrer und Dichter, die Mutter politische Aktivistin), und vermutlich sind es die ästhetischen, politischen und religiösen Elemente seiner Herkunft, die sich schon früh zu jenem rebellischen Nonkonformismus verbinden, der zu seinem Ausschluß von der Columbia University führt und ihn später zu einem Sprachrohr der Protestbewegung gegen den Vietnamkrieg werden läßt. Zunächst von W. C. Williams beeinflußt, sieht er sich – nach einer Vision bei der Lektüre eines William Blake-Gedichts («Ah, Sunflower») – in der Rolle des Dichter-Propheten, der er zum ersten Mal in «Howl» Ausdruck gibt. In «A Supermarket in California» übernimmt er – skeptisch und selbstironisch – das Erbe Whitmans in einer Zeit, in der selbst die Bilder der Dichter dem großen Arsenal der Waren angehören. Wie die meisten der Beat Poets fühlt er sich von fernöstlichen Religionen angezogen und experimentiert mit Drogen, um Zustände der Bewußtseinserweiterung und -veränderung herbeizuführen. Aus dem homosexuellen Außenseiter der 50er Jahre wird in den 60er und 70er Jahren die zentrale Figur einer Gegenkultur, die im Namen eines anderen Amerika die dominante Mittelstandskultur der U. S. A. auf allen Ebenen in Frage stellt. In seinen Gedichten versucht Ginsberg alle jene Elemente in die Vorstellung von Dichtung zurückzubringen, die das modernistische Establishment, in dessen Augen die Beat Poets «Barbaren» waren, ausgeschlossen hatte: vor allem Spontaneität, die ihm wichtiger ist als formale Meisterschaft, und den rhapsodischen mündlichen Vortrag, der das Gedicht als Performanz zum kommunikativen und gemeinsamen Ereignis macht. In diesem Sinne sind Gedichte wie «Howl», «America» oder «Wichita Vortex Sutra» sowohl private als auch öffentliche Gedichte, die in ihrem kollektiven Appell an eine Dichtungstradition erinnern, die nicht nur mit dem Namen Whitmans, sondern auch Majakovskijs und Jewtuschenkos verbunden ist.

Ausgaben: *Howl and Other Poems*, San Francisco 1956. – *Kaddish and Other Poems*, San Francisco 1961. – *Reality Sandwiches: 1953–1960*, San Francisco 1963. – *Wichita Vortex Sutra*, London 1966. – *Planet News 1961–1967*, San Francisco 1968. – *The Fall of America: Poems of These States* 1965–1971, San Francisco 1972. – *Mind Breaths: Poems 1972–1978*, San Francisco 1978. – *Collected Poems, 1947–1980*, New York 1984. – *White Shroud: Poems 1980–1985*, New York 1986. – *Allen Verbatim: Lectures on Poetry, Politics, Consciousness*, New York 1974.

Übersetzungen: C. Weissner, *Der Untergang Amerikas, Gedichte 1965–1971*, München 1975. – H. Bastian, *Gärten der Erinnerung, Gedichte 1961–1970*, München 1978. – C. Weissner, *Das Geheul und andere Gedichte*, Wiesbaden 1979. – B. Samland, *Allen Ginsbergs Notizbücher, 1952–1962*, München 1980. – B. Samland, *Allen Ginsberg: Jukebox Elegien*, München 1981.

Literatur: J. Kramer, *A. Ginsberg in America*, New York 1968, 1997. – T. F. Merrill, *A. Ginsberg*, New York 1969. – J. Tytell, *Naked Angels: The Lives and Literature of the Beat Generation*, New York 1976. – P. Portuges, *The Visionary Poetics of A. Ginsberg*, Santa Barbara, Cal. 1978. – *Composed on the Tongue: A. Ginsberg*, ed. D. Allen, San Francisco, 1980. – B. Miles, *A. Ginsberg: A Biography*, New York 1989. – G. Stephenson, *The Daybreak Boys*, Carbondale, Ill. 1990

450 A SUPERMARKET IN CALIFORNIA (Text: Collected Poems, 1984, S. 136 f.; Ü: C. Weissner, S. 43–45) 1 *What thoughts I have of you*: Anspielung auf Whitmans Gedicht «Crossing Brooklyn Ferry», 7. Strophe: «What thought you have of me now, I had as much of you – I laid in my stores in advance, / I considered long and seriously of you before you were born.» – 5 *your enumerations*: Die Kataloglisten der Whitmanschen Gedichte. – 8 *García Lorca*: Federico García Lorca (1898–1936), spanischer Dichter und Dramatiker, der im spanischen Bürgerkrieg ermordet wurde; neben den Wassermelonen sieht Ginsberg Lorcas gerade erschienene Gedichte des Jahres 1929 u. d. T. «Poet in New York» (Ü: B. Belitt) feilgeboten. – 13 *Are you my Angel*: Whitman als Schutzengel, aber auch als homosexueller Patron. – 27 *Ah, dear father, graybeard*: Bezieht sich auf Whitman, den «good gray poet» seiner letzten Lebensdekade. – 28 *Charon*: In der griechischen Mythologie der Fährmann, der die toten Seelen über den Fluß des Vergessens (Lethe) in die Unterwelt bringt.
452 TO AUNT ROSE (Text: Coll. Poems, S. 184–185; Ü: B. Jung) Ginsberg, der in Newark geboren ist, widmet dieses autobiographische Gedicht der Erinnerung an seine kommunistische Tante. – 9 *Spanish loyalist songs*: Lieder der Loyalisten im spanischen Bürgerkrieg. – 11 *Committee*: Bezirks-Ausschuß der KP. – 13 *collected money*: Zur Unterstützung der spanischen Loyalisten. – 17 *Abraham Lincoln Brigade*: Eine Brigade amerikanischer Freiwilliger, die im spanischen Bürgerkrieg auf der Seite der Loyalisten kämpfte. – 32 *Tambur-*

lane: Timur, mongolischer Eroberer, die «Geißel» des Ostens. – 32 *Emily Brontë*: Englische Romanautorin (1818–1848), verfaßte Wuthering Heights (1847). – 37 *my father, the Poet*: Louis Ginsberg (1895–1976) war der Verfasser der beiden in Z. 43 genannten Gedichtbände, wobei der letztgenannte von dem bedeutenden New Yorker Verlag Liveright (s. Z. 41–42) ca. 1937 verlegt wurde. – 47 *Buba*: Jidd. Großmutter.

Gary Snyder

San Francisco 1930

Studiert Anthropologie und Literatur am Reed College, später orientalische Sprachen an der University of California, wo er u. a. Ginsberg und Kerouac kennenlernt. Er ist Mitbegründer der «San Francisco Renaissance» Mitte der 50er Jahre. Zum Studium des Zen-Buddhismus geht er 1956 nach Japan, wo er mit kurzen Unterbrechungen – er reist 1962 mit Ginsberg und dessen Freund, Peter Orlofsky, durch Indien – die nächsten zwölf Jahre verbringt. Kehrt 1968 mit seiner japanischen Frau in die U. S. A. zurück, wo er am Fuß der kalifornischen Sierra Mountains ein Haus baut und in einer Kommune lebt. Seit 1985 unterrichtet er an der University of California at Davis. Snyder ist mit Emphase ökologischer Dichter: Sein Studium des Zen wie auch der indianischen Mythologie bestärken seine Überzeugung kosmischer Interdependenz, aus der sich der Mensch nur bei Strafe lösen kann. Seine Lyrik – die einerseits auf Thoreau zurückgreift, andererseits vom Imagismus und den Konventionen japanischer Dichtung beeinflußt ist – läßt sich als Einlösung seiner ökologischen Überzeugungen verstehen, aber auch als Einübung in zen-buddhistisches Denken. Sie ist in jedem Fall Ausdruck eines Bewußtseins von Ganzheitlichkeit, das alle Lebensbereiche umfaßt.

Ausgaben: *Riprap*, Ashland 1959. – *Myths and Texts*, New York 1960. – *Six Sections from Mountains and Rivers Without End*, San Francisco 1965. – *A Range of Poems*, London 1966. – *The Back Country*, London 1968. – *Regarding Wave*, Iowa City 1969. – *Turtle Island*, New York 1974. – *Axe Handles*, San Francisco 1983. – *Earth House Hold*, New York 1969. – *The Old Ways: Six Essays*, San Francisco 1977. – *He Who Hunted Birds in His Father's Village: Dimensions of a Haida Myth*, Bolinas, Cal. 1979. – *The Real Work: Interviews & Talks, 1964–1979*, New York 1980. – *Passage Through India*, San Francisco 1983.

Übersetzungen: A. Schmitz, *Maya: Gedichte*, München 1972. – R. Steckel, *Schildkröteninsel*, Berlin 1980.

Literatur: B. Steuding, *G. Snyder*, Boston 1976. – B. Almon, *G. Snyder*, Boise, Id. 1979. – H. P. Rodenberg, *Subversive Phantasie: Untersuchungen zur Lyrik der amerikanischen Gegenkultur* 1960–1975: A. Ginsberg, G. Snyder, B. Dylan, L. Cohen, J. Morrison, Gießen 1983. – P. Murphy, *Critical Essays on G. Snyder*, Boston 1991. – P. Murphy, *Understanding G. Snyder*, Columbia, S. C. 1992.

456 WAVE (Ausgabe: Regarding Wave, 1969, S. 3; Ü: M. Cohen) 7 *wave wife*: Snyder versucht hier die Belebtheit der Materie und die Energie- und Bewegungsstruktur der Welt auch etymologisch zu verankern. – 8 *wyfman*: altengl. «woman». – 18 *cholla, ocotillo*: Kaktusarten in Mexiko und im amerikanischen Südwesten.

458 WHAT YOU SHOULD KNOW TO BE A POET (Text: Regarding Wave, S. 50; Ü: A. Schmitz, Maya, S. 7) 7 *the book of changes*: Das chinesische Buch der Wandlungen (Yijing). – 7 *tarot*: Kartenspiel der Wahrsager und Kartenleser, das vermutlich auf die Geheimnisse der jüdischen Kabbala zurückgeht und aus 78 Karten (22 großen und 56 kleinen Trümpfen) besteht.

FRANK O'HARA

Baltimore 1926 – Fire Island (b. New York) 1966

Die lässige Eleganz seiner Person wie auch seiner Gedichte, seine literarische Intelligenz und sein Kunstverstand machten ihn in den 50er und 60er Jahren zur zentralen Figur der New Yorker Avantgarde und der New York School of Poetry. Nach seinem frühen und reichlich absurden Tod (er wurde nach einer Party auf Fire Island von einem Strandauto überfahren) wurde er zur Legende. Er studierte in Harvard und veröffentlichte erste Gedichte im *Harvard Advocate*, dessen Herausgeber John Ashbery war. Seine Arbeit am Museum of Modern Art (MOMA, dessen Assistenz-Kurator er 1965 wurde) ließ ihn zum Insider der New Yorker Kunst- und Literaturszene werden. Er war befreundet mit den Malern des Abstrakten Expressionismus und der frühen Pop Art, deren Ausstellungen am MOMA er zum Teil organisierte. Seine postum veröffentlichten *Art Chronicles* 1954–1966 enthalten Beiträge zu Jackson Pollock, Franz Kline, Willem DeKooning, Robert Motherwell u. a. Der Dialog zwischen Dichtern und Malern, den er pflegte und der seine Lyrik prägte (er arbeitete u. a. mit Larry Rivers und Jasper Johns zusammen), erinnert an die enge Bindung zwischen beiden Medien in der frühen Moderne. O'Hara liebte die französischen und russischen Surrealisten (Apollinaire, Majakovskij), und ihre dissonante Metaphorik hat seine Dichtung wenigstens zu einem Teil beeinflußt. Berühmt wurde er vor allem durch seine *Lunch Poems*, in denen die visuellen Impressionen des am Broadway schlendernden Flaneurs in scheinbar wahlloser Sequenz zu Collagen montiert werden. In bewußter Selbststilisierung ‹entheiligt› er hier den überaus feierlichen Kunst- und Werkbegriff der klassischen Moderne durch die Betonung des Zufälligen und Alltäglichen. In diesem avantgardistischen Sinne war für ihn Dichten eine gewöhnliche, aber lebensnotwendige Verrichtung, und seine Werke, deren Unfertigkeit ebenso der Offenheit des Lebens wie der Zufälligkeit des Todes entspricht, sind kunstvolle Nicht-Kunst. Nach seinem zufälligen Tod im Sommer 1966 fanden seine Freunde in seiner Wohnung mehrere hundert unveröffentlichte Gedichte auf alle möglichen Fetzen Papier gekritzelt, wahllos zwischen Büchern und Unterwäsche verstaut.

Ausgaben: *Lunch Poems*, San Francisco 1964. – *The Collected Poems*, ed. D. Allen, New York 1971. – *The Selected Poems*, ed. D. Allen, New York 1974. – *Early Writing*, Bolinas, Cal. 1977. – *Poems Retrieved*, Bolinas, Cal. 1977. – *Art Chronicles* 1954–1966, New York 1975.

Übersetzung: R. D. Brinkmann, *Lunch Poems und andere Gedichte*, Köln 1969.

Literatur: M. Perloff, *F. O'Hara: Poet Among Painters*, New York 1977 (überarbeitete Neuauflage 1998). – B. Berkson/J. Le Sueur, ed., *Homage to F. O'Hara*, Bolinas, Cal. 1978. – A. Feldman, *F. O'Hara*, Boston 1979. – B. Gooch, *City Poet: The Life and Times of Frank O'Hara*, New York 1993.

460 A STEP AWAY FROM THEM (Ausgabe: *Lunch Poems*; Text: Collected Poems, 1971, S. 257; Ü: R. D. Brinkmann, S. 56 f.) 2 *hum-colored taxis*: Die bienengelben New Yorker Taxis. – 16 f. *Times Square where the sign ...*: Die riesigen Reklamebilder einer Camel-Zigarette, die ständig Rauchringe bläst, und einer Flasche, aus der unablässig Whisky läuft. Beide machten den Times Square berühmt, sind aber inzwischen durch andere Werbebilder ersetzt. – 26 *Edwin Denby*: New Yorker Tanz- und Kunstkritiker (1923–1983), Freund O'Haras. – 29 *Giulietta Masina*: Italienische Filmschauspielerin und Ehefrau des italienischen Filmregisseurs Federico Fellini. Spielte die Hauptrolle in *La Strada*. – 30 *è bell'attrice*: ital. «ist eine wunderbare Schauspielerin». – 36 f. *first / Bunny died*: «Bunny» (V. E.) Lang (1924–1956), Dichterin und Leiterin des Poets' Theater in Cambridge, Mass., wo sie mehrere Stücke von O'Hara inszenierte, mit dem sie eng befreundet war. – 37 *John Latouche*: New Yorker Librettist (1917–1956), der Libretti für eine Reihe bekannter Musicals schrieb. – 38 *Jackson Pollock*: Pollock (1912–1956), Maler des Abstrakten Expressionismus und Urheber der Action Painting, ebenfalls ein Freund O'Haras. – 45 f. *Armory / Show*: Ehemalige Kavalleriekaserne, in der 1913 die erste große Ausstellung moderner Malerei in den U. S. A. stattfand. – 49 *Pierre Reverdy*: französischer surrealistischer Dichter (1899–1960), der die Lyrik O'Haras nachhaltig beeinflußt hat.

462 WHY I AM NOT A PAINTER (Text: Coll. Poems, S. 261; Ü: R. D. Brinkmann, S. 40) 4 *Mike Goldberg*: Einer der vielen Malerfreunde O'Haras, dessen Bild «Sardines» ebensowenig fiktiv ist wie O'Haras Gedicht «Oranges: 12 Pastorals».

464 THE DAY LADY DIED (Ausgabe: *Lunch Poems*, Text: Coll. Poems, S. 325; Ü: R. D. Brinkmann, S. 25, bearb.) Entst. 1959. – *Lady*: Billie Holiday (1915–1959), genannt «Lady Day», die erfolgreichste Jazz- und Blues-Sängerin nach Bessie Smith. Bereits der Titel spielt mit ihrem Namen. – 2 *Bastille Day*: Der 14. Juli, frz. Nationalfeiertag und Jahrestag der Erstürmung der Bastille am Beginn der Französischen Revolution. – 4 *Easthampton*: Stadt an der Ostseite von Long Island, die in den Sommermonaten von New Yorker Künstlern frequentiert wurde. – 14 *Golden Griffin*: Ein Buchladen in der Nähe des MOMA. – 14 *A little Verlaine . . . with drawings by Bonnard*: Der Gedichtband von Paul Verlaine (1844–1896) enthält Illustrationen des frz. Malers Pierre Bonnard (1867–1947). – 15 *for Patsy . . . for Mike*: Patsy Southgate, Dichterin, verheiratet mit Mike Goldberg. – 16 *Hesiod*: Eine Neuübersetzung des griechischen Klassikers von Richard Lattimore. – 17 *Brendan Behan's new play*: Irischer Dramatiker (1923–1964); sein Stück «The Hostage» kam 1959 auf die Bühne. – 17 *Genet*: Jean Genet (1910–1986), frz. Romancier und Dramatiker, dessen Stücke Der Balkon (1956, uraufgef. 1957) und Die Neger (1957, uraufgef. 1959) zu den aufregendsten Theaterereignissen der Dekade zählten. – 23 *Ziegfeld Theatre*: Theater in einer Seitenstraße des Broadway. – 24 f. *Gauloises and . . . Picayunes*: Schwarze frz. Zigaretten und Zigarillos. – 27 *the 5 SPOT*: Berühmtes Jazzlokal in Greenwich Village. – 29 *Mel Waldron*: Jazz-Pianist und häufiger Klavierbegleiter Billie Holidays.

466 HAVING A COKE WITH YOU (Text: Coll. Poems, S. 360; Ü: R. D. Brinkmann, S. 42 f.) Der angesprochene Liebhaber ist der Tänzer Vincent Warren, dem O'Hara vom Sommer 1959 bis 1961 eine Reihe von 40 «zarten und liebkosenden Gedichten» widmete. – 1 f. *San Sebastian, Irún . . .*: Städte an der baskischen und französischen Küste. – 22 *Polish rider*: Rembrandts Ölbild des Ulanen. – 23 *the Frick*: Museum an der East 72 St. in New York, aus dem Besitz des amerikanischen Großindustriellen Henry Clay Frick (1849–1919). – 28 *Nude Descending a Staircase*: Das berühmt-berüchtigte Bild von Marcel Duchamp, das zum Skandalbild der Armory Show wurde. – 34 f. *Marino Marini*: Italienischer Bildhauer (1901–1980), der kraftstrotzende expressive Pferde kreierte, deren Reiter immer kleinwüchsige und durchgeistigte Gestalten sind, z. B. das Reiterstandbild vor dem Guggenheim Museum am Canale Grande in Venedig.

468 AVE MARIA (Text: Coll. Poems, S. 371 f.; Ü: R. D. Brinkmann, S. 35, bearb.) O'Hara nannte die Gedichte dieser Tonlage Oden. – 22 *Williamsburg Bridge*: Brücke, die Lower Manhattan mit dem Bezirk Williamsburg in Brooklyn verbindet.

Ted Berrigan

Providence, Rhode Island 1934 – New York 1983

Steht dank seines persönlichen Charismas im Mittelpunkt der New Yorker Lyrik-Szene in den späten 60er und 70er Jahren. Berrigan war Mitbegründer zahlreicher Avantgarde-Zeitschriften (etwa, zusammen mit Ed Sanders, *Fuck You: A Magazine of the Arts*, und mit Ron Padgett *White Dove Review*). Mit Anne Waldmann wirkte er als treibende Kraft des Poetry Project at St. Mark's Church, dessen Workshops auf eine alternative kommunale Produktions- und Rezeptionsweise der Dichtung wie der Kunst überhaupt abzielten. Wie das Poetry Project insgesamt neigte Berrigan eher zu kollaborativen Formen der Autorenschaft (vgl. dazu den mit Ron Padgett verfaßten Gedichtband *Bean Spasms*, 1967). Sein zweiter Lyrikband, *The Sonnets* (ebenfalls 1967), zeigt nicht nur eine neu entdeckte Liebe zur Sonettform und zum intertextuellen Verschnitt, sondern vor allem den Einfluß von Frank O'Hara und dessen lockeren Gedichten der Alltäglichkeit (den «Ich tu dies, Ich tu jenes»-Gedichten der *Lunch Poems*). *The Sonnets* wurde von der Kritik hochgepriesen, desgleichen die Folgebände *Many Happy Returns* (1961–1968), *A Boke:* 1966 und *Waterloo Sunset* 1964–1968. Sie wurden zum großen Teil in dem Sammelband *So Going Around Cities* (1980) nachgedruckt, dessen Titel auf zwei Verszeilen in Ashberys Gedicht «Rivers and Mountains» zurückgeht. Im Vergleich zu den Texten von Ashbery, für die eher eine aleatorische Beliebigkeit der Wortkombinationen ohne festgelegten Kontext charakteristisch ist, haben die Gedichte von Berrigan eine durchgehend sinnvolle Kontextualität, wenn auch eine solipsistische Thematik.

Ausgabe: *The Sonnets*, New York 1968. – *So Going Around Cities: New & Selected Poems 1958–1979*, Berkeley, 1980. - *A Certain Slant of Sunlight*, Oakland, Cal. 1988.

Übersetzungen: P. Behrens, R. D. Brinkmann u. a., *Apollinaire ist tot. Und Anderes*, ed. R. D. Brinkmann, Frankfurt 1970.

Literatur: *Nice to See You: Homage to T. Berrigan*, ed. A. Waldman, Minneapolis 1991. – R. Padgett, *Ted: A Personal Memoir of T. Berrigan*, Great Barrington, Mass. 1993.

472 Whitman in Black (Text: So Going, 1980, S. 365; Ü: P. Waterhouse) 2 *In Melville's senses*: Anspielung auf die Szenen städtischer Vereinzelung und Verelendung in Melvilles Kurzgeschichte «Bartleby the Scrivener» und in dem Roman *Pierre*.

472 Last Poem (Text: So Going, S. 386; Ü: P. Waterhouse) 20 *the pills*

kept me going: Die Amphetamin-Tabletten, von denen Berrigan ausgiebig Gebrauch machte und an deren Folgen er starb.
474 SONNET 37 (Text: So Going, S. 64; Ü: R. D. Brinkmann, 1970, S. 25, bearb.) *Guillaume Apollinaire*: (1880–1918), frz. Dichter, Vater des Surrealismus und der kalligraphischen Dichtung, der im Ersten Weltkrieg am Kopf verwundet wurde und 1918 an den Folgen starb.

JOHN ASHBERY

Rochester, New York 1927

Studierte an der Harvard University und an der New Yorker Columbia University, wo er 1951 seinen M. A. ablegte. Zusammen mit O'Hara, Ted Berrigan und Kenneth Koch wurde er in den 50er Jahren zu einem der sichtbarsten Vertreter der New York Poets, einer Lyrikgruppe, die – wie die Beat Poets um Ginsberg oder die Black Mountain Poets um Olson und Creeley – eine der neuen Gegenströmungen zum dominierenden Modernismus Eliotscher Prägung bildete. 1955 ging Ashbery als Fulbright-Stipendiat nach Paris, wo er zehn Jahre bleiben sollte. Er arbeitete dort als Kunstkritiker für die europäische Ausgabe der *New York Herald Tribune* und als Pariser Korrespondent der New Yorker *Art News* und *Art International.* Außerdem wurde er Herausgeber von *Art and Literature* (1963–66). 1965 kehrte er als Hauptschriftleiter von *Art News* nach New York zurück. Als 1972 die Eigner der Zeitschrift wechselten, ging er als Lehrer für Creative Writing ans Brooklyn College und schrieb nebenher Artikel über moderne Kunst für *Newsweek.* Zumindest in ihrer surrealistischen Phase (während der 60er Jahre) besteht seine Lyrik in der Komposition von Collagen aus leicht abgewandelten Zitaten, die er nach dem Zufallsverfahren Zeitungen, Zeitschriften, Pop Songs und Kinofilmen entnimmt. Seinen *modus operandi* beim Entstehen des Gedichts «Europe» (1960) beschreibt er einem Interviewer folgendermaßen: Zunächst kritzele er einige Seiten voll, ohne sich recht bewußt zu machen, was er zu Papier bringe. Dann nehme er eine amerikanische Zeitschrift wie *Esquire*, schlage sie auf, entnehme ihr einen Satz und versuche, ihn weiterzuschreiben. Sobald er nichts mehr damit anzufangen wisse, schaue er erneut in die Zeitschrift: «Alles verläuft rein experimentell.» 1976 erhielt er den National Book Award und den Pulitzer Prize für den Gedichtband *Self-Portrait in a Convex Mirror* (1975). Ashbery ist postmoderner Lyriker *par excellence*, der in den rasch wechselnden Phasen seiner Entwicklung seine Schreibweisen wie Masken an- und ablegt und dennoch eine unverkennbare Handschrift gefunden hat. In den 60er Jahren deutlich von den französischen Surrealisten beeinflußt (*The Tennis Court Oath*, 1962), entwickelt Ashbery in den nachfolgenden Jahren eine Meditationslyrik, deren rhetorische Gestik an Wallace Stevens erinnert, aber gleichzeitig in lässigem Parlando an ihren Gegenständen entlanggleitet, wobei sie Alltagskontext, Tagesnachrichten und Erinnerungsbilder in das offen-ziellose Strömen ihrer subjektiven Reflexion aufnimmt. Zugleich ist diese Dichtung des über sich selbst gebeugten Bewußtseins «eines porösen Subjekts» (Sartorius) in einer Sprache gehalten, deren Oberfläche aus raffinierten Klangmustern, aus Wortwitz und Sprachspiel, aus Anspielung und dunkler Suggestion auf sich selbst verweist und auch sich selbst genügt. Ashbery gilt derzeit als zentrale Figur im dezentralisierten Feld der amerikanischen Gegenwartslyrik.

Ausgaben: *Some Trees*, London 1956. – *The Tennis Court Oath*, Middletown 1962. – *Rivers and Mountains*, 1966. – *The Double Dream of Spring*, 1970. – *Self-Portrait in a Convex Mirror*, 1975. – *Shadow Train*, 1981. – *A Wave*, 1984. – *Selected Poems*, 1985. – *April Galleons*, 1987. – *Hotel Lautréamont*, 1993. - *And the Stars Were Shining*, 1994. - *Can You Hear, Bird*, 1995. – Alle New York

Übersetzungen: C. Cooper/J. Sartorius, *J. Ashbery: Gedichte* 1956–1977, München 1980. – J. Sartorius, *Eine Welle: Gedichte 1979–1987*, München 1988. – J. Sartorius, *Selbstportrait im konvexen Spiegel*, München 1988. – E. Einzinger, *Und es blitzen die Sterne*, Salzburg/Wien 1997.

Literatur: D. Shapiro. *J. Ashbery: An Introduction to the Poetry*, New York 1967. – D. Lehman, ed., *Beyond Amazement: New Essays on J. Ashbery*, Ithaca, N. Y. 1980. – Ch. Altieri, *Self and Sensibility in Contemporary American Poetry*, Cambridge 1984. – H. Bloom, ed., *J. Ashbery*, New York 1985. – U. Reichardt, *Innenansichten der Postmoderne: Zur Dichtung J. Ashberys, A. R. Ammons', D. Levertovs und A. Richs*, Würzburg 1991. – S. M. Schultz, ed., *The Tribe of John: Ashbery and Contemporary Poetry*, Tuscaloosa, Ala. 1995.

476 Some Trees (Text: Some Trees, 1956, S., 51; Ü: J. Sartorius, Selbstportrait, S. 7)
476 These Lacustrine Cities (Text: Rivers, 1966, S. 9; Ü: W. Schlenker) 1 *lacustrine*: lat. lacus (See), zum See gehörig.
480 Soonest mended (Ausgabe: Double Dream, 1970, S. 17–19; Ü: J. Sartorius, Selbstportrait, S. 48–50) 3 *Orlando Furioso*: Episches Gedicht von Ludovico Ariosto (1474–1533), dessen romantische Heldin Angelica ständig aus haarsträubenden Situationen gerettet werden muß. – 6 *Angelica*: Bezieht sich auf ein Bild des frz. Malers Jean Auguste Ingres (1780–1867), «Roger befreit Angelica», das eine solche Rettungsaktion zum Gegenstand hat. – 11 *Happy Hooligan*: Held eines populären amerikanischen Comic Strip in den 20er und 30er Jahren. – 80 *avatars*: Inkarnationen; gemeint sind wohl die häuslich-alltäglichen Objekte, an denen sich die innere Anpassung ablesen läßt.
484 Mixed Feelings (Text: Selected Poems, 1975, S. 41; Ü: J. Sartorius) *the garment center*: Das Textilviertel Manhattans, entlang der 7th Avenue von den 30er bis in die 40er Straßen.

486 PARADOXES AND OXYMORONS (Text: Shadow Train, 1981, S. 3; Ü: J. Sartorius, Welle, S. 19) *oxymorons*: Fügung von widersprüchlichen oder einander ausschließenden Begriffen.
488 A MOOD OF QUIET BEAUTY (Text: April Galleons, 1987, S. 8; Ü: J. Sartorius, Welle, S. 76)
490 HEGEL (Text: Can You Hear, 1995, S. 56; Ü: J. Sartorius) 14 *Rangoon*: Hauptstadt von Myanmar, dem früheren Birma.

SUSAN HOWE

Boston 1937

Ihr Vater war Harvard-Professor, ihre Mutter irischer Abstammung. 1955 ging Howe nach Dublin und wurde am dortigen Gate Theatre Schauspielerin und Bühnenbildnerin. Nach ihrer Rückkehr studierte sie von 1957–1961 Malerei an der Boston Museum School of Fine Arts, wandte sich aber dann zunehmend der Literatur zu. Howe gilt als herausragende Kritikerin (ihr Buch *My Emily Dickinson* erhielt den American Book Award) und ist, wenn man von A. Rich absieht, deren Dichtung als Gegenpol zu der Howes betrachtet werden kann, die wohl profilierteste amerikanische Lyrikerin der Gegenwart. Sie wird häufig mit den Language Poets um Charles Bernstein identifiziert, in deren Zeitschriften sie einige ihrer Gedichte publiziert hat. Doch ihr lyrisches Werk sperrt sich gegen diese Zuordnung, denn es spricht eine unverkennbar eigene Sprache. Howe stellt sich bewußt in die Kontinuität von Dickinson und Stein (aber auch in die der lyrischen Archäologie von Charles Olson), ist dazu jedoch deutlich von den poststrukturalistischen Theorien der französischen Feministinnen J. Kristeva, L. Irigaray und H. Cixous beeinflußt. Sie sieht unser Verständnis von Selbst und Welt (ebenso wie unser Geschichtsbewußtsein) als durch Sprache und darum wesentlich durch Texte konstituiert. Welt ist demnach immer auch Textwelt, und ihre Gedichte, die den etablierten kulturellen Code vom Rande her hinterfragen, betreiben eine fortgesetzte Dekonstruktion und Rekonstruktion überlieferter Texte. Sie bilden daher ein engmaschiges Netzwerk gelehrter Anspielung und buchverliebter Intertextualität. Zugleich versucht Howe die Linearität der Textoberfläche aufzubrechen und sie visuell in mehrere Richtungen lesbar zu machen. Ihre Gedichte verweigern sich daher dem mündlichen Vortrag. Was auf den ersten Blick als Wiederaufbereitung kalligrammatischer Spielereien (Apollinaire, Cummings) erscheinen mag, entspringt einem Textverständnis, in dem Sprach- und Geschichtsbewußtsein ineinander greifen. Denn Howes Werk ist geprägt vom Sog des Geschichtlichen, und die Auseinandersetzung mit den patriarchalen Strukturen der Geschichte bildet den thematischen Dreh- und Angelpunkt ihres Schreibens. Obwohl Howes Bild/Text-Gedichte formal der Dichtung ethnischer (oder feministischer) Autorinnen radikal entgegengesetzt erscheinen, verbindet sie das Engagement für die Sache der marginalisierten Existenz und der verdrängten oder totgeschwiegenen Geschichte inhaltlich mit ihnen.

Ausgaben: *Secret History of the Dividing Line*, New York 1978. – *Pythagorean Silence*, New York 1982. – *Defenestration of Prague*, New York 1983. – *Articulation of Sound Forms in Time*, Windsor, Vt. 1987. – *A Bibliography of the King's Book or, Eikon Basilike*, Providence, R. I. 1989. – *The Europe of Trusts: Selected Poems*, Los Angeles 1990. – *Singularities*, Middletown 1990. – *The Nonconformist's Memorial*, New York 1993. – *My Emily Dickinson*, Berkeley 1985. – *The Birth-mark: Unsettling the Wilderness in American Literary History*, Hanover, N. H. 1993.

Literatur: H. Möckel-Rieke, *Fiktionen von Natur und Weiblichkeit*, Trier 1991. – P. Quartermain, *Disjunctive Poetics: From Gertrude Stein and Louis Zukofsky to Susan Howe*, Cambridge 1992. – M. Perloff, «‹Collision or Collusion with History›: The Narrative Lyric of S. Howe», in: *Contemporary Literature*, 30, Winter 1989, 518–533. – H. Möckel-Rieke, «Die ‹unvollendete Moderne›: Language Poetries und die amerikanische Lyrik der 80er Jahre», *Amerikastudien* 40:1, 1995, 7–44. – K. Freitag, «Writing Language Poetry as a Woman: S. Howe's Feminist Project in A Bibliography of the King's Book, or, Eikon Basilike», *Amerikastudien* 40:1, 1995, S. 45–63.

492 WHITE FOOLSCAP: BOOK OF CORDELIA (Text: *Europe of Trusts*, S. 170–180; Ü: H. Möckel-Rieke, bearb.) Die Übersetzung des Titels mit «Weiße Narrenkappe» kann nur eine der möglichen Bedeutungen des englischen Titels erfassen, denn «white foolscap» ist auch das weiße, noch unbeschriebene Konzeptpapier. Außerdem sind «Leere» oder auch «Schweigen» essentielle Aspekte der Howeschen Dichtungskonzeption, so wie Leerstellen und leere Seiten Bestandteile ihrer visuell entworfenen Texte sind. In einem Brief vom 8.4.1997 schreibt Howe zur Doppeldeutigkeit des Titels: «FOOLSCAP [Büttenpapier]. Ich dachte natürlich an das Papier, auf dem die Geschichte erzählt wird, aber mehr noch an den Narren in King Lear. Als Cordelia stirbt, denkt Lear, sie wäre sein Narr. [«And my poor fool is hang'd!»] Der Narr ist der zentrale Charakter in diesem Stück, und ich setze ihn von Anfang bis Ende in Beziehung zu Cordelia.» In diesem Sinne wären der Narr und Cordelia subversive, den dominanten Diskurs in Frage stellende Figuren. Auf der anderen Seite konnotiert «white foolscap» aber auch King Lear, der zwar keine wirkliche Narrenkappe trägt (die ist zu Shakespeares Zeit ohnehin rot), doch mit seinen weißen Haaren die Narrenkappe des Patriarchats nie ablegt. In ihrem Gedicht macht Howe das Auflehnen der Kinder gegen den Vater und das vielsagende Schweigen der vom Vater übergangenen Cordelia zum Gegenstand einer intertextuellen Collage, eines Geflechts aus

klanglichen, semantischen und textlichen Assoziationen, wobei – ähnlich wie in den Texten Steins (oder in den Theorien der frz. Feministinnen) – die «Inkohärenz» des poetischen Textes die Sinnstrukturen der dominanten männlichen Ordnung anarchisch-weiblich unterläuft. In der Originalausgabe hat Howe die Passage aus King Lear (Ü: F. Günther) dem Titel vorausgestellt, vermutlich um zu verdeutlichen, daß Shakespeares Text der Prä-Text ist, den sie nachfolgend zerspielt, und nicht als Motto oder gar als Teil ihres Gedichts verstanden werden soll. – 7 *maria wainscotted*: Dieses ungewöhnliche Bild einer «holzverschalten» Maria mag eine besondere Form der Einzwängung von Frauen anprangern. – 9 *common as sal salt Sally*: Der Allerweltsname Sally wird hier durch Assonanz in eine (falsche) etymologische Reihe mit dem engl. «salt» und dem lat. «sal» (Salz) gestellt, aber auch in die überbordende Meeresbildlichkeit des Gedichts. – 12 *Nemesis*: Göttin des Gleichmaßes bzw. der Gegenseitigkeit, später Göttin der Vergeltung. – 13 f. *turnspit scullion ... shoe fits*: Auch dies verweist auf eine Passage in King Lear, aber auch auf das Märchen vom Aschenputtel. - 19 *Lir, Lear (*vielleicht auch «Liar»): Howe verbindet Shakespeares Lear mit dem Leir des Geoffrey of Monmouth über den walisischen Llyr des Mabinogion auch mit dem Lir der irischen Legende, dessen Kinder von der eifersüchtigen Stiefmutter in Schwäne verwandelt wurden. – 30 *the hoth/heath*: ME. «hoth» (MHD: «heth») bedeutet NE. «heath» (Heide), Anspielung auf King Lear, III. – 31 *sline*: Aus dem Kohlebergbau mit der Bedeutung von Bruch, glatte Schnittfläche; in Verbindung mit «crystal song» und «lac pure» evtl. eine poetologische Metapher. – 39 *giggling in the whistling wind*: Anspielung auf die Heide-Szene mit King Lear und dem Narren, der seine Narrenmütze verloren hat (King Lear II, 3 und III, 2). – 47 *cry Spy*: «as if we were God's spies», King Lear, V, 3. – 48 *Copernicus*: Howe verbindet die Kopernikanische Revolution in der Astronomie nachfolgend mit der Auflehnung der Kinder gegen den Vater. – 53 *Whowe*: Einmal als «wer wir» zu verstehen, als Antwort auf die Frage nach der Verantwortlichkeit der Kinder für das Dilemma des Vaters, dann auch als lautmalerisches Windheulen, schließlich als ein Spiel mit dem Namen der Autorin. – 60 *We have traveled all night / homeless / images of flying off*: Vgl. King Lear, II, 4; Lear spricht hier von der Abtrünnigkeit seines Gefolges. – 74 f. *LEAR / leans on his lance ... nuclear (hooded)*: In dem Motiv der Blindheit bewaffneter Männer verbindet Howe Lears Geschichte mit der unserer atomaren Gegenwart: eine kontinuierliche Ordnung verblendeter Männer. – 85 *murderers*: Vgl. King Lear, Akt V, 3. Es sind die Mörder Cordelias, aber im Kontext ebenso Figuren männlicher Herrschaft – so wie die im mehrfachen Sinne zum Schweigen gebrachte Cordelia weibliche Ohnmacht auf der Bühne der Weltgeschichte konnotiert. – 121 f. *I can re/trac ... Do not come down the ladder*: Später nochmals wiederholt; erinnert an eine Textstelle aus Samuel Becketts Roman Watt (1953), wo es heißt: «Do not come down the ladder; Ifor haf taken it away». Bei Beckett ist «Ifor» der Vorname des kurzbeinigen Ifor Bach aus einem alten walisischen Witz, während «Ifor» bei Howe wohl mit «ich denn ich» oder auch mit: «Auge um Auge» übersetzt werden könnte. Schließlich mag die «Leiter» auf die bibliophile Autorin selbst verweisen, die sich mit deren Hilfe – wie der irische Dichter J. C. Mangan in einem anderen Gedicht Howes – durch die Welt der Buchregale und Bücher bewegt. – 136 *great Fairly, little Fairly:* Howe verweist in einem Brief auf Grimms Märchen, wo sich aber bestenfalls nur Analoges finden läßt. – 137 *lucky Luck:* s. «Lucky Luke», eine amerikanische, Hans-im-Glück-ähnliche Comicfigur des frz. Karikaturisten Morrison.

JIMMY SANTIAGO BACA

Santa Fé 1952

Jimmy Baca ist halb Chicano, halb Apache («gründlich vermischtes Blut») und geprägt von einer traumatischen Kindheit. Nach ihrer Scheidung ließen ihn die Eltern in der Obhut der Großeltern zurück; mit fünf lebte er in einem Waisenheim der Stadt Albuquerque, mit zehn auf der Straße, mit zwanzig landete er wegen eines Drogendelikts im Gefängnis, wo man mit allen brutalen Mitteln versuchte, dem aufmüpfigen Chicanoburschen die Aggressivität auszutreiben. Im Gefängnis bringt er sich mit Hilfe einer gestohlenen Anthologie englischer romantischer Lyrik das Lesen und Schreiben bei. Auf Kartons und Papierfetzen aller Art schreibt er Gedichte und ein Tagebuch – und überlebt auf diese Weise Einzelhaft und Schocktherapie. «Es war die Sprache, die mich gerettet hat», sagt er später in einem Interview. «In der Sprache habe ich meine alten Ichs verbrannt und mich zu einem neuen Wesen improvisiert.» Seine ersten Gedichte werden von Denise Levertov in der Zeitschrift *Mother Jones* veröffentlicht, als er noch einsitzt. Es sind visionäre, aber auch sozialkritisch-polemische Gedichte, mit denen er sich die angestaute innere Wut aus dem Leib und von der Seele schreibt: Wut über das eigene Leben und über das der armen Leute (Chicanos, Mestizen, Indios) in und um Albuquerque. Für den Gedichtband *Martin & Meditations on the South Valley* (1987) erhielt er den American Book Award und für *Black Mesa Poems* (1989) den Wallace Stevens Poetry Award.

Ausgaben: *Immigrants in Our Own Land*, Baton Rouge 1979. – *Martin & Meditations on the South Valley*, New York 1987. – *Black Mesa Poems,* New York 1989. – *Working in the Dark*, Santa Fé 1992.

506 SO MEXICANS ARE TAKING AWAY JOBS (Text: Immigrants, 1979, S. 24 f.; Ü: A. Welle) Baca spielt in den ersten Zeilen ironisch mit dem Ste-

reotyp des aus vielen Wildwestfilmen bekannten räuberischen Mexikaners. – 3 *Ese gringo*: span.: He, Gringo (der mexikanische Schimpfname für Amerikaner).

GWENDOLYN BROOKS

Topeka, Kansas 1917

Sie verbrachte die meiste Zeit ihres Lebens in Chicago, wo sie schon früh Gedichte schrieb, ebenso Beiträge für den *Chicago Defender*. 1943 gewinnt sie den Midwestern Writers' Conference Poetry Award und 1950 – als erste afroamerikanische Dichterin – den Pulitzer Prize für den Gedichtband *Annie Allen* (1949). Brooks' Dichtung verbindet die virtuose Beherrschung traditioneller Formen mit sprachlicher Präzision und dem ausgeprägten Interesse an Alltagsleben und Alltagsrede der Afroamerikaner in den Großstädten. In den 60er Jahren wird ihre Dichtung politischer. Sie erlebt 1967 die Second Black Writers' Conference an der Fisk University in Nashville, Tennessee, als Wendepunkt in ihrem Schaffen und als Erwachen zu einem neuen politischen Bewußtsein. Nach der Begegnung mit den jungen Dichtern der Black Aesthetics Bewegung (Leroi Jones/Amiri Baraka und insbesondere Don L. Lee/Haki R. Madhubuti) versteht sie ihre gesellschaftliche Rolle neu: erst durch sie, so sagt sie, «weiß ich, wer ich bin».

Ausgaben: *A Street in Bronzeville*, New York 1945. – *Annie Allen*, New York 1949. – *The Bean Eaters*, New York 1960. - *Selected Poems*, New York 1963. – *In the Mecca*, New York 1968. – *Riot*, Detroit 1969. – *Family Pictures*, Detroit 1970. – *The World of G. Brooks*, New York 1971. – *Primer for Blacks*, Chicago 1980. – *Young Poet's Primer*, Chicago 1980. – *To Disembark*, Chicago 1981. – *Very Young Poets*, Chicago 1983. – *Blacks*, Chicago 1987. – *Report from Part One. An Autobiography*, Detroit 1972.

Literatur: H. B. Shaw, *G. Brooks*, Boston 1980. – D. H. Melhem, *G. Brooks: Poetry and the Heroic Voice*, Louisville 1987. – M. Mootry & G. Smith, ed., *A Life Distilled: G. Brooks, Her Poetry and Fiction*, Urbana 1987. – G. Kent, *A Life of G. Brooks*, Louisville 1990. – *On G. Brooks*, ed. S. C. Wright, Ann Arbor, Mich. 1996.

510 PATENT LEATHER (Text: The World, 1971, S. 13; Ü: P. Waterhouse)
510 A SONG IN THE FRONT YARD (Text: Selected Poems, 1963, S. 6; Ü: P. Waterhouse)
512 WE REAL COOL (Text: Bean Eaters, S. 17; Ü: P. Waterhouse)

512 THE EGG BOILER (Text: Bean Eaters, S. 68; Ü: P. Waterhouse)
514 MALCOLM X (Text: In the Mecca, S. 39; Ü: P. Waterhouse). *Malcolm X* wurde 1925 als Malcolm Little in Omaha, Nebraska geboren. Der Vater, ein Baptistenprediger, wurde umgebracht, als Malcolm sechs Jahre alt war. Seine Kontakte mit der Unterwelt New Yorks brachten ihn Anfang der 50er Jahre ins Gefängnis. Dort kam er mit der Black Muslim Religion in Berührung. Von nun an nannte er sich Malcolm X und wurde zum bekanntesten Prediger der Black Muslims, einem wortgewaltigen Protagonisten, dessen Radikalität und Charisma ihn nicht nur für die weiße Gesellschaft zu einer Bedrohung machten. 1965 wurde er in New York erschossen. Seine postum veröffentlichte Autobiographie (The Autobiography of Malcolm X) sowie die Sammlung seiner Reden (Malcolm X Speaks, 1965) gehören zu den zentralen Dokumenten der Black Power-Bewegung und zu den wichtigsten literarischen und kulturhistorischen Texten der 60er Jahre. *Dudley Randall*: geb. 1914 in Washington, D. C.; Dichter, Herausgeber, Publizist. Brachte 1967 gemeinsam mit R. Hayden, G. Brooks u. a. einen Band mit Gedichten über Malcolm X heraus: For Malcolm X: Poems on the Life and Death of Malcolm X.

DON L. LEE

Little Rock, Arkansas 1942

Don L. Lee lehrte zunächst Afroamerikanische Literatur und Geschichte an der Roosevelt University in Chicago. 1967 wurde er Mitbegründer der *Third World Press* in Chicago, eines wirkungsvollen Mediums für die Veröffentlichung von Werken politisch engagierter afroamerikanischer Lyriker. In den folgenden Jahren erschienen eine Reihe ethnopolitischer Essays und Lyrikbände. Zu ihnen äußerte sich die einflußreiche Kritikerin Helen Vendler: «In [Don L. Lee] finden die höhnischen und wildwütigen Redensarten, die als Überlebenstaktik in der Sprache der Schwarzen seit langem Bestand haben, ihren nachdrücklichsten Dichter.» Gwendolyn Brooks nannte Lee «den bedeutendsten, erfinderischsten und einflußreichsten schwarzen Dichter hierzulande» (1971). In den 70er Jahren änderte Lee seinen Namen zu Haki R. Madhubuti (etwa «absolute Gerechtigkeit»). Seine Gedichte, die als *performances* konzipiert sind und aufgeführt werden sollen, legen alles Gewicht auf das Wort als Ereignis. Inhaltlich charakteristisch für sie ist die Fusion der Forderung nach «black liberation» mit der nach «women's liberation». Das Programm der Befreiung afroamerikanischer Frauen von der Last des schwarzen Männlichkeitswahns geht auf die Ausführungen der schwarzen Feministin bell hooks zurück, deren überzeugter Anhänger Lee/Madhubuti ist. Seine Texte und *performances* waren für die schwarze Lyrik der nachsechziger Jahre von großem Einfluß.

Ausgaben: *Think Black!*, Detroit 1967. – *Black Pride: Poems*, Detroit 1968. – *For Black People (and Negroes too): A Poetic Statement on Black Existence in America with a View to Tomorrow*, Chicago 1968. – *Don't Cry, Scream*, Detroit 1969. – *We Walk the Way of the New World*, Detroit 1970. – *Directionscore: Selected and New Poems*, Detroit 1971. – *The Book of Life*, Detroit 1975. – *Earthquakes and Sun Rise Missions: Poetry and Essays of Black Renewal, 1973–83*, Chicago 1984. – *Killing Memory, Seeking Ancestors*, Detroit 1987. – *Say that the River Turns: The Impact of Gwendolyn Brooks*, Chicago 1987.

Literatur: M. Mosher, *New Directions from D. L. Lee*, Hicksville, N. Y. 1975. – E. B. Redmond, *Drumvoices: The Mission of Afro-American Poetry: A Critical History*, New York 1976.

516 JUDY-ONE (Text: Directionscore, 1971, S. 151; Ü: H. Ickstadt)
516 *FIRST* (Text: Directionscore, S. 163; Ü: H. Ickstadt)
518 BUT HE WAS COOL (Text: Don't Cry, 1969, S. 24 f.; Ü: P. Waterhouse)
5 *A double-natural*: Exzessiv afroamerikanische Frisur. – 7 *dashikis*: Buntgemusterte Hemdblusen, wie sie von afrikanischen Männern (Yoruba und Hausa) getragen werden. – 11 *tikis*: Von den Maori Neuseelands getragene Anhänger mit dem Abbild eines Gottes oder Urahnen. – 14 f. *swahili . . . yoruba*: Afrikanische Sprachen.

ALICE WALKER

Eatonton, Georgia 1944

Lyrikerin, Romanautorin, Essayistin. Als achtes Kind einer Farmpächterfamilie in den Südstaaten geboren, geht Walker 1961 auf ein College für schwarze Frauen in Atlanta und graduiert 1965 am Sarah Lawrence College in New York. Von 1965 bis 1967 ist sie aktiv an der Bürgerrechtsbewegung in Mississippi und Georgia beteiligt (siehe ihre frühen Romane *The Third Life of Grange Copeland*, 1970, und *Meridian*, 1973). Zu einer Zeit, da Ehen zwischen Weißen und Schwarzen in den Südstaaten noch gesetzlich verboten sind, heiratet sie Melvyn Levanthal, ebenfalls Aktivist der Bürgerrechtsbewegung, von dem sie sich 1975 wieder trennt. In die afroamerikanische Frauenliteratur der 80er und 90er Jahre bringt Walker ihre Spielart des ‹Bildungsromans› ein – den mühevollen Weg der schwarzen Frau zu sich selber jenseits aller fremdbestimmten Konturen von Rasse, Klasse und Geschlecht. Ihr geht es darum, eine afroamerikanische Ästhetik aus weiblicher Sicht zu entwerfen. Dafür benötigt sie die Rückkoppelung an ein solidarisches Kulturerbe schwarzer Frauen in den Südstaaten, das sie in verschiedenen nichtsprachlichen Kommunikationsformen findet. Über Anleihen bei den mündlichen Strukturen der ‹folk tales› und der ‹slave narratives› und unter Einbeziehung der vorhandenen schriftlichen Südstaatenliteratur (vor allem aus der Feder ihres Leitbildes, der Anthropologin und Romanautorin Zora Neale Hurston) entwirft Walker einen gemeinschaftlichen Bewußtseinsstand der «black sisters», indem sie einerseits das matrilineare Erbe der Vergangenheit heraufholt, während sie andererseits in der Gegenwart eine afroamerikanische weibliche Leserschaft heranbildet, die ihre Stimme hören kann. Ihr dritter Roman «The Color Purple» (1982) machte sie weltberühmt.

Ausgaben: *Once*, New York 1968. – *Revolutionary Petunias & Other Poems*, San Diego, Cal. 1973. – *Good Night, Willie Lee, I'll See You in the Morning*, New York 1979. – *Horses Make a Landscape More Beautiful*, San Diego, Cal. 1984. – *Her Blue Body, Everything We Know: Earthling Poems 1965–1990*, San Diego, Cal. 1991. – *In Search of Our Mothers' Gardens: Womanist Prose*, New York 1983.

Übersetzungen: G. Döhler, *Ihr Blauer Körper ist alles, was wir kennen: Aus den Gesammelten Gedichten 1965–1990*, Bd. I, Reinbek 1993. – G. Döhler, *Ihre braune Umarmung: Aus den Gesammelten Gedichten 1965–1990*, Bd. II, Reinbek 1995.

Literatur: *A. Walker*, ed. H. Bloom, New York 1989. – *A. Walker: Critical Perspectives Past and Present*, ed. H. L. Gates, New York 1993. – T. Gentry, *A. Walker*, New York 1993.

520 A WOMAN IS NOT A POTTED PLANT (Text: Her Blue Body, 1991, S. 454; Ü: E. Hesse)
522 MOODY (Text: Her Blue Body, S. 265; Ü: E. Hesse)
522 WHEN I AM HERE AGAIN (Text: Her Blue Body, S. 100; Ü: E. Hesse)

RITA DOVE

Akron, Ohio 1952

Studierte in Ohio, Miami und Tübingen amerikanische Literatur, Deutsch und Cello. Für ihre Dichtung erhielt sie eine Fülle von Auszeichnungen, Preisen und Stipendien. 1993 wurde sie – als erste afroamerikanische Autorin – zur *poeta laureata* der Vereinigten Staaten und zur «Beraterin für Dichtung» an der Library of Congress gewählt, ein Amt, das sie bis 1995 innehatte. In ihrer Lyrik verbindet sie die Mündlichkeit ihres afroamerikanischen Kulturerbes mit den Traditionen weißer schriftgebundener Formen wie dem Sonett. Im Vorwort zu ihrem Band *Mother Love* plädiert sie für die festgefügte lyrische Form als «Talisman gegen den Sog der Auflösung» und als «wunderschöne Seifenblase ... während ... vor den Toren das Chaos lauert». Die vorgegebene Form biete der Dichterin die Möglichkeit, «in ihren Fesseln zu singen». Doves persönliche Stimme ist in jedem Falle unverkennbar: Da sie sowohl als Afroamerikanerin wie auch als Mutter zwischen den Rassen und Kulturen lebt (sie ist mit einem deutschen Schriftsteller verheiratet), findet die Erfahrung und das Bewußtsein einer überaus komplexen Identität in ihren Gedichten Ausdruck.

Ausgaben: *The Yellow House on the Corner*, Pittsburgh 1980. - *Museum*, Pittsburgh 1983. – *Thomas and Beulah*, Pittsburgh 1986. – *Grace Notes*, New York 1989. – *Selected Poems*, New York 1993. – *Mother Love*, New York 1995. – *Fifth Sunday*, Lexington, Ky. 1985 [Kurzgeschichten]. – *Through the Ivory Gate*, New York 1992 [Roman]. – *The Darker Face of the Earth*, Brownsville 1994 [Versdrama].

Übersetzungen: F. Viehbahn, *Die gläserne Stirn der Gegenwart*, Eisingen 1989.

Literatur: R. McDowell, «The Assembling Vision of R. Dove», *Callaloo*, 25, Winter 1985, 61–70. – A. Rampersad, «The Poems of R. Dove», *Callaloo*, 26, Winter 1986, 52–60. – H. Vendler, «R. Dove: Identity Markers», in: *The Given and the Made: Recent American Poets*, London 1995, 59–88.

524 MISSING (Text: Mother Love, S. 62; Ü: E. Hesse)
524 CANARY (Text: Grace Notes, S. 64; Ü: E. Hesse)

ROBERT HAYDEN

Detroit 1913 – Ann Arbor, Michigan 1980

Geboren als Asa Bundy Sheffey im «Paradise Valley», einem Armenviertel in Detroit. Nach Trennung der Eltern seit früher Kindheit bei Pflegeeltern aufgewachsen. Studiert zunächst am Detroit City College und betreibt im Rahmen des Federal Writers' Project Forschungen zur afroamerikanischen Folklore und Geschichte. 1940 erscheint sein erster Gedichtband, *Heart-Shape in the Dust*. Wenig später setzt er sein Studium an der University of Michigan fort, wo er W. H. Auden trifft, der ihm zum Lehrer und Mentor wird. Von 1946–1969 unterrichtet er an der Fisk University in Nashville. Auf der ersten Black Writers' Conference, die 1966 ebendort stattfindet, wird er von anderen afroamerikanischen Autoren heftig angegriffen, weil er sich nicht vorrangig als «black poet» definieren will. Wohl versteht er sich aus dem Zusammenhang schwarzer Tradition und Geschichte, aber zugleich auch als Universalist und Modernist. In seiner Lyrik finden sich die Echos schwarzer wie auch weißer Dichtungstradition. Im gleichen Jahr erhält er den Lyrik-Preis beim First World Festival of Negro Arts in Dakar, Senegal. 1969 kehrt er an die University of Michigan zurück. 1976–77 wird er der erste afroamerikanische «Consultant in Poetry» für die Library of Congress. Ähnlich wie Tolson – und, auf andere Weise, der Romancier Ralph Ellison – verbindet Hayden Schreiben mit dem hochmodernistischen Ethos formaler Meisterschaft («craftsmanship»), und wie Tolson versucht er, schwarze Geschichte und Erfahrung mit den formalen Mitteln der Moderne darzustellen. Sein Gedicht «Middle Passage», ein zentraler Text der afroamerikanischen Dichtung im 20. Jahrhundert, macht dies besonders augenfällig.

Ausgaben: *The Lion and the Archer*, Nashville 1948. – *Figures of Time: Poems*, Nashville 1955. – *A Ballad of Remembrance*, London 1962. – *Words in the Mourning of Time*, New York 1970. – *Angle of Ascent: New and Selected Poems*, New York 1975. – *Collected Poems*, New York 1985. – *American Journal*, Taunton, Mass. 1978, 1980. – *Collected Prose*, Ann Arbor 1985.

Literatur: F. M. Fetrow, *R. Hayden*, Boston 1984. – J. Hatcher, *From the Auroral Darkness: The Life and Poetry of R. Hayden*, Oxford 1985. – V. M. Kutzinski, «Changing Permanence: Historical and Literary Revisionism in R. Hayden's ‹Middle Passage›», *Callaloo* 9:1, 1986, 171–183. – P. T. Williams, *R. Hayden: A Critical Analysis of His Poetry*, Urbana 1987.

528 Middle Passage (Text: Collected Poems, 1985, S. 48–54; Ü: H. Ickstadt/E. Hesse) Eine erste Fassung des Gedichts erschien 1945 in der Zeitschrift Phylon VI:3, S. 247–253. Der Titel bezieht sich auf den traumatischen Transport der frisch Versklavten von der afrikanischen Küste zu den Sammellagern in der Karibik. Von dort wurden sie an die Sklavenmärkte verteilt. Infolgedessen spielt die «middle passage» in der literarischen Geschichtsaufarbeitung der Afroamerikaner eine besondere Rolle. Haydens Quellen beziehen sich auf drei verschiedene Episoden innerhalb der Geschichte der Sklaverei. Er benutzt die Dokumente zum Sklavenhandel in der New-Yorker Schomberg Collection und insbesondere im 3. Teil die Gerichtsprotokolle zum Fall der Amistad; vgl. auch Hayden in Collected Prose, S. 163–173. – I, 1 und 14 *Jesús, Estrella, Mercy . . . Desire, Adventure, Tartar*: Namen von Sklavenschiffen. Das Schiff Desire, gebaut 1636 in Marblehead, Mass., war das allererste amerikanische Sklavenschiff. – I, 3 *sharks following*: Haifische folgten den Sklavenschiffen und fraßen die über Bord geworfenen kranken oder verstorbenen Sklaven und Seeleute. – I, 8 *«Tenth April Eighteen Hundred»*: Hayden benutzt hier die Dokumente zum Sklavenhandel in der New-Yorker Schomberg Collection. – I, 17 *deep in the festering hold . . .*: Parodie des Shakespeareschen «Full fathom five thy father lies», The Tempest, I, 2. Hayden setzt während des ganzen Gedichts weiße und

schwarze Stimmen gegeneinander. Hier wie auch im parodistischen Zitieren von Gebeten und Hymnen verweist er mit bitterer Ironie auf die Diskrepanz zwischen christlichem Bekenntnis und einem Reichtum, der sich auch in Neuengland zu einem großen Teil dem Sklavenhandel verdankt. – I, 20–21 *Jesus Savior Pilot Me*: Aus einem Gedicht von Edward Hopper, das 1871 als Hymne in das Baptist Praise Book aufgenommen wurde. – I, 36 *Jettisoned the blind*: Blind gewordene Sklaven oder Seeleute wurden über Bord geworfen, um die Gefahr einer weiteren Ausbreitung der Ophthalmie zu reduzieren. – I, 42 *Davy Jones'*: Eine Abkürzung für «Davy Jones's locker», d. h. den Meeresgrund – eine Seemannsmetapher für den Tod; Davy Jones ist der Teufel. – Der 2. Teil ist die im Balladenstil gehaltene Erzählung eines Sklavenhändlers von der lukrativen Kooperation zwischen weißen Händlern und schwarzafrikanischen Königen. – II, 3–8 *Mongos ... Fellatah, Mandingo, Ibo, Kru*: afrikanische Stämme. – III, 28 *The Amistad*: (span.: Freundschaft). Die 54 Sklaven auf der Amistad hatten die Middle Passage bereits hinter sich und wurden in Havanna ausgeladen, von wo sie weiter nach Puerto Principe (heute Camaguey) gebracht werden sollten. Sie revoltierten unter Führung des Sklaven Sing-gbe (Cinquez), töteten Kapitän und Seeleute, ließen aber zwei spanische Skavenbesitzer – einer davon ein früherer Schiffskapitän – am Leben, damit sie das Schiff nach Afrika zurücksteuerten. Der Ex-Kapitän steuerte jedoch einen Zickzackkurs, der sie nicht nach Afrika, sondern nach Long Island brachte und so auch vor ein amerikanisches Gericht. – III, 71 *John Quincy Adams*: 1767–1848, Sohn des 2. Präsidenten John Adams und selber von 1824–1828 Präsident der U. S. A., verteidigte nach seiner Amtszeit die Sache der Rebellen vor dem Obersten Gericht (1841), das sie freisprach und nach Sierra Leone zurückkehren ließ. Das lange Zitat ist der Aussage der beiden spanischen Sklavenbesitzer entnommen, die das Schiff gesteuert hatten.

MICHAEL S. HARPER

Brooklyn 1938

Die Eltern zogen 1951 von der Ostküste nach Los Angeles. Harper besuchte von 1956–1961 das Los Angeles State College und nahm im Winter 1961 am Iowa Writers' Workshop teil, wo er als einziger Schwarzer zwar mit Weißen studieren durfte, aber getrennt von ihnen schlafen mußte. Er unterrichtete an mehreren Colleges an der Westküste und erhielt 1970 einen Ruf an die Brown University in Providence, Rhode Island. Harpers Dichtung ist geprägt von dem, was W. E. B. DuBois als «duales Bewußtsein» bezeichnet hat: «dieses Gefühl, sich selbst immer nur durch die Augen der anderen zu sehen ... Man lebt ständig im Bewußtsein dieser Dualität – als Amerikaner und als

Schwarzer; mit zwei Seelen, zwei Formen des Denkens, zwei unmittelbaren Ambitionen, zwei Idealen, die ständig im Konflikt miteinander liegen, in einem schwarzen Körper, dessen verbissene Zähigkeit allein ihn davor bewahrt, innerlich zerrissen zu werden» (DuBois, *The Souls of Black Folk,* 1903). Obwohl Harper auf der Eigenständigkeit des afroamerikanischen Erbes besteht, sieht er es im größeren Zusammenhang einer gemeinsamen amerikanischen Kultur und Geschichte, die auch die der Indianer einschließt. Seine Gedichte verweben die verschiedenen Stränge ethnischer Erfahrungen zu einem Bewußtsein miteinander geteilter Erfahrung, sind jedoch zugleich von den Rhythmen der afroamerikanischen Musik beeinflußt, vor allem von denen des Jazzkomponisten und Tenorsaxophonisten John Coltrane, dem er seinen ersten Gedichtband gewidmet hat. Die Versifizierung des Jazz hat wahrscheinlich ihren Ursprung bei Waring Cuney (s. S. 300), dessen Gedicht «Charlie Parker» (entst. 1958) die Bebop-Töne dieses legendären Musikers als «Musik-Worte» zu Gehör bringen will.

Ausgaben: *Dear John, Dear Coltrane*, Pittsburgh 1970. – *History is Your Own Heartbeat*, Urbana, Ill. 1971. – *Photography: Negatives: History as Apple Tree*, San Francisco 1972. – *Song: I Want a Witness*, Pittsburgh 1972. – *Debridgment*, Garden City, N. J. 1973. – *Nightmare Begins Responsibility*, Urbana 1975. – *Images of Kin*: *New and Selected Poems*, Urbana 1977. – *Rhode Island: Eight Poems*, Roslindale, Mass. 1980. – *Healing Song for the Inner Ear*, Urbana 1984. – *Honorable Amendments*, Urbana 1995.

540 American History (Text: Dear John, 1970, S. 62; Ü: B. Jung) – 1 *Those four black girls*: Am Höhepunkt der Civil Rights Kampagne von Dr. Martin Luther King wurde am 15. September 1963 das Untergeschoß der schwarzen 16th Street Baptisten Kirche von Birmingham, Alabama, mit Dynamitbomben in die Luft gesprengt. Dabei starben vier schwarze Mädchen im Alter von 11 bis 14 Jahren. Der Anführer der Bombenleger, der als «Dynamite Bob» stadtbekannte Robert Chambliss, war von Zeugen in der Nähe des Tatorts gesehen worden und wurde, da im Besitz von Dynamit, als Verdächtiger verhaftet, die Anklage aber – auf Weisung von FBI-Chef J. Edgar Hoover – zurückgezogen. Erst vierzehn Jahre später ordnete ein junger Staatsanwalt die Wiederaufnahme der polizeilichen Ermittlungen an. Chambliss, inzwischen 73 Jahre alt, wurde Mitte November 1977 vor Gericht gestellt und zu lebenslänglicher Haft verurteilt. Der schwarze Filmemacher Spike Lee erhielt für seinen 1977 gedrehten Dokumentarfilm «Four Little Girls» eine Oscar-Nominierung. – 6 *Charleston*: Hafenstadt in South Carolina, von 1680 bis 1865 Hauptumschlagplatz für die Einfuhr und Ausfuhr von schwarzen Sklaven. – 7 *Redcoats*: Nach dem Verbot des Sklavenhandels durch die U.S.A und Großbritannien (1807) versuchten insbesondere die Briten, den nun illegalen Import von Sklaven zu unterbinden und Sklavenschiffe in die Südstaaten und die Karibik vor der Küste abzufangen.

540 HISTORY AS APPLE TREE (Text: Photography, 1972, o. S.; Ü: B. Jung) Der fiktive Sprecher dieser Verse ist ein ehemaliger schwarzer Sklave der Puritaner, der bei den Narragansett-Indianern Asyl gefunden hat und im Dorf Cocumscussoc an der Narragansett-Bucht lebt. – 3 *Canonicus*: Die latinisierte Schreibweise des Namens Quonnoune (1565?–1647), Chief Sachem (Oberhäuptling) der Narragansett. – 5 *How does patent breed heresy?*: Die Möglichkeit, von Chief Sachem Canonicus im Austausch gegen Wampum (aufgefädeltes Muschelgeld) eine Landzuweisung zu erhalten, bestärkte den aus Massachusetts Bay Colony als Häretiker vertriebenen Geistlichen Roger Williams (1603?–1688) in seinem Entschluß, eine eigene Kolonie (das spätere Rhode Island) zu gründen, in der Glaubensabweichungen nicht von Zivilbehörden geahndet werden durften. Williams erwies sich auch gegenüber den Indianern als weitaus flexibler als die puritanischen Siedler der Massachusetts Bay. Sein A Key Into the Language of America (1643) war die erste englische Studie über Indianersprachen. – 7 *tract of land*: auf dem Land, das er 1636/37 von Canonicus zugeteilt erhielt, gründete Williams eine Siedlung, die er «God's Merciful Providence» nannte, was bald zu «Providence» verkürzt wurde. – 10 *Seekonk*: Bevor er sich an Canonicus wandte, hatte Williams im Frühjahr 1636 ohne Absprache mit dem zuständigen Sachem eine kleine Siedlung gegründet, von der er unsanft vertrieben wurde. – 14 *Winthrop*: John Winthrop, erster Gouverneur der Massachusetts Colony. Obwohl Winthrop den Separatismus Williams' aus Überzeugung bekämpfte, verhalf er ihm zur Flucht nach Narragansett und blieb im Briefkontakt mit ihm. Gemeinsam erwarben sie 1637 von den Sachems Canonicus und Miantonomi gegen 20 Schnüre Wampum die kleine Insel Chippacursett, die sie in «Prudence» umbenannten, später zwei weitere Inseln. – 20 f. *Pequot, Wampanoags, Cowesets, Nipmuncks, Niantics*: Indianerstämme der Ostküste. – 29 *In your apple orchard*: Nach der Legende wurde R. Williams in seinem eigenen Apfelhain begraben, dort, wo sich heute in der Stadt Providence die Benefit Street befindet. Aus seinem Grab wuchs nach der Legende ein riesiger Apfelbaum, den der schwarze Sprecher dieser Verse nachts aufsucht.

AUDRE LORDE

New York 1934 – St. Croix 1992

Mit Ausnahme von Alice Walker die in Europa wohl bekannteste afroamerikanische Lyrikerin und Essayistin, die ihre multiple Identität – als «Schwarze, Lesbierin, Feministin, Mutter, Liebende, Dichterin» – zum Gegenstand ihrer poetischen wie auch ihrer theoretischen Definitionen des «Andersseins» machte. Sie litt lange an Sprachstörungen, die sie erst mit zwanzig Jahren während eines Studienaufenthalts in Mexico City überwand. Diane Di Prima (eine Dichterin der Beats, die Lorde während ihres Studiums am New Yorker Hunter College kennengelernt hatte) brachte Lordes ersten Gedichtband heraus (*The First Cities*, 1968), der nicht nur unter schwarzen Kritikern Aufsehen erregte. Die 70er Jahre, in denen sie fünf Gedichtbände veröffentlichte, wurden zu ihrer fruchtbarsten Periode als Dichterin. 1978 erschien ihr Band *The Black Unicorn*, den der afroamerikanische Kritiker Richard Stepto ein literarisches Ereignis nannte. Obwohl Lorde auch weiterhin Gedichte schrieb, waren die 80er Jahre vorwiegend der Prosa gewidmet: So setzte sie sich in mehreren Büchern und Schriften mit der eigenen Krankheit auseinander (sie litt an Brustkrebs), erforschte erotische Marginalität als politische Kraft und definierte Anderssein (ganz gleich ob nach Rasse, Klasse oder Geschlecht) nicht als Bedrohung, sondern als schöpferisches und dynamisches Prinzip. Sie fordert deshalb den Mut, anders zu sein und die gefühlte Wahrheit der eigenen Erfahrung «so schön und so genau wie möglich» auszusprechen.

Ausgaben: *Coal*, New York 1976. – *The Black Unicorn*, New York 1978. – *The Cancer Journals*, Argyle, N. Y. 1980. – *Chosen Poems Old and New*, New York 1982. – *Our Dead Behind Us*, New York 1986. – *A Burst of Light*, Ithaca, N. Y. 1988. – *Undersong*, New York 1992. – *The Collected Poems of A. Lorde*, New York 1997. – *Zami: A New Spelling of My Name*, Trumansburg, N. Y. 1984. – *Sister Outsider: Essays and Speeches*, Trumansburg, N. Y. 1984.

Übersetzungen: R. Stendhal, *Macht und Sinnlichkeit: Ausgewählte Texte von A. Rich und A. Lorde*, Berlin 1993. – R. Stendhal, *Auf Leben und Tod: Krebstagebuch*, Berlin 1984.

Literatur: *Black Women Writers (1950–1980): A Critical Evaluation*, ed. M. Evans, Garden City, N. J. 1984. – A. Keating, *Women Reading Women Writing: Self-Invention in P. G. Allen, G. Anzaldúa, and A. Lorde*, Philadelphia 1996.

544 COAL (Text: Coal, S. 6; Ü: C. Josting)

JOY HARJO

Tulsa, Oklahoma 1951

Gehört zum Stamm der Creek. Studierte an der Universität von New Mexico und am Iowa Writer's Workshop. Sie ist Dozentin an der University of New Mexico (seit 1990) und Tenorsaxophonistin in der Band «Poetic Justice». Harjo bedauert, daß sie nur «in der Sprache der Kolonisatoren» dichten kann, meint jedoch, daß die Vielstimmigkeit der lyrischen Sprache ihr erlaube, diesen ‹Mangel› zum Teil auszugleichen. Zwischen Mündlichkeit und Schriftlichkeit sucht sie das sinnliche Ereignis des Wortes. Dabei greift sie oft auf die sprachlichen Strategien ihrer Vorfahren zurück: die beschwörende Formel, die rituelle Wiederholung und die Rhythmen von Tanz und Gesang. Ihre Themen sind die Erfahrungen der Indianer, insbesondere der Stadtindianer, und die Erkundung der mehrfach gebrochenen Identität der indianischen Frau. Harjos Dichtung ist Teil jener «indianischen Renaissance», die seit den 60er Jahren in der nordamerikanischen Literatur einen vitalen Aufschwung nahm. Als Bestandteil der «Red Power»-Bewegung bezieht diese Literatur einen eigenen Standpunkt zwischen Tradition und Moderne. Die postmoderne These, daß die Realität eine nur durch die Sprache geschaffene Konstruktion des menschlichen Gehirns sei, wird hier aufgefangen durch die Vorstellung einer der Sprache vorgängigen Naturwelt, an der der Mensch teilhaben kann und die in der Sprache seiner Mythen lebendig und wirklich ist. Ein Hauptanliegen der indianischen Dichter ist die Wiederherstellung der Kontinuität zwischen Vergangenheit und Gegenwart, Tradition und Moderne, Gedächtnis und Vorstellung. In solcher Vernetzung wäre das lebensbedrohende weiße Vorurteil aufgehoben, demzufolge die indianischen Kulturen unwiderruflich der menschheitsgeschichtlichen Vergangenheit angehören.

Ausgaben: *The Last Song*, Las Cruces 1975. – *What Moon Drove Me To This*, New York 1979. – *She Had Some Horses*, New York 1983. – *Song from This Earth on Turtle's Back*, ed. J. Bruchac, Greenfield Center, N. Y. 1983. – *Secrets from the Center of the World*, Tucson 1989. – *In Mad Love and War*, Middletown 1990. – *The Woman Who Fell from the Sky*, New York 1994.

Literatur: G. J. Ruppert, «P. G. Allen and J. Harjo: Closing the Distance Between Personal and Mythic Space», *American Quarterly*, 7, Spring 1983, S. 27–40. – P. C. Smith, «Earthly Relations, Carnal Knowledge», in: *The Desert Is No Lady: Southwestern Landscapes in Women's Writing and Art*, ed. V. Norwood/J. Monk, New Haven 1987, S. 174–196.

546 REMEMBER (Text: She Had Some Horses, S. 40; Ü: E. Hesse) *Remember*: Das Wort «re-member» (besinnen, wörtlich: wieder-angliedern) ist ein

indianisches Hauptmotiv (wie etwa im Roman des Kiowa-Autors N. Scott Momaday, The House Made of Dawn, 1968). Es bezieht sich auf das Wiederheil-werden des in der modernen weißen Kultur schizophren gewordenen Indianers, der aus der zerbrochenen Einheit von Lebenserfahrung, Mythos, Stammes- und Familiengeschichte seine Identität zurückzugewinnen versucht. – 19 *Kiowa war dance*: Die Kiowa waren ein weit verzweigter und für seine Kriegstüchtigkeit berühmt-berüchtigter Stamm von Prärieindianern. Sie wurden nach 1868 von der amerikanischen Regierung ins südwestliche Oklahoma umgesiedelt.

Die Herausgeber danken ihren Helfern: Michael O'Donnell, Ute Müller, Philipp Albers und Nadine Ott für ihre geduldige Umsicht und Findigkeit bei der Erstellung dieses Kommentars.

Register der Gedichttitel und -anfänge

Übersetzerregister

Quellennachweis

Ein Großteil der Gedichte wurde für diese Ausgabe neu übersetzt; die Rechte an diesen Neuübersetzungen bleiben bei den Übersetzern. Der Verlag dankt den folgenden Inhabern von Rechten und Verlagen, aus deren Publikationen Originaltexte oder Übersetzungen übernommen wurden:

Lewis Allan (S. 328)
Piper Verlag: *Strange Fruit*: Übersetzung von Barbara Schaden und Ingeborg Schober in: Donald Clarke, Billie Holiday. Wishing on the Moon, München 1994

John Ashbery (S. 476 ff.)
Für die Originaltexte: Reprinted by arrangement with Mohrbooks AG and Agency George Borchardt
C. Hanser Verlag: *Trees; Soonest Mended*: Übersetzungen von Joachim Sartorius in: J. Ashbery, Selbstportrait im konvexen Spiegel, übers. von J. Sartorius, München 1988 – *Paradoxes and Oxymorons; A Mood of Quiet Beauty*: Übersetzungen von Joachim Sartorius in: J. Ashbery, Eine Welle. Gedichte 1979–1987, übers. von J. Sartorius, München 1988

Ted Berrigan (S. 472 ff.)
Für die Originaltexte: From *So Going Around Cities: New & Selected Poems 1958–1979* by Ted Berrigan, copyright © 1980 by Ted Berrigan. Reprinted by permission of Blue Wind Press

John Berryman (S. 412 ff.)
Für die Originaltexte: *Homage to Mistress Bradstreet* (Excerpts); *Eleven Addresses to the Lord* (Excerpts) from *Collected Poems 1937–1971* by J. Berryman. Copyright © 1989 by Kate Donahue Berryman. Reprinted by permission of Farrar, Straus and Giroux, LLC – *Life, friends, is boring* from The Dream Songs by J. Berryman. Copyright © 1969 by John Berryman, renewed © 1997 by Kate Donahue Berryman. Reprinted by permission of Farrar, Straus and Giroux, LLC

Elizabeth Bishop (S. 362 ff.)
Für die Originaltexte: From The Complete Poems *1927–1979* by E. Bishop. Copyright © 1979, 1983 by Alice Helen Methfessel. Reprinted by permission of Farrar, Straus and Giroux, LLC.

Hart Crane (S. 192 ff.)
Für die Originaltexte: Liveright Publishing Corp., New York: *At Melville's Tomb; Black Tambourine Chaplinesque; Voyages II; The Broken Tower; To Brooklyn*

Bridge from Complete Poems of Hart Crane by Hart Crane, ed. Marc Simon, Copyright 1933 © 1958, 1966 by Liveright Publishing Corporation. Copyright © 1986 by Marc Simon. Used by permission of Liveright Publishing Corporation

Robert Creeley (S. 388ff.)
Für die Originaltexte: Reprinted by permission of the Regents of the University of California and the University of California Press
Residenz Verlag: *The Language; Words; Morning; Consolatio; Spring Light; If*: Übersetzungen von Klaus Reichert in: Robert Creeley, Echos. Gedichte, © 1988 Residenz Verlag Salzburg und Wien

E. E. Cummings (S. 270ff.)
Langewiesche-Brandt KG Verlag: *in Just-spring; o sweet spontaneous; she being Brand/-new; next of course god; come, gaze with me; what if a much; when serpents; why must itself; r-p-o-p-h-e-s-s-a-g-r*: für die Originaltexte sowie die Übersetzungen von Eva Hesse in: E. E. Cummings, Poems / Gedichte, hrsg. und übers. von E. Hesse, Ebenhausen 1994

William Waring Cuney (S. 300)
Für die Originaltexte: *No Images; Bessie Smith; Carry me back* from Storefront Church, Heritage series vol. 23, London, Paul Breman, 1973

Emily Dickinson (S. 84ff.)
Dieterich'sche Verlagsbuchhandlung Mainz: *Tell all the Truth; Presentiment; After great pain; I dreaded that first Robin; I heard a Fly buzz; I felt a Funeral; He fumbles at your Soul; I felt a Cleaving; Much Madness; A Bird came; Wild Nights; Title divine; I like to see it; Essential Oils; Publication; There came a Wind; My Life had stood*: Übersetzungen von Werner von Koppenfels in: E. Dickinson, Dichtungen, hrsg. und übers. von Werner von Koppenfels, Mainz 1995
Suhrkamp Verlag: *My Life Closed twice*: Übersetzung von Paul Celan in: P. Celan, Gesammelte Werke, Bd. 5 (Zehn Gedichte), hrsg. von B. Allemann/ S. Reichert, Frankfurt a. M. 1983

H. D. (S. 242ff.)
Für die Originaltexte: Reprinted by arrangement with New Directions Publishers, New York, and Agence Hoffman, Munich

Rita Dove (S. 524ff.)
Für die Originaltexte: *Canary* from Grace Notes by R. Dove. Copyright © 1989 by Rita Dove. Used by permission of the author and W. W. Norton & Company, Inc. – *Missing* from Mother Love by R. Dove. Copyright © 1995 by Rita Dove. Used by permission of the author and W. W. Norton & Company, Inc.

T. S. Eliot (S. 174ff.)
Suhrkamp Verlag: *The Love Song of J. Alfred Prufrock; The Death of Saint Narcissus; Hysteria; Gerontion*: Übersetzungen von K. G. Just, Ch. Enzensberger und E. Hesse in: T. S. Eliot, Gesammelte Gedichte 1902–1962. Werke, Bd. IV, Frankfurt 1972, 1988

Allen Ginsberg (S. 450ff.)
Für die Originaltexte: *A Supermarket in California* from Howl and other Poems. City Light Books, SF. 1956 Copyright renewed © Allen Ginsberg 1984, 1995 – *To Aunt Rose* from Kaddish and other Poems, 1958–1960. City Light Books. SF. 1978 Copyright renewed © Allen Ginsberg 1984, 1995
Buchverlage Langen Müller Herbig: *A Supermarket in California*: Übersetzung von C. Weissner in: C. Weissner, Das Geheul und andere Gedichte, Originalausgabe im Limes Verlag Niedermayer und Schlüter GmbH, Wiesbaden / München 1979 © by F. A. Herbig Verlagsanstalt GmbH, München

Jo Harjo (S. 546)
Für den Originaltext: *Remember* from She Had Some Horses by Jo Harjo. Copyright © 1983 by Thunder's Mouth Press. Appears by permission of the publisher, Thunder's Mouth Press

Robert Hayden (S. 528ff.)
Für den Originaltext: *Middle Passage* from *Angle of Ascent: New and Selected Poems* by R. Hayden. Copyright © 1966, 1962 by Robert Hayden. Used by permission of Liveright Publishing Corporation

Langston Hughes (S. 302ff.)
Für die Originaltexte: From Collected Poems by Langston Hughes, Copyright © 1994 by the Estate of Langston Hughes. Reprinted by permission of Alfred A. Knopf Inc.
Eva Hesse: *Minstrel Man; Still here; When Sue Wears red; Trumpet Player 52nd Street; Lady's Boogie; Easy Boogie; Nightmare Boogie; Fired; Harlem; Sport; Me an My Song, Refugee in America*: Übersetzungen von Eva Hesse in: Langston Hughes, Gedichte, hrsg. und übers. von E. Hesse, Ebenhausen 1960

Randall Jarrell (S. 344ff.)
Für die Originaltexte: From the Complete Poems by Randall Jarrell. Copyright © 1969, renewed 1997 by Mary von S. Jarrell. Reprinted by permission of Farrar, Straus and Giroux, LLC.

James Weldon Johnson (S. 288ff.)
Für den Originaltext: *The Creation* from God's Trombones by J. W. Johnson, copyright 1927 The Viking Press, Inc., renewed © 1955 by Grace Nail Johnson. Used by permission of Viking Penguin, a division of Penguin Putnam Inc.

James Laughlin (S. 348ff.)
Für die Originaltexte: Reprinted by arrangement with New Directions Publishers, New York, and Agence Hoffman, Munich

Denise Levertov (S. 408ff.)
Für die Originaltexte: Reprinted by arrangement with New Directions Publishers, New York, and Agence Hoffman, Munich
Edition Trickster im Peter Hammer Verlag: *Love Letter*: Übersetzung von Werner Petermann in: Trickster 9/10, München Dezember 1982

Audre Lorde (S. 544)
Für den Originaltext: *Coal* from Chosen Poems: Old and New. Copyright by A. Lorde © 1973, 1970. 1968 by Audre Lorde. Used by permission of the author and W. W. Norton & Company, Inc.

Robert Lowell (S. 370ff.)
Für die Originaltexte: *Eloise and Abelard* from History by R. Lowell. Copyright © 1973 by Robert Lowell. Reprinted by permission of Farrar, Straus and Giroux, LLC. – *Skunk Hour; For the Union Dead* from Selected Poems by R. Lowell. Copyright © 1976 by Robert Lowell. Reprinted by permission of Farrar, Straus and Giroux, LLC. – *Mr. Edwards and the Spider* from Lord Weary's Castle, copyright 1946 and renewed 1974 by Robert Lowell, reprinted by permission of Harcourt, Inc.
Klett-Cotta: *Mr. Edwards and the Spider; Skunk Hour; For the Union Dead; Eloïse and Abelard*: Übersetzungen von Manfred Pfister in: Robert Lowell, Gedichte. Englisch und Deutsch. Auswahl, Übertragung und Nachwort von M. Pfister. © by Robert Lowell. Klett-Cotta, Stuttgart 1982

Mina Loy (S. 236ff.)
Für die Originaltexte: *The Effectual Marriage* (Excerpt); *Lunar Baedeker* from The Lost Lunar Baedeker by Mina Loy. Works of M. Loy © 1996 by the Estate of Mina Loy. Introduction and edition copyright © 1996 by Roger L. Conover. Reprinted by permission of Farrar, Straus and Giroux, LLC.

Claude McKay (S. 294)
Verlag Klaus Wagenbach: *If we must die; America*: Übersetzungen von Stephan Hermlin in: St. Hermlin (Hrsg.), Auch ich bin Amerika. Dichtung amerikanischer Neger, Berlin 1948

Edna St. Vincent Millay (S. 260)
Klett-Cotta: *Passer mortuus est*: Übersetzung von Rudolf Borchardt in: R. Borchardt, Gesammelte Werke in 14 Einzelbänden, Gedichte II / Übertragungen II, hrsg. von Marie L. Borchardt u. Ulrich Ott, Stuttgart 1956, ^{2}1994

Frank O'Hara (S. 460 ff.)
Für die Originaltexte: *Why I am not a painter* from Collected Poems by F. O'Hara. Copyright © 1958 by Maureen Granville-Smith, Administratrix of the Estate of Frank O'Hara. Reprinted by permission of Alfred A. Knopf Inc. – *Having a Coke With You* from Collected Poems by F. O'Hara. Copyright © 1965 by Maureen Granville-Smith, Administratrix of the Estate of Frank O'Hara. Reprinted by permission of Alfred A. Knopf Inc.
Kiepenheuer & Witsch Verlag: *A Step Away From Them; Why I Am Not a Painter; The Day Lady Died; Having a Coke with You; Ave Maria*: Übersetzungen von Rolf D. Brinkmann in: Frank O'Hara, Lunch Poems und andere Gedichte, übers. von R. D. Brinkmann, Köln 1969

Charles Olson (S. 382 ff.)
Für die Originaltexte: Reprinted by permission of the Regents of the University of California and the University of California Press

Kenneth Patchen (S. 332 ff.)
Für die Originaltexte: Reprinted by arrangement with New Directions Publishers, New York, and Agence Hoffman, Munich.

Sylvia Plath (S. 420 ff.)
Suhrkamp Verlag: *Ariel; Lazarus; Words*: Übersetzungen von Erich Fried in: S. Plath, Gedichte, Frankfurt a. M. 1993

Edgar Allan Poe (S. 34 ff.)
Hans Wollschläger: *The City in the Sea; Annabel Lee*: Übersetzungen von Hans Wollschläger in: Edgar Allan Poe, Werke, Bd. IV, Olten/Freiburg 1973

Ezra Pound (S. 152 ff.)
Für die Originaltexte: Reprinted by arrangement with New Directions Publishers, New York, and Agence Hoffman, Munich.
Arche Verlag: *Piere Vidal; The River-Merchant's Wife; Commission; Ortus; The Return; In a Station of the Metro; L'art 1910; A Pact; Hugh Selwyn Mauberley* (Auszüge): Übersetzungen von Eva Hesse in: Personae Masken © der deutschen Ausgabe: 1959 by Verlags AG Die Arche, Zürich – *Histrion, Sage Homme*: Übersetzung von Eva Hesse in: E. Hesse (Hrsg.), Ezra Pound, Lesebuch © der deutschen Ausgabe: 1985 by Verlags AG Die Arche, Zürich – *From Canto CXV; Canto CXX*: Übersetzungen von Eva Hesse in: E. Hesse (Hrsg.), Ezra Pound, Letzte Texte © der deutschen Ausgabe: 1975 by Verlags AG Die Arche, Zürich

Adrienne Rich (S. 440 ff.)
Für die Originaltexte: *Diving into the Wreck; From a Survivor* from Diving into the Wreck: Poems 1971–1972 by Adrienne Rich. Copyright © 1973 by W. W.

Norton & Company, Inc. Used by permission of the author and W. W. Norton & Company, Inc.

Gary Snyder (S. 456 ff.)
C. Hanser Verlag: *What You Should Know to Be a Poet*: Übersetzung von Alexander Schmitz in: G. Snyder, Maya / Gedichte, übers. von A. Schmitz, München 1972

Wallace Stevens (S. 214 ff.)
Für die Originaltexte: *Fabliau of Florida; Peter Quince at the Clavier; Tattoo; the Emperor of Ice-Cream* from Collected Poems by W. Stevens, Copyright 1923 and renewed 1951 by W. Stevens – *The Idea of Order at Key West* from Collected Poems by W. Stevens, Copyright 1936 by W. Stevens and renewed 1964 by Holly Stevens – *Not Ideas about the Thing but the Thing Itself* from Collected Poems by W. Stevens, Copyright 1954 by Wallace Stevens – *The Man with the Blue Guitar* (Sections I, VI, XV, XXII) from Collected Poems by W. Stevens, Copyright 1936 by W. Stevens and renewed 1964 by Holly Stevens. All poems reprinted by permission of Alfred A. Knopf Inc.
Karin Graf / Hans Magnus Enzensberger: *The Man with the Blue Guitar* (Auszüge): Übersetzung von Karin Graf und Hans Magnus Enzensberger in: K. Graf / H. M. Enzensberger, Wallace Stevens, Der Mann mit der blauen Gitarre / The Man with the Blue Guitar, München 1995

Henry David Thoreau (S. 46)
Langewiesche-Brandt KG Verlag: *Smoke*: Übersetzung von Georg von der Vring in: G. von der Vring, Englisch Horn, Köln 1953

Jean Toomer (S. 296)
Für den Originaltext: *Portrait in Georgia; Her Lips are Copper Wire* from Cane by J. Toomer. Copyright 1923 by Boni & Liveright, renewed 1951 by Jean Toomer. Used by permission of Liveright Publishing Company

Alice Walker (S. 520 ff.)
Für die Originaltexte: *A Woman is Not a Potted Plant; When I am here again* from Her Blue Body: Everything We Know, Earthling Poems 1965–1990 by A. Walker. Reprinted with permission by Harcourt, Inc. – *Moody* from Good Night Willie Lee, I'll See You in the Morning by A. Walker. Used by permission of Doubleday, a division of Random House, Inc.

William Carlos Williams (S. 220 ff.)
Für die Originaltexte: Reprinted by arrangement with New Directions Publishers, New York, and Agence Hoffman, Munich.
C. Hanser Verlag: *Red Wheelbarrow; Paterson*: Übersetzungen von W. Fritzsche

und H. Czechowski in: W. Fritzsche u. a., W. C. Williams, Der harte Kern der Schönheit, München 1991
Suhrkamp Verlag: *Between Walls; Perfection*: Übersetzungen von Hans Magnus Enzensberger in: W. C. Williams, Die Worte, die Worte, die Worte, übers. von H. M. Enzensberger, Frankfurt a. M. 1973

Leider konnten die Inhaber der Rechte nicht in allen Fällen bis Redaktionsschluß ausfindig gemacht werden. Der Verlag bittet gegebenenfalls um Mitteilung, um berechtigte Ansprüche abzugelten.